大
方
sight

U0520185

淤泥与纯洁

Marguerite Duras

寻找
杜拉斯

户思社
著

中信出版集团｜北京

图书在版编目（CIP）数据

淤泥与纯洁：寻找杜拉斯 / 户思社著. --北京：中信出版社，2024.5

ISBN 978-7-5217-6513-7

I. ①淤… II. ①户… III. ①迪拉斯（Duras, Marguerite 1914-1996）—文学研究 IV. ① I565.065

中国国家版本馆 CIP 数据核字（2024）第 076248 号

淤泥与纯洁：寻找杜拉斯
著者： 户思社
出版发行：中信出版集团股份有限公司
（北京市朝阳区东三环北路 27 号嘉铭中心　邮编　100020）
承印者：北京盛通印刷股份有限公司

开本：880mm×1230mm 1/32　印张：15.375　字数：399 千字
版次：2024 年 5 月第 1 版　印次：2024 年 5 月第 1 次印刷
书号：ISBN 978-7-5217-6513-7
定价：79.00 元

版权所有·侵权必究
如有印刷、装订问题，本公司负责调换。
服务热线：400-600-8099
投稿邮箱：author@citicpub.com

前言

自从玛格丽特·杜拉斯步入文坛，法国20世纪文学，乃至整个法国文学，都经历了前所未有的尴尬。法兰西人对杜拉斯的态度也是见仁见智，千差万别。有的报以掌声，有的嗤之以鼻，有的保持沉默。应该说杜拉斯现象早已超出法国文学本身，广泛渗透到了社会的其他领域。然而，杜拉斯毕竟是法国人，用法语写作。孰爱孰恨，抑贬抑扬，谁也无法改变白纸黑字的事实，谁也不能无视杜氏其人的存在。经过近半个多世纪的磨合，当作家教会了读者，当受众读懂了作家时，杜拉斯便成为历史，汇入法国文学的长河，成为奇特而灿烂的一段流域。

今天，杜拉斯已经离开我们27年，她的全集也已经由伽利玛出版社"七星文库"出版，她的作品已经成为法兰西文学的经典。人人都在谈论杜拉斯的景象已经延续了很长时间，成为经典是否意味着神奇的延续？由特立独行之中的寻求到近乎疯狂的崇拜，狂热是否会随着偶像的更迭而逐渐逝去？曾经踩着文学浪潮的巅峰前行的杜拉斯也会随着潮汐退去进入人们的记忆，如歌的生命曾经与我们共舞，起初味道独特的作品已经成为我们习惯了口味的精神食粮，每一次阅读都会带来不一样的体验。

是的，我们确实认为杜拉斯已经超越了文学，这种超越不是人为，不是主观，也不是故意的，而是一种与生俱来的对法语语言和法国文化的反叛。杜拉斯是被她的国家遗弃的法兰西后裔，出生时家道中落，比起印度支那殖民地上的当地居民，她和她的家庭多少或许还有些优越。面对其他白人统治者或者与其他在这块殖民地上大发横财、生活优越的法国人，她和她的家庭便相形见绌，无颜见江东父老。这样的身世使她产生了对同胞莫名其妙的嫉妒和仇视，并且只能深藏心底，难以发作。直到有一天，杜拉斯终于找到了报复的办法：把这种嫉妒和仇视完全发泄在母语身上，以文字的形式喷射出来。这些文字让她的同胞们别扭，让他们尴尬，让他们无所适从，最后他们终于提出了这样的质疑：这还是我们的母语吗？此时此刻，杜拉斯终于笑了，那是报复后的快感。

杜拉斯的羞耻感来源于自身的身份迷茫，文化的困顿让她如同游荡的灵魂往返于自己的出生地和生活的地方。虚构的空间和现实之间赋予了她许多可能，她不断突破情感和文字的边界，在未知的地平线反复挖掘，孜孜不倦。很多时候，我们喜欢杜拉斯作品中的独特味道，我们可能会因为怪味离开，同时又被其吸引而不忍离去。苍老而沙哑的声音牢牢地吸引住我们，沧桑的面庞在声音和影像之中变换成新的生命，反复无穷的演变诉说着生活的苦难和艰辛。她的作品里，酸甜苦辣，应有尽有；笑声哭声，交替可闻。杜拉斯把所有的别扭和不快全部交给了读者，不管你是否情愿，她就让她的文字侵犯你、挑逗你、吸引你，让你没有办法平静地消化搅拌在一起的文字。扭曲的灵魂、扭曲的爱情、扭曲的语言，构建起了杜拉斯的精神空间。

杜拉斯的这种特点为研究者增加了难度，因为她的语言特点，因为她的情感视角。然而这一切又恰好成为研究者最津津乐道的东西，每个人都希望挖掘出杜拉斯作品最独特和最能打动读者的东西。然而空间的跨度、时间的跨度、语言的隐晦常常让读者不知所云，必须在杜拉斯作品的互文性中才可能窥视到秘密，所以，越是回味，越能体会到难以明示的所谓"微旨要义"。有时她的文字甚至跨越了自身的互文关系，形成更加广泛的法兰西和东西文化背景中的互文关系，读者不得不进入迥异的空间，寻求与杜拉斯有着千丝万缕联系的文字足迹和情感波澜。作者—读者在文字的反复折叠之中建立起相互交织的互文空间，任凭怎样挣扎都无法摆脱。

杜拉斯的秘密正好处在这样的两极中间：一极是她的童年和家庭，是笼罩在这种童年生活和家庭之上的南亚丛林，以及由此形成的、让西方人如痴如醉的异国风情；一极是她的母语，是她的祖国，是她对它们难以割舍的感情。协调两极间的关系便成了杜拉斯创作中的难点。好个杜拉斯，真不愧是文坛高手。她就像抱定信念要与对手同归于尽的斗士，开始了她的人生叙述。用的是祖国母语，叙的是异国岁月。她竟然置语言于不顾，挥起大笔，直奔那异国他乡的风情与生活，完全不顾她所操的语言是否能胜任这项工作，完全不顾把这两者结合在一起会产生何种结果。当读者说看不懂她的作品时，杜拉斯竟十分粗暴地回答："我不在乎。"这种不行也得行的思想是把融进她个人和家庭生活的一方水土，融进一方风情与祖国文化，又与她自己时时刻刻运用着的母语捏合在一起。结果是使自己的母语增加了内涵，她那段异国生活也增添了表述形式。其实，杜拉斯的这种建造是十分艰难的。其艰难在于如何跨越横在她的异乡生活与她所操的母语间的沟壑，为了填充这一沟壑，杜拉斯付出了很大代价，也经历了无数的反复和失败。这种反复和失败又成了她徘徊、寻求的佐证。直到有一天，好像是一夜之间，她把这两种毫不相干的东西（夹杂着异国情调的童年和自己的母语）捏合在了一起。《副领事》便是这种捏合的最好证明。副领事被派往他乡，却说着自己的语言。仅仅从题目上就可以窥到那异国风情的斑斓，闻见那沁人心脾的芳香。他乡的山，他乡的水，他乡的风土人情将那被语言隔阂的领事馆团团围住，不经意之间，那里的山水，寄托在山水之间的情意，还有随处飘荡的异国情调就会随着气息飘进人为建造类似使馆空间的文化飞地，不知不觉与其融为一体。

因此，有一天，围墙开始倾斜，倒塌。领事馆终于伸出双臂，紧紧拥抱了异香、异味和异国情调。由异香、异味和异国情调搅拌起来的语言也更加浓密和香甜，它本身也经历了某种裂变，失去了部分原汁原味。当我们听到领事馆外永不停息的歌声时，我们的心也会随之一起一伏，当我们看到领事夫人终于打开大门，接受了那个在母腹中孕育多年的婴儿时，我们悬起的心才落了地，感到这种建造终成正果。大门启开之后，涌进的绝不单单是婴儿的哭声和她那癫狂的母亲。她们的身后是一方水土、一个世界。她们的身后有辽阔的天空、有坚实的土地。小小的领事馆在拥抱了她们之后，也容纳了她们身后的海阔天空、异国风情。语言渐渐地吸收，消化，终于化开了那一片辽阔、那一丛浓郁。歌声终于穿越了领事馆，低一声、高一声，或婉转凄凉、或热情奔放，渐渐地消逝在远方。

我们能告诉大家的远不止这些，还有很多。《阻拦太平洋的堤坝》《印度之歌》《恒河女子》《情人》都需要杜拉斯去经历磨合的痛苦，都需要她经过磨合去建立属于自己精神空间的人文景观。痛苦的体验和经历也好，成功的感觉和快乐也好，杜拉斯没有退缩，杜拉斯也不会退缩，因为要建造自己的文学殿堂，要平衡自我，需要付出很大的代价，有时甚至要付出自己的生命，杜拉斯付出的正是自己生命的精华。用生命铸就的文字是那么耐人寻味，那么充满人文关怀，我们一不留神就可能掉进充满魅力的文字陷阱，痴迷其中，流连忘返。难怪杜拉斯那么招人爱，或那么招人厌，研究者也一样，会和杜拉斯掉进不同规约产生的差异化的景观之中，无法满足每一个不同的个体。爱与厌皆围绕着这一似曾相识，却难以认同的语言，皆围绕着认同上的尴尬。尴尬毕竟表现了在杜拉斯文字空间中读者对自己认识的模糊，对自己认同的困难，但这种模糊和困难毕竟是短暂的。杜拉斯式的语言一经成为习惯而纳入文化长河，对语言的认识就不再那么模糊，对自己的认同也不像开始时那样艰难、那样让人哭笑不得，杜拉斯空间便自然而然地登上了文学圣殿的大雅之堂。

目录

第一章：自传与自传体视觉下的空间诗学　/1

第二章：东西方文化视角中的杜拉斯　/43

第三章：难以穿越的欲望深渊　/65

第四章：互文与互文性视觉下的中国情人　/91

第五章：与生命并行的文学篇章：写作　/117

第六章：摇摆在传统与现代的话语模式之间
　　　　——《抵挡太平洋的堤坝》及其他　/177

第七章：如泣如诉的语言风格形成时期　/249

第八章：从《情人》到《中国北方的情人》　/317

第九章：电影及电影剧本　/377

参考书目　/471

后记　/477

第一章：
自传与自传体视觉下的空间诗学

对玛格丽特·杜拉斯而言，自传体是一种写作体裁，回忆贯穿在她生命的每时每刻，她反复地在不同作品中叙述自己的生活、思想和文字。德里达曾经这样说过："回忆录……代表着令我着迷的一切，是疯狂的欲望，想以其独特的语言保留一切、汇聚一切。"[1] 杜拉斯以文字的形式将自己生活最真实的一面保留下来，汇聚在自己的作品中。这些并非回忆录的回忆散落在杜拉斯的许多作品中，例如《抵挡太平洋的堤坝》《伊甸园影院》《成天上树的日子》《情人》《中国北方的情人》等，这些作品建立起杜拉斯与自己的母亲和家庭爱恨情仇的复杂关系，还有很多其他作品诸如《如歌的中板》《娜塔莉·格朗热》《玛格丽特·杜拉斯的居所》《话多的女人》《物质生活》《写作》《书写的大海》等则诉说着她与时间和空间的秘密联系。这些作品或隐或现地叙述着杜拉斯的生活，表达着她的思想、渴望或憧憬。

杜拉斯的故事开始于遥远而又神秘的东方。那是 1914 年的旱季，越南的西贡市（今胡志明市）到处都是滚烫的气息。季风扑面吹来，带着醉人的花香，撩拨一对对情侣。湄公河的水也唱着欢快的歌哗哗地往前流淌。河上时不时传来一声声汽笛，远处喧闹的人群与嘉定区

---

[1] ［法］伯努瓦·皮特斯：《德里达传》，魏柯玲译，北京：中国人民大学出版社，2014 年，第 2 页。

那静谧的气氛形成鲜明的对照。这里居住着一对年轻的法国夫妇,他们正等待即将出生的孩子。亨利·多纳迪厄与已经怀胎十月的妻子居住在这里,他看着即将分娩的妻子,抚摸着她的肚子,希望天遂人愿。这个将在旱季降生的孩子是个女孩。

1914年4月4日的凌晨四点,这位旱季的孩子耐不住待在娘肚子里的寂寞,合着热浪大叫一声来到了人世。那是不甘寂寞的一声长啸,那是一声对这个世界的宣言。此时此刻,西贡港口的湄公河上传来了长长的汽笛声,又一艘渡船即将起航,载渡着满船的芸芸众生渡过宽阔的湄公河。随着这位女婴的呱呱坠地,作为父亲的多纳迪厄兴高采烈,手舞足蹈,额手称庆,感谢上苍能如己所愿送来了企盼已久的女儿。父亲恨不能把自己的欢乐让全世界的人来分享,可爱的姑娘必须配一个如花似玉的名字,只有超凡脱俗的名字才能与姑娘相匹配,才能与这季节、与自己全部的希望相吻合。父母给她起名叫玛格丽特·日尔曼娜·多纳迪厄,后来,为了纪念自己的父亲,玛格丽特用父亲家乡的一条河流作为自己的姓,所以才有了玛格丽特·杜拉斯。玛格丽特暗含菊花之意,冷峻高傲的菊花象征玛格丽特冷面美人的性格,杜拉斯——故乡的河流。湄公河、西贡、印度支那从此与这个女孩纠缠在一起,相互成就,成为她的生命之地,也是她的书写之地。这些地方如同母亲的脐带冥冥之中牢牢地拴住了这个女孩,让她魂系梦牵,反复地在书写中神游。

"回忆的片段,欲望的火焰,痛苦时的迷失、愤怒、号叫、等待和沉默,在玛格丽特·杜拉斯的笔下都能成为一本书不容置疑的源泉和内容。"[1] 在回忆中写作,让写作成为生活的一张面孔,让生活成为

---

[1] [法]克里斯蒂安娜·布洛-拉巴雷尔:《杜拉斯传》,徐和瑾译,桂林:漓江出版社,1999年,第1页。

写作源泉和内容。杜拉斯始终不断地寻求写作和生活之间的联系，并通过书写的方式展示出来。

自传体的文学创作曾经红极一时，成为某种时尚，作家把这样的文学样式作为追寻最真实自我的途径，他们或多或少都会不由自主地把自己的生活变成写作的源泉，但是在写作的过程中，文字与事实之间往往会产生错位，甚至会成为不同的存在。源于生活的文字会表达生活的真实，最重要的是会表达某种真实的存在，这种存在可能与过去的生活没有必然联系，只是过去的经验在今天的体现，成为看似自传的真实文字。在作家们看来，文字的真实可能比生活的真实更重要。意大利学者詹尼·瓦蒂莫提出了"非形而上"的真理与存在概念，他"把真理和存在都理解为'事件'（event），换句话说，把它们理解为某种被不断地解释、重新书写和重新改造的东西，而不是理解为赋予了永恒性和稳定性的客体"[1]。

真理和存在作为某种曾经发生过的"事件"被玛格丽特·杜拉斯不断解释、重新书写和创造，她经常会用自传体的形式表达自己的情感和主张，创作出接近生活和存在的真实文字，解释、书写、创造呈现出时空的差异性，而非真理和存在的永恒性和稳定性。她影响比较大的自传体作品都与童年的生活经历关系密切，最明显的例子当属《抵挡太平洋的堤坝》《伊甸园影院》《情人》《中国北方的情人》等，读者经常会被欺骗，以此来解读杜拉斯童年时代的生活，把书中的人物与杜拉斯的生活对号入座，混淆了文学与生活的关系。

"自传这种文学样式是按编撰法严格规定的某种法则所限定的，对此杜拉斯是既认可又不予同意，情况难以琢磨。所以这本书[2]在自

---

[1] [意] 詹尼·瓦蒂莫：《现代性的终结》，李建盛译，北京：商务印书馆，2013年，第16页。

[2] 指《情人》。

传与一般作品之间摇摆不定：在我的生活故事与我写作的故事之间摆动。"[1] 这里，作者试图对《情人》这部作品中"我生活的故事与写作的故事"做出区分，这样的意图其实对杜拉斯而言是没有意义的，因为她从来不会刻意区分生活和写作，她的生活和写作经常被读者甚至她自己混淆，她喜欢这样，喜欢生活和写作之间的模糊性。《情人》当然仅仅是一个明显的例子，其实杜拉斯在其他许多作品中都有使用这样的写作方法，研究杜拉斯的许多学者都把自传与自传体作为一个很重要的内容，其中的道理和缘由非常明确，因为这两者在杜拉斯的笔下，在杜拉斯的访谈录中常常以文学或者史学的面孔出现。

读者心里也很清楚，即使是访谈录，讲述的也未必就是真实的生活故事，唯一可以确认的是杜拉斯即席讲出来的话语是真实的，讲述的故事是否是真实的生活无从辨析，此时此刻，讲述者被话语遗忘，遭到读者的抛弃。生活故事被文字穿越，文字饱蘸着生活的故事，两者之间成为互为依存的整体，无法彼此剥离。所以对杜拉斯作品的研究就非常有趣，也很有价值。对具有自传性质的文学作品的研究应该偏重史学价值还是文学价值？社会历史和文学之间产生了某种矛盾和对立，对社会历史的考察来自外部世界，也许与文本相关，也许不相干，对文本自身意义的研究才最重要，所以重视文本的研究渐渐地占据上风。"我生活的故事与写作的故事"之间产生了某种关联，同时也变得模糊起来。文本的书写越来越多地呈现出互文性特点，表达书写的真实而非生活的真实。显而易见，《情人》既非自传，也非一般作品，而是带有自传性质的文学作品。

"但是，在今天，选择写自传性作品，无异是选择走向死胡同，

---

[1] [法] 玛格丽特·杜拉斯，米雷尔·卡勒·格鲁贝尔：《人们为什么不怕杜拉斯了？——关于〈情人〉》，《情人·乌发碧眼》，王道乾、南山译，上海：上海译文出版社，2004年，第196页。

因为现代主题已经不再相信这种统一性假象,自传样式的作品在许多方面已经变质败坏。"[1]

"自传样式"的"变质败坏"并不影响作家的有益尝试,把生活和文学融合起来,形成没有裂隙的黏性,为写作树立起好的榜样,让读者体验书写中流淌的浓浓情意,自传体不再是写作的障碍,反而给写作增添了迷人的芳香,生活和写作也不再是假象的统一体。成功的例子并不在少数,萨特的自传作品《词语》被认为是他最成功的作品之一,他也因此获得了诺贝尔文学奖。评论家们这样说:"萨特得心应手地运用文学手法和效果做试验。他们看到,当他回到文学上的时候,他写出了一本辉煌的著作,表现出他那种精练、尖锐风格正处于巅峰状态"[2]

《词语》作为一本自传,它是第一手的,也是可靠的。尤其重要的是它是文学的,文学的自传作品《词语》在萨特的心中占据重要地位:"如果评论家们今天就认为这本书写得很糟,那他们也许会伤害我,但如果在半年之后,那时我差不多就会同意他们的意见了。不过这有个条件,即不管他们认为这本书是多么贫乏和无谓,我希望他们把该书放在我在此之前所写的一切作品之上。我同意他们贬低我的所有作品,只要他们能保持编年史的顺序就行。唯有这样才为我保留一次机会以便让我做得更好,后天更是好上加好,最后写出一部杰作。"[3] 由此可见,体裁并不是最重要的,文学价值绝非体裁所能决定。

杜拉斯从进入文坛就把生活和写作混淆起来,让写作成为生命的重要部分,两者互为因果,相互促进,成就了自传和自传体。《情人》

---

[1] [法] 玛格丽特·杜拉斯:《情人·乌发碧眼》,王道乾译,上海:上海译文出版社,2004年,第197页。
[2] 姜智利:《萨特与〈词语〉》,绵阳师范学院学报,2001年第04期。
[3] 姜智利:《萨特与〈词语〉》,绵阳师范学院学报,2001年第04期。

仅仅是成功的例子之一，从小说所表现出来的故事情节、写作背景、叙事手法来看，确实可以被称为"自传样式的作品"，杜拉斯在这种被当代作家否定的自传体作品中游刃有余地创作出足以名垂文学史的作品。她在自己的故事和创作的故事之间留下了无穷的想象空间，让许多读者流连于虚构和真实之间，痴迷于杜拉斯所创造的文字迷宫。读者似乎既痴迷于文字的真实，又享受着生活的真实。写作和生活相辅相成，互为映衬，折射出杜拉斯自传样式的独特魅力。

在现实与想象之间

西贡是一座很有诗意的大都市，那里有一条川流不息的河流，就是湄公河。这条从地理空间所讲的湄公河，《简明不列颠百科全书》是这样描述的："是东南亚最长的河流，亚洲第七大河。发源于中国青海，中国境内称澜沧江。流经云南省，过缅—老、老—泰边境后，再流入老挝、柬埔寨和越南，在西贡南面注入南海。湄公河在金边附近通过洞里萨河与洞里萨湖（亦称大湖）沟通，夏季洪水经洞里萨河流入大湖，湖面由一千平方英里扩大到三千平方英里左右，冬季则湖水泄入湄公河。"[1] 这里的河流和湖泊（湄公河、洞里萨河与洞里萨湖）曾经出现在杜拉斯的生活中，也成为杜拉斯作品重要的地理标识，承载着杜拉斯的情感，杜拉斯生活中的故事会成为写作的故事，生活中的河流在杜拉斯的笔下却成了一条神奇而又充满魅力的空间标识。它如同曾经居住过的家屋，与杜拉斯之间产生了某种私密感，那里，"不只是我们记得的，包括我们已经遗忘的事物，都已'安顿'

---

[1] 中美联合编审委员会：《简明不列颠百科全书》，卷5，北京：中国大百科全书出版社，1986年，第775页。

(logés)。我们的潜意识亦有所'安顿'。我们的灵魂居有定所。借着回忆起'家屋'和'房间',我们学习'安居'(demeurer)在我们自己里面"[1]。

生活中的河流如同摆脱了纤夫的醉舟顺流而下,进入杜拉斯如歌的人生,用法国学者让·瓦里尔的话讲,"对杜拉斯迷而言,这是神秘的名字,传奇的河流,作者不由自主地把自己命运的河流与传奇河流的湍流结合起来。她把河流的无情流淌与那些'去还复来'的波涛对立起来,她从中窥视到了宿命:'它奔向大海,走向消亡。'走向消亡……语调就这样确定下来。也许,就算《墓外回忆录》的作者夏多布里昂也不会否认这种语调,对重新显现的过去的怀念在作者笔下变得宽阔。对作者而言,这条河流过去甚至曾经反复地成为她文学创作的源泉,是作者满足自己内心世界需要的亲密情感栖息地"[2]。也许在玛格丽特·杜拉斯的笔下,是命运的反复,是时光的流逝,然而记忆中沉淀下来的却是永远挥之不去的"亲密的情感栖息地",撞击着她的心灵。所有这些真实存在的地方都被杜拉斯再创造,那里,她在懵懂之中接触到关于爱情的故事,让自己情感的栖息地与那里的人与物交相呼应,让浩瀚恢宏的物质世界与错综复杂的情感世界紧密地交织在一起,诚如她自己在《物质生活》中所叙述的那样:

> 全部都在这里了:就像《印度之歌》所写的那样。那个年轻人留在老挝没有走,他们是在那个居住区相识的,在湄公河上游很远的北方……

---

[1] [法] 加斯东·巴什拉:《空间诗学》,龚卓军、王静慧译,北京:世界图书出版公司,2017年,第24页。
[2] [法] 让·瓦里尔:《这就是杜拉斯(1914—1945)》,户思社、王长明、黄传根译,北京:作家出版社,2010年,第1页。

为这两个情人共有的这条大河向下流经一千公里，经过这个地方，这就是永隆。我还记得在我作为孩子的形体中产生的那种感情：接触到对我来说应该是必须禁止的那样一种知识。世界是如此浩瀚恢宏，还具有一种十分明显的复杂性。[1]

"亲密的情感栖息地"穿越了文字的想象空间，不仅书写着杜拉斯寄托在河流中的秘密，也书写着他人的故事。杜拉斯在书写的文字中让自己的情感与他人的情感，与南亚让人难以忘怀的季风，与物质的、地理的河流交汇在一起，现实的物质存在跨越时空成为她亲密情感的栖息地，与她产生了千丝万缕的情感纠葛，随着情感的需要漂移变幻成特殊的情感载体。这条杜拉斯心中的河流可以在印度支那的任何地方，杜拉斯情感栖息的地方就是河流的所在地，但是不论流经什么地方，都会触动杜拉斯内心深处最敏感的琴弦，有时确实催人泪下，无不让人折服：

在金边。那是湄公河畔一座很好的住宅，原是柬埔寨国王的王宫，坐落在花园的中心，花园方圆有若干公顷，看上去是怕人的，我母亲住在里面感到害怕。[2]

关于湄公河这段生活，杜拉斯与格扎维埃·戈蒂埃在《话多的女人》中谈道：

回过头再来说说湄公河，那里到处都是轻舟，你知道，就是

---

[1] [法]玛格丽特·杜拉斯：《物质生活》，王道乾译，上海：上海译文出版社，2007年，第28页。
[2] [法]玛格丽特·杜拉斯：《情人》，王道乾译，上海：上海译文出版社，2004年，第28页。

那种黑舢板,煞是好看。雨季时,湄公河一片泥色。我把一切都掩盖了……我无法忍受。我常对自己说:"要是常常想起此事,那我肯定会因此而死,肯定会死的,因此,应该忘掉这段往事。"[1]

去还复来,杜拉斯生命的湍流如同流淌的河水奔向远方,隐藏在亲密的情感栖息地,往返于自己创造的书写空间。虽然当下它已经永远消失,但是曾经拥有对它的爱,曾经在那里居住过的事实依然存在。这样的事实让"我们体验到的或许是一种前人类的休眠(repos anté-humains),这儿说的前人类状态,使我们接近了回忆不及之处"[2]。她个人的命运就这样与这条河流密切相连,生生不息,相互成就,去还复来,这是何等耐人寻味,何等让人流连忘返,不忍舍弃。湄公河就这样把各式各样的人物汇集起来,变成了杜拉斯的书写空间。而那个湄公河畔的少女始终与河流相伴,成为杜拉斯笔下永恒的形象。

对你说什么好呢,我那时才十五岁半。
那是在湄公河的轮渡上。
在整个渡河过程中,那形象一直持续着。[3]

这个形象随着时空的移动,渐渐地成长、变化,丰满起来,直到《中国北方的情人》:

是个少女,可能还是孩子。样子像。步伐轻盈。她光着脚。

---

[1] [法]玛格丽特·杜拉斯、格扎维埃·戈蒂埃:《话多的女人》,巴黎:子夜出版社,1974年,第137页。
[2] [法]加斯东·巴什拉:《空间诗学》,龚卓军、王静慧译,北京:世界图书出版公司,2017年,第35页。
[3] [法]玛格丽特·杜拉斯:《情人》,王道乾译,上海:上海译文出版社,2005年,第5页。

身材纤细。可能偏瘦。那双小腿……是的……没错……一个小女孩。已经长高了。

她朝河流的方向走去。[1]

这位走向河流的少女，也走向了我们，伴随着河流，驻扎在杜拉斯最纯净的情感栖息地，也让读者不忍触碰，生怕击碎倒映在河流中的永恒形象。但是一切还需要回到源头，从河流的流经地西贡开始。流经西贡的河流穿插在城市的空间，十五岁半少女的故事镶嵌在家庭的经历中，记忆定格在西贡这个东南亚的西方殖民之都。西贡在法国人的眼中不但是神秘、诗意的化身，他们悠然自得地享受着殖民制度带给他们的文化上的优越感，也是他们魂系梦牵的地方，破碎的梦想曾经是法兰西民族的梦魇。那个交织着渴望和想象的地理空间如同欲望之地，不断地被注入各式各样的梦想，留下的是超越了地理空间的诗意城市：

西贡肯定是远东最时髦的城市。
坐落在一个美丽的公园中间。
可惜那里的气候闷热又潮湿，
夜晚如白昼。[2]

民族的梦想之地也是杜拉斯永远的回忆，在集体记忆与个人记忆、虚构与现实之间，杜拉斯常常时空倒置，迷茫其中，不知身处何方：

---

[1] [法] 玛格丽特·杜拉斯：《中国北方的情人》，施康强译，上海：上海译文出版社，2006年，第9页。
[2] [法] 让·瓦里尔：《这就是杜拉斯（1914—1945）》，户思社、王长明、黄传根译，北京：作家出版社，2010年，第45页。

> 您看着外面,看着树、房屋、灰色的天空,直看到精疲力竭。
> 您说:要看的东西实在太多了,永远也看不完。
> 它们与人完全分离。
> 您说:这条大街让我想起了印度支那的街道,西贡城里的安静大道,它们永远逝去了,今后我孤身一人。没有人再回去过。[1]

逝去的印度支那,逝去的西贡就这样反复地在杜拉斯的记忆和想象中再现,杜拉斯在作品的每个角落都表达着自己的强烈思念和不尽情怀。但是,杜拉斯笔下的描述和现实之间的差距显而易见,"我生活的故事与写作的故事"成为完全不同的现实,在阅读杜拉斯的作品时,读者只能按照杜拉斯的叙述发现文字的真实,这种虚构的真实正是杜拉斯让人无法忘怀的生活故事的重构,是杜拉斯的自我虚构。

> 到处都是季风的整个亚洲就是她的故乡,是她无法剥夺的地盘,是她的写作地。[2]

法国占领期间,西贡聚集着形形色色的人。他们中有政府派来的官员,过着上流社会逍遥自在的生活,尽情享受着殖民制度带给他们的无穷无尽的财富和权力;有因为向往东方神秘生活的教师,希望按照政府的意愿在那里构建属于法兰西的教育体系,时尚摩登的法兰西模式在那里流行,文化的印记也牢牢地烙在了东方这块土地上。西贡俨然成为法兰西的海外飞地。印度支那和它的西贡成为异域文化的典范,法国人尽情地享受着强权带来的成果。社会的动荡和撕裂使不同

---

[1] Yann Andrea, *M. D.*, Paris, Les Editions de Minuit, 1983, p. 98.
[2] [法] 让·瓦里尔:《这就是杜拉斯(1914—1945)》,户思社、王长明、黄传根译,北京:作家出版社,2010 年,第 1 页。

文化在冲突汇聚的过程中形成不同的领地，生活在其中的人也形成不同阶层。

在白人眼里，被他们强占为殖民地的印度支那，居住着低他们一等的臣民，是他们掠夺和显示自己高贵的对象。然而西方文明的入侵既使无数的劳苦大众陷入水深火热的生活，也使那些有钱有势的当地人及他们的子女有机会融进西方文明与社会。在湄公河穿过的西贡城里，白种人和黄种人有着严格的等级区分。奔腾而去的湄公河记录着那段已经成为记忆的历史，记录着那曾经硝烟弥漫的刀与剑、血与泪的生活。杜拉斯的生活从湄公河深处泛起，穿越历史空间，给读者带来了让人难以忘怀的岁月。

身份之谜

她的故事开始于茂密的热带丛林中，开始于沦为殖民地的亚洲昏黄的灯光下，开始于穿行城市和乡村、像蛙鸣一样的安南话中，开始于人力车的车轮声终于平息下来的静寂夜晚。[1]

热带丛林，到处都是季风的亚洲，唯一的季节，嘈杂的越南话和中国话，穿过街区的中国味道，深深地烙在杜拉斯的脑海，成为她难以抹去的记忆。那些气息和味道总会在记忆中被唤醒，成为连接杜拉斯亲密情感和东南亚空间的纽带。

在那个国土上，没有四季之分，我们就生活在惟一一个季节

---

[1] [法]阿兰·维尔贡德莱：《玛格丽特·杜拉斯：真相与传奇》，胡小跃译，北京：作家出版社，2007年，第9页。

之中，同样的炎热，同样的单调，我们生活在世界上一个狭长的炎热地带，既没有春天，也没有季节的更替嬗变。[1]

城市的味道也一样，存留下来，成为写作的故事：

> 房间里有焦糖的气味侵入，还有炒花生的香味，中国菜汤的气息，烤肉的香味，各种绿草的气息，茉莉的芳香，飞尘的气息，乳香的气味，烧炭发出的气味，这里炭火是装在篮子里的，炭火装在篮子里沿街叫卖，所以城市的气味就是丛莽、森林中偏僻村庄发出的气息。[2]

杜拉斯的故事就开始于在这种单调、唯一的季节里，开始于混杂着各种东南亚气息的生活中。

西贡市的湄公河畔，有一个嘉定区，嘉定区的一座白人住所里有一户人家，这户人家的男主人就是亨利·多纳迪厄。他们已经有了两个男孩，大儿子叫皮埃尔，二儿子叫保尔。这是一个幸福美满的家庭，亨利·多纳迪厄是嘉定师范学校的校长兼数学教师，他的妻子是普通教师。亨利·多纳迪厄结过婚，前妻叫阿丽丝·多纳迪厄。现在的妻子玛丽·多纳迪厄也结过婚。他们两人都有过痛苦的经历——原来的配偶都是因病离世。尽管杜拉斯在不同的作品中反复提到母亲是因为受到当局的蛊惑和皮埃尔·洛蒂作品的毒害才萌发了去印度支那的想法，但是对她母亲的前夫的身份以及她母亲去印度支那的原因，也有学者提出了不同的看法，法国学者让·瓦里尔这样写道：

---

1 [法] 玛格丽特·杜拉斯：《情人》，王道乾译，上海：上海译文出版社，2005年，第5页。
2 [法] 玛格丽特·杜拉斯：《情人》，王道乾译，上海：上海译文出版社，2005年，第50页。

1976 年的版本（已经提到过的《母亲们》）如是说："她与一位小学教师结婚，他也一样，深受皮埃尔·洛蒂作品的毒害，早已厌烦了北方村庄。"另一个更晚时期的版本这样扩展了这个情节："检查后的第二天，莅临她们班检查的官员向她求婚，那真是一见钟情。他们结了婚，一起去了印度支那。那是 1900 和 1903 年间的事情。那是一种介入、一种冒险，也是一种渴望，不是为了发财，而是为了成功。"玛格丽特·杜拉斯展开想象的翅膀，继续道："他们出发，如同英雄和先驱，他们坐着牛车视察学校。他们带着所有物品，笔、纸、墨水。他们在当时好像说给士兵的布告面前缴械了：加入吧。"其实，事实略有出入，如果说确有一见钟情的话，那也不是来检查的官员，而是路过那里的小学教师，巴黎人。他们好像在敦刻尔克约会，求婚者的朋友于勒·安格住在那里，是一个获得勋章的商人，朋友与玛丽·勒格兰特结婚那天，于勒·安格是证婚人。结婚证上写着，第一任丈夫是"印度支那的教师"。由于妻子应该随同夫君，所以，玛丽·勒格兰特出发去印度支那更多的是因为夫妻之爱，而不是因为她有先驱者的想法，抑或是因为阅读了皮埃尔·洛蒂的作品。[1]

亨利·多纳迪厄与现在妻子玛丽·勒格兰特的前夫奥布斯居尔是嘉定师范学校的同事，亨利·多纳迪厄和玛丽·勒格兰特是怎样结合在一起的，其中的说法各不相同，有人说他们两个人早已有了越轨行为，这种说法在他们结婚时就以匿名信的形式出现：

---

[1] [法]让·瓦里尔：《这就是杜拉斯（1914—1945）》，户思社、王长明、黄传根译，北京：作家出版社，2010 年，第 37 页。

据来自马尔芒德现在保存在亨利·多纳迪厄的档案中的匿名信讲,她甚至就可能是他的情妇。但是我们所说的匿名信1914年8月才寄到殖民部部长手里,这距传说中的事件发生时间已经有5年或者6年了("这个男人让妻子不明不白地死在西贡,他有家丑,情妇怀孕了,妻子必须消失,情妇变成了多纳迪厄夫人〔……〕告发的威胁也就到此终止",等等)。[1]

持这种观点的学者似乎不在少数,他们始终怀疑两人之间的关系,就连历史学家劳拉·阿德莱尔也在自己所著的《杜拉斯传》中提出了这样的质疑:

阿丽丝、雅克和亨利过着幸福的家庭生活,至少在表面上看起来没有什么乌云。阿丽丝不工作,一心一意在家带雅克。接着玛丽这个奥布斯居尔寡妇突然来了。她带来了混乱,不幸一件接着一件。[2]

劳拉·阿德莱尔好像在暗示"玛丽这个奥布斯居尔寡妇"给这个幸福的家庭带来了不幸和混乱,但是历史学家接着又说:

有很多问题都没有弄清楚:阿丽丝是怎么死的?好像是疟疾。她生病的时候,大儿子在哪里呢?在西贡,我没有找到一丁点关于他的资料。[3]

---

[1] [法]让·瓦里尔:《这就是杜拉斯(1914—1945)》,户思社、王长明、黄传根译,北京:作家出版社,2010年,第54页。
[2] [法]劳拉·阿德莱尔:《杜拉斯传》,袁筱一译,沈阳:春风文艺出版社,2001年,第21页。
[3] [法]劳拉·阿德莱尔:《杜拉斯传》,袁筱一译,沈阳:春风文艺出版社,2001年,第21页。

也有一些学者提出了相反的观点,认为"亨利·多纳迪厄和玛丽·勒格兰特由于相互爱慕,希望'重新生活',决定把他们孤独的灵魂结合在一起,重新组建新的家庭"[1]。让·瓦里尔2007年出版的《这就是玛格丽特·杜拉斯》从史料的角度提出了自己的观点:

> 那时告密在马尔芒德和西贡都很盛行,甄别此类信件需要十分谨慎。我们可以肯定地提出,登记簿可以作证,1909年10月初,亨利·多纳迪厄和玛丽·勒格兰特的婚礼公告即张贴在嘉定(未来的新郎的居住地)的督学大楼前,也张贴在西贡市政府大楼前(新婚的居所),按规定张贴十天("包括两个礼拜天"),公示期间不得有人提出任何相反意见。我们可以进一步推动反调查,发现这次再婚的第一个小孩1910年9月才出生,也就是说婚后十一个月后出生,这就排除了人们的指责,说后来的多纳迪厄夫人在结婚前已经生米煮成熟饭了。[2]

关于玛格丽特·杜拉斯父母婚姻的争论会否就此停止,现在还无法得出结论。但是人们对杜拉斯的理解和认识早已超越了那个阶段,对杜拉斯作品的关注和研究更会引起大家的兴趣。

当然引起争论的不仅仅是杜拉斯母亲的这次婚姻,还有其他关于她家庭的事情。按照历史学家和传记学者的说法,版本各不相同,争论的主要焦点在于:亨利·多纳迪厄是师范学校的校长没有疑问,但对他是否做过数学教师尚有不同看法,一直以来,对他女儿和小儿子

---

1 [法] 让·瓦里尔:《这就是杜拉斯(1914—1945)》,户思社、王长明、黄传根译,北京:作家出版社,2010年,第55页。

2 [法] 让·瓦里尔:《这就是杜拉斯(1914—1945)》,户思社、王长明、黄传根译,北京:作家出版社,2010年,第54—55页。

是不是他亲生的争论不绝于耳。关于父亲是否做过数学教师,玛格丽特·杜拉斯在不同的场合、不同的作品中提起或者暗示这样的观点:父亲做过数学教师。她在《玛格丽特·杜拉斯的居所》里说过"父亲曾经写过一本关于数学的书"。玛格丽特·杜拉斯在自己的自传体小说《情人》中也曾经有过这样的暗示:

  这一点我那时已经对我母亲讲了:我想做的就是这个,写文章,写作。第一次没有反应,不回答。后来她问:写什么?我说写几本书,写小说。她冷冷地说:数学教师资格会考考过之后,你愿意,你就去写,那我就不管了。[1]

  杜拉斯反复提到母亲对她在数学方面的要求,母亲对数学的偏爱是否与父亲有关,结论不好下:

  按照女儿的说法,他可能做过数学教师,如果她说的话可信的话。其中的原因就是她母亲曾经强制她参加这个科目的中学教师资格考试。实际情况又如何呢?这个问题的答案不能完全确定。亨利·多纳迪厄在自然科学方面所受的教育,最初没有预先设想让他朝数学教师的方向发展,至少他没有达到今天数学教学所需要的高度。[2]

  他们收入丰厚,雇了两个越南保姆照看孩子。夫妻俩在有了两个

---

[1] [法]玛格丽特·杜拉斯:《情人》,王道乾译,上海:上海译文出版社,2005年,第25—26页。
[2] [法]让·瓦里尔:《这就是杜拉斯(1914—1945)》,户思社、王长明、黄传根译,北京:作家出版社,2010年,第15页。

男孩后，很希望第三个是一个女孩。他们如愿以偿，等来了女儿的出生。然而，由于一直以来父母之间的婚姻关系经常受到质疑，玛格丽特·杜拉斯的身世也经常会引起争议，1976年，杜拉斯发表在《巫女》杂志上的一篇文章《瘦小的黄种人》涉及这个问题，文章被收入《外面的世界》(P.O.L出版社，1984年)。在这篇文章里，她特意写道：

> 我和哥哥都是瘦小的克里奥尔人，与其说是白种人，不如说是黄种人。从不分离，一起摸爬滚打，又脏又瘦的安南人，她说：她呢，她是法国人，没有出生在那里。我当时大约八岁。
> ……后来，当我们十五岁时，人们问我们：你们真是父亲的孩子？看看你们，你们是混血儿。对此，我们从未作答。没有问题，我们知道母亲很忠诚，而混血出自别的原因。……我们长大后，随后人们又对我们讲：好好想想，认真找找，你们的母亲是否告诉过你们，她怀你们时父亲在哪里？他不是在法国的普隆比埃休假吗？我们从来没有想过，我们知道母亲对父亲很忠诚，混血是无法告诉他们的其他原因。我还知道，我对此一无所知。人们还对我们说：是否因为饮食和那里的阳光？饮食让皮肤变黄，让眼睛成为单眼皮？不可能，学者们的态度很明确，这不存在，经验丰富的人这样回答，我们呐，从来没有提过这种问题。[1]

所以，杜拉斯从来没有怀疑过母亲的忠诚。但是其中的争论又无法避免，就算是传记作家们也都要把这样的情节写进他们的作品。法国最著名的传记作家都从自己的角度写到了这些情节，让·瓦里尔试图得出结论：

---

[1] Marguerite Duras, *Outside*, P.O.L, 1984, p. 277.

让我们再回忆一下事情的经过和日期：玛格丽特·杜拉斯的父母是1912年3月到1913年4月领着皮埃尔、保尔·多纳迪厄回国度假。他们1913年5月1日一起回到西贡，与他们的孩子住在嘉定师范学校，直到1913年5月19日（全家一起）返回法国。玛格丽特·多纳迪厄出生在第二年春天，4月4日。1913年夏天母亲怀孕时（6月底或7月初），档案里没有任何父母分开过的记录。保尔·多纳迪厄的出生也一样。

再说，亨利·多纳迪厄在信件中谈到妻子时敬重爱慕的口吻绝非一位戴绿帽子的丈夫所有的，当然这说明不了任何事情……由于对这个如此机密的事件提不出任何有力证据，最好还是接受作者的观点，她比任何人都了解母亲，她确认母亲没有背叛父亲。玛格丽特和哥哥"黄种肤色的问题"就不必去管了。[1]

女孩六个月时，她的母亲因患急症必须马上重返法国治疗，六个月的孩子要离开母亲，对父亲是多么大的考验。无奈之中，亨利·多纳迪厄和妻子商量，决定为杜拉斯请一位越南保姆。母亲被送回法国图鲁兹军队医院治疗，杜拉斯由越南保姆照看，父亲照常上班。但是自从杜拉斯出生后，父亲的身体状况逐渐变差。当地的殖民地医院也难查出病因，而不适和消瘦使他难以忍受。注定命运多舛的杜拉斯六个月时就要失去母爱的关照，失去父爱的温暖。襁褓中的杜拉斯从一开始就在湄公河的流淌中，在每日传来的汽笛声中，在越南女保姆喋喋不休的越南语中成长。越南、西贡、湄公河，

---

[1] [法] 让·瓦里尔：《这就是杜拉斯（1914—1945）》，户思社、王长明、黄传根译，北京：作家出版社，2010年，第60页。

是她纯净心灵中的最初记忆，是这个世界给予她的第一份礼物。无论何时何地，无论走向什么地方，那山，那水，那语言，那水天一色的地方，那热带季风吹过的地方就是她的故乡。难以忘怀的土地、难以忘怀的童年成了杜拉斯亲密情感的栖息地，成了杜拉斯写作故事的不竭源泉。

小小的杜拉斯从开始就得到了命运的特殊照顾，"天将降大任于斯人也，必先苦其心志，劳其筋骨"，那种生活苦水的浸泡，那种自然灾难的降临胜过任何人造的、虚伪的苦难。那是生活中难以避让、命运中不可逃脱的苦难。这些苦难刻骨铭心。杜拉斯从生命一开始，从自己无法忍耐时就不得不迎着一次次的厄运，不得不被卷入其中。

1915年7月14日，母亲终于从法国回到西贡，见到了久别的丈夫和儿子、女儿，却同时得知丈夫患了难以诊断的怪病，不得不离开印度支那回法国诊断治疗。这一看似存在的父亲，其实并没有给杜拉斯带来多少父爱。由于战争，这一次离别竟有一年多时间，几经磨难和努力，亨利·多纳迪厄终于在1916年10月又回到了西贡。相见时的欢乐还没有过去，亨利·多纳迪厄就又被任命到河内，任师范学校的校长去了。杜拉斯又随着父母来到了河内，在河内的住所里，玛丽·多纳迪厄开办了一所家庭寄宿学校，除了给自己的儿子皮埃尔、保尔和女儿杜拉斯教授知识，她还招收了九名越南小孩。这些招收的补习生，不但给多纳迪厄夫妇带来了麻烦，其中一些学生与女儿的不正常交往也引起母亲的担忧。

事情是这样的，早在1913年，就有人告密说多纳迪厄夫妇为了赚钱而私自招收寄宿学生。

嘉定师范学校的校长多纳迪厄先生私自在学校为校长提供的居所里招收了一定数量的付费寄宿学生。这九名寄宿学生每个月为多纳迪厄夫妇交纳八十美元的食宿和补习费。[1]

印度支那的总督严厉要求多纳迪厄夫妇立即解散学生，但是他们两人在替自己辩护的同时，想方设法留住这些学生，直到学生们能够按照自己的意愿完成学业或者到法国留学。当然，多纳迪厄夫妇的主要目的是让家里能多些收入。多纳迪厄写信给总督先生替自己辩护：

我并没有去请这些学生，我没有做任何广告。面对他们的请求，他们处在困境之中，绝无可能继续上学，我认为接收他们是对公立教育最有利的保护和进一步补充。他们中的三个人1912年毕业考试没有通过，因为缺少名额，他们将不再有资格回到初中念书。其他六人则是因为个人原因离开了塔贝尔学校，在此我不愿深究；但可以确定，他们的父母肯定不愿意再把他们送回那所学校。后边这些学生中有三人打算留学法国，继续深造，希望通过长期与我们接触了解法语和法国人的风俗习惯。[2]

一场风波后，多纳迪厄夫妇还是按照自己的愿望留下了这些孩子并让他们在自己家里补课，最后如愿以偿地出国学习。多纳迪厄夫人对孩子的管教很严，也希望孩子们接受成才的基础教育。然而有一天，她却发现了一件让她十分担心的事情：一位十一岁的越南男孩把她四岁的女儿杜拉斯领到她们家堆放木板和杂物的房间里去了，他让杜拉斯与他一起做一个游戏，杜拉斯怀着好奇的心理等待着，只见那

---

1 [法]让·瓦里尔：《这就是杜拉斯（1914—1945）》，户思社、王长明、黄传根译，北京：作家出版社，2010年，第66页。
2 [法]让·瓦里尔：《这就是杜拉斯（1914—1945）》，户思社、王长明、黄传根译，北京：作家出版社，2010年，第67页。

位越南男孩让杜拉斯抓住他还未成年的生殖器,然后他抓住杜拉斯的手来回搓动,过了不久,搓着搓着那位男孩的双手停了下来,然后他便双眼紧闭,如腾云驾雾般陶醉,那副模样,那副神情,弄得杜拉斯心中非常好奇,她当时并不知道怎么回事,但是手中越南男孩那软绵绵的生殖器却让杜拉斯终生难忘。越南男孩在温柔的杜拉斯的小手中完成了一次未成年人的自淫。年幼的杜拉斯对男女之事尚不知晓,但是好奇的女孩知道……

>记忆是清楚的,我被人接触过,那似乎就是受到污辱,有失名誉。
>
>拿在我手中的那种形状,那种温热的感觉,我不会忘记。于是那个孩子把眼睛闭起,脸向着那不可企及的欢快扬起,这位痛苦的殉道者,他已经有所期待了。
>
>我以后没有对我母亲再讲起这件事。她认为,终其一生,我早就把它忘得一干二净。她曾经对我说:不要再去想它,永远永远不要去想。这件事我长时间都在想,就像想到一件可怕的事情一样。此后又经过很长的时间,我才在法国讲给一些男人听。不过我知道我母亲对孩子这类游戏是从来不会忘记的。
>
>这一幕戏自身早已转换地点。事实上,它是和我同时长大的,从来不曾从我这里疏离避去。[1]

阿德莱尔在《杜拉斯传》中也对这件事做了如下论述:"玛格丽特等了七十年才将这段插曲用文字的形式表达出来,为什么呢?她感

---

1 [法]玛格丽特·杜拉斯:《物质生活》,王道乾译,上海:上海译文出版社,2007年,第32—33页。

到耻辱吗?她一直把这个细节深埋在心底?还是随着时间的流逝,她又重建了一种'似真还假的回忆'?"[1]不知那个男孩的游戏是出于好奇,还是有意而为,总之他再也没有在她们家出现。

玛丽·多纳迪厄夫人并不想让那件事扩大,她悄悄地把那个男孩送走了。尽管如此,那个越南男孩当时的神情还是在杜拉斯的脑海中晃动了很长时间。无论如何,在杜拉斯母亲这种传统思想浓厚的人看来,童男童女之间这种有关性的游戏都是难以接受的。至于母亲怎样把那男孩赶出家门,如何向他的父母交代,杜拉斯永远都无从得知。然而此事本身对杜拉斯的影响很大。那是她第一次看到异性陶醉而扭曲的脸,也许她手心握着的那个少年的生殖器留给她的温热和柔软,男孩那张预示着成人欢欲的脸,都过早地使她体验了男欢女悦之情。正因为如此,杜拉斯才敢于在十五岁半那年不顾母亲的三令五申,勇敢地投入那位中国情人的怀抱,在她看来,男女交往,自然包括性在内,属于人之常情。

就在母亲为此烦恼的时候,亨利·多纳迪厄又被任命去金边,游牧人的流浪式生活又重新开始。杜拉斯随着家人离开了河内,这个充满不祥与忧郁的地方,河内那个十一岁左右的越南男孩给杜拉斯上了人生第一堂性教育课。这不幸的遭遇中是越南男孩那张陶醉的脸。行政官员的住所是一块自由奔放的土地,那里,杜拉斯和自己认识的小朋友打成一片,她也像越南小孩一样,赤着脚在大街上到处乱跑,她也和越南小孩一样满口的越南话,那里是她真正的童年,那里是她真正的故乡。

在我这一生,竟有这种事发生。我已经活到七十二岁,依然

---

1 [法]劳拉·阿德莱尔:《杜拉斯传》,袁筱一译,沈阳:春风文艺出版社,2001年,第27页。

像是昨天发生的事：居民点的林荫小道，在歇晌的时间，白人居住区，道旁开满金凤花的大街，寂无行人。河水也在沉睡。[1]

杜拉斯的两个哥哥先后辍学，大哥哥整天出入酒吧，出入中国人居住的地方，渐渐地成为瘾君子。他回到家里不是跟母亲吵架就是打骂弟妹，母亲则忙于应付学校里的事情。杜拉斯已经开始出落成一个大眼睛、圆圆脸、十分招人喜爱的小姑娘。她聪颖异常，考试成绩名列第一。这使学校的老师和同学都很吃惊，这个杜拉斯是哪里人，怎么突然间冒了出来。母亲固然很高兴，但因为是女儿，不是她最喜爱的儿子，也不十分在意。母亲希望她将来能继承父业，去学理工科，可是小姑娘另有所好。

先读完中学，然后再正式通过中学数学教师资格会考。自从进入了小学，开头几年，这样的老生常谈就不绝于耳。我从来不曾幻想我竟可以逃脱数学教师资格会考这一关，让她心里总怀着那样一份希望，我倒是深自庆幸的。[2]

她要写作，再不喜欢别的。童年的杜拉斯随着父母在印度支那的土地上辗转，每一次迁徙都会留下难以磨灭的记忆。从河内到金边也不例外，杜拉斯命中注定要经历别人无法忍受的生命之重。金边留给她的也是家门不幸及由此引起的家庭争端。亨利·多纳迪厄于1920年12月31日从河内搬到金边市中心政府提供的住所里，那是一座非常漂亮、宽大、宁静的住所。母亲也在金边市一所公立学校找到了一

---

1 [法] 玛格丽特·杜拉斯：《物质生活》，王道乾译，上海：上海译文出版社，2007年，第27页。
2 [法] 玛格丽特·杜拉斯：《情人》，王道乾译，上海：上海译文出版社，2009年，第5—6页。

份教师工作。这不同寻常的开端和好运,使全家人都相信好日子从此开始了。可是到金边后,父亲的脸上就很少露出笑容,他备受至今不明原因的病魔的折磨,由于病重,他只好再次离开金边回法国。杜拉斯在《情人》中是这样描述的:

> 那张表现绝望情境的照片是谁拍的,我不知道。就是在河内住处庭院里拍的那张照片。也许是我父亲拍的,是他最后一次拍照也说不定。因为健康的原因,他本来再过几个月就要回国,回到法国去。在此之前,他的工作有调动,派他到金边任职。他在那里只住了几个星期。后来,不到一年,他就死了。[1]

他们在金边的住所,用杜拉斯的话讲就是那座柬埔寨国王的王宫,也正是在那个住所里,杜拉斯和母亲预见了父亲的离去。

> 我母亲就是在这个大宅子里面得到父亲的死讯的。在接到电报之前,她已经知道父亲死了,前一天夜晚已经见到征兆,只有她一个人看到,只有她一个人能听到,是一只飞鸟半夜三更失去控制狂飞乱叫,飞到王宫北向那间大办公室里消失不见了,那原是我父亲办公事的地方。[2]

亨利·多纳迪厄离开金边之后就再没有机会回到印度支那,此番离开他魂系梦牵的地方竟成了他与妻子儿女的诀别。也许亨利·多纳迪厄不能原谅妻子没有随他一起回国,但对自己能在生命的最后时刻

---

[1] [法] 玛格丽特·杜拉斯:《情人》,王道乾译,上海:上海译文出版社,2009年,第38页。
[2] [法] 玛格丽特·杜拉斯:《情人》,王道乾译,上海:上海译文出版社,2009年,第39页。

回到故乡，他还是感到极大的满足和安慰，他终于如愿以偿凝视着故乡的土地闭上了双眼，和前妻一起长眠在家族的墓地之中。游荡在印度支那的前妻阿丽丝的灵魂终于找到了栖息之地，在丈夫死后与他合二而一，完成了人间天上的一次绝唱。也许正因为如此，人们才会怀疑杜拉斯父母之间的感情。

亨利·多纳迪厄的离去给杜拉斯的妈妈玛丽和孩子们造成了极大的伤害，玛丽并不了解丈夫的想法，她在丈夫死后曾急于要回法国料理后事。但后来还是留在金边，待了一段时间后，才带着三个孩子回到了丈夫在普拉迪尔的住所。邻居们都以为这是他们的遗产，其实他们在当时仅仅拥有居住权。那是杜拉斯第一次回法国，第一次与自己名义上的故乡接触，故乡的河流，到处盛开着鲜花的土地，郁郁葱葱的树木都凝固在杜拉斯的记忆之中。概念中的故土第一次在杜拉斯的脑海中具体化、形象化。

这一年杜拉斯已经八岁了，八岁的孩子，对父亲去世后留下的巨大空白、巨大灾难还都没有知觉。她尽情地享受着没有父母亲管教的自由，尽情地呼吸着这块土地上自由而新鲜的空气。哪怕明天等待她和家人的是不幸。今天，只要今天还活着，那活着的生命就该自己去享受。杜拉斯和母亲、两个哥哥在父亲临终前所在的普拉迪尔小镇的住所居住了一段时间，母亲便向法国负责殖民地事务的当局提出申请，要求留在国内，不再返回印度支那。法国当局要求她出具一份医生证明，证明她的身体状况确实不再适应去印度支那环境恶劣的地方工作，可是她拿来的医生证明上却写着，身体状况良好，完全可以继续在印度支那工作。万般无奈之下，玛丽·多纳迪厄只好又带着两个儿子和女儿返回了印度支那。一个妇道人家面对着眼前这庞大的社会机器，她试图驾驭它，却不懂它的运行规律，必然会碰得头破血流，落得悲惨下场。

多纳迪厄夫人不是一个容易退缩的女人，没能留在法国，她又向殖民地当局提出要求，她不想留在金边，希望留在西贡。主要理由是，她的丈夫在金边离她而去，把三个未成年的孩子抛给了她，回到那里她不但要养活三个孩子，而且会触景生情想念自己的丈夫。这个合情合理的要求也没有得到批准。

据说殖民地当局专门为此做过调查，问多纳迪厄的同事们她是否值得这一恩准，回答是否定的，她是一个会带来灾祸的女人，丈夫的死与她有直接关系。没有人肯为她说句公道话。根据调查的结果，多纳迪厄夫人和孩子们必须返回金边，而且由于政府提供的住房是丈夫的，现在丈夫已死，他们母子四人当然不能再享受这一待遇。可是当多纳迪厄夫人提出领取抚恤金时，她因为拿不出丈夫去世的医院证明而领不到这笔钱。没有一家医院，一个医生肯为她出具这份证明。丈夫临死前既没有待在医院，也没有接受任何一个医生的治疗。多纳迪厄夫人甚至连丈夫已经去世的证明也拿不出来。结果在当时的殖民地印度支那甚至流传着多纳迪厄尚在人世的谣言。多纳迪厄夫人有口难辩，为了证明丈夫确实已死，更为了证明自己的清白，她一次又一次地去西贡的殖民地医院，一次又一次地给马赛医院写信，希望得到他们的帮助。她的一次次努力，她的一次次恳求，终于感动了医生，他们最后同意为她出具一份证明。可是当她拿着医生的证明去找印度支那殖民地当局时，他们依然不愿意付给她抚恤金，理由是这份证明仅仅证明多纳迪厄先生患了疲劳症，却无法证明这就是他的死因。

多纳迪厄夫人仰望苍天，诅咒人世间的不公。为了未成年的孩子，为了自己的清白，她不停地上诉，直到丈夫去世六年以后，她才在1927年如愿以偿地拿到了那以丈夫的生命加上她的伤心和泪水换来的抚恤金。那笔一年只有三千法郎的抚恤金由多纳迪厄未成年的四个孩子来分配，这四个孩子除了亨利·多纳迪厄和玛丽·勒格兰特所生的三个孩子外，还包括多纳迪厄先生与前妻阿丽丝生的二儿子雅克，雅克因为未成年，所以应该得到抚恤金的四分之一，可是雅克和他的监护人——叔叔罗热从来没有得到过一分钱。多纳迪厄夫人的努力感动了上苍，1924年12月23日，当圣诞节就要来到时，她接到了一份让全家人狂喜的圣诞礼物——任命令，她被任命到沙沥当一所小学的校长。第二天，圣诞节前一天，她带着孩子们离开了金边。

  杜拉斯已经十岁了，记忆深处的印度支那就是从这里开始的。川流不息的河水时不时冲来一些死去的动物和干枯的树木。那里不再是封闭的世界，不再是殖民地。当时的永隆有两所学校，一所是女子小学，一所是男子小学，多纳迪厄夫人这一次不再教书，只是来这里担任校长。除了管理这所女子学校，她还兼点课，收入就非常可观了，每月达一万法郎，还不算她后来得到的抚恤金，杜拉斯的母亲出生在法国北方贫苦人家，她对金钱的欲望永远得不到满足。她不但非常需要钱来证明自己在印度支那发了大财，就像她二十多岁时看到的那幅画一样，过着高人一等的奢侈生活，家里雇用着当地人，为他们提供优雅的服务，那才是白种人在殖民地的生活。而且她还明白，有钱能使鬼推磨。她要用钱来使自己的两个儿子，尤其是大儿子上学，她要用钱让儿子过上好日子，永远不愁吃穿。正在玛丽·多纳迪厄夫人满怀希望，梦想着轰轰烈烈干一番大事时，法国当局颁布了一条命令，凡是殖民地上的白种人（尤其是那些没有发财致富的小户白人）都可以低价得到三百公顷的土地。可是玛丽·多纳迪厄夫人胸怀大志，梦想着有朝一日自己也能成为一名百万富翁，她要更多的土地，要在那片一望无际的土地上建造自己的王国，实现自己的梦想。玛丽·多纳迪厄夫人又是写信，又是求情，法国当局终于答应了她的要求，但是印度支那的土地已经分配完毕，只有与越南接壤的一个叫朗姆的地方有一块土地。玛丽·多纳迪厄夫人花去了二十年的积蓄才买到这块土地。那时，她已经被任命为沙沥女子学校的校长，在确保小学校长的位置不致丢掉之后，她向学校请了半年假，来到了她购买土地的地方，从沙沥来到这里，需要走一天一夜。

杜拉斯的母亲不谙官场规矩，不懂得向土地局行贿，她以为只要拿着钱就可以买到上好的可耕地。她的想法太天真了。殖民地有权有势的白人们掌握着那些无依无靠的中下层白人的命运，掌握着那些被吸光血、榨干油的被剥削压迫的当地人的命运。他们尽情地玩弄着这些可怜的人，他们希望他们早已知道谜底的游戏能够继续下去，永远不要停止。只要这台巨大的游戏机能够运转，他们的利益、他们的金钱和享受就能在他人的血泪交织的悲惨故事中继续。

伟大的时刻到来了，杜拉斯生命中被反复讲述和书写的生活故事上演了。杜拉斯的母亲兴冲冲地把钱交给土地局的官僚们，又兴高采烈地买下了靠太平洋的一大片土地。多纳迪厄夫人在那块土地靠村庄的地方盖了一间永远也没有封顶的房子，只是用草代替瓦。那间被称为般加庐的茅草屋是杜拉斯永远的记忆，正是在那间房子里，当母亲耕耘她那块希望之地时，杜拉斯和二哥唱着希望之歌，唱着离别之歌，用歌声向往城市生活，向往遥远的西贡。

买到土地的当年，杜拉斯的母亲就把近二百公顷的土地种上了稻米，3月稻苗已经长了出来。她的希望随着春风摇动，稻田里泛起了她绿色的梦。母亲盘算着秋天的收获，想象着大把的钞票像绿色波浪滚滚而来。然而7月的海潮击碎了她的幻想。7月到了，7月带来了多纳迪厄夫人的厄运，太平洋开始涨潮了，没有几天时间，那块近二百公顷的土地除了靠海边茅草屋附近二三亩地，都成为一片汪洋。转眼之间，母亲一年来的辛苦及辛苦之后的企盼都被海潮无情地淹没了。

面对突如其来的打击，母亲不知所措，缓过神来，她才意识到一年的收成已经付之东流。然而她并未完全意识到问题的严重性，她只是简单地认为，第一年仅仅是偶然海潮过大而造成海水大涨。第二年她又开始插秧、播种。3月的风吹动了一片绿色的禾苗，微微的和风轻轻拂着蓝色的海面。多纳迪厄夫人每日都在稻田里劳作着，不辞劳苦，只等着秋天能有个好收成。她本来就是农民的女儿，对艰辛的耕作并不陌生，她每天头戴草帽，顶着日头，赤着双脚，完全像越南妇女一样。东方的岁月，东方的空间已经在她的头上、脸上、心中、脑中打上了深深的烙印，她根本不像那些养尊处优的白人女子，不但没有当地人每天侍奉她，而且还要亲自下田劳作。甚至从长相上，她都慢慢地接近了东方人。东方那一块神奇的土地，有着痛苦、创伤，也有着让人难以忘怀的记忆，有时是苦涩的，有时是美好的。无论是谁，是匆匆的过客，还是久居的人，只要经历过那片天空中太阳的点化，经历过那炙人的阳光的锤炼，只要有过与东方人为伍的生活经历，那里的醉人暖风，那里的迷人景色，那里的风土人情，那里的自然环境便不知不觉地映入脑海，流进血液。那鲜明的印记不但刻在那人的脑海中，改变着思维习惯，而且也刻在脸上，改变着体态，不知不觉中，他的生命便融进了许多被称为异国文化的东西。

多纳迪厄夫人一家就是被东方土地潜移默化地影响到几乎异化的西方人。正当多纳迪厄夫人等待着收获季节来临时，7月的太平洋海潮如期而至，第二年的情景与前一年完全相同，海边的土地全部淹没在海水中，多纳迪厄夫人这才意识到自己买到的那块土地根本无法耕种，二十年的省吃俭用已经无可挽回地付之东流。杜拉斯在《抵挡太平洋的堤坝》里写道：

> 第二年，母亲从头再来，海潮又起，那时她才明白了事实真相：这是一块不毛之地，几乎长年要被大海侵蚀。[1]

多纳迪厄夫人怒气冲冲地找到朗姆土地管理当局，质问他们为

---

[1] Marguerite Duras, *Un barrage contre le Pacifique*, Paris, Gallimard, 1950, p. 50.

什么要出租这种不毛之地,她要求他们给她换成能耕种的土地。然而多纳迪厄夫人不谙当地事理,不知贿赂官员,她的要求自然无人理睬。她侮辱那些官员,威胁他们要向上控告,殊不知土地局之所以敢这样做,是因为上边也这样做。其结果可想而知。但她不是那种轻易服输、轻易放弃的人。在控告无望的情况下,她突发奇想,要筑一道堤坝来挡住太平洋的海潮。她便开始设计图纸,请来了当地那些一贫如洗的农民,她给那些当地人描绘美好的明天:堤坝修筑好后,后边会是一片富饶的农田,孩子们再也不用担心吃不饱、穿不暖,再也不用去吃那让人吐酸水的青芒果,收获之后,他们可以开食品加工厂,开办学校,农民们再不用忍饥挨饿。孩子们再也不会因为疾病、因为饥饿而死亡。到那时,所有家庭都会过上丰衣足食的生活。农民们被杜拉斯母亲的情绪所感染,他们怀着满腔热情,跟随这位已经不算年轻的白人母亲开始了那长达三个月的乌托邦经历。杜拉斯在后来写的《抵挡太平洋的堤坝》中是这样描述当时的盛况的:

> 邻村的所有男人们都来了,母亲派伍长领他们。母亲把他们集合在破屋周围,给他们解释她想干什么。
>
> 要是你们想干的话,我们不用那些狗官们的帮助就可以造出几百公顷土地。我们要修筑堤坝,两个堤坝,一个与大海平行,另一个……
>
> 农民们感到惊愕。因为千百年来大海就吞没着这块地,他们早已习以为常,从来没想过阻止大海。再说他们太贫穷了,他们面对因为饥饿而死的小孩,面对被盐碱地烧死的禾苗,只能束手无策,这是他们保护自己的唯一手段。[1]

---

[1] Marguerite Duras, *Un barrage contre le Pacifique*, Paris, Gallimard, 1950, pp. 33–34.

也许那些农民并不去想等待他们的会是什么，他们本来已经一无所有，最坏的情况不过是依然一无所有，他们也不会损失什么，再则，他们感到眼前这位法国女人与他们有着相同的悲惨命运，他们对这位已经上了年纪的白人妇女充满信任。也许他们从她的热情和自信的讲话中隐约地看到了某种希望，为了令他们无比激动的希望，他们茫然地听从着她的安排。开始只有上百个人来到工地干活，多纳迪厄夫人给他们解释如何打桩，如何修筑堤坝。过了不久，又来了许多人。最后，几乎所有的人都加入修筑堤坝的行列。

这些祖祖辈辈生活在东南亚丛林的农民，逆来顺受，从来没有对他们所遭受的不公进行过反抗。也许他们受到了这位白人夫人的鼓舞，也许他们从开始就等着有人能够领导他们干上一场即使失败也可以让他们轰轰烈烈的大事。他们的未来、他们的命运也许会因为这条堤坝而改变。等所有农民都动员起来，多纳迪厄夫人就开始买木桩，开始做准备。她首先要等海水全部退去，等地全部变干才能开始施工，她利用这段等待的日子不分昼夜地拟定计划，她也憧憬着美好的明天，不但为了自己，为了自己的几个孩子，也为了那些可怜的农民。她提出了开发那五百公顷土地的计划：不但要生产大量的粮食，供养这些农民，而且还要办粮食加工厂，等等。她买好木桩后，用自己仅剩的一点积蓄买了些木板在河的入海口盖了三间小哨所，她称之为哨所村。三个月很快就过去了，海水退潮了。轰轰烈烈的修筑抵挡太平洋堤坝的工作开始了。杜拉斯在以此为书名的小说中这样写道：

这段时间是母亲一生满怀希望的日子。

男人们用车子把木桩从路上一直运到海边，然后就开始工作，母亲黎明时和他们一起上工，晚上和他们一起收工。……晚上母亲有时候给那些农民发一些奎宁和烟，然后利用这个机会给他们讲他们生活的改变，他们和她一起大笑。[1]

晚上，当农民都去休息后，多纳迪厄夫人还在那间没有完工的草房里点着油灯，拟定着一项项伟大的计划，憧憬着美好的未来。她的眼前是一片宽阔的土地，一排排整齐的厂房是自己的食品加工厂和仓库，那些农民穿着整齐的服装在里边上班。大片的稻田是源源不断的原材料供应地，这里将是从种植到生产到加工的一条龙农副产品生产基地。她就是这片基地上的女皇，她的孩子们，农民的儿女们都会穿上干净的衣服，都可以过上城市人的生活。等有了钱之后，她再给附近建一所学校，那将是一个自由自在，不再受制于人的世外桃源。草房里的灯光每夜都亮到很晚，那是茫茫深夜的一盏明亮的灯，是绝望之中的希望，只要有了那盏灯，农民们不再迷茫，孩子们就有希望。灯光下的多纳迪厄夫人如同指挥着千军万马的将军，每日调兵遣将，指挥着这巨大的工程，她成竹在胸，丝毫没有怀疑过自己会失败。杜拉斯记忆深处的苦涩因为那盏明亮的灯而变得实实在在，如同今日的切肤之痛。草房里的灯光是杜拉斯永远不熄灭的记忆之火，无论在何处，只要那灯光还在闪亮，记忆就会像开闸的河水滚滚而来。

这时的杜拉斯和她的哥哥在干什么呢？杜拉斯的母亲已经把大儿子送回法国北方，在丈夫的故乡为他找了一位神甫做监护人，儿子居然深得神甫的喜爱。那时多纳迪厄夫人送大儿子回国，原因有三：一是担心印度支那的环境会影响儿子的成长，那里的教育水平和人的素质都不能满足她对孩子的教育。二是丈夫去世后，她实在无力养活三个孩子。三是大儿子与二儿子和女儿之间的矛盾很大，自私的大儿子无论什么时候，无论干什么事都要优先。杜拉斯在以后的创作过程中

---

[1] Marguerite Duras, *Un barrage contre le Pacifique*, Paris, Gallimard, 1950, p. 56.

不止一次地提到，没有了大哥皮埃尔的威胁，没有了母亲玛丽·多纳迪厄的管教，杜拉斯和二哥在东南亚丛林里成了无人管教的孩子。他们每天和越南小孩子一起疯跑，过着一种无拘无束的生活。玛丽·多纳迪厄的草房前有一个池塘，杜拉斯和二哥保尔每到下午就在里边戏游，头顶的日头火辣辣的，照射在他们的身上。

杜拉斯也像男孩一样在池水里嬉戏着，游累了的时候，她就会回到池边，望着那条一端通向大海，一端通向西贡的大路，开始幻想。每天都要呆呆地坐在那里，等待着一个钟情于她的人，把她带走，离开这片土地。哥哥保尔和她一样，他在等待着他自己的女神。

夜幕降临时，保尔就带着杜拉斯去那近乎原始森林的树林子里狩猎，体味那夜色之中的恐惧混合着即将捕到猎物的狂喜。那些恐惧夹杂着惊喜，失望孕育着希望的日子变成了杜拉斯以后一部小说的标题：《成天上树的日子》。也是在那里，杜拉斯对二哥的感情就这样被确定下来，无法复制而且超越了兄妹之情的感情，深深地埋藏在她的心中。杜拉斯在《情人》中这样叙述道：

> 我的小哥哥和我，同他一起住在前廊里，空空张望着面前的森林。现在我们已经长大了，再也不到水渠里去洗澡了，也不到河口沼泽地去猎黑豹了，森林也不去了，种胡椒的小村子也不去了。我们周围的一切也长大了。[1]

杜拉斯刻骨铭心的记忆，是那里的苦难生活。每天吃的只有米饭和从池塘里摸到的鱼虾。更苦的是祖辈居住在那里的农民，他们的土地被殖民地当局掠夺一空，然后又高价卖给殖民地上无权无势的白

---

[1] [法] 玛格丽特·杜拉斯：《情人》，王道乾译，上海：上海译文出版社，2009年，第32页。

人。农民的孩子就像一钱不值的动物,出生,就等着死亡。生前吃的是青芒果,死后还得回到芒果丛中。孩子死了,父亲就在家门口的芒果林中挖一个土坑埋进去,那是一种最纯朴、最自然的仪式,从自然中来,再回到自然中去。没有痛苦,却表现着人间最大的悲哀和无奈。

就在多纳迪厄夫人整日忙于和农民们修筑堤坝时,杜拉斯和二哥保尔不是去丛林里狩猎,就是在小河里捕鱼,那里的树林、小溪、田野都留下了杜拉斯苦涩而美好的童年,那终生难忘的地方给她留下了取之不尽的创作源泉。

尽管那时母亲总是提醒她不要和越南人混在一起,要记着自己是法国人,可是在杜拉斯的心中,刻骨铭心的东南亚、走来走去的土地就是她的故乡。她想不清楚,自己的故乡竟会是远在天边的法国,她对那里的一切是那么陌生,那么难以接近。连她自己也这样承认:

> 我现在才发现,那时,我们与其说是法国人,不如说是越南人。我们现在才发现这一点,那就是这个法国种,法国国籍的外表完全是假的。[1]

湄公河才是她记忆最深刻的地方,她之所以敢公然声称自己与印度支那的特殊关系,就是因为印度支那是她曾经生活的一片天地,那里容纳着她的童年。而法国对她而言仅仅是她母亲每日所说的"你们是法国人"那句话,那只是一句没有实际内容的空洞话而已。

玛格丽特·多纳迪厄喜欢茂密的热带丛林,喜欢在河边奔跑,

---

[1] Marguerite Duras et Michelle Porte, *Les Lieux de Marguerite Duras*, Paris, Les Editions de Minuit, 1977, p. 60.

在河中像野孩子一样洗澡。她喜欢吃芒果,芒果汁流得满嘴都是。"我们吃水果,打野兽,赤脚在小路上走,在河里游泳,去抓鳄鱼,那时我才十二岁……"

虽然美中不足,但珍贵无比,让人想起美好的过去,想起那种永不复返的诱惑……[1]

"永不复返的诱惑"在反复体验和回忆中展开,成了杜拉斯挥之不去的梦幻和情感栖息地,成了她永不枯竭的创作源泉。在无人看管的日子里,她最大限度地获得了自由。杜拉斯后来不愿意再回到印度支那,是因为她想无限地保留自己对那片土地的探索权。随着时间的推延,主观色彩越来越强烈,杜拉斯在反复的寻求之中,逐步建立起远离事实的个人想象地,似真还假,把读者引入了迷狂的回忆之穴。

"洞",她喜欢用这个词来比喻写作这口又黑又深的井,那是写作所需的秘密活门。"洞"是用来指她的"黑屋"的,一团团记忆纷至沓来,堆积在那里,她,一个作家,充满火热的激情,顽强地驱逐它们。[2]

"黑洞"之中,堤坝的故事在杜拉斯的想象中与事实并行,童年最不愿意触及的记忆被打开了,"黑洞"中的光线是那么暗淡,无法冲破。堤坝终于修筑完毕,多纳迪厄夫人感到奇怪的是当地官员竟无人过问,她原来想堤坝修好,几百公顷的土地肯定是官员们眼里的一

---

1 [法]阿兰·维尔贡德莱:《玛格丽特·杜拉斯:真相与传奇》,胡小跃译,北京:作家出版社,2007年,第19页。
2 [法]阿兰·维尔贡德莱:《玛格丽特·杜拉斯:真相与传奇》,胡小跃译,北京:作家出版社,2007年,第31—38页。

块肥肉。他们肯定懂得修筑堤坝的重要性，也肯定为多纳迪厄夫人的举动而吃惊。所以多纳迪厄夫人没有给他们写信，也不想去见他们。她怕那些人节外生枝，破坏了自己的全盘计划。堤坝修好后她才给那些人写了一封信，告诉他们方圆几里约五百公顷的土地即将播种、收获，土地局的官员也没有回复她。禾苗播种完了，梅雨季节来到了，多纳迪厄夫人每天来到堤坝围起来的田地里察看，禾苗一天天变绿、长大。7月的涨潮季节到了，汹涌的海水冲击着堤坝，数以万计的小螃蟹在堤坝里钻来钻去，原来就毫无科学性可言的一点也不结实的堤坝终于被冲塌了。禾苗被淹，稻田被淹，多纳迪厄夫人安排在监测哨所中的几户农民也驾起小船四散谋生去了。海水中，仅仅留下了无数的木桩，在起伏的海水中晃动，那是多纳迪厄夫人扯起的白旗，那是这段悲歌敲起的丧钟。没有歌声，没有哭泣，只有那些木桩见证这段历史。邻村那些和多纳迪厄夫人同甘苦共患难的农民，那些也幻想过，也渴望过的农民又回到了自己的村庄，回到自己逆来顺受的生活中。他们的生命所燃起的那点火花一夜之间便被无情的海水淹灭。在这片潮湿而闷热的土地上，农民的儿子继续饿死，农民继续把他们掩埋在到处都是沼泽的丛林中，他们并没有怨恨多纳迪厄夫人。第二年，那仅存的一点堤坝也被海潮冲走，那段轰轰烈烈的故事也就结束了。

关于这段经历，杜拉斯在《情人》里是这样描述的：

在这个地方，人们什么都不知道，只是张望着森林，空空等待，哭泣。低洼地肯定是没有指望了，雇工只能到高处小块土地上耕种，种出的稻谷归他们所有，他们人还留在那里，拿不到工钱，我母亲叫人盖起茅屋，用来作为他们的栖身之地。他们看重我们，仿佛我们也是他们家族中的成员，他们能够做的就是看管那里的般加庐，现在仍然由他们看管。尽管贫穷，碗里倒不缺什么。屋顶常年累月被雨水浸蚀朽坏,逐渐消失了。[1]

堤坝被海水冲垮后,多纳迪厄夫人像霜打了的树叶,那维系她生命、支撑她生活的唯一希望眼巴巴地被摘走了。那段日子她跟谁都不说一句话,她的生命好像已经被堤坝耗尽了,连说话、倾诉的力气都没有了。

她差点死去,那时她恍恍惚惚,颠三倒四,完全失去了理智,我们想她活不了多长时间。我觉得她真的太生气了,她真想就这样死了算啦。堤坝垮掉后,她就开始一点点死去。显而易见,愤怒、生气在我们身上打下了深深的烙印。直至现在我提起此事也难平静下来。她去控告,她去反抗。然而,那时的贪污腐败真是太可怕了,太厉害了。我们发现所有的官员,无论是土地管理局的官员,还是殖民地的行政人员,人人都行贿受贿。[2]

杜拉斯在她另一部访谈录《话多的女人》中也谈到了东南亚官员的腐败:

我记得一位殖民地官员。也许他已经死了,可是他的儿女们还活着。他叫B……那时,在印度支那有税收,有一种人头税,农民、居民上交的人头税,在交税的季节——我见过那场面,我看了好多年那场面,每年几乎都在同一季节,数不清的小舟从农村来……许多许多的人给行政官员带来了他们的税负,带来了他

---

1 [法]玛格丽特·杜拉斯:《情人》,王道乾译,上海:上海译文出版社,2009年,第32页。
2 Marguerite Duras et Michelle Porte, *Les Lieux de Marguerite Duras*, Paris, Les Editions de Minuit, 1977, p. 59.

们的人头税，有的放在小舟里，有的放在小舢船里。他们只有那可怜的三个或十个皮阿斯特，我记不清是多少了，裹在手帕里。来到殖民地行政管理办公室，人家便对他们说："是的，税收是三个或十个皮阿斯特，但还得多交一个给行政长官。"许多人就因为交不起那一个皮阿斯特，只好在湄公河上等几天几夜……[1]

那些交不起付给行政长官的税的人最后就要被罚或修路修坝，去干苦力活。这是后来才知道的事情。开始，多纳迪厄夫人以为只要有理便可取胜。她三番五次地上访、祈求，希望那些行政管理人员能可怜她这妇道人家和那两个未成年的孩子。当她的祈求变得无望时，她便开始威胁，开始控告。她给当地的行政长官写了许多信，希望有人能还她一个公道，给她换几亩好田。可是她的一切控告信都被那些腐败的官员锁进抽屉，如石沉大海。此时有人提醒她也去贿赂行政长官和他的下属们。当时母亲的那种绝望，成了杜拉斯一生难以忘怀的记忆，这种绝望成了杜拉斯最具悲壮心理的美，在杜拉斯看来，这种美没有其他任何东西可比拟：

有一个绝望的母亲，真可说是我的幸运，绝望是那么彻底，向往生活的幸福尽管那么强烈，也不可能完全分散她的这种绝望。[2]

"绝望的母亲"赋予了杜拉斯永不服输的品行，同时也经常成为杜拉斯书写的对象，在杜拉斯的作品中占据着至关重要的位置。女儿始终与母亲相伴而行，成为不离不弃、相依为命的一对。杜拉斯在

---

1 Marguerite Duras, Xavière Gauthier, *Les Parleuses*, Paris, Les Editions de Minuit, 1974, pp. 136–137.
2 [法] 玛格丽特·杜拉斯：《情人》，王道乾译，上海：上海译文出版社，2009年，第17页。

《情人》中所提到的绝望正是母亲经历丈夫离去、堤坝坍塌的这段日子的写照。此时，多纳迪厄夫人已经一贫如洗，绝望之际决定离开这块给了她无限希望最后又让一切毁于一旦的土地，她想回到西贡那个叫沙沥的地方继续教法语。那一年是1924年，杜拉斯刚好十岁。十岁的杜拉斯已经陪着母亲经历了人生的酸甜苦辣，尤其是母亲修坝的五年，是杜拉斯一生中家境最苦，从而令她刻骨铭心的一段时间。杜拉斯早期提起这段经历时，对东方这块土地，简直就充满了仇恨之情。对那里的腐败，对当地人那种如鲁迅所说辛苦麻木的生活，都情不自禁地流露出明显的蔑视。东方那片神秘的天空下，曾上演过多少母亲的大喜大悲，以及由此带给童年杜拉斯的苦涩与欢乐。然而随着时间的推移，这一切全都渐渐地演化成一种遥远而美好的回忆。

第二章：
东西方文化视角中的杜拉斯

伯明翰学派认为，文化是一种整体生活方式，而文化研究就是对这种整体生活方式的完整过程的描述。学派所坚持的平民主义倾向使得他们把研究对象从高雅文化及传统的文学经典中解放出来，注重对通俗文化、大众传媒的研究，大众文化现象从此登上了学术的"大雅之堂"。对整体生活方式的研究成为文化研究的重要组成部分，记忆、现实中的衣食住行也就自然而然地进入研究者的视野。

"人总是生活在文化中。从衣食住行等日常生活到各种社会活动和历史运动，都显示出明确无误的文化内涵。"[1] 从出生和度过童年的印度支那，到血液中流动的法兰西，杜拉斯的一生经历了不同的文化背景，其构成是不同背景下的各式各样的日常生活和各种社会活动，所以从文化的角度来看，杜拉斯的创作具有更为丰富和不断变化的内涵，且不论其作品，单是她不同寻常的坎坷人生，她所经历的各种苦难生活，就在她的衣食住行里，丰满而又多样的生活体验更增添和拓展了她身上展现出的文化特质，令读者们扼腕叹息，唏嘘不止。位列法国当代著名的女性作家已经是不容置疑，说她是法兰西文化财富的一部分也是实至名归。甚至评价其为多元文化的产物，也早已成为定

---

[1] 李小娟主编：《文化的反思与重建——跨世纪的文化哲学思考》，哈尔滨：黑龙江人民出版社，2002年，第18页。

论。西贡、越南、印度支那、东方、法兰西、西方，空间不断拓展，童年的底色丰富多彩，多元文化在杜拉斯的作品中展示独特魅力。她的作品就是她的生活，普通真实到让人无法辨别两者之间的区别。

有一种令人吃惊的现象（我们姑且称之为杜拉斯现象）值得我们深思，即使对初读杜拉斯作品的读者，此种现象也显而易见：杜拉斯的写作语言是法语（最显著的法兰西文化的象征）；杜拉斯的许多作品聚焦亚洲，从自己的出生地西贡到金边、加尔各答、拉合尔等，作者不惜笔墨地叙述了她童年、少年时的经历，她在叙述其经历本身所处的环境、所接触到的人物时运用的词汇又勾画出一幅异国他乡的生活场景（具有非法语文化的特征）。两者之间的矛盾和冲突显而易见，这些现实存在的地域虽然早已远离杜拉斯的真实生活，但是像她灵魂中永远无法倾斜的塔楼一样高高矗立，照亮她前行的路途。如同巴什拉在自己的《诗意空间》所说：

> 而在我们过去度过孤寂时刻的所有地方，这些我们遭受孤寂之苦、孤寂之乐、孤寂之欲求、危害孤寂的地方，留在我们心中，难以磨灭。[1]

孤寂是生命最有品质的内核，常常被珍藏在最私密的地方，跨越时空存在着。带着爱和私密情感的地方不再与现实有关，回忆亦无法企及，它们隐藏在杜拉斯的记忆之中，等待时机被书写。书写的记忆巧妙地把现实的再现和在场结合起来，让现时性具有了无法超越的特质。回味生命中曾经的孤寂和无奈，抚摸属于自己的过去，现时的在

---

[1] ［法］加斯东·巴什拉：《空间诗学》，龚卓军、王静慧译，北京：世界图书出版公司，2017年，第34—35页。

场完全被时间记忆异化，作者在时间的反复折叠之中把记忆和现实糅合在一起。此时此刻，具有法兰西文化特征的法语语言就不可避免地和具有异国文化特征的异国生活经历、异国生活环境所创造出来的人文景观发生冲突。作为形式的语言难免要和叙述的内容发生冲突，其结果不外乎这两种：或者扩展法语语言所蕴含的文化内涵，或者限制杜拉斯小说的叙述内容。杜拉斯选择的当然是前者，只能让语言形式去适应其叙述内容，而绝不能因为语言而削弱叙述的力度，只有这样才能使杜拉斯所经历的爱恨情仇与其周围固有的环境既有差异相得益彰，并且在最终重归于博大精深能容百川的法语语言及其身后所绵延的法兰西文化。当法语语言作为一种形式，它所叙述的内容却充斥着与法语环境格格不入的经历与故事的时候，杜拉斯的创作，就成了一个寻求文化认同的过程。其中的困难与艰辛真是可想而知又难以备述。只有追寻探究杜氏的创作道路，才能体会和认识到这种认同的反复及其过程的痛苦。也许正是反复与痛苦，也许正是这种文化渊源的匮乏所导致的难以准确有力表达自己情感的痛苦，才造就了杜拉斯的创作风格。杜拉斯寻求文化渊源、文化认同的过程漫长而痛苦，犹豫而执着。

文化悬空

从 1914 年出生在越南西贡附近的嘉定白人居住区到 1932 年离开越南，杜拉斯的童年和生活环境都与印度支那有关，后者也构成了她最天然并沉淀在潜意识中的文化之根。童年留给她的也许就是那逝者如斯的湄公河水，就是她和二哥在东南亚丛林中无忧无虑、自由自在的时光，就是那些仅靠生涩的芒果充饥而终被饿死，尔后又被抛尸沼泽的童尸，是七月的海潮来临时那些背井离乡、划舟远行的当地人……这些经历的深刻背景决定了其东南亚文化的特性。诚如杜拉斯与格扎维尔·戈蒂埃在《话多的女人》中所叙述的那样：

然而，湄公河却留了下来，我就在河边睡觉，玩耍，我在湄公河边生活了十年之久，它留在了我心中。[1]

谈话录《玛格丽特·杜拉斯的居所》中，说得更加明白：

她没有时间照看我们，再也不去想她的孩子们，因此，我们就到处乱跑，不是整日待在树林中，而是在小河、在湍急的小溪边流连忘返，我们所说的小溪就是那些奔向大海的湍流。我们打猎。那里的童年与我们这里完全不同，你瞧，我们与其说是法国人，不如说是越南人。我现在才发现这一点，那就是这个法国种、法国国籍的外表完全是假的。我们跟那些越南小孩一样说越南语，跟他们一样不穿鞋……母亲常给我们说"你们是法国人"，等等。[2]

她在《文字的色彩，与多米尼克·诺盖关于八部电影的访谈录》中也非常明确地谈到了这一点：

我出生在远东，是克里奥尔人，我一直在那里，在越南生活到十七岁。我的越南语跟法语一样流利。十八岁时，人家告诉我"你是法国人，应该回法国念大学"。我很难适应你们的国家。我

---

[1] Marguerite Duras, Xavière Gauthier, *Les Parleuses,* Paris, Les Editions de Minuit, 1974, pp. 136–137.

[2] Marguerite Duras et Michelle Porte, *Les Lieux de Marguerite Duras*, Paris, Les Editions de Minuit, 1977, p. 60.

是用这个国籍报户口的，而且我总该到什么地方上大学吧。[1]

在杜拉斯的头脑中，越南所在的印度支那成了她的母国文化，成了她构筑人生的起点和源泉。"你们的国家"作为母国文化最大的敌人横在杜拉斯面前，但也是杜拉斯心中最希望认同的土地。杜拉斯痴迷和认同印度支那的一个很重要的原因，就是她和她的家人经常受到生活在越南的殖民地白人统治者的排斥和鄙视。在充满自传色彩的作品《抵挡太平洋的堤坝》和《伊甸园影院》中，杜拉斯都触及了这种伤痛：

苏珊感到自己很可笑，她的可笑显而易见，自从她踏上电车通往上城区的公路，就不知不觉产生了这种感觉，这种感觉不但得到证实，而且越来越强烈，当她到达上城区中心时，为时已晚。嘉尔曼错了，不是所有的人都能走在这些街道和人行道上，走在王公贵族们中间。不是所有的人都具备同样的行走权利。他们好像都有明确的目标，行走在自己熟悉的环境和同类中。而苏珊则没有目标，不是他们的同类，从未在这个舞台上露过面。[2]

下午5点，午休之后，白人得到了休息，连晚凉也冲过了。他们身着白装，清净洁白，走向网球场。……我的裙子让我难堪，简直是婊子的裙子。我满脸不自在，心里难受。[3]

---

1 Marguerite Duras, *La Couleur des mots. Entretiens avec Dominique Noguez autour de huit films*, Edition critique, Benoît Jacob, 2001, pp. 26–27.
2 Marguerite Duras, *Un barrage contre le Pacifique*, Paris, Gallimard, 1950, p. 56.
3 Marguerite Duras, *L'Eden Cinéma*, Paris, Mercure de France, 1977, p. 109.

白人在这座城市里建立起属于自己的"文化飞地",享受着独有的特权,书中的主人公把自己和那些行走在其中的白人区分开来,她在白人中间属于另类,在她的观念中,她不是白人,她的遭遇就是杜拉斯及其家人在越南生活的真实写照。1962 年,杜拉斯在接受法国国家台采访时这样说:"我们很穷,因此不可能感觉良好;总之,那里是一片有充分自主权的白人殖民地,我母亲在法国政府中的地位很低,我们被降级到所谓的'当地人'之列。"[1]很长时间,杜拉斯都羞于承认自己的身份,1987 年杜拉斯发表《物质生活》时,她对越南的怀念和认同如故,时间的推移并没有改变她对越南的感情和认同:

> 我的故乡是水乡,是湖泊、流泉的国度,泉水是从山上流下来的,还有水田,还有平原上河川浸润的泥土,下暴雨的时候我们在小河里躲避……人一经长大,那一切便成为身外之物,不必让种种记忆永远和自己同在,我们不可能永远把这些记忆带在身边,而把它们存放在最初形成的地方。我是一个没有故乡的人。[2]

对东方文化的偏爱和执着使她在几乎所有允许她说话的地方,都会毫不犹豫地表达这样的观点,而且与法国文化接触的时间越长,与它的融合度越高,她对东方文化的怀念就越强烈。即使到 1990 年,出版《中国北方的情人》时,她在小说中依然表达了对法国的厌恶,对那个被反复虚构的童年故土的怀念,那个地方仅仅是记忆中的想象

---

1 [法]玛格丽特·杜拉斯、索菲·博如艾尔:《1962—1991 私人文学史:杜拉斯访谈录》,黄荭、唐洋洋、张亦舒译,北京:中信出版集团,2018 年,第 3 页。
2 [法]玛格丽特·杜拉斯:《物质生活》,王道乾译,上海:上海译文出版社,2007 年,第 89 页。

之地，成为杜拉斯抒发个人情感的记忆之地，具有强烈个人色彩的情感在那个地方升华，抹不去的愁情溢于言表：

> 不管在什么地方，她法文考试总拿第一名，厌恶法国，无从解脱远离童年故土的乡愁，吃不惯带血的煎牛排，喜欢文弱的男子，浑身洋溢世上少见的那种性感。[1]

"带血的煎牛排"如同横在杜拉斯面前的沟壑，她在它面前始终犹豫不决，不愿意跨越。"童年故土的乡愁"随着时间的推移更加浓郁，羸弱男子的性感其实是她记忆中难以抹去的想象。但是，由此就断定杜拉斯完全认同印度支那，把越南作为母国文化，这样的说法也不尽然。越南的社会环境和文化根基在她那里还非常脆弱。她母亲常说的"你们是法国人"这句话却时不时地冲击她头脑中的固有观念，根深蒂固的优越感一刻也未曾从她心中去除，她在面对越南人时所享受到的优厚待遇，使她自觉不自觉地拉开与他们之间的距离，也使她在潜意识中不自觉地接受法国文化，享受其带给她的优越，白人的称谓像难以摆脱的幽灵始终占据着她的潜意识，满足白人高高在上的心理。

> 也像往常一样，司机仍然把我安置在前座他身边专门留给白人乘客坐的位子上。[2]

> 校长接受了这种意见，因为我是白人，而且为寄宿学校声誉

---

[1] [法]玛格丽特·杜拉斯：《中国北方的情人》，施康强译，上海：上海译文出版社，2006年，第31页。
[2] [法]玛格丽特·杜拉斯：《情人》，王道乾译，上海：上海译文出版社，2009年，第11页。

着想，在混血人之中必须有几个白人才好。[1]

残酷的现实和虚幻的记忆之间，杜拉斯在东西方文化的旋涡中挣扎的矛盾心理被反复地呈现在读者面前，书写的现实被反复地颠覆、演变。被杜拉斯誉为故乡的东方也仅仅是记忆之地，温馨与痛苦搅拌在一起。她与格扎维尔·戈蒂埃在《话多的女人》中的对话颠覆了曾经无比美好的出生成长地——东方：

格·戈：因为你拥有双重文化，每一个人只能有一些等待、渴望、想象的东西，而你则体验了这些东西。所以我们才能够接受，但是却不能体验。

玛·杜：你知道，我的母亲为了修建堤坝而倾家荡产。我已经叙述过了。十八岁时，我离开那里来这里参加哲学考试。这是我生活的第二部分。上大学时，我不再回想自己的童年。那实在太痛苦了。我彻底掩盖了。我在生活中步履蹒跚，我这样对自己说：我呢，我是一个没有故乡的人；对我而言，这里的一切都是那么陌生，而我曾经生活过的国家却是灾难，是殖民主义，是这一切，不是吗？[2]

"我是法国人，我也是犹太人。"这是德里达自我认同的悖论，文化的内在冲突造成了人格的分裂，德里达对犹太人身份的否认源于后者与德里达所秉持的核心价值观的冲突。德里达羞于启齿的就是犹太教中的民族主义思想，在承认与否认之间，德里达巧妙地使用了"我们"这样

---

1 [法] 玛格丽特·杜拉斯：《情人》，王道乾译，上海：上海译文出版社，2009年，第85页。
2 Marguerite Duras, Xavière Gauthier, *Les Parleuses*, Paris, Les Editions de Minuit, 1974, p. 136.

的集体概念,以混淆和厘清他与他们之间的联系。这种认同又否认的矛盾在杜拉斯身上同样突出,与德里达不同的是,杜拉斯在认同与摇摆之间不涉及宗教冲突,她对东方文化的否认既源于价值观的尖锐冲突,也源于她内心的西方文化优越感,高高在上的集体潜意识让杜拉斯难以真正表达她与东方文化的亲密性。文化认同引发的身份困顿长期困扰着杜拉斯,她需要较长时间的消化才能建造出属于自己的文化飞地。

由个人情感而非地理空间产生的密切联系铸就了杜拉斯对东方文化的情有独钟,法国人和越南人之间的认同和否认的悖论让杜拉斯反复摇摆,在陌生与灾难之间建立起文化认同上的矛盾心理,拒绝与接受扭曲了杜拉斯的人格,她用书写建立起自己的文化飞地,让无处安放的灵魂畅游其中。

法国人与越南人这种身份认同上的对立在杜拉斯身上引发了文化特征的模糊,使其成了没有文化之根的悬空者,也成为她后来创作中所表现出的文化冲突的根源所在。这时,杜拉斯所赖以生存的文化模式的内涵发生了变化,她在两种文化模式之间摇摆不定。

> 文化模式是特定民族或特定时代人们普遍认同的,由内在的民族精神或时代精神、价值取向、习俗、伦理规范等构成的相对稳定的行为方式,或者说是基本的生存方式或样法。……文化模式以内在的、不知不觉的、潜移默化的方式制约和规范着每一个体的行为,赋予人的行为以根据和意义。[1]

杜拉斯的整个创作过程经常在认同不同文化模式的矛盾中摇摆,

---

[1] 李小娟主编:《文化的反思与重建——跨世纪的文化哲学思考》,哈尔滨:黑龙江人民出版社,2002年,第22页。

既难摆脱根深蒂固的有着东方民族精神和殖民地时代精神、有着东方民族的风俗习惯和价值取向的童年，以及形成这种文化模式所经历的童年生活的人物和事件，又难完全融进写作期间每时每刻都生活在其中，都在日常生活的各个层面、每一个动作和习惯中体验着的法国文化。对杜拉斯而言，法兰西文化模式的建立及内涵的形成，是一个漫长的过程。杜拉斯需要从民族精神或时代精神、价值取向、习俗、伦理规范等方面，从生活习惯到写作习惯努力适应法兰西文化模式的要求。她的叙述手法耐人寻味，对法兰西文化模式的认同过程同样令人深思。

文化冲突

寻根，寻找一个"退潮"的世界，"躺着男男女女的沙滩"，一望无际的稻田与河流或者与南海水天相连。这个诞生地占据她的全部作品。因为没有任何东西比她的童年更重要了，"不会结束的童年"，正如她引用司汤达的话所说的那样。[1]

"不会结束的童年"是杜拉斯反复挖掘的宝藏，每一次都给作者和读者带来惊喜。身处不同时空，探究童年秘密，让杜拉斯的书写充满奇异，书写以自己的方式表达快乐，追寻真实。1932年，杜拉斯在十八岁时回到她的原籍——法国，她的生活环境、生活方式和思维习惯都有了较大的转变。原来那些充满野性的亚洲人，忽而换成彬彬有礼的居民——经常交往相处的法国人，原来那些到处都埋着小孩尸

---

1 [法]阿兰·维尔贡德莱：《玛格丽特·杜拉斯：真相与传奇》，胡小跃译，北京：作家出版社，2007年，第11页。

体的沼泽地，到处都是青芒果的森林，忽而换成巴黎的高楼大厦。无论是生活背景，还是生活习惯，都经历了跨度颇大的转变。杜拉斯经历了重大的历史转折，这种转折带来的是文化的断裂。十八年西方文化的缺席之后，杜拉斯要建立自己与母国文化的联系，其最大的障碍恐怕就是她从出生一直认同为母国文化的印度支那。因此，我们可以设想，在刚刚回到法国的杜拉斯心中，东方文化必然占据统治地位。从文化的角度来看，杜拉斯就存在一种心理障碍，她从东方带来的生活经历和习惯，她本身所具有的生活内容都与她眼前的这种母语文化格格不入。一种缺乏母语文化的羞愧就油然而生，她自认为无法融进法兰西文化，她眼中的自我完全是法兰西文化（自己的母语文化）的异端。她心中产生了极大的恐惧，而且每当两种文化在自己身上发生冲突的时候，她便莫名其妙地恐惧起来，无端地羞耻起来，这种心理表现在创作中首先是对法国文化的否认和拒绝。

对法兰西文化的否认和拒绝完全成为不由自主的举动，其实内心深处是对白人文化的维护，是对自己和家庭尊严的维护，白人至上的心理让她无法真实地书写家庭境况。她在《情人》中揭示了自己的心理：

> 长期生活在地区性饥馑中的"少年—老人"[1]，他们是那样，我们不是那样，我们没有挨过饿，我们是白人的孩子，我们有羞耻心，我们也卖过我们的动产家具之类，但是我们没有挨过饿……那时我是在硬要我顾及羞耻心的情况下拿起笔来写作的。写作对于他们来说仍然是属于道德范围内的事。[2]

---

[1] 意指未老先衰的小老头。
[2] [法]玛格丽特·杜拉斯：《情人》，王道乾译，上海：上海译文出版社，2009年，第7—9页。

身处东方，白人的身份让她无法叙述自己家庭低人一等的事实，这事关白人的面子，属于道德范畴内的事情。而正是她曾经引以为荣、习以为常的印度支那在她回到法国后变得难以启齿，羞愧无比，这样的矛盾心理给杜拉斯造成了困惑和痛苦，使她无法摆脱。这时，她开始犹豫不决，甚至不知所措，书写遇到了前所未有的困难。

为了达到与自己母语文化的融合，她甚至把自己回到故乡的一切活动完全与童年的经历隔离开来。在她看来，愈是远离童年的生活与经历，就愈能把自己融进母国文化。因此，在创作的初期杜拉斯把自己严严实实地隐藏在作品的后面，试图用法国外省的背景掩盖曾经的经历。为了避免文化认同的尴尬，杜拉斯在创作第一、第二部小说《厚颜无耻的人们》和《平静的生活》时，便把目光瞄向了能够体现法兰西文化特征的外省。杜拉斯完全把自己置身于法国文化的大背景中，小说中的家庭，无论是达纳朗一家，抑或是维勒纳特一家，都在小说开始时搬到了外省。两个家庭周围的地理环境及社会关系纯粹是法国外省式的，那里的自然风光、风土人情和小说中所表现出的家庭关系很容易使读者联想到诸如福楼拜、莫里亚克等法国文学史上的经典作家。就连小说中所描述的个人感情与家庭利益的冲突也与莫里亚克所表现的家庭悲剧接近，然而莫里亚克描述的是自己亲身感受、深刻理解的家庭悲剧，他把那些没有爱情、各怀鬼胎的家庭成员之间的矛盾冲突淋漓尽致地表现出来，可以说，他那饱蘸情感的笔端抒发着自己的愤怒和绝望，那是他感情体验的结晶。莫里亚克所感受到的那些家庭悲剧与矛盾是建立在自己的生活基础上的。由于杜拉斯描述的是她刚刚回到法国时的生活经历，她与法兰西文化的接触还很肤浅，对所描述的外省生活缺乏真实感受，对外省环境缺乏深刻的认识与理解，所以她小说中的描写只能是非常肤浅的粗线条。没有生活基础的创作，作品所能引起的反响就可想而知。为了能融进理念中属于自己的法兰西文化，杜拉斯还是硬着头皮与她当时还很陌生的法兰西文化进行了第一次试探性的接触。其目的只有两个：忘记让她羞于启齿的印度支那的童年生活，"彻底掩盖"自己曾经体验过的异国文化；通过把经历的现实生活融入完全不同的文化背景，试图直接把自己融进法兰西文化。作者的这番良苦用心并没有被法国读者所理解，她的作品也没有得到认可，没有人注意到这位初涉文坛的年轻作者。初涉文坛并不顺利的无奈之中，杜拉斯把自己的创作瞄准了她最不愿意触及的童年，最不愿意提起的印度支那的痛苦经历。然而，笔端一旦触及她最熟悉的生活经历，杜拉斯的写作便开始流畅起来，叙述也自然而真实了许多。

《抵挡太平洋的堤坝》似乎并非为了简单地讲述异国生活的作品。作者是要通过对自己所熟悉的文化时空的展现，重新回到被自己认可的东方文化模式，找回自己在彼文化中的自信。回到自己熟悉的环境和生活背景，让杜拉斯感到自如，她好像呼吸到了流淌在血液中的童年的气息。孤寂、苦难对她而言都是成长的经历，温馨的岁月不经意间通过文字重新回到她的脑海之中。这样的书写如同某种仪式让杜拉斯重新获得文化的认同感，杜拉斯需要让自己的身心获得归属。身体的语言满载着童年的记忆摇晃着伸向了法兰西和印度支那，寻求最后的平衡。

罗兰·巴特曾经在散文《牛排》中描述过这样的情景，从印度支那回到法国的卡斯特将军第一顿饭就要吃牛排和薯条。对这样的举动，罗兰·巴特论述道，"后来，在评论这一消息时，印度支那老兵协会会长补充说：'大家不明白，为什么卡斯特将军会在回国后的第一顿饭吃薯条。'他们希望大家明白，将军的举动其实并不是贪婪食物，而是一种宗教仪式，表明自己回归故里，重新融入法兰西民族"[1]。

---

[1] 束景哲主编：《法语》，第六册，上海：上海外语教育出版社，1992年，第284页。

回归对杜拉斯而言具有双重意义，通过书写自己熟悉的故事和经历，选择这样一个与自己童年的生活有关系的故事作为小说的主题，表达了杜拉斯对文化模式认同的渴望。在灵魂回归东方文化的同时，杜拉斯达到了进入法兰西文化的目的，灵魂栖息的地方，杜拉斯享受着书写的快乐和自由。两种文化相互交织、相互渗透、生生灭灭的过程，就是杜拉斯往返于两种文化模式之间，反复选择的过程。但是无论是对东方文化模式的认同，还是对西方文化模式的重建，过程都不是那么一帆风顺，都充满了艰辛和曲折。

故事回归东方，叙述语言为法语，这时，杜拉斯就遇到了叙述的困难：用一种对她而言缺乏文化基础的语言叙述与此语言文化渊源甚少的异国他乡的童年经历。这样的困难恰好成就了杜拉斯。成为好作家的强烈愿望促使杜拉斯寻求突破，由于感受最深、最难忘的生活经历就是童年的生活，因此她的叙述就水到渠成地转向了东方，转向了亚洲，丰富的童年经历、难忘的异国生活成为她书写的宝藏。探寻与自己的童年密切相关的印度支那，集体记忆和个人记忆突然间找到了融合点，作者和读者不经意间被牢牢地拴在一起。作者流泪时读者陪着，作者痛苦的经历被深切地感受到了。《抵挡太平洋的堤坝》让杜拉斯明确了未来的方向，然而用法语去书写印度支那的经历始终像悬挂在杜拉斯头上的达摩克利斯之剑，随时会坠落。

创作生涯的初期，杜拉斯最大的危机恐怕是缺乏文化的认同。尽管她在以后的谈话中声称自己"与其说是法国人，不如说是越南人"，那是因为她已经融进了法国文化，确认了法国人的身份，文化认同已经不是最重要的问题。这种认同上的危机，使杜拉斯很难一开始就认可自己属于东方文化的身份，同时也不能轻松地把自己归属于法国文化。身份认同的困境也体现在创作中，矛盾中的杜拉斯只能在叙述中寻求文化之根。为了掩饰自己在印度支那的经历，杜拉斯选择了隐身，把自己的创作与生活割裂开来。《平静的生活》中的纪热姆叔叔，

《抵挡太平洋的堤坝》中的少女苏姗娜和她的哥哥约瑟夫,《伊甸园影院》中的母亲等都成了小说中的人物。尽管我们可以通过她后来在公开或半公开场合的谈话、倾吐中寻觅到其生活的蛛丝马迹,然而她在这一阶段对自身生活的承认,对自己身世的认同,或者说是对造就了她童年生活的异国文化的承认是小说化了的,不是公开的。在这种半公开或者说是神秘的身世叙述中,今天看来只有《抵挡太平洋的堤坝》中的母亲与苏姗娜可以与《情人》中的母亲和用第一人称叙述的"我"相等同。尽管我是他者,但是当年老的我演变为十五岁半的少女时,读者渐渐明白,此处的我与彼处的苏珊娜之间有了不易察觉的亲近感。小说与自传体的相似性让读者产生了误读,不由自主地把故事的真实等同为生活的真实。因此,这种对自我承认的过程也是使书中人物逐渐清晰化的过程。

在印度支那和法兰西之间,存在着空间与时间难度极大的跨越。一端是现实存在,那里的山、水、丛林都留有杜拉斯童年的歌声,都深深地刻在她的记忆之中,在她心中隐藏着。当她的笔端触及那片遥远的童年故土,打开尘封的记忆时,在那个难以明视的内心世界里,歌声被寻到了,笑声被寻到了,睡卧在湄公河边那无数个夜晚被寻到了。杜拉斯和自己的哥哥如同夜晚的守护者守护着记忆中的丛林之夜,不愿意交出未曾开垦的处女地。杜拉斯实在难以启齿,羞于承认那自由而野性的东方童年就是自己的童年。另一端,长期以来对她而言仅仅是一种概念的法兰西,仅仅是一种存在于日常语言中的思想,就是她母亲经常给他们说的那句话:"你们是法国人。"这种观念在她回到法国后忽然变得清晰,变得具有实际内容。此时此刻杜拉斯才处在了认同的两难之地:当"你是法国人"的观念变成现实时,杜拉斯反而觉得不现实,因此她所看到的一切和正在经历的生活与她看到过的事实和曾经的经历千差万别。杜拉斯便一下踩在了空中,她脚下的那块东方土地突然间消失了,她好像也丢失了某种应该得到的保护,她好像同时被身体和思想的母语文化所抛弃,而这种被抛弃的感觉成了写作上的痛苦。时空转换的过程中,印度支那和法兰西都无法让她真正认同,换句话,她感到自己被遗弃了,遗弃的痛苦如同女人的分娩,如同被谋杀:

> 我认为,生过小孩与没有生过小孩的女人之间有着本质区别。我把分娩看作犯罪,好像被丢掉,被遗弃了,我认为分娩无异于谋杀。[1]

回归自己的国家后产生的悬空让杜拉斯产生了被遗弃的感觉,文化的遗弃恰似分娩,会产生撕裂的痛苦,杜拉斯的痛苦正是被遗弃、没有文化根源或者说是缺乏能够认同的文化根源的痛苦。文化上的遗弃对杜拉斯而言是漫长的分娩,痛苦无法避免。从文化之根(她所认同的东方文化)的丧失到建立,杜拉斯所经历的是一段漫长的文化无根或者文化悬空的历程。寻根是杜拉斯最痛苦的经历,因为她所寻求到的恰恰不是自己所能够认同而且想要扬弃的文化之根。与自己认同的东方文化之根割裂,与陌生的西方文化建立某种联系,其中的文化悬空是杜拉斯的尴尬和羞于启口之处。因此愈是深入法兰西文化,愈要经历与东方文化的别离之苦。这种欲爱不能、离别撕裂的痛苦在其创作中越来越强烈。正是这种游离于中西文化之间的痛苦感情方使杜拉斯形成了独特的杜氏风格。

东方文化和西方文化的碰撞与冲突明显地表现在杜拉斯的创作中,《如歌的中板》《广岛之恋》《劳儿之劫》中从失去爱情、被爱情

---

1 Marguerite Duras et Michelle Porte, *Les Lieux de Marguerite Duras*, Paris, Les Editions de Minuit, 1977, p. 23.

遗弃到寻找爱情的过程是痛苦和艰难的,这种被遗弃的痛苦在《副领事》的女乞丐身上表现得非常明显。女乞丐在怀孕后被赶出了家门,可是她每次出发后,始终离不开自己的家乡,经历了三番五次的努力,在经历了与父母离别的痛苦,与故土离别的痛苦之后,她才在远离故乡后到达加尔各答,把她拒绝生出的孩子过继给一位白人夫人,尔后才在加尔各答定居下来。副领事所经历的恰恰是那种欲爱不能、欲罢不休的爱情痛苦,他深爱不渝的正是他不能爱的人,因此被爱抛弃的副领事在空旷的加尔各答高声嘶叫"我爱你"而没有回应。没有着落的爱伴着孤独而绝望的副领事在贫瘠、荒漠的加尔各答流浪,寻求一方自己的栖身之地。

这种没有着落的爱情,这种因为爱而撕裂、而痛苦的感情渐渐化为一种沉醉。《劳儿之劫》中的劳儿,在一次舞会后失去了她所爱的人,对于她,杜拉斯没有描述那种副领事般肝肠寸断的撕裂爱情,而是把笔端伸向了劳儿对那次舞会的心醉神迷,对已经失去的爱情的执着追求。寻回过去岁月的劳儿,沉浸在对过去爱情的忘情之中,劳儿渐渐接近虚无缥缈、美妙无比的境界,过去的劳儿在执着的追求中日渐丰满,有血有肉起来,又渐渐依附在今日那活生生的劳儿身上。现时的在场成为再现的基础,让读者混淆了现实和记忆。劳儿生活的全部就是全身心地生活在昔日的爱情之中,就是全身心地把今日之我融进昔日的我中,进而演化出美妙无比的另一个劳儿。关于这一点,著名作家布朗舒称之为:"既不是纯粹的虚无,也非人物的完全丰满,而是活生生的人似虚幻一般。"

所有这些人都是因为被抛弃而迷茫,都是因为失去了脚下的土地、失去了活生生的爱情而恍惚、痛苦。这也是杜拉斯的迷茫、杜拉斯被遗弃的痛苦、她求索无门的艰辛写照。迷茫的杜拉斯、失去文化根基的杜拉斯在茫然无知中像《副领事》中的那位女乞丐一样寻找着她的家。与她生于斯长于斯的东方文化的割裂,无法融进法兰西文化的痛苦，构成了杜拉斯创作的双重压力。杜拉斯不但要承受与自己认可的东方文化割裂的痛苦，更要承受割裂后所遗留下的巨大空白，空荡的心灵需要一种精神回补。回到法兰西，寻求一种她每时每刻都看得见、听得见，却又难以全身心介入，被另一种亲身经历过的、刻骨铭心的文化所阻拦的母语文化，杜拉斯的痛苦不言自明。她的创作过程就是让逐渐远去、被自己奉为母语文化的东方点点滴滴地融进法语文字之中。她的语言更加独特，内涵更加别具一格，这种情绪在文字中的表达也十分突出，让人吃惊："我看见了没有看见的东西""我仅仅能听见不能听的东西""我不认识她，所以她很亲近。"这些看见与看不见、听见与听不见、不认识与亲近的矛盾正是杜拉斯面对自己的母语文化那种似曾相识又不相识、似曾看见却难以融合的矛盾心境的真实写照。在这种矛盾的心绪中，在这种犹犹豫豫难以顺畅的书写中，流露出杜拉斯那种被母语文化抛弃的悲愤感情，流露出杜拉斯寻求文化渊源的痛苦经历。那种既身处其中又被置之其外、似有却无、无所适从的处境正是她内心欲爱不能、欲罢难休的执着寻根的艰辛又痛苦的宣泄与表现。

《抵挡太平洋的堤坝》中的约瑟夫和苏珊娜与后来的《成天上树的日子》中的儿子一直都是模糊不清难以认同的家庭成员，或者说都是小说中的人物。经过这种反复的认同，反复地让童年的形象、异国的生活与法语语言磨合，形象不但越来越清晰，语言也不再是叙述那种异国经历、少女情怀和担忧可能出现的乱伦关系的障碍。小说中的人物渐渐与生活中的人物重合，文字的真实与生活的真实也逐渐混淆，成为你中有我、我中有你的混合体，就算作者也无法分清彼此。

经历了难以被认同的痛苦后，到写作《情人》时，杜拉斯好像突然把自己从一种文化锁链中解放出来了。形象变得清晰，缺乏文化渊源的恐惧也在消失。这些都赋予了杜拉斯新的自由和新的权利，她熟练地驾驭着法语语言，在异国情调的童年生活中进退自如，左右逢源。因为此时的杜拉斯已不再担心自己不是法国人,也不再担心文化基础的缺失。因而她也就敢公然承认东方文化在自己心中的分量。童年的深刻回忆,儿时的强烈印象,少女的初次恋爱,女性的肉体快感,一个女孩子对那位情人的不可捉摸的爱,都被杜拉斯用已经任其摆布的法语款款道来,同时语言中又饱蘸着作者今天的激情,展现着作者今天的视角,以及作者今天对生活的深刻理解和业已融进自我的法兰西文化。

  昨日的少女,昨日的恋情,昨日《情人》居住的蓝房子周围传来的脚步声、叫卖声和用汉语高喊的声音,如同潮汐全部融进了今日的叙述语言,全部被语言载入更大、更深的文化海洋。昨日与今日潮起潮落,往而复回,互相交融,书写着杜拉斯对生命的体验和颂扬。承载法兰西文化内涵和模式的语言与具有东方文化模式的经历互相拥抱,产生了非常和谐的统一。此时的我便是彼时的我,既不是此时的我渐渐被抹去,也不是彼时的我逐渐显现,而是此时的我在彼时的我中成熟,在虚幻的我中丰满。尽管杜拉斯此时此刻已经把东方的生活经历和体验完全融进了法兰西文化,然而那种文化的痕迹仍然在《情人》的某些段落中依稀可见:

  她对他说:我宁可让你不要爱我。即便是爱我,我也希望你像和那些女人做的那样做起来。他看着她,仿佛被吓坏了,他问:你愿意这样,她说是的。[1]

  整部小说中所用的第一人称"我",在这里突然变成了第三人称

---

1 [法]玛格丽特·杜拉斯:《情人》,王道乾译,上海:上海译文出版社,2009年,第45—46页。

"她","她"就是对今日之"我"的否定,自由间接引语中的我建立了她,那位少女与我,今日的老太婆之间的等同关系。生活的真实和文字的真实之间的界限被完全模糊,同时又被完整地保存在生活和书写中。她既是沉留在过去岁月里异国他乡的少女,也是存在于小说中头戴毡帽的少女;是存在于彼文化,抹不去、挥不掉,同时也难融进此文化的独立形象。杜拉斯迷失在童年的故事之中,读者也跟着她进入了真实的文字迷宫。遥远的印度支那用苦难为杜拉斯的文字打上了深深的印记,法兰西民族的创造性思维和浪漫情怀在杜拉斯身上转化为延绵不绝的思念,如同漫漫长夜中一本打开的书,在人生旅途陪伴着她,也陪伴着我们。

杜拉斯融进母语文化的过程,就是摆脱东方文化的过程。摆脱含有撕裂的肉体与心灵痛苦,融合则会产生一种欢快神醉的肉体与心灵享受。在漫长的创作道路上,杜拉斯既经受着离别的苦涩和无奈,也享受着寻求的欢愉与沉醉,因此,杜拉斯的笔端既喷射着愤怒与哭泣,也流淌着欢快与笑语。这,也许正是大家所讲的杜拉斯风格。

第三章：
难以穿越的欲望深渊

罗宾·沃霍尔在《女性主义叙事研究》一文中指出:"'女性主义'标示着这样一种看法:主导的文化与社会是针对处于不利地位的每个人组织的,这些人不适应白种人的、男子气的、中产或上层阶级的、欧美的、无残缺的、异性恋的规范。……因为白人的特权、阶级的特权、异性恋以及其他相对权力地位使得性别的层次结构复杂化了。作为一个女性主义者,我承认我们所理解的给男性统治者上了保险的'父权制'依赖于妇女和其他边缘性群体的共谋,哪怕这种群体只为世界上少数人服务;如果每一个处于不利地位的人都借此终止共谋并决绝反抗,父权制将无机可寻。"[1]

西克苏以"女性书写"为核心理论的"对性别差异的诗意书写"从某种程度上说是西方女性主义思潮具有划时代意义的宣言,它揭示了父权制社会如何通过特权化的思维及话语模式压抑、禁锢、盗用、改写他者的身体和书写,重新发现(发明)一种全新的、以不排斥他者差异为特质的诗性(女性)的书写、阅读和思考方式。西克苏理论是对"诗思合一"的实践,是(性别)差异的宣言书,在20世纪理论思潮中至今仍占据着不可替代的位置。

---

[1] [美]戴维·赫尔曼、詹姆斯·费伦等:《叙事理论:核心概念与批评性辨析》,谭君强等译,北京:北京师范大学出版社,2016年,第9页。

"女性书写"是超越父权制话语模式的全新书写形式，旨在颠覆西方形而上学等级化的二元对立，摒弃西方传统思维中以自我为中心的思维定式，用一种"能够动摇现存意识形式及其知觉和表述模式的方法接纳他者"，为他者开辟可以产生各种可能性的空间。"女性书写"从心理学和哲学（尤其是解构主义）中汲取营养，主张挖掘无意识潜力，把一切置入过程之中，强调意义的开放性和多元性。

女性主义从女性的本能出发寻找属于自己的权力，欲望成为写作中最有可能摆脱男性话语的东西，也完全有可能成为让人无法抵御的诱惑。波德莱尔早已发现了本能之中的恶的意识，在他的诗歌中，欲望经常与淫荡堕落联系在一起，成为人们评判他诗歌的入手点之一，欲望的真实表达也会被误解，成为攻击对象。曾经被第二帝国的法庭指控为"伤风败俗"的《吸血鬼的化身》以大胆放荡的描述让那些卫道士寝食难安，他们认为这样的诗"丑恶与下流比肩，腥臭共腐败接踵"[1]。波德莱尔无法替自己辩护，因为他在那里发现了未知的欲望之地："那女人，一边像炭上的蛇一样／扭动身体，在胸衣撑的钢丝上／揉捏乳房，一边从草莓似的口／流出这些浸透麝香味的话头：'我有潮湿的唇，我还知道如何／在卧床深处丢弃过时的道德。我在高高的乳房上拭干泪水，让老人发出孩子般的欢笑声。'"[2] 被理性压制的欲望犹如火山顶上的岩浆在诗人笔下喷射出来，那是能够灼伤道德和理性的岩浆，也是充满诱惑的欲望，摆在我们面前，冲击着我们的本能，让人身不由己地随着它行走，陷入欲望的深渊。欲望之美以真实可信的形象驳斥了"过时道德"的虚伪，鲜活的充满活力的邪恶之美摧毁着我们的理性，诱惑着我们的灵魂，撕开了伪善的面纱。那一

---

1 [法]波德莱尔：《恶之花（插图本）》，郭宏安译评，桂林：漓江出版社，1992年，第22页。
2 [法]波德莱尔：《恶之花》，郭宏安译，上海：上海译文出版社，2009年，第381页。

片未知的世界，如同人类的本能，显露出强大的力量，在波德莱尔的诗歌中喷涌而出。

杜拉斯也一样，希望以女性的自由冲破男权的藩篱，表达自己的渴望。内心的欲望如同永远无法停止的脚步，指引着她前行，激励她用文字燃起岁月的火焰，记录情感体验。

我们不得不再次回到欲望之地——杜拉斯女性书写的源泉。杜拉斯在印度支那经历中的重要阶段都有标志性事件，童年的西贡给她留下深刻印象的是父母收留的越南男孩、母亲在沙沥修筑抵挡太平洋的堤坝、在西贡的湄公河河畔偶遇中国情人。所有这些经历都是杜拉斯的人生宝藏，也成为她取之不尽的书写源泉。湄公河上与中国情人的相遇一直珍藏在杜拉斯心中，直到20世纪80年代，杜拉斯才以自传体的形式讲述了少女时代的爱情故事。那次偶遇让杜拉斯的一生都与这条河流建立了秘密关系。她离开西贡后，也始终无法忘怀那悠悠河水，因为那里有让她无法忘怀的神秘情人，二哥、情人在那里被混为一体。湄公河——杜拉斯心中的欲望之都，始终被她小心珍藏着，一旦释放，色彩斑斓的身体透露出激荡的青春，让人身不由己地走向欲望的深渊。

杜拉斯的文字充满了情感的表达，情感支撑着杜拉斯所有的文字，过分丰满的情感常常不由自主地流露出来，就像决堤的流水，形成强大的磁场。那是漫漫长夜的守望，也是绵绵久远的苦役，更是杜拉斯渴望表达的强烈欲望。

在杜拉斯笔下，欲望始终与自身的情感经历密切相连，男欢女爱始终占据着重要位置。欲望赤裸裸地呈现在读者面前，文字被赋予欲望的质感。极端敏感的神经穿越最初的记忆，让欲望与人性的本能建立起神秘的物质联系。童年与越南男孩的经历让她朦胧中感受到了欲望的神奇，产生了难以磨灭的记忆，越南男孩被欲望占领的表情永远留在了杜拉斯的童年，正如她在《物质生活》中描述的那样：

拿在我手中的那种形状,那种温热的感觉,我不会忘记。于是那个孩子把眼睛闭起,脸向着那不可企及的欢快扬起,这位痛苦的殉道者,他已经有所期待了。

这一幕戏自身早已转换地点。事实上,它是和我同时长大的,从来不曾从我这里疏离避去。[1]

这样的欲望在杜拉斯七十三岁时以成人的方式和想象传递出来,文字的真实与现实之间的距离可以用时间的长短度量:欲望从事情发生的那一刻起就伴随杜拉斯,与她一起成长,儿童时代的感受被成人化了,在不同时期创造了真实的文字幻觉。

地点转换,欲望始终同行,在杜拉斯生命的不同阶段留下印记。湄公河畔西贡寄宿学校的初恋让她体验到肉体的欲望。关于自己的这段经历,杜拉斯曾经在《抵挡太平洋的堤坝》提及过,追求苏珊娜的诺先生是有钱人,开着很大的利穆新轿车。这位"被阉割"的亚洲富商显然无法得到苏珊娜的青睐,反而成为被嘲讽的对象。若隐若现的故事里,隐藏着杜拉斯少女时代的经历:那时的少女对丛林中二哥的情感远远超越了猥琐的诺先生,他们之间仅仅属于交换关系,诺先生用金钱换取与少女交往的机会。《情人》第一次名正言顺地为那位来自中国北方的男人正名,那样的爱温馨、绝望,甚至乱伦,如同父爱,他身上依稀隐藏着二哥的影子。母亲、父亲、两位哥哥,还有情人,爱恨情仇,说也说不清楚。

恨之所在,就是沉默据以开始的门槛。只有沉默可以从中通过,

---

[1] [法]玛格丽特·杜拉斯:《物质生活》,王道乾译,上海:上海译文出版社,2007年,第32—33页。

对我这一生来说，这是绵绵久远的苦役。我至今依然如故，面对这么多受苦受难的孩子，我始终保持着同样的神秘的距离。我自以为我在写作，但事实上我从来就不曾写过，我以为在爱，但我从来不曾爱过，我什么也没有做，不过是站在那紧闭的门前等待罢了。[1]

"绵绵久远的苦役"等待那扇门能够打开，让失去的芳华进入自己的写作，爱也相伴而入。岁月就像打开的一本书娓娓道来，书写着自己的故事。十五岁半，欲望呼之欲出的年龄，文字与生活交织在一起，共同书写着少女时代的欲望。

杜拉斯早已对呆板单调的寄宿生活不胜其烦。她渴望着爱情，渴望着一个男性的目光能落在自己的身上。她盼着把自己的身体，交付给一个男人，就像寄宿学校的巴尔拜特小姐那样，把自己的身体交给男人，让他欣赏，让他抚摸。随着年龄的增长，这一天正在向她走来。在一次假期回沙沥看望母亲后返回西贡的途中，她的欲望和渴求，变得清晰、明确起来。

整个故事如同杜拉斯在《情人》中所描述的那样：

我才十五岁半。就是那一次渡河。我从外面旅行回来，回西贡，主要是乘汽车回来。那天早晨，我从沙沥乘汽车回西贡，那时我母亲在沙沥主持一所女子学校。[2]

沙沥距西贡大约有一百公里，中间还隔着湄公河，所以从沙沥回西贡须先乘汽车，然后坐在汽车里乘轮渡。就是在那次放假后回西贡

---

[1] [法] 玛格丽特·杜拉斯：《情人》，王道乾译，上海：上海译文出版社，2009年，第31页。
[2] [法] 玛格丽特·杜拉斯：《情人》，王道乾译，上海：上海译文出版社，2009年，第11页。

的轮渡上,杜拉斯终于引起了一位男人的注意。她当时的穿着非常暴露,头上还戴着一顶平檐男帽。杜拉斯在《情人》中这样写道:

> 我身上穿的是真丝的连衫裙,是一件旧衣衫,磨损得几乎快透明了。那本来是我母亲穿过的衣衫,有一天,她不要穿了,因为她觉得这件连衫裙色泽太鲜,于是就把它给我了。这件衣衫不带袖子,开领很低。[1]

> 那天,值得注意的是小姑娘头上戴的帽子,一顶平檐男帽,玫瑰木色的,有黑色宽饰带的呢帽。[2]

"几乎透明的真丝衣衫""平檐男帽",性感叛逆、放纵自我,内心的欲望通过身上的穿着散发出来。杜拉斯无法像成年人那样管理自己的身体,她随时会为出现在自己面前的男人开放,让放荡的青春留下印记。因此,我们可以说,杜拉斯的这身打扮是准备让他人看,让男人看,是想把自己的身体和美丽展现给这个世界的。杜拉斯的打扮终于引起了同船里一辆黑色汽车里的男人的注意:

> 在渡船上,在那部大汽车旁边,还有一辆黑色的利穆新轿车,司机穿着白布制服。[3]

> 在汽车司机和车主之间,有滑动玻璃窗前后隔开。在车厢

---

[1] [法]玛格丽特·杜拉斯:《情人》,王道乾译,上海:上海译文出版社,2009年,第13页。
[2] [法]玛格丽特·杜拉斯:《情人》,王道乾译,上海:上海译文出版社,2009年,第14页。
[3] [法]玛格丽特·杜拉斯:《情人》,王道乾译,上海:上海译文出版社,2009年,第20页。

里面还有可以拉下来的折叠式座椅。车厢大得就像一个小房间似的。

在那部利穆新汽车里,一个风度翩翩的男人正在看我。他不是白人。他的衣着是欧洲式的,穿一身西贡银行界人士穿的那种浅色柞绸西装。他在看我。[1]

"黑色汽车""白布制服司机""风度翩翩的男人"瞬间戳中了少女柔软的内心。从男人的穿着和宽敞的汽车,可知他一定是位阔公子。特别让杜拉斯动心的是那辆汽车。她的二哥保尔酷爱汽车,常常梦想能拥有一辆,好开着在西贡城里兜风。而且她的家里也实在太穷。母亲想重新建坝,实现多年夙愿。倘若有个阔人看上自己,就会给家里带来财富。可是,这个男人,他是像别的男人那样,仅仅把目光在她身上扫过,还是真的为她的妩媚俏丽陶醉呢?也许她真的很美,她的美在于她的自由奔放、她的无拘无束、她眉目间的无限情思和遐想。西贡街头有的是姿容姣美、保养有方、白净无瑕、每日只知道循规蹈矩洁身自重地守在男人身边的女子。较之于杜拉斯的美丽,这些西贡女人全都黯然失色。在渡船的轰鸣声中,在湄公河水汩汩的流动里,在晴暖的阳光下,杜拉斯的美丽与河水相得益彰,无比动人。

黑色小轿车里的男人看到这幅图景,心中一动,他再也按捺不住自己,从汽车里走了出来。欲望的文字继续着自己的叙述:

那个风度翩翩的男人从小汽车上走下来,吸着英国香纸烟。他注意着这个戴着男式呢帽和穿镶金条带的鞋的少女。他慢慢地

---

1 [法]玛格丽特·杜拉斯:《情人》,王道乾译,上海:上海译文出版社,2009年,第21页。

往她这边走过来。可以看得出来，他是胆怯的。开头他脸上没有笑容。一开始他就拿出一支烟请她吸。他的手直打颤。这里有种族的差异，他不是白人，他必须克服这种差异，所以他打颤。她告诉他说她不吸烟，不要客气，谢谢。她没有对他说别的，她没有对他说不要啰嗦，走开。……

他一再说在这渡船上见到她真是不寻常。一大清早，一个像她这样美丽的年轻姑娘，就请想想看，一个白人姑娘竟坐在本地人的汽车上，真想不到。[1]

这形象就像杜拉斯心中的秘密，永久停留在湄公河上。如同刻印在少女心中的琴弦，被封存起来。情感的琴弦一旦拨动，文学史上便留下了永恒的少女形象。十五岁半的少女无法抗拒眼前的羸弱男子，内心的矜持阻挡不了蠢蠢欲动的身体。男子是中国富商的儿子。

他说他从巴黎回来，他在巴黎读书，他也住在沙沥，正好在河岸上有一幢大宅，还有蓝瓷栏杆的平台。她问他，他是什么人。他说他是中国人，他家原在中国北方抚顺。[2]

从《情人》和后来的《中国北方的情人》这些自传体小说中可以看出，杜拉斯当初是在湄公河上结识了这位中国情人，而不是她在《抵挡太平洋的堤坝》中所描述的那样是在朗镇的酒吧里。现实的空间突出了当时小说的写实性特点，云雾弥漫的湄公河把读者带回曾经梦幻的岁月，十五岁半少女的爱情故事裹挟着河水和岸边的风土人情

---

1 [法]玛格丽特·杜拉斯：《情人》，王道乾译，上海：上海译文出版社，2009年，第40页。
2 [法]玛格丽特·杜拉斯：《情人》，王道乾译，上海：上海译文出版社，2009年，第41页。

呈现在我们面前。空间的变换让现实的小说转换为看似真实实则虚幻的自传体小说，留下更多想象，后面我们将对此进行分析。实际上杜拉斯在云壤时只有十岁左右，不可能在那个时候已经有所谓情人。湄公河畔不但是她出生、成长的地方，也是她初尝爱情之果的滋味的地方。中国男子发现没有遭到拒绝，就滔滔不绝地讲起自己的故事。他的家庭很富有，父亲为了让他继承家业，专门把他送到巴黎学习。他这次回来的主要任务就是要成家立业，娶当地一位华侨家庭的女子为妻。按照父亲的说法，那是门当户对的婚姻。中国人告诉杜拉斯，他有自己的择偶标准，他希望遇到一位热情奔放的女子，像她那样光彩照人。湄公河的水波之中，杜拉斯实在太美了。不知不觉中，船已经靠岸，就在杜拉斯准备上岸时，中国人叫住了她，问他是否可以用车把她送到寄宿学校，她答应了。

　　从此以后我再也不需搭乘本地人的汽车出门了。从此以后我就算是有了一部小汽车，坐车去学校上课，坐车回寄宿学校了。[1]

　　懵懂之中开始的故事没有固定轨迹，十五岁半的少女一如湄公河上的一叶扁舟，顺流而下，奔向宽广的大海。然而她面前横着两道障碍：一是她的母亲，二是道德观念。母亲一向反对女儿和越南小孩玩耍，女儿小时候与越南男孩有过的性游戏也让母亲心怀忌惮。她强迫孩子们吃牛排、土豆条，常常告诉他们"你们是法国人"，以确保女儿高贵的法兰西身份。可以想象，杜拉斯要想和这位年轻的中国人相好，母亲肯定不会同意。再说杜拉斯当时还不到十六岁，也不到该有情人的时候。母亲给她立了两条规矩：可以跟男孩，尤其是有钱人家

---

[1] [法]玛格丽特·杜拉斯：《情人》，王道乾译，上海：上海译文出版社，2009年，第41页。

的男孩交往，但绝不可以拥抱、接吻，更不允许跟他们过夜。

杜拉斯曾经在《抵挡太平洋的堤坝》中提到这样的细节：每次那位名叫诺的中国情人送给女儿礼物，母亲就要发一次疯，大喊大叫，拼命地打她。更有甚者，她会脱下女儿的衣服闻是否有男人味，脱下她的裤衩看是否有男人的印记。这些细节《情人》里也有叙述。既然如此，母亲为什么还默许女儿跟那个中国人交往呢？两部小说里均提到其中的原因，母亲始终放不下自己在入海口附近租用的那片地，希望这位有钱人能通过与女儿交往给她提供重修堤坝的资金。母亲不允许他们有更深的关系，但女儿讨要钱财，她却不加阻拦：

> 后来她出去搞钱，母亲不加干预。孩子也许会说：我向他要五百皮阿斯特准备回法国。母亲说：那好，在巴黎住下来需要这个，她说：五百皮阿斯特可以了。[1]

> 她还问我：仅仅是为了钱你才去见他？我犹豫着，后来我说：是为了钱。她又把我看了很久，她不相信。[2]

在这种爱情与金钱的游戏中，杜拉斯禁不起诱惑，压制不住内心的欲望，不知不觉地走向了那位中国人，任由自己的身体展现夏娃般的蛊惑，引诱湄公河轮渡上碰见的中国人，欲望超越理性，她与生命中的男人完成身体的完美结合。在孤单无助的西贡寄宿学校，巴尔拜特小姐以自己的亲身体会激发了杜拉斯的欲望，她渐渐明白了男女之间那种神秘而令人神往的肉欲关系。初绽的爱情之花就等采摘了。此

---

[1] [法]玛格丽特·杜拉斯：《情人》，王道乾译，上海：上海译文出版社，2009年，第30页。
[2] [法]玛格丽特·杜拉斯：《情人》，王道乾译，上海：上海译文出版社，2009年，第112页。

时此刻,母亲的禁令,学校的校规早已被杜拉斯置之脑后。她非常坚定地走向爱情的禁区,走向欲望的深渊,不后悔,也不回头。

　　这一天,是星期四,事情来得未免太快。以后,他天天都到学校来找她,送她回宿舍。后来,有一次,星期四下午,他到宿舍来了。他带她坐黑色小汽车走了。[1]

　　他们来到了距离西贡两公里的中国人居住区,中国小伙在那里有一间单人房。房间外面到处是小贩的叫卖声,高声讲话的中国人。杜拉斯随着中国人进了房间,木制的百叶窗关闭着,光线很暗。她呆呆地坐着不知所措,既不反感,也不憎恨,而是静静地等着他。然而她心里还是有些紧张,她是利用学校散步的时间偷偷跑出来,要是让母亲知道了,那可是大逆不道。他们两人都等着对方先开口,结果谁也不说话。杜拉斯在等待着,她没有要求打开百叶窗,也没要求离开那里。她心中明白,梦中等待的时刻已经来临。

　　自从她似懂非懂地体验了令那个越南小男孩陶醉的欢愉之后,她就对男欢女悦之情有所了解。巴尔拜特那急于表白、急于展现肉体的欲望更使她产生了体验那感情的冲动。隐藏在身体中的欲望之火渐渐燃烧起来。然而开始却很困难,她甚至有些紧张。她希望他能先有动作,打破僵局。他也手足无措,只是一个劲儿对她说,他爱她,疯了似的爱她。她呢,她并没有回答他,既没有说爱他,也没有说不爱。也许当时杜拉斯从内心深处是喜欢他的,却不能表现出来,她不能首先表现出她喜欢眼前的东方人,那有损西方人的尊严。

　　内心深处的欲望直到七十岁写作《情人》时也未曾减弱,"我已

1　[法]玛格丽特·杜拉斯:《情人》,王道乾译,上海:上海译文出版社,2009年,第44页。

经老了"勾起的回忆直击读者的灵魂，少女那柔弱的身体勾起男人欲望，又让人不忍触碰，担心撕裂的痛苦摧毁纯洁的躯体。欲望和暴力诠释着生命中最纯真可贵的爱，此时此刻，五彩缤纷的肌肤颂扬着大地之歌和躯体的欢爱，诉说着内心的欲望。《情人》化解了杜拉斯最后的心结，娓娓道来的文字从心中泛起，诉说着曾经的欲望。

她对他说：我宁可让你不要爱我。即便是爱我，我也希望你像和那些女人习惯做的那样做起来。他看着她，仿佛被吓坏了，他问：你愿意这样？她说是的。说到这里，他痛苦不堪，在这个房间，作为第一次，在这一点上，他不能说谎。他对她说他已经知道她不会爱他。她听他说下去。开始，她说她不知道。后来，她不说话，让他说下去。

……

他把她的连衣裙扯下来，丢到一边去，他把她的白布三角裤拉下，就这样把她赤身抱到床上。然后，他转过身去，退到床的另一头，哭了起来。她不慌不忙，既耐心又坚决，把他拉到身前，伸手给他脱衣服。她这么做着，两眼闭起来不去看。不慌不忙。他有意伸出手想帮她一下。她求他不要动。让我来，她说她要自己来，让她来。她这样做着。她把他的衣服都脱下来了。这时，她要他，他在床上移动身体，但是轻轻地，微微地，像是怕惊醒她。

肌肤有一种五彩缤纷的温馨。肉体。那身体是瘦瘦的，绵软无力，没有肌肉，或许他有病初愈，正在调养中，他没有唇髭，缺乏男性的刚劲，只有生殖器是强有力的，人很柔弱，看来经受不起那种使人痛苦的折辱。她没有看他的脸，她没有看他。她不去看他。她触摸他，她抚弄那柔软的生殖器，抚摩那柔软的皮肤，摩挲那黄金一样的色彩，不曾认识的新奇。他呻吟着，他在哭泣。

他沉浸在一种糟透了的爱情之中。[1]

  与肉体紧密相连的欲望在不断转换之中升华，身体的享乐转向精神的想象，空间也随之移动，具象的肌肤和肉体承载着想象奔向大海，时间也在身体融合时合二为一。唯有现时凝固下来，刻印在记忆中，成为永恒。德里达认为，"没有什么东西是可以超越时间的，没有什么是非时间的，对时间本身的还原也必然发生在时间之内"[2]，他指出："这里，'现时的本质'（qualité essentielle de présent）被正确地译为'presentness'（现时性），这能使读者更加重视本体论差异，本质、单纯的现时和现时在场之间的差异。"[3] 圣·奥古斯丁、卢梭、夏多布里昂、拉马丁等文学前辈都在自己的作品中探索过时间的秘密，试图通过回忆再现逝去的时间，普鲁斯特用"带着点心渣的那一勺茶"唤醒了心中的真实，贡布雷的大街小巷、花园和往事都从茶杯中浮现，失去的往日时光复活了。他们的努力为后来者的思考提供了有益的借鉴，他们以现时的再现表现了记忆的真实。杜拉斯从女性的视角书写事件，再现现时。

  他一面哭，一面做着那件事。开始是痛苦的。痛苦过后，转入沉迷，她为之一变，渐渐被紧紧吸住，慢慢地被抓紧，被引向极乐之境，沉浸在快乐之中。
  大海是无形的，无可比拟的，简单极了。[4]

---

1 [法] 玛格丽特·杜拉斯：《情人》，王道乾译，上海：上海译文出版社，2009年，第46—47页。
2 周启超：《跨文化的文学理论研究》第6辑，北京：知识产权出版社，2014年，第64页。
3 [法] 雅克·德里达：《多义的记忆——为保罗·德曼而作》，蒋梓骅译，北京：中央编译出版社，1999年，第70—71页。
4 [法] 玛格丽特·杜拉斯：《情人》，王道乾译，上海：上海译文出版社，2009年，第47—48页。

杜拉斯跨过了爱情禁区，勇敢地迎着自己梦寐以求的爱情走去。如同她终于摆脱了母亲的监护，独自一人渡过湄公河一般，那曾经遥遥无期的爱情突如其来，使她兴奋异常。她陪着她的情人一次又一次走向欢快的海洋，那潮起潮落的激情一次次地把他们带向欢快的巅峰，又一次次把他们送回平静的海港。整整一下午，他们就在人声的包围下表达着他们的情爱。也许明天将是另外一种开始。

这是一座寻欢作乐的城市，这是欲望的深渊，欲望从城市穿越而过，流动的气息与空间相互交融，超越了所有的物质存在。入夜以后，更要趋向高潮。

> 城市的声音近在咫尺，是这样近，在百叶窗木条上的摩擦声都听得清。声音听起来就仿佛是他们从房间里穿行过去似的。我在这声音，声音流动之中爱抚着他的肉体。大海汇集成为无限，远远退去，又急急卷回，如此往复不已。
>
> 我要求他再来一次，再来再来。和我再来。他那样做了。他在血的润滑下那样做了。实际上那是置人于死命的。那是要死掉的。[1]

这个源于渡船之际的欲望自由地穿越了时空，在少女和情人相遇的空间得以实现，具象的肉体产生了极大的磁场，磁力从磁场中心发散，反复吸纳和堆积着来自其他空间的声音、味道、气息和想象。的确，那是一种快乐到死的感受。刻骨铭心的爱中既含有东方人的含蓄，引而不发，又有西方人的热情奔放，此时此刻，爱被推向极致，推向深渊，推向茫茫大海上无尽的夜色。

欲望继续发散传递，爱的声音通过"百叶窗木条上的摩擦声"与

---

[1] [法]玛格丽特·杜拉斯：《情人》，王道乾译，上海：上海译文出版社，2009年，第52—53页。

城市会合，空间开始交换，"城市的声音"穿越他们相爱的房间，跌落在他们的肉体上。"我在这声音，声音流动之中爱抚着他的肉体"又把读者带向了遥远的大海，大海的声音与爱和欲望重叠在房间里。空间通过声音，通过想象，通过形象完成了交换。读者在不同的空间里感知着爱，想象着欲望。

城市的声音、空气中流动的气息承载着欲望穿越空间，欲望如同漫无边际的大海，释放在母亲无法感知的快乐上。只有在没有人烟的海上，只有在寂静的深夜，只有在属于他们的小小爱巢，他们才能无所顾忌，尽情享受爱的温柔、激情和欢快。此时此地，拥抱，亲吻，肉体的合二为一让欲望攀升到顶峰，表达最圣洁的爱。沉寂中所隐含的无限爱意都属于他们，属于他们所拥有的空间。只有在夜色之中，他们的爱、他们的激情才有着落。

欲望如同具象的母亲形象和城市的声音从母亲的生活、城市的角落里散发出来，然后随着想象奔向大海，汇集成无限。人生的有限和永恒都在肉体的结合上被缩小和放大，具象成少女和情人的抚摸。"那是置人于死命的"欲望，无法被拒绝，那也是属于女性自身而不是委身男人的独立表达。欲望不会仅仅停留在异性的相爱和肉体贪欢之上，母亲如同幽灵始终穿梭在少女和情人之间。两个人相爱的房间出现了"穿着打补丁袜子的女人"，她像阴影一样笼罩在这个空间，甚至会依附在少女身上，分享肉体的欲望。杜拉斯用不同形象描绘空间的变化："在渡船上，那形象就已经先期进到现在的这一瞬间"，渡船上的形象此时此刻被迁移到具象的少女身上，外在的空间也进入了两个人相爱的地方。

在这一时刻到来之前，在渡船上，那形象就已经先期进到现在的这一瞬间。

……

母亲不知道世界上有这种快乐存在。[1]

杜拉斯渴望寻求的远远超越男欢女爱的平等权利，而是要探究女性书写的道德边界。跨越欲望的禁忌，让母亲进入贪欢的肉体，分享少女的欢愉。母亲身体中蕴藏的欲望时刻会穿越时空，通过女儿完成自身的欢愉。母亲近乎疯狂的举动表达着人性中难以掩饰的欲望。《情人》里有些段落以道德要求的方式表达着母亲不甘寂寞的欲望，肉体的欢愉通过与女儿暧昧的接触传递给读者。母亲好像要从女儿的身体里夺下男人的气味。母亲以强制的方式把自己身体中燃烧的欲火传导到女儿身上，渴望、忌妒的情绪毫无遮拦地呈现在读者面前。母亲如同性爱的施动者，用暴力让女儿承认她与中国男人的情爱。母亲的举动特别令人怀疑，她好像渴望从女儿身上获得情感的施舍。

我母亲几次发病，病一发作，就一头扑到我身上，把我死死抓住，关到房里，拳打，扇耳光，把我的衣服剥光，俯在我身上又是闻又是嗅，嗅我的内衣，说闻到中国男人的香水气味，进一步还查看内衣上有没有可疑的污迹……[2]

母亲的欲望始终与女儿的肉体贪欢密切相连，欲火燃烧的身体以暴力的方式发泄在女儿身上，那是她唯一用合法手段嗅到男人气味的方式。看似病态的心理好像又合情合理，欲望穿越了女儿的身体，抵达了渴望的彼岸。杜拉斯通过这种方式把女儿、情人和母亲联系起来，那个在少女面前如同父亲的情人在母亲看来也许就是能够满足自

---

[1] [法] 玛格丽特·杜拉斯：《情人》，王道乾译，上海：上海译文出版社，2009年，第47—48页。
[2] [法] 玛格丽特·杜拉斯：《情人》，王道乾译，上海：上海译文出版社，2009年，第70页。

己的男人。女性之间的暧昧之情以母女的方式合理地表现出来。情人与少女之间的情感在反复转移，母亲以暴力的形式接受这样的转移。少女也在同龄人身上寻找这样的暧昧感觉，欲望越来越复杂多变。少女与海伦之间的暧昧关系不仅穿越了肉体，还在情感交融错位之中产生了难以摆脱的欲望。那种绝望的情感经常以难以抑制的方式表现出来，无可奈何又无法抵御，诱惑的身体就在那里。

杜拉斯七十岁时所触及的秘密穿越时空，创造了浓浓的欲望空间，《情人》中的少女如同欲望的源泉向外发散着隐藏在内心的情绪，这情绪经过岁月的酿造更加浓烈和香醇。她把自己和情人创造的欲望传递给母亲，传递给自己身边的人，希望把周围的女人卷入自己的欲望之中。《情人》中少女与海伦的暧昧之情流淌着欲望之美，情感的回荡瞬间穿越时空，现实的再现如同在场，欲罢不能地缠绕着读者，在久远的时空中反复回荡，撞击着心灵。

> 我因为对海伦·拉戈奈尔的欲望感到衰竭无力。
> 我因为欲望燃烧无力自持。
> 我真想把海伦·拉戈奈尔也带在一起，每天夜晚和我一起到那个地方去，到我每天夜晚双目闭起享受那让人叫出声来的狂欢极乐的那个地方去。我想把海伦·拉戈奈尔带给那个男人，让他对我之所为也施之于她身。就在我面前那样做，让她按我的欲望行事，我怎样委身她也怎样委身。这样，极乐境界迂回通过海伦·拉戈奈尔的身体、穿过她的身体，从她那里再达到我身上，这才是决定性的。
> 为此可以瞑目去死。[1]

---

1 [法]玛格丽特·杜拉斯：《情人》，王道乾译，上海：上海译文出版社，2005年，第89页。

这样的欲望甚至可以穿越时空，通过回荡达到写作之中的杜拉斯，让她在文字的抚摸之中进入极乐境界，这也许就是杜拉斯追寻的心灵的寻根之旅。

现象学通过对现实符号的研究演绎出现象与人的情感之间的关联，这种符合逻辑让现象与人的灵魂之间产生了必然的联系。但线性的单一关系无法表达心灵的复杂性，心灵的诗歌意象无法用现象学的理论分析，加斯东·巴什拉用回荡回避了现象与灵魂之间的逻辑关系，回答了灵魂的诗歌意象问题。诗歌意象仅仅与灵魂相关，无法用现象学理论分析。杜拉斯以灵魂的回荡呈现了生命的诗歌意象，文字不再依附物的意象，而是依附在诗歌意象上，恣意地表达着灵魂的诉求。

蓝蓝的夜空中，高悬着一轮明月。屋外的大街上早已没有了白昼的嘈杂与喧闹。疯狂的爱耗尽了杜拉斯的力气。她精疲力竭，昏昏欲睡。她痛享着这无边的平静，渐入梦乡。

不知过了多久，杜拉斯从梦中醒来。她已经不辨南北，想不出自己身在何处。她环视周围，突然就看见了坐在床边的中国人。他正守在杜拉斯的身边，静静地吸着一支雪茄。看到杜拉斯醒来，他微微一笑。噢！这是何等甜蜜的微笑！他早已备好一大盆水，见她醒来，便把她抱起放在水中，为她洗浴。温润的水能把人洗醉，而情人双手的每一处抚摸，都饱含着无法形容的温柔。是梦是醒，亦真亦幻，稚气犹存的少女杜拉斯，她又如何能分辨清楚！

夜已经很深，情人陪着杜拉斯在夜色中漫步回校，巴尔拜特小姐也睁一只眼，闭一只眼，对自己相依为命的杜拉斯听之任之，把自己在青春时期失去的梦全部交给了杜拉斯。

从此以后，西贡永隆的中国区里，多了一位经常光顾的白人少女。

真相其实已经不重要，杜拉斯文字中传递出的情感超越生活的真实，欲望的气息如同银色的月光洒落在字里行间，游荡在少女和情人的身体间，具象的肉体承载的气息随着想象散发在不同的空间里，如同春天里的蒲公英随处飘洒，色彩、气味唱起了大地之歌。空间在开启闭合之间相互交融，交换着不同的气息、声音和气味，嗅觉、听觉、味觉让文字的欲望更加浓郁，难以化解。

她又想起了自己的情人，想起了他曾经跟她说过的话："你将来永远都会记住这个下午，这间房子的，好好看一看。"这时，甲板的客厅里有人奏响了肖邦的钢琴曲，她的心为之一震，情不自禁地循声望去。她突然想起情人曾经手把手地教她弹奏过这一乐曲，此情此景，宛若梦中。她好像完全置身于当时的情景，那一段爱的钢琴曲从船舱飘飘而来，在夜色的海面漂泊。空间的转换与原初的欲望相连，爱的音符好像从他们相爱的房间穿越而来，在深夜里回荡，如幻如梦，如痴如醉，欲望在岁月中穿梭，空间也随之放大。"大海是无形的，无可比拟的，简单极了。"她突然间领悟了相爱的含义，欲望留在岁月里的芬芳刻印在身体里，映照在脑海里，她情不自禁地一个人在甲板上哭了起来，那既伤心又温柔的眼泪顺着脸颊流淌。

> 因为她想到堤岸的那个男人，因为她一时之间无法断定她是不是曾经爱过他，是不是用她所未曾见过的爱情去爱他，因为，他已经消失于历史，就像水消失在沙中一样，因为，只是在现在，此时此刻，从投向大海的乐声中，她才发现他，找到他。[1]

与中国男人相连的欲望并没有随着故事的终结而结束，无论何时何地，只要有关爱，有关那个空间里的故事，欲望就会附上她的身体，出现在她眼前。《情人》里最感人至深的场景就是，战争结束好

1　[法]玛格丽特·杜拉斯：《情人》，王道乾译，上海：上海译文出版社，2009年，第136页。

几年后的一天，女孩突然接到了一个电话。

> 是我。她一听那声音，就听出是他。他说：我仅仅想听听你的声音。她说：是我，你好。他是胆怯的，仍然和过去一样，胆小害怕。突然间，他的声音打颤了。听到这颤抖的声音，她猛然在那语音中听出那种中国口音。[1]

空间感被完全错置，发生漂移，直接引语、间接引语的使用强化了这种感觉。"我"突然间回到了从前与情人相爱的时空之中，爱欲始终存在，荡漾在女孩周围。对生命中男人的思念因为欲望而更加强烈，不断延续。直到1990年，杜拉斯得知情人死去的消息时，在《中国北方的情人》的序言中写道：

> 有人告诉我他已死去多年。那是九零年五月，也就是说一年以前。我从未想到他已经死去。人家还告诉我，他葬在沙沥，那所蓝色房子依然存在，归他家族和子女居住。又说在沙沥，他因善良和质朴备受爱戴，他在晚年变得非常虔诚。
>
> 我放弃了手头正在做的工作。我写下中国北方的情人和那个女孩的故事：在《情人》里，这个故事还没有写进去，那时候时间不够。写现在这本书时，我感到写作带来的狂喜。我有一年工夫沉浸在这部小说里，全身心陷入中国人和女孩的爱情中。[2]

杜拉斯虽然人在巴黎，但是散发着欲望的记忆依然流连在东方，

---

1 [法]玛格丽特·杜拉斯：《情人》，王道乾译，上海：上海译文出版社，2009年，第139页。
2 [法]玛格丽特·杜拉斯：《中国北方的情人》，施康强译，上海：上海译文出版社，2006年，第3页。

流连在湄公河畔。离别对杜拉斯而言,不仅是对个人情感的考验和磨炼,也是与她认同的东方文化的割裂分离,巨大的痛苦在所难免,爱是永恒的记忆,终生相伴。

少女时代的经历因为青春悸动无法散去,成为杜拉斯难以释怀的记忆,尽管她也试图在《抵挡太平洋的堤坝》中触碰那段往事,但因为苏珊不解风情而让这段情感了然无味。七十岁时,生命中难以忘怀的记忆始终游荡在欲望周围,杜拉斯重新回望,用丰富的生命体验娓娓道来,讲述曾经的经历和感情,让《情人》成为经典。

也许唯有文字是最真实的存在,它撞击着读者的情感,也诉说着人生的无奈。杜拉斯以自己七十岁的人生阅历叙述十五岁时的经历,《情人》让杜拉斯再次回到从前,满载欲望的文字带着她回到了梦幻中的少女时代。

史铁生曾经在《灵魂的事》中说道:

> 记忆只是大脑被动的存储,印象则是心灵仰望神秘时,对记忆的激活、重组和创造。记忆可以丢失,但印象却可使丢失的记忆重新显现。一个简单的例证是:我们会忘记一行诗句,但如果我们的心绪走进了那句诗的意境,整个诗句就毫厘不爽地从我们记忆里浮现出来。[1]

在杜拉斯创造的诗歌意象之中,情人是她对过去记忆的仰望,心灵激活、重组并创造了记忆,读者的心绪也因此走进了诗歌意境,过去的情景源源不断地在记忆里浮现出来。心灵和记忆之间的神秘关系在诗歌意象中呈现,欲望的气息勾起了所有关于情人的记忆。

---

1 史铁生:《灵魂的事》,天津:百花文艺出版社,2005年,第36—37页。

在杜拉斯的作品中，欲望的界限是模糊的，有时甚至突破了伦理底线。《夏天的雨》和《阿加达》表达的兄妹情充满了暧昧，欲望没有了禁忌，跨越了伦理。在被拆除了高速公路的地方，哥哥逐渐摆脱父母的软弱，带领兄妹们走向寻求美好生活的道路。那是一段离别的颂歌，如同韩少功《爸爸爸》中的离别，故土成为永远的记忆。杜拉斯、二哥、父亲、母亲、不同时期结识的男人全部都被裹挟在欲望的表达之中，穿梭在时空的记忆之中，人物的错位，时空的错位混淆了现实的在场和再现，我们无法从线性的逻辑之中找到答案。

对欲望的守候和表达不仅涉及杜拉斯的情感经历，日常经历中也会出现挑动欲望的神经，让读者怦然心动。杜拉斯在谈及1987年出版的《物质生活》时说：

> 它倒是从日常事件中引发出来的。可以说是一本供阅读的书。[1]

日常事件引发的欲望让她与读者"往复来去进行交流"。她叙述了纯粹的欲望，没有爱，只有肉体的欢愉。那个让她神魂颠倒、欲罢不能的男人，杜拉斯在《夜里的最后一个顾客》中是这样描述的：

> 对于我们同样面临的欲望的这种神奇安排，我们什么也不说。整整一冬，都属于这种癫狂。[2]

这种日常事件激发起杜拉斯的写作欲望，文字还原事件本身，让

---

[1] [法]玛格丽特·杜拉斯：《物质生活》，王道乾译，上海：上海译文出版社，2007年，第2页。
[2] [法]玛格丽特·杜拉斯：《物质生活》，王道乾译，上海：上海译文出版社，2007年，第17—18页。

纯粹的欲望以赤裸裸的形式呈现在读者面前：

  当事件转向那么不严重以后，一个爱情的故事出现了。后来我就写了《琴声如诉》[1]。[2]

  那个在母亲去世时与她寻欢作乐的男人让她陷入难以言表的情绪之中，无处依附的欲望除了自身之外，没有情感寄托。

  我们陷入一种深沉的痛苦之中。我们哭。要说的话都没有说。我们后悔彼此并不相爱。[3]

  纯粹的欲望成为痛苦的源泉，近在咫尺却又遥不可及。欲望转换成叙述的文字，《说谎的男人》"属于既野又克制、既可怕又圆柔那样一种狂暴粗野"[4]。当杜拉斯刻意去写那个男人时，他好像就是说谎的人，但是当她不再刻意时，那个男人"有这样的天资，能发现她们，只要看一眼就能从她们欲念的实质上认出她们"。杜拉斯在这里描述了自己的一次经历，她是这样叙述的："他这个人只要把女人看上一眼，他就已经是她的情人了。"[5] 在杜拉斯笔下，这个男人就是天然有魅力的人，能够随时勾起女人的欲望，欲望此时此刻就是一切，跟情

---

1 又译《如歌的中板》。
2 [法] 玛格丽特·杜拉斯：《物质生活》，王道乾译，上海：上海译文出版社，2007年，第18页。
3 [法] 玛格丽特·杜拉斯：《物质生活》，王道乾译，上海：上海译文出版社，2007年，第16页。
4 [法] 玛格丽特·杜拉斯：《物质生活》，王道乾译，上海：上海译文出版社，2007年，第128页。
5 [法] 玛格丽特·杜拉斯：《物质生活》，王道乾译，上海：上海译文出版社，2007年，第128页。

感没有任何关系。身处欲望之中的男女散发着诱人的生命气息，表达着原始的诗意。同时也本能地表达着女性所拥有的独立权利，叙述着不再依附在男性身上而属于女性自身的情感。

杜拉斯把这样的欲望迁移到《如歌的中板》中，让情人刺杀女人的故事，成为女主人公存在的唯一理由，她听别人讲到的那个场景勾起了她对爱的欲望，听人讲述即可满足她的欲望，讲述创造了某种欲望场域，成为既非幻觉又非现实的镜像。这样的欲望牵引着杜拉斯的文字，故事自然而然地跟随着文字前行。文字成为主宰，欲望穿越其中，散发着骚动的气息和悸动。一场古典式的舞会把读者拉回残酷的现实，产生美妙感觉的欲望突然间被收回，被现实摔得粉碎。

文字的欲望源于真实，也让事实更加色彩斑斓，更切近内心最原始的冲动。搅拌着欲望的文字无限地延续着杜拉斯式的美学，也丰富着文学的类别。杜拉斯并不是典型的法兰西式的把思想摆在重要位置的小说家，她始终坚持着自己的创作风格，始终遵从自己内心的意愿，让欲望尽情地在文字中发泄，但又始终节制，让思想穿越欲望，让文字更加丰满、骨肉融和，情感的力量是她成功的秘密。

第四章：
互文与互文性视觉下的中国情人

杜拉斯不属于惯写长篇巨著的作家，但是她使自己每部作品之间产生某种联系，构成特点鲜明的互文性，或者说自动互文性。关于人们经常提到的情人，杜拉斯在自己的许多作品中都有提及，但是每一部作品都侧重不同，情感各异，杜拉斯通过情人把自己不同时期对东方感情的变化表现出来。下面将从互文性入手，探索杜拉斯不同作品之间所存在的互文性关系。

互文性概念的产生

"互文性"一词最早出现在朱丽亚·克里斯特娃的两篇文章中，一篇是《巴赫金：词语、对话和小说》（« Bakltine, Le mot, le dialogue et le roman »），另一篇是《封闭的文本》（« Le texte clos »）。两篇均写于1966年至1967年，1969年被收入她的文集《如是》。《词语、对话和小说》中是这样阐释互文性概念的：

> ……横轴（作者—读者）和竖轴（文本—背景）共同揭示了一个重大事实：一个词语（或文本）是一些词汇（或文本）的交叉，从中至少可以读到另一个词语（或文本）。而且在巴赫金的作品中，被巴赫金分别称为对话（dialogue）和语义双关（ambivalence）的两个轴并没有清楚地加以区别。但这严谨性的缺

93

失正是巴赫金的发现，他第一个把这一概念引入文学理论：任何文本的构建都如同引文的马赛克，都是对另一个文本的吸纳和转换。主体间性的位置被互文性的概念取代……[1]

朱丽亚·克里斯特娃在定义互文性时，彻底把词语与一个非常容易认同或者被指认的物件予以区分，强调词语（或者文本）之间的"交叉、对话和语义双关"。她认为，互文性本质上是指"文本之间的转换"。

巴赫金的对话理论被认为是互文性的基础，早在1929年，巴赫金在《论陀思妥耶夫斯基作品中的诗意》中首次提出了对话理论，1963年，这部作品在莫斯科修订再版，关于复调小说的争论在俄罗斯引起了广泛持久的争论，直到1970年这部作品被翻译成法语以后，巴赫金的价值才逐渐被人们发现和认识。"在《1961年笔记》（在1979年初版、1986年再版的文集《文学创作美学》中，这份笔记是在'文本问题'的标题下发表的）中，巴赫金曾谈到人类思维的对话特征，他认为，人文思维的对话倾向与独白性倾向相互对立又同时共存，后者在现代语言学领域表现得特别明显，因为'语言学家在统一的、封闭的语境中（在语言体系中或者语言学所理解的文本中，而这样的文本与其他的、应答的文本是不会发生对话关系的）接受一切，而他作为语言学家这样做当然是正确的'。"[2]

在现代语言学领域，这种对话有两个明显特征："人文思维的对话倾向与独白性倾向相互对立又同时共存"，文本的表现形式也彰显

---

1 Julia Kristeva, *Sèméiotikè: Recherches pour une sémanalyse*, Paris, Editions du Seuil, 1969, pp. 145–146.
2 史忠义、户思社、叶舒宪主编：《人文新视野》，第三辑，天津：百花文艺出版社，2005年，第171—172页。

了独立性和共存性，表达了它们之间的相互联系和思维对话。对话由思维而起，由词语而终。文本的存在歌唱着思想的创造和传承，又使它们产生跨越空间的彼此呼应。独立性表达对创造思想的尊重，对人文思维完整性的尊重，共存性表达对传承的尊重，对人文思维延续性的尊重。对话理论跨越文学、人类学，成为政治经济学的重要准则。思想的创造对人类的影响始终在发挥作用，让创造者得到安慰的就是思想的传播和延续。

1973年，罗兰·巴特在《大百科全书》上发表了一篇题为《文本理论》的文章，对朱丽亚·克里斯特娃的互文性概念予以阐释："文本是一种生产能力。并不是说它是劳动的产物（叙事技巧和把握风格会提出这样的要求），它是产品的场域，文本的生产者和阅读者在那里相遇。无论从哪个角度去看，文本时刻都在'工作'；也就是被写就（确定），也不会停止生产，它始终在不间断地生产。它摧毁了交流、表现或者表达的语言（此时，个人或集体主语会有这样的幻觉，以为自己在模仿或者在表达），同时建立了另外一种语言。"[1]

热奈特把互文性定义为"一种关联系统"，他指出："也许我定义（互文性）的方法有所保留，我对互文性的定义是，两个或者多个文本之间的共存关系，意即依存关系（eidétiquement），更经常是指一个文本在另外一个文本中的有效存在。从最显现和字面意思来理解，那就是传统的引语（有引号，有或者没有确切的出处）；从并不十分显现和不合规则的角度看，那就好像是洛特雷阿蒙作品中的剽窃，相当于没有声明的借用，但依然属于原封不动借用的范畴；从一个更加不明显和更加隐晦的角度来看，就是影射，叙述者的绝顶才智假设了

---

[1] Kurt Schwitters, *Poétique de l'intertextualité*, DUNOD, Paris, 1996, p. 16.

他和其他人之间的认知关系,他思维中的某个部分必然回应另外一个人,否则就无法被接受。"[1]

1980年10月,米歇尔·里法特尔在《思想》杂志第215期上撰文《互文的足迹》,指出:"互文性是读者对一部作品和其他作品之间的关系的认知,其他作品先于或者晚于那部作品。其他作品与第一部作品互为文本。"[2]

杜拉斯的作品呈现给读者不同文本和语境,不同语境和文本之间的关系,为研究者留下了广阔的互文性研究空间,但是要整合这些不同文本之间的互文性关系,需要对杜拉斯的作品分门别类,逐一探讨。当然,杜拉斯作品中给人印象最强烈的还是她那些以东方为题材的小说、剧本和散文。不同的文本语境所产生的不同文本意义赋予了每一个文本各自存在的独特意义。

一般读者印象最深的是杜拉斯作品中关于自己的中国情人的故事。在杜拉斯不同种类和题材的作品中,恐怕触及最多的还是那位中国情人。杜拉斯笔下的情人,留给读者的疑问最多,留给读者的艺术享受也最多,情人已经不是一个人物或者一部作品,情人是一个符号,是某个象征,在杜拉斯的作品和生活中如幽灵般游荡,也在不同作品中呈现出不同特质。甚至有学者质疑,杜拉斯作品中的情人是否真实存在。"大家已经知道那个故事,也许事实的真相是这样的:一个编造出来的传奇经历,这个传奇在她的一生中越来越成熟,最后变成真的了。"[3]也许是"编造出来的传奇经历",但是在不同的作品中,情人的故事留给读者的感受完全不同。杜拉斯创作

---

1 Kurt Schwitters, *Poétique de l'intertextualité*, DUNOD, Paris, 1996, p. 14.
2 Kurt Schwitters, *Poétique de l'Intertextualité*, DUNOD, Paris, 1996, p. 16.
3 [法] 阿兰·维尔贡德莱:《玛格丽特·杜拉斯:真相与传奇》,胡小跃译,北京:作家出版社,2007年,第31页。

的故事造就了情人的传奇，成为不同时期她创作的标杆。杜拉斯的早期作品《抵挡太平洋的堤坝》《伊甸园影院》等，晚年的《情人》《物质生活》《中国北方的情人》等或多或少从不同的语境叙述了情人的故事。这些作品既独立存在，呈现不同时期作者的审美思想，不同的语言网络又通过人物形成互文关系，后者与作者的生活经历和家庭背景有着密不可分的联系，也被作者放置在不同的历史文化背景和时代背景之中。

互文与互文性视角

传奇的产生开始不一定引人关注，当我们回顾历史，审视曾经的经历时，那些曾经产生美与思想，曾经让读者产生悸动的作品逐渐被人们反复提及，反复欣赏，成为心中的神。

从小说人物的角度来看，杜拉斯第一次以小说的形式叙述自己童年在印度支那的经历，是在《抵挡太平洋的堤坝》这部自传体小说中。这部小说中的几个主要人物会以不同的形象出现在杜拉斯以后的创作中，小说以这样的方式预示了一个在杜拉斯作品和生命中扮演重要角色的人的出场："就是第二天朗镇之行与一个人的相遇使他们一家的生活有了转机。"

读者开始对这个人有了期望，也对此人在小说情节的推进中所扮演的角色有了期望。读者的期望是建立在文本，也是建立在小说中人物的基础上的。文本的构建与人物的故事同步进行，预期出现的这个人会否满足读者的愿望，朗镇之行会给出答案。对小说中的男女主人公而言，朗镇的那个人的出场同样耐人寻味：

到达朗镇饭厅时，他们看见院里停着一辆黑色的、七座的利穆新轿车，漂亮至极。车里，有个穿着仆人制服的司机耐心等候着。他们三人从未见到这么豪华的车。[1]

最后，这辆车的主人，"北方来的橡胶园主"在巴尔老爹的指引下出现在母亲的视野里：

> 他独自坐在桌旁，这年轻人约莫有二十五岁，身穿柞丝绸西服，桌上放着一顶同样质地的毡帽，他举杯饮酒时，他们看到他手指上戴着一只漂亮的钻戒，母亲默默地、目瞪口呆地盯着钻戒。[2]

此人与女主人公的相遇也是在众目睽睽之下进行的，母亲在其中所起的作用毋庸置疑：

> 他孤身一人，是个种植园主，又很年轻。他正望着苏珊。母亲看到了，也望着自己的女儿……苏珊朝北方种植园主微笑了一下……北方种植园主站起来邀请苏珊跳舞，他站起来时显然不大自在。在他走向苏珊时，所有的人都望着他的钻戒：巴尔老爹、阿戈斯蒂、母亲、苏珊。[3]

他们在跳舞的过程中，苏珊关心的是那辆汽车，它的牌子、价格、马力等车迷所关心的内容，而北方种植园主想的则是怎样讨得苏

---

1 [法] 玛格丽特·杜拉斯：《抵挡太平洋的堤坝》，张容译，沈阳：春风文艺出版社，2000年，第22页。
2 [法] 玛格丽特·杜拉斯：《抵挡太平洋的堤坝》，张容译，沈阳：春风文艺出版社，2000年，第24页。
3 [法] 玛格丽特·杜拉斯：《抵挡太平洋的堤坝》，张容译，沈阳：春风文艺出版社，2000年，第25页。

珊的欢心。

这个男人在杜拉斯写作《抵挡太平洋的堤坝》时犹如来自东方的暴发户，与渴望物质的家庭产生了完美的契合。初次文本中的核心要素与男女主人公产生了密切的联系："晚上""朗镇饭厅""黑色轿车""穿着仆人制服的司机""柞丝绸西服""毡帽""钻戒"等，它们会以不同形式出现在其他文本中，与其他词语构成独立文本，同时也与最初的文本产生关联。

《伊甸园影院》以剧本的形式叙述了这段经历。首先，叙述形式和叙述者因为作品类别的差异而不同。《抵挡太平洋的堤坝》里由万能的叙述者——作者讲述的故事，在《伊甸园影院》的剧本里换成了作者、故事的主人公苏珊和约瑟夫兄妹。

苏珊是这样描述那辆汽车的：

那天晚上，在朗镇饭厅的院子里，停着一辆很大的黑色汽车。[1]

"那天晚上""朗镇饭厅"与原来的文本形成了统一性，"七座轿车"到"大汽车"的变化凸显了各自文本的独立性，剧本与小说产生的分歧既表达了它们之间的关联性，也维护了各自的独立性：

诺先生是西贡一个大种植园主的独生子……那天晚上，那个巨大财产的唯一继承人就在朗镇。左手上戴的钻戒硕大无比。身穿在巴黎剪裁的柞丝绸西服……他孤身一人，正望着我。母亲看到诺先生在看女儿，也望着自己的女儿。女儿朝北方种植园主的

---

[1] Marguerite Duras, *L'Eden Cinéma*, Paris, Mercure de France, 1977, p. 41.

继承人微笑……桌子上摆上了香槟酒。[1]

相同的叙述——例如苏珊对轿车的兴趣及诺先生的惊讶等——之外,小说和剧本的最大变化在于:后边作品语境下的文本在某种程度上摧毁了前边文本的意义,哪怕是细小的变化,这种摧毁也是彻底的,从中可以看出作者对自身记忆和文本意义的修正。两个文本的最大变化并非在于那些细枝末节,而是文本意义的变化。词语之间的对话关系在维系原来对话关系的同时,意义被彻底摧毁了:"北方种植园主"变成了"西贡一个大种植园主的独生子",二十五岁的年轻人变成了诺先生,好像后者在读者的眼里已经成为早已存在的人物,前边的文本对此进行了充分的铺垫,所以这里的文本延续了前边那部作品,并在某些细节上做了修正,这种修正从逻辑关系上讲,似乎更加合情合理。同时,剧本极大地提前了小说的情节,因为"桌子上摆上了香槟酒",小说中需要几次相逢才能完成的步骤,剧本里一次就完成了。

这种对前边文本意义的修正与摧毁,改变了词语之间的关系,词语在此时此地所具有的意义会在彼时彼地发生变化,这种情况在其他小说中还会出现。《情人》也提到类似这样的情节,却摧毁了《抵挡太平洋的堤坝》和《伊甸园影院》所赋予的文本意义。这种摧毁从相遇就开始了,摧毁的目的是要建立另外一种文本关系,这种文本关系既与前面的文本相关,又是有独立意义的文本:

在那部利穆新汽车里,一个风度翩翩的男人正在看我。他不是白人。他的衣着是欧洲式的,穿一身西贡银行界人士穿的那种

---

1 Marguerite Duras, *L'Eden Cinéma*, Paris, Mercure de France, 1977, p. 42.

浅色柞绸西装。他在看我。[1]

文本的基本素材没有太大的变化:"利穆新汽车""他在看我""柞丝绸西服",文本的意义却发生了很大的变化。这一次,男主人公坐在汽车里打量那位漂亮的少女,与前两部作品相比,地点也发生了变化,朗镇的饭厅变成了湄公河的渡船。种植园主的西服变成了银行家的西服,尽管都是"柞丝绸西服"。素材时空轴的变化促使读者在另外的坐标上去解读这些素材所构成的含义。互文性就是在这种反复的摧毁中不停地建立文本的新意义,时空在这里重新组合并产生错位。

所以,你看,我遇到坐在黑色小汽车里的那个有钱的男人,不是像我过去写过的那样在云壤的餐厅里,而是在我们放弃那块土地之后,在两或三年之后,我是说在那一天,是在渡船上,是在烟雾蒙蒙,炎热无比的光线之下。[2]

《情人》赋予了文本新的意义,互文性的意义逐渐显示出自己的生命,既与原来的文本产生了互文关系,又在这种互文性中获得了独立意义。这里,文本所获得的新含义是在与原来的文本建立了互文性后取得的,继承与扩展也是在文本之间的反复中完成的。同样的场面也根据作者创作的需要而发生变化。1990年,当杜拉斯把自己为电影创作的剧本以小说发表时,剧本的痕迹无处不在。先前发表的那些作品中所展现的场景又一次在《中国北方的情人》中出现,这部作品

---

1 [法]玛格丽特·杜拉斯:《情人》,王道乾译,上海:上海译文出版社,2009年,第21页。
2 [法]玛格丽特·杜拉斯:《情人》,王道乾译,上海:上海译文出版社,2009年,第33页。

与《抵挡太平洋的堤坝》《伊甸园影院》和《情人》的互文关系被确定下来。这种关系确立的主线依然是那个生活中让杜拉斯多少年都念念不忘，但是在作品中以各种不同的形象出现的情人的相逢，这里互文性的特点愈加明显：

> 这便是大河。
> 这是湄公河上的渡船。多本书里讲到的渡船。
> 渡船上有搭载本地人的大客车，长长的黑色的莱昂—博来汽车，有中国北方的情人们在船上眺望风景。[1]

短短的几行文字牢牢地确立了这部小说和其他小说的互文性，也许我们可以更大胆一点，将它理解为"这便是那条大河。这便是湄公河上的那条渡船"，它们与《情人》中的河流、渡船，与《抵挡太平洋的堤坝》《伊甸园影院》中的"朗镇"，与《抵挡太平洋的堤坝》《伊甸园影院》《情人》和《中国北方的情人》中的"黑色的、七座的利穆新轿车""利穆新汽车""长长的黑色的莱昂—博来汽车"，苏珊、我、十五岁半的少女，诺先生、他和中国情人因为重复、重叠和反复，在保持各自独立性的同时，互文性特征更加突出。这里中国北方的情人们就是一个中心点或者制高点，向不同的时间和空间辐射，回应了不同时期的中国情人，甚至回应了情人们的原型。杜拉斯是否在向《抵挡太平洋的堤坝》和《伊甸园影院》中的诺先生表示歉意，同时也从内心深处认同情人们之间的等同关系？从这部小说和其他作品所建立的关系上来看，杜拉斯此时此刻已经把他们纳入情人们的范

---

[1] [法] 玛格丽特·杜拉斯：《中国北方的情人》，施康强译，上海：上海译文出版社，2006年，第30页。

畴，确立了彼此的等同关系。同时《中国北方的情人》更与《情人》建立了秘密的认同关系。时间的错位造成了空间的差异，这里的空间也一再被撕裂，反复回应其他场景中的人物，时间隧道随即打开，读者的记忆也追溯到那个叫苏珊的小姑娘：

> 她，女孩，化了妆，打扮一如另外几本书里那个少女：原来的白色洗得发黄的本地丝绸裙子，黑色宽饰带玫瑰木色的"童稚"平檐软呢男帽，敝旧、鞋跟完全磨平、镶有假宝石图案的黑缎织金舞鞋。[1]

杜拉斯在反复回应和认同"另外几本书里那个少女"，"原来的白色洗得发黄的本地绸袍子"，还有那顶"黑色宽饰带玫瑰木色的'童稚'平檐软呢男帽"等，这些类似的衣着打扮的描写，在小说色彩强于自传色彩的《抵挡太平洋的堤坝》中没有那么具体和细致：

> 苏珊也穿上了鞋，穿上了那双在城里商店削价时买的黑缎舞鞋，这是她唯一的一双鞋。不过她换了衣服，脱下了那条马来长裤，穿上了裙子。[2]

《中国北方的情人》强化了服饰在对法国少女的刻画中的意义，这里，作者通过"白色洗得发黄的本地绸裙子，黑色宽饰带玫瑰木色的'童稚'平檐软呢男帽，敝旧、鞋跟完全磨平、镶有假宝石图案的

---

[1] [法]玛格丽特·杜拉斯：《中国北方的情人》，施康强译，上海：上海译文出版社，2006年，第30—31页。
[2] [法]玛格丽特·杜拉斯：《抵挡太平洋的堤坝》，张容译，沈阳：春风文艺出版社，2000年，第22页。

黑缎织金舞鞋",既回应了《抵挡太平洋的堤坝》里"削价时买的那双黑缎舞鞋"和"裙子",也回应了《情人》中分散在不同段落中的描述:

> 我身上穿的是真丝连衣裙,是一件旧衣衫,磨损得几乎快透明了……这件衣衫不带袖子,开领很低。是真丝通常有的那种茶褐色。……那天我一定是穿的那双有镶金条带高跟鞋。那时我穿的就是那样一双鞋子,我看那天我只能穿那双鞋,是我母亲给我买的削价处理品。[1]

至于那顶同样出名的平檐软呢男帽,《情人》里是这样描述的:

> 在那天,这样一个小姑娘,在穿着上很不寻常,十分奇特,倒不在这一双鞋上。那天,值得注意的是小姑娘头上戴的帽子,一顶平檐,玫瑰木色的,有黑色宽饰带的呢帽。[2]

《情人》的描述散落在段落之间,文本的主要意义反复被其他细节割裂、打断。对裙子和鞋的描述在不同文本中细节也有所不同。《情人》中的"磨损的几乎快透明了……这件衣衫不带袖子,开领很低。是真丝通常有的那种茶褐色"和"那双有镶金条带高跟鞋"在《中国北方的情人》中成了"白色洗得发黄的本地丝绸裙子"和"敝旧、鞋跟完全磨平、镶有假宝石图案的黑缎织金舞鞋"。《情人》中与其他词汇混在一起的"一顶平檐,玫瑰木色的,有黑色宽饰带的呢

---

[1] [法] 玛格丽特·杜拉斯:《情人》,王道乾译,上海:上海译文出版社,2009年,第13—14页。
[2] [法] 玛格丽特·杜拉斯:《情人》,王道乾译,上海:上海译文出版社,2009年,第14页。

帽"在《中国北方情人》中完全变成了"黑色宽饰带玫瑰木色的'童稚'平檐软呢男帽",白描性的语言,省略了议论成分和情感色彩,好似岁月不但磨去了杜拉斯的记忆和情感,就连当年少女的穿戴打扮也随着时空的变迁而失去了色彩。否则,真丝裙子怎会在这里"洗得发黄","高跟鞋"怎会从"敝旧、鞋跟完全磨平"成为"镶有假宝石图案的黑缎织金舞鞋"。文字的基本素材随着时间的变化,不断改变其中的组合,形成不同的文本关系,根据不同作品表达差异的内涵。文字去除了所有情感色彩和记忆,越来越接近事实,独立地没有任何夸张地表达着自身的真实存在。

《抵挡太平洋的堤坝》《伊甸园影院》中的诺先生与《情人》《中国北方的情人》中的中国情人的互文关系同样值得探讨,也耐人寻味。从对人物本身的描述来看,文本之间的互文关系非常明显,但是不同的文本所要表现的时代特点和空间特点,作者写作时的心境和背景却有着很大的不同。在《抵挡太平洋的堤坝》中,诺先生是这样的人:"是的,那个人的面孔不英俊,窄肩,短臂,中等以下个头;手很小,精心保养得好,比较瘦,但很美。"[1]而在《伊甸园影院》中,对这个人的身体描述几乎没有,唯一能够让人想象的是"诺先生身穿白色衣服,手上戴着钻戒"。

《情人》对这个人的身体和性格的描述也非常简单:"他的衣着是欧洲式的,穿一身西贡银行界人士穿的那种浅色柞绸西装。"[2]"可以看得出来,他是胆怯的。开头他脸上没有笑容。一开始就拿出一支烟请她吸。他的手直打颤。"[3]

---

[1] [法]玛格丽特·杜拉斯:《抵挡太平洋的堤坝》,张容译,沈阳:春风文艺出版社,2000年,第24—25页。
[2] [法]玛格丽特·杜拉斯:《情人》,王道乾译,上海:上海译文出版社,2009年,第21页。
[3] [法]玛格丽特·杜拉斯:《情人》,王道乾译,上海:上海译文出版社,2009年,第40页。

他的身体与性格非常吻合："那身体是瘦瘦的，绵软无力，没有肌肉，或许他有病初愈，正在调养中，他没有唇髭，缺乏男性的刚劲，只有生殖器是强有力的，人很柔弱，看来经受不起那种使人痛苦的折辱。"[1]

这些不同作品中的人物因为关联性使文本之间产生了密切的互文关系，中国情人也经常出现在杜拉斯的其他随笔作品中，让文本之间的互文关系跨越小说，形成更为广阔的空间和依存关系。关于这个人物，杜拉斯曾经在《物质生活》中这样描述："手出现在身上的情形，我还记得，瓮中倾出水的那种清新，我也记得。"[2]

无论是《抵挡太平洋的堤坝》中的"面孔不英俊，窄肩，短臂，中等以下个头；手很小，精心保养得好，比较瘦，但很美"，《伊甸园影院》中的"诺先生身穿白色衣服，手上戴着钻戒"，还是《情人》中的孱弱的身体，这些描述展现给读者的都是一个并不完美的追求者或者情人的形象。

在《中国北方的情人》中，作者笔下的女孩没有变化："她依然是上本书里的那个女孩，瘦弱放肆，难以形容，难以捉摸"，"依然是"并不能从具体描述里面体现出来，"瘦弱放肆，难以形容，难以捉摸"仅仅属于抽象的描述。从作者的角度而言，她内心依然保留了那个女孩的绝对形象，无论何时都不会变化，而她对其他人物的描述发生了较大的变化。作者在该书中认同了其他几本书中的女孩，但是并没有认同其他人物。作者在认同女孩的同时，摧毁否认了同一个故事场景中的诺先生和中国情人：

---

[1] [法] 玛格丽特·杜拉斯：《情人》，王道乾译，上海：上海译文出版社，2009年，第46—47页。
[2] [法] 玛格丽特·杜拉斯：《物质生活》，王道乾译，上海：上海译文出版社，2007年，第56—57页。

> 从黑色汽车走下一个男子，他不是上本书里的那个男子，他是另一个中国人，来自满洲。他跟上本书里的那一个有所不同，更强壮一点，不那么懦弱，更大胆。他更漂亮，更健康。他比上本书里的男子更"上镜"。面对女孩，他也不那么腼腆。[1]

杜拉斯笔下的男子就这样从《抵挡太平洋的堤坝》和《伊甸园影院》中懦弱、低级粗俗的诺先生，到《情人》中温柔但是懦弱、胆小、绵软无力、没有肌肉、缺乏阳刚之气的来自中国抚顺的情人，到现在这位来自满洲的强壮、大胆、健康、漂亮的能够被称为美男子的中国情人。经过时空的迁移变化，这位情人也在杜拉斯的笔下逐渐成长、完善，出落成杜拉斯眼中的理想情人。文字的真实反复演绎着现实的真实，成为独立的审美存在。

杜拉斯不同作品中女孩与情人的故事使这些作品产生了明显的互文关系，他们的相遇、相爱、离别是最为突出的情节和段落。我们从不同的角度分析了他们相遇时的情景，分析了不同文本之间的差异。其他情节同样呈现出独立性和关联性的特点，例如他们相爱的情节表现得也非常突出。

在《抵挡太平洋的堤坝》中，性爱的描写和论述始终停留在游戏的层面上，假如我们考虑该文本与其他文本间的统一性和完整性，就可以从整体的角度解读相关文本，好像所有的故事在这里仅仅是一个开端，这样的开头让那时的少女不以为然，甚至有点嬉戏的成分。读者丝毫看不到任何真情的付出，游戏在物质与粗俗的爱情的交换之中进行着。物欲更加露骨地深入苏珊和诺先生关系的各个方

---

[1] [法]玛格丽特·杜拉斯：《中国北方的情人》，施康强译，上海：上海译文出版社，2006年，第31页。

面：留声机、钻戒，甚至汽车，换来的是身体的接触和满足，例如诺先生握一下苏珊的手，诺先生在苏珊洗澡时能看她一眼，以及有可能的话陪他到西贡共度良辰，直至最后能与他结婚。但是这样的交往过程是反复无常和不稳定的，任何因素的变化都会让物质与情爱的平衡丧失。下面是诺先生送给苏珊留声机之后他们之间的一段对话：

> 我想把您紧紧地拥在怀里，这并不是我的错……
> 苏珊满意地看了看自己的手和脚。
> 我不想在任何人怀里。
> 诺先生垂下了头。[1]

这种矛盾与对立，尤其是在涉及身体接触或者男女情爱时的对立，在整部作品中表现得都非常明显。诺先生对苏珊身体的渴望只能停留在视觉的拥有上，而且还要接受苏珊提出的非常苛刻的条件，诺先生并不甘心把他和苏珊的关系维系在物质上，他的付出也是有条件的，有时候甚至是猥琐的。他就这样在希望与失望之间，在物质的不断付出和渴望得到却无法得到满足之间备受折磨。

> 诺先生对他们的争吵没有兴趣，他注视着苏珊在透明的绸裙里显出来的一双腿。
> "您穿着裙子还是像裸体，"他说，"而我没有任何权利。"[2]

---

[1] [法] 玛格丽特·杜拉斯：《抵挡太平洋的堤坝》，张容译，沈阳：春风文艺出版社，2000年，第68页。
[2] [法] 玛格丽特·杜拉斯：《抵挡太平洋的堤坝》，张容译，沈阳：春风文艺出版社，2000年，第69页。

目光的占有是诺先生唯一可以自己做主的举动，即便是透过透明的绸裙欣赏，诺先生也不满意。所以，诺先生进一步，答应给苏珊的家人送一辆汽车，条件是苏珊在洗澡时让他看一眼。即便是目光占有的要求苏珊也不情愿，对他也非常敷衍，整个过程非常短暂，诺先生的目光与苏珊的身体还没有接触就结束了。

苏珊打开一条门缝，诺先生朝她跑了一步，苏珊猛地又关上门，诺先生被关在门后。

这种交往过程中的反复摩擦和矛盾在《抵挡太平洋的堤坝》里非常突出，诺先生和苏珊之间的不平等关系显而易见。最后可能会逐渐接受，然而这并没有出现在《抵挡太平洋的堤坝》之中，这里的苏珊还是一个没有发育成熟、还带着某种野性的少女，好像是在为《情人》做准备，为《情人》中的十五岁半的少女的出场做准备——经过了多少年后，他们"有情人终成眷属"。此时的情人是那么的温柔体贴，而《情人》的少女则少了许多野性，甚至成为一个相对成熟的女性。那个在《抵挡太平洋的堤坝》中反复拒绝诺先生的苏珊在《情人》中成为他们肉体关系的主导者，而且享受着由此带来的温馨和沉醉。

他把她的连衣裙扯下来，丢到一边去，他把她的白布三角裤拉下，就这样把她赤身抱到床上。然后，他转过身去，退到床的另一头，哭了起来。她不慌不忙，既耐心又坚决，把他拉到身前，伸手给他脱衣服。她这么做着，两眼闭起来不去看。不慌不忙。他有意伸出手想帮她一下。她求他不要动。让我来，她说她要自己来，让她来。她这样做着。她把他的衣服都脱下来了。这时，她要他，他在床上移动身体，但是轻轻地，微微地，像是怕惊醒她。[1]

这种对性爱场景和肉体享乐的描述在《中国北方的情人》中持续着,被无限地扩展。缠绵的情意也穿越了时空,构建成新的情爱故事或者场景,同样令人沉醉,让人叹为观止,作者的描述由意向转向具象:

> 她闭着眼睛为他脱衣服。解开一个又一个扣子,脱下袖子。
> 他不帮她。他不动。与她一样闭上眼睛。
> ……
> 她闭着眼睛吻。她抓住他的双手,把它们贴在自己的脸上。他在旅途中的那双手。她抓住双手,把它们贴在自己的身上。这时候,他动弹了,他把她搂进怀里,他在她瘦小的处女之身的上方温柔地扭动。
> ……
> 她闭着眼睛感受他的温存,她感受那金黄色的肌肤,那嗓音,那怀有惧意的心脏,那悬在她身体上方、准备为她开窍的整个身躯。她成了他的孩子,那个中国男人的孩子了。他不吭气,他在哭,他怀着如此猛烈的爱情做这件事情,不由泪流满面。
> 女孩体内一阵疼痛。开头剧烈。然后变得可怕。然后来自相反两个方向。无可比拟。比什么也不像:正在疼痛变得无法忍受的时候,它开始远去。疼痛变了性质,现在它让人直想沉吟,想喊叫,它占据整个身体,头脑,身体与头脑的全部力量,以及思

---

[1] [法]玛格丽特·杜拉斯:《情人》,王道乾译,上海:上海译文出版社,2009年,第46—47页。

想的力量,被打倒的思想。[1]

文本之间的跨越和重新组合,使这个性爱场景根据不同作品的需求表现手法有所不同。这些文本既独立存在于各自的作品中,创造了独立的美学体验,也与杜拉斯的其他作品产生关联。《情人》中的脱衣到《中国北方的情人》中成了脱衣解扣("解开一个又一个扣子,脱下袖子")。《情人》中男人的动作比较少,比较被动,而女孩比较主动,她"触摸他,她抚弄那柔软的生殖器,抚摸那柔软的皮肤,摩挲那黄金一样的色彩,不曾认识的新奇。他呻吟着,他在哭泣。他沉浸在一种糟透了的爱情之中"。这种缠绵情意在《中国北方的情人》中则成了"他把她搂进怀里,他在她瘦小的处女之身的上方温柔地扭动"。两个人的角色发生变化,男人不再被动,女孩不再主动。同样的感动和情爱交叉在不同的时空,所不同的是,中国情人和他所喜爱的女孩演绎了越来越成熟的爱情,这种爱情在杜拉斯的反复演绎和重复中离事实越来越远,传奇因此成就了杜拉斯,同时每一次的重新虚构又回归杜拉斯生命最深处所存留的呼唤。

母亲和女儿之间的关系在几部作品里也很微妙,让读者费解,几部作品里均提到这样一个场景,就是女孩得到戒指之后母亲的反应,《抵挡太平洋的堤坝》是这样描述的:

> 她还在打苏珊,仿佛被一种无形的力推着。苏珊倒在母亲脚下,裙子被撕破了,几乎是半裸,不停地哭着。她想站起来,母亲一脚踢倒她,叫着:

---

[1] [法]玛格丽特·杜拉斯:《中国北方的情人》,施康强译,上海:上海译文出版社,2006年,第87—88页。

"告诉我实情，我就放过你。"[1]

母亲的要求简单而纯洁，也就是体面地把女儿嫁出去，由此得到她所希望的修建堤坝的资金，但是不希望女儿在得到这些东西之前失身于诺先生。读者觉得此时的母亲是一个可怜的、经历了失败的老女人，而女儿还没有长大成人，还是母亲手里的木偶，任凭母亲摆布。这个还没有成人的女孩在《情人》里长大了，开始不服母亲的管教。所以，女儿与母亲的这种对立在《情人》中变得更加暴力，女儿这时已经成为独立性越来越强的少女，所以母亲的愤怒也更加强烈，这从杜拉斯的描述中能够强烈地感觉到：

> 我母亲几次发病，病一发作，就一头扑到我身上，把我死死抓住，关到房里，拳打，扇耳光，把我的衣服剥光，俯在我身上又是闻又是嗅，嗅我的内衣，说闻到中国男人的香水气味，进一步还查看内衣上有没有可疑的污迹，她尖声号叫，叫得全城都可以听到，说她的女儿是一个婊子，她要把她赶出去，要看着她死，没有人肯娶她，丧尽廉耻，连一条母狗还不如。[2]

强悍的母亲并不一定能驯服女儿，女儿未经许可就带上了情人的戒指，而这本不是女儿可以自作主张的。在《抵挡太平洋的堤坝》里，母女之间的关系是服从与被服从的关系，这个场景也表现了这一点："苏珊倒在母亲脚下"，这种对立更像是母女之间的依赖，而《情人》中依赖变成一种对立，是一种剥夺：母亲"就一头扑到我身上，

---

[1] [法] 玛格丽特·杜拉斯：《抵挡太平洋的堤坝》，张容译，沈阳：春风文艺出版社，2000年，第69页。
[2] [法] 玛格丽特·杜拉斯：《情人》，王道乾译，上海：上海译文出版社，2009年，第70页。

把我死死抓住，关到房里，拳打，扇耳光"。在《抵挡太平洋的堤坝》中接受母亲拷问的苏珊，在母亲的厮打中"裙子被撕破了，几乎是半裸，不停地哭着"；到了《情人》中，母亲"把我的衣服剥光，俯在我身上又是闻又是嗅"，而作为女孩的"我"长成了一个可以分担母亲痛苦和眼泪的少女，因为"她哭着，哭她一生多灾多难，哭她这个女儿丢人现世。我也和她一起大哭"[1]。

女儿不再仅仅是母亲的孩子，已经成为母亲的同伴，分担母亲的苦难，与母亲共同哭泣命运的不公。在《中国北方的情人》中，母亲已然默许了女儿和情人之间的关系，这从学监与女儿的对话中就可以看出来：

> 用不着通知我母亲，她知道一切，她不在乎。她必定都忘了……她表面上守规矩，其实是假的……我母亲，她全不在乎……[2]

女孩在三部作品中渐渐长大成人，独立地担负起自己的责任，母亲渐渐退居在侧，由女儿自己去决定命运。这一点，从不同时期小说对少女年龄的交代也许可以看出其中的奥秘。在《抵挡太平洋的堤坝》中，苏珊的年龄通过诺先生之口有了交代：

> 母亲看着诺先生，也许只有跟他走，因为她太穷了，平原又远离男人们待的大城市。
> "您很美，很撩人情怀。"诺先生说。

---

[1] [法]玛格丽特·杜拉斯：《情人》，王道乾译，上海：上海译文出版社，2009年，第71页。
[2] [法]玛格丽特·杜拉斯：《中国北方的情人》，施康强译，上海：上海译文出版社，2006年，第140页。

"我只有十七岁,我还会长得更美的。"[1]

这位还会长得更美的少女,到了《情人》中年龄变小了:

"我才十五岁半,在那个国土上,没有四季之分,我们就生活在唯一一个季节之中,同样的炎热,同样的单调,我们生活在世界上一个狭长的炎热地带,既没有春天,也没有季节的更替嬗变。"[2]

这位从十七岁到十五岁半的少女到了《中国北方的情人》中出落得更加大方,不需要交代年龄,读者延续着《情人》中不断反复的节奏:十五岁半,在湄公河的轮渡上;十五岁半,在那个国土上,等等。那是记忆中永恒的少女形象,没有任何人可以抹去。

关于自己作品中的最后一位情人,杜拉斯在接受采访时这样说道:"我希望永远保留的是我的所爱。这些都是属于我自己的,与别人无关,在《中国北方的情人》这本书中,有许多关于我自己的事情,都是真的。"[3]

杜拉斯通过摧毁自己的往昔、自己的作品,摧毁作品中的人物来构建自己的现在、新的作品和人物。杜拉斯通过反复地摧毁、割裂来重建自己心中的理想:"但谋杀的冲动左右了她,她在废墟上建造。她确认人们只能在毁灭之后才能建造。她证明了这一点,她的创造不再贫瘠,她又编出了另一部电影。对那些待产室里的情人,劝他

---

[1] [法] 玛格丽特·杜拉斯:《抵挡太平洋的堤坝》,张容译,沈阳:春风文艺出版社,2000年,第74页。
[2] [法] 玛格丽特·杜拉斯:《情人》,王道乾译,上海:上海译文出版社,2009年,第5页。
[3] [法] 皮埃尔·阿苏利纳:《我的爱,都属于我自己》,于虹译,引自《写作》,沈阳:春风文艺出版社,2000年,第157页。

们剔除往昔,并不惜反复絮叨。她在断裂中看到了新生,断裂、谋杀和屠宰,对于重组她远离了的生活,都是必不可少的,罪行帮助她呼吸。"[1]

杜拉斯笔下的女孩和情人们就这样被她反复屠宰,反复谋杀,然后又不断地走向新生和独立。他们中的任何一位都或多或少地与其他人建立了隐秘的互文关系。而每一个文本中的形象如同语言的高速公路,沿着不同的轨迹前行。

> 在这一类不是一本书的书里,我愿意无所不谈,同时又什么都不谈,就像每一天,像任何一天的历程一样,平平常常的。走上高速公路,话语的大道,任何特殊的地点我都不停留。不同方向,也无所往,不是从所知或不知的既定出发点出发,在纷纭嘈杂的话语中,全凭偶然,走到哪里算哪里,这样做是不可能的……这本书就像所说的那样,是一条高速公路,同时可以通到任何地方,既走回头路,又从头开始,再动身出发,像任何一个人,像所有的书一样……它也将会是一本想通往任何地方的书,同时又只通向一个地方,然后又回到原地,再一次出发,至少像所有的人,所有的书那样沉默不语,但是这样的书不是写就的。[2]

"既走回头路,又从头开始,再动身出发,像任何一个人,像所有的书一样……"是杜拉斯许多作品的特点,这种构成互文性特点的

---

[1] [法]米歇尔·芒索:《杀吧,她说》,方颂华译,引自《写作》,沈阳:春风文艺出版社,2000年,第132—133页。
[2] [法]玛格丽特·杜拉斯:《物质生活》,王道乾译,上海:上海译文出版社,2007年,第9页。

循环作品赋予了杜拉斯有别于其他作家的特点。共存的文字指向系列相同的事件,它们在不同的空间里书写着属于自己的故事。它们彼此之间构成了杜拉斯作品的自动互文关系,同时在某些点上与其他文学作品共存于更加广阔的空间之中,共存和独立呈现出和谐统一的文字美学。

第五章：
与生命并行的文学篇章：写作

渐渐进入晚年的杜拉斯，虽然还保持着与前夫罗伯特和旧情人马斯科罗的友谊，但是她已经渐渐淡漠了男女之间的儿女情长，全身心地投入文学创作中，尝试不同体裁的创作。就在这时，一位年轻的大学生闯进了她的生活。她的生活和文学创作从此成为并行的生命篇章，绽放出璀璨的光芒。

冈城的大学生

1975年的冈城大街的书店里，有位年轻的大学生在浏览着一位当代作家的作品。在不经意的翻动中，他的心慢慢地被书中人物不同寻常的命运所触动，也被作者那特殊的叙事方式和语言魅力所吸引。他忍不住地继续看了下去，他越来越激动，一下子就买了好几本这位作者的书。在一个特殊的时期，特定的年龄，他受到了这位特殊作者的影响，两个从未谋面的人，作者和读者，以这种特殊的方式进行了精神上的交往。这种交往使这位大学哲学系四年级的学生享受了精神上的一见钟情，因此他便开始收集有关这位作家的资料和作品。这位年轻的大学生就是扬·安德烈亚，他所钟情的作家便是玛格丽特·杜拉斯。他在冈城大街书店里的这次奇遇给法国当代文学添加了具有传奇色彩的浓重一笔。

扬·安德烈亚怀着强烈的梦想，渴望成为杜拉斯故事中的人物。

敢爱敢恨，抛弃一切世俗观念和目光，在属于自己的世界里尽情遨游，那一刻最让他神醉。拥有杜拉斯的作品，了解那些不同寻常的人物的不同命运与遭遇，如同摸透了作者的性格。副领事、女乞丐，沉醉在自己的过去和过去的故事中的劳儿·瓦·施泰因都映入他的眼帘，印进他的脑海，他无论怎样克制，都难以挥去这些神游在自己的世界，神游在自己的故事中的人物。那位大眼睛、头戴着一顶男式毡帽的十五岁半的法国女孩还没有出现在经典之中。扬·安德烈亚渴望着有朝一日也会成为杜拉斯作品中的人物，成为她叙述故事时的见证人。

> 我仍然久久地望着你。从第一天起，从那个冬日的下午我开始读你的作品时起，我就认出你了。甚至没读完那本书就开始了，我当时才二十岁，你依然如故，在这个地方也一样。谁也弄不清你的想法。[1]

杜拉斯在自己的作品中也谈到了这次让她难以忘怀的奇遇：

> 最初，我这里要讲的故事的开始是这样的，您所在的大城市的实验艺术影院放映《印度之歌》的电影。放映结束之后，有一场见面会，您也参加了。[2]

扬·安德烈亚成为杜拉斯王国中最后的一员，杜拉斯为她用生命铸成的伟大作品中的这个人物起名扬·安德烈亚。他正在慢慢走进杜

---

[1] Yann Andréa, *M. D.*, Paris, Les Editions de Minuit, 1983, p. 46.
[2] Marguerite Duras, *Yann Andréa Steiner*, Paris, P. O. L, 1992, p. 7.

拉斯的生活，走进杜拉斯的作品和生命。他们之间的爱情是杜拉斯生命中延续时间最长的爱情。

1980年的冈城大学电影俱乐部，大学生们迎来了一位神奇人物，那便是玛格丽特·杜拉斯。这天晚上她的电影《印度之歌》要在这里放映，根据学生会的安排，放映结束之后，玛格丽特·杜拉斯要与大学生们进行座谈并回答他们的问题。得知玛格丽特·杜拉斯要来与大学生们讨论电影时，扬·安德烈亚再也按捺不住了，他不知是激动，是恐惧，还是按捺不住的高兴。他手足无措，不知如何是好。就要见到那位梦寐以求的作家，见到那位创造了许多让他痴迷的人物的神奇人物。作品中的那些欢声笑语，那些苦涩无奈，那些因爱而哭、为爱而死的人物就会在即将谋面的这位作家身上有所验证。她一定是一位经历过无数磨难，经历过无数爱情的人，她的身体就是因为爱而存在。她从不同的情人身上享受着不同的爱情，享受着不同的做爱方式。灵魂的愉悦，肉体的贪欢，使她的全身都打上了爱的烙印。她的身躯因为一生中的过度放纵而干瘪，她的额头早已打上了岁月的年轮。那张迷人的脸庞如今已经被无限风骚、万种风情所摧毁。

扬·安德烈亚多么希望在杜拉斯无数疯狂的爱情故事中加上自己独特的一笔，他将会成为杜拉斯故事中的人物，成为她作品中的故事。那难舍难分、欲爱不能、欲罢不休的感情经历都吸引着扬·安德烈亚走向杜拉斯，走向那位自己梦中的情人。那一年，扬·安德烈亚二十七岁。

扬·安德烈亚早早来到冈城大学俱乐部的放映厅，来看那部他已经去巴黎看了数十次的电影，此番不同的是，他要把自己的欢笑与悲哀与剧作家共同分享与分担。他不再独自流泪，他不再独自狂欢，他终于可以从精神上与那个人同甘苦、共患难，在电影中人物命运的跌宕起伏之中，分享一种伟大而深刻，与现代社会息息相关的人物命运，物欲社会对人的信念，对人的精神的摧残。他将要与作者共同观看那场关于摧残的电影。这种摧残比任何有形的武器都更让人心动神摇，无法自已。电影里传来了沉重的脚步声，在空空荡荡的大楼里响起，声音越来越大，随后又慢慢地传向远方：

一片寂静，热带季风地区，没有一丝风，只有房间里的吊扇在不紧不慢地转动着，里边空无一人。

外边有一只眼睛在偷偷地观看，空空荡荡的网球场的拦网上靠着一辆红色的自行车。

在闷热的阳光下，那辆自行车分外惹眼。

房间里响起了钢琴声，悠长的声音陪伴着轻轻的脚步，有人在跳舞。

从一面大镜子里，观众看到了跳舞的男女，女的穿着黑色的长裙子，男的穿着西服，戴着蝴蝶结。

闷热的天空下，闷热的房间里，有一位看不见的男性，被社会，被白人圈子所拒绝。

他在渴望着那位拥有红色自行车的女性，渴望得到她的爱情。

可是在那荒漠的地方，在那贫瘠的地方，没有感情，也没有爱情。当男主人公在夜色中喊着"我爱你"时，那里的夜空只有凝重的空气，只有使人透不过气的闷热和沉重。

《印度之歌》如同爱的荒漠，无法生长出希望，那位可怜的副领事在恒河岸边倾诉着自己的爱。扬·安德烈亚再次被电影所表达的氛围和情感，被电影中的人物所吸引，他多么想像那位欲爱不能的男人一样，逾越传统，逾越不被人理解的苦闷，去经历一场那种催人泪下、被爱折磨的伟大爱情。

电影终于结束了。扬·安德烈亚又回到了现实中，看着眼前那位制造了这种爱情的"老太婆"。他无法相信自己会去喜欢这样一位比自己大三十九岁，可以做自己母亲的人。他的心里太紧张了，当大学生们兴高采烈地和玛格丽特·杜拉斯谈笑，他却一言不发，不知如何是好，莫非就这样与机会失之交臂？最后他还是与作家谈起了他对电影里的两个镜头的看法。杜拉斯知道眼前这位年轻人对自己的作品和电影都非常了解，但只是把他作为一般的崇拜者给他签名。他趁机询问自己是否可以通过子夜出版社给她写信，杜拉斯说可以直接写到她在诺弗勒的家里。扬·安德烈亚就向杜拉斯要了她在诺弗勒的通信地址。后来杜拉斯对大学生们说："咱们去喝咖啡吧！"扬·安德烈亚和大家一起去了，但他坐在咖啡馆里还是一言不发，他希望单独和她谈话，单独和她在一起，而不愿意和其他人分享这种机会。

这个留着长发、戴着一副金丝眼镜、艺术气十足的大学男生并没有给杜拉斯留下更多的印象。可是回到诺弗勒不久，她就收到了这个尚不知其姓名的年轻人写来的情书。杜拉斯读毕一笑，把信放在了一边。她没有把这位年轻人的信当回事。

这位名叫扬·安德烈亚的人是自己的崇拜者，他信中的那些话，也只是年轻人的一时冲动而已。第二天，她又收到了一封这个年轻人的信，和前一天一样，杜拉斯读完就放在一边。随后的日子，杜拉斯几乎每天都会收到一封这位年轻人寄来的信，信的内容有时是名言警句，有时是爱情格言，有时一封信就一句话，大部分引自杜拉斯的作品。这些语句来自杜拉斯背景与环境迥然不同的作品，现在被摘录出来，成为独立而抽象的美丽的格言，杜拉斯自己读了，也觉得新鲜而感动。信里引用的那些语句又把她带回了那些她与书中人物相依为命的日子。

《平静的生活》中的纪热姆叔叔，那位弄得她们全家几乎倾家荡产的人。《抵挡太平洋的堤坝》里的母亲和那位与苏珊在般加卢前的池塘遥望的哥哥。还有《副领事》中那位因为爱而死、为了爱敢去死的安娜·玛丽·斯特雷泰尔，沉醉在过去的爱情中的劳儿·瓦·施泰因，《如板的中歌》中的安娜·德巴莱斯特，《广岛之恋》中的法国女演员，《恒河女子》中的神魂颠倒的女人。她们的生命中都曾经有过刻骨铭心的爱情，但是这种爱情又因为其他非主观的原因而惨遭摧残。更为可怕的是爱情不但摧毁了她们的肉体，更摧毁了她们的灵魂。

当杜拉斯读到来自自己不同作品的爱情格言时，她笔下的那些爱情的失意者一个个向她走来，就像冤魂饿鬼一般向她讨还情债，要求她还他们一个美满、浪漫的爱情。杜拉斯已经沉醉在那些扭曲、断裂、无法修补的爱情之中，那位从远方给她写来情书的年轻人也成了她永远无法企及的爱。然而她的内心深处却顽强地企盼着这份表面看来非常荒唐，根本无法企及的爱情，她已经习惯了每日拆开用自己熟悉的笔迹写成的信。这不但成了她每日的活动内容之一，而且也成了她每日的企盼和享受。就这样过了很长时间，扬在信中要求去诺弗勒看望她，她始终不愿意给他回信。有一天，这日复一日、杜拉斯已经习惯收到的来信没有按时送到或者根本就没有寄出，结果杜拉斯一整天都郁郁不乐。她开始胡思乱想，不知到底发生什么事情了。

> 她喜欢爱情，但不限于此，她更喜欢爱情产生时候所带来的东西，喜欢发现爱情所产生的热情，喜欢初恋的夜晚，爱情使人加深了对那些夜晚的了解。除了情人，还有新的故事让人发现，让人打开，敲开的口子是认识的目标，是开门的芝麻。[1]

这种对新奇事物的追求，使她更加喜欢和热爱不同凡响的奇遇和爱情。对她而言，爱情不仅是生活内容，也是她作品的故事。她多么希望他们的故事能够这样继续下去，永远享有这种精神上的相互依靠，是新奇的爱情带给她的期待和不安。就在这样的企盼中，杜拉斯

---

[1] [法] 阿兰·维尔贡德莱：《玛格丽特·杜拉斯：真相与传奇》，胡小跃译，北京：作家出版社，2007年，第88页。

终于发现了这位年轻的大学生在她心中的分量。她无法忘怀他那温文尔雅的声音，和蔼可亲的神态。

> 她迫切地需要及时行乐，她总是感觉到这一点，她喜欢一见钟情，好像这是一种不可避免的命运，这种需要越来越吸引着她。[1]

杜拉斯终于放下大作家的架子，在1980年1月给扬写了一封信，她在信中向这位书信交往的年轻人诉说了自己的苦恼和失望：

> 已经好几年了，我一个人住在诺弗勒的家里，那里可以住十人，我告诉朋友们周末不要再来。我一个人住十四间房。我已经习惯了听到自己的回声。就这样，然后有一次，我给您写了一封信，告诉您我刚刚完成了那部取名《加尔各答的荒漠里她的名字叫威尼斯》，我不知道我当时给您说了些什么，也许是说，我就像喜欢几乎所有其他电影那样喜欢这部电影。您没有回复这封信。[2]

渴望新奇、渴望理解和对话让杜拉斯忘记年龄的差异。她对与这位年轻人交往的渴望由此可见，因为她的生命将与他融为一体，他们都视写作为生命，这种交往使双方都会从中获得创作的灵感。

扬·安德烈亚收到这封信欣喜若狂，等待了五年之后他终于依稀听到了爱的呼唤，他急不可待想见到她。此时杜拉斯却开始犹豫，她非常担心，她在回信中没有说明她因为酗酒而住院治疗，她是个酒鬼。她担心这样会动摇他对她的爱慕之情，把他吓跑。她只在信中说

---

1 [法] 阿兰·维尔贡德莱：《玛格丽特·杜拉斯：真相与传奇》，胡小跃译，北京：作家出版社，2007年，第76页。
2 Marguerite Duras, *Yann Andréa Steiner*, P. O. L, Paris, 1992, pp. 10–11.

自己身体不好，需要住院。四天后，她被送进了莱伊圣日尔曼医院接受紧急治疗。她在这家美国医院待了两个多月。这时她对自己的人生，自己生命的意义，都产生了极大的怀疑，她甚至非常悲哀与绝望。她感到自己可能将不久于人世。没有朋友，无人来访的孤独使她突然意识到，这个叫扬·安德烈亚的年轻人在她的生活中所占的位置已经非同小可。她不想错失这个上天的恩赐。她又从圣日尔曼医院回到了她在诺弗勒的家，心情也渐趋平静。她想倾诉，想把自己的不幸与苦闷说给别人。于是她不再犹豫，挥笔疾书，给这个业已成为她精神依靠的年轻人写信。她向他说明了一切。自己酗酒，为此刚结束治疗，从医院回到家中。她不明白自己为何如此不管不顾地酗酒，掉进这种不良嗜好的泥潭而不能自拔。她给他写啊写啊，忘记了自己，忘记了一切，忘记了扬是一个可做自己儿子的年轻人。笔端倾诉的这个对象，成了她幻想中的情人。她像安娜·德巴莱斯特那样娓娓诉说着一个动人的故事，把丝丝情怀献给远方的梦中情人。这时所有的幻想又返归现实，而这活生生的现实就又一次被杜拉斯演义成了如痴如醉的人间情事。扬·安德烈亚呢，则是从一开始就进入了杜拉斯的故事，成为故事中的主人公。两封长信发出，杜拉斯生命中第一次开始了难耐的等待。她以为这两封信，就足以再续先前的那种业已形成的精神上的依赖关系。然而她想错了。两封信如石沉大海，没有任何回复。

杜拉斯重新陷入了深深的忧伤。酗酒造成了肉体与精神的双倍痛苦，令她难以忍受。同时精神支柱可能的丢失更使她感到孤单。那真是一生中最受煎熬的日子。她顽强地抗争着酒瘾的发作，她从未像现在这样注重身体，珍惜生命。可是她的某些器官、整个躯体都受到酒精的极大摧残。只有远方那一线希望维系着她的精神。医生提出彻底戒酒，否则后果严重。她以极大的耐力抵抗着酒精的诱惑，真的做到数月不沾酒。对生命与爱情的渴望，还有对工作的渴望，使她在病魔缠身时依然保持着旺盛的精力和斗志,有些地方颇与她的母亲相像。对目标的追求,执着到近乎顽固与偏激。她变得烦躁不安,对朋友和周围的人,忍不住会粗声恶气。除了珍藏心底的男人,其他人都以为这是病痛所致,其实正是那位年轻人的突然消失,才使她变成这样。此时此刻她极为需要的是有人来倾听她的呻吟,来分担她的痛苦。可是那个男人,难道就此消失,永不再现了吗?对生命对生活的渴望,使杜拉斯的病情有所好转,她开始了新的设想与计划。

杜拉斯对电影的热爱,她在自己的电影中所表现的创新意识和表现手法让电影界褒贬不一,也吸引了一些专业人士的注意。

就在杜拉斯陷入创作和生活的困难时,一位名叫赛尔日·达奈的编辑请她为"电影页"编一个专辑,杜拉斯非常愉快地接受了这一邀请,她想借此机会把自己真正的故土、把自己的童年都编进去。这件事又使她回到了遥远的印度支那,遥远的西贡与湄公河。她想到了自己的母亲、哥哥,想起了童年那段让她刻骨铭心的故国生活。她希望在那组图片专辑中能加入她在童年与母亲、哥哥、越南保姆和她的孩子们在一起的照片。杜拉斯的母亲酷爱照相,当时仅仅是为了告诉自己的亲人殖民地的生活非常美满幸福。后来杜拉斯依然保留着许多童年时期的照片,她非常希望把文字与那些形象、那些照片结合起来,以此来寻求她与文字、图片之间的关系。

杜拉斯也想利用这一新的机遇拓宽她的作品内容,重新挖掘文本的含义。她试图以文字、图像的方式重新表现她在电影创作中难以解决的问题,即文本问题。电影创作中文本只能通过影像、声音传送出来,文字、影像、声音并没有达到完全的融合和高度的统一。因此,杜拉斯决心利用赛尔日·达奈给她提供的这次机会重新进行她将三维空间浓缩、合并为一维空间的实验。首先她选定了图片,那些可以代表电影镜头的影像代表着一维空间。文本的产生颇有新意:杜拉斯和赛尔日·达奈把他们之间的对话录制成声音,然后达奈根据录音整理出文字性的东西，这些文字性的东西再经杜拉斯之手润色成文本。这些文本并不是直接由钢笔或文字处理形成，而是由录音转化而来。尽管它们的最后表现形式是图像和文字，但是形成过程有着与电影创作相同的影像摄制和录音合成。

这是杜拉斯电影创作的延伸，是她寻求文字、影像和声音三者之间关系的又一实践。用三种不同的表现形式，在不同的空间中表现相同的现实，是杜拉斯终生寻求的目标。杜拉斯和赛尔日·达奈给这一专辑起了一个很有诗意的名字：绿眼睛。远方、诗和现实在精神和身体脱节的空档期又一次完美合体。

特鲁维尔的夏天

杜拉斯的身体有所好转，生活起居也正常起来。她开始出门，有时坐车，有时步行。她又开始寻找外界的形象，捕捉可能产生的文字。她始终不忘初心，牢记使命，渴望把外边那一组组形象、一幕幕生活转化成笔下的文字。文字的现实就是社会现实，现实生活就是文字要表达的内容，作家的使命促使她这样做。源于生活的文字才是最真实、最能启迪人生的文字。

1980年夏天，杜拉斯决定暂时离开她在诺弗勒的家去特鲁维尔那间黑色岩石楼房。黑色岩石楼对面是大海，她希望海滩上孩子们的欢叫能给她带来新的创作灵感和新的文字。当时她并没有具体的写作计划，只是怀着这样的希望，来到了特鲁维尔。正在这时，《解放报》生活栏目的主编和记者赛尔日·朱里打电话来，邀请她每天为《解放报》写一篇文章，开辟作家专栏。她对此事很有兴趣。朱里与杜拉斯是老相识，他的要求非常简单，对此，杜拉斯自己是这样说的：

他告诉我，他希望我写的东西，并不是那种专门谈论当代政治或其他方面的东西，而是与当前政治平行的，能够引起我的兴趣，现实新闻中又没有涉及的东西。他所希望的是，一年时间里每天都要写一篇，长短不限，但是每天都必须写。我说：一年不可能，但是三个月可以。他对我说：为什么三个月？我说：三个月，刚好是一个夏天。[1]

　　报社的要求是杜拉斯每天写一篇她当下的所见所闻，此外没有其他任何具体要求。杜拉斯之所以对这一建议有兴趣，是因为这些想法与自己所寻求的文字现实与社会现实相融合的创作思想相吻合。朱里尽管答应了她只有三个月时间的要求，但是又强调每天必须写一篇，还要持续一个夏天，这样的要求还是让杜拉斯犹豫再三。她开始和朱里讨价还价，她说，三个月每周一篇短文可以。朱里说，就一个夏天，但是必须保证每周写一篇。杜拉斯一会儿说行，一会儿说不行，最后还是答应了下来。

　　整个夏天，杜拉斯定期为《解放报》写文章。三个月里，杜拉斯要把自己所看到的、所听到的、所感受到的和思考的全部付诸文字。文字的真实和社会现实即将合二为一，外部世界即内部世界，社会现实即为文字的真实。她谈天、谈地，谈到特鲁维尔的夏天，谈夏天的雨，谈夏天的蓝天、白云，谈海滩上的孩子，谈游泳教练讲给孩子们的故事，谈三明治的价格，谈遥远的伊朗和阿富汗。她的笔端渐渐触及眼前的生活，触及了当下在外部世界同时发生着的事情。

　　世界上难以消除的战争、贫困，充满神秘色彩的诱人故事。所有的一切，内部的，外部的，政治的，人文的，悲痛的，欢愉的，全部涌向笔端，全都化作起伏万状的文字符号，涵盖了一切。对自己的过

---

[1] Maguerite Duras, *L'Eté 80*, Les Editions de Minuit, Paris, 1980. p. 7.

去，杜拉斯也做了一个总结，对许多往事，重新思考。包括对战争的谴责，对出卖朋友者的痛恨，对戴高乐的蔑视，对密特朗的崇敬，以及她对大海，对变幻无穷的天空的爱和向往。

在法兰西这个自由的国度里，杜拉斯尽情享受着自由的天空与大海，尽情地呼吸着自由的空气。走笔所至，或爱或恨，全无掩饰，但又绝不涉及时下的政治。她完全是以个人的视觉与感知，关注着现实生活中一直存在却一向被传媒界疏忽了的另外一个生活层面。近乎直白的语言直面着近乎直白的现实。现实与文字，已难辨你我。

她在诺弗勒的邻居与女友米歇尔·芒索是这样叙述当时的情形的：

> 那年夏天，她在那儿替《解放报》写专栏文章。我觉得她激动而不安。波兰事件，格但斯克造船厂的罢工使她心里七上八下。[1]

整个夏天，杜拉斯都沉浸在与自己的生活合二为一的文字创作中，沉浸在外边的世界与自己笔下的文字的融合中。特鲁维尔成了她的整个世界，那里的阳光、海滩、游人和孩子都成了她笔下的文字，特鲁维尔以外的世界也出现在她的笔下，定期在《解放报》上出现。夏天刚过，《解放报》上的这些文章就被子夜出版社结集出版，印刷日期为1980年10月23日，书名为《八〇年夏天》。

杜拉斯好像突然间从地狱般的生活里又一次复活了，她满腔热情地投入了自己的创作和文字，那是她生命的全部，渐渐地，那位可爱的年轻人暂时被她忘在了脑后。她周围的朋友也都分享着与她在一起的幸福与欢快，他们都乐于与她相处，看到她重新活了过来，他们的

---

[1] [法] 米歇尔·芒索：《闺中女友》，胡小跃译，桂林：漓江出版社，1999年，第125页。

欢快之情难以抑制。

米歇尔·芒索谈到与她相处时的欢乐时曾在《闺中女友》一书中这样写道：

> 她的用语就像是一个个停靠站，穿插在谈话当中。人们只要听到她说话，就会笑个不停。她也敏锐得让人吃惊，使人看见本来能独自看见却偏偏没有看见的东西。有时，她表达一种我们所不能理解的思想，我们由于懒惰或习惯思维不能达到那一步，而她却自然而顽强地一下子就到达了这种深度。[1]

杜拉斯不但给朋友们带来欢声笑语，也给伊夫林省这个离凡尔赛宫不远的小村庄带来了快乐。她的快乐就是她周围朋友的快乐。朋友们常说，与她在一起就会有诉说心曲的愿望，就希望与她漫步在林中的小路上，与她轻歌曼舞，与她欢声笑语，默默地望着月光，望着大海，听着贝多芬和柴可夫斯基的音乐。杜拉斯是整个世界，是一切生活，是深不可测的峡谷，只要你进入其中，就难以放弃，就流连忘返，就忘记了自我，被她的魅力所迷惑，迷途而不知返，随她而去，把自己的生活融进她的生活，你会觉得世界会是另外一种色彩，那么灿烂，那么阳光。

杜拉斯对词语的寻求也让人感觉到她的与众不同，她从所有人那里得到她所希望的词语，她是那么顽强和专注。诺弗勒是她与朋友相聚的地方，也是她寻找创作灵感的地方。

她到处搜寻词汇。在商人们家中或周围的咖啡店里。她与村

---

[1] [法] 米歇尔·芒索：《闺中女友》，胡小跃译，桂林：漓江出版社，1999年，第3页。

子里的每一个人聊天,而且一聊就没个完。管工、不识字的通烟囱工人,她对他们的疾病和家庭很感兴趣,她记住他们孩子的名字,还有他们所用的词组。[1]

杜拉斯那张被岁月侵蚀、被酒精或者纵欲摧毁的脸庞早已没有年轻时的欲望,早已没有了对他人的吸引,但是她对词语的追寻,对写作的渴望并没有停止。

她的心中已经装满了整个世界,充满了对孩子们的爱,也许她还会梦想着有一天,有一位男人还会走进她的心。但是她自己也坦言,爱情对她而言已经是遥远的回忆,是空中的楼阁。杜拉斯感情的心扉关闭了,她那过分苍老的容颜难以融进属于年轻人的美丽爱情。所以,她已经不再等待,不再像以前那样每日等待那封写满爱的只言片语的信,等待那让她心花怒放、回到从前的年轻男人的求爱。

当她独自一人回到诺弗勒城堡的住房时,仰望着夜空,她多么希望那个温文尔雅的男人能来到她的身边。然而,那个几年来对她一往情深的男人,那位酷似神秘诗人的年轻哲学家此时此刻好像已经忘记了她。杜拉斯实在难以忍受孤独和寂寞带给她的折磨,她多么渴望再次听见那个她熟悉的声音。她终于等到了这一天,这一天让她终生难忘。

那是1980年7月初的一天,杜拉斯给扬写了一封短信,只有一页纸:"我想伴您左右……"这封信让扬激动万分,他知道他写给她的无数封信产生了效果。玛格丽特·杜拉斯每年要在特鲁维尔住半年时间,一般选在夏秋两季。这时,她刚好就在特鲁维尔,一个月后扬终于打来电话,他询问杜拉斯他是否可以到她家里去看她。对他无缘

---

1 [法] 米歇尔·芒索:《闺中女友》,胡小跃译,桂林:漓江出版社,1999年,第12—13页。

无故的消失，杜拉斯多少有点生气，她没好气地问道："来干什么？"他回答说："来互相了解。"此时她显然已经不把他放在心中。想到在自己最孤单时他却不知去向，杜拉斯就心生怨恨，所以尽管她依然孤单，但还是冷冷地说："我有工作，不喜欢陌生人打搅我。"两个人就这样在电话里不欢而散，然而扬并没有放弃努力。过了两天，他又打电话给杜拉斯，可是这次没有人接听，原来杜拉斯去意大利参加陶尔米纳电影节了。扬每天都给杜拉斯在特鲁维尔的住所打电话，始终没有人接听。终于有一天。杜拉斯从意大利回来了，她拿起电话，听到是扬的声音，她有点生气地说："你要来干什么？"扬回答说他想与她讨论她的作品。杜拉斯知道，扬对自己的小说、电影作品了如指掌。她又一次被感动，又一次被他那温文尔雅的声音征服了。

她的邻居与女友米歇尔·芒索在《闺中女友》里这样记述当时的情景的：

> 一个月后，这位大学生来到作家写作的那个城市，壮着胆给她打了电话。这回，作家答道："不，不，我在工作，我不知道是否应该见面，我不知道我是否能见您，我害羞。我怕见生人，这没有必要……"大学生赞同地说："事实上，也许真没有必要，好，我在这儿……"这时，他听见她叹了一口气："啊，您在那……好吧，两个小时后打电话给我。"大学生照办了。这时，她终于说："来吧，不过要带瓶酒来。"一开门，她就柔情万般地拥抱他，就像是一个久别重逢的朋友。[1]

米歇尔·芒索所说的作家写作的城市就是特鲁维尔，也就是

---

1 [法] 米歇尔·芒索：《闺中女友》，胡小跃译，桂林：漓江出版社，1999年，第183—184页。

1980年夏天杜拉斯为《解放报》专栏写作时所在的城市。两个人在那里见面，杜拉斯在她自己的作品《扬·安德烈亚》中对一些细节的描述与她的朋友和邻居米歇尔·芒索有所不同，她是这样记述的：

> 当你打电话来的时候，我正在臆想那些信。
> 你说："我要来了。"
> 我问为什么要来。
> 你说："为了互相认识。"
> 在我生命中的那个时候，人们这样来看我，从大老远来看我，那是件可怕的事情。那时，我从来没有提起过自己的孤独，真的。
> [……]
> 你告诉我打了那个电话之后，你又几次打电话给我，我不在。[1]

秋天的夜色多么温柔，红色的果实透着欲望和丰收的喜悦。充满欲望的夜晚翻腾着躁动的心，不眠的夜。杜拉斯又一次陷入了深深的沉思之中，那位比她小三十九岁的命中注定的男人将会以怎样的形式与她在夕阳中漫步，与她共享她人生中最美好的金色黄昏之恋？

第二天一大早她就开始在阳台上张望，明明知道扬十一点才会到这里，可是此时此刻她却像个怀春的少女等待着她的白马王子。她在第一次与中国情人初恋时也不曾这么慌乱过，他终于来了。他穿过村庄里的广场，朝杜拉斯的住所走来。他推开大门，走过花园的通道，始终没有看杜拉斯的房子，也没有朝杜拉斯所在的阳台这边张望。他走到落地窗前敲了敲门。杜拉斯在自己的卧室里看着他走来，那场景

---

[1] [法]玛格丽特·杜拉斯：《杜拉斯的情人》，彭伟川译，深圳：海天出版社，1999年，第6—7页。

留给她的印象太深刻了。看着那个风度翩翩的男子，鼻子上边架着一副眼镜，步履轻盈，她的心咚咚直跳，手足无措，听到敲门声时半天都没有回答也没有去开门。

你是个又高又瘦的布列塔尼人。我觉得你很优雅，非常含蓄的优雅，这一点你自己不知道，现在依然如此。[1]

接着响起敲门声，然后是你的声音：是我，是扬。我没有回答。敲门声非常微弱，好像在你周围，在这旅馆和城里，在海滩和海上，在夏日清晨靠海的旅馆所有的房间里，人人都在睡觉。[2]

仅仅听到他的声音，我就知道那简直是疯了。我请他到我这里来，他放弃了自己的工作，放弃了自己的房子，来了，住了下来。[3]

她最后才决定去开门。打开门后，她像快乐的小鸟、怀春的少女投进了他的怀抱，拥抱他。他那宽阔的肩膀、厚实的胸怀使她感到了某种宽慰，犹如驶进港湾的小船，她像燕子般呢喃着。

扬·安德烈亚根本没有想到她会如此温柔又热烈地拥抱他，他觉得自己胸前拥着的不是六十几岁的老妇人，而是十八岁的少女，是中国情人在横渡湄公河时所遇到的那位十五岁半的少女，是那位风情万种、可爱迷人的姑娘。

---

[1] [法] 玛格丽特·杜拉斯：《扬·安德烈亚·斯泰奈》，王文融译，上海：上海译文出版社，2007年，第8页。

[2] [法] 玛格丽特·杜拉斯：《扬·安德烈亚·斯泰奈》，王文融译，上海：上海译文出版社，2007年，第9—10页。

[3] [法] 劳拉·阿德莱尔：《杜拉斯传》，袁筱一译，沈阳：春风文艺出版社，2000年，第590页，注释3。但是在杜拉斯作品的原文中没有找到注释中的文本。

扬来之前设想的各种尴尬早已被眼前这感人的场面淹没、代替。他太幸福了，幸福得忘记了杜拉斯已经是一个将近七旬的老人。他早已被她那小鸟依人的似水柔情和如汨汨流水的声音所吸引。他们忘记了时间，忘记了一切，他们谈起了互相爱慕之情，谈到了杜拉斯作品中的人物和他们的命运。

下午的时间很快就过去了，天边的夕阳已经落下。直到掌灯时分，他才觉察到他已经在这里待了半天时间。他不好意思问是否能住在这里，就请她帮他找一家旅馆，他好去那里过夜。她对他说，现在正是夏末秋初，特鲁维尔这座旅游城市，旅馆早已客满，正好她儿子不在，如不嫌弃，可以住在她儿子的房间，扬同意了。

接着有了声音。柔和得令人难以置信的声音。冷淡。庄严。这是你信中的声音，我生命的声音。[1]

第二天，玛格丽特·杜拉斯四处给朋友们打电话："我刚刚遇到了一位天使。"那位天使就是扬，杜拉斯叫他扬·安德烈亚。

我是她的主要目标，她所关心的唯一目标。谁也没有她这样爱我。她没有杀死我，因为她靠这股热情写作。我成了她写小说的源泉。我，扬，我不再是我，但她以强大的威力使我存在。成为小说中的人物比单单活着、抽着烟要有趣得多。[2]

每天早晨，在平静的村庄，他与杜拉斯漫步在花园的树丛里，漫

---

[1] [法]玛格丽特·杜拉斯：《扬·安德烈亚·斯泰奈》，王文融译，上海：上海译文出版社，2007年，第10页。
[2] [法]米歇尔·芒索：《闺中女友》，胡小跃译，桂林：漓江出版社，1999年，第200页。

步在花园的池塘边。然后他们迎着朝阳穿过村中的广场,往前走。杜拉斯一边走,一边把她观察到的景色指给他看。她教扬·安德烈亚如何欣赏林中的落叶,如何感悟秋风秋雨中的诗意,如何捕捉噪声中的美妙音符。她教给了他一切,她教他在漆黑的房间里寻找光明。夏末初秋的那个夜晚,杜拉斯陪伴着扬·安德烈亚,向他倾诉着自己的不幸,倾诉着自己的渴望。在互相倾诉中,两颗心越来越近,两个人的身体越搂越紧。

"那种含情脉脉的语气与她对一个崇拜她的普通读者说话的口气完全不同。他发现她因激动而颤抖,他自己也不觉颤抖起来。最具决定意义的是他已经知道他根本无法拒绝。"[1]

他们把彼此视为对方生命的救星,无论如何都不愿意放开。伴着飒飒的落叶,伴着大海的潮汐,杜拉斯引导着扬·安德烈亚走向了美妙的爱情王国。那年轻的肌肤如烈火点燃了杜拉斯渴望的心;那喃喃的低语在夜色中传向远方。肌肤互相抚摸。相互呼应着。他们俩就这样在夜色中走进浪漫的肉体贪欢,走进沉醉的话语。没有时间,没有空间,只有属于散发着爱情的灼浪热语,只有散发爱的芳香的肉体,还有助着热语的酒色,他们一次次走向对方的肉体。一次次探寻着深渊尽头的无穷魅力和无限风光,永不停止,永不驻足,夜色中的气息,香气扑鼻,使季节更加迷人,更加浪漫,与他们一起走向夜的深处,走向生命,走向死亡。

《闺中女友》里这样叙述道:

---

[1] [法] 米歇尔·芒索:《闺中女友》,胡小跃译,桂林:漓江出版社,1999 年,第 185 页。

每天晚上,他们各自回房间之前都接吻。大学生任她把自己带到任何地方,他爱上了一部小说,他遇到了一个女人,这个女人强迫他爱她,就像他爱她的作品一样。完全爱她,在肉体上爱她,他甚至都没能想到。[1]

你说:我们当时在那间漆黑的房间谈论什么?今天我已经说不清楚,我甚至要说你永远也不知道。也许我们在谈论夏日事件,在谈论雨、谈论饥饿、谈论那些坏天气,你还记得,它们在寒冷与风中穿越白昼与黑夜。我们在谈论闷热,谈论在8月的日子中流逝的炎热的夜晚,谈论墙那清凉的阴影,谈论那些勾起人欲望、让人心动的可怕女子,谈论那些旅馆,旅馆中的那些走廊,谈论那些我们做爱、写书又被我们遗弃了的房间。

从此,在特鲁维尔那座被称为黑色岩石的房间里多了一位可爱可亲的年轻人,他每天陪着杜拉斯出门散步,有时候开着车去兜风。有许多杜拉斯放下笔没有完成的文字,在扬·安德烈亚的督促下又拾了起来。扬与杜拉斯共同谈论那个游泳教练的故事,和她共同完成她为《解放报》撰写的那个灰眼睛的男孩的故事。有时候杜拉斯自己都说她不清楚是自己在写作,还是别人在写作。

"在《八〇年夏》之后,我本来可能继续写下去。只写这种东西。关于海和时间的记事,关于雨、潮汐、风,关于把遮阳伞、风帆席卷而去的狂风,以及在沙滩凹陷处围着小孩蜷缩的身体吹拂的风,在旅馆墙后吹动的风。连同在我面前中止停下来的时间,还有阻挡严寒、阻挡极地严冬的屏障。《八〇年夏》现在已成了我生活唯一一本

---

[1] [法] 米歇尔·芒索:《闺中女友》,胡小跃译,桂林:漓江出版社,1999年,第185页。

日记。"[1]

除了写给子夜出版社的《八〇年夏》，杜拉斯同时也在《扬·安德烈亚·斯泰奈》中书写了八〇年夏天的故事，泰奥朵拉这个杜拉斯杜撰的犹太女孩的故事，夏天的雨，沙滩上的潮汐还有带着孩子们的女辅导员，在她与扬·安德烈亚·斯泰奈的故事里搅拌着其他人的人生和故事。杜拉斯书写着这一个又一个出现在生活中的事件，让它们彼此真实地平行存在。

《八〇年夏天》作为书在子夜出版社出版后，杜拉斯突然间认不出书中那熟悉的人物，她突然间辨不出眼前的文字与过去的文字之间的区别，她不知道哪些是她的，哪些不是她的，她有些震怒，歇斯底里起来。扬·安德烈亚对杜拉斯性格的这一面早有所闻，来此之前，心里也有所准备，但是当活生生的现实展现在他的面前时，他还是无法接受。他愤然与杜拉斯争辩起来，随后离开了杜拉斯在特鲁维尔的黑色岩石大楼。

扬·安德烈亚走了。黑色岩石突然间变得寂静起来。杜拉斯等待着扬回来，等待着扬给她写一封信，给她来一个电话，告诉她他现在在什么地方。这样她就可以哀求他回到她身旁，可是没有任何有关他的消息。杜拉斯有些灰心，有些绝望了。

玛格丽特·杜拉斯在绝望中写下了白鲸的故事，那个受了伤的白鲸在海上挣扎着，临死前变成了一片白色的奶，小鲸们在拼命地吸吮着奶水。杜拉斯就是那位受了伤的母亲，她在拼命地呼唤着那个被她视为儿子、情人、同伴的男人。希望他能在遥远的地方回答她，给她爱的信息和力量。

---

[1] [法] 玛格丽特·杜拉斯：《物质生活》，王道乾译，上海：上海译文出版社，2007年，第6页。

扬·安德烈亚走了，但是他并没有离开特鲁维尔，他在离杜拉斯住所不远的海滩上找了一份临时工作，向那些海滩上晒太阳的游人兜售小食品。他每天可以看到黑色岩石大楼的那间房子，看到杜拉斯在阳台上张望的身影。可是，扬并没有想回到杜拉斯的身边，他的自尊心受到了极大的伤害，他无法忍受那头怒吼的母狮。可是他的心中还是想着杜拉斯，想着特鲁维尔那黑色岩石房子。在昏暗的房间里，他与杜拉斯尽情地享受着爱的沐浴、爱的私语，一次又一次与她走向爱的彼岸，他多么想再回到那里，再与杜拉斯共同关注书中人物的命运，关注沙滩上那些孩子的命运。他还要和杜拉斯一起去创造他们共同的爱情王国、文学王国。

扬·安德烈亚又回来了，他们两个又把自己关在那间灰暗的房间里。特鲁维尔，他们对着大海，对着蓝天诉说着他们的思念之情，诉说着他们的爱情宣言。正当杜拉斯感到身心疲劳的时候，正当她的生命行将毁掉，她的神经行将崩溃时，有一双手轻柔而又有力地扶住了她，给她的生活增添了动力，使她重新提起笔，扛起摄像机，写下他们之间难以逾越的爱情，摄进他们无法相爱的痛苦。肉体和精神的巨大反差，使杜拉斯此时此刻正被她笔下主人公所经历的那种欲罢不休、欲爱不能的矛盾所困扰。曾经有过的情感经历与体验，都因为眼前的这个戴眼镜的瘦高个子年轻人的存在，从记忆的闸门中涌出。他执意要与杜拉斯一直走进她那尘封的记忆王国。他不容分说地打开了这记忆之门，然后坚定地领着杜拉斯在她的王国中前行。他希望为这个王国创造新的人物，创造新的形象。

扬·安德烈亚来了，带着热情，带着力量，带着爱。同时，他的心里也有所准备，想象着再次忍受杜拉斯那令人难以忍受的脾气。虽然扬·安德烈亚对再次回到特鲁维尔重新与杜拉斯生活在一起充满信心，但身体的差异、年龄上的差异、心理上的差异都使他觉得他们之间的交往不会有结果。因此，不管是在特鲁维尔还是在诺弗勒，扬常常会没有缘由地失踪。杜拉斯有时非常担心,到处给朋友打电话询问扬的下落,有时甚至会报警,让警方查寻扬。其实,扬只是担心和杜拉斯在一起会失去自我,会使他自己一无所有,他更害怕有一天杜拉斯会突然离他而去。

杜拉斯开始了写作,却也开始酗酒。晚上,她经常让扬·安德烈亚出去买酒。他们就这样一边喝着酒,一边谈论着杜拉斯小说中的人物。闷热的天气伴着他们火热的爱情,也摧残着杜拉斯那依然鲜嫩(扬这样对杜拉斯说)的身体——那位来自中国北方的情人在与她做爱后也曾经这样对她说过。扬·安德烈亚对杜拉斯的这种疯狂感到害怕,所以他有时候会选择离去。让他害怕的是,比她年轻三十九岁的身体都无法满足她的欲望,这种需求是那么强烈,扬实在不明白这个年纪已经不轻却像十八岁的姑娘一样热情似火的女人。

她首先是一个想让别人吻的女人。他听她讲话,又惊又怕。怎么可能有这种如此野蛮的自由,他从来没见过。这个身躯在请求,想享受,几乎是在恳求:吻我吧,他被逼得更怕了。他从来无法使她满意,从来无法满足她的欲望。与此同时,她也把这种让人疯狂的自由传递给他,说:"不,您不是鸡奸者,您是个七尺男儿。"她骇人听闻地建议道:"好了,我在这,您想怎么搞我就怎么搞。"他什么都不想,只想跟随她。[1]

《情人》中的女孩就是这样反复要求中国人再来,再来满足自己的欲望,那是让人欲罢不能、却也能让人去死的欲望。情感暴力在这里成为更强烈、更歇斯底里的需求。如同母亲强迫女儿接受自己的身

---

[1] [法]米歇尔·芒索:《闺中女友》,胡小跃译,桂林:漓江出版社,1999年,第185—186页。

体一样，已经年老的杜拉斯通过扬·安德烈亚让自己返老还童。

秋末冬初时分，杜拉斯和扬·安德烈亚从特鲁维尔回到了她在诺弗勒的住所。杜拉斯的好朋友与邻居米歇尔·芒索很快注意到杜拉斯又开始酗酒。有时杜拉斯借酒发疯，她嫉妒起扬的那些男友，嫉妒起扬的同性恋男性。她所希望的是完整地拥有扬·安德烈亚，就像她拥有劳儿·瓦·施泰因，拥有安娜·玛丽·斯特雷泰尔，拥有恒河的女人，拥有副领事，拥有恒河边那些疯人一般。他们和她一起哭，一起笑，一起分担她的寂寞与孤独，一起分享她的幸福与欢乐。

她希望扬·安德烈亚和那些人物一样，如同无处不在的幽灵，永伴左右。然而杜拉斯备受折磨的是她很难克服无法与扬拥有肉体之爱的痛苦，她无法跨越这眼前的鸿沟。她常常感觉到的就是那种无奈，那种相爱的困难。有时她无法忍受这种痛苦，她请求扬·安德烈亚走开，离她而去，永远不要回来。正是在这种爱情关系中，杜拉斯时不时地回想起自己的二哥，她常常想起自己对二哥那份含糊不清，既让人恐惧又让人向往的模糊爱情。二哥是在1940年二战时因为缺乏药品而死去，那年他二十七岁。

1980年10月，杜拉斯看到了一本奥地利著名作家罗伯特·穆齐尔的小说《没有个性的人》。这部一直被埋没的小说及其作者直到1950年小说的后半部分发表之后才得到了评论界和文坛公论的高度评价。1999年，应德国贝塔斯曼文学家出版社和慕尼黑文学之家的要求，有作家、评论家和德语语言文学专家各三十三名组成的评委会评出了一份20世纪最重要的德语长篇小说名单，位居榜首的就是《没有个性的人》。

杜拉斯读到这部作品时，简直惊呆了，她完全被吸引。《没有个性的人》简直就是自己情感的写照，自己对二哥的情感一直找不到诉说的渠道和方法，原来兄妹间的感情也可以这样表白、描写。

《没有个性的人》讲述了一对相爱的兄妹因为血统关系无法从肉

体上拥有彼此的故事。这位奥地利作家进一步对这种每日相见、近在咫尺却无法拥有对方肉体的爱情进行了细致入微的描写和分析。那种压抑的爱情和痛苦构成了小说的主题，成了世界上高于一切的爱情。

小说的背景是1914年前的奥匈帝国。为了筹备1918年庆祝奥皇弗兰茨·约瑟夫在位七十周年和德皇威廉二世在位三十周年的活动，人们在维也纳成立了一个委员会，这个行动被称为"平行行动"。故事开始时，小说的主人公——平行行动委员会秘书乌尔里希三十二岁，他认识到，"对自己来说，可能性比中庸的、死板的现实性更重要"。他觉得自己是个没有个性的人，因为他不再把人，而是把物质看作现代现实的中心："今天……已经产生了一个无人的个性的世界，一个无经历者的经历的世界。"

他看到自己被迫面对时代的种种问题，面对理性和心灵、科学信仰和文化悲观主义之间的种种矛盾。由于在科层制中找不到意义感，他决定"休一年生活假"，以便弄明白这个已经分解为各个部分的现实的"因由和秘密运行体制"。然而，乌尔里希的这种选择能为他找到意义吗？我们不得而知。

另外，小说还描绘了主人公在平行行动的活动圈里接触到的行动负责人狄奥蒂玛、金融巨头和"大作家"阿恩海姆、年轻时代的朋友瓦尔特和克拉丽瑟、神经错乱的杀人犯莫斯布鲁格尔，尤其是同他一起经历乱伦的胞妹阿加特，等等。

在阅读这部小说时，杜拉斯心灵深处压抑了半个世纪的对二哥的爱情渐渐显露出来，她再也抑制不住自己内心的情感，拿起笔来，任由埋藏已久的爱在笔下流淌。她好像要完成罗伯特·穆齐尔那部没有完成的杰作，写了一部有关乱伦的书。这是一部由《没有个性的人》引发的，由杜拉斯与扬·安德烈亚在那个夏天跨越了无法逾越的爱情之后突然打开的创作之路。和扬·安德烈亚的肉体结合与贪欢使杜拉斯意识到所有的乱伦，都有可能转化成最美好的欢悦，都有可能成为最纯粹的肉体贪欢。罗伯特·穆齐尔就是一个榜样，那个在六十多年前就敢大胆、细致地对兄妹之间的乱伦之情进行描写的奥地利作家给了杜拉斯极大的鼓舞，她决心要完成那部没有完成的作品，续写兄妹乱伦之情的新故事。

杜拉斯甚至借用了《没有个性的人》中的妹妹阿加特的名字，在这本《阿加达》里，她把乱伦推向了极致，让《没有个性的人》中兄妹间的暗恋变成痛苦的相思，跨越了情感的禁忌，变成了肉体的拥有。《阿加达》集中地表现了那对互相暗恋的兄妹在离别前的对话。兄长告诉妹妹，他是世界上唯一了解她的人，而妹妹则坦诚地承认了她对哥哥的爱，她对哥哥肉体的向往，只有他们才能完美结合，从精神到肉体。他请求她不要和那个将要娶她的男人结婚，他要挟说，她要是嫁给那个男人，离他而去，他就自行了断。两个人最后在那座被人遗弃的别墅里相见，他们曾经在那里相爱。他们回忆着他们结合时的美好时光，他们相爱时的沉醉，他们各自对对方肉体的强烈需求，尤其指出他们那特地为了肉体的爱而存在的身体。

《阿加达》成了乱伦爱情的鼓吹者，在为乱伦高唱赞歌。杜拉斯通过兄妹间的对话把她长期压抑在心中的爱情，想表达而又无法表达的隐私，通过与扬·安德烈亚的肉体交欢，冲破了所有的阻力，终于没有耻辱感地表达了出来。记忆中不但出现了那位勇敢、顽强的少年哥哥，那个与杜拉斯在南亚树林中赤脚狂奔、自由奔放的哥哥，还有他那与她共舞时吸引她的身体，她常常会不由自主地迎着那个身体，完全把自己交给他，她的灵魂，她的肉体。那一刻，她化作了灰尘，她变成了虚无，成为一个腾云驾雾，任人摆布的人，她体验到的是一种幸福，一种快感，她生命中的任何时刻，任何一个男人都不曾给过的陶醉。杜拉斯不但公开地写进书中，还大胆地承认：

这是个永远存在的哀伤。是的，我的哥哥，他保持着逝世时的年龄，二十七岁或二十八岁。我想他永远是这个年龄，我曾不断思前想后，这个夏天还在想。突然，我明白了他对我的爱是多么伟大，无限的爱。

《没有个性的人》使杜拉斯心灵深处那受伤的爱情，那难以明示的爱情涌动。那位早逝的哥哥就是人间爱情最标准的样本，只有这样的爱情才会终生难忘。

假如没有与我哥哥的这段经历，我就不会写《阿加达》。这是两个事件融合的结果，一是对穆齐尔小说的阅读，一是我少女时代与哥哥的相处，他当时还是个沉默寡言的小伙子。他是一个情窦未开、让人敬佩同时又很吸引人的少年。可以肯定的是，假如我没有经历这一切，没有经历我对那位小哥哥的无限的爱情，我就不会写这本书。(《作家谈话录》)

这两个重要原因一个是内因，一个是外因。内因是变化的根据，外因是变化的条件，有了内因的存在，外因才找到了最好的突破口。《阿加达》那个本来是穆齐尔笔下的女主人公此时此刻变成了杜拉斯小说中的约会地。就在女主人公即将远去美国，离开自己心中已经爱了很久，却始终无法企及、无法从肉体上拥有的人的时候，终于压制不住自己的感情，把自己的哥哥约到了这座她父亲买的别墅里。正是在这座被称为"阿加达"的别墅里，兄妹两人又一次相见。他们都被那种禁锢的爱情所困扰，无法摆脱，又无法拥有。妹妹之所以要远走他乡，正是为了从那种摧残着彼此的爱情中解脱出来。然而这种决定是异常沉重和艰难的，在新的结合之前的决裂是最大的痛苦和悲伤。这是由对话构成的小说，从形式上具备了话剧模式，大部分文本表现的是剧场形象：

他们说话时，几乎每次都是背对着对方，好像他们完全处在一种只要彼此看上一眼就会冒着无法克制自己欲望，彼此成为情人的危险，他们彼此沉浸在他们童年的爱情之中。

在最后一次相见中，他们仅仅靠回忆过去的岁月、过去的爱情相处。童年的记忆慢慢地像碎片一般闯进他们的脑海，他们无法拒绝。那些碎片就像飘浮在天空中的浮云，挥也挥不去，慢慢连成一片，画出了岁月的痕迹。杜拉斯用自己独特的经历和体验努力地完成着穆齐尔《没有个性的人》的续集。

然而真正勾起杜拉斯对那位哥哥的爱情的人，既不是穆齐尔的小说，也不是她的回忆，而是现实中的扬·安德烈亚。这个活生生出现在杜拉斯面前的年轻人，性情温顺，有着一副招人喜欢的身材。二十七岁的年龄与难忘的哥哥去世时的年龄相仿，那个永恒停留在天空，凝固在记忆中，只有当这个与哥哥年龄相仿的人出现时，只有在他们两个人彼此都非常愉快地接受对方的肉体时，这种无法相爱、遭受煎熬的痛苦才突然间离开了特鲁维尔、诺弗勒和巴黎圣·伯努瓦的住所，被移植到了遥远的过去、遥远的东方。

因此，在文字的空白中，诞生了《阿加达》。

这些因为扬·安德烈亚才会产生的文字依然难使杜拉斯满意，她决心把它们变成影像，变成声音，用影像和声音表达自己深藏内心却一直难以启齿的爱。因此，就在文字产生的地方——特鲁维尔城的沙滩上，杜拉斯开始拍摄一部让她幸福、让她满足的电影《阿加达》。她要用影像和声音来表现早已升华，早已摆脱了自我，摆脱了通常意义上的儿女之情的爱情故事。

那位激起她热情、使她重新找回压抑在记忆深处、压抑在过去的那种无法启齿的爱情的男人就是她记忆中的哥哥。她依然只有十六岁，十五岁，十四岁，十三岁，甚至更小，但是爱情早已涌进了她的心房。她那难以发泄的爱情突然爆发了,从遥远的过去源源不断,汹涌澎湃地喷射出来。她对着眼前这个男人发泄着她抑制过久的激情,发泄着被判定为罪恶的肉体交欢。此时此刻,她已无所顾忌,爱着过去不敢爱的肉体,抚摸着禁止她接近的肌肤,她极大地满足着,尽情地享受着集无数欢爱于一身的爱。

在特鲁维尔这座海滨城市,杜拉斯那座黑色岩石的住所临时变成了阿加达别墅,杜拉斯和扬·安德烈亚分别扮演兄妹的角色。在扬·安德烈亚孤独、寂寞的背影中,传来了杜拉斯作为妹妹的声音。扬·安德烈亚用形象表现着阿加达别墅中那位绝望的男人的心境,在来回走动、无奈无望的男人的背影中,传来了由杜拉斯朗读的妹妹的独白:"我爱你,所以我要离开你。"

刻骨铭心的独白此时由杜拉斯的嘴中道出,变成了让她沉醉的语言,她尽情地以这种方式表达着对眼前这位欲爱不能的男人的深情厚谊,通过眼前这位有血有肉、她可以无所顾忌地表达爱情的男人去向另一位已经跨越了时间和空间,在原来那个时间和空间里无法相爱的男人表达自己的爱,从语言和肉体上彻底完成那个无法完成的爱,去拥抱那个成为她人生禁忌的肉体。此时此刻,现实与电影融合成一个整体。在电影里,杜拉斯可以用语言表达她作为妹妹对哥哥的爱,她既是《阿加达》中的妹妹,又是杜拉斯,她已经把自己认同为那位妹妹。她既是电影中的妹妹,又是六十年前那位深爱着自己哥哥的妹妹。她对哥哥的爱通过电影从语言上得以完成。在现实中,那位扮演着哥哥角色的扬·安德烈亚就在电影拍摄现场、在那座被认作阿加达别墅的黑色岩石的房间里与杜拉斯厮守在一起。

扬·安德烈亚在杜拉斯的眼里果然变成了《阿加达》中的那位哥哥,他也穿越了时空,被杜拉斯认同为那个优雅无比、温柔似水的哥哥。通过扬·安德烈亚,杜拉斯从肉体上拥有了那位无法拥有的哥哥的肉体。对杜拉斯而言,那是一次超越任何人间私情的爱情。它也超越了其他任何男欢女悦的爱情。杜拉斯通过这部电影把一直以来压抑心头的无法解脱的愁云全部驱散，隐藏在她心灵深处的阴影被驱除了，那一点点仅有的无法启齿的爱通过电影淋漓尽致地表现出来。从此以后，杜拉斯再无隐私不敢承认，她在等待着机会能够最后一次当着观众、听众或读者的面承认她一直羞于启齿的往事。

1981年4月，杜拉斯终于拍完了这部让她无比幸福、无比激动的电影，她如释重负。这时，杜拉斯受到邀请去加拿大的蒙特利尔做巡回讲座，与大学生们交流座谈。她在扬的陪同下来到蒙特利尔，受到了魁北克大学生们的热烈欢迎。和大学生们在一起，杜拉斯无所不谈。他们谈到了她的作品，谈到了她的过去和现在的生活。在回答大学生们的问题时，杜拉斯侃侃而谈，完全是一副强者、一副舍我其谁的架势："在《卡车》中，我扮演着上帝的角色。"

《卡车》《阿加达》完美地把影像和声音分离，让它们各自成为独立的部分，却又彼此密切相关，对此杜拉斯狂妄自大到让人无法接受。"我只喜欢我的电影。""我是一个少见的人，我是一个自由的、说话不受束缚的人。"她自视甚高，认为自己超越了那些以思考见长、以思想著称的文人，如让·保罗·萨特、罗兰·巴特等。她虽然曾经是罗兰·巴特的朋友，但是对后者的不屑和厌恶也毫不掩饰，她在《物质生活》里这样评论罗兰·巴特：

> 罗兰·巴特，也是一个男人，我同他本人有过友谊，但我始终不能欣赏他。我觉得他永远属于那种一成不变的教授思想方式，非常严谨，又有强烈的偏见。[1]

---

[1] [法] 玛格丽特·杜拉斯：《物质生活》，王道乾译，上海：上海译文出版社，2007年，第54页。

也许杜拉斯与罗兰·巴特的分歧更多地来自他们对文学的看法，她无法接受他的观点，尤其是涉及文学创作观念的看法，文学创作风格的变化是杜拉斯孜孜不倦的追求，杜拉斯风格更是她始终坚持的观念，她曾经和自己的朋友谈论过罗兰·巴特：

对我而言，罗兰·巴特写的是假话，他正是因为讲假话才死的。后来我告诉你，有一天，在我家里，罗兰巴特客气地劝我"回到"早期写作的类型"那样简练，那样迷人"，如《抵挡太平洋的堤坝》《塔尔奎尼亚的小马》《直布罗陀水手》。[1]

《抵挡太平洋的堤坝》《塔尔奎尼亚的小马》《直布罗陀水手》还无法达到杜拉斯理想中的简单纯净，对生活、故事和人物的依附不能让文本成为独立行走的书写。这种文学观念的差异使之无法与罗兰·巴特同行，两个人似乎必然会分道扬镳。

杜拉斯有着强烈的自恋情节，在任何场合，这样的情绪都会表现出来，她竟然对魁北克的大学生们说：

我之所以敢说我是非常了不起的人，之所以有时敢厚颜无耻地说我所写的东西多么了不起，并不是因为我虚荣，而可以肯定地说是一种谦虚，我这样谈我的作品，就算不是我的作品，我也会这样说。(《杜拉斯在蒙特利尔》)

杜拉斯自以为多才多艺，在政治上也有独特见解，所以她毫无遮

---

[1] [法] 玛格丽特·杜拉斯：《扬·安德烈亚·斯泰奈》，王文融译，上海：上海译文出版社，2007年，第11页。

拦地评论世界政治事件。有人甚至认为杜拉斯是个说客，因为1981年5月法国总统选举就要进入最后冲刺阶段，她心中爱戴的密特朗的最后一个对手是右派的民主联盟主席吉斯卡尔·德斯坦，因此她刚从蒙特利尔回到巴黎就忙不迭地接受采访，发表对各个政党头面人物的评价。她把德斯坦形容为让她笑得流泪的木偶人，没有见解，没有思想；她称法共的总书记马歇是一个职业的说谎专家。无论是右派还是极左派都不是法国公民的最佳选择。然而在谈到法国社会党领导人密特朗时，她神采奕奕，眉飞色舞："我所喜爱的是密特朗身上那种绝望，那种对权力的蔑视，他的那种怀疑的神情。"当记者问她是否把密特朗描述成一个失败的人时，她回答说，她所以对密特朗感兴趣，正是他那经历了多次失败而永远不屈服的性格。当问到她是否会去投密特朗的票时，她在第一轮选举前说也许不会，她可能不会去投票。当第二轮仅仅剩下德斯坦和密特朗时，杜拉斯还很犹豫，她不知道自己是否会去投票。就在她犹豫不决时，她想到几十年来的法国政坛上，不仅没有左派执政的历史，而且不去投票就意味着右派会上台，这样容忍右派上台就像是允许20世纪40年代的纳粹分子堂而皇之地进驻巴黎一样。一生中为了正义而爱打抱不平的杜拉斯秉承了母亲的性格，她决心为了阻击右派，也为了那个令她仰慕的人去投票，更重要的是密特朗是自己前夫罗伯特的挚友，自己决不能袖手旁观，不闻不问。

在那场标志着法国政治走向左右派平衡的第二轮投票中，杜拉斯公开表明自己的态度和立场。那些对右派执政二十多年不满的青年一代给知识渊博、风度迷人的密特朗投去了信任票。以密特朗为首的左翼终于取得了重大突破，在第五共和国的历史上第一次登上了执政党地位。难忘的1981年的五月胜利，五月政坛，杜拉斯也为这场较量精疲力竭，可是她来不及享受胜利的欢乐，来不及向曾与丈夫并肩作战的战友与朋友密特朗祝贺，就已经又陷入了痛苦的深渊中。那个每日陪伴她左右的年轻男人扬·安德烈亚又失踪了,那个每日陪着她饮酒写作的男人没有留下只言片语就无影无踪了。

扬的离去,让杜拉斯备受折磨,她开始怀疑自己,怀疑自己作为女人是否能吸引扬,开始怀疑他们是否能够冲破年龄与肉体之间的障碍。没有了扬的生活,独守空屋的杜拉斯便真正度日如年。她不再像过去那样,在扬外出购物或散步时,一人在黑夜中等待着他的归来。他有时会在天亮时给她带回早餐,有时会给她带回几瓶酒。他们就会在安详的气氛中喝着酒,谈着话,他回来了,又出去了,就像回家出门一般。可是这一次,他真的失踪了。在空荡荡的住所里,无论是巴黎、诺弗勒,还是特鲁维尔,杜拉斯均无法忍受扬离去后所留下的巨大空白,她的生活,她的整个生命也因缺少了那个高个子男人而失去了意义。扬·安德烈亚走了,为了弥补这种离去所留下的空间,杜拉斯只好用文字来填补,她拿起笔,写下了对扬的无限思念。

> 我必须写这份把我们连在一起的疯狂爱情,受着会因爱而死去的折磨。对我而言,写别的东西就不是写作。写作现在对我而言就是去写你,对你而言就是想办法写写我自己,我现在试图写写你。

扬·安德烈亚走了,但是他始终在杜拉斯的心里,她无法忘记这个已经成为她生活、她作品中主人公的活生生的男人。杜拉斯决心用笔、用心灵的呼唤来留住这个已经走进她生命的男人。那位男人就是杜拉斯笔下的《大西洋的男人》。

《大西洋的男人》与其说是一本小说,不如说是一篇短文,是一位绝望的女人对一位她深爱的男人的呼唤。她极力表达的是那种绝望之情给她造成的心灵与肉体痛苦,在肉体与心灵的痛苦之中,借着酒精的作用,杜拉斯心中的那份狂野和怒火无法遏制,像火山般爆发出来。如果不能表现那份难以抑制的愤怒和欲望，那还不如什么都不写，什么都不说，那还不如去死。杜拉斯想用肉体的交欢征服那个对女性并不太感兴趣的男人，她没有想到现在品尝失恋苦果的人竟是她自己。杜拉斯认为可以改变人，无论是什么人，她都有办法使之屈服。尽管如此，她却无法强迫人家爱她、守候在她左右、和她做爱。多少年过着孤独、寂寞、独立无助生活的杜拉斯，在这个年轻人闯进了她的生活之后，再也无法回到从前，像过去那样忍受寂寞、孤独，忍受忧郁，她再也离不开这个年轻人了。

杜拉斯把她对扬·安德烈亚的思念写了出来：

> 让我们厮守一起吧。这间房子是你的。我再也忍受不了这种离别，一想到它，我就不寒而栗。我觉得那不是真的。即便我们已经没有了互相需求的欲望，离别也会是一种不幸。那天晚上，我睡在你的身旁，却没有丝毫的占有欲。自然，这一切并不是故意要这样决定。因此，这样相处是完全不可能的。你随便吧。你完全可以想做什么就做什么。我唯一求你的事情就是不要在这里放威士忌，不要再像那天晚上那样经历那种死亡般的疯狂，让我害怕。我们依然没有走出战争般的地狱，你我都一样。我们因此都被置于死地。我现在处在绝对的痛苦之中，我不知道该把自己的身子移向何方，不知道该怎么忍受我这个活生生的肉体。

杜拉斯现在已无法分清她到底是喜欢那个离她而去的男人，还是喜欢因他的缘故，而产生于笔端的另一个男人。杜拉斯的思念，杜拉斯的呼唤最终变成了1982年年初由子夜出版社推出的二十多页的小册子，这个起名为《大西洋的男人》的小册子出版前先期拍成了电影。那是写给扬·安德烈亚的绝望信，杜拉斯以自我虚构的形式表达了对眼前这位男人的思念：

我处在生与死的爱情之中。我在丢失的感情中发现了你的优点，你令我欣赏的优点。我自认为我是那个唯一的情系你生命的人。然而你在我身边生活的那段时间却使我感到无所谓。它没有使我对你有任何了解。它只是使我更接近死亡，更容易接近死亡，更期盼死亡的到来。你就是这样在一片温柔之情里。在一种永恒的，无辜的而无法接近的诱惑之中站在我的面前。

而你对这一切却一无所知。

那个被称为大西洋男人的人回来后，杜拉斯在特鲁维尔的黑色岩石住所里把它拍成了电影。《大西洋的男人》将是杜拉斯拍摄的最后几部电影之一，在这部电影里，杜拉斯完全把影像和声音融合在一起，她在把电影推向极致的同时，也把自己的电影创作推向了尽头。根据那本小册子改编的电影由镜头影像和声音组成。那个由扬·安德烈亚扮演的大西洋男人在杜拉斯在特鲁维尔的黑色岩石住所里出现了。

这种拍摄手法与《娜塔莉·格朗热》和《恒河女子》有相似的地方，影像以无声的方式表达着人物的生活，声音以独立的方式表达着现时的在场和再现，时空在被影像和声音完全分割的同时，也被彻底混淆。

摄像机随着男人进入了住所客厅，拍摄着男人看到的一切。有时拍到他坐在沙发中，有时拍摄到他在客厅里走动。他在沙滩上漫步时，看到了沙滩上的海鸥，看到了飞起的浪花，镜头随后会随着他拍摄到他所看到的这一切。接下来银幕上便出现了长时间的黑色，空无一物，在这一片黑色中，传来了杜拉斯朗读的声音，这种说话声占据了镜头所留出的空白。当说话声停止时，镜头重新显现，那个男人又出现了。就是在这种黑白相交，话语与影像交替出现之中，杜拉斯把自己的电影创作推向了观众无法理解，只有自己能够自娱的境界。这种把某种理念推向极致的做法，也把她的电影推向了死亡。观众再也无法忍受这种极端自私、极端自我化的电影，他们所需要的是人物的形象和他们之间对话与行动构成的多极空间的电影，而不是她这种把自己那苍老、沙哑的声音和眼前那毫不相干的影像硬贴在一起的电影。杜拉斯用《大西洋的男人》断送了自己的电影，这是后话。而眼下，杜拉斯还在等待着这位不辞而别离她而去的男人。

扬·安德烈亚走了，他还会再回来，他回来后，还会再离开。而这一次，他却远远地离开了杜拉斯。命运给了他们相遇的机会，命运又让他们分离，命运还会让他们再次重逢。1981年10月，密特朗应邀赴美参加庆祝法国在美国独立战争中约克敦围城战役胜利二百周年纪念日，密特朗邀请杜拉斯与他同往。令人费解的是，一向对在政治场合抛头露面不感兴趣的杜拉斯竟然接受了密特朗的邀请，与他同往美国。就是这次阴差阳错的政治之旅，虽然使人们对杜拉斯颇有微词，对她所说的对政治不感兴趣表示怀疑，但美国之旅却使她在纽约与扬·安德烈亚意外重逢。

扬·安德烈亚有点无地自容，原来他是担心自己无法与杜拉斯匹配。杜拉斯与这个世界上的伟人们相交往，杜拉斯有许多个人财产，杜拉斯是名人。尽管如此，扬·安德烈亚始终无法摆脱这个印度支那来的女人。

扬·安德烈亚重新归来，又和杜拉斯来到诺弗勒。这以后不久，杜拉斯的旧病复发，由于饮酒过量，她的手在不停地颤抖，一个人无法独自行走。酒已经成了她生与死的饮品，不喝酒，她就会全身不舒服，她的手就会抖动得非常厉害，一滴酒有时就可以使她安静下来。但是这种不停地需要用酒精来维系生命的做法也会使她的生命加速死亡，最后她什么食物都不能消化，严重呕吐。她的身体已经无法接受任何东西，她的手也抖得更厉害，现在她只能向扬口述一些东西。然后扬就把他根据杜拉斯口述形成的文字送给子夜出版社的编辑，那位名叫纪尧姆的编辑向她表示祝贺。她已经离开诺弗勒去特鲁维尔写那本小小的书《死亡的疾病》去了。杜拉斯知道自己的身体状况非常糟糕，但是她一点也不畏惧。她十分明白自己年岁已高，她没有什么可后悔，也不怕失去什么，甚至不怕失去自己的生命。她拒不接受治疗。

关于《死亡的疾病》，杜拉斯曾经这样说过：

> 有些人，从彼得·汉德克到莫里斯·布朗肖，都认为《死亡的疾病》是对立于面对女人的男人的。这样说也未尝不可。我说，如果男人是在这一点上对《死亡的疾病》发生兴趣，那是因为他们从中更多地揣测到与他们相关的什么东西。他们居然有所发现，这很了不起。[1]

男人对女人的感情在这本书里得到认同并不稀奇，不是杜拉斯认为的死亡疾病。男人对男人的爱恋，女人对男人的性冷漠都有可能成为某种疾病，都可能在这部小书中找到对应点。性冷淡也许触动了杜拉斯，她老了，全身没有一点力气，她告诉扬："我已经上了年纪，随时可能死去，为什么还要去延续生命呢？"但是有时，也有那种让她留恋生命的幸福时刻。

她身体虚弱得连话都说不出，但是她依然顽强地向扬口述，有时要停顿很久，她才能说出话来。扬在一旁时刻准备着，准备记录杜拉斯随时说出的任何只言片语。看着她在痛苦的口述中备受折磨的样子，扬恨不能放声大哭。他想用眼泪、用他所能付出的一切，来减轻杜拉斯的灵肉之痛。他用哭声要求杜拉斯接受治疗，杜拉斯也终于被

---

[1] [法] 玛格丽特·杜拉斯：《物质生活》，王道乾译，上海：上海译文出版社，2007年，第49页。

他说服。扬吻了她，用电话通知了一位名叫让·丹尼尔的犹太医生。医生在次日就赶到了诺弗勒。让·丹尼尔十分耐心地听取了杜拉斯的主诉，既不曾插话，也没有打断。杜拉斯告诉医生：

> 没有必要检查我，我没有病，只是酗酒罢了，对此我完全明白。[1]

扬看看杜拉斯，又看看医生，医生没有说话。杜拉斯甚至告诉医生她一直都对医生存有戒心，这也就是为什么扬多次给她联系好医生结果得不到她配合最后只好作罢。她又说起了她在战争年代那个死在产床上的孩子，那让她刻骨铭心的场景她无论如何也难以忘怀。她对让·丹尼尔说：

> 我无法忍受医生，没有人能替我做主，我必须自己做主。[2]

让·丹尼尔始终一言不发，最后他给杜拉斯谈起了他的故乡，"谈起了中欧，谈起了摩尔多瓦广阔的土地，他就出生在那里"。杜拉斯说：

> 靠近乌克兰的波兰平原漂亮极了，还有克拉科夫附近的乡村和森林中的农场。[3]

杜拉斯和让·丹尼尔越谈越投机，他们之间不再是医生与病人的

---

[1] Yann Andrea, *M. D.*, Les Editions de Minuit, Paris, 1983, p. 14.
[2] Yann Andrea, *M. D.*, Les Editions de Minuit, Paris, 1983, p. 14.
[3] [法] 玛格丽特·杜拉斯：《杜拉斯的情人》，彭伟川译，深圳：海天出版社，1999 年，第 9 页。

关系，俨然成了一对老朋友。看到他们亲密无间的样子，扬·安德烈亚反倒有些嫉妒。他们漫无目标地谈论着与病情无关的事情，一直谈到下午六点，让·丹尼尔要回巴黎了，杜拉斯问他是否有办法治好她的病，她接着说道："我想是不会有办法的。"医生对她说，确实没有其他办法，唯一的办法就是住院戒酒。医生告诉她想好以后可以告知他，他随时乐意效劳。杜拉斯没有说话。晚上，她打电话给朋友们，告诉他们：

> 我看过医生了，他认为我状况很好，我没有病。只是需要减减肥而已，让·丹尼尔很可爱。他说饮酒也是一种生活方式。[1]

杜拉斯对自己的身体状况毫不在意，是否应该住院治疗，她和扬·安德烈亚，还有朋友们发生了激烈的争论。他们都希望她能住院，使那个她毫不在意的躯体能够重新好转，能够重新拿起笔来，为朋友们、为读者们带来欢乐和享受。扬·安德烈亚更是忧心忡忡，无法排遣自己心中的不安和忧郁，他这样写道：

> 眼见冬天已经来临，天越来越短。我独自一人，听见你在阴暗的玻璃房里说话。你的身体抖得越来越厉害。日子一天天过去了，我们还在这里。[2]

杜拉斯不管不顾地继续口述，扬·安德烈亚坐在打字机前记录着。可是，口述与记录中，杜拉斯常常会出现语塞。文字就开始不顺

---

[1] Yann Andrea, *M. D.*, Les Editions de Minuit, Paris, 1983, p. 15.
[2] Yann Andrea, *M. D.*, Les Editions de Minuit, Paris, 1983, p. 15.

畅，就出现了中断、空白。扬·安德烈亚就给她倒一杯酒，这样杜拉斯可以继续口述，结果她停顿的次数越来越多，中途所加的酒量也就越来越大。但只有这样，她才能维系自己的创作。写作是她的生命，生命中如果没有了文字，那才是空白，那才是没有意义。

在身体状况已经差到不能做事的时候，杜拉斯依然在顽强地坚持着写作。她终于十分艰难地口述完成了自己生命中代价最高的作品。因为给人的感觉这好像是生命行将停止时的写作，杜拉斯把这本只有六十页的小书定名为《死亡的疾病》。

"有些人在 The Malady of Death（《死亡的疾病》）中并未看到一个处在许多面对男人的男人中的男人，而且进一步，确实有一个以十分明确的方式仅仅面对女人的男人。"[1]

《死亡的疾病》突然间让杜拉斯发现了男人身上不为人知的秘密，真正死亡的疾病对男人而言，是在"男人和女人之间，他们受到性冷漠的阻隔"[2]；对于女人而言，死亡的疾病则是"剥夺欲望的疾病"。杜拉斯这样说："人们认为，虚幻想象没有出现，欲望一定是非常强烈的。这就是所谓性冷漠。性冷漠就是对于向她自荐的男人无所欲求的女人对欲望的虚幻想象。"[3] 即使在最艰难的时期，杜拉斯也始终让文字和生命同行。她对女性权利的本质进行了思考，把女性对男性欲望的虚幻想象看作性冷淡的根源，成为隔绝自身欲望的障碍，这就是《死亡的疾病》。杜拉斯不愿意构建这样的虚幻想象，不愿意用虚幻想象的男人阻隔自己的欲望，欲望就在自己身上，欲望就是自己的身

1　[法] 玛格丽特·杜拉斯：《物质生活》，王道乾译，上海：上海译文出版社，2007年，第50页。
2　[法] 玛格丽特·杜拉斯：《物质生活》，王道乾译，上海：上海译文出版社，2007年，第51页。
3　[法] 玛格丽特·杜拉斯：《物质生活》，王道乾译，上海：上海译文出版社，2007年，第52页。

体,唯有自己才能主宰自己的身体。

> 我们占有我们所爱的人,就像他占有我们一样。我们互相占有。这种占有的地域就是绝对主体性所在。正是在这里,我们祈求我们所爱的人给予我们最为强有力的频频撞击,以求在我们全身、在我们空空的头脑中充满反响。就此一死我们也心甘情愿。[1]

杜拉斯发出了女性主义最强有力的声音,希望以此治愈女性身上的死亡疾病。口述完成这本小书之后,她对扬说自己已经决定住进医院,接受治疗。或许此刻的她,已经感觉到了真的再也无法支撑,出于求生的本能,她也该去住院治疗了。

扬关好诺弗勒住所里房间的窗户,放下音乐厅的百叶窗,锁好房间的抽屉和门,他们最后喝了一杯酒,然后离开住所。扬扶着杜拉斯上了车,吩咐司机开车。也许杜拉斯永远不会再回诺弗勒,她已经没有一点力气,感到自己的生命之钟即将停摆。一路上,他们一言不发,来到了圣伯努瓦大街。

秋末冬初的巴黎,已经有了寒意。冷风起处,落叶飞舞。顺着塞纳河而来的风,带来了寒冬将至的感觉。萧瑟冰冷的天气和杜拉斯沮丧痛苦的心境相互影响,勾不起任何欢乐的感觉。出租车把他们送到圣伯努瓦家门前,可是杜拉斯连走下车的力气都没有了。晚了,没有希望了,她将不久于人世!但是她的决定没有改变,她还是要接受治疗。

---

1 [法]玛格丽特·杜拉斯:《物质生活》,王道乾译,上海:上海译文出版社,2007年,第53—54页。

杜拉斯与扬到自己在巴黎圣伯努瓦大街住所的时间是1982年10月18日，随即扬就电话联系让·丹尼尔，了解医院的地点以及住院时间。他们决定让杜拉斯10月21日开始住院。杜拉斯本人呢，她还在继续喝酒，18日还接受了一位阿根廷记者的采访，大谈文学，还谈了上帝。她仿佛还很好，与死亡毫无瓜葛。10月21日扬和让·丹尼尔用出租车把杜拉斯送进了那家叫诺伊利的美国医院。当天晚上杜拉斯就为想要喝酒而大吵大闹。护士只好笑称，这里不能喝酒。杜拉斯大声威胁，若不给酒，她就出逃，她就不配合！为了谢绝采访，扬在办理入院手续时要求住进单间，不接电话。于是他们住进了单间病房。

那间病房"光线很柔和，双层窗帘是米黄色的。跟扶手椅的颜色相同，那就是医院的颜色"。丹尼尔医生来做了检查，他用手压了压杜拉斯浮肿的身体，再看看也已浮肿的腿脚，感到了病情的严重。扬在一旁看着她那不停抖动的身子，也感到了大事不好。他似乎突然间意识到了自己的无能为力，意识到了孤立无援的无奈。面对世界，面对夜空，面对病魔，生命是多么渺小。但是扬依然心存侥幸，他希望奇迹，他诉求上帝，他希望上帝能对眼前这个对他不恭的人伸出援手，挽救这个不仅属于他，同时也属于法国、世界，属于文学的生命。他不能没有她，文学不能没有她。没有了杜拉斯，他的生命便不再有营养之泉，没有了杜拉斯，法国文坛便会因缺失争论而变得寂寞，文学的世界里，便会失去一个强有力的生命。

到了晚上，扬应该离开这家叫诺伊利的美国医院。护士已经多次催促，可是他还是坐在那里，看着杜拉斯不想离开。确切地说他也有些不敢离开。他怕就此走开，便是永别。就这么拖到夜里十二点，扬才看着已经安然入睡的杜拉斯，满眼泪水，怏怏离去。病房的门口，有一块金属牌，上面镌刻着一行黑色的数字，那是病房的号码。那一行不祥的黑色数字像凝固了的镜头一样，刻在了他的脑海之中：2327。

从此，你便孤单一人，没有了我的陪伴。

我拦了一辆出租车，把我从你身边带走，离开了诺伊利，渐渐地离你而远去。

我隔着车窗看着生活在诺伊利之外的人，看着外面那一幕幕景象展现在我的面前，毫无生气，看似纯洁无瑕，却能置人于死地，我看着飘浮在生活中的表象，你不在我身边。

车子在走，我的泪在流。我不想哭。司机默默无语。插进一盒磁带：比莉·哈乐黛在唱《我的男人》。[1]

此时此刻，比莉·哈乐黛的声音完美地诠释了扬·安德烈亚的心情，这位被影评人约翰·布什（John Bush）誉为"永远改变了美国流行歌唱的艺术"的歌手，以强烈的灵感表达，以崭新的方式操纵着歌词的字眼和节奏，用个性化和亲密的歌唱方式肆意地宣泄着巴黎的忧郁。比莉·哈乐黛忧伤的声音，在秋末冬初的夜晚更加重了扬的孤独和寂寞，无望和忧愁。昏暗的灯光下，他和出租车司机共同品味着那个无奈的爱情故事。无望、无奈，那个曾经被杜拉斯描述过多少次的爱情故事，此时此刻正在被杜拉斯生活中、杜拉斯生命中的那个人苦涩地品尝着。夜色在他的眼里完全失去了生命，失去了色彩。今天晚上，他将独自一人走向没有陪伴、没有歌声的梦。他将独自一人在圣伯努瓦大街的住所里遥望夜空，遥望远方的诺伊利，和医院中的杜拉斯。

我又看见了挂着蓝色窗帘的房间，看见你这个陌生人。我想

---

[1] Yann Andrea, *M. D.*, Les Editions de Minuit, Paris, 1983, pp. 23–24.

到你晚上还有酒喝,我就这样入睡了。[1]

杜拉斯的情况非常不好,她必须彻底戒酒才有可能摆脱死神的纠缠。对生命的渴望、对写作的渴望使杜拉斯做出了本能的反应,她抓住了别人递给她的救命稻草,向生命的彼岸游去。尽管每游一步都需要付出巨大的代价,但是只要她坚持一天,她就远离死神一天。扬每天陪伴在杜拉斯身旁,听她那痴人说梦般的话语。每天他面对着杜拉斯那具已经半死的身躯,用自己的生命去呼唤她,去祈求上帝。夜晚,他乘坐最后一班公共汽车回到圣伯努瓦大街的住所。当他独自一人仰卧在床上时,他就想到孤零零的杜拉斯,明天是否还活着,明天是否还能再见到她。

巴黎的夜空卸去了白日的尘嚣,显露出她那原有的宁静,此时此刻,扬的思绪却无法平静,他望着夜空,浮想联翩。这时,他便不由自主地产生了记下白天所发生的事情和自己真实感受的冲动。因此,以杜拉斯的名字命名的《M. D.》(意即"玛格丽特·杜拉斯")便在这种贯穿着思念与痛苦的文字中渐渐形成了。尽管他的文字还显得很幼稚,但是流露出难能可贵的真情,流露出他对杜拉斯的爱。在杜拉斯最困难的时刻,这个无私的男人分担起她的痛苦和不幸,为她走出死亡做了最大的努力。

扬用心灵呼唤、鼓励眼前这位已经被病魔折磨得面目全非的女人,希望她能挺住,闯过这一关。

我依然久久地望着你。从第一天起,从冬日的午后,甚至没有读完你那本书起,我就认出了你。当时,我只有二十岁。你依

---

[1] Yann Andrea, *M. D.*, Les Editions de Minuit, Paris, 1983, p. 24.

然如故,就是此时此地,也没有人能弄懂你的想法。

此时此刻,你就在我的面前,却离我远去。走进什么故事,何种欲望?我看见你抖动的睫毛,只有对我而言,你还活着。太阳照向我们,我拉上了窗帘。[1]

2327病房的这个病人太难对付了,她有时拒绝吃饭,有时拒绝睡觉,有时对着护士们大吵大嚷,有时对着扬吼叫。假如没有深深的爱,这一切都难以持久。有一天,她凌晨三点醒来了,看到扬不在身边,她吼着叫着,让护士给扬打电话,护士没有电话号码,杜拉斯居然说出了电话号码。电话打通了,可是没有人接,杜拉斯又产生了幻觉。第二天,当扬照例来到诺伊利医院时,她大发雷霆,质问扬到哪里去了,是不是跟某个女护士出去鬼混了。扬的眼泪就要流下来了,他知道杜拉斯现在已经进入幻想病,成了一个幻想狂。她可以幻想自己已经死去,和母亲、二哥在天堂中重逢,也可以幻想自己已经痊愈出院。在这段病重的日子,她好像依然没有忘记写作,这个牵着她生命的事情成了支撑她的唯一信念。为了这唯一信念,杜拉斯同意接受治疗,同意戒酒,她的一切努力,使她的生命得以延续,使她的文字得以延续。

杜拉斯开始有了一些恢复,但是她实在无法忍受这里的气味。那充满恐怖、充满死亡的医院,她那周围的病人都使她觉得他们随时会来抢劫,她执意要出院。J.F医生为她做了检查,最后同意杜拉斯出院了。

我们听着J.F在说话。他说治疗结束了,但还需要几个月,

---

[1] Yann Andrea, *M. D.*, Les Editions de Minuit, Paris, 1983, p. 46.

肝才能完全恢复正常。不过，血液分析显示情况良好。

J.F 说："你应该把今天当作你漫长恢复期的开始。"

你说："我知道我现在情况很好。"[1]

杜拉斯早已急不可待，她让扬准备好汽车，第二天早点来接她，扬答应了。

1982 年 11 月 10 日一大早，杜拉斯就让护士准备好自己的箱子，然后就等扬的到来。尽管她的身体依然虚弱，但是她早已按捺不住内心的激动。她就像久居樊笼、失去自由的小鸟，急于要飞回自由自在的树林，她要去遨游无垠的天空。她知道还有许多事情要她去做，她又想到了她送给纪尧姆·兰东的书稿《死亡的疾病》，想起了那个叫不出名字的病，那个无法定义的爱情，爱也不是，罢也难休，那个她大部分作品中的主人公都患上的死亡的疾病，直到现在都难以确定。那就是她生命中的绝症，也是她作品中人物的绝症。

她多么希望他们能够高声喊出这种不治之症的名称，那个接受了这部书稿的子夜出版社，是家不拘一格的出版社，它可以出版那部二十页左右的所谓短小说《坐在走廊的男人》，也可以出版这部仅有六十页左右的文字。她从内心佩服并感激这位同样不拘一格的出版商。她恨不得现在就走，就离开这一片白色的医院，离开那些让她受不了的护士和一个与她相隔不远的中国人，她对那个中国人非常不放心，多次提醒扬要注意他的行踪。

扬终于来了，一眼看到放在床上的黑箱子和穿戴整齐的杜拉斯，他不觉笑了。杜拉斯抱怨："你怎么现在才来？"扬回答说："现在才早上十点十五分。"杜拉斯不再说话，她让扬检查一下病房，看是否

1　Yann Andrea, *M. D.*, Les Editions de Minuit, Paris, 1983, pp. 102–103.

忘掉了什么东西。扬照着做了。临走前，杜拉斯拿出她那本散文集《外部的世界》，签上自己的名字，送给那个第一天穿着白大褂的护士，并告诉她说："你看看吧，是一本好书。"

杜拉斯走出了那家叫诺伊利的美国医院，摆脱了死神的纠缠，她的身心都经历了极大的考验。她满脸疲惫，一副大病初愈的模样。11月初的巴黎，冷风萧瑟，杜拉斯由扬搀扶着回到了她在圣伯努瓦大街的住所，听着屋外的冷风，看着那一天天变冷的天气，寒冷的巴黎即将进入漫漫的冬眠期，行人匆匆的脚步响彻在夜色中，响彻在冬季里，如同催人奋进的战鼓，令人浮想联翩。经历了生死搏斗的杜拉斯，对自己的生死早已置之度外，对她而言，唯有写作才有意义。

一回到圣伯努瓦的住所，杜拉斯就让扬与纪尧姆·兰东约好，取回《死亡的疾病》校样，她要再校一次这本只有六十页的小册子，她要和书中的主人公去同呼吸，共命运，再次体验比肉体的病症更让人难以忍受的精神上的疼痛。杜拉斯又一次和书中的主人公寻找病症的名字，它不是一般的病症，是一种难以名状的病。经过多方探寻后，那个女主人公终于替男主人公叫出了他所患的病为"死亡的疾病"。那是一种只需要别人用身体来陪伴心灵的病，不需要有肉体的结合，肉体的交欢，只需要肉体的存在，在男人眼睛所能探视到，双手能够触摸到的地方。存在就是分担忧愁。存在就是某种幸福。也许杜拉斯就是那个不需要任何肉体交欢，也无法进行肉体结合的人，她所希望的就是每天看见扬出现在她的视线里，出现在她的生活中。11月26日，杜拉斯最后对《死亡的疾病》进行了校对，这本书就此定稿，杜拉斯说：

应该与它告别了，应该把书送去，有时候书就这样放弃了你，你们并不明白发生了什么。

我把校样送给了纪尧姆·兰东，这本书于1983年元月5日开始发行。

> 我也知道这是一本书,我也相信它不仅仅是一本书,是与书不同的东西,我知道从今往后一本书不仅仅是一本书……[1]

1984年便是《情人》,杜拉斯需要经历怎样的人生变故才会再次把目光转向自己的少年往事,但是风格已经形成,尽管是小说,却依然是娓娓道来的叙事方式,现时的在场和再现让不同时空中的事件成为真正的书写,它们与文字之间建立起等同关系。从1980年夏天开始的尝试让出现在眼前的事件转化为真实的书写,杜拉斯用文字记录着事件,让虚构突然间真实可信。因此杜拉斯把这样的尝试移植到故事之中,自己的故事,母亲的故事,家里人的故事,还有情人的故事。

《痛苦》是杜拉斯的自传体小说,记述作者在二战期间的个人经历,讲述她如何等待被关在纳粹集中营的丈夫的归来,如何在丈夫归来之后与朋友想尽办法救回丈夫又与他离婚的经历,也记录了她对战争问题的思考。手稿原本是几页日记,写作时间大概在1945年或1946年间,写完之后就放在抽屉里,四十多年后在作者的乡间别墅中被发现,于1985年出版。杜拉斯曾经说过:"《痛苦》是我生活中最重要的经历之一,说它是'写作'未免不太合适。"

2017年艾玛努艾尔·芬奇将《痛苦》拍摄成电影并在圣塞巴斯蒂安国际电影节上映,获得第44届法国恺撒奖最佳影片(提名),第44届法国恺撒电影奖最佳导演(提名),第65届圣塞巴斯蒂安国际电影节金贝壳奖(提名)。

杜拉斯还在继续,《物质生活》把这样的尝试延伸到不同的生命

---

[1] Yann Andrea, *M. D.*, Les Editions de Minuit, Paris, 1983, p. 138.

时空之中。存在于生活之中的物质让文字具备了真实可信的质感和现时性，只不过呈现的完全是射向不同时空的事实和文字真实。

这本书至多代表我在某些时机、某些时日关于某些事情的想法。所以也代表我的思想。[1]

这本书没有开端，也没有终结，也不属于中间部分。没有一本书是没有存在理由的，这样说，这本书就不属于其中任何一种了。[2]

这本书让我们消遣了一段时间。从初秋到冬末。各篇文字都是讲给热罗姆·博儒尔听的，几乎很少有例外。然后整理成文本，再由我们各自通读。经过讨论后，我对文本进行修改，热罗姆·博儒尔再从他那方面读一遍。[3]

这本书就是《物质生活》，副标题为玛格丽特·杜拉斯与热罗姆·博儒尔谈话录，1987年，这本书刚出版时，本人就到了法国的埃克斯马赛大学文学院开始了对杜拉斯的研究，第一时间阅读了《物质生活》。这本书就是在这样的时间以这样的方式出现在读者的面前，我们不知道以一种什么样的态度和方式解读它。

我们可以把这本书理解为法国当代作家随笔："没有开端，也没

---

1 [法] 玛格丽特·杜拉斯：《物质生活》，王道乾译，上海：上海译文出版社，2007年，第1—2页。

2 [法] 玛格丽特·杜拉斯：《物质生活》，王道乾译，上海：上海译文出版社，2007年，第2页。

3 [法] 玛格丽特·杜拉斯：《物质生活》，王道乾译，上海：上海译文出版社，2007年，第1页。

有终结，也不属于中间部分。"

我们可以这样说，这本书有关文字，有关事件，有关社会。"一般来说，我并没有思考什么，除非是社会不公正这个问题，其他我没有思考什么。"[1]用杜拉斯自己的话讲就是："没有一种可以预期或者现有的书籍构成形式可能容纳《物质生活》这种流动的写法，在我们共在的这段时间，我与我之间、你与我之间，就这样往复来去进行交流。"[2]

谈话录以随笔的形式出现在我们面前，杜拉斯借着自己说给朋友热罗姆·博儒尔的话，与读者交流，在反复的来去中，杜拉斯折叠着自己的话语，挖掘穷尽着文字的意义，在不同的文字景观之中，创造着文字的真实和生活的真实，流动的气息散发着蛊惑我们的魅力，文字载着我们畅游在迷宫之中流连忘返。

在这本四十八篇谈话之中，有不足三百字的《话语的高速公路》，也有上万字的《房屋》，杜拉斯以这种形式讲述着时间的故事，文字的故事和事件的故事。中国情人、安娜·玛丽·斯特雷泰尔、劳儿·瓦·施泰因等都出现在这本书里，与杜拉斯的其他作品形成互文关系。

玛格丽特·杜拉斯在经历了《中国北方的情人》那次失败后，就越来越觉得自己的生命将会走向终点。她曾经在十五岁半告诉自己的母亲："我想写作。这一点我那时已经对我母亲讲了；我想做的就是这个，写文章，写作。第一次没有反应，不回答。后来她问：写什么？我说写几本书，写小说。"[3]

---

1 [法]玛格丽特·杜拉斯：《物质生活》，王道乾译，上海：上海译文出版社，2007年，第1页。
2 [法]玛格丽特·杜拉斯：《物质生活》，王道乾译，上海：上海译文出版社，2007年，第2页。
3 [法]玛格丽特·杜拉斯：《情人·乌发碧眼》，王道乾译，上海：上海译文出版社，2004年，第218页。

那个"我曾经回答她说，我在做其他一切事情之前首先想做的就是写书，此外什么都不做，什么都不做"的小姑娘，在自己的生命即将终止的时候，越发地对写作心生依恋。她用自己的生命描述的文字其实就是在描述着自己的一生。她担心着哪一天自己的生命会随着一阵秋风而去，这种担心也会在文字中显现："有时我真担心自己在写完稿纸前就会离开人世。"杜拉斯把自己的生命维系在写作上，就是在她最伤心的时候也想着写作。她的邻居兼女友米歇尔·芒索这样写道：

甚至在这个时候，你也写作。
作品穿过一切，哪怕门是关的。如果我不写作，我会屠杀全世界的。
杜拉斯几乎与世隔绝，杜拉斯几乎什么都不写，但是她对写作的依恋使她一次次情不自禁地回到写作上来。我们也像往常一样，谈谈这了不起的事情：写作。读书，除了书，还是书。

也许是感觉到死神将至，她对写作和死亡予以了高度的重视，她对身边的男人表达着自己的最后怀念：

有时，我看见你却不认识你，不认识，一点都不认识。我看见你远离这片海滩，在别处，远远的，地方。有时在国外。你在的时候，对你的回忆已经存在，但我已认不出你的手。好像你的手，我从来没有见过。或许还剩下你的眼睛。和你的笑声。还有那潜藏的微笑，时时准备浮现在你那极其天真的脸上。[1]

---

[1] [法] 玛格丽特·杜拉斯：《扬·安德烈亚·斯泰奈》，王文融译，上海：上海译文出版社，2007年，第40页。

杜拉斯的生活与文字就这样被紧密地联结在一起，文字已经成了她生命的全部。文字—生活是那样的不可割裂，使她在自己的世界里自成一体。她渐渐地与现实世界疏离，完全生活在幻想的世界中。她已经穿梭在生与死之间，那个年轻的英国飞行员不停地在她的脑海中闪现，许许多多的幻觉出现了。在那个黑乎乎的洞穴之中，只有写作还透着最后的生命。

写作，意味着孤独，意味着舍弃生命，意味着与世隔绝。杜拉斯把自己生命的最后力气用在了写作上，用在了让她割舍不下的身体与笔、纸张的接触之中。那种接触所产生的欢乐是任何事情都无法比拟的，那种写作中的孤独诠释着生命的意义。

> 她说出了一些表面上没有联系的词句，人们示意的东西写成了一本书。那是她真正的书吗？这样说确切吗？她真的愿意写那本书吗？《就这样》收集了从那个"洞"里，从她让人晕眩的深渊下挖出来的片言只语。它讲述了与扬·安德烈亚的爱情故事。[1]

杜拉斯没有了身体与纸张、文字的接触，她已经是一个被悬空的生命。她多么希望自己再次拿起笔，面对纸张进行生命的倾诉呀。那份写作时的寂寞和孤独将随着生命的终止而终止，终将随着写作的终止而终止。

当生命即将终止，杜拉斯更加感觉到了自己的孤独，她要把这种孤独告诉世界，告诉读者，用写作为自己的生命画上完美的句号。

---

1 [法]阿兰·维尔贡德莱：《玛格丽特·杜拉斯：真相与传奇》，胡小跃译，北京：作家出版社，2007年，第232页。

离开写作时的那种孤独，作品就不会诞生，或者支离破碎，毫无生气，不知如何发展下去。失去了活力，它就不再为作者所认可。首先，作品永远不应口述让秘书书写，不管她是如何机灵，在这一阶段也永远不要让出版商看到书稿。

写书人和他周围的人之间始终要有所分离，这就是一种孤独，是作者的孤独，是作品的孤独。[1]

孤独无处可寻，它是人们造就出来的，是自然产生的。我造就了孤独，因为我决定了在那儿我该独自一人，为了写书。我会独自一人。

[……]

我可以说自己想说的话，我始终不明白为什么而写作和怎么才能不进行写作。

[……]

所谓孤独，那就是：要么死亡要么出书。[2]

对杜拉斯而言，写作到底意味着什么？

身处一个洞穴之中，身处一个洞穴之底，身处几乎完全的孤独之中，这时，你会发现写作会拯救你。没有任何一本书的主题，没有任何写书的念头，那就是身体重新处于一本书前，那是一片空虚。那是一本可能的书。那是面临虚无。就好像面对一种生动的和毫无掩饰的写作一样，那是多么难以超越。我认为写作的人

---

1 [法] 玛格丽特·杜拉斯：《写作》，曹德明译，沈阳：春风文艺出版社，2000年，第4页。
2 [法] 玛格丽特·杜拉斯：《写作》，曹德明译，沈阳：春风文艺出版社，2000年，第6—7页。

没有写书的念头,他两手空空,头脑一片空白,对于写作这一冒险行为只知道枯燥乏味的和毫无修饰的文字,写作没有前途,没有反响,远不可及,其最基本的完美规则就是:拼写和意义。[1]

写作是她的生命,生命的空间里布满了怪异的人物和文字。那个没有人能理解的 L.V.S.(劳儿·瓦·施泰因);谁也不知道副领事吼出的"唯一的政治"的含义是什么,包括杜拉斯自己;还有恒河岸边的安娜·玛丽·斯特雷泰尔夫人,神圣、忧伤、渴望爱情的女人。文字和人物在杜拉斯的幻觉世界里蜂拥而来,搅得她如痴如醉,如在梦中,如在现实中,所有那些让她无法入眠的文字和人物来和她道别。生命的幻觉里,那些颠三倒四的文字,那些疯疯癫癫的人物最后一次出现在杜拉斯的文字中,无法忘记的岁月,难以割舍的人物正在演绎着杜拉斯生命中的最后一次辉煌。那些尘封的岁月被打开了,是为了最后的闭合。

作家真是很奇怪。他就是矛盾,就是荒谬。写作也就是不说话,就是沉默。就是无声的吼叫。作家常常很闲适,他听得很多。他不多讲话,因为无法谈论自己写完的书,尤其是正在写的书。不可能。这正好与电影、戏剧和其他的表演相反,与任何解读相反。它比什么都难。这是最糟糕的事。因为一本书,那是未知世界,是黑夜,是封闭,就是这样。书在前进,在成长,它朝人们以为勘探过的所有方向前进,走向它自己的命运和作者的命运,那时,它毁于自己的出版:与它——梦想中的书——分道扬镳,好比最后出生的孩子总是最受疼爱。

---

[1] [法] 玛格丽特·杜拉斯:《写作》,曹德明译,沈阳:春风文艺出版社,2000年,第8页。

一本打开的书也是漫漫长夜。

我不知道为什么刚才说的话会让我流出了眼泪。

尽管绝望还要写作。啊，不，是带着绝望心情写作。那是怎样的绝望呀，我说不出它的名字。不安于作品的构思写作，总是无法写好作品。[1]

《写作》表达着杜拉斯的最后独白，她对世界而言已经不存在，世界对她而言也仅仅剩下了那发自肺腑的声音。

作品就像风一样吹来，它毫无遮掩，就是墨水，就是作品，它进入生活，就像其他任何东西不进入生活一样，除了生活，别无他物。[2]

望着诺弗勒的花园里的山毛榉、丁香树，望着池塘里水面上的落叶，杜拉斯又想到特鲁维尔，虽然朋友们也时常带她去特鲁维尔，但是那个给了她许多创作灵感的地方、那个出现了陪伴她走过生命的最后时刻的男人的地方、那个让她遥望着大海的地方渐渐远去。

在特鲁维尔有海滨、大海和一望无际的天空、沙滩。而在这儿，有的就是孤独。我在特鲁维尔远眺无边的大海。特鲁维尔就是我一生中的孤独。这种孤独至今仍始终在我身边，旁人无法拿去。有时候，我关上门，切断电话，闭上嘴，我什么也不再需要。[3]

---

1 [法] 玛格丽特·杜拉斯：《写作》，曹德明译，沈阳：春风文艺出版社，2000年，第14—15页。
2 [法] 玛格丽特·杜拉斯：《写作》，曹德明译，沈阳：春风文艺出版社，2000年，第33页。
3 [法] 玛格丽特·杜拉斯：《写作》，曹德明译，沈阳：春风文艺出版社，2000年，第6页。

《写作》之后，杜拉斯的生命中文字几乎成了空白。她谢绝了所有的拜访，只是见见自己的儿子乌达。朋友们并没有察觉到这是她生命即将终止的信号。杜拉斯希望能把所剩无几的时间留给扬·安德烈亚·斯泰纳这位在她最需要的时候陪伴她左右的男人。

杜拉斯是多么满足，多么幸福呀，在割断了和文字、纸张的最后联系后，杜拉斯生命的符号即将终止。

杜拉斯和自己的父亲一样，睁着眼睛，望着窗户，等待着天使的降临。直到去世前的四五天：

> 结束了。
> 一切都结束了。
> 太可怕了。
>
> 我爱您。
> 再见。[1]

杜拉斯和父亲不同，她的身旁有自己心爱的男人陪伴，她用自己的全部身心给这个世界、给她心爱的男人扬·安德烈亚·斯泰纳留下了撕人心肺的声音：

> 我要到我房间睡觉了。我把您留在了您的房间。房间的灯没有关。然后很快就到了1996年3月3日这个星期天的早晨8点。[2]

---

[1] [法] 玛格丽特·杜拉斯：《就这样》，黄荭译，北京：中信出版集团，2023年，第78页。
[2] Yann Andréa, *Cet amour-là*, Paris, Société nouvelle des Editions de Pauvert, 1999, p. 179.

1996年3月3日早上8点左右，玛格丽特·杜拉斯去世了。再过一个多月，她就八十二岁了。

> 今天，1996年5月3日，那棵紫荆树正在她屋前开花。淡紫色的花给她客厅的窗户带来浓荫。……
> 此时，在诺弗勒城堡，一切都是淡紫色的：路边的丁香、鸟屋、往上爬的紫藤……夜，半蓝半红，淡紫色的。[1]

> 我曾在那个宁静的村子里寻找过她。我在那里转了无数次。因为她病得很厉害，我已经在那几条荒凉的马路上来来回回走了很长的时间。一边走一边想马上要失去她了。这回，我感到很沮丧，这使得我没有走向池塘。……没有了玛格丽特，村中可贵的宁静变得既乏味又讨厌。[2]

杜拉斯走了，走得是那么宁静，那么无声无息。诺弗勒城堡的花园里，春天正在催开绽放的花朵，池塘再也映不出杜拉斯的倒影。

> 朋友和读者蜂拥至圣伯努瓦路，想在她的遗体前悼念，但遗体已被迅速送到殡仪馆去了。只有几个重要人物去了那里。一切都显示，杜拉斯好像必须躲避她的亲人，消逝在传奇当中，落入自己巧妙设计的陷阱当中。[3]

---

1 [法] 米歇尔·芒索：《闺中女友》，胡小跃译，桂林：漓江出版社，1999年，第1页。
2 [法] 米歇尔·芒索：《闺中女友》，胡小跃译，桂林：漓江出版社，1999年，第2页。
3 [法] 阿兰·维尔贡德莱：《玛格丽特·杜拉斯：真相与传奇》，胡小跃译，北京：作家出版社，2007年，第234页。

扬·安德烈亚·斯泰纳无法忍受杜拉斯离去后留下的巨大空白，他希望把自己对杜拉斯的爱倾诉笔端，无法忘怀的爱和岁月冲击着这位杜拉斯的情人和崇拜者。

我希望谈论这段经历：从 1980 年夏天到 1996 年 3 月 3 日这十六年间的事情。这些与她一同度过的岁月。[1]

扬·安德烈亚·斯泰纳在杜拉斯去世后不久，发表了杜拉斯的遗作《书写的大海》，收集整理了杜拉斯 1994 年 11 月 20 日到 1996 年 2 月 29 日病中说的话，在 P. O. L 出版社出版《就这样》。杜拉斯去世三年后，扬·安德烈亚写下了怀念杜拉斯的书《这份爱》，然后他就像风一样消失了，有时候杜拉斯的墓碑旁会留下他思念的鲜花。

1　Yann Andréa, *Cet amour-là*, Société nouvelle des Editions de Pauvert, 1999, p. 2.

第六章：
摇摆在传统与现代的话语模式之间
——《抵挡太平洋的堤坝》及其他

玛格丽特·杜拉斯的小说创作可以分为四个阶段，第一阶段是她步入文坛初期的创作，虽然当时的创作还没有体现出独特的风格，但是已经显露出她的特点。这一时期的代表作当属1950年发表的《抵挡太平洋的堤岸》，这部作品以其语言的大胆犀利、视角的不同寻常、表述形式的超凡脱俗为杜拉斯赢得了声誉，奠定了她在法国文坛乃至世界文坛的地位，同时也成了杜拉斯一生充满争议的创作的开端。批评也好，赞誉也好，爱也好，恨也好，玛格丽特·杜拉斯就以这种方式开始了她的文学人生。

这一时期的其他作品有1943年、1944年发表的《厚颜无耻的人》和《平静的生活》，1952年、1953年、1954年及1955年发表的小说《直布罗陀水手》《塔吉尼亚的小马》《成天上树的日子》《街心花园》。杜拉斯以传统小说的写作形式开始，通过对不同人物、不同生存和自然环境的刻画，表现了特殊环境中迥异的人物命运。但是有关作家本人在印度支那的童年和少年经历以及她当时的生活环境、人文环境等，在她的前两部小说里均未涉及。杜拉斯的前两部小说所描述的自然环境和人文环境与她的童年关系不大，叙述的是她刚回法国时在外省的家庭生活，外省的自然环境和与此相关的人与人之间、人与自然之间的关系。阅读这两部小说时，读者很容易联想到法国19世纪、20世纪诸如福楼拜、莫里亚克等大作家，然而仔细探究就可以发现，他们之间还是有很大的不同。随着《抵挡太平洋的堤岸》的成功，杜拉斯逐渐表现出自己的风格，叙事方式已经呈现出个性化的特点，主题也越来越突出。杜拉斯确立了自己作为一个来自殖民地的法国作家的地位，这样把童年的生活与母国文化特征鲜明的语言搅拌在一起，杜拉斯呈现出与众不同的风格和气质。杜拉斯经过这个阶段的探索，确立了自己今后的文学道路。

1958年《如歌的中板》的发表是某种标志、某种象征，也是某种断裂。杜拉斯与自己过去的创作告别，与自己过去的文学理念决裂，她不再像过去那样写作。《如歌的中板》进一步稳固了杜拉斯独特的写作风格以及她在文坛的地位。她渐渐把自己无法确定身份的痛苦转化成人对爱的渴望，尤其是面对深藏心底而又无法企及的爱时男女主人公的内心痛苦。这是一个由具体故事向抽象爱情题材的转变，现实的爱情故事被有意无意淡化，留下的是弥漫在作品中的绝望、痛苦，是一种被扭曲的爱情悲歌。这一时期的主要代表作有：小说《如歌的中板》《劳儿之劫》《副领事》《毁灭吧，她说》《爱》等，电影剧本《广岛之恋》《印度之歌》《恒河女子》《长相思》《黄色的，太阳》等，如泣似诉、绝望悲哀、沉醉迷恋构成了杜拉斯作品主题、写作风格和语言的基本特点。

20世纪70年代中叶开始，杜拉斯的创作主题和艺术探索更加开放和多元，既有访谈类的作品，也有随笔、电影及电影剧本，她在不断地探究和寻求创作的突破口，她的注意力更多地被女性主义、现实主义话题所吸引，她既希望能够在女性书写中寻求女性身体的极限，也希望探究现实的真实和书写的真实之间的等同关系，她希望破除书写和身体、文字和现实之间的界限。这一时期的主要作品有：《话多的女人》《玛格丽特·杜拉斯的居所》《卡车》《伊甸园影院》《八〇年夏天》《坐在走廊的男人》《绿眼睛》《阿加达》《外面的世界》《大西洋的男人》《死亡的疾病》等。

以《情人》的写作为契机，杜拉斯的创作进入了新的辉煌时期。

大彻大悟的杜拉斯更多地把作品的重心放在写作技巧和方法创新上，叙事手法的创新和讲究满足现代读者和传统读者的不同阅读口味，成就了《情人》的成功，也把杜拉斯的创作生涯推向了大众高度认可的程度。《情人》在践踏传统的同时，继承了传统，崇尚传统的读者和追求现代性的读者各取所需，共同分享它的巨大成功。同时，杜拉斯也把自己自传体小说的特点推向极致，对自己的童年生活和自己曾经那么熟悉的东方文化进行了最后挖掘。除了《情人》，还有《痛苦》《物质生活》《碧发绿眼》《中国北方的情人》《夏天的雨》《写作》《就这样》等。

杜拉斯创作的四个阶段表现了不同的创作风格，涌现了不同的代表作品，勾画出杜拉斯一生的创作轨迹。分析不同时期的不同风格，有利于更好地了解杜拉斯及其作品，了解她不同凡响的文学人生。

所有的一切还需要从头说起，一个人的成长必然会有坎坷和挫折，杜拉斯的创作道路也不例外。寻求属于自己的道路是一个艰难而漫长的过程，波德莱尔起锚远航探究"未知世界"，兰波渴望看见"未知地平线"，杜拉斯也一样，希望找到未知世界里的自己。起步总是朦胧和艰辛的，文学为何物对杜拉斯而言并没有标准答案，尤其是在东方和西方之间，杜拉斯对文学的认知完全不同。这样开头碰壁是必然的，也是必要的。当杜拉斯下决心投身文学事业时，她自然而然地将目光投向了与自己身世相关的事件。

《厚颜无耻的人》聚焦在与自己的家庭相关的故事上，注意到故事的完整和有趣，然而叙事的视角和结构与当下文学的关系、语言的锐力与故事的吻合程度、文学和当代生活的内在联系好像都被排除在杜拉斯的叙述之外。叙述的渴望让小说无法关切到现实那些鲜活的素材，最具有活力的存在被忽视了，小说的命运也难免叵测。

20世纪40年代，杜拉斯怀着对文学的热爱，开始了自己的文学创作。法兰西好像是天然培育作家的国家，在那个有着浓浓文学氛围的国度，文学的才华很容易找到迸发的机缘。对杜拉斯而言，这样的机缘与战争、家庭的变异直接相关。所有的外在因素都没有改变杜拉斯对文学的执着，战争和存在主义奇妙地与杜拉斯擦肩而过，不曾引发杜拉斯的瞩目和关切，她依然沉浸在自己和家人的故事里。这样的起步让杜拉斯更像一个学步的婴儿，摇摇晃晃地带着自己的作品来了。

一、《厚颜无耻的人》

《厚颜无耻的人》是杜拉斯的第一部小说，原名《达纳朗家族》，按照杜拉斯的说法，她给这部小说拟了两个标题：《达纳朗家族》或者《莫德》。杜拉斯在创作这部小说之前曾经与人联合署名在伽利玛出版过《法兰西帝国》一书，所以当她创作完自己的第一部小说后，她首先想到伽利玛出版社。她把这部小说寄给了出版社，当时小说的署名是多纳迪厄，经过反复交涉，编辑们的意见统一，认为该小说虽然在刻画人物或者风景描述方面有独到而细腻的女性特点，但是从整体上讲，小说还是没有达到伽利玛的出版要求，所以他们拒绝出版。伽利玛属于传统而苛刻的出版社，他们希望出版能够成为经典的作品，在他们看来，杜拉斯的这部作品还谈不上经典。出版社的回答是："夫人：我们读了您的手稿，觉得很有意思。在我们看来目前出版它是不可能的事。"[1]

出版社的老板加斯东·伽利玛在谈到这部小说时也表达了同样的意见："我读了玛格丽特·多纳迪厄的小说《达纳朗家族》。的确，这是一部很有意思的小说，它的作者很有希望，但是像这样的一部手稿

---

[1] [法] 劳拉·阿德莱尔：《杜拉斯传》，袁筱一译，沈阳：春风文艺出版社，2000年，第164页。

还没有达到出版要求,我们注意到作者还不够成熟,手法稚嫩。"[1]

杜拉斯没有放弃,她反复与出版社进行沟通,听取他们的意见,对小说进行了认真修改,1943年,杜拉斯出版了自己的第一部小说,小说出版时书名已经变成《厚颜无耻的人》。

小说的故事发生在巴黎近郊的一座住所,住在第八层的是格兰特·达纳朗一家。女主人就是格兰特夫人,她是奥什一家财政税收员的遗孀,二婚嫁给当地一所学校的理科教师达纳朗先生。格兰特夫人与前夫生了两个小孩,雅克和莫德。雅克是个身体强壮的中年人,他游手好闲,无所事事,四十岁的人连份正式工作都没有。他娶了一位有钱人家的女儿,全靠妻子的娘家养活他。格兰特夫人不但不责怪儿子,还放任自由,结果儿子在外面债台高筑,便成了全家人苦难的根源。达纳朗一家成员的苦难和家庭悲剧的讲述者是这个家庭的另外一个成员莫德小姐。莫德小姐是格兰特夫人的小女儿,她比哥哥要小近二十岁。读者通过她的眼睛,通过她的叙述,了解了家庭成员的关系。亨利是格兰特夫人和达纳朗先生的儿子,故事开始时,他才十五岁。尽管达纳朗先生承担着全家人的生计,可是他在家庭中只是个局外人,是个没有人理睬的人。

小说开始时,这个家庭发生了两件影响全家人生活的大事,第一件事是全家人早就担心与怀疑的事情:从邮局寄来的一张借债单据,是雅克在外边的借款,家里根本还不起这笔债。这就意味着全家人又要为此发愁,真是旧愁未了,又添新愁。第二件大事就是雅克的妻子米丽尔的死,她的死完全是偶然的,事故性的。她被一辆汽车撞倒,抬回家时已经奄奄一息。雅克等到第二天才设法把她送到医院,米丽

---

[1] [法]劳拉·阿德莱尔:《杜拉斯传》,袁筱一译,沈阳:春风文艺出版社,2000年,第163页。

尔就死在了医院。经历了这场家庭变故后，格兰特夫人决定带着孩子们离开巴黎，把丈夫一人留在那里。格兰特夫人领着孩子们来到法国西南部的乡下，他们在那里有一所住房，过去经常来这里度假。他们家的那座房子修建于17世纪，由于年久失修，长时间无人居住，必须加以修理。

这座房屋在一座山冈的半山腰，周围树木葱茏，还有磨坊和小村庄。再往高处一座小山的山腰上是高原，那里还有一个叫帕达尔的大村庄。离格兰特夫人旧居不远的地方，住着另外一户发了家的农民——博凯丝夫人和他的儿子让。格兰特夫人家的农场现在依然由原来的佃户戴德经管、居住。他们的房子需要收拾整理，格兰特夫人就和孩子们暂时居住在博凯丝夫人家。格兰特夫人到达后不久就宴请了左邻右舍，在这些宴请的人中，还有一位名叫乔治·杜里奥的年轻而富有的后生，他在这里有一处房子，常来这里小住。

随着小说情节的推进，读者慢慢地发现这里的人和自然的秘密。博凯丝夫人对儿子让寄予厚望，她一直想着把格兰特夫人的那座旧居弄到手。她的梦想就是让儿子娶格兰特夫人的女儿莫德为妻。没想到一向听话的儿子却要开始摆脱她的影响，变得不那么听话。他遇见一位年轻的村姑并喜欢上了她，就同居了。格兰特夫人领着孩子们来到之后，让便开始对莫德有了好感，为此他抛弃了那个村姑。有个巴黎老板专门到外省开餐馆，他来此地开了一家，那个村姑就到这家店里打工。这家餐馆兼作咖啡屋和夜总会。莫德的哥哥雅克经常光顾那里，并在那里与乔治·杜里奥相遇。两个人臭味相投，都希望过游手好闲的生活。谁知莫德对乔治·杜里奥却一见钟情，然而儿女婚嫁之事必须由父母做主，她也要听从母亲的安排，因此，她也很少有机会与杜里奥相见。小说的主要内容就是讲述莫德对杜里奥的爱情。

一天下午，莫德沿着蒂奥河散步时，发现水面上漂着一具女尸。以后才得知那是让的情妇，怀孕后遭到了让和家人的抛弃，只好一死了之。就在那天晚上，莫德来到那位名叫巴尔克的人开的餐馆，正遇上让和雅克在吵架，她找到了乔治·杜里奥，从杜里奥的眼神里，她看出他也很喜欢她。乔治陪她回家，他们互表爱慕之情。一个星期天，全家人作完弥撒之后，莫德决定去找乔治。那天晚上，她把自己的全部交给了乔治。隔了两天，当她回到家中时，全家人正乱作一团，到处找她。她得知母亲为了找她，在附近的乡下四处奔走，一夜没睡。很快全家人都开始和她作对，她意识到自己和兄弟们不太一样，他们能做的事情，母亲绝不允许她去做。

莫德不愿意屈服于全家人的压力，决定离家出走。几天后她离开家，与乔治同居了。可是同居后不长时间，这对情人之间的关系就开始恶化。乔治经常不在家落脚，而为了躲避别人的嘲笑和白眼，莫德只好一个人待在家里，所以她日感孤独。当她得知母亲准备卖掉他们那座老宅时，更是痛苦难当。她试图给乔治诉说自己的处境和内心痛苦，然而他们之间已经无话可说。她足不出户，苦闷日深，就连已经怀孕的事也没告诉乔治。

格兰特夫人的如意算盘会为这种困难的处境找到出路。她告诉莫德房子其实卖给了博凯丝夫人，还说，让在得知了她和乔治的关系后依然同意娶她为妻。这时莫德才恍然大悟，原来她的这桩婚姻和卖房之间有一笔交易，母亲卖掉的，何止是房子，简直就是自己的女儿。莫德同意先离开村庄几天，这样大家才觉得她离家出走那段日子合乎情理。就在母亲送她去车站的路上，她告诉母亲自己已经怀上了乔治的孩子。顷刻之间，母亲的如意算盘落空了。

全家人又回到巴黎。在回家的路上，雅克跟母亲大吵大闹，问她要钱。第二天晚上，莫德偶尔偷听到母亲和哥哥的讲话，得知母亲已经同意把卖房的大部分收入给雅克。莫德一气之下去警察局状告雅克，她以为警察局肯定因为借债问题要捉拿雅克，没想到警官告诉她说雅克无罪，根本无须担心司法机构的追究。莫德只有回家。过了三天，她又准备回到乔治身边，小说的结尾是乔治迎接莫德走下火车。

家庭矛盾引起的各种冲突停留在表层，停留在家庭生活的不同层面，无法从价值观和宗教观的角度让矛盾冲突更加尖锐，无法妥协。这样的矛盾冲突符合杜拉斯在法国的生活的积累，也符合她对法国外省生活的认知，同时又与自身的生活密切相关。

显而易见，杜拉斯完成了自己的处女作，尽管这部作品无法表现文学的最新理念和思想，无法与现代文学合拍，文学对生活的表现依然是传统式的，来自杜拉斯家庭生活的素材与现代社会的联系甚少，而且还被放置在古老的语境之中，既没有表达现代人的生活和思想，也没有提炼出鲜活的生活美味。

小说在许多方面还很不成熟，叙述手法也比较陈旧，结构也不尽合理。整部小说对故事情节的安排，对章节标题的去留都显得犹豫不决。在有些重要情节的变化上显得不自然，甚至很突兀，例如：米丽尔的死轻描淡写，一笔带过；莫德与乔治的最后团圆也很突然，上下文的铺垫不够充实。小说的结尾也没有摆脱俗套，那种大团圆的结局让人感到杜拉斯还没有摆脱传统。但杜拉斯的小说叙述手法与传统也有些不同，例如在对家庭其他成员命运的交代上，给读者留下了很大的想象空间；同时在对人物心理变化的交代上，经常让读者云里雾里，摸不着头脑，只能通过想象来了解小说中人物心理变化的过程。像莫德与乔治爱情关系的变化，读者根本无法弄懂他们之间所发生的一切，就是对他们之间关系的恶化也只能通过一些心理变化去猜测。尽管杜拉斯在叙述手法上尽量地与法国传统文学的大师们保持某种一致，例如主题的选择，环境的描述等，但是从手法的老练程度，从入题的角度来看，杜拉斯与传统大家还有距离——杜拉斯的任务不是去模仿他们，去照搬他们，而是表现出自己的特色。

这部小说对人物的刻画，对自然风光的描述，都打上了作者自身独特视角的烙印，杜拉斯笔下的外省、外省农民都透露出她独特的观察和体验，有别于其他作家。例如在帕达尔的教堂做完弥撒后，格兰特夫人请左邻右舍吃饭时，那一连串的人物描述和刻画让人感觉到作家细致入微的观察能力和叙述能力。在说到帕达尔的药店老板时，说他是"一位肥胖的男人，与当地农民瘦黄的双手相比，他的手又白又嫩"[1]。在写到当地小学教师的姐姐时，"她几乎成了瞎子，大白天，走起路来步履维艰，她的衣服脏得讨人厌恶。她脸庞上的每一道皱纹里都好像嵌着一条细细的黑线，看起来纹路很深"[2]。在谈到佃户的妻子时，这样写道："戴德的妻子长着棕色的头发，还很年轻，脸庞细嫩，透明，颧颊上交错着又细又暗的道道细纹。十年来，她已经老了很多，也瘦了很多，她胳膊上那松松散散的肥肉如同熟透的水果，她说话时，脖子上显现出圈圈小细肉。"[3]

小说中的其他人物的肖像描写同样真实可信，同样细致入微，说明杜拉斯对那个地方和那里居民的了解。她的描写真实而准确。初出茅庐的杜拉斯已经在观察能力和对文字的驾驭能力上具备了相当实力。

同时，对女主人公面对家人时心理变化的描写可以说入木三分。当她看到哥哥雅克到处借债给家人带来的痛苦和不幸，看到雅克的妻子米丽尔因此不幸身亡时，她的那种仇恨与冷漠，她的嘲讽都通过作者的描述表现出来。

其实这部小说的成功之处并不在于作者描写了莫德对雅克的仇恨，而在于她描写了莫德对雅克的矛盾态度。一方面，她痛恨雅克对她和弟弟、对母亲和米丽尔造成的不幸；另一方面，雅克对她有一种吸引力，那是一种让她非常惧怕的吸引力。她的内心深处也因此充满

---

[1] Margurite Duras, *Les Impudents*, Paris, Plon, 1943, p. 57.
[2] Margurite Duras, *Les Impudents*, Paris, Plon, 1943, p. 119.
[3] Margurite Duras, *Les Impudents*, Paris, Plon, 1943, p. 160.

矛盾和斗争，每当雅克犯下过错时，她都要反复地在内心替雅克开脱。雅克之所以这样做，是因为他自己也身不由己，这也是命运使然，无法抗拒的性格使然。她曾经这样说："我们所有的人都爱他，要多爱他就多爱他，甚至达纳朗，他第一个伤害的人也很爱他。他使家人不幸，但有时他也很痛苦，后悔自己不能做得更好。……他母亲常说到这个儿子，说只要他诚实，他并不像人们所想象的那么坏。"[1]

莫德有时甚至想她的哥哥之所以那么坏，是因为他渴望做得更好，渴望做点好事而又无法做到的结果。另外，他对母亲的过分依赖使他失去了独立行事的自由，他的行为也是对母亲这种态度的报复。莫德之所以要离家追寻乔治，一个重要原因就是想摆脱对雅克的爱恋，就是要摆脱家庭成员中那种不正常的沉闷关系。她离开雅克追寻乔治还有更深一层的原因，那就是乔治和雅克有许多相同之处，他们不但性格相像，都是好吃懒做、游手好闲之辈，而且体形也很相像，他们都长得高大魁梧，一副令女人心动的模样。

莫德对乔治的爱多少含有复杂的成分，当她一个人去乔治的住所，准备把自己的全部交给乔治时，她的内心既有摆脱家庭束缚的轻松，又有自作多情的羞耻感。她的第一次性生活体验既有肉体上的痛苦与撕裂，也有精神上的忧郁。"她想到了兄弟们，她和他们一样，整日追逐。达纳朗说得对，她感到自己和他们没有什么两样。这种她一直混淆的相似之处今日才得以确认。她以为不再爱乔治，而向他倾诉的只是一种低下而又难以启齿的感情。她的面前一望无际，碧蓝的景色，没有什么能阻碍她的追逐。她是如此自由，也深受鼓舞。再说这段时间，她所到之处，那些阻拦她的障碍都一个个被扫平，她意识到了这一点。"[2]

1　Margurite Duras, *Les Impudents*, Paris, Plon, 1943, p. 106.
2　Margurite Duras, *Les Impudents*, Paris, Plon, 1943, p. 128.

莫德认为性生活的体验对她而言如同自杀，如同一次死的体验。那种体验往往伴随着惧怕与羞耻之心，那种惧怕也混杂着欲望。"仅仅一秒钟，她又重新意识到他的存在，她便有了羞耻之心，她的整个身心都有了本能的保护意识，她感到一阵惧怕。她闭上了双眼，她刚刚听见自己说的话，她内心请求自己做个弱者，她很快就在这种声音面前缴了械，她摆脱了自我，就像风中的叶子摆脱了树枝被带走一样，她最终实现了自己想去死的欲望。"[1]

女主人公对第一次性生活的体验犹如经历了一场死亡，犹如经历了肉体的痛苦之后淹没在水中的尸体像片片落叶任风吹动，随风而去。此时的莫德如同死去一般，随之又在死亡中，在对死亡的欲望中复活。复活后的莫德感到摆脱家庭苦闷后的自由与欢快，摆脱那种家庭矛盾的满足。这种死亡般的性体验的描写在玛格丽特·杜拉斯以后的作品中还会出现，那种随欲望带向远方、带向彼岸的感觉是一种痛苦后的肉体享受，是置之死地而后生的快乐，是莫德摆脱压在她心头的重负后的一种释放。

肉体的欲望在杜拉斯初期的作品里表现得比较压抑和生硬，那种渴望解放的身心完全体会不到欲望的快乐，也无法享受根植于杜拉斯身上的欲望。此时此刻，欲望的表达还无法激发色彩斑斓的身体，无法像与情人时那样享受肌肤那"五彩缤纷的温馨"。

因此，在这部小说里我们虽然还看不到杜拉斯身上那种强烈的女权主义思想，但是她对女性内心需求的关注和描写足以引起读者的关注。通过对莫德的刻画和描写我们可以看出，在杜拉斯笔下，女性绝不仅仅是家庭生活中的配角，处于绝对服从的地位，她还应该拥有行动的自由。性生活也不仅仅是像雅克、让、乔治之流的男人们的专

---

1 Margurite Duras, *Les Impudents*, Paris, Plon, 1943, p. 132.

利，女性也应该享有同样的权利。她们不但有权利享受别人对她们的爱，她们更有权力选择自己的爱。莫德之所以没有选择让，而选择乔治，便是这种女性自由的体现。女权主义的萌芽在这部作品里已经显现出来，这样的主张也成为杜拉斯以后作品中的重要特征。这一被作者比喻为"如同叶子摆脱了树枝"的性生活体验也暗示了女儿摆脱母亲牵连的最后结果。好像性生活就是为了摆脱与母亲的牵连，与母亲的割裂是走向自由的必经之路。

在描述家庭成员之间关系的同时，作者也没有忘记平衡书中人物感情起伏变化与自然之间的关系。书中对自然风光的描写大多通过莫德的具体印象和感悟完成的，自然风光和莫德的情感起伏紧密相连，通过对景物的描写，读者也可以感觉到莫德的希望与失望、欢乐与忧愁。正是通过女主人公的印象，我们才了解到了法兰西的外省风光。

达纳朗家庭到达的第二天晚上，女主人公在博凯丝家的门槛上停留片刻，试图辨认一下黑夜里的景色：

> 斜坡的顶端，在巴达尔的几家农场里闪烁着几盏破破烂烂的油灯。气候真温和，偶尔有一丝季风吹过。在此之前莫德还记不起那里的风景，但是此时此刻，她已经完全地认出了这里的景色。她感到自己的周围的土地一层层地伸展开来，那里的农场和村庄，还有那蒂奥河都展现在眼前，好像它们就是和谐、永久的次序的一部分，这些自然秩序一定可以在那些来去于这个小小世界的人之后存续。那些播种自然秩序的人类的不停往返使这种永恒能够进入人们的灵魂。[1]

1　Margurite Duras, *Les Impudents*, Paris, Plon, 1943, pp. 43–44.

"一层层地伸展开来"的土地、农场、村庄和河流如同打开的画轴，把乡村自然的美丽景色展现在读者面前。因为它们，人的生活得以延续，在反复往返之间，它们进入了人的灵魂，人与自然和谐共生的思想由此可见。杜拉斯的哲思以感性的方式表现出来，显得特别温馨动人：

　　　　人们可以感到这种永恒慢慢的流动温暖、多情，如同一条总是留着最后一位来者余温的，总是因为即将踏上的脚步和行走的身体发出的声音而更加寂静的道路。

　　这样的环境描写经常伴随着主人公的心理状况，两者相得益彰：

　　　　年轻女子正在用一把闪闪发亮的小砍柴刀割灯芯草。两条长长的辫子从她头上一直挂到草上。褪了色的红色连衣裙呈现在河边的暗绿色之中，犹如绿叶中的一只水果闪闪发光。她像一个离开家的浪漫少女，在黄昏时分，幻想联翩。[1]

　　从巴尔扎克特殊环境中所描写的特殊人物，到杜拉斯把环境的描写作为展现语言特色的工具和满足自己对独特语言的特殊嗜好，既反映出杜拉斯难以摆脱传统的烙印，也体现出她与众不同的文学开端。这些对外省风光的描写多多少少反映了杜拉斯对她的故乡的记忆，那里的山水、风土人情尽管还难以融进她的心中，但那仅有的记忆足以燃起她对那片土地的向往。她笔端流露出来的是对那里的一草一木的真情实感，这也许是杜拉斯这部处女作另外一个成功的地方。尽管这

1　Margurite Duras, *Les Impudents*, Paris, Plon, 1943, p. 25.

部小说还存在着诸多欠缺，但是通过细腻的心理描写和准确的观察能力，我们分明感觉到一位风格独特的女性作家已经在法国文坛冉冉升起。

杜拉斯以非常传统的选题、非常传统的故事情节开始了自己的文学生涯，但是初期所运用的语言以及语言的鲜明特点预示着"杜拉斯式的"风格即将登场，杜氏风格刚开始主要体现在叙述的方式和语言上，不同寻常的故事、悲痛欲绝的爱情其实还是靠语言支撑的，杜拉斯式的风格是一个整体，是所有书写要素在杜拉斯写作过程中形成的混合体，不同寻常，无法复制。

二、《平静的生活》

杜拉斯的第二部小说依然没有离开法国外省的家庭生活这一主题，《平静的生活》描写了一个姓维勒纳特的家庭的生活。故事情节与《厚颜无耻的人》有相似之处：维勒纳特一家因为债务问题来到法国外省一个叫布格的地方，维勒纳特先生原来是比利时一个小城镇的大法官，因为替自己的妻弟挪用公款又无法按时偿还而潜逃到法国外省，他们在布格有一所住房。他的妻弟纪热姆在巴黎负债累累后也跑到了布格。维勒纳特夫妇有两个孩子：女儿弗朗西娜，二十五岁；儿子年龄较小，叫尼古拉。故事开始时，弗朗西娜已经是一个叫蒂埃纳的年轻人的情妇，尼古拉也已经结了婚。全家人过着平静、乏味的生活。悲剧发生在8月的夏天，故事的叙述者弗朗西娜告诉弟弟说他的妻子克莱芒丝与舅舅纪热姆偷情。就在离他们家不远的地方，两位男人动起手来，结果纪热姆被尼古拉一拳打成重伤，他呻吟着回到家里，尼古拉远远跟在后面，弗朗西娜冷漠地目睹了这场争斗。

纪热姆回家后就卧床不起，伤情越来越重，他在床上呻吟不止，央求家人替他叫医生。全家人对他不理不睬，最后还是弗朗西娜受父亲命令到邻村找了一位医生，并谎称纪热姆是被马踢伤的。医生看了伤情，认为纪热姆已经无可救药。纪热姆经历了临终前的痛苦折磨，挣扎了十天后一命归天。在纪热姆下葬的前一天，克莱芒丝决定留下儿子诺埃勒后离开这个家。从此，家庭生活又恢复了往日的宁静与和谐，好像什么事情也不曾发生。

就在大家都感到生活就是如此这般的时候，家里又来了一位不速之客，就住在弗朗西娜家隔壁。此人就是尼古拉原来已经订婚的未婚妻，名叫吕丝，尼古拉后来娶了克莱芒丝，才不得不和她分了手。她这次回来旨在与尼古拉重续旧情，因为尼古拉也一直爱着吕丝。可是就在大家觉得水到渠成，一切都会如愿以偿时，弗朗西娜却发现，尽管吕丝对尼古拉情深如故，却也对蒂埃纳暗送秋波，为之倾倒。吕丝这种与日俱增的情感在全家人去利索勒河畔野餐时表露无遗，可是蒂埃纳好像根本没有察觉吕丝的这番情义。他宣布将要离开此地一段时间，他的决定让吕丝悲伤不已，从此再也不到布格来了。吕丝的这一举动却引来了尼古拉的无限烦恼和悲伤。故事也许由此发生了转折，尼古拉不堪感情折磨，卧轨自杀。

故事的第二部分就发生在尼古拉死后，弗朗西娜独自一人来到大西洋岸边的T城。弗朗西娜来到这座海滨城市，一个人每天不是待在海滩上沐浴，就是躺在旅馆的床上发呆。她利用这段时间认真反思了自己的过去，细想起来，两个亲人的死都与自己有关，自己实在是难辞其咎。就在度假这段时间，她遇见了另外一位男人，那人整日向弗朗西娜示好，而她的态度则是模棱两可。有一天，那位男子要去危险海域游泳，弗朗西娜是位游泳好手，她知道那里危险，就警告那位男子别去。可是他不听劝告，还是扑向大海，不久那位男子就不见了踪影。弗朗西娜既没有出手相助，也没有把那男子遇到的险情告诉其他人。几天以后，人们在海滩上发现了他的尸体。弗朗西娜却在大庭广众面前说她目睹了那位男子的失踪，于是人们向她发出齐声责问，她也不愿意辩解。人们都把她看作魔鬼，避之唯恐不及，旅馆老板也要求她离开。

小说的结尾是弗朗西娜经过内心的反复斗争返回家中，回家的路上，她又在一家路边小店里住了三天，她想给蒂埃纳留下思考的空间和余地，让他有自由选择她或者吕丝的权利。蒂埃纳已经做出决定，他将继续留在布格，留在弗朗西娜家里并娶她为妻。

爱恨情仇，家庭生活，从对小说的简述中我们可以发现，这部小说的人物所处的自然环境和社会环境与前一部小说有诸多相似。作者都把法国外省作为小说的背景，故事情节也是在远离都市的乡下发生的。弗朗西娜的家也是一所年久失修、无人常住的居所。

这部小说与《厚颜无耻的人》的第二个相似之处在于：故事情节的展开都与家庭悲剧有关，纪热姆的死与米丽尔的死都使小说蒙上了一层悲剧色彩，而造成这种家庭悲剧的根本原因均是因为某个家庭成员在外边的借债造成的（《厚颜无耻的人》中的哥哥雅克、《平静的生活》中的舅舅纪热姆）。这个情节不由使人想到杜拉斯的家庭，让杜拉斯全家人尝尽苦头、受尽折磨的大哥。

两部小说的第三个相同之处是：悲剧的发生都与小说的女主人公相关。《厚颜无耻的人》中莫德准备去那家夜总会兼餐厅找乔治时发现了让的情妇，那位村姑的尸体。《平静的生活》中，这一点更为明显，纪热姆的死、尼古拉的自杀和那位陌生人的溺水，这三个男人的死直接或间接地都与弗朗西娜有关，是她告发了纪热姆与克莱芒丝的偷情，不但造成了纪热姆的死，而且最后也使绝望的尼古拉卧轨自杀。至于那位溺水身亡的陌生小伙，则是她袖手旁观的结果。因此可以这样说，在弗朗西娜追寻自由的路上，播撒着他人的尸体，她的冷漠无情负有责任。然而，假如我们从弗朗西娜的家庭环境和成长过程来看，又能够理解她这种冷漠产生的原因。因为在维勒纳特家里，母亲不关心孩子，姐姐不关心弟弟，除了这种突兀的冷漠，每个家庭成员都生活在一种漠视他人的孤独之中。孤独加重了他们的冷漠，冷漠使他们更加孤独。正是这种环境才能使弗朗西娜面对纪热姆的呻吟叫喊无动于衷，她才会怀疑蒂埃纳对她的爱情，并听任吕丝坠入情网，爱上蒂埃纳，结果造成吕丝的离去并引发了尼古拉的自杀；也才使她能眼睁睁地看着那位陌生小伙子被大海慢慢地吞没。对生活过分被动的态度，使维勒纳特全家的生活真正地成了"平静的生活"，并非生活中没有故事发生，而是生活中发生的任何事，包括死亡一类的大事都不能使他们有所触动，都不能引发他们悲伤或者痛心的情感。

《平静的生活》在故事情节的构造上显然吸取了《厚颜无耻的人》不太成功的经验教训，尽量克服小说结构散乱无章的缺点，杜拉斯在把小说分为三部分的同时，并注意故事情节之间的关系和衔接。这就使小说本身具有了较强的可读性，也许正是基于这样的原因，伽利玛出版社才同意接收这部小说。但同时由于这部小说注意了小说的可读性和结构，而减少了对法国外省自然风光的描写，前一部小说中那些独特的感受、细致入微的神来之笔反而少了，这不能不说是《平静的生活》的缺憾。同样，由于过分注重故事情节，小说中人物的心理描写也不够细微。

三、后殖民视角下的《抵挡太平洋的堤坝》

在吸取了《厚颜无耻的人》和《平静的生活》两部小说的创作经验后，杜拉斯决定把笔端瞄向她最熟悉的东方：她最不愿意触及的童年。杜拉斯想极力回避的痛苦经历和记忆在经历了两部小说创作的失败后成了她创作道路上的必经之路。

抹不去的记忆，挥不去的泪水，在杜拉斯提起笔时如决堤之水涌上笔端，此时此刻，她的文笔不但开始流畅，叙述也真实自然了许多。当她的笔端触及那片遥远的土地，打开尘封的记忆时，在她那难以明视的内心世界里，童年的歌声被寻到了，笑声被寻到了，睡卧在湄公河边那无数个夜被寻到了。然而对全家人而言均是失败而痛苦的东方生活经历，杜拉斯实在难以启齿，羞于承认那自由而野性的往事就是自己的童年。当她决定触及这段记忆时，她已经打定主意，这里所描述的是一个白人家庭在印度支那的经历，仅仅是一部小说而已，而她自己则藏在后面静观这部小说在读者和评论界那里产生的反应。

后殖民主义就是一种具有强烈的政治性和文化批判色彩的学术思潮，它主要是一种着眼于宗主国和前殖民地之间关系的话语。事实上，与其说后殖民主义是一系列理论和教义的策源地，不如说它是一个巨大的话语场，或"理论批评策略的集合体"。后殖民主义的话语实践都"基于欧洲殖民主义的历史事实以及这一现象所造成的种种后果"。后殖民主义引起了文学研究的转向：殖民主义的历史事实以及所造成的后果之间产生的文化现象。这样的研究从20世纪70年代开始兴起，成为焦点。一直以来，欧洲盛行的欧洲中心主义的话语体系，被殖民的东方则成为这种话语体系里懦弱、懒惰、猥琐的化身。萨义德对这种文化上的殖民主义进行了批判和反驳。

也许杜拉斯具有先知先觉的能力，她以亲身经历和对殖民地的深刻认识建立了自己的话语体系。在后殖民主义思潮兴起之前，杜拉斯已经把自己的创作聚焦在自身和家庭的生活经历上。她没有从西方话语体系的角度批判东方文化，而是从自己家庭的经历揭露了殖民主义给当地人和没有权势的西方人带来的痛苦和灾难。没有人比杜拉斯更了解殖民主义及其所造成的后果，杜拉斯以带有自传色彩的小说揭下了西方中心主义话语体系的面具。

1949年圣诞前后，杜拉斯把倾注了自己几年心血、浸透着自己过去的痛苦与泪水的小说《抵挡太平洋的堤坝》的手稿交给了著名作家雷蒙·格诺，后者对杜拉斯一直呵护有加，他对自己提携的文学新人的作品赞赏不已。后来杜拉斯把这部小说的手稿交给了伽利玛出版社。出版社的编辑看完后，决定立即出版。

1950年1月，杜拉斯与伽利玛出版社签订了出版合同。相比起最初的拒绝，这一次他们深知这部小说的价值和分量。尽管这部小说在描述手段、故事的构建上还没有摆脱传统小说的影响，但是它所描述的独特风土人情、独特生活经历和具有异国情调的独特视角，都使法国读者耳目一新。他们已经对那些徒有新的形式并无实际内容的超现实主义小说，对那些苦涩难懂、充满哲理的存在主义学者的小说感到厌烦，因此《抵挡太平洋的堤坝》很快就得到了评论界专家和普通读者的认可。

另外，这部小说的出版还有个小小的细节，那就是杜拉斯在小说的题词中这样写道"献给罗伯特"。罗伯特是杜拉斯的前夫，包括杜拉斯出版罗伯特的书等，这些举动也许就是要表示她对丈夫的歉意，好像只有这样才能报答罗伯特把她引向文学之路的培育之恩，没有丈夫就不会有今天的杜拉斯。

西方中心主义是从一种特定的特权视角来审视这个世界的。它把世界从空间上划分为作为世界中心和唯一意义源泉的欧美与"笼罩在黑暗愚昧的阴影之中""成为恐怖、毁灭、邪恶、乌合的野蛮的象征"的其他地区，并运用一套复杂的语言与修辞策略设置了一系列二元对立，如文明与野蛮、理性与非理性、先进与落后、科学与迷信等，对世界加以描述。正如萨义德所说，"东方是非理性的、堕落的、幼稚的、'不同的'；因为西方是理性的、道德的、成熟的、'正常的'，而且西方以这种宰制的架构来围堵、再现东方"，正是通过这种方式，世界一体化的进程似乎就成为一种"文明"与"野蛮"的冲突构成的历史，而叙述者绝对是站在所谓"文明"一方的。

1962年，杜拉斯在接受法国国家电视台采访时提到了这部小说，她说："我花了很长时间写这本书，但重要的不仅是我的经历，还有这段经历的整个背景,也就是在柬埔寨这个我所了解的地区的悲惨生活;那时,我还在尝试摆脱自身的回忆,把视野放宽。"[1]

放宽视野,不再囿于自身的经历和记忆,杜拉斯开始把自己的经历放置在大的人类文明和东西文化的背景之中,她并没有站在所谓的文明一方,她甚至站在了野蛮的一方,与野蛮者一起抵御文明给他们造成的苦难。杜拉斯通过自己家庭的生活揭示了一个被粉饰的殖民主义者的残酷现实,以自己的亲身经历挑战西方中心主义的话语霸权,她甚至成为西方话语霸权的另类。在杜拉斯看来,在西方人统治的殖民地,所谓的西方文明只不过是统治者为自己争得利益的借口,他们堂而皇之地成为高人一等的统治者。

作为西方人,杜拉斯羞于启齿,她不能说,也难以说出书中的人物就是自己或家人的化身。她只能告诉读者,这是一部有关白人家庭生活的小说,是一部作者鼓起很大勇气、下了很大决心才决定奉献给读者的小说。尽管她一再申明,故事与本人身世无关,只是一部描写异国生活的小说,但在回忆这段往事:在印度支那遭受的不公正待遇,和母亲那近似乌托邦的生活经历时,杜拉斯触及了她最疼痛的伤口。正如著名历史学家劳拉·阿德莱尔所说:

> 女主人公,一个日渐衰老的女人,随着故事的展开,渐渐丧失了和这个世界周旋的生命激情。殖民吸血主义祭坛上的可悲祭品,这个女人以孩子的名义,顽强地和行政署斗争着,和他们的腐败,和自己的命运,甚至是和太平洋的潮水斗争着。[2]

---

[1] [法] 玛格丽特·杜拉斯、索菲·博如艾尔:《1962—1991 私人文学史:杜拉斯访谈录》,黄荭、唐洋洋、张亦舒译,北京:中信出版集团,2018 年,第 4 页。
[2] [法] 劳拉·阿德莱尔:《杜拉斯传》,袁筱一译,沈阳:春风文艺出版社,2000 年,第 330 页。

尤其重要且极具讽刺意味的是，这位日渐衰老的女人曾经被美好的殖民生活所吸引，最后却沦落为殖民主义者的祭品。《抵挡太平洋的堤坝》描写的是杜拉斯最熟悉的生活经历，小说的社会环境和自然环境也是杜拉斯最熟悉的殖民主义背景下的人和自然。尽管杜拉斯极力地回避，但是一旦她的叙述涉及她最熟悉的生活，她的笔端触及她最痛苦的记忆，她的叙述反而流畅自然起来。《抵挡太平洋的堤坝》之所以能成为龚古尔文学奖的候选书目，主要归功于作者流畅的文笔和丰富的感情，也因为杜拉斯触及了普通大众最敏感的神经。曾经让他们津津乐道的历史，当我们审视结果时却发现，对被殖民者而言却是掠夺和丧失。杜拉斯奉献了一部可以引起话题的作品，也必须承担相应的结果。

11月，当大自然即将进入冬眠的时候，杜拉斯还在满怀希望地等待着龚古尔文学奖的消息。圣伯努瓦的居所里，杜拉斯和她的朋友们已经准备庆祝这一胜利。杜拉斯无法忍受这最后的压力，她暂时离开巴黎，去自己在特鲁维尔的住所躲了起来。龚古尔文学奖的得主如同千呼万唤始出来的琵琶女，为秋末初冬的巴黎更增添了一份神秘的色彩。

自1902年创建以来，由龚古尔学院十名评委参加的评奖活动，每年都要评出令人信服的优秀作品，成为当年的龚古尔文学奖得主。然而1950年的龚古尔文学评奖中，人们对杜拉斯相当陌生，尽管她已初露头角，发表了两部小说，而且已有评论界的朋友和其他人士极力推荐，但是她的知名度好像与著名的龚古尔奖尚有差距。也许正是这一小小的缺憾成了杜拉斯的终生遗憾，《抵挡太平洋的堤坝》最后与这一文学奖项失之交臂。

其实，造成杜拉斯与这一著名的文学奖项失之交臂的真正原因，与文学本身、与作品本身没有多大关系，而是一些政治的、令评委们难以启齿的原因。在号称高度自由的国家，文学评奖竟会受政治因素的影响，这令任何一个法国人都感到义愤，文学圈内更是感到奇耻大辱。主要原因是《抵挡太平洋的堤坝》无情地揭露了殖民制度的黑暗和落后，那种巧取豪夺的殖民地制度，造成了人间的多少不公平、不合理。同时也给自诩为自由、平等、博爱的民族，在历史上留下了一段不愿示人的耻辱。那些受到不公正待遇的人，黄种人也好，白种人也好都会奋起反抗的。杜拉斯仅仅是用自己的笔在这部小说里对自己的家庭、对自己的母亲的遭遇进行了披露，仅仅写出了那里的真相。最让法国读者（包括评论界）不能接受的就是：造成这种不公的正是法国人，一项法国传统的文学奖项怎么能授予有反法倾向的作品？但是这个理由又实在摆不到桌面上，所以只好找些不相干的理由来搪塞和敷衍有正义感的读者和法国人。母亲在二十年前遭受的不公，今天又以另一种形式降落在杜拉斯的头上。命运就是这样，有时你想摆脱都难，但它往往会成为不屈不挠的人走向成功的催化剂。

但是，杜拉斯本人对此似乎并无太多埋怨，她以非常简单的方式表达了自己对评委选择的理解和宽容。"年轻人的奖就应该颁发给年轻人。"然而她却把这种不公理解成对自己的鞭策，她会继续揭示这种文坛的丑恶以及这种文坛上的谋杀。"谋杀"使她更加坚强，也使她更加坚定地与普通和正统敌对，甚至不遗余力地对抗一种强大的力量，使自己反复地获得活力和新生。

当年的龚古尔奖最终给了保尔·科兰的《野蛮的游戏》。尽管如此，《抵挡太平洋的堤坝》获得的成功显而易见。这部献给前夫罗伯特的作品得到了评论界的喝彩，他们一致认为杜拉斯身上显现出传统大家的风范。这部小说具备了古典美和现代美，既满足了传统读者的审美需要，也适应了现代读者的特殊需求，尤其是殖民主义再次进入人们的视野，因此这部小说的主题获得读者的关注是十分自然的事情。

这部小说带给杜拉斯最直接的好处就是：颇为丰厚的报酬使她逐渐摆脱了经济拮据的困境。杜拉斯用这笔钱在凡尔赛附近购置了自己的诺弗勒城堡，她每年春天和夏天来这里度假写作。1983年，杜拉斯在这里接受多米尼克·诺盖采访时说："我花了很大的价钱，用《抵挡太平洋的堤坝》得到的稿酬买下了这处住所。"[1]

现在，让我们回过头来看看《抵挡太平洋的堤坝》这部小说。前文已经讲过，《厚颜无耻的人》和《平静的生活》两部小说的背景和社会环境均是法国外省式的。一个法国式的家庭在法国的外省所经历的一系列故事。《抵挡太平洋的堤坝》则把读者带到遥远的东方，故事的社会背景是法属殖民地——印度支那，人物的活动地点有太平洋岸边的东南亚丛林，还有被海水常年浸泡的沼地。小说的社会背景和自然环境与前两部小说迥然不同，让人怀疑这是否还是那个写《厚颜无耻的人》和《平静的生活》的作家。然而我们透过小说的情节特征依稀可见前两部小说的影子，那些与家庭命运息息相关的问题，那些困扰家庭生活的金钱问题在作家创作这部小说的原动力上与前两部小说一脉相承。

《抵挡太平洋的堤坝》的故事发生在离西贡八百公里的暹罗湾旁，位于被作者称为康村和杭村之间的一块租地上，小说女主人公苏珊的母亲在买下这块地后，在那块绝大部分被海水浸泡的土地上，地势稍高处盖了一间草房，但因为缺钱，没有建成就停了下来。这间被称为"般加庐"的草房在杜拉斯的多部作品里都曾提到。苏珊的母亲是位白人，她带着儿子约瑟夫、女儿苏珊生活在这块不毛之地上。

故事开始时，母亲费尽心血所修筑的堤坝已经被7月的海潮冲

---

[1] Marguerite Duras, *La Couleur des mots. Entretiens avec Dominique Noguez autour de huit films*, Edition critique, Benoît Jacob, 2001, p. 25.

垮，全家的生计就靠稍高一点地方那两三亩能够耕种的农田维持。约瑟夫和苏珊商议买了一匹老马，用它来搭载那些从康村到杭村的人，以期能够维持家里的生活。不幸的是这匹马实在太老了，有一天卸了套后，马回到稍高地带的坡上，望着满天的星斗，最后一次亲吻坡上的草地，不吃不喝，不声不响地死了。老马死后，约瑟夫和苏珊便有了逃离这里的念头。他们每天坐在村口的桥头，希望大路上能走来一位富翁或富婆把他们带走。

有一天，约瑟夫领着母亲和苏珊去杭村一个几乎和他们一样沦为当地人的法国人巴尔先生开的酒吧。他们在那里遇见了一位当地富翁的儿子，此人是中国人，名叫诺，人称诺先生，不久前才从巴黎留学归来，他主动走过来邀请苏姗跳舞，并请约瑟夫和他母亲喝酒。诺先生在与苏珊母亲的交谈中，流露出想与苏珊交往的愿望。苏珊的母亲欣然答应，诺先生便成为苏珊的公开求婚者。尽管约瑟夫极力反对，甚至敌意地冷对诺先生，也无法阻拦得到母亲鼓励的诺先生隔三岔五地来他们的破草房里与苏珊约会。

诺先生向苏珊大献殷勤，向她表白自己真挚的感情，还试图通过给苏珊送一些小礼品来博得她的欢心。苏珊对诺先生始终不冷不热，她根本没有想过要和诺先生建立什么恋爱关系，她更希望嫁给一位猎手。在这一点上，苏珊的家人表现得非常无耻，他们每个人都公开地讽刺诺先生，挖苦他像只癞蛤蟆竟想吃天鹅肉，但同时又都毫不客气地把他们的愿望通过苏珊传给诺先生。约瑟夫想要一部留声机和一辆小汽车，苏珊的母亲想要两万法郎重修已经被海潮冲垮的堤坝。

为了讨好苏珊，诺先生给他们家送了一部留声机，他并不知道那是苏珊替约瑟夫要的。尽管诺先生的礼物一件又一件地送到了苏珊的家里，他们之间的关系却进展甚微。苏珊坚持说要给约瑟夫一辆汽车才会同意与他结婚，但诺先生坚持说婚姻不能成为交换的商品。为了表达他对苏珊的纯真爱情，诺先生甚至把母亲留给他的一枚价值不菲的戒指也送给了苏珊。然而，这一举动反而成了他们关系破裂的原因，苏珊的母亲希望诺先生能娶女儿为妻，而诺先生则希望苏珊能真心喜欢自己，可是苏珊心中的白马王子是像约瑟夫那样魁梧高大粗犷豪放的猎人。诺先生在受尽这家人的讽刺、挖苦和屡屡羞辱之后离开了这个地方。随着诺先生的离去，小说的第一部分即告结束，然而，诺先生留给苏珊的戒指却被其母用线穿起来挂在胸前，成了小说第二部分的主线。

小说的第二部分远离康村那块被海水浸泡的土地。为了卖掉诺先生留给苏珊的那枚戒指，苏珊全家开着他们那辆破旧的雪铁龙B12来到了千里之外的西贡。全家人下榻在母亲的一位老朋友的女儿嘉尔曼开的旅店。每个人来这里的目的都不相同，母亲每日去西贡城里的珠宝店，想办法把那枚戒指卖给珠宝商；约瑟夫则沉浸在夜总会的灯红酒绿中，想办法勾搭一位有钱的女人，然后永远离开那块让他倒霉透了的土地。

苏珊的任务是找一位有钱人，用她的婚姻替母亲换回修筑堤坝的钱财。珠宝店走了一家又一家，可是没有一家肯出母亲想要的价收买这枚戒指。第一家珠宝店出一万二千法郎，后边的几家越出越少，可母亲一口咬定要卖两万法郎。诺先生曾经告诉苏珊，那枚戒指价值两万。跑遍了所有的珠宝店后，母亲绝望了，经过检验，那枚戒指有瑕疵，根本不值两万法郎，母亲如梦方醒，连忙重新安排。她要苏珊想办法再找到诺先生并用现在这枚戒指去换诺先生原来曾经让她看过的其他戒指，苏珊本来就对诺先生没有感情，但为了应付母亲，她还是照做。她竟然偶尔碰见了诺先生并流露出换戒指的想法，诺先生说只要她肯答应和他单独玩几天，他便答应她的要求。

苏珊看到男人们的要求和母亲的打算如出一辙，他们都把爱情看成交换的条件。她不但没有答应诺先生的要求，而且对另外一个答应帮她母亲重修堤坝的男人的求爱也断然拒绝。约瑟夫到达西贡后不久

203

便失踪了。母亲因为戒指卖不出去而泄了气,加上儿子好几天都没有回旅馆,母亲便把自己关在房间里跟谁也不说话。她对生活的唯一希望也破灭了,她所念念不忘的仍然是那道堤坝,那是她的唯一希望,那是支撑着她今生今世人生幻想的堤坝。只有抵挡住太平洋的海潮,她才能耕种海边那几百公顷的土地。

结果有一天,约瑟夫回来了,他告诉母亲已经找到了愿意出两万法郎买下戒指的人。约瑟夫没有告诉母亲是如何找到买主的,只是告诉妹妹他结识了富有的欧洲人丽娜和她的丈夫。随后,约瑟夫便和丽娜欺骗了那位丈夫,好上了。而那位买主就是丽娜。在从西贡回来的途中,约瑟夫又把戒指装在了母亲的衣服口袋里。母亲终于明白了,自己一生的努力连儿子那一点小聪明都不如。到家以后,母亲便卧床不起。她明白儿子已经长大,她最担心也是最不愿意看到的那一天终于来临。儿子就要离她而去。这段时间里,她整天对儿子说,你快走吧,不要管我。儿子女儿都知道丽娜很快就要来,约瑟夫将会随她而去。有天晚上,丽娜的车停在路边,车灯闪了三下,那是在呼唤约瑟夫。约瑟夫终于跟着丽娜走了。母亲终于病倒了,每天不吃不喝。苏珊整日在外边疯跑,在一个午后的黄昏,她终于心甘情愿地失身于当地一位种植园主的儿子。从此,她也下定决心像约瑟夫那样离开这里。母亲去世后,约瑟夫又回来了,他把当时那些左邻右舍和帮助他母亲修筑堤坝的人都召集在一起,替母亲感谢他们,并让他们把家里那些值钱之物都拿走。最后约瑟夫把母亲的棺材装上汽车,带着苏珊,缓缓地离开这块撒满他们全家人泪水和苦难的沼泽地。

这短短的小说简述告诉我们,《抵挡太平洋的堤坝》显然直接取材于杜拉斯一家在印度支那那段让人难忘却又可怕的生活经历,当然某些细节会有变化。无论怎么说,这部小说比较客观地再现了杜拉斯童年的生活环境和让她家庭生活蒙上阴影的那段生活。作品和生活从不同的侧面反映了杜拉斯的需要:"作品和生活是一种奇遇的两张面孔。在奇遇中，生活认可作品，作品也认可生活。"[1]作品和生活的相互认可说明了彼此的真实可信，也批驳了西方中心主义的言论。

在杜拉斯的内心深处，这样的小说既是某种苦涩而无奈的生活的再现，又隐藏着某种肉体的欢快和精神的愉悦，使她在把笔端伸向那里时，所有的苦难和欢乐已经等待在那里，仅仅需要开始就可以了，顺着文字的引力前行就行了。

由于杜拉斯对自己的童年、对童年的生活环境有着深切的记忆和理解，所以在写作这部小说时，她的文字不但体现着她今日极力回避把自己等同为书中人物的意志，也包含了她对过去岁月的再次深刻而痛苦的体验。

小说再次把杜拉斯带回到过去的岁月，当她极力回避的童年被文字再现的时候，她的痛苦是不言而喻的。当她重新用文字揭开童年的伤口，流动在小说中的文字不再是简单的词和句，而是载着血泪的生命篇章。没有感情、没有愤怒的文字是无法写出那样的篇章的。

迷失、愤怒、呐喊表达着杜拉斯对这段生活的态度。东西方文化的碰撞和交融书写着错综复杂的社会生态和人物内心。被身份决定的地位决定了不平等的生活模式和对话方式，文化也以不平等的方式单向倾斜。萨义德对这样的认知进行了批判，他指出，西方著作中所呈现出来的那个奴性、愚昧、懒惰、麻木、懦弱、纵欲的东方，并不是对历史中存在的东方的再现，而是在西方中心主义的知识论框架下创造出来的体系，东方被西方中心主义的理论建构，成为与当下的现实完全不相符的符号。杜拉斯亲身经历过成为西方中心主义牺牲品的命运，她希望在自己的作品中再现历史存在的东方，

---

[1] [法]克里斯蒂安娜·布洛－拉巴雷尔：《杜拉斯传》，徐和瑾译，桂林：漓江出版社，1999年，第1页。

她所经历的真实东方。

　　这部小说不但描写了一个白人家庭在殖民地上的失败经历，而且通过对这个白人家庭生活的描写，揭露了殖民制度在印度支那造成的苦难。在那千千万万受苦受难的当地农民中，在苏珊家当仆人的卡波尔的经历最能说明问题。卡波尔过去被抓到这里修建那条通往大城市的道路，他和苦役犯们一道在士兵们的皮鞭下劳作了几年时间后终于死里逃生。而大部分苦役犯病的病，死的死，能活下来的很少。卡波尔的生活就是殖民地上无数人的生活的真实写照，这一对苦难生活的描述在那些不断死去的孩子身上得到旁证，那些孩子不是营养不良，就是因病痛而死亡。作者这样写道：

　　　　死了那么多孩子，结果沼泽地里所埋的死去的孩子都比过去有时在水牛背上唱歌的孩子数量还多。孩子死的太多了，人们的眼泪已经哭干，已经有很长时间不再给孩子修坟地。仅仅在下工后，父亲在门前挖个坑，然后把孩子埋进去。孩子就像山顶上那些青芒果，就像河口那些小猴子那样，仅仅是回归了大自然的怀抱。[1]

　　西方中心主义的观点在这部小说里是被批判的对象。殖民制度不但造就了当地农民的苦难，而且也波及没有权势的普通白人家庭。那些财大气粗、有权有势的白人家族不但可以利用手中的权力榨取在他们看来低人一等的当地人的血汗，使他们成为白人的奴隶，同样也可以欺压其他没有背景、在殖民地上淘金失败的普通白人家庭。苏珊一家、巴尔一家和阿科斯蒂一家的遭遇就是证明。就连那些替白人卖命的当地人也敢欺负他们。严格的等级制度是对这种殖民主义政策的有

1　Marguerite Duras, *Un barrage contre le Pacifique*, Paris, Gallimard, 1950, p. 118.

力揭露,当苏珊无意中穿越西贡的白人区时,她突然像是发现了新大陆似的看到了母亲当年曾经幻想过的情景,鳞次栉比的别墅装修得非常漂亮,穿着整齐的人出入其中。他们中有头戴礼帽、风度翩翩的绅士,也有身穿短裙,手拿网球拍的少女。她们经过时所撒下的一串笑声和大街上向她投来的奇怪目光都明白无误地告诉苏珊,她不属于这个世界,她肯定是走错了地方。此时此刻,苏珊才明白什么是差别。她恨那里的白人,她恨造成这种差异的制度,她真想找个地方藏起来。

苏珊来到自己向往已久、苦苦追求的生活场景,却被这种生活重重地击中,她无法接受这残酷的现实,无法忍受别人投来的异样目光,她决心离开遥远的乡下,挤进原本属于自己的上流社会。教训深刻的一课使杜拉斯终生难忘,她在一生的写作中始终关注着人类的命运,尤其痛恨因为制度所造成的社会不公。从童年起,人类的命运就深深地引起杜拉斯的思索。

通过这部小说,杜拉斯在歌颂了那种能够给人类带来幻想的乌托邦的同时,也善意批评了这种乌托邦其实是远离现实,不切实际的想法。这一观点集中表现在苏珊的母亲身上:书中的母亲是一种象征,不但象征着可能会给人带来希望的圣母,是她把那些当地农民从千年的麻木不仁中唤醒,他们在她的领导下去建造一个无法实现的乌托邦;同时她也象征着可怕的魔鬼,简直是发了疯的魔鬼,投身于根本就无法实现的计划中,结果只会引来一连串的灾难。

这里的母亲具有极大的讽刺意味,麻木不仁的农民既符合西方中心主义认知中的东方,残酷的现实同时说明,殖民主义加深了他们的痛苦。尽管苏珊的母亲给那些受苦受难的芸芸众生带来希望,为此他们放弃了自己的家园,放弃了自己每日的劳作以期建造更美好的生活。但他们非但没有迎来美好的生活,反而陷入更黑暗的深渊。造成他们背井离乡,远走他乡的直接原因就是那位疯疯癫癫的母亲。她不但是造成当地农民苦难的罪魁,而且是家庭苦难的祸首。为了实现自己的理想,她甚至不惜让女儿去出卖色相,出卖人格或肉体。在通往她那乌托邦的道路上,撒满了他人的眼泪和苦难。这一悲剧人物之所以让人同情,让人感动,就在于她在农民的悲惨面前并非无动于衷。她痛苦地看着那些麻木不仁的农民,深深地为他们的悲惨命运鸣不平,她自觉不自觉地充当起政治领袖,革命头领的角色。

> 一点小小的东西就可以使他们走出被动。一位身无分文的老妇人告诉他们说,她决定奋起反抗就足以使他们也去抗争,好像他们从一开始就只等有人这样说似的。正是在这段等待的日子里,母亲才满怀对生活的希望。[1]

乌托邦(Utopia)本意是"没有的地方"或者"好地方"。延伸为有理想但不可能完成的好事情,"乌"是没有,"托"是寄托,"邦"是国家,"乌托邦"三个字合起来的意思即"空想的国家"。柏拉图从政治学、伦理学等方面对自己憧憬的理想社会提出解决方案,建立起自己理想国的理论。"只有哲学家成为国王,或这世上的国王和王子具备了哲学的精神和力量,智慧与政治领导才能汇聚于一身……否则,国家将不会安然无恙,人类也不会永不衰败。(第473节)这就是柏拉图思想的核心支柱。"[2] "设法阻止没能力和不诚实的人靠近公共权力,挑选并培养最优秀的统治者来服务公共利益"[3],这就是柏拉图提出的政治学解决方案。他的理论受到了包括亚里士多德在内的许多

---

1 Marguerite Duras, *Un barrage contre le Pacifique*, Paris, Gallimard, 1950, pp. 54–55.
2 [美] 威尔·杜兰特:《哲学的故事》,蒋剑锋、张程译,北京:新星出版社,2016年,第31页。
3 [美] 威尔·杜兰特:《哲学的故事》,蒋剑锋、张程译,北京:新星出版社,2016年,第29页。

哲学家的批判。"柏拉图明白自己的乌托邦实际上远非真的可行。他承认自己描绘了一种无法实现的情境，但他认为这种对美好愿景的描绘其实是有价值的：人的价值在于不断地憧憬，并努力实现憧憬的一部分；人生来就是一种创造乌托邦的动物。"[1]

托马斯·莫尔在他的名著《乌托邦》中虚构了一个航海家——拉斐尔·希斯拉德航行到一个奇乡异国"乌托邦"的旅行见闻。他认为，私有制是万恶之源，必须消灭它。消灭已有的制度，建立理想的王国，乌托邦最初被定义为空间概念，一个不一定存在的空间，却可以放置理想。"当更多的人看到并愿意去实现这一梦想时，乌托邦离真正实现也就不远了。"[2]杜拉斯的心中一直有自己的乌托邦，梦想着自己能够建立理想国。这样的乌托邦适合杜拉斯，让她憧憬着未来，想象可以通过自己的努力实现自己的梦想。

理想的实现与破灭与杜拉斯当时的心境有着直接的关系。变革、反叛是因为她对法国共产党抱有希望。二战期间，人们在法国共产党身上看到了实现理想的希望，杜拉斯也曾经有过这样的想法。乌托邦在这部小说里也体现了杜拉斯女性写作的魅力，它以诗意的方式撕下了虚伪的殖民地统治者的面纱，它们之间形成的强烈对比让读者感受到柔美的力量。

我们知道，杜拉斯在二战结束后与文学界的朋友们如乔治·巴塔耶、莫里斯·布朗肖、亨利·米肖等一起加入了法国共产党，憧憬着建立让优秀的统治者更好地服务公共利益的制度。他们怀着美好的憧憬投入了战后的建设，然而当乌托邦式的幻想慢慢破灭后，杜拉斯感

---

[1] [美]威尔·杜兰特：《哲学的故事》，蒋剑锋、张程程译，北京：新星出版社，2016年，第47页。

[2] [美]威尔·杜兰特：《哲学的故事》，蒋剑锋、张程程译，北京：新星出版社，2016年，第47页。

到无比的悲伤和失望，希望后的失望造成了杜拉斯和朋友们的更大痛苦，所以在1950年前后，杜拉斯已经不抱希望，有了退出法国共产党的想法。她身上的某些东西使她依然留在党内，可能也因为她一直都有的那种双重性。好像那是她的一种天性，渴望权力，非常顽固，产生于殖民主义时期的一种旧形式主义。杜拉斯还没有完全摆脱她的母亲，没有摆脱母亲身上的那种严厉和专制的本性。

尤其让杜拉斯失望的是法国共产党在二战期间所付出的努力而取得的胜利成果，已经被他人窃取了。杜拉斯希望真正的共产主义理想——人人有饭吃有衣穿这种存在于理论的社会一定会实现，她把自己的希望寄托在了法属殖民地——印度支那。希望共产主义能从推翻殖民统治开始。《抵挡太平洋的堤坝》中母亲那传奇色彩甚浓的故事曲折地反映了杜拉斯当时的心境。

在杜拉斯的笔下，乌托邦产生了从空间到时间的转置，也使乌托邦产生了一种新的社会学的现实主义。空间意义上的乌托邦依然重要，但是此时也被置于历史中，成为集体和个人记忆中不存在的地方。无论距离乌托邦的极致之境是何等遥远，它至少可呈现出：人类或许无可避免地正朝向它发展。

关于那位母亲，著名历史学家劳拉·阿德莱尔曾经这样说过：

> 小说以古典悲剧的方式建构，抛却了影响叙述的纯粹性心理分析，但是在文体和情节的展开上却是现代性的，直到今天，《抵挡太平洋的堤坝》仍然不失为20世纪关于母爱——痛苦、粗暴、毒害人的母爱——的最伟大的书。[1]

---

[1] ［法］劳拉·阿德莱尔：《杜拉斯传》，袁筱一译，沈阳：春风文艺出版社，2000年，第330页。

这部小说描述的最为成功的是约瑟夫和苏珊面对母亲悲惨命运的矛盾心理。他们既希望能够离开这块没有希望只有失望的土地，同时又对母亲有着依恋和怜悯。

她受了那么多苦难，结果变成了一位具有极大魅力的魔鬼，孩子为了安慰她所受的苦，甚至可能会冒着永远厮守母亲的危险，会屈服于母亲的意愿，会和别人一样让母亲吞没。[1]

母亲如同诱惑的魔鬼既让他们恐惧，又让他们依附。要想从与母亲的连体中解脱出来，他们就必须找到另外的连体。约瑟夫和苏珊每天望着通往大城市的道路，希望从路的另一端走来他们梦中的情人，走来能使他们摆脱母亲束缚的意中人。丽娜从路边走来，从母亲身边带走了约瑟夫。母亲对苏珊的吸附力更大，让她无法轻易从母亲身边离去，她一直在寻求逃脱的机会，诺先生好像是与时代格格不入的老人，所产生的力量不足以使她摆脱母亲。在这一反复的过程中，始终存在着这样一种作用力与反作用的矛盾。

苏珊先是与诺先生有一次组合的可能，那也是摆脱母亲的可能，这种可能却因为苏珊本人的拒绝最终化为乌有，母亲对苏珊的束缚力重新占据上风。在摆脱母亲的第二回合抗争中，苏珊在西贡遇见过一位有钱人，那本来是苏珊离家出走的好机会，然而她那矛盾的心理和对母亲的依恋使她再次成了母亲的依附。

在这一矛盾的转化过程中，阻碍苏珊离开母亲、离开那片土地的主要原因还在于她自身，让她无法逾越的还是她对贞洁所采取的态度。她不愿与诺先生单独旅游，更不愿委身于他。只是答应洗澡时让

---

[1] Marguerite Duras, *Un barrage contre le Pacifique*, Paris, Gallimard, 1950, pp. 183–184.

他看一看她的身子。一日她不失去被她视为生命的贞操，一日她就无法摆脱与母体的联系。苏珊早已察觉了这一点，所以在读者毫无准备的情况下，苏珊却在母亲病重时失身于阿科斯蒂的儿子。她的失身和母亲的死这一双重动作完成了苏珊与母亲从肉体和精神上的最后割裂。她的这一举动既不是功利性的，也不是以交换为目的，而是渴望摆脱母体的自觉自愿的举动。当然在苏珊这一举动的后面，也隐藏着杜拉斯女权主义的思想和主张。女性享有自由支配自己身体的权利，这一权利必须与男子所享有的权利同等。因此，苏珊拒绝了以交换为先决条件的诺先生的示爱，拒绝了那位以功利为目的的富翁所提出的婚姻，最后自觉自愿地把身子交给了那位毫无心理准备的阿科斯蒂的儿子。至少她在人格和身体上保持了与男子同样的尊严，也享受了与男子同等的权利。因此，苏珊的胜利不但是她追求自由的胜利，也是女权主义理想的胜利。

法国历史上曾经出现过所谓的痞子文学，主要在18世纪，比较典型的有马里沃的《双重背叛》《假机密》和《爱情与偶遇的游戏》，狄德罗的《修女》《拉摩的侄儿》和《宿命论者雅克和他的主人》，博马舍的《塞维利亚的理发师》和《费加罗的婚姻》，等等。这些作品中的暴发户农民、宿命论者雅克和那些机智勇敢的仆人都是以无赖的手段去对付无赖，并最终获取他们的利益。利用美貌投机取巧的年轻农民竟不惜出卖自己的色相，利用自己对年长妇女的吸引力作为自己的晋身之阶。对这一类小说、戏剧中人物的描绘方法在法国文学史上形成了一种流行的写作方法，就是把描述的对象指向那些既不是正面，也不完全是反面的人物。这些人物往往是以痞子的形象出现，利用别人、社会对他们的需求来获取他们需要的东西。

《抵挡太平洋的堤坝》的苏珊一家可以说是现代意义上的痞子，他们的不道德之处就在于他们以无耻甚至低下的方式报复那个欺骗他们、出卖他们的社会。苏珊可以厚颜无耻地引诱诺先生，可以用她的色相逼迫诺先生心甘情愿地拿出一件又一件的财物送给她的哥哥和母亲。诺先生也乐于这样做，他利用自己的财富得寸进尺地在苏珊身上捞点好处。他先要求和苏珊跳舞，送她一些化妆品，然后要求苏珊在洗澡时让他看一眼，送给她一架留声机，最后要求苏珊与他去西贡单独玩三天，送她一枚戒指——虽然苏珊并未答应他的最后要求，但诺先生还是把戒指送给了她。这一双向行为均属痞子行为，没有真情实意的付出，只有感情、肉体与物质、金钱的交换。交换的结果便是双方都得到了自己希望得到的东西，没有人欺骗对方，也没有人感到受了欺骗。他们交往的出发点都没有受到道德观念的约束。苏珊的行为如此，约瑟夫和母亲的行为也是如此，他们可以心安理得地接受苏珊用不正当手段换来的物质与金钱。18世纪那种痞子文学的影响与延续在这部小说里表现无遗，其中的人物就是现代痞子文学的不同脸谱。

《抵挡太平洋的堤坝》的人物以不同的面貌呈现，既揭露了殖民制度给被奴役的人民、无权无势的白人带来物质上和精神上的痛苦，还对人民团结起来与自然抗争的精神大加赞扬。无论胜败，他们在强大的自然面前不退缩、不低头的顽强精神都值得称颂。

杜拉斯第一次触及她出生成长的东方，第一次把笔端伸向她那遥远的记忆，就给文学界、给广大的读者带来了一份惊喜。也许她已经隐隐约约地感觉到能够把她引向成功的创作源泉就是东方。那是一个更加广泛的概念和空间，除了自己的家庭和经历，那里的人和物构成了杜拉斯独特的天空，文学的现代概念在杜拉斯笔下显得那么诡异和独特，既与真实的经历密切相关，又裹挟在虚构的故事之中，如东方的思想，变换无穷，生生不息，呈现出一幅又一幅精彩绝伦的图画。

她的生存方式是在流放中逐渐得到证明的。她知道写作的地点就在那里，在她已经知道根本原因的流放当中，在印度支那。在那块土地上，私生子、侨居海外的白人全都混杂在一起，欲望复杂、无度或者受阻。[1]

在东方的土地上，在她那依然年轻的记忆里，东方有无数让她吃惊的故事和人物，她将一次又一次地用文学之笔去探索那座宝藏，她将一次又一次地获得成功。此时此刻，尽管这部描述杜拉斯童年生活的作品获得了成功，她却不太愿意重温童年的噩梦，她极力要摆脱自己的过去，在她看来，异国他乡的过去已经是支离破碎的梦，每一次重温，都要去拼凑痛苦的碎片，都要把自己心灵的伤口重新划破。在崇尚自由的法国，在提倡创作个性化的巴黎，流动在塞纳河畔的文学气息难免会影响到杜拉斯。杜拉斯也许想在穷尽了目前的创作欲望和冲动后，再把文学之笔瞄向属于她一个人的处女地，她已经急不可耐地想用文学之笔描述她的现状，表现她现在的文学观念和思想。

四、《直布罗陀水手》

20世纪50年代的法国文学流派林立，每个流派都通过不同的方式宣传自己的主张。达达和超现实主义已经分裂在世界各国，存在主义正在兴起。主流评论和读者对文学和作家的要求都相当高，流动的文学气息时时刻刻影响着生活其中的每一位爱好者。生活在这种环境中的杜拉斯也难免要受到周围的文学理念的影响。

二战结束后的法国，当人们还对战争心有余悸的时候，文学家们已经从战争给人们造成的极度痛苦中率先走了出来，并对那场恶魔般的战争进行了深刻的反思。以萨特为首的哲学家首先用文学的形式对

---

[1] [法]阿兰·维尔贡德莱：《玛格丽特·杜拉斯：真相与传奇》，胡小跃译，北京：作家出版社，2007年，第80页。

人们的存在形式、存在环境进行了反思：由于人类对它们的破坏，人类的存在时时刻刻受到威胁。萨特对生存状况进行思考而产生的存在文学促使人们更多地思考文学自身的使命和价值，存在文学也随之发生了转型，由抽象的哲思转变为对人类命运的表达。尽管我们的现状离目标还有很大的距离，尽管现实生活还很痛苦，但是真正的生活就是奔向目标的过程，只有每日开始推起巨石向山上缓缓行进，哪怕在接近目标时失败也在所不惜。

加缪曾经写过《西西弗神话》，按照加缪的观点，西西弗是荒诞英雄，他喜欢人间一切美好的事物，不愿意回到众神之中，因此受到惩罚，他在推滚巨石的过程中领悟到了人生的苦难和快乐。"只见他凭紧绷的身躯竭尽全力举起巨石，推滚巨石，支撑巨石沿坡向上滚，一次又一次重复攀登。"[1]苦难对他而言不再是负担和痛苦，他开始真正享受由下而上推动巨石的过程。"西西弗沉默的喜悦全在于此。他的命运是属于他的。岩石是他的东西。"[2]这种由被动接受惩罚到主动享受人生的变化也在某种程度反映了作者人生观的转变，文学作品也自然而然地再现了思想的转变。命运的荒诞性和偶然性引起了人们的极大兴趣，对人的命运的关切也自然而然地成为趋势。

这种以人类的存在为主题的文学创作在20世纪50年代的法国依然占据主导地位。杜拉斯虽然已经在文学的道路上找到了适合自己的题材和叙述形式，但是她也不可避免地受到当时文学潮流和氛围的影响，1952年发表的《直布罗陀水手》就是一部深受存在主义文学思潮影响的作品。

---

1 [法] 阿尔贝·加缪：《西西弗神话》，沈志明译，上海：上海译文出版社，2013年，第128页。
2 [法] 阿尔贝·加缪：《西西弗神话》，沈志明译，上海：上海译文出版社，2013年，第130—131页。

此时此刻，杜拉斯摇摆在真实的回忆和虚构的文学之间，难以朝着明确的方向行进，她在写作《抵挡太平洋的堤坝》时所投入的心血，让她无法自拔，文字的真实让她再次陷入了曾经的困难经历，梦魇般的生活让她的文字有了鲜活的力量和生命的张力。20世纪50年代的文学思潮又让她充满渴望，虚构给了她更多自由想象的空间和余地，她必须以文学的方式摆脱自身的经历，投身到荡漾在她周围的文学之中。

1962年，杜拉斯在接受法国国家电视台采访时明确地说明了写作《直布罗陀水手》的理由，这样的理由让人们感到杜拉斯倾向于写作自身的经历，而非追随当下的文学倾向，她这样说道："写作《直布罗陀水手》（*Le Marin de Gibraltar*，以下有时简称《水手》）是为了让我从《堤坝》中缓过来，我有那么多回忆要说，但是最终还是投入了完全虚构的冒险中，也就是写作了《水手》。"[1]

完全虚构的冒险，但又与自身的生活和现实密切相关，在某种程度上反映了现实。虚构的憧憬源于现实的经历，历时性和现实交织成不同的网络。所谓的现实并非故事的真实，而是当下文学的表达方式。杜拉斯以最具前沿的文学思想讲述虚构的故事，虚构反之服务于那个时代的文学趋势。

杜拉斯对文学气息的感悟非同寻常，同时对异类的接受更水到渠成。所以摆脱法国文学传统，追寻文学潮流，保持写作个性成了杜拉斯不懈的追求。形式和内容之间是反复的磨合和接受，是不断的取舍。叙述手法和内容的现代性让杜拉斯成为最大的赢家，但是，在20世纪50年代初期，杜拉斯还无法把这两者完美地结合起来。在对

---

[1] [法]玛格丽特·杜拉斯、索菲·博如艾尔：《1962—1991私人文学史：杜拉斯访谈录》，黄荭、唐洋洋、张亦舒译，北京：中信出版集团，2018年，第4页。

题材和叙述手法的追求中,并未找到自己的独特道路。

《直布罗陀水手》就是这样一部应时小说。杜拉斯没有把这部小说的背景放在法国的外省,没有把读者带向遥远的东方。它所表现的主题也与前几部小说大相径庭。杜拉斯一改她往日表现家庭悲剧的做法,把笔头瞄向了一位逍遥法外,在世界各地游荡的水手,也许他仅仅是一位臆想出来的人物。主人公不再是年轻的少女,而是一位成熟女性。

《直布罗陀水手》的故事发生在战后第二年的意大利,叙述者是位三十二岁的法国人,父亲是殖民地上的一位公务员。他生在殖民地,长在殖民地,回到法国后在殖民地事务部招工处任职。他与女朋友雅克琳到意大利旅游,去佛罗伦萨途中,巧遇一位卡车司机,他们就搭了这位司机的车。他听旅馆的老板埃奥洛谈起了一位名叫安娜的美国富婆的经历和故事,渴望能够认识这位美国女人,他终于在沙滩上看到了这位女人和她的游艇,然后抛下了自己的女朋友,在旅馆老板的安排下,与这位美国富婆在一家夜总会里喝酒跳舞,开始介入这个女人的生活,去寻求一种自由又充满幻想的冒险生活。

在谈话中,安娜告诉他,她二十岁时曾经毫无缘由地喜欢过一位男子,他在巴黎杀死了一个美国人,为了逃脱罪责从海上逃了出来,最后被她当时在上面做招待的游艇救起并做了水手,同样毫无缘由,六个月后,这位男子在上海下了船去赌博,就没有再回来,她在上海到处找他也没有找到,后来船就开走了,她与游艇老板结了婚,成为游艇的主人。"他用我的名字命名了游艇。我成了一个富有的女人。我周游世界。"[1] 再到后来,她在英国偶遇了一直寻觅的水手,他们在

---

1 [法] 玛格丽特·杜拉斯:《直布罗陀水手》,金平志译,上海:上海译文出版社,2009年,第141页。

巴黎一起度过了5周时间后,他又一次消失了。她再次踏上了寻找水手的旅途。"人总是或多或少在寻找某种东西。""寻找某种东西从世间脱离出,来到你身边。"[1]她现在的使命就是寻找那位是水手的男子。

当法国人发出"你这一辈子不干别的,仅仅寻找一个直布罗陀水手"[2]的疑问时,她没有作答,但是她警告这位法国人,说在找到那位水手之前,她和其他男人只会有短暂的艳遇,法国人还是陪着安娜来到她的游艇上,并成了她的情人。在寻求水手情人的过程中,安娜讲述了她和那位水手的故事。她遇见了许多男人,走遍了世界的所有港口,却没有找到那位水手。安娜还将继续寻找下去,她的生活还将继续。

从这部小说我们可以非常明显地看到杜拉斯受当时文学气息和思潮影响的印记。20世纪50年代的法国文学已经由原来的反传统、反文学的抗争阶段到了那种对生活、对生存失去兴趣、感到厌烦的阶段。萨特的一些作品诸如《恶心》《墙》等都表现了这种思想和情绪。加缪的《局外人》也是对这种厌世情结和无聊心境的表现。这些作品之间谈不上师承关系,仅仅是处在同时代的作家对那一特殊时期大众心理的把握,然后通过各自的文学作品用不同的叙述方式、用不同的表现形式揭示出来。

杜拉斯的这一作品旨在尽快摆脱东方文化、东方人的思想和她的东方童年经历对她的影响,尽快尽早地融进她现在已经身在其中,每天都能实实在在感受到的法兰西思想、观念、伦理道德。与现实同步,寻求此时此刻正在进行、正在发生的事情,将它们作为自己的叙

---

[1] [法]玛格丽特·杜拉斯:《直布罗陀水手》,金平志译,上海:上海译文出版社,2009年,第145页。
[2] [法]玛格丽特·杜拉斯:《直布罗陀水手》,金平志译,上海:上海译文出版社,2009年,第155页。

述对象并纳入自己的叙述语言。这可能正是杜拉斯走出过去、走出记忆的最好方式。杜拉斯渴望的是现时的经历、现时的心境等同于现时的作品、现时的文字，而非彼时的经历、彼时的心境等同于现时的作品、现时的叙述。只有消除这一时间与空间的巨大差距，杜拉斯的作品和叙述语言才能进入现在，才能与现实同步。

此时的杜拉斯由于身处法兰西这块土地上，处在战后人们的情绪极端低落、对生活已经极度厌烦之中，因此这种情绪便不可避免地要在《直布罗陀水手》中有所表现。经历过战争的水深火热，经历过战争给她造成的生离死别，杜拉斯不可能在此时放开眼前这活生生的现实而去沉浸在对过去岁月的回忆之中。这种情绪的宣泄是通过叙述者对自己爱情的厌倦，对生活的无聊和危机的感受，通过女主人公安娜对现实的不满而追求短暂存在而后被自己虚化的人物、追求根本就未曾有过的爱情来表现的。同时也提出了困扰杜拉斯的夫妻关系问题，以此为主题的小说在杜拉斯20世纪50年代至70年代的创作中占据了主要位置。此时的杜拉斯的情绪简直就是难以化解的浓情，非这样一部作品就能化解干净。

关于荒诞、关于存在的主题也在这部小说里充分地表现出来。这样的主题是那个时代的人都关注：存在是否有意义，或者说如何存在才会最有意义。没有答案才是最后的结论，这部小说的最大悖论是存在毫无意义，但是唯有存在才有意义。作者通过两个不同的人物论述人生的荒诞和存在意义，男主人公与女朋友雅克琳在佛罗伦萨的经历好像就是人生荒诞的最好例证。在男主人公看来，他人生的所有意义就是待在咖啡馆里想象和思考人生的意义。他得出了这样的结论：

> 坐在这家咖啡馆里，有这个侍者服侍，每小时喝半升饮料，我觉得这样的生活还可以忍受，我的意思是还值得活着。诀窍就是不动。我和那些游客毫无共同之处。他们看起来不那么需要喝

饮料。我闲着无聊,想象他们具有一些特殊的生理组织,像海绵似的吸水,使人不由联想起仙人掌——这种特殊性决定了他们的禀赋,当然不为他们本人所知。[1]

男主人公如同这个世界的局外人,除了想象中的马格拉河,他更愿意待在阴凉、安静的咖啡馆里消磨时间,也不愿意在烈日炎炎中陪着女朋友参观这座历史文化名城。他常常在阳光下产生幻觉,怀疑自己是否真正活着。当他唯一一次下定决心走出咖啡馆时,炎热的天气让他产生了畏难情绪,穿过广场成为摆在他面前的拦路虎,他始终无法超越,最后只好返回咖啡馆。看着纷纷穿过广场的其他游客,他好像突然间失去了自我。

我望着街沟,突然感到一阵眩晕。一道亮晶晶的水柱从龙头里喷射出来。我真想把嘴贴在水龙头上,让自己像街沟一样充满着水。幸好死鱼的形象在我的脑海里浮现出来。这水可能来自阿尔诺河。我没饮用,可我越发想念马格拉河。[2]

他在这座城市的状态如同《局外人》中的默尔索,对世界和生活没有太大的抱负和期待,能够得到的最好结局就是平淡的生活。除了河水、那位送他到佛罗伦萨的卡车司机和咖啡馆的侍从,其他的一切都是没有意义的。我们似乎掉进了虚无主义的陷阱,存在对我们的人生而言仅仅剩下了荒诞,杜拉斯的方式让读者大吃一惊。看起来一

---

[1] [法]玛格丽特·杜拉斯:《直布罗陀水手》,金平志译,上海:上海译文出版社,2009年,第26—27页。
[2] [法]玛格丽特·杜拉斯:《直布罗陀水手》,金平志译,上海:上海译文出版社,2009年,第25—26页。

地鸡毛的生活其实就是每个人的生活，尽管我们反复拒绝着这样的生活。

雅克琳用参观一个又一个景点来充实自己每天的生活，这在男主人公看来其实毫无意义，仅仅是自欺欺人的生活方式而已。虚无缥缈的理想对他才有意义，才能激发他的内在动力。马格拉河隐约与男主人公内心的梦想联系在一起，在那里，他被河对面举办的舞会所吸引，他偶遇安娜时，内心的荷尔蒙被激发了，他毫不犹豫地放下了当下的生活，义无反顾地投身到梦幻的现实之中。

安娜和她的游艇在某种程度上如同自己虚无缥缈理想中的一叶扁舟，他拼命地想抓住出现在自己生活中的救命稻草，他想登上她的游艇，与她共赴天涯，以摆脱眼下的困境，让自己重新获得自由。所以当女友雅克琳分手之后，他才会说出这样的话："我刚同那个在尊严和工作中寻求幸福的世界决裂，因为我没能说服他们承认我的不幸。总之，我再不让任何别人，而是只有我自己来掌握我的命运，从今以后，我的事业只涉及我一个人了。"[1]正如安娜所说的那样"你要是真的像你所说的那样自由，为什么不来船上呢"[2]。一个能够完全支配自己命运的人，应该自由地随着另一个人去游荡，期望和那个人一起经历未知和新奇。

海德格尔认为"存在是存在者的存在"，人应该"诗意地栖息"。萨特认为"他人就是地狱"，他人的存在会给自我的存在造成威胁。逃离，是"诗意地栖息"的形式，也是存在的状态。无论是地理空间上的逃离还是精神上的出神，逃离反映出的是人们对现实的不满和对

---

1 [法] 玛格丽特·杜拉斯：《直布罗陀水手》，金平志译，上海：上海译文出版社，2009 年，第 99 页。

2 [法] 玛格丽特·杜拉斯：《直布罗陀水手》，金平志译，上海：上海译文出版社，2009 年，第 133 页。

未知的无限渴望。

抛弃自己的职业,离开喜欢自己的女朋友,逃离喧闹的城市,甚至在沉醉中摆脱自我意识,男主人公希望以这样的方式让自己自由而又诗意地栖息着。从喧闹的城市到河边的梧桐树荫,从就在眼前实实在在的雅克琳到如虚幻般存在的安娜,男主人公渐渐进入属于自己的梦幻世界,从现实逃往虚幻,开始了自己虚无缥缈的游荡生活。

那个现实存在的水手好像是所有虚构的原点,他短暂地在安娜的生活中存在过,并给她留下了印记。大海上漂荡的一叶小舟成为激发安娜母性情结的源泉,拯救他、留住他、爱他已经成为安娜生命的重要部分。即便他已经离她而去,她也愿意走遍天涯去寻觅他。"我寻思这个人是不是完全由我虚构,以他为原型虚构出来的。"[1] 因此,安娜的游荡生活满足了法国男人逃离现实的需要,他陪着安娜在虚构的故事中游荡,渴望生活中的偶发、瞬变。

如果美学的建构在启蒙时代是以一种谨慎地把身体重新投入危险的抽象话语而开始的,现代美学的构建则完全破坏了话语的理性逻辑,身体的利比多实践炸开了语言的理性、统一性和目的性,成为许多多余的碎片和片段。

本雅明认为,人在现代城市中生活,面对种种不期而至、不断变化的碎片式情景,产生了一种被称为惊颤(schockerfahrung)的感官体验。习惯了城市生活的人,离开这种享受反而会感到不适。于是便产生了游荡者,他们迷恋城市中不期而至的新景象,迷恋快速的反应,热衷于刻意置身人流以满足自己的惊颤体验。本雅明以波德莱尔的一首诗《给一位交臂而过的女郎》为例,分析了作为游荡者的波德

---

[1] [法]玛格丽特·杜拉斯:《直布罗陀水手》,金平志译,上海:上海译文出版社,2009年,第138页。

莱尔置身人群时的心态。他者如同幽灵在诗人身边一闪而过,成为虚幻的景象。

　　这种虚幻的景象通过人物的话语和行为展现在读者面前。安娜好像一位游荡者,游走在天地之间。游荡而不停留在任何地方,每一次停靠都是理想无法实现的失望,游荡又是那么没落,若有所失,追寻成为生活的目的。如同西西弗一样推动着滚石上山,目的在于推动的过程,人生的全部意义就在这里。安娜并没有把希望寄托某个固定的目标上,她更希望追寻过程中感官的惊颤,可以让游荡的幽灵回归躯体。乌托邦在这里具有鲜明的时空意义,起源于过去又似乎在未来的某个地方,诗和远方如同杳无声息的情人,始终不回应她的呼唤。逝去的时间无法在未来的远方重现,安娜如同游荡的幽灵,在虚幻的时空中飘过,最后的跌落换来的是生活的孤寂和无奈,只有靠自己在漫漫旅途上吸收消化。诚如杜拉斯所说:"我们生活在理性之中,其出口只能是空虚和终极的荒诞。"[1]人生大约就是这样,在看似怀揣梦想的路上,逐渐消解着自己的生命,使之成为自己生命的一部分。

　　存在是一种状态,需要有目的,但是过程更加真实。当《直布罗陀水手》中的女子把自己的目标锁定在已经消失的恋人身上时,存在才有了意义。

　　　一个无拘无束的独身女子,跨过千山万水,倾毕生精力寻找她所爱恋并已消失的男人……她意中的情人——不驯的冒险家,半真半假,既是神又是人的男人,总在世上的某个地方。[2]

---

[1] [法]玛格丽特·杜拉斯:《1962—1991私人文学史:杜拉斯访谈录》,黄荭、唐洋洋、张乃舒译,北京:中信出版集团,2018年,第10页。
[2] [法]弗莱德里克·勒贝莱:《杜拉斯生前的岁月》,方仁杰译,深圳:海天出版社,1999年,第198页。

独身、富有的女子，游荡在追寻情人的旅途中，这位亦真亦幻的情人是否就是某种信念？投入一场希望渺茫，没有结果的寻求之中，寻求没有结果的爱情，人生的意义大致如此。

叙事的方法同样独具一格，法国男子来到游艇上，不是为了陪伴安娜，而是为了倾听她讲述直布罗陀水手的故事，在他的哀求下，安娜断断续续地讲述着水手的故事，也倾诉着自己的情感。她更渴望有人能够与她寻求那个自由游荡的水手一样，在游艇靠岸的某个港口的茫茫人海中与她不期而遇，如同她曾经经历过的偶遇一样。水手的意外出现带给她的惊喜让她不能自已，继续寻求就成为必然。

在法国男子的哀求下，读者也渐渐从安娜的讲述中了解到了那个让她不能忘怀的水手的故事。茫茫大海中他伏在一只小船上向游艇发出求救，本能的求生欲望是那么强烈，激发了安娜身上的母性情结。毫无缘由地爱上了后来成为水手的男子，偶发瞬变的情感让安娜迷狂，产生了惊颤的喜悦。水手逃离的缘由、安娜与水手的第二次偶遇也在后来的叙述中予以说明。以安娜和水手因为偶发事件相遇为轴心的叙事框架开始向过去和未来开放，过去的偶遇、偶遇前的遭遇属于过去的过去，偶遇后的逃离属于过去的将来，过去的将来在某个时刻与现在重叠，因此法国男子出现在沙滩上，叙事的轴心也被移植到现在，在安娜和法国男子的经历中，读者发现了水手和安娜的故事。法国男子和安娜一面回望着安娜的过往，一面编织着未来的梦想。时序颠倒的叙述让读者在网状的不同点上寻觅到了属于自己需要的情感依托，未来并没有脱离这样的网络，它依然用虚构的冒险为读者勾画出憧憬和希望。

吴晓东在自己的著作《从卡夫卡到昆德拉——20世纪的小说和小说家》中说道："一个象征的产生必须有两个平面，加缪说，一个平面是感觉的世界，一个平面是观念的世界。简单地说，就是用具象表达抽象。具象和抽象是一个统一体，互为前提。比如，十字架象征基督。一出现十字架我们就知道它象征基督，而不会联想到它是农民立在田里吓唬鸟的。在这里,十字架的具象形式和它的象征物是一个不可割裂的统一体。"[1]

《直布罗陀水手》把具象的人物和虚构的理念完美地结合起来,水手作为活生生的人出现在安娜的生活中,与安娜一起经历游荡的生活,具象的水手很快就消失,然后短暂出现又再次消失,现实的印记并不多。其实,水手本身并不重要,重要的是他曾经存在过。正如船上的水手埃帕米农达斯所说的那样:"只要她愿意,皮埃罗就是直布罗陀水手。只要她愿意就行。真是够了。总有一天,她会这么着。她会说就是这个或将是那个,然后就这么定了,谁能提反面意见?谁?"[2]

安娜讲述着他生命中的男人的故事,尽管她一次又一次感到失望,还是不由自主地想象他就混迹于某个港口的茫茫人海中,所以她反复地传递着寻找他的信息,想象着他在得知后会回到她身边。信息就像虚幻的符号由近及远,从游艇传向港口,建构着他们之间真实而虚幻的情爱故事。安娜也一样,用自己的声音若有若无地讲述着自己和水手之间的经历,然后游艇上的水手们都在安娜的感召下投入这场虚无缥缈的寻觅。虚构的诗意用现时的再现构建现时的在场,水手的形象在若隐若现中渐次虚幻,忧伤的故事之中透露出对游荡的渴望和憧憬,远方才是最重要的。

五、《塔尔奎尼亚的小马》(又译《塔吉尼亚的小马》)

《直布罗陀水手》还不足以使杜拉斯尽兴,所以她紧接着又在

---

1 吴晓东:《从卡夫卡到昆德拉——20世纪的小说和小说家》,北京:生活·读书·新知三联书店,2009年,第37页。
2 [法]玛格丽特·杜拉斯:《直布罗陀水手》,金平志译,上海:上海译文出版社,2009年,第248页。

1953年发表了她的第五部小说《塔尔奎尼亚的小马》。从这几部小说发表的时间密度来看，杜拉斯确实有一种迫切需要摆脱当时苦闷情绪的意图。她只有用她接二连三表现同一主题、同一情绪的作品才能表现自己烦躁、无奈、危机四伏的情绪，并使自己渐渐平静下来，逐步走出战争的阴影，治愈战争的癔症。

《塔尔奎尼亚的小马》其实就是《直布罗陀水手》的延续，是杜拉斯对存在问题进行思考的不同视角。《直布罗陀水手》中，安娜在日出日落的追寻之中，展示生命的意义、生活的本质，那是一种存在的方式。我们可以设想一下两部小说之间的联系，水手的叙述者从佛罗伦萨、比萨、米兰来到地中海的一个意大利小镇。《塔尔奎尼亚的小马》的故事就是从这个小镇开始的。小说通过对处于低潮时期、厌倦时期和危机时期的两对夫妇的爱情描写，进一步明确、直接地宣泄着杜拉斯当时的厌倦与苦闷。回避好像能够最大限度地反映杜拉斯当时的心境，也真实地反映出文学与社会平行的状态，文学与社会遥相呼应，相得益彰。苦闷呐喊反映了时代的心声，杜拉斯从最底层、最真实的家庭生活出发，表达社会变革对人和家庭产生的影响。

> 《塔吉尼亚的小马》和前一部作品的关系也非常明显：意大利，夏天的炎热，大海。但是《塔吉尼亚的小马》并非《直布罗陀水手》的续集。杜拉斯所擅长描绘的那种氛围在《塔吉尼亚的小马》里已经渐渐显山露水：心理上的恐慌，由于酷热而昏昏欲睡的身体，情感的匮缺，对生存不和谐的质问，男人女人之间潜在的战争——你爱我，我却不要你。[1]

---

1 [法]劳拉·阿德莱尔：《杜拉斯传》，袁筱一译，沈阳：春风文艺出版社，2000年，第344页。

对小说中具体形象的描写即两对夫妻之间令人黯然神伤却又无可奈何的关系的描写传递着时代的信息和大众的心理变化。同时需要读者特别留意的是她与那些当时大众认可的作家如加缪、萨特在叙述语言上的不同,这也是读者常常感到杜拉斯无从归类的原因。叙述语言的个性化使杜拉斯的这部作品有了独特之处,它不但表现了杜拉斯对战后人们普遍情绪认识的独特视角,更显示了她表现这种独特视角时所运用的极具个性化的语言。

杜拉斯再次把读者带向意大利,并为书中的人物安排了一个独特的环境。夏天火热的度假日子里,一对法国夫妇雅克和萨拉带着他们的孩子与另一对意大利夫妇吕迪、吉娜以及他们两家的共同朋友、单身的迪亚娜一起来到意大利境内地中海岸边的一个小村。两家人是莫逆之交,情同手足,他们与迪亚娜也是挚友,他们此行的目的是摆脱那些烦恼的日常生活,摆脱囚禁他们的普通人的生活,进一步巩固他们之间的友谊:用迪亚娜的话讲,他们来此度假"是为了相亲相爱的"。然而摆脱了别人的禁锢,摆脱了与人交往所带来的烦恼和痛苦,却未能带来让人耳目一新、走出困境的新生活。他们反而陷入了另一种更让人尴尬的境地,他们不但进入了一种封闭的自然环境中,而且陷入了一种莫名其妙、难以自拔的心理迷茫之中。他们之间所发生的真实故事与他们原来所希望发生的事情可以说大相径庭。他们所处的自然环境是这样的:

这是海边的一个小村子——西方国家年代悠久的海,是世上最封闭,最炙热,最多历史沧桑的地方,不久前还在海边打过仗。[1]

---

1 [法] 玛格丽特·杜拉斯:《塔尔奎尼亚的小马》,马振骋译,上海:上海译文出版社,2007年,第4页。

这座山的山脚下，沿着那条河，有三十幢房子，一条七公里长的土路把它们与其他地区隔开，路在这里的海边停住，这个地方就是这个样子。这三十幢房子每年住满了来自各国的夏日游客，这些人都有这个共同点，就是吕迪在这里才把他们招引过来的，他们相信大家都爱在这些荒野度假。三十幢房子和沿着房子前仅仅只有一百米的碎石路。吕迪说他喜欢的就是这个，雅克说他不讨厌，就是这个地方什么都不像，那么偏僻，以后毫无扩展的希望，由于山太陡峭，河又太近，萨拉说她不喜欢的也是这个。[1]

正是在这与世隔绝、无人打搅的地方，两家人陷入更大的苦闷、烦恼之中。他们非但没有摆脱原来那单调无聊的生活，相反这里的生活更加乏味。在这荒凉偏僻的地中海边度假村里，每天重复着完全相同的生活：吃饭，睡觉，去海边游泳。在夏天闷热的天气中，他们的感觉更加沉闷窒息。逃离窒息的生活，却陷入更为封闭的环境，几个人的友谊、爱情都经受了考验，他们也需要寻求新的突围。

度假村这一与外界隔绝的环境，与萨特的《禁闭》何其相似。《禁闭》里面的人物加尔森曾经这样说："我万万没想到，地狱里该有硫黄，有熊熊的火堆，有用来烙人的铁条。这真是天大的笑话！用不着硫黄、火堆、铁条，他人就是地狱！"在《禁闭》中，我们看不到但丁《神曲》中恐怖的炼狱场景，没有刑具，也没有刽子手。然而，这个地狱却存在另一种"酷刑"，即精神与心灵上的酷刑；也有另一种"刽子手"，即他人。肉体的苦难可以消除，精神的困难无边无涯，更可能延绵，他人成为自己追求幸福的障碍，造成绵绵无期的精神苦

---

[1] [法]玛格丽特·杜拉斯：《塔尔奎尼亚的小马》，马振骋译，上海：上海译文出版社，2007年，第5页。

难。萨特在《存在与虚无》一书中谈到，人对他人的妨碍不仅是物质性的，而且是精神性的。真正的地狱不是地狱本身，而是精神的摧残，《禁闭》中的人就是他人之地狱，反之亦然。

杜拉斯从人的角度介入了存在的话题，个人存在的意义和价值与他人、与家庭密不可分。在这个封闭圈中，妻子成了丈夫的地狱，丈夫成了妻子寻求新鲜爱情时挡道的破车。这就是每个人所面对的现实，这一封闭环境也是有空间限制的舞台，书中人物也只能活动在其中，大家都渴望突破。

雅克和萨拉，吕迪和吉娜，两对夫妻都已结婚多年，到了彼此无话可说的地步。他们深感爱情已不再新鲜，初恋阶段或燕尔新婚的激情也不复存在。情感进入低谷，交流成为困难。对于终日厮守的丈夫，对于不再新鲜的情爱，萨拉感到越来越难以忍受。她认为"这个地方像地狱"[1]。她无时无刻不在渴盼着新的爱情，或者干脆些，她在寻找、期待着婚外恋情。她对自己的好朋友吉娜说："如果你只喜欢和一个男人做爱，那就说明你不喜欢做爱。"她总是借口天气太热离开房间，她是在回避家庭生活。她总要在某种左突右冲中寻找生活的出路、爱情的出路。

雅克和萨拉这样，吕迪和吉娜更是如此。他们比雅克和萨拉早结婚几年，表现出来的矛盾更加尖锐。夫妻间昔日的恩爱之情荡然无存，只剩下今日的拌嘴斗气。吕迪觉得吉娜不近人情总是处处跟他作对；而吉娜则觉得吕迪越活越窝囊，越活越小，她越来越受不了眼前这个男人，不愿意整天跟他待在一起。她宁愿离他远远的，一个人在这种本来就很封闭的环境中找到生命的火花。她甚至想丈夫也许已经

---

[1] [法]玛格丽特·杜拉斯：《塔尔奎尼亚的小马》，马振骋译，上海：上海译文出版社，2007年，第20页。

不适合她，也许丈夫所需要的是一位年轻的姑娘，需要的是一位他从来未见过面，能跟他从头开始恋爱并产生激情的姑娘。由于他们总是相对无言，在众人面前难免会感到尴尬，所以吉娜总是千方百计地避免和吕迪在一起。

封闭的环境与夫妻间心灵的封闭形成了外部与内部的和谐。炎热无比的夏季不但无情地消耗着人们的体力，也增加了他们的心灵重负。单调的生活缺少必要的娱乐，缺少必要的色彩。也许小说中的另外一位男人让的出现为他们这种烦闷的生活增添了些色彩，他们那种禁锢的家庭生活会在外力的作用下出现变化。

让也是来意大利度假的法国人，他到来时开着一艘漂亮的摩托艇。那时，萨拉正和其他人一样渴望着夏天的热浪尽快过去，雨水早日降临。让的出现犹如浇在人们心头的一场甘霖，使人们在焦灼不安、烦躁厌倦之间看到了一线希望。

一天早晨，萨拉跟往常一样来到度假村众人相聚的地方——旅馆，前两天来到这里的让正在葡萄架下的露天咖啡座里喝咖啡。他们发现了彼此的存在，萨拉不但被让的摩托艇所吸引，也被让的外表所吸引。让对她说："要是您愿意，我可以用船带你到海上玩。"到海上去游玩，也许是摆脱这种烦躁生活的唯一出路——尽管这是象征意义上的。渴望走出这里的萨拉欣然答应了让的提议。他们先是去海上转了一会儿，然后相约去了河那边的舞厅。烦闷的心情就从这里冲开缺口，也许这是萨拉摆脱这段危机的唯一办法，仅仅靠他们夫妻双方的自我调节、自我克制是难以实现的。必须疏导、宣泄。故事进行到这里我们已经感觉到萨拉和让之间冲破禁锢的动能积攒不少，爆发只是时间问题。

第二天晚上，当雅克和众人在外面玩滚球时，萨拉和让在房间里发生了性关系。雅克很快就意识到了，但是他强忍着痛苦和愤怒，尽量使自己冷静。他对妻子表现出了极大的克制和理解，不愿意指责心情极度烦闷的妻子，不愿意使危机时期的爱情陷入更大的危机。他的宽宏大度成了妻子悬崖勒马的主要动力。第二天午休前，萨拉用含糊的口吻向丈夫承认了同那个男人的关系。

"近几年来，"她对他说，"有几次夜里我梦见新的男人。"
"我知道，我也是，我梦见新的女人。"[1]

面对无法抗拒的命运和本性，人类本身经常显得渺小，显得无能为力，这也就给人的命运打上了悲剧的色彩。与加缪某些作品中所表现出来的被动等待、束手无策有所不同的是，这部小说的男主人公雅克显示出无畏的勇气，他那种善待别人、善待妻子的大度宽容感人至深。他很快调整自己的度假计划，打算带妻子离开这里到意大利的巴埃斯道姆旅行。然而萨拉此时已经陷进了这个名叫让的男人的诱惑，当她还在犹豫时，雅克又一次显示出他的宽厚和对妻子的理解，他决定只身前去，暂时给妻子留一点自由思考、理清思路的时间。尽管他自己的内心也很苦闷，也很痛苦，但他所表现出来的宽容气概和宽广的胸怀确实让读者感动。

临行前的晚上，萨拉又一次离开玩滚球的众人，来到渡口，她要如约前往河对岸的舞厅去见让。然而她来到河边时，始终犹豫着不肯过河，当她逗留在河边时，雅克来了，他们的对话预示着危机的结束。

"晚上好。"他说。
"晚上好。"
"你等船工？"

---

[1] [法] 玛格丽特·杜拉斯：《塔尔奎尼亚的小马》，马振骋译，上海：上海译文出版社，2007年，第208页。

"不,我不等船工,我待上一会儿,然后回家。"

……

"这不是那么重要,"她说,"我愿意跟你度的那些假期。"

"我知道,去不去你是自由的。"

"去不去你是自由的。"他又说了一遍。

"你要,"她说,"我们可以去帕埃斯图姆。"[1]

河流在杜拉斯的小说里经常会有象征意义,河划开了两个不同的空间,表达了两种不同的心境,从主人公、作者和读者的角度引发不同的想象,现实的情景激发了读者的未来预期,现实与想象通向不同的方向,《情人》中的湄公河也是这样。河的此岸是安全的,是现实的,河的彼岸是虚幻的,值得憧憬并充满诱惑,舞蹈音乐描绘着河对岸的场景,撩拨了书中人物的内心情愫。对面的诱惑如同按捺不住的潜意识,可能会在失去理性时主导自己的情绪,让情绪迸发出去,失去控制。

面对决定自己命运的河流,萨拉终于没有过河,没有去找在彼岸等待她的陌生男子,那条象征禁区的河流和那充满诱惑的彼岸常会使人在生活中失足,常会使人不顾危险而走入歧途。萨拉终于没有过河就意味着她还没有被幻想冲昏头脑,她又恢复了理智。在丈夫的理解和帮助下,他们共同度过了爱情的危机时期,低潮过后的爱情会更加绚丽。他们之间爱情危机的缓解使双方都如释重负,然后他们又回过头来,重新审视对方。过去让他们彼此已经厌烦、感到无奈的感情此时却在危机过后变得更新奇、更牢固。最后经吕迪和吉娜的建议,朋友们一同去巴埃斯道姆等地旅游,他们顺便去塔尔奎尼亚看那幅吕迪

---

[1] [法]玛格丽特·杜拉斯:《塔尔奎尼亚的小马》,马振骋译,上海:上海译文出版社,2007年,第272页。

经常提到的壁画。这两对夫妇经历了夏日的这场风波、这场爱情危机之后，去看绘有小马的壁画，他们会觉得生活更美丽。

"去塔尔奎尼亚，这是个好主意，"吕迪说，"你们会看到伊特鲁里亚墓地上的那些小马。它们英俊得我不知怎么说才好。"[1]

绘有小马的壁画支撑着书中人物和读者的希望，它就像虚幻的景象一样为这部小说增添了诗意般的色彩，却始终没有出现在读者的视野中，唯有虚幻才会带来希望。小说在这里突然实现了时间和空间的转置，空间的转换带动了时间的转换，绘有小马的壁画明确地指向了未来。

这部小说明显地表现出杜拉斯在创作风格上的一些变化。她克服了过去那种下笔呆滞的毛病，把过去小说中所表现的擅长之处更进一步发扬光大。如前文提到的对人物的刻画、对人物心理活动的描写都更加成熟、更加熟练，达到了前所未有的高度。标志着杜拉斯从传统走向现代的最大特点，就是她在这部小说中剔除了过去那种对人物生存环境，对人物外表细致入微的描写。对一位初涉文坛的年轻人来说，那确属难能可贵，但是对已经在文坛上确定地位的作家而言便成了没有特色，步前人后尘的代名词。杜拉斯不但在用文学作品反映时代精神、反映人文气息和先进的文学理念上走在了前面，而且在反映手法、表现特色上也紧随时代。

从这部小说开始，杜拉斯一改往日作品中对人物外表的刻画，而转向了对内心活动的描述，她所采用的描述方法由传统作家直述人物

---

[1] [法] 玛格丽特·杜拉斯：《塔尔奎尼亚的小马》，马振骋译，上海：上海译文出版社，2007年，第273页。

状况的直白对话而发展到蕴含丰富"潜台词"的对话，旨在表现话语本身的张力和内涵。对话所包含的潜台词使小说本身的结构不但表现了时间的跨度，更拓展了空间的宽度，利用这一话语中的双重结构更能客观如实地反映人物的内心变化。表层结构体现在表述形式上，这是表达中必不可少的环节，而深层结构则涉及表述内容，是话语本身所要重点表达的。这在当时的法国文坛已有流行的趋势，通过这一有别于传统作家的写作方法形成自己的特点，新小说的某些作家如格里耶、萨洛特均采取了这种写作方法。杜拉斯也不例外，但她有自己的路径。对她而言在创作的道路上东方始终是把双刃剑，既为她提供取之不尽的创作源泉，同时也成了她接受新的创作理念和文学思潮的障碍。杜拉斯既不可能全面抛弃东方文化在她身上所打上的烙印，也不可能完全照搬西方的文学理念。她在东西方文化的夹缝中寻找着属于自我的写作方法，《塔尔奎尼亚的小马》正是一种面对现代西方时髦的写作方法的应时之作。在表层结构的直叙话语中所隐藏的潜台词，不但表现着话语的发出者所要表达的表层思想，还深藏着他的弦外之音，话中之话。这种双重的对话结构丰富了叙述的层次，也丰富了作者的情感表达方式。

我们来欣赏下面几个例子，让和萨拉第一次在葡萄树下相遇时，有这样一段对话：

"我看见吕迪过去了，"那人说，"还有您的丈夫和孩子。"
"那么您，"她说，"不游泳吗？"
"过会儿。现在我要去弄一会儿船。"[1]

---

[1] [法] 玛格丽特·杜拉斯：《塔尔奎尼亚的小马》，马振骋译，上海：上海译文出版社，2007年，第18页。

这段看似轻描淡写的对话，实则传递着某些信息。首先那位男子所说的话被作者独具匠心地分成两部分，乍一看，好像句子的重心在这句话的前半部分"吕迪过去了"的吕迪身上，然而再往下读，才恍然大悟，其实句子的重心是在后半部分看似漫不经心说出来的话中，其含义深远。说话的人不好意思直接从萨拉的丈夫开始说，但他又确实很关心他们之间的关系，窥视着他们的一举一动，也许萨拉夫妻间所有的细小分歧都会成为他介入萨拉生活的契机。因此，他在这句话中最关心的并非吕迪，而是萨拉的丈夫，在说出雅克的同时又以孩子来陪衬，就更显得他提到雅克时刻意的自然态度了。他已经敏锐地察觉到萨拉和雅克之间的关系处在了微妙阶段，而他在此时此刻正式登场已经有了某些机会，他也肯定就会与萨拉夫妻形成一种复杂的三角关系，作为第三者，他正在悄悄地、有目地介入萨拉夫妇的生活。这句含而不露的开场白已经把这位第三者微妙的心理展示出来。

再看萨拉的问话和让的回答，那简直就是绝妙的心理试探和引诱。"不游泳吗？"萨拉的问话接着那位男子的话，看似正常的问话，实则隐含着萨拉的暗示和心理试探。她想弄明白这位男子是否敢在她与丈夫的关系出现危机时来与她完成一段露水情缘。言下之意就是他都去了，你怎么不去下水。这与后边雅克问妻子怎么又要下水如出一辙。那位男子的回答也是别具匠心："过会儿！"他明白无误地告诉萨拉，你的问话我明白了，但是现在还不是时候，回头再说。

这段精彩绝伦的对话不是通过直白的对话，通过表层结构，通过词的表面意思，而是通过潜台词，通过深层结构，通过词的延伸表达了对话双方都不能直接说出口的意思。杜拉斯正是通过这些隐含着潜台词的谈话渐渐把这一三角关系中人物的心理变化，人物之间欲说还休、欲罢不能的这种想法传达给对方。

雅克让妻子和他们一同下海，而萨拉则婉言谢绝，此时此刻，雅克、萨拉和她新结识的男人之间有一段对话：

"游泳吧?"他问。

"我游得不好,但是我愿意游。"

她站起身,跟着他。迪亚娜回来,她游泳时把孩子托付给了她。雅克也在回来。

"你还去?"

"一分钟,"萨拉说,"我就回来。"

雅克瞧着他们走远,犹豫要不要也去,随后放弃了。[1]

萨拉拒绝了雅克的请求,可是当那位刚结识不久的男人向她提出同样的要求时,萨拉却暗示他,我不常干这种事,但我愿意和你一块去游。这时候上了岸的雅克明白了眼前发生的事情。所以他才情不自禁地问道:"你还去?"从直白的对话的表层来看,这句问话仅仅是对萨拉去海中游泳、戏水这一举动的反问,但从潜台词来看,这句话的含义分明是:雅克已经明白妻子对那位陌生男子有了非分之想,而且抑制不住内心的冲动要去兑现自己的欲望。雅克的问话通过潜在的弦外之音告诉萨拉和那位男子,你们之间的关系有向不正当方向发展的倾向,不要以为我不知道。他更想问妻子:我已经看出来这种不正当的关系了,你是否还要往前走?萨拉的回答也十分耐人寻味。从表层结构来看,她是对雅克问话的直接答复。但她的回答中的潜台词也不言而喻。她听出雅克问话中的言外之意,明知雅克已经看出她对那位男子情有所侬,但她还是无法控制自己在炎热的夏季所燃起的欲望,她需要用海水浇灭心中的欲火,需要为此找到出路,因此她还是坚定地做了肯定回答,执意要下水。同时,萨拉心中也十分明白,她

---

[1] [法]玛格丽特·杜拉斯:《塔尔奎尼亚的小马》,马振骋译,上海:上海译文出版社,2007年,第29页。

与那位男子的露水爱情只会是过眼烟云,很快就会消逝得无影无踪,所以她才很快补充道:"我就回来。"她这一意味深长的答复其实是在告诉雅克,她与那位男子终究难以持久,回头是岸只是时间的事。

就这样,萨拉在那位男子的引诱下,抑制不住心中的欲望慢慢向大海深处游去,慢慢地向危险的地方前进。这时候,作者又突然神来之笔,这样描写道:他在对她说话,她听不见。他又重复了一遍,看他的口形,她才明白他在告诉她继续往前走。她试探着往前游,不知不觉地游到了深海区。男子看着她微笑,并告诉她,不错,就应该这样做。她突然停了下来,意识到自己在往深海里游。

"我游不了了。"她说。
"您是怕了,您不是不会游。"
"我怕海。"[1]

尽管萨拉抑制不住自己的欲望跟那位男子下了海,不由自主地坠入了那人布下的情网,但当她往前游了一段距离后,突然意识到了深海的危险,所以她才语意双关地说,她不想再往前游了。表面的对话仅仅牵扯到了游泳这一简单的事实,但同时一起游泳又引出了微妙的关系。双方都有意要经历一次艳遇,但萨拉仅仅想把它作为暂时摆脱雅克、摆脱她和雅克之间爱情危机的权宜之计。萨拉因此才接受了那位男子的邀请,跟他下了水,然而她心中时刻保持着警觉,担心自己会走上爱情的不归路,所以她才停了下来。她的话分明是在告诉对方,我不能与你有更深的交往,我们只能在浅水区里玩玩,危险的深

---

[1] [法] 玛格丽特·杜拉斯:《塔尔奎尼亚的小马》,马振骋译,上海:上海译文出版社,2007年,第30页。

水区会断送我的生命。这段同样直白的对话里又包含着潜台词，后者依附于前者，前者是后者的基础，两者遥相呼应。类似这种暗含着潜台词的对话在《塔尔奎尼亚的小马》这部小说里比比皆是。

在《水与梦》中，巴什拉将想象分为两种，一种是物质想象，另一种是形式想象。他认为这两种想象对于诗歌完整的哲学研究都是不可缺少的。在他早期的诗学理论中，他特别重视物质的想象，重新赋予人们所低估了的物质的个体化力量。他将想象与物质性联系在一起，这样的想法与建立在"想象"的词源意义之上的想象来自客体的观点相关，却又不同于柏拉图等哲学家的观点，巴什拉并不将想象看作附属品，而是给予了物质以想象根源的地位，"只有无视传统观念的哲学家才可能担起这项沉重的劳作：使后缀脱离美，尽全力在显露的形象后面找到隐藏着的形象，寻找想象力的根源"。他认为，物质在想象中具有非常重要的价值，不论是作为一种奥秘的深化意义，还是作为一种取之不竭的力量的飞跃意义，物质既是想象的根源，又可以变幻成虚无缥缈了无边际的想象本身。我们如何捕捉到显露的形象以及后面的根源，洒落在物质上的想象后面隐藏着物质本身，穿越虚幻之后，我们似乎触及了物质本身，物质赋予了想象的形式。

杜拉斯在《塔尔奎尼亚的小马》中运用了象征的手法，描述了物质虚无缥缈的属性，或者物质的想象属性，读者突然间在具象与想象之间进入杜拉斯的文字迷宫。给读者印象最深的是描写了一组针锋相对的物质：火与水。围绕着这一对矛盾又衍生出许多与人物心理变化相关联的叙述。

在对火的精神分析中，巴什拉运用各种各样的"文化情结"来阐述对火的想象所包含着各种心理情感的反应。这种文化情结与弗洛伊德的俄狄浦斯情结和伊拉克特拉情结有所不同，弗洛伊德的精神分析植根于人类心理深层的自然本能和欲望，而巴什拉的精神分析则与"客观认识"紧密联系，植根于文化的心理无意识，与原始本能所展开的层面相比,它强调比较浅层的领域。"我们相信,也许存在着一种非直接的、次要的精神分析,它始终在意识之下寻找着无意识,在客观必然性中寻找主观价值,在经验下寻找遐想。"在对火的精神分析中,巴什拉探讨了文化情结中各种各样的细微差别,正是这些文化情结构成了对火的想象的心理基础,也是产生丰富多彩的诗歌意象的根基。"如果没有情结,作品就会枯竭,不再能与无意识相沟通,作品就显得冷漠、做作、虚伪。"巴什拉如是说。情结会是什么?是基于客观认识的主观想象和主观价值的再现。

杜拉斯会在《塔尔奎尼亚的小马》里表达怎样的情结和执念呢。通过有意识地寻找被忽视的无意识,作者会发现客体上的主观价值。在火或者水的物质之上,作者又是如何表达自己的想象和诗意?作者赋予了它们怎样的主观价值和遐想?

其中对火的描写有两处,一处是意大利夏日火辣辣的太阳,毒得让人难以忘怀;另一处是在到达度假村的两天时间里,他们得知俯瞰度假村的山林已经被大火吞没。雅克和朋友们到达的第一天,他们就在一起谈论了这场大火,并在随后的日子里多次提到它。面对那似火的骄阳,面对那摧毁一切的大火,沉闷、不安成了笼罩在每一个人心头难以挥去的梦魇,让人无法喘息。寻求摆脱成了大家的共同愿望,水即刻就成了唯一的解脱之物。那众人所期盼的大雨终于降临,尽管海水很咸,却成了他们定期浸泡、避开夏天炎热天气的去处。然而大海具有双重的象征意义,既象征着人们所向往与追寻的理想,既是躲避热天的地方,同时也是危险的可以导致死亡的所在。

作品中所表现出来的这一对矛盾与杜拉斯在其他作品中所描述的场景具有异曲同工之处。萨拉对大海的惧怕,那个勾引她的男子让在远处向她做出的呼唤多么像《平静的生活》中那位最后被海水溺死的陌生男子向弗朗西娜做出的最后呼唤。让带来的那艘船所象征的正是逃离之路,其他人的梦想都围绕着他这个人、他这条船展开,让人模糊不清的是他却把人带向了另外一条危险的道路。水与火的最后抗争只能以回避的形式解决,离开这个水火都不能容下他们的地方,到另外一个美丽的地方,到另外一个充满幻想和传说的地方,既摆脱了火一般的欲望,又摆脱了死亡的威胁,诱惑的危险。

小说中另一个充满象征意义的形象正是"塔尔奎尼亚的小马"的壁画,作者多次提到这幅壁画,选择"塔尔奎尼亚的小马"壁画上那些可爱的小马作为这部小说的标题耐人寻味,让人觉得妙不可言。这种极具意义的标题和小说的结尾给读者打开了更广阔的想象空间。那幅令人扑朔迷离、虚无缥缈的壁画如海市蜃楼般在人物的谈话间若隐若现,却自始至终未露真容。象征着美丽、梦想的塔尔奎尼亚的小马在杜拉斯的文字间、在人物的对话中跳动着,就像一幅让人向往的图画在作者的笔下展开,刚刚发生的故事正是其中的内容。当大家出发去看塔尔奎尼亚的小马时,故事好像重新开始了。

通过《塔尔奎尼亚的小马》,我们深深地感到,杜拉斯在写作的道路上还在犹豫、徘徊。她不愿意完全地返回自己的童年,进一步开采那时的矿藏,同时也不愿意人云亦云,应和法国文坛上的时尚之风。在语言的运用和掌握上,杜拉斯也还存在着许多的不适应,不成熟,经常会出现一些与法语语法相悖的用法,此时的杜拉斯还没有形成自己的语言特色和写作风格。

也是在那个时候,她开始谈话。写作不是"讲故事",互不相干的故事,像她所痛恨和蔑视的那些小说家那样,而是抓住奠定她的唯一的核心,也就是印度支那、做事不公平的母亲、小哥哥的爱以及难以满足的写作愿望,写书是最根本的需要,写一些"神圣"的文章,她后来说。

《直布罗陀水手》和《塔吉尼亚的小马》已经以独特的方式反映了对这种探索的关注,但私底下,还有更强烈、更迫切的要求:

她所谓的"痛苦之源"不停地追逐她,她必须进入这种痛苦的核心,进入童年的印度支那。她知道,只有童年能给她以钥匙,揭开音乐的秘密,即内在而神秘的歌曲的音符,精神的合唱……[1]

接受访谈时,她会突然间触及那个敏感的主题,难以启齿的童年会突然间强行介入话语。访谈对杜拉斯而言如同痛苦的分娩,让她深受伤害,童年是她无法回避的话题,伤害她,又吸引着她。进入痛苦之源和让她醉生梦死的印度支那的想象之地,她的写作回应着内心深处的骚动和渴望,引导文字进入肉体的最初冲动。摧毁现存的故事,形成虚构的文字。对母亲的仇恨和对二哥的爱在《成天上树的日子》中被扭曲、夸张。东南亚树林中的狩猎通过文字成为她寄托爱的场域。刺激、新奇随着岁月的变化越来越强烈、越来越无法控制。极度的夸张和探索使文字排除了所有平常的含义。

慢慢地,招供和抱怨式的写作开始出现了。招供一种隐约可见的超越,抱怨不可能的亲近。但她在《直布罗陀水手》动人的探询中,以浪漫的形式已经草拟的东西,现在已经超出了词语和人物的范围。她周围的人对她说,她陷入了"实验室",并且在实验室里,在文学探索中迷了路。[2]

这些实验性质的文学探索所要表达的现实意义因为缺少生活的支撑而风雨飘摇,回到生活的真实之中又让杜拉斯找不到文学的现代意

---

[1] [法] 阿兰·维尔贡德莱:《玛格丽特·杜拉斯:真相与传奇》,胡小跃译,北京:作家出版社,2007年,第92页。

[2] [法] 阿兰·维尔贡德莱:《玛格丽特·杜拉斯:真相与传奇》,胡小跃译,北京:作家出版社,2007年,第119页。

识，什么时候杜拉斯能在两者之间通过文字建立起属于自己的世界？

六、《成天上树的日子》

在谈《街心花园》（又译《广场》）和《如歌的中板》之前，有必要对杜拉斯在1954年发表的一部小说集加以关注。整部作品以第一篇小说的标题《成天上树的日子》为书名，集子里的四篇小说叙述的是四个情节完全不同的故事。

《成天上树的日子》是第一篇，占了前九十页的篇幅，显而易见，小说又把读者带向了那熟悉的家庭背景中。书中的主人公是一位夫人，她与杜拉斯在《抵挡太平洋的堤坝》中所讲述的那位命运悲惨的母亲极为相似。有所不同的是，这位夫人并没有悲惨到丧命，而是坚强地活了下来。

《成天上树的日子》叙述的是很久以后的事。书中的母亲当了工厂老板，手下有八十多个工人，她穿金戴银，一身阔气。虽然年纪已经不轻，但还是对她在生活中曾遭遇的不公，发起报复。故事开始时，她乘坐的飞机刚刚降落巴黎机场，她的儿子雅克在那里迎接她。母子俩在五年前离别，她来巴黎主要是看儿子，特别是要给儿子购买新床。雅克在一家夜总会当三陪先生，他的女朋友马赛尔也在同一家夜总会做三陪。那位被称为母亲的人一下飞机就给了儿子很多钱，让他去买吃的东西。母子三人一起大快朵颐。母亲还到儿子服务的夜总会察看，要了水果冰激凌和香槟，可是结账时她却大喊大叫，说老板简直就是小偷，两瓶香槟就要那么多钱，最后还是儿子劝住了她，把她带回了他租住的套房。

这部小说的有趣之处在于这位夫人在巴黎短短的两天时间里与儿子之间的对话和他们从对话中所流露出来的对过去岁月的怀念。从这里的几个细节，儿子趁母亲睡熟时竟然偷拿母亲手上的金银饰品去换钱，而母亲竟然能够原谅。显而易见，杜拉斯在写这部小说时对她的母亲当时偏向大儿子、悉心关照在杜拉斯看来是小偷的哥哥的举动依然耿耿于怀。爱和恨在这部作品中表现得更加明显，一生的不公平使杜拉斯聚集了很大的能量。小说毫不避讳地表达了对母亲的恨，更怀念那个永远留在林中的二哥，对他的爱愈加强烈，难以排解。她不能忘怀这种偏心在她幼小的心灵上所造成的伤害，不能忘怀母亲的不公对二哥的严重伤害。二哥整日生活在惧怕、恐慌之中，如同时时被人追杀的孩子，而那位夜晚的杀手就是母亲包庇的无赖哥哥。

战争时期是锻炼人的时期。她懂得了什么叫死亡，什么叫痛苦，经受了秘密的、不合法和粗暴的感情，经受了所有忠诚的考验以及摧毁了她的死亡和孩子的死亡，任何别的爱情都无法替代的死亡：她的小哥哥的死亡，只来了一封电报，告诉她小哥哥死了。[1]

记忆深处的恨和爱不可改变地又重归那片东南亚丛林，二哥成了永远的记忆，痛苦之核又一次穿越她的身体，赋予她的作品以冲击力。

这部集子的第二篇小说《蟒蛇》要比《成天上树的日子》短得多，叙述了玛格丽特·杜拉斯在西贡的寄宿学校所经历的那段生活。她和那位老小姐每个星期天的下午去动物园看大蟒蛇和其他动物，那是一段充满了寂寞孤独的生活。

集子的第三篇小说题为《道丹太太》，占了大约六十页的篇幅，叙述了巴黎某街道楼房看门人和清洁工的故事。那位叫道丹的看门人

---

[1] [法] 阿兰·维尔贡德莱：《玛格丽特·杜拉斯：真相与传奇》，胡小跃译，北京：作家出版社，2007年，第64页。

经常发牢骚,她总觉得住户们有意跟她过不去,总是不按时交送垃圾袋。结果她就想方设法进行报复,由此引起了一连串引人发笑的故事。我们自然会想到杜拉斯在圣伯努瓦街所经历的事情,故事的背景多少会与她和丈夫罗伯特居住在那里时的经历有关。

集子的最后一篇小说《工地》占了五十页左右的篇幅,杜拉斯重拾有关夫妻问题的主题。开始并不认识的一男一女最后终于结合在一起。他们认识时,男的看见女的从一处坟墓工地走来。那位女子的美丽吸引了男子的目光,多方努力后他终于引起了那女子的注意,原来她对他也有好感,于是双双坠入情网。

在20世纪50年代的这几部作品里,最难以琢磨的作品要数1955年发表的《街心花园》。这部作品也是杜拉斯创作转型期的过渡性作品,是她形成自己创作风格的必经之路。其实这部小说的故事情节和叙述文字并不复杂,也很容易读懂,然而作者在这部作品里究竟要说明什么问题,作品的喻义何在,却成了读者的难解之谜。

关于这部作品,杜拉斯在1989年再版时对书中的人物做了进一步说明:

> 她们是包揽家务的女佣,在巴黎火车站下车的不计其数的布列塔尼女人。他们是乡村集市的流动小贩,卖点针头线脑,零七八碎。他们——成千上万——不名一文,唯有一个死亡的身份。[1]

他们仅仅是普通人,没有身份,没有名字,可能会是任何一个人。他们就在我们面前,这样生活着,渴望生活能够发生变化。杜拉斯开始真正地把目光从遥远的东方收回,关注起身边生活中的小人物

---

1 [法]玛格丽特·杜拉斯:《广场》,王道乾译,上海:上海译文出版社,2005年,第1页。

以及发生在他们身上的故事。文字的真实开始与生活重叠,生活的真实开始引领文字前行,两者好像是平行前行的线条,杜拉斯却希望模糊它们之间的界限。杜拉斯希望读者能够认同文字和生活的等同关系。

杜拉斯突然间关注到那些活生生的普通人,他们生活中的不幸和艰辛,还有那些常常被忽视的公共场所:夏日的广场、列车、咖啡馆,正是在那里,这些普通人找到了倾吐的对象。"没有这些,照他们的说法,他们就无法摆脱孤独。"[1]

这本书的故事发生在某个星期四下午的街心花园,主人公是在街心花园的长条凳上相遇的一男一女,两人之间的交谈分为三个部分。女的是个保姆,她带着自己看护的小男孩来公园里玩耍散心。他们之间的对话是趁着保姆看护的小孩吃糕点时开始的。第二部分开始时,那位男孩来要喝奶,第二部分对话稍短。最后一次,男孩来给保姆说他困了,于是他们停止谈话,此时天色已晚。

总之,这次偶遇前后占用了不到两个小时的时间。这一男一女之间的对话主要围绕着他们自己的生活和经历,他们均对自己所干的工作不大满意。通过他们的互相倾诉,读者渐渐进入他们的生活,了解到他们是怎样的人。

年轻的保姆今年刚过二十,她承认,目前的工作和做保姆的处境对她而言已经到了难以忍受的地步。所以她现在千方百计想摆脱这种处境。她幻想有朝一日会遇见她梦中的白马王子,与他结成百年之好。

那个陌生男子是个走街串巷的商贩,所卖的物品全都是日常生活中不可缺少的零碎。他随身带个小小货箱,时刻准备着一把取出买

---

[1] [法]玛格丽特·杜拉斯:《广场》,王道乾译,上海:上海译文出版社,2005年,第1页。

主所要的东西。这份连个正经买卖都算不上的营生，仅够他一个人的生计，不过也有好处，这可以让他走州过府，流浪天下。到这座城市后，他找了个旅馆放下行李，就转到这个街心花园来了。此时的他感到一阵兴奋，从未有过的幸福感传遍全身：

> 不知怎么的，一走进花园生活让我感觉是那么好……我在花园里一下子变得别提多自然了，就像花园是别人的，但也有我一份……我突然间也感到自己很幸福。[1]

这种幸福感深深地嵌在了他的脑海中，让他久久难忘。

日落时分，当要把孩子带回去时，她问对方是否去参加第三天的一个舞会，结果得到了十分模糊的答复，叙述最后就以这不明确的答复结束。

> 慢慢地，招供和抱怨式的写作开始出现了。招供一种隐约可见的超越，抱怨不可能的亲近。[2]

这里"招供、抱怨式的写作"赤裸裸地呈现在读者面前，那个安于现状的男子穿越大街小巷，从一个地方走向另一个地方，但是从来都不曾想着改变现状。那个憧憬未来的女子守在一个地方，每天都期盼着变化。他们在招供和抱怨之中或坚守自己的初心，或期盼更美好的生活。招供式的写作把装裱在生活上的饰物撕开，把最真实的现状

---

[1] [法] 玛格丽特·杜拉斯：《街心花园》，刘和平、韩琳译，沈阳：春风文艺出版社，2000年，第30—31页。
[2] [法] 阿兰·维尔贡德莱：《玛格丽特·杜拉斯：真相与传奇》，胡小跃译，北京：作家出版社，2007年，第119页。

呈现出来。无奈、无力却又渴望挣脱的呼唤跨越了具象的现实，犹如云层间喷射出来的阳光照耀在大地，抚摸着残忍的生活。

生活的真实不在别处，而在书中人物经历的事件上，杜拉斯把笔端触向了最真实的人物，他们时时刻刻都在为生存而挣扎、呼吁。拨开话语的云雾，我们感到自己突然间跌落在真实的事件上，那是杜拉斯传递给我们的撕掉伪装的生活。

书中的小男孩只有在喝奶时才会露出动物般的面目："这些小孩喝过牛奶之后，牛奶在嘴唇四周留着一层印迹。他们说话、走路，已经很有些自己的举止风度了，可是在他们喝牛奶的时候，一下子，真相大白了……"[1]

本能成为最真实的事件，无法穷尽的宝藏，让杜拉斯爱不释手，反复书写。文学不再是高高在上的阳春白雪，而是普通人的生活和经历，它其实就在人身边，高谈阔论的幻想不复存在，日复一日的经历诉说着人生的价值和意义。

从这一时期的创作，我们可以清楚地看到，杜拉斯始终摇摆在过去与现在、东方与西方之间。过去在东方的经历使她无法忘怀。然而在当时的西方社会，她又羞于表现自己的家庭在印度支那的悲惨生活，她更不愿意把那去殖民地淘金而失败的形象展示给读者——特别是杜拉斯在创作的初期还没有寻找到适合表现异国生活题材的语言。她的左右摇摆在所难免，这种情况下她只好又把注意力集中在了当时法国文坛的创作趋势和倾向上来。因此，在这一时期，我们时而感到杜拉斯远离当时的法国社会和法国文坛，笔下的人物和周围现实格格不入；时而我们又觉得杜拉斯离法国文坛很近，她所采用的写作方式都或多或少地受到了当时法国文学流派的影响，她也难以摆脱那个时

---

[1] [法] 玛格丽特·杜拉斯：《广场》，王道乾译，上海：上海译文出版社，2005年，第62页。

代的气息和文学。无法以现代文学的方式展示东方的情感经历，也无法完全地融入当时的法国文学，杜拉斯深深地陷入了自身经历的矛盾之中无法自拔，我们看到痛苦的杜拉斯在这种矛盾的旋涡中挣扎，寻找出路。

有一点应该是肯定的，杜拉斯不愿意以重复的方式进行自己的文学表达，面对生存的困惑这样的主题，她既不愿意像《塔尔奎尼亚的小马》那样展开叙述，虚构的文学表达方式开始受到杜拉斯的怀疑；她也不愿意像《抵挡太平洋的堤坝》那样展开自传性的叙事模式，她深深地感觉到真实的生活经历与文学的现代表达之间产生错位，至少在她的文学作品中难以融合。

杜拉斯在探寻中把目光落在了普通人的生存状态上，无名无姓的男女青年，在人生的旅途上相遇在广场。书中的人物娓娓道来地讲述着自己，询问着对方，在讲述与问答之中渐渐勾勒出各自的生活状态。读者甚至都来不及为他们唏嘘，只能像他们那样接受现实。生活本该如此。然而他们依然心怀梦想，渴望改变。杜拉斯渴望书写他们的生活，真实到没有任何掩饰，文字和事件达到完美的统一。读者就这样被导入朴实无华的话语系统，静静地等待结果和结局。

杜拉斯痛苦地生存着，她的痛苦源自无法忘怀的东方，源自她无法融入的西方。东西方在杜拉斯的身上对峙着，扭曲着她的身体和灵魂。假如没有文字，没有赖以生存的创作，杜拉斯也许会被这种扭曲摧残致死。

文学给了杜拉斯生命，使她得以摆脱让她苦闷不堪的感情旋涡。创作的过程既是抒发这种感情的过程，也是寻找适合这种心境、能与之相称的文字的过程。这个过程既痛苦、艰辛，又欢快、诱人。杜拉斯就是在这样一种矛盾对立中渐渐成熟，渐渐引起了关注。

第七章：
如泣如诉的语言风格形成时期

经过十几年的努力和探索，杜拉斯逐渐形成了自己的创作风格，这种风格也开始影响无数的年轻读者。在法兰西的土地上，杜拉斯热正在逐渐形成。这个时期的杜拉斯被一种狂热所占据，她无法摆脱写作带给她的欢快和痛苦，这种矛盾的心理在作品中表露无遗。"杜拉斯风格"因此才有了最好的注解：

> 她满脑子里想的都是写作，纠缠着她的写作向她揭示了童年的秘密。她声称在自己的作品中"转圈"，但她这样说是高兴，而不是把它当作失败。这正是她所谓的大作家，她认为作家应该一心挖井，火热的核心就在井底颤抖。[1]

杜拉斯突然间窥视到了被掩盖的真实，被压抑的本能，它们在她心中燃烧，即将触发火热的核心，异样的爆发成就了最独特的杜拉斯风格。

1958年，《如歌的中板》（又译《琴声如诉》）的出版是某种标志，某种象征，也是某种断裂。杜拉斯与自己过去的创作告别，与

---

[1] [法] 阿兰·维尔贡德莱：《玛格丽特·杜拉斯：真相与传奇》，胡小跃译，北京：作家出版社，2007年，第128页。

自己过去的文学理念决裂，她不再像过去那样写作。《如歌的中板》进一步奠定了杜拉斯独特的写作风格和她在文坛的地位。她渐渐把自己无法确定身份的痛苦转化成常人对爱的渴望，尤其是面对深藏心底而又无法企及的爱时，男女主人公的内心痛苦，这是一个由具体故事向抽象爱情题材的转变，现实的爱情故事被有意无意淡化，留下的是弥漫在作品中的绝望、痛苦，是一种被扭曲的爱情悲歌。

这一时期的主要代表作有：小说《如歌的中板》《劳儿之劫》《副领事》《爱》等，电影剧本《广岛之恋》《印度之歌》《恒河女子》《长相思》等。如泣似诉、绝望悲哀、沉醉迷恋构成了杜拉斯作品主题、写作风格和语言的基本特点。

一、《如歌的中板》

杜拉斯于1958年出版了中篇小说《如歌的中板》，这部让人耳目一新的小说一经发表便引起文坛的高度关注，报纸杂志好评如潮。在杜拉斯的创作中，《如歌的中板》很长时期里都占据着发行数量的头把交椅，也是杜拉斯最出名的作品之一。发行量达到五十余万册，除了《情人》，还没有哪一部小说能与《如歌的中板》相媲美。评论界有关这部小说的评论也最丰富，《新观察家》《文学评论》等杂志先后撰文，称这部小说代表着一种新的文学创作方向，其价值超出了普鲁斯特、卡夫卡等人们认可的著名作家。这部在出版之初就引起轰动的小说可以说打开了杜拉斯创作的源泉，从此以后，她就像不知疲倦一样，一部一部地发表各种形式的作品，每一部都荡漾着她的创作激情，都展示着她的创作才华和独特风格。杜拉斯那时候的矛盾心境也或多或少地通过当时的作品表现出来。

据杜拉斯自己说，《如歌的中板》也是与自己的生活关系密切的小说，虽然很久以来人们都以为这是一部纯虚构的小说。小说的故事取材于两件事，一件与杜拉斯本人的家庭生活有直接关系，一件是她从新闻报道中获悉的。与杜拉斯本人有关系的是她陪儿子学钢琴的事：杜拉斯想让儿子学钢琴，儿子却毫无兴趣，常常显得心不在焉。当时儿子学习弹奏的是奥地利作曲家、钢琴演奏家迪亚贝利的小奏鸣曲中的一段中板，杜拉斯用儿子当时弹奏的这段钢琴曲作为这部小说的标题，并把它放进了另外一个与此毫不相关的故事中去。杜玛叶采访杜拉斯时有过这样的对话：

《如歌的中板》开头的钢琴课（杜玛叶问），是否与自己的生活有关？

那是我儿子（大笑）。两年时间，我拉着他，强迫他去学钢琴。[1]

杜玛叶采访她四年后，杜拉斯在接受于贝特·尼森采访时更进一步：

《如歌的中板》中——这是我第一次讲这些——我试图讲述的是一次个人经历，一次个人的秘密体验。这就产生了耻辱的问题。我用墙把这段经历围起来，把它冰封起来。因为这是一次暴力的体验，所以我选择了一个非常严谨的形式……我在《如歌的中板》中隐蔽的要比在其他书中更深。这也是我所有的书中被误读最多的书！[2]

---

[1] Aliette Armel, *Marguerite Duras et l'autobiographie*, Le Castor Astral, 1990, p. 66.
[2] Aliette Armel, *Marguerite Duras et l'autobiographie*, Le Castor Astral, 1990, pp. 66–67.

1971年，杜拉斯与格扎维尔·戈蒂埃在《话多的女人》中也谈到了《如歌的中板》：

> 让我怎么说呢，我曾经有过一次非常非常猛烈的情色体验，我度过了一次自杀式的危机，就是我在《如歌的中板》中所叙述的那个企图自杀的女人，我也经历过，从那以后，我的书就变了……两年来，两三年来，我一直想着这件事，我认为，转折点，向真诚的转变就在那里产生。而且，就如同《如歌的中板》一样，与我生活的男人的性格无足轻重。归根结底，这不是一个故事……我是说不是一个爱情故事，而是一个，怎么说呢，情色故事。我以为我将无法走出来。简直太奇怪了。因为在《如歌的中板》中，我是从局外人的角度来叙述的，而且我也从来没有用其他方式谈论此事。不对，我也许曾经给一两个人讲起此事，但那只是隐隐约约地提起，我从来没有深入挖掘过。那么到底发生什么事情了？为什么？为什么一下子变得那么简单？[1]

那么，这次"非常非常猛烈的情色体验"又是如何导致自杀式的危机？这个男人到底是谁呢？历史学家劳拉·阿德莱尔在她的《杜拉斯传》中，也提到杜拉斯生活中的这个男人。那是在杜拉斯埋葬了自己的母亲后，她几乎立刻回到了那个仅仅与她维持着性爱关系的男人雅尔罗身边。

他们一起待在旅馆的房间里——互相殴打，然后相爱，他们

---

[1] Marguerite Duras, Xavière Gauthier, *Les Parleuses*, Paris, Les Editions de Minuit, 1974, p. 59.

一起哭泣,一起在夜里奔跑,喝酒,直至第二天早晨一起倒下。六个月,他们都是这样一种由暴力、酒精、肉欲结合而成的关系。整个冬天也是如此疯狂,玛格丽特说,"然后就没有这么沉重了,成了一桩爱情故事"。再往后,她终于写下了《琴声如诉》。[1]

另一件促使杜拉斯写作这部小说的是发生在巴黎南郊的一桩谋杀案,案件涉及一位名叫埃韦努的医生和他的情妇与妻子。埃韦努的情妇叫西蒙娜·德尚,她发了疯似的爱着埃韦努,满足他所有的要求。为了能爱他,她甘愿做他的奴隶,他们就这样在一起生活了七年。随着时间推移,他们的爱情逐渐由秘密转向半公开。西蒙娜·德尚也就开始要求与爱情公开相应的社会地位。他们的爱情便陷入了进退两难的境地,能够想象的悲剧便不可避免地发生了。西蒙娜·德尚身穿黑色大衣,手戴黑手套,拿着一把匕首,杀死了埃韦努的妻子。这桩引起轩然大波的凶杀案自然吸引了杜拉斯的注意力,就在警方忙于查埃韦努和西蒙娜·德尚的银行账户,以为是谋财害命案,而巴黎民众尽情渲染制造出各种版本的情杀案时,杜拉斯在1957年至1958年《法兰西观察家》合刊上发表了《舒瓦齐·勒鲁瓦的悲剧》,她认为这是一出爱极生悲的爱情悲剧,她这样推理道:"我爱你,因此我恨你,因此我杀你。"她把这一凶杀案看成没有出路的爱情的最终极也是必然的结果,因此,她才敢这样写道:"我认为应该接受黑夜里的事实。"杜拉斯认为西蒙娜·德尚之所以会去谋杀埃韦努的妻子,是因为她实在太爱埃韦努,她与埃韦努关系的公开只给她留下一条路:占据他妻子的地位以便能永远地爱埃韦努,因此,悲剧便不可避免地发

---

[1] [法]劳拉·阿德莱尔著:《杜拉斯传》,袁筱一译,沈阳:春风文艺出版社,2000年,第382页。

生了。

　　思考这一事件并发表自己的看法好像并不能让杜拉斯尽兴,她意犹未尽地拿起笔,写出了她自身创作风格形成期的第一部爱情悲剧小说。同时,她以音乐为标题,从与自己贴近的生活出发,把爱情和音乐紧密地结合起来,爱就是音乐,是如歌的中板。杜拉斯通过小说所要折射的仅仅是她当时的一种心境,是她经历那件事时的心理活动,可是它们当时均被严严实实地隐藏在故事的后边,隐藏在文字的后面。

　　故事发生在春末的海边小镇,那里是座港口城市。小说的女主人公是位企业家的妻子,和丈夫、儿子居住在与世隔绝的别墅里。每个星期,她都要陪自己十岁左右的儿子到小城靠近码头的小区去学钢琴。儿子的钢琴老师吉罗小姐,认真而严厉,却也无法使自己的学生集中精神,弹奏出准确的音符。原因就在于母亲安娜·德巴莱丝特对自己的孩子过分溺爱。尽管吉罗小姐再三警告,母子二人总是置之不理。吉罗小姐的窗户临着港口,港口上不时传来热闹非凡的声音,显而易见,孩子的注意力全然被窗外吵吵嚷嚷的声音所吸引。吉罗小姐一遍又一遍地要求小男孩弹奏,但是他总是祈求母亲,希望早点结束钢琴课。

　　有一天,钢琴课突然又被窗外的声音打断,原来是一位妇人撕裂心肺的喊叫声。随后便传来一阵嘈杂声和人群聚拢的脚步声。吉罗小姐只好提前下课。安娜就急匆匆地和儿子跑到大街上,看见附近的咖啡馆前围了一群人。咖啡馆里面一个男子发了疯似的亲吻着一位满身血迹的女子,显然,杀死这位女子的正是这个泪流满面亲吻着她的男人,警察在旁边等着要把他带走。这一幕使安娜·德巴莱丝特长久难以忘怀。

　　第二天,她借口要去散步,在钢琴课结束后又和儿子一块来到犯罪现场。走进咖啡馆,她要了一杯酒并和老板娘聊了起来,随后又和在柜台上看报的陌生男人接上了话。孩子在外面玩耍,安娜和那位陌生男子间的对话继续进行。他自称肖曼，也和安娜一样，对第一天发生的事表现出极大兴趣。他们二人一边喝酒，一边聊天。肖曼做了各种各样的假设来想象悲剧发生的环境和原因，同时他向安娜介绍了自己的身份并想方设法让安娜谈谈自己的情况。时间慢慢地过去了，转眼到了下午，六点时下班的工人打破了咖啡馆的宁静，在一片嘈杂声中，安娜和肖曼之间的谈话还在继续。

黄昏时分，他们两人有关别人的谈话已经避开了众人，两个人显然已经有了某种亲密感。也许那天下午正是安娜与肖曼之间艳遇的开始。夕阳收回了最后一缕光线，安娜领着儿子回了家。在随后的几天里，安娜又到那家咖啡馆去了三次。最后一次是在儿子学习弹奏钢琴时，安娜独自来到咖啡馆里。安娜每次到这里来都会遇见肖曼，他们之间的关系越来越密切。他们不由自主地挑选了远离人群的角落里的桌子，一边喝一边聊。每天下班后都要来喝一杯的工人渐渐发现了这一对男女的存在并对此感到难堪。就在残阳晚照中，肖曼和安娜总会不厌其烦地提起发生在咖啡馆里那惊心动魄的一幕。他们之间的每次谈话都从那对不幸的男女开始，安娜对这个悲剧故事十分着迷。他们谈话的中心就是重新设想、重新构建那个爱情故事。由于他们掌握的材料少之又少，所以他们所做的并不是一件重新构建爱情故事的事情，而是通过那些本来就不多的材料全凭想象去创造他们脑海中的爱情故事。他们特别想知道的就是那对恋人为什么会用鲜血来表达他们的爱和激情，他们认为肯定是那位女子主动要求去死，而男子之所以满足她的愿望，只是想最后一次表明他对她的爱有多深。

断裂、重建，冲破传统的牢笼

乍一看，我们好像读到的是一部侦探小说，男女主人公在一起寻找情杀案的动机，提出各种各样的假设。情杀案预示着某种断裂，是一种结束，一段爱情故事的结束，这种戛然而止的爱情故事恰恰留给了读者无限的想象空间。

劳拉·阿德莱尔在她的《杜拉斯传》中这样说："这本书的确标志着某种断裂。杜拉斯本人也认为从这本书开始，她不再像以前那样写作了，她希望大家都能知道这一点。"[1]

阿兰·罗布-格里耶觉得"在叙事的力量中蕴藏着一种颠覆的力量"，瞬间冲击到读者的阅读和审美习惯，温情脉脉、浪漫如花的情爱突然间被一股残暴的力量摧毁，画面因此被定义在血泊之中。

断裂给某个框定的画面进行了界定，界限之外便是无穷的想象空间。在断裂的空白处，叙事开始了，《如歌的中板》的故事似乎以完结开始，肖曼和安娜对情杀案的反复假设和猜测揭开了事件的真相。读者从他们的反复假设，反复推断中，渐渐构建起以这一爱情悲剧为中心点的辐射四方的可能空间。

安娜每日都沉浸在对他人爱情故事的想象空间中。读者很快就会明白他人的爱情悲剧对安娜和肖曼而言不仅仅是一种智力练习，而是另有深意。从每日乐此不疲地聆听别人的故事，到满怀激情地和一位陌生的见证人去想象悲剧的原委，安娜已经陷入了一种难以自拔的状态。她在逐渐沉醉在别人的爱情中的同时，也慢慢地依赖起眼前的这位名叫肖曼的男子。她的这一沉醉与她突然间对酒水难以抵御的嗜好有密切关系，她在肖曼的劝说下拿起了酒杯，初次饮酒时手还有些抖，然而在她习惯后，越喝越多的酒水开始使她沉醉。她处在双重的沉醉之中——沉醉在别人的爱情之中，沉醉在肖曼一杯又一杯为她要来的酒水之中。双重沉醉引发双重构建，构建他人的和自己的故事。

---

[1] [法] 劳拉·阿德莱尔：《玛格丽特·杜拉斯传》，袁筱一译，沈阳：春风文艺出版社，2000年，第384页。

肖曼正是利用安娜的沉醉始终掌握着主动权，引导安娜通过构建他人的故事来幻想自己的爱情。他经常利用安娜身上所表现出来的弱点，在讲述他人爱情故事的同时，有意无意地把话题引向安娜本人的生活，引向她的过去、她的现状。

在谈话中，肖曼说他早就认识安娜，一年前他还是安娜丈夫工厂里的一名工人，那年6月，他还见过安娜本人，那是在安娜的丈夫为自己的雇工所举行的招待会上。

他甚至告诉安娜说从那时起他就经常在安娜居住的孤独而寂寞的大别墅周围转悠。有时为了能看见安娜，他爬上围墙，所以他对安娜生活中的某些日常细节也有所了解。肖曼的真正意图很快显露出来，他只是利用安娜对发生在她眼前的生死之恋的沉醉和向往，以及对他这个悲剧讲述人的依赖来引诱她罢了。

寂寞的少妇对肖曼的引诱和挑逗毫不反感，而且还听之任之地接受着肖曼的殷勤。安娜三番五次地来到这家咖啡馆聆听肖曼所叙述的爱情故事，也毫不脸红地听一位陌生男子讲述他对安娜本人那种所谓的偷偷的恋情。肖曼的肉体对安娜有着不可抗拒的吸引力，他们在谈话的过程中双手互相抚摸，脸也贴在一起。

终于在一个星期五，安娜主动把脸伸向肖曼，看似也想吻他，然而他却对安娜说"婊子"，在此之前他已经当着她的面说过类似的话，虚幻的情感彻底散落，难以收回。就在那天晚上，安娜很晚才回到家中，她的丈夫还有被邀请来她家吃饭的客人都在等她。

这是一顿十分俗气的宴会，客人们个个穿银戴金珠光宝气，人人都在海阔天空高谈阔论，表面上大家都对安娜的反常举动很理解，事实上他们又都把安娜排除在外。安娜依然沉醉在那个爱情故事里，茫然不知现实中发生的事情。由于回来太晚，她既不想吃饭，也常常跟不上与别人谈话的节奏。最后，她一个人回到自己的房间，想方设法吐出她与那位陌生男人所饮的过量酒水，可是那些食物永远哽在了她的嗓子眼上。

此时，她已经猜到肖曼就在别墅外注视着她，然后在回市中心前还会去海滩上躺一躺。经过这次家庭宴请，她算是名声扫地，在城里那些好人家的眼里，她成了没有德行的贱女人。

两天后，安娜最后一次来到咖啡馆和肖曼坐在一起，她是来告诉肖曼，家里决定以后由仆人陪小孩学钢琴，再也用不着她操心了。在这次最后的会面时，他们手握着手，而且还完成了一次被作者称为"死亡"的吻。

在他们最后离别之前，作者记录下了他们之间的对话："'我希望你去死，'肖曼说道。'我已经死了。'安娜·德巴莱丝特说道。"现实和幻想的错位让他们各取所需，却给读者留下伤痛，安娜不再是生活中的她自己，她已经成为另一个人，就是情杀案中那个请求情人杀死自己的女性。始于情杀的故事在安娜请求肖曼为她叙述的故事中延续，而安娜恰恰便把自己想象成故事中的女性，沉迷地享受着这种想象。

故事就此结束，安娜走出咖啡馆，朝着把整座城市渲染成金色的夕阳走去，此时，残阳真的如血。

构建多重的爱情空间

小说故事情节的简述中我们可以看到一些问题。

第一个问题与在咖啡馆上演爱情悲剧的男女有关，他们给读者显示的好像是一种罕见的、让人无法捉摸的爱情。那种表面上的爱情谋杀所反映的并不是因为某种奸情所引起的嫉妒，而是爱情的丰满高大，而是在一方的请求死亡时所完成的一种让人心碎又畅快淋漓的爱情，至少从安娜和肖曼的演绎中，第一对男女之间的爱情应该是这样一种极致的、走向崇高的终结。

第二个让人不解的地方恐怕就是安娜本人，她何以会对那两个素不相识的男女之间的恋情产生那么大的兴趣，并且每天都来到那家码头工人经常出没的咖啡馆和一位龌龊的工人厮守在一起，最后又毫不犹豫地与他诀别？安娜和肖曼之间到底发生了什么？自他们两个人在小说中的初次会面起，那一突发事件仅仅是促使他们相遇、加快他们见面的机缘。在他们的五次会面中，他们之间到底发生了什么？其性质如何？他们正在经历的又是什么性质的成人游戏？最后，安娜又为什么会临阵脱逃，让她的合作者失望至极呢？杜拉斯显然没有给读者一个十分明确的答复，她也仅仅满足于让读者沉浸在对整个小说的狂热和自行演绎之中。

这部小说初版时，共有一百五十六页，也就是说，与另一部小说《街心花园》的页数相同，杜拉斯好像有意要使自己的小说越来越简洁，对人物本身的介绍，对他们的生活环境和他们日常行为的描写在这部小说中几乎没有。从中可以得出这样的结论：杜拉斯从开始时在《厚颜无耻的人》和《平静的生活》中对人物细致入微的刻画，通过对那些人物所处的自然环境和社会环境的描写来表现人物、描述故事的模仿传统的写作方法，逐渐发展到对人物不做任何铺垫和描绘，任凭他们通过自己的行动与语言来表现他们的存在。唯有如此，小说中人物的活动与生活方式才可能与杜拉斯的文字逐渐重叠，她的小说所表现的是故事中人物的现在与作家的现在相吻合的现实。

为了实现外部世界和内部世界相重叠这一目的，小说中的人物会逐渐被作者本人所取代，这是后话。在《如歌的中板》中，杜拉斯所运用的时态本身就表明了她与传统写作方法诀别的决心。

小说中最明显的例子就是作者刻意安排了一章描述安娜的丈夫举行家宴的情节，这一与书中其他章节格格不入、独立存在的章节，无论从其描述的对象还是运用的时态上看均有显著的不同。宴会上那些衣冠楚楚、高谈阔论的来客，那些穿着整齐、手执银盘穿梭于客人间的侍者和那金碧辉煌、萦绕着古典音乐的大厅会让读者联想到过去上层阶级的家庭聚会，多少有点嘲讽安娜的土豪丈夫的意思。再者，从作者运用的时态形式看，也散发着传统写作形式的痕迹（传统写作方法的最大特点就是运用比较固定的过去时态）。杜拉斯把这一无论内容还是形式都与传统写作方法密切相关的章节放在小说倒数第二章，旨在表现与其他章节的差异和区别，甚而表现出杜拉斯的写作风格与传统写作方法的决裂和在形成自己写作风格中所迈出的坚实步伐。如果说杜拉斯在《塔尔奎尼亚的小马》中所表现的个人特点还有点幼稚的话，《如歌的中板》中就已经非常老练了。

肖曼在安娜的请求下，对现实发生的情杀事件进行虚构，也许事件的虚构就逐渐勾勒出一个多极空间。围绕着那场面，更富有想象的空间向外发散，各种各样的虚构与推测绕着那个事实，线性的时空变成了网状时空。

杜拉斯没有过多地着墨现实，而更多地通过安娜与酒吧里的男人来虚构现实，现实在虚构中逐渐丰满并渐渐勾画出具有质感的诗意空间，现实不复存在，只有诗意在诉说着那对情人难以倾诉的爱情故事。现实也会时不时地污染纯洁的诗意空间，把读者拉回残酷的生活之中。

安娜在听肖曼诉说那对情人的过程中，也逐渐离开了让她感到龌龊和寂寞的现实世界。在属于自己的现实世界里，她寻不到属于自己的爱情，她看不到让她痴迷的情感。因此，她便整日沉溺在他人那荡气回肠的爱情场景中，那已经逝去的爱情正好给她留下了任意驰骋的空间。她不但需要自己沉溺其中，她还需要另外一位男人和她一块儿想象，一块儿展开美丽的翅膀飞向另外一方天地。她所需要的并不是现实中某个理想的梦中情人，她仅仅需要随便什么男人和她来完成这次想象，促使她进入那个让她魂系梦牵的爱情世界。

在身旁别有用心的男人的精心呵护下，在他那有声有色的叙述中，安娜一天天沉醉下去，渐渐变成了一只呢喃的燕子，终于把自己想象成故事中的女人，神情陶醉，迎着意象中的情人，递上了自己的双唇，完成了一次生死爱情。幻想和现实莫辨真伪。处心积虑地利用安娜的肖曼在现实的线路上按照自己的思路前行，因此，他便可以肆无忌惮地在公共场所当面骂安娜是"婊子"。也就是说，在他的眼里，安娜敢于伸出她的双手，递上她的双唇，她不是为谁都骚情的"婊子"，又能是什么人呢？可是，在安娜的世界里，眼前的这个男人就是她梦幻世界里的意中人，无论他在现实生活中地位是多么低下，人是多么腌臜，在她的眼里，他就是那个让人刻骨铭心的爱情故事中的男人。她就是那个被他因爱而杀的女子，因此，现实中的安娜渐渐逝去，不复存在。换句话说，现实中的安娜渐渐地蜕变成另外一位女性，在她所构建的别人的世界里，她呢喃着，陶醉在属于别人的爱情里。

因此，她才会在肖曼说"我情愿你去死"时，说"我已经死了"。这时，她已经不是现实中的安娜，而变成了她虚构爱情中那个让她心旷神怡的女性。

这就是为什么安娜会沉溺在上流人士从不涉足的港口酒吧。她在别人完成爱情的地方构筑自己的爱情空间，尽管那是空中楼阁，然而她喜欢。正是基于安娜有求于肖曼这一点，我们可以看到，肖曼其实在两人的会面中自始至终都处在主动的位置，他不但有意地让对话朝着有利于他的方向发展，而且想方设法让不会饮酒的安娜喝酒，在安娜逐渐沉醉之中，他更是牢牢地掌握住了主动权。当安娜三番五次地祈求"给我讲讲""再给我讲讲""快点讲吧""继续讲吧，肖曼俨然是一位主人，尽情地报复着他无法涉足的上流社会。他在安娜沉醉时清醒异常，对着醉眼蒙眬向自己递过双唇的安娜骂一声"婊子"，他终于用这种方法报复了把自己赶出工厂的老板。过去，他是奴仆，今天他却成了老板妻子的主人，肖曼那畅快淋漓的心情好像还难以尽兴，他要尾随安娜去老板的别墅看看，他想看看妻子不守妇道，浪荡归来，无法应酬客人，使上等人的家宴大煞风景时，老板那张痛苦无奈的嘴脸和绝望的神态。

尽管在1958年，杜拉斯早已退出了法国共产党，但是她对共产主义的信念依然在小说中依稀可见，她的美好愿望也不会随着时间的推移而减弱，她依然希望那些穷苦人家会有一天变成这个世界的主人。

因此，这部小说的现实意义也十分明显。两个生活在现实中的主人公所创造的想象空间却截然不同：

一是安娜的幻想世界，在她那完全属于别人的爱情里，她所想象的生死不渝的爱情构筑起了一个让读者动情并难以忘怀的虚拟的爱情空间。

二是肖曼在安娜的沉醉和梦幻般神游的状态面前，清醒地利用安娜构筑着自己的现实空间，报复自己过去的老板。这一阶级对抗又可以延伸到更广阔的空间中去，那就是杜拉斯所希望的，从她的母亲开始就想建造的乌托邦社会，贫苦人可以有自己的土地，自己的工厂，可以变成自己世界的主人。这种幻想和现实交织在一起的空间毫无疑问地扩张着小说本身的内涵，这部小说的张力便在有限的篇幅中得到无限的伸展。

1960年英国现代剧场大师彼得·布鲁克执导，杜拉斯编剧的《如歌的中板》参加了戛纳电影节，新浪潮最佳男主角让·保罗·贝尔蒙多和缪斯女神让娜·莫罗携手谱出一曲如歌的爱恋之歌。全片以悠缓从容的叙事与运镜，将杜拉斯笔下抑郁女子的幽怨情意，化为如歌的中板，让娜·莫罗孤独的身影融入宽广又空寂的画面中，她神秘难解的眼神，如有魔力般穿透银幕，望向无尽的寂寞惆怅。她也因此获得了当年戛纳电影节最佳女演员。电影从另一个角度诠释了杜拉斯的文学，也让杜拉斯式的情爱以影视的方式展现在大家面前。杜拉斯与著名导演的合作从此为她打开了更加广阔的艺术空间，她的文字也越来越具备了影视和声音的特质，空灵的质感表达了杜拉斯式的诗意文字。

最后关于这本书的中文译名，可谓仁者见仁智者见智。有读者这样评论："关于《琴声如诉》这个名字，倒是翻译得不错。一个'诉'字，涵盖了文中的所有忧伤。而《如歌的中板》，则无法预知主题的悲喜。"也许每一个人都从自己的角度理解小说和人物，尊重他人的感受和情感也可能是杜拉斯期望达到的目的，忧伤让人走向内心，憧憬让人忘记生活的忧伤，构建哪怕并不存在的空中楼阁。基于书写的再创造让读者可以构建属于自己的故事，作者和读者的位置颠倒了。

与《街心花园》的比较

回顾一下此前发表的《街心花园》，我们会发现《如歌的中板》开创的也许是杜拉斯小说创作的一种模式，它并不代表某种文学潮流或普遍性的文学创作形式，而是杜拉斯本身的特殊身世和生活经历所可能提供给她的创作源泉。杜拉斯对这一有别其他作家的生活源泉进行了独具匠心的处理，非同寻常的生活和与众不同的情感体验必然使杜拉斯奉献出具有个性的文学作品和模式。这一模式也只能是杜拉斯这一时期心境的反映。

也许在《如歌的中板》之前发表的《街心花园》已经或多或少地涉及这一爱情故事，换句话说，《街心花园》已经在某种程度上预演了《如歌的中板》的故事。两部小说在许多方面存在着相似之处：

其一，它们都描述了一男一女相遇的故事，《街心花园》中所描述的相遇显得非常模糊，交代的也不是十分清楚，而《如歌的中板》中很明显地表现出因为别人的爱情而相遇这一主题。从时间的跨度上而言，我们可以认定，杜拉斯为了写《如歌的中板》，必须先由《街心花园》来铺垫，没有《街心花园》中那含糊不清的爱情，便不会有《如歌的中板》中那虽死如生的爱情故事。《街心花园》中这对青年男女的相遇是通向《如歌的中板》的必经之路。

其二，两部小说中男女主人公相遇的地点都是公共场所，《街心花园》中是公园，《如歌的中板》中是人人都可以光顾的酒吧。

其三，两部小说中男女主人公的相遇都有一个小孩子作为中介：《街心花园》中那位保姆所看护的小孩，《如歌的中板》中安娜的儿子。要吃奶的小孩促成了流浪汉和保姆之间搭话的契机，而要去看热闹的儿子直接促成了安娜对那间发生生死之恋的酒吧的心醉神迷，进而促成了安娜与肖曼的相遇、相识。

其四，他们相遇的时间均为午后，而且最后的分手都是在夕阳西下，残阳照射在天空时，有所不同的是《如歌的中板》是经过了几次见面后选择残阳映红了天空时作为他们分手的时间和背景。

杜拉斯的作品在写作过程和表现形式上都有着许多共同的地方，但是她常常需要多种形式（或电影，或散文，或小说，或采访）才能完成对某一事件或主题的挖掘，《如歌的中板》也不例外。

杜拉斯以这独特的形式颂扬着爱情，挖掘着悲剧爱情中如泣如诉的故事。这部小说对杜拉斯的启示就是文学的表现形式是多种多样的，对同一事件，作家可以从不同的视角、通过不同形式的文学作品进行全方位、多视角的表现，唯有这样，对主题的挖掘和表现才会充分和完全。

正如意大利学者詹尼·瓦蒂莫提出的"非形而上"的真理与存在概念一样，杜拉斯"把真理和存在都理解为'事件'（event），换句话说，把它们理解为某种被不断地解释、重新书写和重新改造的东西，而不是理解为赋予了永恒性和稳定性的客体"[1]。因此，每一本书都书写着"事件"，它们会因为时空的变化呈现出非永恒性和稳定性，

---

[1] [意] 詹尼·瓦蒂莫：《现代性的终结》，李建盛译，北京：商务印书馆，2013年，第16页。

在某些方面呼应"真理和存在"。

也许正是对这一题材的多方位表现使杜拉斯萌生了尝试其他文学形式的想法，而且杜拉斯很快就付诸实践，写出了她表现同一类爱情悲剧的电影剧本《广岛之恋》。

二、《夏日夜晚十点半》

1960年发表的《夏日夜晚十点半》延续着男女之间情感纠结的主题，叙述了一对男女之间关系的结束，和另一对关系的开始，两者巧合地同时发生了。

故事发生在西班牙的一个小城镇，作者没有指明哪个城镇，只是说从巴塞罗那通往马德里的公路旁的一座小镇，距马德里大约有一百五十公里。整个故事发生在二十四小时内，从第一天的午后到第二天午后。主人公是一对法国游客，皮埃尔和玛利亚，他们带着女儿朱蒂丝和一位叫克莱尔的女友。他们疲劳不堪，加上酷热难当，决定在小镇休息一晚，次日再去马德里。他们住进小镇唯一的旅店，那里却早已客满，他们只能借走廊的一角过夜。安顿好不久，玛利亚由女儿陪着去酒吧喝酒。

她在与一位顾客聊天时，得知小镇里刚刚发生了一起流血情杀事件。镇上一位名叫罗德里戈·巴艾斯塔的人发现自己十九岁的年轻妻子与另一男人有染，强烈的报复心使他杀死了妻子和她的情人。警察封锁了小镇，开始追捕凶手，有人说他躲在屋顶上。

单独留在旅馆的皮埃尔和克莱尔之间互生恋情，两人都意识到了这一点。其实在来的路上，就已经露出端倪，当时曾经遇上过一次响雷，克莱尔受到惊吓，皮埃尔紧紧握住了她的手。在旅馆吃晚饭时，惊雷又起，皮埃尔又一次抓紧了克莱尔的手。晚饭之后，天空还是雷声阵阵，大街上时不时地传来巡逻队走过的脚步声——他们在继续追捕凶犯。

玛利亚发现了丈夫和克莱尔之间的恋情，她已经在汽车里窥见过他们的双手紧紧握在一起，在他们走进旅馆时，她又一次发现两人之间那不同寻常的目光。当旅客们都已睡去时，她站在可以俯瞰小镇的阳台上凝视着远方，凝视着天空。就在这时，她发现了一位男子的黑影，蹲在一座屋顶的烟囱旁，她猜那一定是罗德里戈。同时，她也发现对面的阳台上皮埃尔和克莱尔正在拥吻，过了一段时间，她回到旅馆，碰见丈夫和克莱尔，他们三人并肩躺下，希望能美美睡上一觉，这时已经是午夜十二点半了。

当雷鸣电闪终于安静下来后，玛利亚又起身来到刚才待过的阳台。罗德里戈依然藏在那里，背靠在烟囱上。玛利亚轻声呼叫他，可是再三呼叫也不见对方答应。后来，他才用手势回应她，再过一个小时天就亮了，他不可避免地要被捕。他终于同意接受玛利亚的帮助，从屋顶来到旅馆的地下停车场，玛利亚开出自己的汽车，利用巡逻队之间十三分钟的间隔，让罗德里戈藏在汽车后边。

他们很快就办妥了一切，玛利亚载着她的旅客毫不费力地穿过了警察的防线，把汽车驶向了通往马德里的大路。玛利亚沿着大道向前行驶了大约十五公里，又驶上了道旁的一条小土路，并在不远的一片麦田中间停了下来，此时已经是凌晨两点半至三点。藏身车尾的罗德里戈已经睡着了，眼看天就要亮了，她心里有点着急，决定叫醒罗德里戈。她让他暂时藏身麦田，并告诉他会在中午十二点左右来接他并设法让他偷渡出境。然后，玛利亚便开着汽车回到旅馆睡觉去了。

当皮埃尔叫醒玛利亚时，已经是早晨十点；大家都等着她上路呢。离开小镇前，玛利亚告诉了皮埃尔和克莱尔昨天晚上的事情，同时也告诉他们她已经看到他们之间的亲密举止，但她并没有多说什么。

皮埃尔决定去找逃犯，他想帮助逃犯摆脱警方的搜查，万不得已时把他带回法国。临近中午时，他们来到了那条小土路上，盛夏的太阳依然炙人，麦田里收割的农民已经开镰。他们已经渐渐地接近罗德里戈的藏身之地，当农民终于靠近那块地方时，发现逃犯已经自杀身亡。他朝自己的脑袋上开了一枪。

皮埃尔、玛利亚只好重新上路，向马德里驶去。那天下午，他们停在了路旁的一家饭店吃饭、休息。玛利亚和女儿在小长凳上打盹时，克莱尔在饭店里开了一间房，与皮埃尔品尝了偷情的欢愉，他们几个小时前听到的让人醉心的爱情故事终于在他们身上完美再现。后来，他们终于抵达马德里，下榻在马德里的一家旅馆里。玛利亚猜想皮埃尔肯定会在晚上去找克莱尔，她既不生气，也不嫉妒。她仅仅想告诉皮埃尔，他们夫妻之间的爱情已经走到尽头。

皮埃尔和克莱尔所经历的炙热的爱情与玛利亚和皮埃尔七年前在维罗纳的初恋是多么相似，那时他们相爱的情景与此时此地皮埃尔与克莱尔之间所爆发的爱情是多么相像呀。皮埃尔在前一天晚上提到了他们在维罗纳的初恋：

> 他提到了维罗纳。他们曾在维罗纳的一个浴室里整夜做爱，也是风暴，也是夏天，也是旅馆客满。"来吧，玛利亚。"那时他感到奇怪。"什么时候，什么时候我会厌烦你？"[1]

他们在马德里回想起维罗纳的初恋时，承认皮埃尔和克莱尔之间那种难以抑制的爱情犹如他们当年的初恋。过去的爱情逐渐消逝，今日的爱情慢慢燃烧，逐渐取代了昨日的爱情，此时小说便戛然而止。

---

[1] [法] 玛格丽特·杜拉斯：《夏夜十点半钟》，桂裕芳译，上海：上海译文出版社，2005年，第40页。

绝望的爱情，不幸的命运

通过对《夏日夜晚十点半》的简述，我们可以发现这部小说与前面几部小说最大的相似之处就在于都是讲述缠绕着杜拉斯的男女之恋。这一时期，这种双重的爱情问题成了困扰杜拉斯的最大问题。如痴似醉地爱着一个人，可是在相爱之中经常闪现在主人公脑海中的却是另一段挥之不去的情感。

谋杀？情仇？交织在一起的情爱故事自然而然地构成了小说的复调结构。同时，始料未及的结局又让读者不可避免地联想到萨特的作品，带有黑色幽默的命中注定让人无法平静接受，命运对人类的戏弄重重地撞击着读者：玛利亚极力想帮助的罗德里戈·巴艾斯塔最后却在麦地里自杀了。

爱情的主题在这部小说里继续着，小说一开始就讲述了一个为了爱而杀死妻子和情敌的男人，他成了通缉犯。似曾相识的画面再次出现在这部小说里，已经有了丈夫和孩子的玛利亚突然间对这个男人产生了兴趣。她在酒吧里遇到了一位陌生男子，开始与那位男子喝起酒来。小说也以玛利亚和这位陌生男子的对话开始，他们的对话没有任何铺垫，直接就进入了这个小镇的热点新闻。

"巴艾斯塔，这是姓。罗德里戈·巴艾斯塔。"

"罗德里戈·巴艾斯塔。"

"是呀，那个被他干掉的，叫佩雷斯。多尼·佩雷斯。"[1]

---

1 [法]玛格丽特·杜拉斯：《夏日夜晚十点半》，许钧主编，苏影译，周小珊校，沈阳：春风文艺出版社，2000年，第7页。

《如歌的中板》中的那一幕好像在重现。这个路过小镇的女子让女儿在外边玩耍,她开始对发生在镇上的情杀案有了兴趣。跟她坐在一起的男子和周围的顾客、服务员在混乱之中开始了对情杀案的重建和推测。但是与《如歌的中板》中的情景不同的是,玛利亚和那位顾客的对话被一阵骤雨打断。雨停之后,他们的对话已经转移话题,落在了玛利亚和自己的丈夫、孩子身上。错位就这样自然而然地形成了,也许顾客关心的是玛利亚和丈夫的情况,而玛利亚则在操心着那位杀死妻子和情敌的罗德里戈·巴艾斯塔的命运。这种似曾相识的画面并没有继续下去:

那顾客把身子倾向她。她感觉到他头发浓重的柠檬味。他的嘴唇很光滑,很美。

"在城里的一个屋顶上。"两人都笑了。他重新坐正。但在她感觉中,那迷人的声音仿佛仍萦绕在肩头,挥之不去。

……

罗德里戈·巴艾斯塔的妻子向佩雷斯投怀送抱,这难道是佩雷斯的错?难道我们能够拒绝一个这样的女人吗?[1]

故事发生在从巴塞罗那到马德里的路上,途经西班牙小城,炎热的夏天突降大雨。皮埃尔、玛利亚和他们漂亮的女友克莱尔不得不停下来过夜,而且皮埃尔反复强调要去"圣安德烈亚教堂,两幅戈雅的作品……该去看看"。这又让我们不由自主地想到了杜拉斯的另外一部作品《塔尔奎尼亚的小马》。

---

1 [法]玛格丽特·杜拉斯:《夏日夜晚十点半》,苏影译,周小珊校,沈阳:春风文艺出版社,2000年,第7页。

把两部作品的主题糅在这样一部小说里,多少说明了杜拉斯的尴尬处境,也证明杜拉斯还在寻求的道路上。一方面,她对解构依然迷恋;另一方面,解构之后的重建不再以虚构的方式完成,而是通过对事件的讲述,事件又被偶发左右,法国荒诞派戏剧或者存在主义文学的影响显而易见。

人类命运的反复无常,导致了人的无所适从。偶然的相遇,偶然听到的一则消息最后成为现实的一部分。玛利亚在酒吧听到的消息说,罗德里戈·巴艾斯塔藏在城里的一个屋顶上,玛利亚最后果真在屋顶上发现了罪犯,并设法帮助罪犯离开了小城,答应在中午时把他带走。但罗德里戈·巴艾斯塔最终还是自杀了,命运又一次戏弄了所有的人。这样的情节与萨特笔下的《墙》里的情节多么相似,没准备好面对死亡的人被交给死神,已经对生死都坦然的人却被留下。在萨特看来生与死只有一墙之隔,存在与虚无也只有一墙之隔。人生充满意外,今日不知明日事;人生也充满荒谬,命运常常会捉弄人。

这本书本来可以理解为杜拉斯式的对绝望爱情的追溯或者萨特式的偶然在人生中所扮演的决定性角色,但是都不是。这里我们真切地察觉到杜拉斯内心深处的矛盾,对自己个性的坚持和希冀,对真实发生的凶杀案的独特理解,同时对当下文学所表达的主题以及叙事方式表现出的极大兴趣。

沿着《如歌的中板》走,感情肯定会被稀释,带给读者的冲击也不会那么强大;重复《塔尔奎尼亚的小马》的主题,那不是自己的强项,难免有江郎才尽的感觉。所以,满足多方面的需求和愿望就成了杜拉斯希望在这部小说中所完成的使命,小说的结构就显得复杂许多。

小说以对话的方式开始,点出小镇上的情杀:

"巴艾斯塔,这是姓。罗德里戈·巴艾斯塔。"

"罗德里戈·巴艾斯塔。"

"是呀,那个被他干掉的,叫佩雷斯。多尼·佩雷斯。"

"多尼·佩雷斯。"

"他几点干掉了多尼·佩雷斯?"[1]

通过对话讲述的事件被作者的叙述打断:

午后刚过,那顾客其实知道得也并不确切。罗德里戈·巴艾斯塔在干掉佩雷斯的同时还杀了自己的妻子。[2]

作者的叙述一方面继续着对情杀案的补充,另一方面也引出玛利亚和丈夫皮埃尔之间的故事:

他们在那儿,在餐厅里,面对面坐着,他们笑着向玛利亚和瑞丽特打招呼。

"让我们好等。"皮埃尔说。[3]

叙述在这里产生了交叉,一方面是作者通过书中没有姓名的顾客和餐厅的服务员对罗德里戈·巴艾斯塔杀死情敌和妻子的故事的叙述,还有作者和玛利亚对这个情杀案的叙述;另一方面是作者对发生

---

[1] [法] 玛格丽特·杜拉斯:《夏日夜晚十点半》,苏影译,周小珊校,沈阳:春风文艺出版社,2000年,第3页。

[2] [法] 玛格丽特·杜拉斯:《夏日夜晚十点半》,苏影译,周小珊校,沈阳:春风文艺出版社,2000年,第3页。

[3] [法] 玛格丽特·杜拉斯:《夏日夜晚十点半》,苏影译,周小珊校,沈阳:春风文艺出版社,2000年,第9页。

在皮埃尔、玛利亚和克莱尔之间的故事的叙述。

由于作者对情杀案的叙述的介入,作者与自己所叙述的故事的女主人公在叙述时产生了交叉和错位。女主人公反复以对话的形式叙述罗德里戈·巴艾斯塔的故事,而这种对话被作者的叙事补充和替代。

小说的复杂之处在于,小说中人物的叙述和对话又被放置在万能的作者这位叙述者所叙述的故事中,同时玛利亚也在情杀案中扮演了一个角色,成为杀人犯罗德里戈·巴艾斯塔的拯救者。

作者赋予了玛利亚这样一个三重角色:作者故事中的主人公,情杀案中的叙述者和参与者。他们之间的故事发生在路途上,路途上听到的故事摧毁并介入他们的故事。玛利亚与作者一起完善并试图破解情杀案的故事,同时又演绎着那个故事。她在演绎属于作者和罗德里戈·巴艾斯塔的故事时又反复地与所处的现实发生冲突,她把那个故事生生地插入了自己的生活和作者的叙述中。

当每个人以自己的方式叙述故事和介入故事时,故事本身也在按照自身的轨迹向前推进。玛利亚的丈夫和克莱尔在玛利亚的窥视下发生了恋情,而且在通往马德里的途中有了实质的进展,玛利亚明明知道他们之间的关系,却没有采取任何挽救的措施,而是一次又一次地为丈夫和克莱尔提供空间,任凭他们越来越近。玛利亚的冷淡也许有一定的原因,她被罗德里戈·巴艾斯塔的情杀案所困惑,她是否就是那个被弑去的妻子,无法在这里找到自己的位置?

冲突、困惑之中,她与丈夫、克莱尔一起到达了马德里,她和丈夫之间的感情是否会继续下去,答案并不明确;而她与罗德里戈·巴艾斯塔的交往却以后者的自杀终结。

困惑的杜拉斯写作了一部让她和读者都困惑的小说,左右为难的杜拉斯只好把这种心理和精神状态原封不动地展现在读者面前,让读者在叙述的迷宫里寻找自己的阿里阿德涅之线。

三、让人迷狂的劳儿·瓦·施泰因

玛格丽特·杜拉斯交替用小说和剧本的形式表现着剪不断、理还乱的爱情。在 1960 年相继发表了《广岛之恋》和《夏日夜晚十点半》后,她对男女间那种绝望、病态的爱情越来越关注,《劳儿之劫》就是对割断、难以弥合的岁月及其所隐藏的爱情进行重建的最好尝试。

写作背景

1961 年发表的剧本《长别离》以极端的形式表现了爱的绝望。失去记忆的男人近在咫尺,却无视深爱着自己的女人。她想尽办法,试图让他回忆起他们之间的爱情,但是更让人心碎的是,每当希望即将降临,他就要想起那份爱时,在人们的企盼中,他又漠然地走开。《长别离》成了杜拉斯无望爱情的代表。

在这种交替反复之中,杜拉斯渐渐地接近那孕育了很长时间,却无法表述的爱情;接近了那次难以定位的经历——杜拉斯不知道从什么角度去讲述童年时听到的可怕而诱人的爱情故事。《劳儿之劫》发表后,立即引起了众多的猜想,为此,杜拉斯专门接受了《大众阅读》栏目的记者皮埃尔·杜玛叶的采访。

"你是什么时候第一次创作出或者想象出劳儿·瓦·施泰因这个人物的?"

"我是在巴黎附近一家精神病医院的舞会上见到她的,当时正在举办圣诞节舞会。"

"精神病医院里面组织的舞会?"

"是的,就在精神病医院里面。后来我又提出再见她一次,我又一次见到了她,时间很长。"

"她在舞会上的表现如何?"

"跟机器人一样,确实让我大吃一惊,因为她不但漂亮,而且看上去没有任何问题。有病的人通常都看得出来,她一点都看不出来。"

[……]

"这次舞会是否成了故事的起因?"

"正是因为这次舞会,遇到这位女子。我尽量让她多说话,一整天都说话,过去她从来没有这样说过话。[……]"[1]

正是看到这么一个人才使杜拉斯产生了写一部精神病人的书的灵感,后来就写出《劳拉·维·斯坦茵的沉醉》。[2]

著名作家、杜拉斯在诺弗勒城堡的邻居米歇尔·芒索在她的《闺中女友》中是这样记述的:

> 我只记得当玛格丽特神魂颠倒地从犹太城精神病院回来时,我曾想念过弗朗索瓦丝。她在访问中所产生的激情与我有时被弗朗索瓦丝唤起的激情混杂在一起。玛格丽特遇到了一个患有精神分裂症的年轻女人,我觉得她的脸长得与弗朗索瓦丝一模一样。
>
> ……
>
> 洛尔·V.斯泰因的诞生,部分归因于犹太城的这场相遇。在众多的采访中,玛格丽特通过笔头和口头解释过。她本人也曾大

---

[1] [法] 玛格丽特·杜拉斯、皮埃尔·杜玛叶:《关于〈劳儿之劫〉》,巴黎:E.P.E.L. 工作室 1992 年,第 10—11 页。

[2] [法] 高概演讲:《话语符号学》,王东亮编译,北京:北京大学出版社,1997 年,第 36 页。

加评论。[1]

这位与众不同的女患者，看上去和常人无异，她与人讲话，与人跳舞。要不是精神病院的医生告诉杜拉斯她是一位女患者，杜拉斯根本不敢相信这会是真的。也许心灵受到爱情创伤的人，被人夺取了爱情的人，会产生这种生活的断裂，陷入精神错乱。因此杜拉斯产生了写一部与这位精神病女患者有关的小说的念头。

杜拉斯用大胆的假设把这位女患者移植到她的作品中，并给她起名为劳儿·瓦·施泰因。这部让人费解的小说把重心放在了过去，放在了让劳儿心醉神迷的爱情之上。杜拉斯给这部小说起名为《劳儿之劫》，并于1964年交由伽利玛出版社出版。

故事梗概

劳儿·瓦·施泰因出生在萨塔拉，父亲是大学教授。十九岁那年，她遇到了一位名叫米歇尔·理查逊的男人并与之订婚。那年夏天，她来到滨城度假，正赶上市立娱乐场举办本季度的舞会，劳儿在好友塔佳娜的陪同下和未婚夫参加了舞会。法国驻印度加尔各答的领事夫人也陪着女儿安娜·玛丽·斯特雷泰尔参加舞会，米歇尔·理查逊在与安娜·玛丽·斯特雷泰尔跳舞之后，就再也没有回到劳儿身边。劳儿的未婚夫就这样被人夺走了，她在失去未婚夫的瞬间如遭晴天霹雳，时间在这一瞬冻结，记忆也被凝固。

劳儿完全丧失了记忆，只模模糊糊记住了米歇尔·理查逊这个名字。一天夜里，她一个人独自出门的时候，遇到了在一家飞机制造

---

1 [法] 米歇尔·芒索著：《闺中女友》，胡小跃译，桂林：漓江出版社，1999年，第22页。

厂工作的音乐家让·倍德福。在陪劳儿回家的路上，让·倍德福才发现，原来这位夜间独自出门的女子就是劳儿·瓦·施泰因。没过多久，让·倍德福向劳儿求婚，婚后带着她离开了萨塔拉。

六年后，因为工作的关系，他们又回到了这座城市，住在劳儿原来的房子里。他们有了三个孩子。婚后的十几年时间，劳儿·瓦·施泰因外表上看起来没有任何异样，正常地生活着。可是，有一天，劳儿在自家的花园里偶然间碰到了自己的好友塔佳娜，后者已经与萨塔拉城里的医生皮埃尔·柏涅结了婚，但同时与医生的助手雅克·霍德保持着情人关系。劳儿与过去的好友相认时，女友就把雅克·霍德介绍给劳儿。这位助手很快就为劳儿倾倒，劳儿也乐于加入他们的秘密爱情游戏。她常常尾随女友，窥视她与雅克·霍德在林中旅馆的约会。雅克·霍德知道劳儿在窥视他们，这更激起了他的激情和想象。

塔佳娜和雅克·霍德的幽会就像一道亮光在劳儿的脑海中划过，使劳儿仿佛回到了过去的岁月，她与米歇尔·理查逊的故事也开始解冻，她渐渐把雅克·霍德等同于米歇尔·理查逊。最后，她与雅克·霍德约定一同去萨塔拉，去那年夏天举办大型舞会的市政府娱乐厅。通过多方的刺激，劳儿终于记起了过去的事情。过去的爱随之变成了现在的爱，过去不复存在，劳儿幸福地生活在今日的爱情中，她的生活在中断了十几年后又恢复了。

关于《劳儿之劫》的评论

有关《劳儿之劫》的评论文章数不胜数。其中一个很重要的原因，就是这部小说从标题到内容都与传统小说格格不入，也与杜拉斯的其他作品大相径庭，由此所引起的争论也在所难免。争论最多的要数书名《劳儿之劫》，主要集中在对 le ravissement 的理解上：

雅克·拉康曾经对这个词有过非常精彩，也常常被人引用的解读。他在《向玛格丽特·杜拉斯致意，论〈劳儿之劫〉》中这样写道：

> 关于迷狂（或劫持、沉醉），这个词本身就让读者迷茫。从劳儿·瓦·施泰因所给定的含义里，这个词表达的是主观还是客观含义？
>
> 迷狂。指灵魂，是美在起作用。从这一唾手可得的含义，我们可以尽其所能，生出无限的想象。
>
> 劫持者也是这位受到伤害、被排除在事情之外的人所强加给我们的含义，我们不敢触及，但是它却让你成为猎物。[1]

雅克·拉康的这篇文章对杜拉斯这部小说的宣传起到了极大的促进作用，同时也为这部小说打上了精神分析的烙印，使它陷入迷踪游戏的陷阱之中。杜拉斯—拉康成为这种游戏的设计者和创作者，读者在里面摸索前行。米歇尔·芒索这样记述了杜拉斯和拉康共同创造的神话：

> 也许在一场让人精疲力竭的暴风雨后她缓过气来了？她刚刚完成了作品的文学大转折。她创造了洛尔·V. 斯泰因，这个头脑不清的女主人公被拉康本人神圣化了。[2]

著名传记作家劳拉·阿德莱尔这样评论道：

> 杜拉斯从来没有用过无意识这个词，但是不拒绝。只是让她

---

[1] Jacques Lacan, « Hommage fait à Marguerite Duras, du *Ravissement de Lol. V. Stein* », Paris, Albatros, 1979, p. 131.
[2] [法] 米歇尔·芒索：《闺中女友》，胡小跃译，桂林：漓江出版社，1999年，第26—27页。

屈从于精神分析的条条框框未免过于简单化、过于夸张了。[1]

关于 le ravissement 的翻译，国内法语界也有不同的看法。主要分歧恰好来自对这个词本身的不同含义的取舍上。翻开《小罗伯特大词典》可以发现，这个词有三层意思：(1)(旧意)劫持、强行带走；(2)宗教含义，被带走，升天；(3)人在沉醉、迷狂时的情绪。

国内学者的争论集中在（1）和（3）的含义上，王东亮教授在他编译的1997年由北京大学出版社出版的高概的《话语符号学》中把书名翻译成《劳拉·维·斯坦的沉醉》。许钧教授主编的"杜拉斯文集"（春风文艺出版社，2000年1月）中，译者王东亮把书名翻译成《劳儿的劫持》。2007年，上海译文出版社出版的中文译本，译者王东亮又一次对译名进行了调整，翻译成《劳儿之劫》，可见译者本人也是在不断研究和探索的过程中，反复修订自己的译名。上海译文出版社出版的王道乾先生翻译的《物质生活》中，则翻译成《洛尔·瓦·斯泰因的迷狂》。许钧教授则在"杜拉斯文集"中以编者说明的方式对该书的译名作了专门提示："《劳儿的劫持》即《劳儿·V.斯坦茵的迷狂》，虽然我们更喜欢后一种译法，但我们尊重译者的权利。"国内学术界现在更多地认可王东亮教授经过修订后的译名《劳儿之劫》，译者最大限度地保留了作者关于 le ravissement 里的被劫持和劫持的含义，但是也在某种程度上讲，译名并没有表现出劳儿在被劫持后的痴迷状态，译者创造性的劳动还可以继续下去。

相同的出版社，相同的译者在不同时期对这部小说的译名的认识也有变化，由此也可以看出这部小说的与众不同之处。国内外学者这种见仁见智的看法和探讨精神，有助于我们更好地理解和品味杜拉斯

---

[1] [法]劳拉·阿德莱尔：《杜拉斯传》，袁筱一译，沈阳：春风文艺出版社，2000年。

带给我们的文学享受。也许,著名作家雷蒙·让对《劳儿之劫》的解释综合了两种含义:"劳儿·瓦·施泰因痴迷于这种劫持。"这样的解释或许就与杜拉斯的想法不谋而合。

1964 年 4 月 30 日,杜拉斯在接受《法国文学》特里斯当·雷诺采访时谈到过这个词:

> 特里斯当·雷诺:"劫"这个词具有双重含义。其中包括欣喜或幸福的概念,也有失踪的意思。应当把"劫"理解为这两个意思吗?
>
> MD:是的,这本书应该叫作"劫持"。我想用"劫"这个词来保留其双重含义。劳儿·瓦·施泰因被劫持了(她为之迷狂)。
>
> 是的,她被劫走了,她为之迷狂。她还会继续迷狂。[1]

也许,我们真应该尊重杜拉斯的意愿,她在 1992 年再次接受《阅读与写作》栏目的主持人皮埃尔·杜玛叶的采访,后者曾经在小说刚出版时采访过杜拉斯:

> 《劳儿·瓦·施泰因》是某种庆典:我们在某种程度上进入了我从未涉足的文学,我对此很陌生,但又很需要。谈到《劳儿·瓦·施泰因》时,我对自己一点信心都没有。[2]

---

[1] [法] 玛格丽特·杜拉斯、索菲·伯加艾尔:《1962—1991 私人文学史:杜拉斯访谈录》,黄苡、唐洋洋、张亦舒译,北京:中信出版集团,2018 年,第 27—28 页。
[2] [法] 玛格丽特·杜拉斯、皮埃尔·杜玛叶:《关于〈劳儿之劫〉》,巴黎:E.P.E.L. 工作室,1987 年。

她在《物质生活》中写道：

> 书中和影片里写的女人行列中所有这些女人，从《恒河的女人》到《洛尔·瓦·施泰因》最后定稿，即我已遗失的那个手写稿都是相似的。[1]

所以，《劳儿·瓦·施泰因》也许不失为一个可以参考的译名。

劳儿·瓦·施泰因是一个无法归类、没有国籍的女子。她可以是西班牙人、法国人或德国人。劳儿，典型的西班牙名字，V.（瓦）是Valérie即瓦莱里的缩写，施泰因则属于日耳曼民族。劳儿·瓦·施泰因，西班牙的头上长着法国身体，后边的脚是德国的。格萨维尔·戈蒂埃在与杜拉斯在《话多的女人》中也谈到劳儿：

> M.D.：施泰因，她已经处在某种被侵犯的状态。
> X.G.：是的，劳儿·瓦·施泰因（Lol V. Stein）的名字是否也如此？
> M.D.：一回事。
> X.G.：跟劳儿，点，瓦，点，是一回事。在我看来这简直太棒了。这种删除，人们不会知道，永远也不会知道后边是什么。又是空白，不是吗？[2]

拉康更是不同寻常，他是这样论述的：

---

[1] [法] 玛格丽特·杜拉斯：《物质生活》，王道乾译，上海：上海文艺出版社，2004年，第39页。
[2] Marguerite Duras, Xavière Gauthier, *Les parleuses*, Paris, Les Editions de Minuit, 1974, p. 15.

劳儿·瓦·施泰因（Lol V. Stein）：纸制翅膀，V，剪刀，Stein，石头，玩起猜拳的游戏，你就死定了。[1]

精神分析师的解读确实不同寻常，也提供了另外一种可能的诠释。其实原因也可能并没有那么复杂，杜拉斯在与皮埃尔·杜玛叶的电视访谈中在回答为什么起名劳儿时说："是因为劳儿·贝隆。我特别希望劳儿·贝隆能扮演劳儿·瓦·施泰因的角色。"不管实际情况如何，仅仅从书名看劳儿已经在某种程度上被劫持了，书名完美地与作者希望表达的书写美学契合，从形式到内容完整地呈现出作者的美学和艺术追求。

还有许多精辟的论述，这里仅列出有代表性的几段。

雅克琳娜·皮亚提耶（Jacqueline Piatier），《世界报》，1964年4月28日：

> 据书名看，应该把《劳儿之劫》当作一次着魔来接受。除此，该书是让人不适、令人生厌的……[2]

再比如：

> 我们不得不相信，玛格丽特·杜拉斯有意要让我们瞠目结舌，要让我们产生似乎理解，其实并不明白，或者相反的感觉。[3]

---

1 Jacques Lacan, « Hommage fait à Marguerite Duras, du *Ravissement de Lol. V. Stein* », Paris, Albatros, 1979, p. 131.
2 [法] 玛格丽特·杜拉斯：《劳儿的劫持》，王东亮译，沈阳：春风文艺出版社，2000年，第144页。
3 [法] R. M. Alberes：《今日小说》，Albin Michel 出版社，1971年，185页。

显而易见，这本书的细节可以说明问题，我们可以从中得出这样的结论，这本书给人的第一印象就是让人不知所措……[1]

著名作家布朗肖在谈到劳儿·瓦·施泰因时这样写道：

既不是纯粹的虚无，也非人物的完全丰满，而是活生生的人似虚幻一般。[2]

评论文章殊途同归，虽然对小说的不同寻常、别扭，甚至令人生厌的方面进行了多角度、多视觉的赏析，但都不乏由衷的溢美之词。寻求每一个词语的含义，寻求每一个情节的含义，把词语赋予行为之中，用词语理解行为成为其中的任务。解读细节，解读词语，就像面对科学实验中的每一个现象一样，都试图予以某种解释。多元的解读为作品增添了更为广阔的想象空间，所以在词语的高速公路上，要固定自己的目标并不容易，当然这肯定也不是杜拉斯的选择。

杜拉斯对《劳儿之劫》情有独钟，也在不同的场合多次谈到劳儿·瓦·施泰因：

《洛尔·瓦·斯泰因的迷狂》是一本属于另一类型的书。一本独特的书。只有这本书。在某些卷入洛尔·瓦·斯泰因疯狂的读者——作者、与一般读这本书的读者之间，划出一条分界线，区分开来。

我对我已经说出、重复说出和我没有说出的事也做出区分。

---

[1] Jean Pierrot, *Marguerite Duras*, Librairie José Corti, 1995, p. 205.
[2] Danielle Bajomée, « Veiller sur le sens absent », *Le Magazine littéraire*, N° 278, 1990, p. 33.

我以为这本书属于已经说出的那一类：即 S.塔拉举行舞会，洛尔·瓦·斯泰因看到她的未婚夫和那么一个穿一身黑衣不相识的女人的那种情景，她是多么气愤，以致痛苦也被遗忘想不到了。被抛在一边，被出卖，她并没有感到痛苦。正因为痛苦隐没未发，所以她后来陷入疯狂。似乎还可以换一个说法，说她的未婚夫投向另一个女人，她完全明白，完全理解，不过，她已经介入一种选择，即做出违反自己的选择，由于这一事实，她失去了理性。这是一种遗忘。冬季结冰期也有这类现象。水在零度时就变成冰，但有的时候，也会出现这种情况，严寒中空气呈静止状态，水因此忘记结冰。水可以降到零下五度才凝结成冰。

我没有说出的，是我在我所有的书中所写的女人，不论她们的年纪有多大，她们无不是出自洛尔·瓦·斯泰因。也就是说，她们对自己都有某种遗忘。[1]

关于"另当别论，独立的书"，杜拉斯在 1992 年再次接受皮埃尔·杜玛叶的采访时做了进一步的解释："独立。一本始终超越了其他书籍的书。"

……

冰冻—解冻，起点与终点之间的循环。

如何超越？超越从冰冻开始。小说一开始就以冷峻的笔调描述了参加萨塔拉市属娱乐厅的舞会，这是冰冻的开始：

乐队停止演奏。一曲终了。

---

[1] [法] 玛格丽特·杜拉斯：《物质生活》，王道乾译，上海：上海译文出版社，2007 年，第 37—38 页。

> 人们缓缓退出舞池。舞池空无一人。
> ……
> 他看到了适才的来客，停下来，然后将劳儿拖到酒吧和大厅尽头的绿色植物那边。
> 劳儿也一样，看到了那个令人折服的风韵女子，惊呆了。
> ……
> 乐队停止了演奏。舞厅看上去差不多空了。……他们没有注意到乐队停止了演奏：在乐队本该重新演奏的时刻，他们又自动拥在一起，没有听到音乐已经没有了。……她看不到他们时，摔倒在地，昏了过去。[1]

劳儿被冰冻，她的未婚夫被冰冻，音乐被冰冻，舞会被冰冻，时间被冰冻在那一年的夏天。这时，因劳儿而起的故事好像才开始。劳儿被冰冻在那个夏天、那场舞会中，但是，生活并没有停止，故事并没有停止。书中的主人公被冰冻却没有死，她在没有知觉地生活着。为她解冻就是让她恢复对生活的感觉，对爱情的感觉。可是到底谁能为她解冻？在生活被冰冻的地方，曾经经历过那个场面的人和物成为解冻的催化剂。这个过程注定是漫长的，同时也被杜拉斯"别有用心"地设计出来。自从那次"中断"之后，除了那个跟另外一个女人走了的未婚夫，劳儿与中学好友也断了音信。直到她又搬回萨塔拉之后"某个灰色日子的午后"，她才在自己的花园里看到一对男女，两个人的接吻突然使劳儿记忆中闪现出另一幅场景：

> 花园里，劳儿不太确信认出那个女人。似曾相识的情景在这

---

[1] Marguerite Duras, *Le Ravissement de Lol. V. Stein*, Paris, Gallimard, 1964, pp. 16–22.

张脸周围，也在其行姿和目光周围飘浮。劳儿窥视到他们临别时的罪恶、美妙的一吻，难道这也没有对她的记忆产生影响？[1]

这时在劳儿的脑海中划过一道亮光，在劳儿混沌的记忆世界里，突然闪现出已经成为碎片的脸。被冰冻在过去空间中的这张脸开始活动，随之带来的是这张脸上的目光和行走的姿势。女人的身体又会引出其他被冰冻在她周围的回忆，男人的形象依然模糊，但是当他与那个已经苏醒的女人接吻时，催醒的是记忆中心的原罪——她曾经那么渴望过的吻。那是谁给谁的吻，此时此刻其实并不重要，重要的是那要命的一吻也开始松动，那好像就是米歇尔·理查逊给劳儿的吻，那张脸既是好友，也是十年前的自己。

有了恋人，有了好友，解冻劳儿记忆的下一个因素是什么？情人，劳儿曾经希望时间永远停留在那年夏天，停留在她与米歇尔·理查逊恋爱的季节。女友代替她出场了，她既是劳儿，也是那个给出罪恶一吻的女人。情人随之也出现了，这个人就是雅克·霍德。当劳儿尾随着他来到麦田时，她的记忆再次被触动：

某些记忆，经仙女的手指，从远处掠过。劳儿刚躺在麦田里，记忆就轻轻地抚摩她，展现在她的眼前，夜色渐深的时刻，黑麦田里的女人看着一扇长方形的小窗，狭窄的舞台像石头一样局促，上面还没有一个人出现。[2]

对劳儿而言，有一种仪式必须完成，那就是要为自己空洞的躯体

---

1 Marguerite Duras, *Le Ravissement de Lol. V. Stein*, Paris, Gallimard, 1964, p. 38.
2 Marguerite Duras, *Le Ravissement de Lol. V. Stein*, Paris, Gallimard, 1964, p. 63.

找到依附物，结婚给了她最佳的依附对象——让·倍德福。结婚也意味着某种仪式的完成，成就了她躯体存在的最佳形式，她就这样空洞地存在着，存在成为她生活中的必要形式。但是，这个空洞的躯体早在那年夏天被人掳走了灵魂，仅仅这样存在远远不够，重要的是要为她游荡的灵魂找到依附物，不是空洞、干枯、没有生气的躯体，而是活生生的、能够爱人并被人爱、能够在自我享受的同时替劳儿享受昔日爱情的躯体。

劳儿将她的虚无贴附在构成全书的噩梦中的"我思"之上。这样做赋予了劳儿一种存在的意识，但是这一存在的支撑点在她自身之外——在塔佳娜的身上。[1]

情人出现时，记忆之窗才真正打开。那个代替劳儿出场的女人，同时又成为那个夺走劳儿未婚夫的女人与情人在劳儿眼前上映的，就是当年米歇尔·理查逊与安娜·玛丽·斯特雷泰尔在离开劳儿之后所上映的一幕。"他，目光低垂到她脖颈后裸露的地方"的情景继续在劳儿眼前上映：

> 当她摆弄自己头发的时候，男人走过来，他俯下身，将他的头搭在她柔软、浓密的头发上，她继续撩起她的头发，任他亲抚，他继续撩头发又放下来。他们从窗户的背景中消失了很长时间。[2]

这个身躯中依附着劳儿的与人偷情的女人替劳儿打开了记忆的闸

---

[1] Jacques Lacan, « Hommage fait à Marguerite Duras, du *Ravissement de Lol. V. Stein* », Paris, Albatros, 1979, p. 132.
[2] Marguerite Duras, *Le Ravissement de Lol. V. Stein*, Paris, Gallimard, 1964, p. 63.

门。因此，女人对面的男人必须是劳儿当年钟爱的人，这个男人：

> 他将为永恒的米歇尔·理查逊、T滨城的男人尽职，与他相混淆，彼此不分的搅在一起，合二为一，不再能分出谁是谁……[1]

窥视让劳儿意识到了自身的存在，虚无缥缈的"我思"又真实地在眼前闪现。劳儿在恢复某些记忆的同时，忍受着爱与被爱的痛苦，也享受着那曾经有过、现在属于别人的激情。而雅克·霍德这位与别的女人偷情的人曾经"试图在死去的事物中让她（劳儿）复活"[2]。

在女友和情人的帮助下，劳儿的记忆开始解冻，但这仅仅是部分解冻。解铃还须系铃人，最后的解冻还需要回到故事开始并被中断的地方。劳儿在"我"——女友塔佳娜的情人——的陪同下，来到了萨塔拉的娱乐厅，此时劳儿完全解冻了，随之又被风化：

> 劳儿看着。在她身后，我试图紧紧追寻着她的目光，每一秒都更多地回忆起她的回忆。我回忆起与目睹过她的事件相毗邻的事件，我回忆起黑暗的舞厅之夜若即若现的近似轮廓。我听到了一段没有历史的青春的狐步舞。一位金发女郎在大笑。一对情侣向她走来……噼啪作响的次要事件，母亲的叫喊出现了。……一阵壮观的沉静掩盖了一切，吞噬了一切。……一切都被淹没了。劳儿与一切。[3]

此时的劳儿既非那年夏天的少女，也非今日他人的妻子。"……

---

[1] Marguerite Duras, *Le Ravissement de Lol. V. Stein*, Paris, Gallimard, 1964, p. 63.
[2] Marguerite Duras, *Le Ravissement de Lol. V. Stein*, Paris, Gallimard, 1964, p. 172.
[3] Marguerite Duras, *Le Ravissement de Lol. V. Stein*, Paris, Gallimard, 1964, pp. 180–181.

她被非人化了；既不是纯粹的虚无，也非人物的完全丰满，而是活生生的人似虚幻一般。"[1]

劳儿在解冻之后彻底被淹没了。故事在开始时中断，又在中断处结束，终点此时就是起点，起点成为终点。

"在河流之后"，在她之后，还有 S. 塔拉，遗忘之地，变化之地，难以区分的地方。[2]

被摧毁的一切在虚构之中复活，最终又被彻底遗忘。

劳儿·瓦·施泰因的延续

对这样一种爱情题材的挖掘并非一种艺术手段能够穷尽，杜拉斯还把它写成剧本，拍成电影。1972 年 11 月，杜拉斯在特鲁维尔的住所里迎来了许多友人，有著名的电影演员卡特琳·塞莱、尼科尔·伊丝、热拉尔·德帕迪厄等，还有杜拉斯的朋友迪奥尼斯·马斯科罗和儿子让·马斯科罗。杜拉斯要借着秋天特鲁维尔游客较少的季节把劳儿·瓦·施泰因的故事搬上银幕。

秋末的特鲁维尔海滩已经空空荡荡，这夏日盛况之后的空荡与萨塔拉城市那年秋天举行盛大舞会之后所留下的杯盘狼藉多么相似。杜拉斯一行人就是要在这空空荡荡的海滩上再现劳儿·瓦·施泰因那痛苦的爱情经历和漫长的复苏过程。

黑色岩石大楼成了萨塔拉的市政府娱乐厅，演员们时而仰望着黑色岩石大楼，时而漫步在特鲁维尔的沙滩上，用晃动的身影和踟蹰的脚步表现着劳儿·瓦·施泰因沉睡的爱情。杜拉斯指挥着摄像师，也

---

1 Danielle Bajomée, « Veiller sur le sens absent », *Le Magazine liltéraire*, N° 278, 1990, p. 33.
2 [法] 阿兰·维尔贡德莱：《玛格丽特·杜拉斯：真相与传奇》，胡小跃译，北京：作家出版社，2007 年，第 156 页。

指挥着演员。

影像电影中除了人物间断断续续的对话,其他声音很少。这种同期录制的对白与影像构成了电影的一部分。与此同时,声音的电影也在录制中,这是一部独立于影像电影的电影。它构筑出电影的另一个空间,把观众带进了看似与电影无关,实则联系紧密的空间中。声音与画面最后融合在一起,携手完成了对劳儿·瓦·施泰因爱情的再现与复活。这部影像与声音的电影就是《恒河女子》。

杜拉斯运用文字、声音和影像多种手法,完成了困扰她多年的爱情主题。从此施泰因的形象不再萦回脑际而难以忘怀。但是,劳儿·瓦·施泰因却像是一个从胆形铜瓶里放出来的魔鬼,幻化成无限衍生的人物,成就了杜拉斯在文坛上辉煌的高峰之一。

四、复调视觉下的《副领事》

在杜拉斯的作品中,《副领事》是一本晦涩难懂的小说。杜拉斯写了那个让她恐惧又对她充满诱惑的女乞丐的故事,又写了让她无法割舍的安娜·玛丽·斯特雷泰尔和遭人排斥的副领事的故事。这几个行为怪诞的男女主人公构成的小说结构复杂,具备现代小说的基本特征。也正是这些特征才使小说呈现出多元、多角度的阅读可能,给小说带来了立体的多元空间。

关于《副领事》

童年记忆中的伊丽莎白·斯特耶德泰尔,这个拥有无数情人的女人的故事,始终是压在杜拉斯心头挥之不去的往事,成了她心中无法驱赶的影子。有关这位从童年起就埋藏心底的女人,杜拉斯总感到有话要说,但是始终找不到合适的表述方式。直至1964年的《劳儿之劫》，某种可能的表述形式和契机终于出现。

1964年，杜拉斯在接受皮埃尔·杜玛叶的采访时，她突然忘记了自己的存在，忘记了对面的皮埃尔·杜玛叶，许多羞于启齿的童年往事涌上心头。她滔滔不绝地讲起了自己的童年，讲起《劳儿之劫》，讲起她曾经遇到女乞丐的故事。面对话筒，她不需要担心什么，她自由奔放，终于把压在自己心中的故事讲了出来。

杜拉斯感到了一阵放松，这是她第一次面对记者直接谈及安娜·玛丽·斯特雷泰尔，谈起那个让她刻骨铭心的女乞丐。但是就因为这第一次，杜拉斯才摆脱了多少年的羁绊，她感到了一种自由的力量。但是，仅仅以这种形式表述与发泄，远不能释放多少年来郁积心中的情结，也难以穷尽她终年积攒的不快和辛酸，所以她还需要用其他形式来表白，小说是她选择的形式之一。面对记者时所不能直述的感情，可以通过小说重新表达，因此，童年的故事、女乞丐以及母亲那段不堪回首的往事渐渐地走进杜拉斯的创作。与记者那次面对面畅谈过童年的那些人后，杜拉斯的心情不再那么沉重，她甚至有点兴奋。她着手把女乞丐和伊丽莎白·斯特耶德泰尔这两个并无瓜葛的人物安排进同一个小说。《劳儿之劫》中的安娜·玛丽·斯特雷泰尔的故事在千里之外的另一个空间中继续，这就是《副领事》。

> 1965年，继1964年的《洛尔·V.斯坦因的迷狂》之后，杜拉斯开始写同样重要的《副领事》。通过这本书，杜拉斯又与印度的白人建立了联系，巧妙地把自己的出生地印度支那移了位。她现在知道了，一切都来自"童年"。[1]

---

1 [法] 阿兰·维尔贡德莱：《玛格丽特·杜拉斯：真相与传奇》，胡小跃译，北京：作家出版社，2007年，第127页。

这个移了位的印度支那甚至成了杜拉斯经常光顾的地方,她在《情人》中就提到自己所播撒的种子:

> 我使得全城都充满了大街上那种女乞丐。流落在各个城市的乞妇,散布在乡间稻田里的穷女人,暹罗山脉通道上奔波的流浪女人,湄公河两岸求乞的女乞丐,都是从我所怕的那个疯女衍化而来,她来自各处,我又把她扩散出去。[1]

《副领事》不如《如歌的中板》《广岛之恋》和《劳儿之劫》等几部作品名气大,但它仍不失为一本值得读的好书。其原因正如杜拉斯所说,《副领事》是第一部关于她生活的书,是一部最难懂的,也最冒险的小说,因为它最大限度地描写了不幸。

> 我对自己说,也许,我还可以写作。此前,我曾写过一些书,但都被我抛弃了。我甚至忘了书名。《副领事》则不一样,我从未放弃过,至今,我还常常想到它。[2]

"这是一本我自己想写的书。"关于那个浑身上下满是虱子的女乞丐,杜拉斯不止一次在自己的作品中讲到过,她曾经在《抵挡太平洋的堤坝》提到过:

> 母亲……最后收养的是个一岁的女孩,是她从路上的一个女人手里买来的,这女人一只脚有毛病,用了八天时间从朗镇来到

---

[1] [法] 玛格丽特·杜拉斯:《情人》,王道乾译,上海:上海译文出版社,2005年,第103页。
[2] Marguerite Duras, *Ecrire*, Paris, Gallimard, 1993. p. 23.

这里，沿途她一直求人收养她的孩子，她路过的村庄里，人们告诉她："一直走到旁代去，那里有个白种女人对孩子感兴趣。"那女人终于来到这块租借地。她向母亲解释说她的孩子是个拖累，使她无法回到北方去，她绝不可能把孩子带到北方去的……她用受伤的脚走了三十五公里路，为了把孩子带给母亲……她本想把孩子还给这个女人，但是这个女人还年轻漂亮，还想好好地生活，所以固执地拒绝了母亲，母亲只有留下小孩，已经一岁的女孩看上去只有三个月大。[1]

当时还是小学教师的母亲收养了这个孩子，但孩子不久便死了。女乞丐的形象始终萦绕在杜拉斯的脑海中。直到她写作《情人》时，又一次触及这个让她恐惧不安，却又难以释怀的女乞丐：

这是永隆的一条长街，尽头一直通到湄公河岸边。这条大街每到黄昏很是荒凉，不见人迹。这天晚上，几乎和任何一天的晚上一样，发电厂又停电，事情就从这里开始。……我拔腿就逃，我要逃走，因为我怕黑。我越跑越快。猛可之间，我相信在我身后也有人在跑。在身后肯定有人跟踪追来。我一面跑，一面转身看了一看。一个高高的女人，很瘦，瘦得像死人一样，也在跑，还在笑。她赤着双脚，在后面紧追，要追上来，抓住我。我认出来了，是本地区那个疯人，永隆的女疯子……[2]

1966年《副领事》发表后，杜拉斯在3月23日又接受皮埃尔·杜

---

[1] Marguerite Duras, *Un barrage contre le Pacifique*, Paris, Gallimard, 1950, p. 82.
[2] [法] 玛格丽特·杜拉斯：《情人》，王道乾译，上海：上海译文出版社，2005年，第100页。

玛叶的采访。当记者问到女乞丐是谁,她在什么地方认识她时,杜拉斯这样说道:

一个跟在我身后追我的人。从我……从我十岁起,我在印度支那认识的这个人就跟随我……那时我的母亲是小学教师。有一天,她来了,听说我母亲收养小孩,她走了几百公里,带来了一个已经无法养活的孩子……[1]

二十六年后,杜拉斯再次谈到孩子时曾泪流满面:

我的母亲把孩子交给了我,对我说:"你去照看她……我没有时间。"我让人喂孩子,我开始喜欢她。有一天,人们发现她死了……我还没能够……(杜拉斯哭了)[2]

一半是女人,一半是野兽,女乞丐穿过田野,不是在寻找她扔掉的那个孩子——她就像扔掉一个熟过头了的水果一样扔掉了自己的孩子,而是寻找把自己赶出家门的自己的母亲。[3]

因为贫穷、苦难,才有了孩子的死亡,才有了乞丐和麻风病……杜拉斯又是如何把副领事和女乞丐放在一起的?

副领事确有其人,这个人是真实存在的,这是她大学的同学,

---

[1] [法] 玛格丽特·杜拉斯、皮埃尔·杜玛叶:《关于〈劳儿之劫〉》,巴黎:E.P.E.L. 工作室,1992 年,第 35 页。

[2] [法] 玛格丽特·杜拉斯、皮埃尔·杜玛叶:《关于〈劳儿之劫〉》,巴黎:E.P.E.L. 工作室,1992 年,第 35 页。

[3] [法] 劳拉·阿德莱尔:《杜拉斯传》,北京:中信出版集团,2022 年,第 395 页。

后来成了外交官，才被调到孟买。他的名字叫弗莱蒂，在调职之前他回到巴黎，玛格丽特的朋友也都见过他……当时对精神变态者进行了一项很大的调查，昂佛尔实验室建议马兰·卡尔米茨和作家合作，拍一部半个小时长的影片。第一个主题是酗酒，卡尔米茨想到了玛格丽特……很快就接受了这项神奇的任务……但是玛格丽特回到了这个男人的故事上，加尔各答的副领事……[1]

两个真实的故事被杜拉斯用文学糅合在一起：

我必须彻底地编造一个加尔各答，它的酷热，到处都是风扇，它们发出飒飒的响声就像是受惊的小鸟在鸣叫，还有碰到的一个年轻女人的爱情。[2]

杜拉斯在谈到与副领事的关系时这样说：

她说《副领使》是第一部关于她生活的著作，是最难懂的，也是最冒险的，因为它最大限度地描写了不幸，却没有追诉引起这份不幸的可见的事件。[3]

写副领事，我不得不花了三年时间创作这本书。我不能谈论它，因为任何外来干预，任何"客观"意见都会将这本书一下子抹去。如果我采用另一种写作方法，一种被修正的写作方法，就

---

1 [法]劳拉·阿德莱尔：《杜拉斯传》，北京：中信出版集团，2022年，第396—397页。
2 [法]劳拉·阿德莱尔：《杜拉斯传》，北京：中信出版集团，2022年，第397页。
3 [法]劳拉·阿德莱尔：《杜拉斯传》，北京：中信出版集团，2022年，第400页。

会毁掉这本书的写作，毁掉我对这本书的所有思想。[1]

无论是早期的《抵挡太平洋的堤坝》，还是获得龚古尔文学奖的《情人》，女乞丐的故事都是杜拉斯在叙述家庭或个人生活中的要素之一。但是在《副领事》中，她却成为主人公，她的故事与副领事的故事交织在一起。这是一部压抑了很长时间才得以公开的故事，也是杜拉斯心头的难解之谜。

故事梗概

《副领事》中有三个故事，只有将三个故事的文本交叉阅读，才可以理解，《副领事》作为一本书，始终是开放的，由夏尔·罗塞特的故事开始，到副领事的幻想结束。[2]

这两个故事中间穿插的是，一位名叫摩根的男人写的故事，他刚刚来到亚洲。他在市场看到一位饥饿难耐的年轻姑娘卖掉她的孩子，他讲述了她的流浪经历，并在其中插叙了他在印度的见闻。

女人因怀孕被母亲赶出家门，过着颠沛流离的生活，成为秃头的女乞丐。她到处流浪，饱尝饥饿艰辛，就是要把女儿分娩出来，并为她寻一个好人家寄养。她怀着这样的希望，唱着故乡的歌，渐行渐远。故乡在她身后抹去，记忆逐渐模糊。多少个日晒雨淋的日子，多少个饥饿难忍的昼夜，也没有磨去她的希望。十年后，她终于来到加尔各答，不但找到了自己的归宿，也把女儿托付给一位白人妇女。从

---

[1] [法] 玛格丽特·杜拉斯：《写作》曹德明译，沈阳：春风文艺出版社，2000年，第12页。
[2] [法] 玛格丽特·杜拉斯：《情人·乌发碧眼》，王道乾译，上海：上海译文出版社，2004年，第218页。

此以后，恒河岸边的麻风病人中间，多了一位夜里唱歌游荡、白日沉睡的秃头疯姑。

第三个故事讲述的是法国驻拉合尔的副领事，他性格孤僻，总是把自己关在黑暗的官邸里。一天夜里，他朝萨里玛的花园里开枪，打死了几个麻风病人，接着就大吼起来，由于这件案子，他被调离拉合尔，在加尔各答等待重新安排。在此期间，使馆组织了一次招待会，他也在被邀请之列，但人们都厌恶他，不敢靠近他，他成了一名恬不知耻、道貌岸然的人。他深深地被大使夫人安娜·玛丽·斯特雷泰尔夫人所吸引。最后在哀求无果之后，他依然用他那嘘声浓重的吼叫结束了在加尔各答的等待。

罪恶、狂暴、摧毁的力量

女乞丐年纪很轻就怀了孕，原因却不得而知，就像是从一棵很高很高的树上失足，没有疼痛，坠落下来怀了孕的。就像受到诱惑的夏娃一样，怀孕成了一切罪恶的根源。如同原罪，一旦铸成，就必须有人承担后果。她对母亲、对家庭犯下了不可饶恕的罪恶。惩罚是残酷的、恶毒的，也属于某种犯罪，她被母亲撵出家门，这时便产生了别人对她的犯罪，是母亲和家人对她的遗弃。她不停息地走着，从路边的一座座界碑旁走过。一路上饱尝艰辛，单凭大自然恩赐的食物来填充空瘪饥饿的肚子。路上遇到小孩钓的鱼，她一口咬掉鱼头生吃起来。即便是在艰难的生活中，她也满怀希望，希望把孩子生出来，结果却分娩在田边的草棚中。分娩成为第三次犯罪，在杜拉斯看来是另外一种形式的遗弃：

我认为生过小孩与没有生过小孩的女人之间有着本质差别。我把分娩看作犯罪，好像被丢掉，被遗弃了，我认为分娩无异于谋杀。[1]

被狗追逐，与人抢食，她也没有忘记自己的使命：把孩子送给一个可靠的人家。分娩已经是某种犯罪了，把孩子送给别人，更是不可饶恕。所以女乞丐应该受到惩罚，她在加尔各答的生活就是惩罚的实现形式，她同当地的麻风病人睡在一起，麻风病人中还混杂着野狗。她睡在麻风病人中间，居然没有染上这种病，堪称奇事。她疯疯癫癫，跑来跑去，每晚都像幽灵一般，嘴里唱着不知名的歌曲，扰得人心里忐忑不安，难以入睡。她精神错乱，受到惩罚，是因为她犯下了原罪，这就像是上帝的旨意，无形的手在她没有觉察的时候，就把人世的苦难压在了她的头上。饥饿，家庭与社会的抛弃给她造成了巨大的痛苦，所有的理智都消失了，"只充斥着某种精神失常，某种恐惧，那是可怕的疯狂的前奏"。这才是一切苦难的根源。真正的原罪，导致了女乞丐与麻风病人们的苦难生活。

在杜拉斯看来，苦难、悲惨、癫狂、抛弃就是童年时代和西方殖民主义背景中的麻风病。它以极快的速度在加尔各答传播，在印度、在世界传播。殖民主义者给世界带来了不公，带来了贫富差别，带来了对人权、对人性的蔑视。曾经目睹了这一切的杜拉斯，在这部"政治小说"里，以非常规的手法，把印度人受到的非人待遇，把殖民者对他们猪狗一般的虐待，通过那个其实什么罪都没有犯的女乞丐表现出来。她就用这种癫狂与缺乏公正的世界相抗衡，用这种癫狂来获得自由。

关于这部"政治小说"，她的朋友兼邻居米歇尔·芒索曾经在一篇标题为《杀吧，她说》的文章中这样写道：

---

[1] Marguerite Duras et Michelle Porte, *Les Lieux de Marguerite Duras*, Paris, Les Editions de Minuit, 1977, p. 23.

杜拉斯，作家，通过中间人杀人。《副领事》，这本她确认为本世纪最重要的政治书籍中的副领事，大喊着死亡，将枪瞄准了一些狗。[1]

加尔各答成了恐怖之地，人类和历史的所有恐怖之事都汇聚在那里，这是巨大破坏的起点，也是普遍灾难的原型，"加尔各答起点"甚至妨碍了权力的重建。一切都在旁边重新开始，在无边的沙滩上，在变化不定的新土地上。[2]

造成这种苦难、悲惨、癫狂的是殖民主义者，所以就需要有人来消除这种不公和贫富差别，这个人就是副领事，他要与所谓的理性世界对抗，书名也由此产生。

副领事名叫约翰·马克·H，独子，约莫三十五岁，从小就会弹奏《印度之歌》。小时候他就爱搞恶作剧，喜欢捉弄别人。这是他与苦难、悲惨、癫狂的殖民主义对抗的一种方法，可是这样做，结果并不能令他满意：

副领事说，除了蒙福尔的办法之外，他再也没有见过更好的。首先是每一次让臭球出现在餐桌上，随后出现在自修室，出现在教室，随后又出现在接待室，出现在宿舍，随后还有……假臭球，假大粪，假鼻涕虫，假耗子……他们被弄得脏透了。[3]

---

1 [法] 米歇尔·芒索：《杀吧，她说》，引自《写作》，方颂华译，沈阳：春风文艺出版社，2000年，第133页。
2 [法] 阿兰·维尔贡德莱：《玛格丽特·杜拉斯：真相与传奇》，胡小跃译，北京：作家出版社，2007年，第127页。
3 [法] 玛格丽特·杜拉斯：《副领事》，宋学智、王殿忠译，沈阳：春风文艺出版社，2000年，第63页。

他最后终于被学校开除。当了拉合尔的副领事后,这种对抗进一步升级。他喜欢自己待在官邸,孤独伴随着他,而"疯狂总是伴随着孤独"。他在家里对着镜子——对着自己开枪,夜里他朝萨里玛花园里的麻风病人开枪,然后发疯似的吼叫。

> 副领事每天都在吼叫……就像人们每天祈祷那样,他每天在吼叫。一点不错,他大声吼叫,在拉合尔的夜里,朝萨里玛花园开枪杀人。他杀任何人,为杀人而杀人,从整个印度被瓦解起便射杀任何人。他在寓所、在那里吼叫,在荒凉的加尔各答的黑夜里吼叫。副领事发疯了,因过于聪明而发疯,他在拉合尔每夜都杀人。[1]

所有人都认为他疯了,连他的姨妈也觉得他得了神经抑郁症。副领事为何会有如此疯狂粗暴的行为呢?

弗洛伊德认为,人有潜意识,"潜意识之所以存在,是因为生来就是'阴暗的'——正是因为'不道德''见不得人',所以才被压抑到深不见底的暗层。人的心灵天生是不安全的,像是火山的内部,充满了矛盾和斗争、反抗和压制、混乱和焦虑、不安和绝望……"

副领事长时间受到压制,他比别人聪明,他能洞察到一切,他看到了社会的黑暗,看到了人民的疾苦却又无能为力,"他的沮丧和最深刻的痛楚正是世界的痛苦"。心灵内部的火山不断蓄积能量,愤怒在心中升起,前意识已经无法控制潜意识中积累起来的怒火,因此,他从愤怒走向行动,朝一切建制开枪,试图释放出压抑在潜意识中的魔鬼。

---

[1] [法]玛格丽特·杜拉斯:《写作》,曹德明译,沈阳:春风文艺出版社,2000年,第9页。

杜拉斯曾说道："不应该撒谎,任何人都有杀人的想法。"副领事其实是个"火爆而充满火药味的死亡工具",他"朝穷人开火,朝数百万在几个月内饿死的孩子们开火。他朝灾难、痛苦以及罪行开火",朝着"平庸的思想,朝着那些原则和哲学开火……他也朝上帝开火"。副领事必须迎合这个世界的恐怖,去击碎,去毁灭,然而他所进行的是幼稚的革命斗争。他没有摧毁拉合尔,却摧毁了自己。

> 这是一部始终能使我心动的小说。是一部政治小说。是本世纪最伟大的小说之一。人们不愿意理解它,其实他们也无法理解。[1]

摧毁一个到处都是贫穷、悲惨、癫狂与绝望的世界,是杜拉斯的理想与追求。然而想实现这个理想,不能指望社会公认的所谓"正常人"。绝望中的癫狂,以暴对暴的"过激",或许才是消灭罪恶,根除毒瘤的途径。

癫狂、荒漠之爱

约翰·马克·H是一个纯洁的人,一个还没有爱过女人的童男。但是他从未停止过对情爱的追求。遇上安娜·玛丽·斯特雷泰尔夫人后,便深为其美貌所动。平生头一回,一个女人引发了他的爱情。他常去冷清的网球场,原因是他看到斯特雷泰尔夫人常从这儿过。他甚至抚摸把玩夫人丢弃在球场的自行车,想象中这旧车子就是自己所爱的女人,与之拥抱,与之缠绵。

---

[1] [法]玛格丽特·杜拉斯:《写作》,曹德明译,沈阳:春风文艺出版社,2000年,第9页。

他好像在盯着那辆自行车，触摸它，他探下身去，良久过后才直起腰，依旧盯着看。[1]

　　无法企及的爱情，却可以用一种变通的办法达到目的。

　　一件物品，比如她触及过的树木，比如那辆自行车，都会使人产生特别的兴趣。[2]

　　在他看来，爱是纯净的信念，爱是超越流言蜚语的行为和举动，爱是不为他人所动的执着和追求。他渴望与她相遇，在她经常走过的网球场旁，她经过的树木间，她所到之处都会有爱的火花和情感的流动，之后便成为一片寂静和空白：

　　我发觉在她离开之后，网球场变得冷冷清清。她的裙子在树木间飘过，发出一阵窸窣声。[3]

　　招待会是他与大使夫人身体接触的天赐良机，也是他表达爱情的最佳场所。在场的人都厌恶他，不愿接近他，他成了不受欢迎的人。在别人看来，"这个拉合尔的副领事，他有点儿像死人一样……"客人们渐渐离去，副领事却一直不走，他在等待，等待机会。在与大使夫人跳舞时，他的"目光里面有一种极度的快乐，那是曾经在拉合尔

1　[法]玛格丽特·杜拉斯：《副领事》，王东亮译，上海：上海译文出版社，2009年，第45页。
2　[法]玛格丽特·杜拉斯：《副领事》，宋学智、王殿忠译，沈阳：春风文艺出版社，2000年，第61页。
3　[法]玛格丽特·杜拉斯：《副领事》，宋学智、王殿忠译，沈阳：春风文艺出版社，2000年，第60页。

燃烧的火焰"。

在招待会将要结束时,副领事突然发怒,吼叫起来,使他与大使夫人间的那种默契以最激烈、最实际的形式表达出来。他对斯特雷泰尔充满了激情,"激情就是我们的疯狂……抑郁者心理上的痛苦就在于无法与别人交流这种激情、这种疯狂"。他的叫喊同时显示了他的反抗。可是在这个没有四季、没有爱情的地方,副领事那句"留下我!……今晚,我就留在这里,和你们在一起"[1]"一次,一个晚上。就一次,让我留下来和你们在一起"[2]的乞求,竟是那样的没有着落、没有回应,他终于被排除在加尔各答的白人圈之外。癫狂的发泄撞击着空空荡荡的网球场,也撞击着荒漠无助的城市,但是在城市的某个地方,这种叫喊有了回音:

> 他们在听,不是叫喊的声音,是一个女人的歌声,从马路上传来。竖耳细听,好像也有人叫喊,但声音很远,像是来自马路尽头,大概副领事已经走到那里。[3]

副领事的叫喊就这样与乞讨女人的歌声融在一起,愤怒的吼声和枪没能驱散人间的悲惨与苦难,他也只能以这种疯狂的叫喊结束在加尔各答的日子。

《副领事》从表面上看由两个毫无关系的故事构成,一是彼德·摩根写的女乞丐的故事,另一个是副领事的故事,然而故事中的

---

[1] [法]玛格丽特·杜拉斯:《副领事》,王东亮译,上海:上海译文出版社,2009年,第152页。
[2] [法]玛格丽特·杜拉斯:《副领事》,王东亮译,上海:上海译文出版社,2009年,第154页。
[3] [法]玛格丽特·杜拉斯:《副领事》,宋学智、王殿忠译,沈阳:春风文艺出版社,2000年,第123页。

人物都有相似点或交叉点。

杜拉斯在出版此书时就说道:"没有她(女乞丐),《副领事》就不存在。""他富有,彼此之间正好相反。从来未曾相遇,但是他们非常接近,都在不幸中生活。"[1] 他俩都因痛苦、压抑而疯狂,并且都被社会抛弃。同时,副领事和女乞丐又是一对矛盾。女乞丐的苦难、麻风病人的癫狂都需要他用枪杆子去驱赶,他是受苦受难者的解救人。他们从不同的地方来到加尔各答,叫喊交织在一起,歌声交织在一起,脚步交织在一起。

同时,副领事也和安娜·玛丽·斯特雷泰尔是同样的人,一种"共同的病"使他们结合在一起,这就是"理解"。他们理解看到的东西,但不能对其做任何改变。"总之,拉合尔的副领事像谁?……像我。"安娜·玛丽·斯特雷泰尔夫人说。

不但如此,她还能理解副领事对她如对母亲般的眷恋、对她的身体的渴望。流浪、沉沦(与无数男人做那种事,拥有无数情人),甚至向往自杀,都使斯特雷泰尔夫人像一个流浪的女乞丐、妓女。女乞丐总是跟随斯特雷泰尔夫人的脚步,使她自己与大使夫人有几分相似,她和安娜·玛丽·斯特雷泰尔交错在"蓝色的月亮"俱乐部,交错在后者海浴或者企图自杀的海岸线。女乞丐长期流浪的脚步以及伴随着脚步的歌声所形成的"音乐场"酷似一个更大的舞台,人生的舞会,副领事在这个"音乐场"上朝安娜·玛丽·斯特雷泰尔走去。女乞丐因加尔各答而激动,安娜·玛丽·斯特雷泰尔因她和痛苦而激动,副领事则因安娜·玛丽·斯特雷泰尔对女乞丐的痛苦的激动而激动,因对安娜·玛丽·斯特雷泰尔的爱情而激动。他们的故事,他们的人生无法挽回,因为他们都拥有"固定在激情的

---

[1] [法] 劳拉·阿德莱尔:《杜拉斯传》,北京:中信出版集团,2022年,第400页。

顶点的爱情故事"。

　　福柯认为，精神分析"始终无缘进入非理性统治的领域"，虽然弗洛伊德进入了这个领域，但是构建了至高无上的权力体系。他在《疯癫与文明》中指出："弗洛伊德消解了疯人院各种结构的神秘性：废除了缄默与审查，消除了疯癫在自我自传中的自知，让谴责之声消逝。但另一方面，他却挖掘出包容医务人员的结构：他扩充了医务人员魔法式的效能，为其准备了几近神圣的全能之位。他只关注这样的存在——隐身于病人之上之后，它貌似缺失，却无所不在——这就是播布在疯人院集体生活中的各种权力。"[1] 相反，他认为只有艺术才能包容疯癫和非理性行为，才能透露体验的直觉，领略万物的终结和开端。福柯在《癫狂与文明》中提到了他心目中反理性的疯癫英雄：荷尔德林、奈瓦尔、尼采、阿尔托，他指出："疯癫与艺术共时俱存，因为疯癫宣告了艺术的真实。"[2] 福柯将理性批判的任务交给了诗人和艺术家，正是通过他们，直觉、体验、欲望、审美以一种"以暴抗暴"的方式向理性反击。杜拉斯未必喜欢这样的理论探索，但是对理性权力的反抗却与福柯有相通之处。"以暴抗暴"，《副领事》以艺术的方式宣告了杜拉斯对理性主义的抗争，疯癫和非理性牢牢地树立起女乞丐和副领事的形象。

关于安娜·玛丽·斯特雷泰尔

　　安娜·玛丽·斯特雷泰尔和劳儿·瓦·施泰因也许是杜拉斯作品中出现频率最高的人物。《劳儿之劫》拉开了安娜·玛丽·斯特雷泰

---

[1] ［美］艾莉森·利·布朗：《福柯》，聂保平译，北京：中华书局，2014年，第19页。
[2] ［美］艾莉森·利·布朗：《福柯》，聂保平译，北京：中华书局，2014年，第21页。

尔的故事的序幕。她的出场就不同寻常：

> 她身体纤瘦，穿着双层黑色罗纱紧身裙，领口非常低。她自己愿意如此穿戴，愿意如此以身示人，她如愿以偿。她身体与面部的奇妙轮廓令人想入非非。她就是这样出现，以后也将这样死去，带着她那令人欲火中烧的身体。她是谁？人们后来才知道：安娜·玛丽·斯特雷泰尔。

杜拉斯在谈论《劳儿之劫》时提到安娜·玛丽·斯特雷泰尔：

玛·杜：当时是子夜，凌晨1点，舞会达到了高潮。她们是最后来到舞会的人。米歇尔·理查逊与这个女人几乎就是一见钟情。
皮·杜：安娜·玛丽·斯特雷泰尔？
玛·杜：安娜·玛丽·斯特雷泰尔。[1]

这个在《劳儿之劫》中出现并夺去了劳儿的未婚夫的女人，在《副领事》中，与劳儿的未婚夫米歇尔·理查逊来到了加尔各答，结果却成了法国驻印度大使夫人。众多的疑问留在了两部小说之间，没有疑问的是，她依然是米歇尔·理查逊的情妇，他们的爱依然如故，他们的相识却有了不同的版本：

"在认识安娜·玛丽之前，"麦克·理查说，"我在加尔各答先听到她弹钢琴，某天晚上，我正在路上走着。听到钢琴声，当下

---

[1] [法] 玛格丽特·杜拉斯、皮埃尔·杜玛叶：《关于〈劳儿之劫〉》，巴黎：E.P.E.L.工作室，1992年，第12页。

我就惊呆了，那时我不知道她是谁，我是来加尔各答旅游的，我记得，当时我一点也受不了这里，……刚一到达就想离开……是那首曲子，我当时听到的那首曲子，让我留了下来，让我在加尔各答一直留了下来。"[1]

因为爱和音乐，米歇尔·理查逊在加尔各答待了下来，也为了分担安娜·玛丽·斯特雷泰尔的痛苦。"安娜·玛丽就是这里的一切，别的都不重要。"米歇尔·理查逊曾经这样说。

"这个女人"在杜拉斯的生活中占据着重要地位，就像劳儿·瓦·施泰因、女乞丐游荡在杜拉斯的作品中，只要谈到其中的一个，就有可能涉及另外两个。杜拉斯曾经这样说到过"这个女人"：

湄公河上，那里是白人的场所，那里有笔直的街道，有花园、栅栏门和河流，还有法国俱乐部，网球场，也许还有安娜·玛丽·斯特雷泰尔，这位永隆总督的妻子……

她来到这里不久，我们得知，一位年轻人因为对她的爱，因为爱她而自杀。我还记得当时令我的震动，我实在不明白。当我得知这一消息时，震惊非常之大，因为表面上看，这个女人不是爱调情的女人，就是个普通女人；她与其他女人不同，身上有某种看不见的东西特别引人注目，她沉默寡言，据说没有朋友，总是一个人或者与两个女儿散步，就像《副领事》中所描写的那样。突然间，我们得知这一消息。有很长一段时间，我认为，她身上呈现出双重力量，死亡的力量和平常的力量。她是总督夫人，抚

---

[1] [法] 玛格丽特·杜拉斯：《副领事》，王东亮译，上海：上海译文出版社，2009年，第198页。

养孩子，打网球，招待客人，散步，等等。同时她身上隐藏着死亡、慷慨地献出死亡、产生死亡的权力。有时我对自己说，因为她，我才写作。[1]

也许，1993年那次谈话是杜拉斯最后一次谈到安娜·玛丽·斯特雷泰尔：

> 副领事的叫喊，"唯一的政治"就在这儿，在诺夫勒城堡被记录下来。他就在这里叫过她，是的，就在这里。她就是安娜·玛丽·斯特雷泰尔，安娜·玛丽亚·瓜尔迪。是她，德尔菲娜·塞里格（安娜·玛丽·斯特雷泰尔的扮演者——作者注）。参加拍摄这部电影的人都哭了。那是不受约束的、没有缘故和无法避免的哭声，真正的哭声，贫苦人民的哭声。[2]

唯一的政治或者唯一一次如此露骨地谈论政治，但是这种政治和萨特所谓的"介入"完全不同。因为政治中隐藏着令人绝望的情感，隐藏着某种"摧毁"的力量。当政治和情感如此错乱地混杂在一起时，小说的深度和厚度便得以拓展。

副领事的故事被当作一个爱情故事，一种不可得到的爱情。这毫无疑问，但它首先还是文学中控诉一个"走向灭亡的世界"的第一声真正的呐喊。对于世界的没落，谁都不愿意有所动作，

---

[1] Marguerite Duras et Michelle Porte, *Les Lieux de Marguerite Duras*, Paris, Les Editions de Minuit, 1977, pp. 63–65.
[2] Marguerite Duras, *Ecrire*, Paris, Gallimard, 1993. p. 25.

宁愿生活在谎言和幻想中。[1]

当副领事喊出那传遍加尔各答的声音时，一切就这样被定格了，被凝固在恒河岸边。女乞丐的歌声陪伴着那位为了黑夜中的爱情而自杀的年轻人，岸边永远成了爱情走向完美和高潮的自杀场。

安娜·玛丽·斯特雷泰尔夫人是某种象征，多角度呈现出来的美的化身。她时而显出一种阴郁的美，时而也呈现出一种平静的美，"任凭她的天空被撕裂"[2]，读者窥视到掩藏在其中的秘密。她经常莫名其妙地哭泣，呈现出一种病态，让人捉摸不定的美。安娜·玛丽·斯特雷泰尔夫人"有着永恒的年龄，是坟墓和摇篮的入口，是欲望的几乎是非物质的幽灵般的身体。她还是在被分门别类的世界上的混乱，是使世界的虚假程序发生动摇的意外事件"。

> 她知道他们待在那里，那两个加尔各答男人，大概就在她身边，她一动不动，如果她动一动，……不……看上去此刻她正经历着某种古老苦难的煎熬，欲哭无泪。[3]

她长期被关闭在笼子一般的大使馆里，过着远离社会的生活。其实她也同样被剥夺所占有，达到了孤独的顶峰，绝对的绝望。因此"绝望有着自由场，这个自由场使她向任何爱情开放，也使她向任何痛苦开放，并把她引向自杀"。

---

1 [法] 阿兰·维尔贡德莱：《玛格丽特·杜拉斯：真相与传奇》，胡小跃译，北京：作家出版社，2007年，第128页。
2 [法] 玛格丽特·杜拉斯：《副领事》，王东亮译，上海：上海译文出版社，2009年，第215页。
3 [法] 玛格丽特·杜拉斯：《副领事》，王东亮译，上海：上海译文出版社，2009年，第210页。

这位以最美丽的方式结束自己生命的女性在杜拉斯的笔下被完全混淆了：

> 副领事对着麻风病开枪，向麻风病患者、穷人和狗射击，然后向白人、向白人总督开枪。除她以外，他逢人便杀，她便是某一天早上淹死在三角洲的劳儿·瓦·施泰因，我和 S. 塔拉童年时的女王，永隆总督的妻子。[1]

恶的意识表达了最具震撼力的暴力美学，于斯曼在《逆流》中也表达了自己对恶的偏好，他在小说发表二十年后的作者序言里谈到恶："而那种邪恶，尤其从淫荡的角度来看，已经钻入了人们疲竭的脑子。确实，神经的疾病、神经官能症，看来已经在心灵中打开了缝隙，而'恶的精神'通过这些缝隙钻了进来。"在作者看来，属于恶的精神的歇斯底里其实什么都解决不了，"它只能表明一种物质状态，记下感觉的不可抗拒的骚动"[2]。心灵缝隙中溜进来的精神疾病感染了这片纯洁的领地，让灵魂产生了裂变，物质和精神如同相互渗透和影响的孪生姐妹释放着别样的美。

歇斯底里在这里属于一种物质状态，作者把这种客观存在的状态和主观表达紧密地联系在一起，以事物的立场表达着主观对美的解读和认识，展示了异样的、让人怦然心动的美。副领事在以暴抗暴的同时，流露出他对那位有着病态美的斯特雷泰尔夫人的特殊情感。劳儿·瓦·施泰因与安娜·玛丽·斯特雷泰尔在这里重合了，她们均被劫持，空洞美丽的躯体到处游荡，出窍的灵魂无处着落，绝望的自由

---

1 [法] 玛格丽特·杜拉斯：《写作》，曹德明译，沈阳：春风文艺出版社，2000 年，第 25 页。
2 [法] 于斯曼：《逆流》，余中先译，上海：上海译文出版社，2016 年，第 11 页。

场让她们向任何爱情开放。分属两部小说的美丽女性在杜拉斯晚年的作品《写作》中合二为一，共同走向完美的终点。

无言悲怆曲

  《副领事》是一本到处都在无言大喊的书。我不喜欢这样的词语，但是当我重读这本书时，我又重新体验到了这样的感觉，类似的东西。真的，副领事，他每天都在喊叫……对我而言，他在某个秘密的地方喊叫。[1]

  悲怆就像生活酿造的美酒放在了《副领事》中，给读者所提供的空间是多层次、多角度的。无言，没有词语，却有声音，有肢体活动，有身体移动的语言。声音如音乐，肢体如舞蹈，移动如韵律。但是它们中间包含着苦难、无奈、愤怒、悲怆。女乞丐多次重复的词语 Battambang 不断延伸，不但延伸成 Baattamambbanangg，而且延伸成饥饿、苦难和迷茫：

  男人问她从哪里来，她说从马德望……她说完便跑，男人笑起来，被赶出来的？是的……
  马德望。
  三个音节同样有力，没有高低之分，像敲响一面紧绷的小鼓发出的声响。梆梆梆，梆梆梆。那男人说他听说过，她脱身离开了。
  马德望她什么也没有多说。……她走出石洞，把鱼洗了又洗，慢慢地吃，唾沫泛上来，溢满口中，是咸的，她哭了起来，口角

---

[1] [法]玛格丽特·杜拉斯：《写作》，曹德明译，沈阳：春风文艺出版社，2000年，第9页。

流着涎水,她很久没有沾过盐了,这下太多了,实在太多了,她跌倒在地,跌倒的她依旧在吃。[1]

音节(从 a 到 aa,从 am 到 amam 从 ang 到 anangg)在延伸,韵律在延伸,含义在延伸。在这种无限延伸之中,音节、文字变成了无言悲怆曲,和着女乞丐的行走、她的悲惨命运和彼德·摩根的文字前行:

>她走着,彼德·摩根写道。
>……
>她在走。
>她走了一个星期。
>……
>她还记着那位老者给她指的方向,她沿着洞里萨湖逆流而上……
>炎热苍白的阳光下,肚子里怀着孩子,她正在远去,她不再怕什么。她确信,她要走的那条路,是被母亲彻底抛弃的路,眼睛在流着泪,但是,此刻的她,却放开喉咙唱起了马德望的一首童谣。[2]

Battambang 是女乞丐唯一能够说出口的一个词,Battambang 是一首歌,一首远离故乡、寻求自己生活之路的悲歌。她在成功地把

---

[1] [法] 玛格丽特·杜拉斯:《副领事》,王东亮译,上海:上海译文出版社,2009 年,第 15—16 页。

[2] [法] 玛格丽特·杜拉斯:《副领事》,王东亮译,上海:上海译文出版社,2009 年,第 3、19、23 页。

那个半死不活的孩子送给白人妇女之后，再次唱起了离别的歌，这次她将离开自己的孩子。

> 她开始跟着帆船前行迈起了乡下姑娘那滞重又均匀的步伐，开始随着一排排帆船，向前走去。今夜，她也起程。……
> 她走了十年，有一天，她来到了加尔各答。
> 她留下不走了。[1]

动感及由此所产生的美妙旋律，正是彼德·摩根在自己所写的小说中赋予女乞丐的基本性格。她可以不说话，可以忍饥挨饿，可以不知疲倦，但是她绝不可以没有歌声，没有脚步的移动，没有伴随着歌声的行进。

彼德·摩根在谈到他正在写的人物时说：

> "她走着，我特别强调这一点。"他说，"她整个人就可以说是一个漫长的行程，分成成百上千个同样不懈的行程，那是她不懈的步伐。她走着，这句话与她相随相伴……"[2]

她的脚步就像美妙的音乐，"任意从一点出发纵横驰骋，在不同程度上节外生枝，对这个音调或放或收，都全凭一时的心血来潮，然后又像长江大河，急泻直下"[3]。最后融进了大海，终止在加尔各答。Battambang 的歌谣和她一起留在了那里。从此之后，大街小巷、海

---

1 [法]玛格丽特·杜拉斯：《副领事》，王东亮译，上海：上海译文出版社，2009年，第64—66页。
2 [法]玛格丽特·杜拉斯：《副领事》，王东亮译，上海：上海译文出版社，2009年，第191页。
3 [德]黑格尔：《美学》，第三卷，上册，朱光潜译，北京：商务印书馆，1984年，第339页。

滩上、恒河岸边响起了她的歌声和无言悲怆曲,和着副领事的《印度之歌》,和着安娜·玛丽·斯特雷泰尔的钢琴演奏声,构成加尔各答巨大而美丽的音乐舞台。

杜拉斯在接受采访时曾经这样说:"《副领事》掏空了我,洗涤了我。"[1]因为她为之付出了心血,精疲力竭。

政治,音乐,文字,杜拉斯就这样从病理和心理的角度刻画了三位主人公的绝望、无助,刻画了加尔各答的荒漠、郁闷。她的文字洗练,既混合又质明,还充满了空白失语,留下了弦外的袅袅余音。她感觉自己也"被疯狂冰冻了""全身都散了架"。从恒河岸边女乞丐的歌声到副领事的爱的呐喊,所有这些咏叹调,就像一部歌剧。政治的残酷无情,文学的忧伤、美丽,就这样被杜拉斯搅浑在《副领事》中,挥之不去的是那些无言的抗争、绝望的悲歌。

---

[1] [法]玛格丽特·杜拉斯:《1962—1991 私人文学史:杜拉斯访谈录》,黄荭、唐洋洋、张亦舒译,北京:中信出版集团,2018 年,第 52 页。

第八章：
从《情人》到《中国北方的情人》

以《情人》的写作为契机,杜拉斯的创作进入了新的辉煌时期。大彻大悟的杜拉斯更多地把作品的重心放在写作的技巧和方法创新上,叙事手法的创新和讲究,满足现代读者和传统读者的不同阅读口味,成就了《情人》的成功,也把杜拉斯的创作生涯推向了大众高度认可的程度。

《情人》在反传统的同时,继承了传统,崇尚传统的读者和追求现代性的读者各取所需,共同分享它的巨大成功。同时,杜拉斯也把自己自传体小说的特点推向了极致,对自己的童年生活和曾经那么熟悉的东方文化进行了最后挖掘。除了《情人》,还有《痛苦》《物质生活》《中国北方的情人》《夏天的雨》《写作》《就这样》等。杜拉斯创作的几个不同阶段表现了不同的创作风格,涌现了不同的代表作品,勾画出杜拉斯一生的创作轨迹。分析不同时期的不同风格,有利于更好地了解杜拉斯及其作品,了解她不同凡响的文学人生。

成名之后,她曾经历过一段低谷时期。20世纪70年代末,杜拉斯的作品好像日薄西山,失去了读者群体。究其原因:一、她的作品不再具有原先那种别具匠心,感人至深的流畅文笔;二、酗酒的直接结果使她的身心受到了严重摧残,致使她无法正常生活,与世隔绝迫使她离开现实,因此她也就无法写出具有广泛大众基础的作品。但这一阶段,她笔下的人物所表现出的扭曲心灵、扭曲的性爱把她的作品推向极端，无论读者如何看待，这些作品都表达了杜拉斯当时的真实感受。当人们以为杜拉斯的创作生涯即将结束，她也要从此销声匿迹、退出文坛时，《情人》却犹如一声惊雷，震动了法国乃至世界文坛，使杜拉斯重新赢得了读者，并且使她荣获了1984年法国文学界最负盛名的龚古尔文学奖。《情人》到底是一部怎样的作品，能够使一贯挑剔的法国评论界和读者们齐声喝彩呢？

一、《情人》的写作背景

1983年的秋天，杜拉斯的儿子乌达希望办一个家庭影展，他想请杜拉斯就他们的家庭照片写一些说明文字。杜拉斯翻开了自己的家庭影集，她又看到了自己和母亲与两位哥哥的照片，看到了她和越南保姆及她儿子的照片。当她看到童年那张幼稚的脸庞，看到少女时代那个迷人的样子时，她突然想到了少女时代的许多事，想到那次渡河。湄公河上的阳光下，那个带着男孩子毡帽的少女多少有点暧昧，一副玩世不恭、满不在乎的模样。那架势好像随时随地要把自己的身体送别人，好像在告诉人们只要你愿意你随时可以拿走，但是必须付钱。那让她陶醉的时刻，那让她心醉的阳光，今天想起来，也仍然给她以冲动，使她不能自已。那形象，是一种永恒，是涌动在记忆深处的静止的火山。同时，那形象又是一种空白，一种任何人都无法触及、任何相机都无法留住的形象。它在记忆中飘动，若虚若实，伸手可及，却又无法触摸。

时间开始倒流，又回到了湄公河的渡船上，那载满了鸡、羊、狗、牛的船上，当地人大包小包的东西，小孩大人的哭声与叫声从记忆中惊醒时已经被过滤掉了。他们只是一幅混乱不堪的图画，在属于自己的天地里，为了那一方立足之地争吵不休。这是一幅没有声音的图画，在混乱的背景中，那位戴着毡帽、穿着裸露的连衣裙的少女出现了。那一幅永恒的图画，伴着轰鸣的马达声和咕咕流动的湄公河水，出现在江雾迷漫的渡船上，那一刻她永远铭记心中。

自从那次渡河之后，她的形象便永远地失去了少女那份天真无邪，她的心里便有了一份沉重和衰老。十八岁时，她的精神上已经有了七十岁的年轮。从此她的生命便被那无比的沉重压抑着。

那些没有拍摄下来的照片成了她家庭影集里永远的缺憾，看着早些时候跟母亲和哥哥们的相片，她有了以那张永恒的照片为主题写一部小说的念头。这个念头被20世纪80年代初的法国的政治环境和生活环境所推动，少女对面的那位可怜的中国人，那位皮肤泛黄，神情和蔼的中国人，要是今日还和她在一起，他能忍受得了吗？杜拉斯深表怀疑。因此，那篇以家庭影集开始的短文，那篇在儿子的请求下所写的有关家庭传奇的叙述性的说明文字开始扩展。那篇最初起名为"绝对的形象"的叙述开始在周围泛起涟漪。

这个形象本来也许就是在这次旅行中清晰地留下来的，也许应该就在河口的沙滩上拍摄下来。这个形象本来可能是存在的，这样一张照片本来也可能拍摄下来，就像别的照片在其他场合被摄下一样。但是这一形象并没有留下。对象太微不足道了，不可能引出拍照的事。又有谁会想到这样的事呢？除非有谁能预见这次渡河在我一生中的重要性，否则，那个形象是不可能被摄取下来的。所以，即使这个形象被拍摄下来了，也仍然无人知道有这样一个形象存在。只有上帝知道这个形象。所以这样一个形象并不存在，只能是这样，不能不是这样。它是被忽略、被抹杀了。它被遗忘了。它没有被清晰地留下来，没有在河口的沙滩上被摄取下来。这个再现某种绝对存在的形象，恰恰也是形成那一切的起因的形象，这一切形象之所以有这样的功效，正因为它没有形成。[1]

　　这些本是由儿子乌达而起所写的绝对形象的叙述此时却改变了走向，那些已经逝去的家庭成员，曾经和她争斗了半生的母亲，曾经是她生命一部分的二哥都在这绝对形象周围开始出现。在这个绝对形象的周围，其他形象登场了，有少女时代的杜拉斯，有印度支那岁月的母亲和与自己日夜厮守的哥哥。杜拉斯又在她的那些文稿里找到战争结束后她写的关于中国情人的文字。她的脑子里又出现了一个更大胆的想法，把原来那些文字和此时此刻对这个家庭影集的叙述性文字以及自己对那个珍藏在自己心灵深处，不被其他人所知的绝对形象所发出的各种叹息汇合在一起，形成一部粘贴在一起的来自不同空间与时间的文字。附着在文字上的形象流动起来：

　　现在，母亲和两个哥哥，都已不在人世。即使回首往事，也嫌迟了。现在，我对他们已经无所谓爱。我根本不知道我是不是爱他们。我已经离开他们。在我的头脑里，她的皮肤的气味，早已没有、不存在了，在我的眼里，她眼睛的颜色也早已无影无踪。那声音，我也记不得了，有时，我还能想起傍晚那种带有倦意的温煦。那笑声，是再也听不到了，笑声，哭声，都听不到了。完了，完了，都忘了，都记不起来了。所以，我现在写她是这么容易，写得这么长，可以一直写下去，她已经变成文从字顺的流畅文字了。[2]

---

[1] [法]玛格丽特·杜拉斯：《情人》，王道乾译，上海：上海译文出版社，2005年，第11—12页。

[2] [法]玛格丽特·杜拉斯：《情人》，王道乾译，上海：上海译文出版社，2005年，第34—35页。

已经写成的有关情人的文字开始与这个绝对形象，与杜拉斯对母亲和哥哥的回忆融合成非常流畅的文字、不可拆分的叙述。这一从现在开始，延伸到过去的叙述，以杜拉斯与自己对话、与读者的对话形式展开。现在延伸到过去，"我"这张苍老的脸延伸到少女时的脸庞。是一位素不相识的人在一家公共场所提到了杜拉斯老年与少女时期的面容，杜拉斯原封不动地写下了这次奇遇：

我已经老了，有一天，在一处公共场所的大厅里，有一个男人向我走来。他主动介绍自己，他对我说："我认识你，永远记得你。那时候，你还很年轻，人人都说你美，现在，我是特为来告诉你，对我来说，我觉得现在你比年轻的时候更美，那时你是年轻女人，与你那时的面貌相比，我更爱你现在备受摧残的面容。"[1]

现在与年轻时的形象因为陌生男人而引起杜拉斯的特别关注，促使杜拉斯把现在与过去放在同一个平面去理解。它们一个遥远，一个切近，都出现在杜拉斯面前，使杜拉斯有机会和自己的过去对话，这种对话最后还要回到杜拉斯与读者的对话，因为除了那位陌生人的发现使她对过去有了某种审视，杜拉斯好像又无话可说：

对你说什么呢，我那时才十五岁半。
那是在湄公河的渡船上。
在整个渡河过程中，那形象一直持续着。[2]

---

[1] [法] 玛格丽特·杜拉斯：《情人》，王道乾译，上海：上海译文出版社，2005年，第3页。
[2] [法] 玛格丽特·杜拉斯：《情人》，王道乾译，上海：上海译文出版社，2005年，第5页。

那个由陌生男人引起的话题就这样从现在这张备受岁月摧残的脸开始向过去延伸、扩展。那张脸上依稀存在的是十八岁时的容貌，而那时就已经预示着摧残和衰老。从这张脸开始，杜拉斯又涉及她心爱的话题，又回忆起她最钟爱的印度支那，和那个永远没有拍摄的照片。十五岁半的少女形象终于和十八岁、七十岁的形象产生了某种巧合，因此杜拉斯便产生了把围绕儿子拍摄的照片所写的文字和以《绝对形象》为题所撰写的文字合在一起的念头。这种粘贴没有露出多少痕迹，但是那个绝对形象后面的故事并没有体现出来。那个粘贴在一起的对家庭摄影集的评论和现在与过去的对话终于引出了一个故事，那个故事早在二战结束后，自己的二哥也已离开人世，而杜拉斯已经步入文坛时就写成了。杜拉斯在橱柜里找到了这关于逝去岁月的文稿。她有了新的计划，她放弃了那个对家庭影集的评论，放弃了把家庭传奇再次写进书本、写进故事的计划。她要把那个形象，把形象周围的故事嵌进自己的生命之中。

关于我家里的这些人，我已经写得不少，我下笔写他们的时候，母亲和兄弟还活在人世，不过我写的是他们周围的事，是围绕这些事下笔的，并没有直接写到这些事本身。

我生命的历史并不存在。……我青年时代的某一小段历史，我过去在书中或多或少曾经写到过，总之，我是想说，从那段历史我也隐约看到了这件事，在这里，我要讲的正是这样一段往事，就是关于渡河的那段故事。这里讲的有所不同，不过，也还是一样。[1]

于是，那段关于渡河的故事便被嵌进了今日和过去的形象中，被

---

1 [法] 玛格丽特·杜拉斯：《情人》，王道乾译，上海：上海译文出版社，2005年，第8—9页。

嵌进了那本绝对的形象中。那本由好几个不同的写作计划粘贴到一起的书自然而然地具备了自己的独特之处。粘贴的痕迹有时难免会显露出来，段落式的、文字间的断裂都露出了无可隐藏的粘贴痕迹。突然间，杜拉斯心中珍藏的往事因为二哥和那位中国人的介入，因为他们两人的相似而模糊起来。中国人、哥哥、情人使杜拉斯失去了自我，她只好把那个形象作为突破口，把它树立起来。

树立起来的少女形象成了小说的中心，围绕着这个中心，出现很多其他人的形象，母亲的、哥哥的、越南保姆的。形象周围的环境也随之清晰，涌上笔端。形象周围的时间也在记忆中出现，那是一个模糊的概念，一个遥远的岁月。所有这些文字都已经粘贴在一起，现在需要的是给这些文字起个名字。这个名字既要涵盖对过去岁月的怀念，又要影射现代人的浮躁。她想起了那位中国人，那位记忆中的情人，她又看到了眼前的扬·安德烈亚，现在这个令她实在无法跨越肉体爱情的人，这两个人突然间在离开过去和现在的空间里相逢了。他们既是活生生的存在，又是无法企及的概念。

当20世纪80年代初一股种族主义浪潮在法国掀起后，杜拉斯突然意识到一种恐惧，突然感到这种浪潮也许会涉及自己。那个曾经暗恋过自己，曾经遭到自己的冷淡和家人的白眼的中国人，曾经被自己描述成受气包的诺先生此时在自己的心中占据了很大的空间，过去和现在全部都属于了那位由三个形象混合而成的人物。现实中的扬·安德烈亚，被列为禁区的小哥哥，还有那个确实存在却已经成为概念的中国人。通过与那位中国情人的肉体交欢，既完成了现实生活中对扬·安德烈亚的肉体之爱，又超越了爱情禁区中的兄妹之恋，因此书名便水到渠成地涌向了杜拉斯的笔端：《情人》。

杜拉斯中断与儿子乌达合办家庭影展的计划，全身心地投入了这部小说的创作。也许她当年并没有像现在构思的那样强烈地爱过那个中国人，但这个人在此刻已经成为了她心中的真爱。同时因为她的哥哥，因为她的扬·安德烈亚，这一切也成了她心中永远的痛。因为那份她始终不曾倾情奉献的爱，也因为来自自己家庭的歧视。那个羸弱可怜的中国求爱者的形象渐渐丰满高大起来，成为一个来自东方，又不全属于东方的形象，再加上与法国少女的互相映衬，这个来自生命，重于生命，来自现实，超越现实的人物形象，可能成为所有杜拉斯人物中最为明晰、最具诗意、最富浪漫情怀而最少有生活苦涩的人物形象。

整整三个月时间，杜拉斯沉浸在写作的亢奋中，沉浸在或许曾经存在而如今已被理想化了的爱情故事中。

那些形象、那些故事、那些岁月被杜拉斯一点点转化成文字，转化成虽然无声却很浪漫，并足以催人泪下的文字。强烈而奔放的爱、难以承受的忧伤终于在语言的丛林中和文字的空白处，得到了尽情的倾诉与发泄。

好几年了，杜拉斯都不曾像现在这样尽情宣泄、恣意挥洒。20世纪80年代初因病辍笔所积累的能量，终于开始释放。因此，这不仅是一本关于十五岁半的少女的小说，也不仅是关于中国情人的小说，它是文字的流淌、段落的衔接、发自内心深处的声声叹息。它来自遥远的东方，在西方的天空里闪烁，它不会是转瞬即逝的流星，它会在天空中久久地驻足，久久地凝神，从而为这个世界、为文学留下一首不朽的咏叹调。

杜拉斯把《情人》的书稿交给了子夜出版社老板纪尧姆·兰登的女儿伊莱娜·兰登，伊莱娜抑制不住自己的激动，当天晚上就打电话给杜拉斯和扬，她一口气读完了这本书稿，印象极为深刻。激动的心情很久难以平静，她极力地向父亲推荐这本书稿。纪尧姆·兰登着手看这部以"情人"命名的书稿，心里十分清楚它的分量，这一定是一本具有很高文学价值，同时极具商业价值的作品。他当机立断，决定马上出版，第一次的印数是二十五万册。

《情人》的出版在1984年9月成了法国文学上的一次重要事件，那一股热潮在夏末的法兰西卷起了一阵异国风情热。尤其是在那些曾经在印度支那生活过的法国人心中泛起了对逝去岁月的悠悠之情。曾经是法兰西殖民地的印度支那激起了法兰西民族的集体潜意识，使他们重温起那段历史。

　　杜拉斯在最恰当的时候，用自己独特的文字、独特的表述形式满足了法国人的心理需要。就是最不喜欢杜拉斯的人也会因为此书带给他的极大的心理满足而不计前嫌，热情地加入购书的行列。杜拉斯把自己的心理需要和渴求用文字的形式传递给了法国人，那种热潮淹没了整个法国。

　　法兰西民族对阅读有着特别的嗜好，阅读帮助他们创造出独具匠心的法兰西精神，也不断地延续着魅力十足的人文精神。据说，总统府和总理府的工作人员在上班时间都在谈论《情人》，谈论那个生长在印度支那的年轻姑娘，甚至有传言说杜拉斯的父亲就是一位中国人，这本书就是杜拉斯的自传体小说。杜拉斯极力辩解，否认这部小说有自传成分。可是那些已经被误导引入歧途的读者根本不愿意听她的辩解，他们完全按照自己的想象和思路，把杜拉斯想象成那个诱惑力十足的小姑娘。她是他们的梦中情人，是他们理想王国中的爱，他们决不允许这爱的泡沫在他们的脑海中破碎。他们希望那个纯洁无比、魅力十足的小女孩是一种永恒。在那个梦幻般的时代，那个装着无数法国人梦想的印度支那，还有渡船上的少女成了永恒的象征。

　　《情人》搅动起了法国人的民族情结，搅动起了他们心中那份既苦涩而又温柔的记忆。许多人甚至已经付诸实践，开始了他们的印度支那之旅。老年人是为了寻回他们失落在那片土地上的记忆，年轻人是为了寻求那色彩斑斓的异国情调。《情人》是一部激起梦想的书，在想象与感情交织的浓缩的文字中，隐藏着一个个体、一个民族的幻梦和理想。

《情人》销量直线上升的同时，各大报纸杂志也不甘落后，纷纷发表评论与分析。小说出版的当天，就有一名叫贝尔朗·勃瓦豪·代尔贝驰的人发表了一篇文章，他指出，这部与杜拉斯的生活密不可分的小说也许就是我们每一个人的故事，也许就是我们的故事。

　　第二天在法国颇有影响的《解放报》发表了署名玛丽雅娜·阿尔芳的文章，对作者那明快、简洁、优美的文笔大加赞赏，并对这部小说形成的内部根源（作者自身创作的需要）和外部根源进行了分析，特别是对作者那看似简单，却高度凝练而又难以模仿的文笔进行了赞扬。同一天，《晨报》用一整版的篇幅发表了著名作家丹尼斯·罗什的文章，文章毫不掩饰自己对能把写作驾驭到如此熟练程度的赞赏，他指出，《情人》这部小说的文字和过去那部叫《爱》的作品的文字很接近，整部小说表现了"美，绝望，天真无邪，绝对文学。是的，让我们尽情地沐浴在《情人》中吧"。那是一位同行对杜拉斯的致敬，对文学界发出的呼吁。尽管评论界对这部小说好评如潮，但是评论家对杜拉斯此前发表的名为《死亡的疾病》的小说存有疑虑，对书中所表现的那种病态的、难以抑制的爱情不敢妄加评论，他们担心这种情绪会在《情人》中延续。

　　而那个本打算由杜拉斯和儿子一起合作出版的家庭影集，在杜拉斯死后十年，由儿子让·马斯科罗供图，阿兰·维尔贡德莱撰文，阿歇特图书的Chêne出版社出版。作者在出版前言里这样写道：

　　照片当然有助于了解大家都在探寻的秘密和真相。这些照片，本来打算编成一本家庭影集，或者是"*绝对形象*"，杜拉斯曾决定和儿子乌塔一起来完成，但后来为了写《情人》被放下，如今结集在此，其中的大多数照片都未曾发表过，它们很好地道出了她的内心真实。交趾支那的照片，尽管表面上其乐融融，家庭和睦，作者是把它理想化了的。写作能够让她回忆起她喜欢过的人，尽管后来由于种种原因而互相仇恨，各奔东西，关系像石头一样无情。在这些照片中，有一些总在看着她，离她的书桌不远，在她的床头。她把它们像拼图一样贴在一起，当作她所写的故事的线索，当作想象的支柱，当作气候和气味的跳板。[1]

二、作品分析

故事梗概

《情人》的故事很简单：湄公河上行驶着一艘去寄读学校的渡船，十五岁半的法国姑娘"我"巧遇一位同船的坐着黑色小轿车的中国人，此人后来便成了这位小姑娘的情人，书名也由此而来。当小姑娘离开西贡回法国后，他们的关系也就此中断，然而他们之间的爱情却深深地藏在了双方心中。看起来简简单单的故事却引得法国评论界、读者乃至世界各国的文学爱好者一片议论，兴趣盎然。《情人》是怎样一部作品，何以赢得人们如此喜爱。

当代文学一个明显的特点和倾向便是两极分化：一极是各种带着反传统色彩的文学运动及流派的产生，它们高举着反传统的旗帜，试图来一次文学革命。这些文学运动和流派的确为文学创作带来了形式上的繁荣。然而旗帜竖起之后，它们却无法给读者提供形式之外的内容。因此，在轰轰烈烈之后，便销声匿迹。这些文学运动和流派的倡导者的作品常常得不到普通读者的认同，只能给那些所谓的职业评论家留下研究的课题。另外一极是固守传统写作方法的作家，故事线索

---

1 [法] 阿兰·维尔贡德莱：《玛格丽特·杜拉斯：真相与传奇·前言》，胡小跃译，北京：作家出版社，2007年，第4页。

清晰明了，行文叙事井井有条。作品的结构完全是线条型的，故事的开局、发展、结局构成了作品的基本格调。这类作家虽然在某种程度上拥有部分读者，但因为没有创新，而无法在文学史上占有一席之地。创新也好，不创新也好，其结果在这两极分化的作家身上产生了非常相近的结果。脱离传统的创新没有出路，没有创新的传统同样没有出路。然而，真正的创新并非易事，也并非人人都能为之。

难道文学真的就走进死胡同了吗？不，敢为人先的追求者绝不在少数，他们不怕失败，真诚执着，取得了无数次的成功。文学也绝不辜负那些苦苦追求它的人，任何付出都会有结果的，《情人》便是无数追求而后成功的范例之一。杜拉斯把传统与创新很好地结合在作品里，为文学追求者树立起成功的榜样，开创了新的道路。

《情人》的结构

《情人》以第一人称"我"开始，"我"年岁已高，在公共场所被一陌生男子恭维，"我"便去照镜子，镜中的老人慢慢隐去，取而代之的是一张十八岁少女的脸庞，继而这张脸也慢慢消失，这时，十五岁半的少女才出现在渡船上，故事也好像才真正开始。然而，这种开始还没有延续，故事便中断了。另一个"我"出现了，故事又沿着新线索发展，正当我们也沿着另外一个"我"前行时，故事又回到了十五岁半的少女那里，她的故事刚刚展开，却又中断了。十五岁半的"我"又被另外一个"我"代替，叙述也成了另外那个"我"的叙述。另外那个"我"的叙述并没有延续多久。十五岁半的少女才又把我们带回故事的开始——渡河之际。

几经反复，故事才继续前行。当读者以为故事就会这样展开，十五岁半的少女"我"很快又被抹去，这次取而代之的成了他们，作者又开始叙述他们的故事，她的家庭成员的故事。当"我"的故事再一次被连接上的时候,故事在中断处向前发展。直到作者再次回到故事的开始——渡船之上时,故事的另一个主人公出现,故事也终于有了眉目。

在断断续续、时隐时现中,故事始终有一条主线。这条主线虽然三番五次地被零散的段落割裂,却又三番五次地被连接上,然后继续向前爬行,这种形式使小说有一种波浪式前进、螺旋式上升的结构,也使小说产生了片段式的散文结构。这种片段式的结构虽然看起来零零散散、毫无章法,但假如我们能够对作品从整体结构上去把握,就会发现作者的良苦用心,就会发现它留给我们充分的想象空间。不仅如此,利用段落来打破线性故事的这种方法使小说产生了网状结构,有了立体感。故事作为小说的主线,挂满了各种记忆的段落,这些段落忽前忽后,忽左忽右,看似杂乱无章,但正是这些看似与故事主线没有关系的段落才使小说有了立体感,使小说脱离了传统的叙事方法。只要我们拨开这些散在小说中的零散段落,便会清楚地发现隐藏在其中的故事。

杜拉斯也许是为了改变读者的传统审美习惯,打破单纯的时间线条,而把故事放置在由零散段落构成的记忆空间中。阅读小说犹如欣赏一幅立体画,不能仅仅满足于画面所表达的思想感情、所描述的事物,而必须把那些零碎的段落拼凑起来。这些段落如同立体画派的色彩和线条,只有把它们融合起来,才能穿越那表层,窥到小说的深层结构,这时,小说便成了浑然一体的艺术品。那些看似无关紧要的零碎段落都成了小说中不可缺少的部件。

杜拉斯这种追求看起来和新小说的追求完全一致,但这种一致仅仅是表面的,她和新小说在本质上有很大的区别。因为《情人》中有一条很明显、与传统叙事方法很接近的故事主线,这故事便是"情人"的故事,这也是杜拉斯拒绝接受后期新小说派作家称谓的原因。杜拉斯把传统和创新密切地结合在《情人》这部作品中。

《情人》的象征意义及其表现手法

除了对形式的追求，杜拉斯还利用暗示、象征等手法使小说的内容更加扩张，更加丰富，《情人》里意义最丰富，作者着墨最多的地方，非湄公河莫属。在这部小说里，湄公河绝不只是河流，它蕴藏着丰富的内涵和喻义。《情人》里所有的诗意、所有的悲欢离合都从这里展开，都在这里流淌。

> 我还要告诉您，我十五岁半。
> 在横渡湄公河的一只渡船上。[1]

这次横渡与平常其他无数次的横渡不同，其不同之处在于"我"有了不同的境遇。"我"——一个十五岁半的法国少女因为这境遇，而涉足人生的河流，而涉足爱情的河流。如果说湄公河在一般意义上作为时间的象征可以带走一切，可以冲淡一切，没有什么新意的话，那么它作为这个十五岁半的法国少女的人生分水岭则有其实际意义和丰富内涵。围绕着这个少女与她的情人——一位中国北方小伙子的相遇，作者做了各方面的铺垫和准备，暗示了他们之间的性爱关系。

首先，站立在渡船上的少女和坐在渡船上一辆黑色小汽车里的小伙子之间目光的相遇已多少暗示出他们即将发生的关系。这种目光的相遇，小伙子是主动的，少女是被动的。

> 在那部利穆新汽车里，一个风度翩翩的男人正在看我。……

---

1 [法]玛格丽特·杜拉斯：《情人》，王道乾译，上海：上海译文出版社，2005年，第5页。

他在看我。[1]

　　这种相遇与其说是看、注视、打量，不如说是占有，用眼睛占有，从精神上占有。这种相遇更在对湄公河的描写中得到了暗示：

　　　　湄公河和它的支流就在这里汹涌流过，注入海洋，这一片汪洋大水就在这里流入海洋深陷之处消失不见。这几条大河在一望无际的平地上流速极快，一泻如注，仿佛大地也倾斜了似的。[2]

　　这种奔腾，这种"一泻如注"无疑是一种暗示，力量的暗示，男性的象征。奔腾的河流带着征服的欲望将与海洋相遇。河水与海水的碰撞拥抱产生了最后的融合的平静。海洋如同温柔的女性、少女的胸怀，慢慢容纳、接收了奔腾的河水。河水和海水的相遇进一步暗示了这位十五岁半少女与她的中国情人即将发生的性关系，渡船上的相遇必然会发展为肌肤之亲的肉体结合。
　　在经历了湄公河上的目光相遇、河水与海水的相逢之后，少女与她的中国情人之间的肉体相拥和相遇则不显得仓促突兀，而是水到渠成、自然而然的事情了。肉体的交欢是性爱的高潮。其他如"四目传情"、抚摸拥抱只是性爱的铺垫和准备。在经历了肉体的欢乐，灵魂的愉悦之后，一切便化解成：

　　　　大海是无形的，无可比拟的，简单极了。[3]

1　[法] 玛格丽特·杜拉斯：《情人》，王道乾译，上海：上海译文出版社，2005 年，第 21 页。
2　[法] 玛格丽特·杜拉斯：《情人》，王道乾译，上海：上海译文出版社，2005 年，第 13 页。
3　[法] 玛格丽特·杜拉斯：《情人》，王道乾译，上海：上海译文出版社，2005 年，第 47 页。

肉体暂时的享乐过去了，随之而来的是灵魂的宁静，是一种超越小说词语本身的诗意。这种意境在销魂的时刻来临之前已经被两水相遇、四目相逢暗示到了。

在这一时刻到来之前，在渡船上，那形象就已经先期进到现在的这一瞬间。[1]

湄公河上相遇之后，十五岁半的法国少女与她的中国情人之间的关系发展可分为实线与虚线。实线是书中所表现出来的，根据故事的发展所进行的描写，虚线则是未在书中明示，却又确实存在的东西，它表现了一种理想，暗示了令人向往的爱情。实线沿着湄公河的相遇，发展到后来情人送少女去寄读学校，然后又邀请少女去他的住所，他们便在那里有了肉体的交欢。而虚线，作为爱情的象征意义，少女和她的情人并未上岸，而是乘着一叶小船，沿着湄公河驶向大海，驶向海上的西岱岛——西方神话里的爱情岛，在那里享受爱情的欢乐。法国少女和中国情人的爱情岛不在别处，就在他们相亲相爱的单人房间里。那里是爱情的小岛，情人的避风港，只有在爱情岛上，他们才能相亲相爱，相拥相抱。那里是茫茫人海中宁静的住所，是尘世间的一片净土。

城市的声音近在咫尺，是这样近，在百叶窗木条的摩擦声都听得清。声音听起来就仿佛是他们从房间穿行过去似的。我在这声音、声音流动之中爱抚着他的肉体。大海汇聚成无限，远远退

---

[1] [法] 玛格丽特·杜拉斯：《情人》，王道乾译，上海：上海译文出版社，2005年，第47页。

去,又急急卷回,如此往返不已。[1]

喧闹的人群来来往往,如同海中的波涛围着爱情的小岛涨涨落落,尘世间人海的喧闹更加突出了爱情的纯洁。潮涨潮落更表现出那一次又一次爱的激情与欢快,涌向肉体,涌向灵魂,爱情岛上,欢快屋中,爱情成为永恒。

置身于人海之中,又与尘世相隔绝,与人同顶一片蓝天,却拥有别人无法触及的爱情,只因为他们拥有那片属于自己的空间,拥有自己的爱情。渡船把他们带向彼岸,湄公河却把他们带向那与世隔绝的单人房间——象征意义上的爱情岛。因此,透过那次横渡,透过横渡后发生在情人房间的爱情故事,湄公河好像有了更深、更丰富的内容。

湄公河这位永恒时间的代表,可以送给他们爱情,把他们带向情人向往的爱情岛,也可以剥夺他们的爱情,带走一切。过去的快乐在离别时更加重了他们的痛苦。这对情人的最后离别已经在他们渡河时被暗示出来:

> 河水从洞里萨、柬埔寨森林顺流而下,水流所至,不论遇到什么都给卷去,茅屋、丛林、熄灭的火烧余烬,死鸟、死狗,淹在水里的虎、水牛、溺水的人、捕鱼的饵料、长满水风信子的泥丘,都被大水裹挟而去,冲向太平洋,连流动的时间也没有,一切都被深不可测、令人昏眩的旋转激流卷走了,但一切仍浮在河流冲力的表面。[2]

---

[1] [法] 玛格丽特·杜拉斯:《情人》,王道乾译,上海:上海译文出版社,2005年,第52—53页。
[2] [法] 玛格丽特·杜拉斯:《情人》,王道乾译,上海:上海译文出版社,2005年,第27页。

湄公河上没有留下任何东西，也不会留下什么，它带走一切，包括他们的爱情和欢乐。故事在横渡湄公河上开始，也在湄公河上结束。

她知道他在看她，她也在看他；她是再也看不到他了，但是她看见那辆黑色汽车急速驶去。最后汽车也看不见了。港口消失了，接着陆地也消逝了。[1]

湄公河的消逝成了故事的最后终结。某种象征，在时空之中不知所归，留下了美丽而悠长的感叹号。

情人的影子

法国普罗旺斯大学的一位教授曾经提出过有关《哈姆雷特》的评论，其主要观点是：哈姆雷特复仇中遇到了最大敌人，这个敌人不是他的叔父，也不是别的什么人，而是他自己。因为他身上的弑父情结，使他从潜意识中有弑父的本能，而理性则控制着本能，使他无法按照本能完成自己的心愿，叔父不仅替他完成了弑父娶母的心愿，在某种程度上叔父就是自己的影子。哈姆雷特始终无法下定决心杀死叔父，因为他只是惧怕杀死自己而已。

《情人》的故事也有一个影子让杜拉斯挥之不去，无法释怀，而且常常是成双出现，他就是自己的哥哥。

在审查这个影子之前，有必要对《情人》中的人物关系做一简单描述。十五岁半的少女的家庭人员构成如下：母亲、大哥、二哥和她

---

[1] [法]玛格丽特·杜拉斯：《情人》，王道乾译，上海：上海译文出版社，2005年，第133页。

本人，父亲是缺位的。这几个人不同程度都与情人有所接触，但是产生关系的层面却各不相同。

法国少女和情人之间的关系已经多有论及，无须赘述，但是这里想要说明的是在他们之间常常会出现的一种现象，有一个影子如影随形地出现在他们之间，自然而然、享受无穷的肉体关系。杜拉斯在描述和情人之间的关系时，自觉不自觉地把少女和中国情人摆放在父与女关系的位置上。这个安排既有年龄上的缘故，也有潜意识的作用。

> 他给我洗澡，冲浴，给我擦身，给我冲水，他又是爱又是赞叹，他给我施脂敷粉，他给我穿衣，他爱我，赞美我。我是他一生中最宠爱的。[1]

情人好像突然之间发生了变化，这个为少女洗澡擦身，为少女"施脂敷粉"，为她穿衣的男人，好像是一位父亲，这位情人行使着缺位的父亲的职责。假如进一步分析他们之间的关系，也好像完全符合情理。

弗洛伊德认为俄狄浦斯情结反映了男孩爱母憎父的本能愿望。相应地，女孩也有"厄勒克特拉情结"，指女孩恋父仇母的复合情绪，是女孩性心理发展阶段的表现。在这一阶段，女孩对父亲异常深情，视父亲为主要的性爱对象，而视母亲为多余，并总是希望自己能取代母亲的位置而独占父亲。人的这种本能愿望是从原始人的心理中继承下来的，不可避免，无法抗拒，永远留存在人类的无意识领域，它持续活动，以性本能为核心，带有强烈的情感色彩，以致人总是产生悔

---

[1] [法]玛格丽特·杜拉斯:《情人》，王道乾译，上海：上海译文出版社，2005年，第76页。

罪之感，因此，这种恋母或恋父情结，被弗洛伊德视之为宗教和道德的起因，而道德的起源自然是人类先天的无意识的生物本能——性欲所导致的。

按照弗洛伊德的观点，任何人身上都会有弑父恋母或者弑母恋父的情结。儿子有取代父亲占有母亲的倾向，女儿有取代母亲占有父亲的趋势。《情人》中的少女就在潜意识中具备这种情结，她与母亲的对立和矛盾时刻在争夺父亲的斗争中进行，父亲的缺位使这样的矛盾通过其他形式表现出来。在母亲的眼里，两个儿子是一个统一体，他们从不分离，她对他们的爱有时超越了普通的母爱。

> 我经常讲到我这两个哥哥。总是把他们合在一起谈，因为我们的母亲是把他们合在一起讲的。我说我的两个哥哥，她在外面也是这样说的，她说：我的两个儿子。[1]

两个人，一个形象，同时出场，无论是在母亲眼里，还是在少女眼里，他们两个都是一个统一体，但是这个统一体又常常表现出不同的侧面。假如我们更加大胆的话，这两个统一体表现了一个人物的两个方面，也从潜意识中流露出母亲和少女的不同偏爱。生死与共的形象随着小哥哥的死而烟消云散：

> 小哥哥一死，对我来说，她应该也是死了。同样，我的大哥，也可以说是死了。这一来，他们加之于我的恐惧感，我始终没有能克服。[2]

---

[1] [法] 玛格丽特·杜拉斯：《情人》，王道乾译，上海：上海译文出版社，2005年，第68页。
[2] [法] 玛格丽特·杜拉斯：《情人》，王道乾译，上海：上海译文出版社，2005年，第34页。

少女对小哥哥所表现出来的超越兄妹情感的爱,母亲的感情则更偏向大儿子:

> 母亲做的事当然永远都是为了这个大儿子,这个五十岁的大孩子,依然不事生计,不会挣钱,说起来,她所做的一切,简直不可想象,她居然利用她的古堡设法赚钱。[1]

母亲对大儿子的爱与少女对小哥哥的爱形成尖锐的对立,尖锐到乱伦的程度:

> 哥哥始终是一个杀人凶手。小哥哥就死在这个哥哥手下。反正我是走了,我脱身走了。到小哥哥死后,母亲就属于大哥一人所有了。[2]

母亲对大儿子、少女对小哥哥的占有欲均超出了正常的范围。在母亲的眼里,大儿子相当于丈夫的替身,母亲潜意识中将他当成丈夫的影子。而与大儿子同时出现的是小儿子,我们是否可以这样理解:小儿子是这个丈夫的另一面,也就是女儿所渴望的父亲,所以女儿才有了恋父弑母情结,所以她对小哥哥的爱也必须有一个实现和完成的实体,这个实体就是情人。这个实体为她扫除了所有的禁忌和道德障碍,面对这个想象中的小哥哥时,她抛弃了所有的道德界限,如痴如醉地享受着这种模糊、超越了男女情爱或者说让男欢女爱演绎成极致的爱情:

---

[1] [法]玛格丽特·杜拉斯:《情人》,王道乾译,上海:上海译文出版社,2005年,第36页。
[2] [法]玛格丽特·杜拉斯:《情人·乌发碧眼》,王道乾译,上海:上海译文出版社,2004年,第49页。

我要求他再来一次，再来再来。和我再来。他那样做了。他在血的润滑下那样做了。实际上那是置人于死命的。那是要死掉的。[1]

这种强烈的欲望在继续，同时在继续的过程中不断转换，欢快向不同的时间和空间持续，完成了超越：

他那一双手，出色极了，真是内行极了。我真是太幸运了，很明显，那就好比是一种技艺，他的确有那种技艺，该怎么做，怎么说，他不自知，但行之无误，十分准确。[2]

《情人》的那双手，穿越了时空开始在另一部作品中出现，同时也开始转换，变成了另外一个在她生命中同样重要的人的手，她对情人的爱也因此被推向了极致，超越了一切：

手出现在身上的情形，我还记得，瓮中倾出水的那种清新，我也记得。天气炎热，那种炎热已经不可想象了，我现在就是那个让人洗浴的人……他以一种力、一种温情使我昏迷绵软，把我吞没了。

皮肤，小哥哥的皮肤。也相似。手。也是一样。[3]

我们突然之间看到一种令人惧怕的意念，占有禁忌之中的肉体，

---

1 [法] 玛格丽特·杜拉斯：《情人》，王道乾译，上海：上海译文出版社，2005年，第53页。
2 [法] 玛格丽特·杜拉斯：《情人》，王道乾译，上海：上海译文出版社，2005年，第52页。
3 [法] 玛格丽特·杜拉斯：《物质生活》，萧乾译，上海：上海译文出版社，2007年，第56页。

把肉体关系推向无以复加的地步：

> 对于多数人来说，情况不同，《情人》中的两个人物却使他们内心充满了自古即有的来自男人深处的那种无从意料的欲念，即乱伦、强奸的欲念。[1]

无意识的生物本能——性欲导致了无法抗拒的恋父情结。乱伦、强奸是十五岁的少女所希冀但又无法企及的东西，她更需要找到一个可以认同并能替代的影子实体，既维系了禁忌的尊严，又能够满足身体深处的欲念。大哥满足了父亲作为威严的形象，小哥哥满足了父亲诱惑她的一面，情人像父亲那样，"给我洗澡，冲浴，给我擦身，给我冲水"，也会像父亲那样完成恋父情结中的原始心理期许，情人和小哥哥的等同和混淆越是在后来的创作中越是明显：

> 从我小哥哥那里……他背上有道长长的痕迹，跟你背上一样……有点弯曲……沿着皮肤底下，脊柱的走向。[2]

这位小哥哥常常会夺下情人的位置，完成情人的使命，这个在情人与少女温存时出现的男人按照杜拉斯的话说就是那个在其他作品中反复出现的人，这个人是杜拉斯秘而不宣，然而却反复触及的人：

> 我注意看他把我怎样，他以我为用，我从来没有想到竟可以

---

[1] [法] 玛格丽特·杜拉斯：《物质生活》，萧乾译，上海：上海译文出版社，2007年，第56—57页。
[2] [法] 玛格丽特·杜拉斯：《中国北方的情人》，施康强译，上海：上海译文出版社，2006年，第169页。

这样做，他的所为已经超出我的希求，却又与我的身体固有的使命相吻合。这样，我就变成了他的孩子。对于我，他也变成了另一种物。在他本人之外，我开始认识他的皮肤、他的性器官，有着无可言状的温柔甘美。另一个男人的阴影应该在这个房间里出现，这是一个年轻的谋杀犯的阴影，但是我还不认识他，在我眼中，还有待于显现。一个年轻的猎手的阴影大概也从这房间里走过，但这个幻影，是的，我认识他，他有时也在欢乐中出现，关于他，我对他说过，对堤岸的这个男人，我的情人，我对他说过，我对他讲过他的身体，他的性器官，也讲过那不可言喻的温柔，也讲过在森林和有黑豹出没的河口一带河流上他是何等勇猛。一切都在迎合他的欲望，让他把我捕捉而去，让他要我。我变成了他的孩子。每天夜里，他和他的孩子都在做爱。[1]

在欢愉之中，杜拉斯用完美的替身——情人，完成了自己对父亲的异常深情，视父亲为性爱对象，视母亲为多余，总是希望自己能取代母亲的位置而独占父亲。缺位的父亲在这里由两位哥哥替代，一位是年轻的谋杀犯，显而易见就是那位让她和小哥哥、情人恐惧的大哥，而小哥哥就是那位猎人，他曾经在杜拉斯的许多作品中出现过。

杜拉斯完全混淆了年轻猎手和情人之间的关系，出现在情人身上的影子就是那位勇猛的小哥哥，或者说此时此刻的情人就是被小哥哥附了身的人。虚构幻影之中，小哥哥坚决地夺下情人的位置，完成了一次不可完成的肉体交欢。

我对他的爱是不可理喻的，这在我也是一个不可测度的秘密。

---

[1] [法] 玛格丽特·杜拉斯：《情人》，王道乾译，上海：上海译文出版社，2005年，第120页。

我不知道我为什么爱他竟爱得甘愿为他的死而死。[1]

难道真的只有小哥哥？开始是清楚的，后来便模糊不清，因为她脑海中的父亲其实是由两位哥哥取代的。

是否还有更大的乱伦，不是同小哥哥，而是同大哥这个"既像罪犯又像父亲的人物"？……从所有这些可以看出，支配一切的只有作品，孩子、哥哥和情人共同组成一个原型："我个人的、爱情的和性爱的整个生活都取决于这个，即小哥哥和我之间的这种爱，这个故事处于沉睡状态，或出现在那些书里。"[2]

杜拉斯以极度大胆和夸张的手法表达着自己对女性自由边界的探究，禁忌的界限完全被跨越和冲破。情人与小哥哥的这种相似也成了杜拉斯走向背叛的理由，因为那是她内心的禁忌，一旦触动这根琴弦，感情的抒发就无法抑制。父亲的影子在情人中孕育、成长，最后顺理成章地实现了杜拉斯的欲念，完成了她心中埋藏的愿望。

《情人》的语言特色

在非虚构原创散文《微尘》这本书里，陈年喜用自己丰厚的阅历，雕刻出一群生动的劳动者群像。"我见过的不幸太多了，从来没有沮丧过。""中年日暮，身心俱疲，人生至此似乎再无多余念想。"人生的不幸怎么能够创造出如此的诗意，作者以再现的方式勾勒出与

---

[1] [法] 玛格丽特·杜拉斯：《情人》，王道乾译，上海：上海译文出版社，2005年，第127页。
[2] [法] 克里斯蒂安娜·布洛-拉巴雷尔：《杜拉斯传》，徐和瑾译，桂林：漓江出版社，1999年，第161—162页。

自己人生息息相关的景观，诗意建立在自我生活的虚构之上。"有些麻木，有些疼痛，也有说不出的苦恼，仿佛有一层迷雾遮住了我通往乡村的道路。"梁鸿在《出梁庄记》这样写道。我们无法得知这些作者是否阅读过杜拉斯的作品，但是在这里与杜拉斯又是多么的契合。

《情人》就是这样一部非虚构的散文小说，从行文及语言的运用上，独具匠心，开现代小说之先河。首先，杜拉斯打破了小说语言和诗歌语言与语言的界线，在《情人》这部小说里把三者融合在一起。

《情人》的开头常常成为人们感叹不已的标志性语言，假如再配上杜拉斯低沉、沙哑的声音的话，诗意、沧桑、透着张力而且破坏力十足的语言徐徐道来，已经让读者不能自已，心灵深处的颤动不由自主地随着杜拉斯进入穿越时空的史诗篇章。时空的隧道深处，厚重而有力的时代之音缓缓传来：

> 我已经老了，有一天，在一处公共场所的大厅里，有一个男人向我走来。他主动介绍自己，他对我说："我认识你，永远记得你。那时候，你还年轻，人人都说你美，我是特为来告诉你，对我来说，我觉得现在你比年轻的时候更美，那时你是年轻女人，与你那时的面貌相比，我更爱你现在备受摧残的面容。"[1]

一开始就通过"老了""备受摧残"等对文本和女性形象进行解构，展示出支离破碎的段落碎片，从开始就呈现出随时向每个方向开放的可能，万能的作者并不会替读者做选择，她仅仅以事物的立场叙述事件本身，贴近并拥抱扑面而来的话语。

网上关于这段文字的评论特别引人注目，张天翼在 2008 年的评

---

[1] [法] 玛格丽特·杜拉斯：《情人》，王道乾译，上海：上海译文出版社，2005 年，第 3 页。

论中这样写道：

> 我已经老了。
>
> 不得不想起以这句话开头的《情人》，那段王小波先生钟爱的王道乾先生的译文，那段小资和伪小资都倒背如流的文字。

我们真的不知道属于小资还是伪小资，但是确实会经常引用这段文字，甚至会引用王小波先生的文字以表达对杜拉斯的敬意。王小波对王道乾先生的这段译文赞不绝口，也道出了我们的看法：

> 这也是王先生一生的写照。杜拉斯的文章好，但王先生译笔也好，无限沧桑尽在其中。[1]

王小波对杜拉斯的这种赞赏在《我对小说的看法》里进一步明了：

> 如果你继续阅读下去，就会发现，每句话的写法大体都是这样的，我对现代小说的看法，就是被《情人》固定下来的。现代小说的名篇总是包含了极多的信息，而且极端精美，让读小说的人狂喜，让打算写小说的人害怕。[2]

"极多的信息""极端精美"，现代小说的特征从开始就在《情人》

---

[1] 王小波：《王小波杂文自选集：我的精神家园》，北京：文化艺术出版社，1997年，第141页。

[2] 王小波：《王小波杂文自选集：我的精神家园》，北京：文化艺术出版社，1997年，第147页。

里表露无遗,并且延续下去:

> 衰老的过程是冷酷无情的。我眼看着衰老在我颜面上步步紧逼,一点点侵蚀[1]。

> 我的面容已经被深深的干枯的皱纹撕得四分五裂,皮肤也支离破碎了。它不像某些娟秀纤细的容颜那样,从此便告毁去,它原有的轮廓依然存在,不过,实质已经被摧毁了。我的容颜是被摧毁了。[2]

沧桑无限,透着摧毁的力量,岁月流逝的痕迹通过被摧毁的容颜残酷地呈现出来,读者感受着残忍,承受着负重前行的艰辛和不易,文字和事物均在诉说着呈现在眼前的事件,情感自然而然地隐藏其中,现代小说的魅力尽显无遗。这种舒缓让人想到了杜拉斯沙哑而有磁性的声音,这种文字通过杜拉斯的声音表现出来,会加重沧桑感,会加重摧毁的力量。受到破坏和割裂的话语之中,时而也会响起美妙的奏鸣曲,节奏悠扬而美丽:

> 对你说什么呢,我那时才十五岁半。
> 那是在湄公河的轮渡上。[3]

"十五岁半",这样的节奏与"我已经老了"既对立又统一在小

---

[1] [法] 玛格丽特·杜拉斯:《情人》,王道乾译,上海:上海译文出版社,2005年,第4页。
[2] [法] 玛格丽特·杜拉斯:《情人》,王道乾译,上海:上海译文出版社,2005年,第4—5页。
[3] [法] 玛格丽特·杜拉斯:《情人》,王道乾译,上海:上海译文出版社,2005年,第5页。

说的开头,让读者既有了对生命的唏嘘,又尽情享受到由此及彼的回味。因此,"十五岁半"的节奏开始独步前行,越来越响亮,消逝在前方,那里韵律出现了:

我因为对海伦·拉戈奈尔的欲望感到衰竭无力。

我因为欲望燃烧无力自持。

我真想把海伦·拉戈奈尔也带在一起,每天夜晚和我一起到那个地方去,到我每天夜晚双目闭起享受那让人叫出声来的狂欢极乐的那个地方去。我想把海伦·拉戈奈尔带给那个男人,让他对我之所为也施之于她身。就在我面前那样做,让她按我的欲望行事,我怎样委身她也怎样委身。这样,极乐境界迂回通过海伦·拉戈奈尔的身体、穿过她的身体,从她那里再达到我身上,这才是决定性的。

为此可以瞑目去死。[1]

不但这种重复强调在小说中产生了诗句的韵律和节奏,而且句子的结构本身也构成了阶梯式的诗歌,假如我们改变排列形式,读者真会以为是在读诗歌,而不是在读小说。

我因为欲望燃烧无力自持。

我因为对海伦·拉戈奈尔的欲望感到衰竭无力。

我真想把海伦·拉戈奈尔也带在一起,每天夜晚和我一起到那个地方去。

我想把海伦·拉戈奈尔带给那个男人,让他对我之所为也施

---

[1] [法] 玛格丽特·杜拉斯:《情人》,王道乾译,上海:上海译文出版社,2005年,第89页。

之于她身。[1]

有时,这部小说充满诗意的语言恰巧表现在它本身所创造的意境中。常常看似平淡无奇的语言反复阅读后却变得意味无穷,真可谓,言已尽而意未尽,这未尽之意正好产生了诗歌般的境界。

> 她上了黑色的小汽车。车门关上。恍惚间,一种悲戚之感,一种倦怠无力突然出现,河面上光色也暗了下来,光线稍微有点发暗。还略略有一种听不到声音的感觉,还有一片雾气正在弥漫开来。[2]

语言中有了诗意的空白,诗意的跳动(从"车门关上"到"一种倦怠无力突然出现")。另外,那稍微有点发暗的光线,那辨别不清的声音,那弥漫一片的雾气也产生了一种诗意的宁静和朦胧。我们好像走出了小说("她上了黑色小汽车"),走进了诗歌("一种悲戚之感,一种倦怠无力突然出现,河面上光色也暗了下来,光线稍微有点发暗。还略略有一种听不到声音的感觉,还有一片雾气正在弥漫开来")。这种言已尽而意无穷的语言不正是典型的诗歌语言吗?而这种诗意般的语言可以说在《情人》中比比皆是。只要你具有诗人般的灵魂,就应该能感知到那诗意无穷的语言。

> 这样一个戴呢帽的小姑娘,伫立在泥泞的河水的闪光之中,在渡船的甲板上孤零零一个人,臂肘支在船舷上。那顶浅红色的

---

[1] [法] 玛格丽特·杜拉斯:《情人》,王道乾译,上海:上海译文出版社,2005 年,第 89 页。
[2] [法] 玛格丽特·杜拉斯:《情人》,王道乾译,上海:上海译文出版社,2005 年,第 41 页。

男帽形成这里的全部景色。是这里唯一的色彩。在河上雾蒙蒙的阳光下，烈日炎炎，河两岸仿佛隐没不见，大河像是与远天相接。河水滚滚向前，寂无声息，如同血液在人体里流动。在河水之上，没有风吹动。[1]

这哪里是小说，简直可以说是优美而又具有诗意的散文。那语言文字又好像演变成一幅画，画面是那么宁静，色彩是那么鲜明，只有用心灵捕捉才能捕到那细腻的线条。阳光中的少女，宁静端庄，成为这幅画上永恒的形象。这形象，照相机捕捉不到，肉眼捕捉不到，只有心灵的感应，只有满载心灵呼唤的语言才能把它捕捉在笔下。

杜拉斯通过对小说结构的创新，对语言运用的创新——集传统与创新于一身，集诗歌语言、散文语言与小说语言于一身——完全打破了历史与现实的隔离、传统与创新的界限、小说语言与诗歌散文语言的对立。这恐怕就是为什么《情人》这部中篇小说在世界范围内、在各个层次的读者中获得成功的原因吧。《情人》的成功又是否给我们以启示呢？

三、《情人》与《中国北方的情人》之比较

《情人》的故事与《阻拦太平洋的堤坝》中诺先生与苏珊的爱情故事之间或多或少存在重复，但是杜拉斯在《情人》中把这个爱情故事浓缩成一条主旋律，嵌入作者及其家庭成员的故事。在《情人》零零散散的段落中，流动着那对男女青年感人至深的跨国之恋。然而当

---

1 [法]玛格丽特·杜拉斯：《情人》，王道乾译，上海：上海译文出版社，2005年，第26页。

这么一部满载作家感情的文学力作,又一次被重复,被无限地扩展成《中国北方的情人》时,我们便有理由怀疑其必要性了。

《中国北方的情人》其实对杜拉斯而言是非常失败的经历,她因此而与自己钟爱的子夜出版社分道扬镳,她原本希望让·雅克·阿诺能如自己所愿拍摄出让自己满意的《情人》,但是她失望了。杜拉斯把自己新的书稿《中国北方的情人》寄给了子夜出版社的老板兰登,结果兰登把稿件退回给杜拉斯,杜拉斯无法接受这样的现实,对着书稿哭了三天,最后终止了与子夜出版社的合作。

> 就是这样,我无法接受这些改动,立马终止了合作。他成了一个外人。到了第三天,我和罗贝尔伽利玛取得了联系,他是一个永远的朋友。伽利玛出版社一片欢腾。[1]

在杜拉斯看来,这就是自己不断探索的结果。

> 我工作的性质决定了我要不断探索别的地方。我花了一年时间写了另一本书《中国北方的情人》,它绝非《情人》重复。[2]

且不说杜拉斯与导演和出版社之间的是非曲直,衡量一部文学作品的尺度,主要看其是否有社会意义,是否有文学价值,更简单地说,就是要看其能否给人带来美的享受,带来灵魂的愉悦。对于一部重复同一题材或同一事件的作品,则要看它重复得是否有意义、

---

1 [法] 玛格丽特·杜拉斯:《1962—1991 私人文学史:杜拉斯访谈录》,黄荭、唐洋洋、张亦舒译,北京:中信出版集团,2018 年,第 400 页。
2 [法] 玛格丽特·杜拉斯:《1962—1991 私人文学史:杜拉斯访谈录》,黄荭、唐洋洋、张亦舒译,北京:中信出版集团,2018 年,第 400 页。

有价值。只有重复出无穷的意味，创造出高新的意境，重复才能打动人心。

无论从文学价值，抑或美学享受，《三国演义》都超出了《三国志》，它把历史现实和个人的审美爱好完美地结合在一起，创造了中国文学史上的奇迹。这种重复就不是简单的重复，而是有价值，有必要的重复。

描写爱情故事的作品成千上万，表现手法也是千差万别，但因为这些作品均有其独创性，均有其感人至深的地方，所以便以各自的形式存在着，构成了文学史上的多姿多彩，丰富辉煌，《情人》便是其中之一。就在我们为其精彩的描写、感人的故事、独特的语言而兴奋欢呼叫好时，那位法国少女与她的中国情人的故事又被写进了另一部作品。那么，对这一爱情故事的反复描述是否有意义、有价值，只有对两部作品进行分析比较，才能得出结论。

著名作家林斤澜在《随缘随笔》中说：

> 比起抓题材编情节来，语言这东西缠手难磨，十年八年不出色都不稀奇。但，文学还得是语言的艺术，传世之作都要好语言，言之无文，行也不远。[1]

那么究竟什么样的语言，才能算得上好语言呢？笔者认为，能够准确传达作家独特感情与感受的语言才称得上好语言，其朦胧美、韵律美，其形象美、意象美，其和谐美、动态美等是为了达到这一目的的手段。下面就从语言的朦胧性、语言的力度和音乐性上对这两部作品加以比较。

---

[1] 林斤澜：《随缘随笔》，北京：群众出版社，1993年，第63—64页。

语言的朦胧性

关于朦胧，中外许多作家都有高论。

车尔尼雪夫斯基如是说："当人恋爱一个人的时候，不是把它当作观念，而是把他当作活的个性，爱他的整个，特别爱这个人身上的没有法子确定它、叫出它的名称来的东西。"[1]

著名作家林斤澜更是说得明白："这在方法上是留有余地，也就是空白，好发挥想象。……现在的空白若讲究起来，就是混沌，是朦胧，是氤氲，是生生不息，是生生不确定。"[2]

瓦莱里则这样说："诗人要达到的一种模糊而令人愉快的效果。"

无法确定也好，混沌也好，模糊也好，都是作家极欲创造的一种境界，都是他们希望读者能触及的境界。

诚如林斤澜先生所指出的那样："常听说，想象是文艺的翅膀。一般以为指的是作者，其实应当包括读者观者在内，大家都有余地张得开翅膀，才是功德圆满。"[3]

显然，创造的目的是留有余地，为作者，也为读者。只有留下想象的余地，留下那无法确定的想象，读者才能从中创造出无穷无尽的美。

那么，《中国北方的情人》留给读者的想象是否比《情人》更广阔呢？

且让我们从这两部小说的标题入手，审视一下它们所创造出的

---

1 谢文利：《诗歌美学》，北京：中国青年出版社，1989 年，第 294 页。
2 林斤澜：《随缘随笔》，北京：群众出版社，1993 年，第 60 页。
3 林斤澜：《随缘随笔》，北京：群众出版社，1993 年，第 61 页。

意境。《情人》两个字至少给读者留下了这样的想象余地：（1）谁的情人？（2）什么时候的情人？（3）祖籍何方的情人。《中国北方的情人》这一标题至少透露出这样的信息：（1）情人是中国人；（2）来自中国北方。信息的透露说明读者想象的空间受到了限制。

对此，杜拉斯本人是这样解释的：

> 这本书本来可以取名《街市之恋》或者《情人传奇》，或者《情人重来》。最后有两个更宽泛、更真实的书名可供选择：《中国北方的情人》或者《中国北方》。[1]

> 初稿当时叫作《情人的电影》（*Le Cinéma de l'Amant*）或《街上的情人》（*L'Amour dans la rue*）。[2]

杜拉斯说得再明白不过了，因为《中国北方的情人》更宽泛、更真实，所以才选择了它。然而这一真实是以限制想象为代价的。由于有了真实，便没有了朦胧，便没有了可以想象的空白。由此可见，从书名的选择上，《中国北方的情人》就没有《情人》给读者留有的余地大，就没有《情人》朦胧，就没有《情人》创造的意境丰富。

我们再来看看《情人》和《中国北方的情人》的语言运用。这两部小说的故事大致由情人和法国少女的相遇、相爱和最后离别构成，但是杜拉斯在表现过程中，两部小说所采取的手法却不尽相同。

---

1 ［法］玛格丽特·杜拉斯：《中国北方的情人》，施康强译，上海：上海译文出版社，2006年，第3页。
2 ［法］玛格丽特·杜拉斯：《1962—1991私人文学史：杜拉斯访谈录》，黄荭、唐洋洋、张亦舒译，北京：中信出版集团，2018年，第399页。

《情人》在表现手法上，尽量做到真实与浪漫相结合，整个故事既有意境无穷、想象丰富的浪漫朦胧，又有实实在在、有血有肉、让人刻骨铭心的相亲相爱和催人泪下的离别之情。现实中渗透着浪漫，真实中散发着朦胧，那似真似假、如痴如醉的爱情让人为之心动。

　　《中国北方的情人》在表现过程中，则显得过于实在，过于平淡，实在得让人无法想象，平淡得让人难以激动，请看下面两段文字：

　　　　那个风度翩翩的男人从小汽车上走下来，吸着英国纸烟。他注意着这个戴着男式呢帽和穿镶金条带的鞋的少女。他慢慢地往她这边走过来。可以看得出来，他是胆怯的，开头他脸上没有笑容。一开始他就拿出一支烟请她吸，他的手直打颤。……她告诉他说她不吸烟，不要客气，谢谢。[1]

　　　　他望着她。
　　　　他们对看。相互微笑。他走过来。
　　　　他抽着一支三五牌香烟。她非常年轻。在给她敬烟时，他的手略微颤抖，显得有点胆怯。
　　　　"您抽烟吗？"
　　　　女孩表示谢绝。[2]

　　这两段文字有两处明显的变化：一、《情人》的英国香烟在《中国北方的情人》中变成了三五牌香烟。从这一小小的变化就可以看出后一部小说中追求真实而不重视朦胧的基调。二、从修辞的角度来

---

[1] ［法］玛格丽特·杜拉斯：《情人》，王道乾译，上海：上海译文出版社，2005年，第40页。
[2] ［法］玛格丽特·杜拉斯：《中国北方的情人》，施康强译，上海：上海译文出版社，2006年，第32页。

看，《情人》运用的是自由间接引语。

何为自由间接引语，陈振尧先生在《新编法语语法》中做了如下解释："自由间接引语是通过作家的转述体现的，既无表示陈述的动词，也无引号或破折号；其人称、语式、时态与间接引语相同。"[1]

著名法语语法学家格里韦斯是这样论述的："自由间接引语既显示了间接引语的形式，又保留了直接引语的口吻。"[2]

自由间接引语的引用恰如其分地避免了直接引语的过分直白，过分真实，又有了间接引语转述所造成的空间与时间上的朦胧。朦胧的语言使《情人》的含义更加丰富，给读者留下的想象余地也更加广阔，而《中国北方的情人》则运用直白的对话式的语言，破坏了小说中的那份浪漫情调，淡化那份刻骨铭心的异族他乡之恋。下面这两段语言便是最好的佐证。

> 她上黑色的小汽车。车门关上。恍惚间，一种悲戚之感，一种倦怠无力突然出现，河面上光色也暗了下来，光线稍微有点发暗。还略略有一种听不到声音的感觉，还有一片雾气正在弥漫开来。[3]

> 他微笑。他说话。他说：
> "如果您愿意，我可以送您回西贡。"
> 她不犹豫。汽车，还有他那种带着嘲弄的神情……她满意。

---

1 陈振尧：《新编法语语法》，北京：外语教学与研究出版社，1992 年，第 411 页。
2 Maurice Grevisse, *Le Bon Usage – Grammaire française,* Huitième Edition, Editions J. Duculot, 1964, p. 110.
3 [法] 玛格丽特·杜拉斯：《情人》，王道乾译，上海：上海译文出版社，2005 年，第 41 页。

从她的微笑中看得出来。

我很乐意。[1]

《情人》中的语言不但描述了一种现实，同时也有了诗意的空白，有了诗意的跳动（从"车门关上"到"恍惚间，一种悲戚之感，一种倦怠无力突然出现"）。另外，那暗淡的阳光，那辨别不清的声音，那蒙蒙的雾，都产生了诗意般的宁静和朦胧。我们好像走出了小说现实，走出了描述现实的语言，走进了诗一般的意境，走进了朦胧的语言所创造出的无穷无尽的想象之中。无穷的想象可以把我们带向夜色，带向茫茫人海，带向潮起潮落的爱情小岛。皆因为那朦胧，语言有了无限的张力，可以载着人们的想象延伸。朦胧创造了一份意境，一种具有个性的语言。语言载着杜拉斯的怀念，载着她对少女时代的爱情、对异国他乡的岁月的怀念。这里，文学的魅力通过语言这门艺术尽情地表现了出来。

《中国北方的情人》中那直陈、对话式的语言破坏了朦胧的意境，限制了读者因为朦胧才具备的想象。语言的张力缩小在十分有限的范围内，语言不再与文学有关，不再与艺术相连，而成为交流对话的工具。诚如杜拉斯自己所说：

我认为第一本《情人》在遣词造句上更出色，也更大胆出格。这一本经常表现得近乎低调；无论是运用的语言还是描写女孩和中国男人之间的肉欲关系。[2]

---

1 [法] 玛格丽特·杜拉斯：《中国北方的情人》，施康强译，上海：上海译文出版社，2006年，第32—33页。
2 [法] 玛格丽特·杜拉斯：《1962—1991私人文学史：杜拉斯访谈录》，黄荭、唐洋洋、张亦舒译，北京：中信出版集团，2018年，第400页。

从《情人》所创造的朦胧意境和有张有弛的语言,到《中国北方的情人》意境与文学语言的失去,恰恰说明重复某种题材时,假如缺乏创造,假如语言没有个性,重复便成了十分危险的游戏,便失去了意义。

语言的力度

文学语言有时需要朦胧,有时需要深刻,需要有力度。朦胧给人以无限的遐想,深刻给人以思索。朦胧表达了一种浪漫的情感,深刻可以跨越多余的能指,而直奔语言的所指,直抒心灵深处的情感。只有通过那种有力度的语言,心灵的期盼和感情才能猛烈地喷射出来。《情人》和《中国北方的情人》在语言的运用上表现了两种完全不同的倾向,且看下面两段文字:

> 他把她的连衣裙扯下来,丢到一边去,他把她的白布三角裤拉下,就这样把她赤身抱到床上。然后,他转过身去,退到床的另一头,哭了起来。[1]

> 她站着,他坐在她对面。她垂下眼睛。他从下端抄起她的连衣裙,为她脱掉。然后他拉下女孩的白棉布内裤。他把连衣裙和内裤扔到扶手椅上。他移开她的手臂,以便看她的身体。以便看她。她不看。她垂下眼睛,她听任他看。……他说他爱她,说不想跟她撒谎。[2]

---

[1] [法] 玛格丽特·杜拉斯:《情人》,王道乾译,上海:上海译文出版社,2005年,第46页。
[2] [法] 玛格丽特·杜拉斯:《中国北方的情人》,施康强译,上海:上海译文出版社,2006年,第85—87页。

《情人》中的这段描写表现了情人复杂而矛盾的心情。他因为自己的爱被所爱的少女理解为逢场作戏而流泪哭泣,他因为爱而悲伤。白人女子怎么会爱一个殖民地上的黄种男人呢?在这种爱情难有结果时,他就采取了一种极端的表现方式,那便是发泄,发泄他心中欲爱不能、欲罢不休的苦闷和愤怒,所以他便扒,便扔,便叫,便骂,便流泪。十分简练的语言把这种矛盾复杂的心情,把情人所受的屈辱和他身后那种民族的屈辱尽情地表现了出来。只有这种独特的语言才能表达情人当时的心境,只有这种有力度的语言才能把他心中那股无名之火准确地表现出来。文学是语言的艺术再次得到验证。

这样一种悲愤满腔、震撼人心的语言在《中国北方的情人》中成了仅仅用于表达普通爱情("他说'他爱她'"等)的语言,没有力量,没有个性,深刻内涵更是丧失殆尽。一种不同寻常、难分难舍、难爱难恨的情感在这里全部被抹去了。其原因何在,因为《中国北方的情人》运用了一种可以用来表现任何爱情的语言,因为这种语言缺乏个性,缺乏特点,因此他们的爱情也就平淡无奇,读者甚至无须阅读这些文字就可以想象到爱情如何去发展。

有力度的语言表达有力度、有起伏的感情。假如语言中缺乏了激情,缺乏了对爱的理解,那必定是没有特点、难以立足的语言。真是"言之无文,行也不远"。

题材的重复也许是必要的,有意义的,但是从《情人》到《中国北方情人》,由于语言失去了独特性,失去了难以为继的感情,因而就没有了独立存在的基础。语言绝不仅仅是客观存在,而是血肉相融的感情抒发。这血,这肉,除了作者给予,谁又能担此重任呢?不然曹雪芹怎么会有"满纸荒唐言,一把辛酸泪,都云作者痴,谁解其中味"的感叹呢!

语言的音乐性

语言与音乐的关系相当密切，语言本身就包含着某种音、某种调，即某种意义上的音乐。奈特对诗、歌同源是这样论述的："诗歌、音乐、舞蹈三者，无论起于个人的或民族的幼稚时代，均相结合而同其根元，言语韵律反复时而诗歌以起。言语反复时，音有节奏、调有变化而音乐以起。身体运动与诗歌音乐相伴时而舞蹈以起。"[1]

黑格尔在论述诗歌的音律时这样写道："诗的观念不仅要体现于文字，而且要用实在的话语说出来，因而涉及语调和字音这些感性因素。因此我们要跨进诗的音律领域。用音律的散文不能算是诗，只能算是韵文，正如用散文来创造诗，也只能产生一种带有诗意的散文。至于诗则必须有音节或韵，因为音节和韵是诗的原始的唯一的愉悦感官的芬芳气息，甚至比所谓富于意象的富丽辞藻还更重要。"[2]

语调、字音、节奏等均属于语言因素，不但会在诗歌中表现出来，而且会在任何其他散文、小说中表现出来。尤其是当诗歌不断变化，形式越来越自由，散文越来越接近诗（散文诗），小说语言越来越接近散文语言时，用语调、字音和节奏来表现语言音乐性的作者会越来越多。

杜拉斯在《情人》中不但把诗歌语言、散文语言和小说语言完美地结合在一起，而且用语言本身的音调、节奏变化创造出具有音乐美的语言，创作出愉悦感官的芬芳气息，触及心灵的诗歌韵律。小说的

---

[1] 谢文利：《诗歌美学》，北京：中国青年出版社，1989年，第468页。
[2] [德] 黑格尔：《美学》，第4卷，朱光潜译，北京：商务印书馆，1984年，第68页。

开头就是那句有名的反复重叠的话语:

  我还要告诉您,我十五岁半。
  在横渡湄公河的一只渡船上。
  我十五岁半。(第2页)

  十五岁半,渡河之际。(第6页)

  十五岁半,就已经搽脂抹粉了。(第15页)

  十五岁半,腰身纤细……(第19页)

  小说中这种有韵律、有节奏的重复,构筑了无比美妙的音响空间。小说语言因此而拓展,不但向时间的纵深发展,而且向空间的高度飘扬,时空由于这种语言而交汇成波澜壮阔的交响乐,它反复地在小说中回荡,让人激动,让人幻想。杜拉斯经常运用这种诗化的语言,使语言的余音不断地延伸,使那悠长的思想跨越时空。

  杜拉斯在《情人》中通过语言的韵律音调和节奏变化创造了具有音乐美的语言,美感穿越词汇进入作者的情感世界,这种节奏优美、具有穿透力的语言在《中国北方的情人》中则比较少见。

  这便是大河。
  这是湄公河上的渡船,多本书中讲到的渡船。
  河上的渡船。
  渡船上有搭载本地人的大客车,长长的黑色的莱昂-博来汽车,有中国北方的情人们在船上眺望风景。

> 渡船开动了。[1]

这段语言不但没有让人回味无穷的韵律，其音调和节奏也难以构成一种持续的回荡。语言显得支离破碎，思想也就无法统一完整。

上面仅仅从语言的角度对《中国北方的情人》与《情人》做了比较，列举的例子也很有限，但是这一爱情题材的重复无论从语言的朦胧性上，还是从语言的力度和音乐性上都显得意义不大，缺乏价值。由于思想感情是通过语言表现的，由于文学是语言的艺术，因此没有语言特色的《中国北方的情人》显然就行也不远，其文学价值就无法与《情人》相提并论。这个题材的每一次重复都会稀释作者的情感，语言中有血有肉的成分也就越来越少，没有了语言基础，文学基础也将不复存在。

杜拉斯为什么要不厌其烦地重复这一题材呢？我们暂时走出对这两部小说的比较，审视一下杜拉斯重复的真正目的，也许会对我们理解这两部小说有所帮助。杜拉斯创作这部小说的社会、经济背景及商业动机暂且搁在一边，本文只对其重复这一题材的文学原因，加以探讨。

杜拉斯本人在《中国北方的情人》的序言中是这样解释的：

> 有人告诉我他已死去多年，那是在九〇年五月，也就是说一年以前，我从未想到他已经死去。人家还告诉我，他葬在沙沥。……我放弃手头正在做的工作。我写下中国北方情人和那个

---

[1] [法] 玛格丽特·杜拉斯：《中国北方的情人》，施康强译，上海：上海译文出版社，2006年，第30页。

女孩的故事,在《情人》里,这个故事还没有写进去,那时候时间不够。写现在这本书的时候,我感到写作带来的狂喜,我有一年功夫沉浸在这部小说里,全身心陷入中国人和那个女孩的爱情之中。[1]

不难看出,作者创造这部小说的内在动力是"他"的死,他的死勾起了作者的回忆,对他们之间的爱情的怀念。可惜这种回忆和怀念都没有能浓缩成情与爱、血与肉交织在一起的语言,因此语言的内涵、语言的张力都大大地打了折扣。

他的死仅仅是创作这部小说的引子,而不是其深刻的原因。创作这部小说的深刻原因恐怕还需要从作者自身的创作道路去寻找。作家的创作道路与人生道路是相同的,人生的经历由出生至童年,由青年至壮年,由中年至老年,创作亦然。作家会经历由默默无闻到逐渐被社会承认,到最后达到创作的巅峰。然而要永远地保持这种巅峰状态很难,当创作的源泉开始枯竭,他们便自然而然地失去创作的活力和激情。

杜拉斯三番两次地重复这一爱情故事正好说明她极力想维持创作生命,正好说明她不情愿就此罢笔。有时候成功的经验恰好就是失败的种子,她曾经因为类似的写作经验而成功过,也会因为反复挖掘而枯竭。她把创作瞄准了那已经被多次开发的童年矿藏,可是每一次开发的收获都越来越少,最后甚至会无功而返。只有真正做到厚积,才能薄发;源远,才能流长。

笔者并非怀有其他目的而指责杜拉斯,而仅仅想从小说的角

---

[1] [法] 玛格丽特·杜拉斯:《中国北方的情人》,施康强译,上海:上海译文出版社,2006年,第3页。

度对这两部作品加以分析，类似这样的指责在杜拉斯刚刚出版这部小说时就已经有了。当然，面对人们的这些指责，杜拉斯是这样反击的：

> 在《中国北方的情人》里，虚构的成分比《情人》要少。里边的故事都是真的。我的小哥哥，还有我大哥：这远比我们所能讲述的要真实许多。……我想这是我最后一次写这个故事。但是有时候我也不是很清楚。[1]

其实《中国北方的情人》给杜拉斯造成了极大的打击。不仅仅因为小说本身，更因为这部小说原本不是以小说的形式，而是以剧本的形式创作，当剧本被导演弃置不用的时候，杜拉斯的失败感是多么强烈，失望是多么巨大呀！

著名历史学家劳拉·阿德莱尔在她所著的《杜拉斯传》中对其中杜拉斯和电影导演阿诺之间有关电影《情人》的拍摄和剧本的恩怨已经叙述得比较清楚。杜拉斯写的《中国北方的情人》既没有得到导演的认可，她甚至也不满意自己的作品，她承认自己的改编不合适。然而杜拉斯实在不愿意接受这样的结果，所以情人的故事还必须以另一种形式出现，电影《情人》的导演雅克·阿诺为杜拉斯提供了第一个机会，当这个机会失去时，情人的去世给她提供了再次挖掘的机会。劳拉·阿德莱尔是这样论述的：

> 玛格丽特·杜拉斯于是开始讨厌自己的书。她恨自己在最后为了图方便，以收到情人的电话而告结束。她后悔自己违背了事

---

[1] [法] 玛格丽特·杜拉斯：《与玛丽亚娜·阿尔方的谈话》，《解放报》，1991年6月13日。

实。这部"成本上亿的电影"使她远离了自己的书，不久以后，她表示对小说感到恶心。在和阿诺断绝来往前，她对他说："《情人》是糟粕。是火车站小说。我是喝醉酒的时候写的。"她已经开始构思另一部作品了，后来这部作品大大损害了前一部。她想要重新回顾情人的神话。……尽管杜拉斯一再否认，其实这部作品在开始时就是她自己写的那个《情人》的电影脚本。手稿的不同阶段可以证实这一点：杜拉斯甚至就在原有的剧本上裁、剪、增、圈，然后才渐渐地将这个剧本变成了小说。书最后是在一九九〇年五月重新安装好出炉的，这时杜拉斯收到了一个电话，在电话里她得知情人已经死了很久。[1]

虽然这部小说也被伽利玛出版社出版，而且受到了读者的欢迎，也给杜拉斯带来了不少收入，但是作品本身以及与同类小说《情人》相比较，仍然留下了许多不尽如人意的地方。

当然，杜拉斯更希望电影能按照自己的想法和理解来拍摄，她记忆深处的印度支那以及那里的童年，根本就不是阿诺眼里的样子，她认为阿诺的电影太真实了，太缺乏想象和文学了，影像完全破坏了文字所带来的张力和想象力。

> 她说，要搬上银幕的是小说中到处可见的那些图像：毁灭、侵蚀了人和物的时间，对生活的诅咒，恒河和湄公河内褐色的泥水，记忆中的河泥。……
> 她声称，只有自己能表现那种失败、侵蚀、热带丛林和公

---

[1] [法] 劳拉·阿德莱尔：《杜拉斯传》，袁筱一译，沈阳：春风文艺出版社，2000年，第686页。

园里的气候、那个年轻姑娘的愿望。由于她在罗思希尔德酒店荒废的花园里拍过印度，她知道只有自己的摄影机能够重现她的世界。[1]

杜拉斯与阿诺之间的这段口水官司，我们无法断定谁是谁非，尽管我们对杜拉斯在这个问题上的狂怒表示理解，但是在对金钱的渴望与对灵魂家园的坚守之间，杜拉斯毕竟选择了前者。结果也是不错的，阿诺的电影获得了巨大成功，杜拉斯得以重新挖掘情人的故事。这样的故事好像曾经在她和导演雷乃之间发生过。无论如何，电影《情人》在全球的成功，尤其是在中国引起的关注再次掀起了中国的杜拉斯热，也促成了阿诺的中国情结，这也许就是一种没有缘由的喜爱，他的另一部关于中国的电影《狼图腾》也获得很大成功。

通过对《情人》《中国北方的情人》的分析，我们依然从中读到了作者的无奈和勉强，正因为如此才让《中国北方的情人》遭受了不白之冤。这就是艺术，以不同的形式展示美。

四、深邃而遥远的现代悲歌——《夏雨》

1990年的初夏，法国的普罗旺斯吸引了世界上许多国家的游客，圣·维克多山在日出日落之间变幻着色彩——塞尚曾以自己独特的观察为这个地方增添魅力。山脚下的埃克斯城被誉为泉水之城、艺术之城，笔者也和许多中国留学生一样在这所历史文化名城学习。《夏雨》一经发表就引起了笔者的关注，笔者和西安交大的法语老师杨洁很快

---

1 [法] 阿兰·维尔贡德莱：《玛格丽特·杜拉斯：真相与传奇·前言》，胡小跃译，北京：作家出版社，2007年，第213页。

就把这部作品翻译成中文,但是由于缺乏渠道和资源,译文仅仅在中国驻法国大使馆教育处的支持下在《留法通信》上节选发表,同时也配有对这部作品的分析和介绍。这是一段非常美好的记忆,能够在第一时间感受到杜拉斯作品的现时性,不由自主地与杜拉斯一起关注起法国这个自己留学的国度和普通百姓的生活。

那年夏天,风波之后的埃克斯-普罗旺斯,杜拉斯为我们送来了让人伤感的《夏雨》,杜拉斯又恢复了娓娓道来的叙事方式,开始讲述属于生活的伤感故事。坐在法国南部大学城公寓的宿舍里,听杜拉斯讲述维特里孩子们的故事。《夏雨》不仅讲述着维特里郊区移民家庭的故事,也在某种程度上与笔者的个人记忆产生了秘密联系。

《情人》和《中国北方的情人》既与杜拉斯的个人记忆秘密地建立联系,同时也与种族歧视相关,杜拉斯把自己的情感栖息地转换成个人记忆和残酷现实交织的诗学空间,那里杜拉斯时刻关注着塞纳河畔的种族主义思潮,同时她也关注着来自现实的家庭遭遇,她把自己的目光落在了维特里郊区的孩子们身上。那里发生了许多让杜拉斯难以忘怀的故事,她在《夏雨》的后记写道:

一九八四年由于文化部长雅克·朗对我个人的资助,我写了一个电影文本,取名为《孩子们》。

《孩子们》是与让·马斯科洛和让-马克·蒂里合作拍摄的。同样,演员也是共同挑选的。其中有塔蒂阿娜·穆基、达尼埃尔·热兰、马尔蒂娜·谢瓦利埃、阿克塞尔·博古斯拉夫斯基、皮埃尔·阿尔迪蒂、安德烈·迪索利埃。摄影是布吕诺·纳伊滕及其小组。

在好几年里,这部电影一直是我叙述故事唯一可能的方式。但我经常想到这些人,这些被我抛弃的人。于是有一天我根据维特里的拍摄现场去写他们。在几个月中这本书叫作《雷雨的天空·夏雨》。我保留了后一半：雨。[1]

维特里以不可思议的方式走进了杜拉斯的生活，为了完成一本关于这个郊区的书，"在写书期间，我到维特里去了十五六次。几乎每次我都迷路。维特里这个郊区令人害怕，它不同一般，也难以界定，我开始爱上了它"[2]。

这是从一本书、一棵树开始的故事，已经存在的故事，还没有写出来的故事，杜拉斯在历史、神话和现实中迷茫了。"父亲"从不知什么地方"找到了一本《乔治·蓬皮杜传》。这本书他读了两遍。……母亲也读了《乔治·蓬皮杜传》"[3]。乔治·蓬皮杜好像成为父亲和母亲生活中的寄托，"他们对这个人感兴趣不仅仅是因为他名气大，而是因为这本书的作者是按照普通人所共有的生活逻辑来讲述乔治·蓬皮杜的生平的"[4]。现实中的父亲和母亲仿佛成了蓬皮杜和他的妻子。现时的真实存在是否暗示了父亲和母亲移民法国的年代，同时又将读者引向儿子发现的一本书。这本书的异质性从不同的人和事物上呈现出来。

在这间棚屋里，在中央暖气管的通道下，小弟弟们在瓦砾中找到了那本书。他们将书带给了欧内斯托，欧内斯托久久地看着它。……孩子们曾经见过书店橱窗里的书，也见过父母那里的书，但从未见过被如此横加践踏的书。[5]

---

1 [法]玛格丽特·杜拉斯：《夏雨》，桂裕芳译，上海：上海译文出版社，2007年，第169页。
2 [法]玛格丽特·杜拉斯：《夏雨》，桂裕芳译，上海：上海译文出版社，2007年，第169—170页。
3 [法]玛格丽特·杜拉斯：《夏雨》，桂裕芳译，上海：上海译文出版社，2007年，第3页。
4 [法]玛格丽特·杜拉斯：《夏雨》，桂裕芳译，上海：上海译文出版社，2007年，第3—4页。
5 [法]玛格丽特·杜拉斯：《夏雨》，桂裕芳译，上海：上海译文出版社，2007年，第7页。

"从未见过被如此横加践踏的书"如同那一株"孤单单的"树，它们的命运好像完全与欧内斯托的人生暗合，存在成为他最大的困惑，他必须破解人生的谜题。"被横加践踏的书"如同惨遭遗弃的孩子们，他们的命运让欧内斯托陷入了深思："在这本烧坏的书被发现后的几天里，欧内斯托进入沉默状态。整个下午他把自己关在棚屋里，与烧坏的书单独相处。"[1]欧内斯托突然间开始追寻生命的意义，也开始思考这本书的价值。从来没有上过学的欧内斯托竟然读懂了书中的故事，这位父母眼里的天才与书中的人物产生了秘密联系。

法国人对中国传统文化情有独钟，他们钟爱屈原、老子、庄子等人的作品，钟爱魏晋南北朝的玄学，钟爱唐诗宋词、书法绘画和音乐，对唐诗的热爱尤其达到了狂热的程度。其实我们特别理解这种钟爱，因为在中国诗歌和书法绘画和音乐中，有一种难以企及的"不可得"的境界，它们如同一幅幅"异化"的景观在文字和线条色彩中展开，它们就在我们的幻想中，诱惑着我们的灵魂，让我们不由自主地想进入其中。打开它，如同打开了翻转的现实，合上它，一切又复归原样。法国人一定经不起这样的诱惑，因为他们在那些异化景观中寻觅到了戳中他们灵魂的异样文化气息和相近的文化气质。在法国人看来，异质性成为中国文化最大的魅力，文字创造出最美丽的精神景观，成为灵魂的栖息地。

程抱一以打破目标语言习惯的方式翻译中国诗歌，用文字和意象创造了中国诗歌独特的异化景观。他在翻译中国诗歌时展示语言的好客性，而不是民族中心主义思想，用这样的方法让中国诗歌获得了法国读者的钟情，在保留异域性的同时，让它与法兰西文化相得益彰，

---

[1] [法]玛格丽特·杜拉斯：《夏雨》，桂裕芳译，上海：上海译文出版社，2007年，第7页。

他的翻译与研究对于重新认识中国诗歌具有开创性的意义，因此，中国诗歌的异质性作为独特的人文景观呈现在法国人面前。话语的景观成为与事实有别的精神景观。

法国人也从理论的角度探究话语与事件的关系，话语可以构建起属于自身同时又有别于现实的"异化"景观："法国哲学家福柯曾经几次提出，如何试验让文字和现实脱离关系。用福柯的话说，就是表达和看见绝对不是一回事。"[1] 文字终将脱离主体，成为独立存在："我们正处在一个被漠视已久的迷宫边缘：随着主体的消逝，语言的存在仅为呈现自身。"[2] 语言已经成为一种独立存在，表达着自身。

布朗肖明确地指出了诗歌的话语与事件的区别："诗歌的话语不再仅仅对立于一般的语言，而且也有别于思想的语言。在这种话语中，我们不再重返世间，也不再重返作为居所的世间和作为目的的世间，在这种话语中，世间在退却，目的已全无。"[3]

"在《美丽的象形文字》中，阿波利奈尔把诗歌的语言文字充分地独立出来，直接成为一种表达内容的物质性的东西。"[4] 文字成为"表达内容的物质性的东西"，独立地表达着有别于现实的真实，文字的真实不再依附于现实的真实。

在《夏雨》里，杜拉斯不再寻求作为真理的"事件"给予读者的触动和思考，她更希望寻求某种形而上的思想，努力建造摆脱了事件的文字景观，或者让文字本身成为某种表达"事件"的景观，高度抽象的想象将读者带进具有历史深邃感和神话想象力的诗学空间，异域文化在这里极大地拓展着这样的空间。

1　钟文：《诗论坛 II 诗歌语言的异化（诗歌之反诗歌其三）》。
2　[美] 艾利森·利·布朗：《福柯》，聂保平译，北京：中华书局，2014 年，第 10 页。
3　钟文：《诗论坛 II 诗歌语言的异化（诗歌之反诗歌其三）》。
4　钟文：《诗论坛 II 诗歌语言的异化（诗歌之反诗歌其三）》。

建立在事件之上的"异化"景观展开了宏大的诗学叙事，影像、声音、事件努力地构建起完全"异化"的空间，我们好像进入了幻象的现实之中，中国传统文化所寻求的"异化"景观被杜拉斯在这里迁移至法兰西的苦涩现实之中。杜拉斯试图构建完全异化并具有物质性的文字景观，对现实的关注和担忧被杜拉斯异化为摆脱了现实的诗意空间，源于现实的事件转换为文字的独立表达，读者在文字呈现的景观之中表达着对现实的关注和担忧。

首先，杜拉斯试图通过这个家庭呈现的异质性表达她对法兰西社会的高度关注，对其他族群的敏感：

> 父母是外国人，来维特里近二十年，也许二十多年了。他们在维特里这儿相识、结婚。他们一次次换居住证，如今仍然是暂住者。[1]

"维特里这个郊区令人害怕，它不同一般，也难以界定。"[2] 在这个被定义为特殊人群居住的空间里，空间和身份高度相关，独立于其他区域。"外国人"将父母完全排除在这个社会之外，让他们成为社会的异类。

父母的异质性通过他们说话时的语音语调随时表现出来："父亲偶尔想起自己是从波河河谷来的意大利人。……于是他突然讲起了意大利语，孩子们听不出来的那种意大利语，极快的，走了样的，很丑、很脏、很粗俗的，他脱口而出，仿佛到了他生命的终点，仿佛他将自己在这一大群孩子出生以前的另一种生活的残渣全部倾倒了出

---

[1] ［法］玛格丽特·杜拉斯：《夏雨》，桂裕芳译，上海：上海译文出版社，2007年，第5页。
[2] ［法］玛格丽特·杜拉斯：《夏雨》，桂裕芳译，上海：上海译文出版社，2007年，第169—170页。

来。"[1]和父亲一样,母亲的话语总会让孩子们想到母亲的不同,不经意间的哀伤会在孩子们身上回荡:"你叫我的这个名字,弗拉基米尔,是从哪里钻出来的……?从老俄罗斯?"[2]孩子们根本不需要刻意区分母亲与其他人的不同,他们会自然而然地从母亲的话语之中发现母亲身上的这种异质性。

母亲的讲述也同样会表现出异质性,孩子们常常在母亲的叙事之中找到被遗忘的过去,那些温馨的叙述让他们难以忘怀。

> 孩子们津津有味地听母亲讲她的来处。他们的母亲经过了哪些地方、哪些陌生的环境才在孩子们的等待中来到维特里这里。孩子们永远也忘不了母亲的讲述。[3]

声音中的异质性特点表达了某种对过去和故土的怀念,诗意空间所表达的美好情感在母亲的讲述中传递给孩子们,通过与维特里现实空间的对比,母亲在讲述中勾画出想象中的诗意空间,那是一个承载着自己情感的空间,那里她向孩子们展示了生活中曾经的美好,思念为母亲讲述的空间增添了拨动情感的音符,装扮生命的色彩如同遥远的彩虹挂在遥远的地方。"事情发生在遥远的地方。看上去是鸡毛蒜皮的事,却永远留在脑中:字眼和故事,声音和字眼。"[4]

"字眼""故事"和"声音"就像不同的事实被区别对待,它们在共同表达着一种情感,那就是思念,在现实的物理空间上建立起了完全不同的精神空间,异质性从空间的角度表现得更加明显:"多年来,

---

[1] [法] 玛格丽特·杜拉斯:《夏雨》,桂裕芳译,上海:上海译文出版社,2007年,第71页。
[2] [法] 玛格丽特·杜拉斯:《夏雨》,桂裕芳译,上海:上海译文出版社,2007年,第18页。
[3] [法] 玛格丽特·杜拉斯:《夏雨》,桂裕芳译,上海:上海译文出版社,2007年,第21页。
[4] [法] 玛格丽特·杜拉斯:《夏雨》,桂裕芳译,上海:上海译文出版社,2007年,第44页。

母亲一直记着那些村庄的名字。现在她忘记了,但仍记得在茫茫的雪野中贝加尔湖湖水的蓝色。"[1]记忆为空间染上了诗意的色彩。

母亲的叙述不仅表达着空间的异质性,也表达着文字和声音的异质性,这样的声音和文字在苦难的生活中构建出别样的诗意空间。诚如加斯东·巴什拉所言:"我们的过去,位于他方,不论是时间或是空间,都孕育着一种非现实感。就好像我们寄居在一个混沌存有的未形成之境。"[2]此时此刻,这种"非现实感"和"未形成之境"最好诠释了"字眼""故事"和"声音"所要表达的异化景观。

具有异国格调的音乐为读者构筑起优美又忧伤的异质空间,让读者远离残酷的现实事件,进入异质的诗学空间。"有时母亲专门为孩子们唱俄罗斯摇篮曲《涅瓦河》。她几乎完全忘记了《涅瓦河》的歌词。……正是在这一刻,当母亲嬉戏着唱摇篮曲时,孩子和父亲达到了他们最大的幸福时刻。"[3]父亲从另外一个角度展示曾经的母亲,甚至称谓都显得那么陌生和私密。"'你像汉卡·利索夫斯卡雅一样漂亮,一样野。'冉娜喊了起来:'她是谁?''你的母亲,那时她二十岁。'"[4]

父母用话语、叙述和声音表达着自己的异质性,也表达着自己的思念。那是另外一个空间里让人神往的话语、文字和声音,它们在与现实对立时,给读者带来被异化的社会景观。被排除在社会之外的父母,带给孩子们的是与社会的时空阻隔,他们不能拥有与其他人相同

---

[1] [法]玛格丽特·杜拉斯:《夏雨》,桂裕芳译,上海:上海译文出版社,2007年,第45—46页。
[2] [法]加斯东·巴什拉:《空间诗学》,龚卓军、王静慧译,北京:世界图书出版公司,2017年,第89页。
[3] [法]玛格丽特·杜拉斯:《夏雨》,桂裕芳译,上海:上海译文出版社,2007年,第70—71页。
[4] [法]玛格丽特·杜拉斯:《夏雨》,桂裕芳译,上海:上海译文出版社,2007年,第95页。

的权利,上学、读书方面的要求都被视为"多么狂妄""太过分了"[1]。

欧内斯托的异质性通过与他具有同一性的"书"和"树"得以强化:"这座花园单调之极,没有任何花坛,没有任何花朵,任何植物,任何树丛。只有一株树。孤单单的。"[2]因为找到的那本书的缘故,欧内斯托对那株树产生了特殊感情,他与树之间的同一性反映了他与社会的异质性。孤独把欧内斯托和树紧紧地联系在一起。"在发现那本书几天以后,欧内斯托去看那株树,……有时去那里待很久,但总是独自一人。"[3]

书和树给了欧内斯托发现自己异质性的机会,它们和欧内斯托一样以自己的方式诉说着自己的情感:"先是被烧的书,然后是这株树,也许是这些开始使欧内斯托发了疯。"[4]被烧的书,孤独的树,在弟妹们看来发了疯的欧内斯托均以异质性建立起故事里的异质性价值,审美的意义被它们充分地放大,寻求生命的意义让书、树和欧内斯托之间建立起同一性,它们之间的同一性又让它们具备了社会异质性特质。

> 他将两件事想在一起,想如何使它们的命运在他欧内斯托的头脑里和身体里相互触及、结合、混杂,直到他接近生命中一切事物的未知数。[5]

欧内斯托在被烧的书里,在孤独的树中探寻着自我,他与它们的"相互触及、结合、混杂"让他接近未知领域的生命体。

---

[1] [法]玛格丽特·杜拉斯:《夏雨》,桂裕芳译,上海:上海译文出版社,2007年,第6页。
[2] [法]玛格丽特·杜拉斯:《夏雨》,桂裕芳译,上海:上海译文出版社,2007年,第8页。
[3] [法]玛格丽特·杜拉斯:《夏雨》,桂裕芳译,上海:上海译文出版社,2007年,第8页。
[4] [法]玛格丽特·杜拉斯:《夏雨》,桂裕芳译,上海:上海译文出版社,2007年,第9页。
[5] [法]玛格丽特·杜拉斯:《夏雨》,桂裕芳译,上海:上海译文出版社,2007年,第9页。

其次,"小弟弟们在瓦砾中找到的那本书"如同异化的景观给孩子们带来幻象,成为他们对抗现实、进入幻象的工具,杜拉斯通过孩子们的"那本书"来对抗父亲找到的《乔治·蓬皮杜传》,用异化的景观对抗现实,用那本无法命名的"书"建立现实中的欧内斯托与书中的大卫之间的联系,作者完全弱化了现实的真实,弱化了父亲和母亲对现实人物乔治·蓬皮杜的敬仰,而是以文字的真实构建历史神话层面的诗学空间。现实被映射在历史神话的空间之上,欧内斯托被映射在那本书里的人物上:

  书中有一位国王,他也是外国人,统治了离法国很远的一个国家。[1]

这位名叫大卫的国王让读者想到了以色列大卫王,他因躲避扫罗追杀,四处漂泊流浪,扫罗战死后他做了以色列王,建立了统一而强盛的以色列王国,定都耶路撒冷,对后世的犹太民族和世界都产生了巨大影响。大卫死后,由所罗门继承王位。神话让读者摆脱真实事件、进入有别于现实的异质空间,欧内斯托因此附身大卫王的儿子,带领被遗弃的家庭和孩子追寻属于自己的幸福生活,建立属于自己的有别于现实的异化景观,历史神话成为摆脱苦涩与悲伤现实的景观。

在欧内斯托与以色列王时空交错的故事中,杜拉斯渐渐地建立起具有现实意义和历史神话意义的空间诗学。杜拉斯凝视着带领自己家庭出走的欧内斯托的身影,被迫逃离故土成为上苍对他的考验。杜拉斯发出了自己的呐喊,长长的历史隧道深处响起了经久不息的人生悲歌。俄语、高加索语、希伯来语,欧内斯托的母亲唱起了那首忧伤的

---

[1] [法]玛格丽特·杜拉斯:《夏雨》,桂裕芳译,上海:上海译文出版社,2007年,第10页。

《涅瓦河》，杜拉斯把读者带进了遥远的过去，纷争不断的历史进入同样悲伤的现时。声音成为引导想象的传导体，在历史与现实的交汇中，回荡着让人着迷的大地之歌。

杜拉斯始终不能忘怀移民家庭的孩子，尤其不能忘怀孩子的教育。欧内斯托早已过了上学的年龄，但是还整天与弟弟妹妹待在家里，他是天才，没学过识字已经读懂了被毁坏的书。《乔治·蓬皮杜传》和以色列王的故事深深地刻在他的脑海中。

这个立足于现实的故事最打动并震撼人心的地方就在这里：这样一群被社会遗忘和排除在外的人因为他们之间的分别而让人魂系梦牵。最初弟妹们因为欧内斯托离开都哭了，然而当有一天得知欧内斯托要离开他们去美国上学时，弟妹们感受到了绝望，书写的力量突然间被急剧放大，读者也开始束手无策，任由不安和绝望肆意放荡。事件的真实被放大在文字的真实之中。

> 弟妹们却越来越频繁地哭泣，但声音很低，他们不再抱怨任何事。他们现在很少走出棚屋，仿佛害怕外面有危险和痛苦在等着他们。但他们绝口不提威胁他们生存的是什么。他们也越来越经常地睡在棚屋里。于是冉娜不得不去找他们并将他们一个一个领回宿舍。
>
> 有时这些弟妹们像小动物，他们睡觉时纠缠在一起，看上去是一堆金黄色头发，从下面露出一只只小脚。有时他们分散开仿佛被人抛在角落里。有时他们似乎有一百岁，他们不再知道如何生活，如何玩耍，如何笑。每天当冉娜和欧内斯托稍稍离开棚屋时，他们一直瞧着这两个人。他们低声哭泣。[1]

---

1 [法]玛格丽特·杜拉斯：《夏雨》，桂裕芳译，上海：上海译文出版社，2007年，第109—110页。

杜拉斯成功地引起读者共情，让我们不由自主地担心起那些具有异质性的人的命运，文字的背后我们感受到了尊重的力量。此时此刻，"我们注定要成为'塔楼被铲平'的一群吗？"[1]文字拥有更震撼的力量，冲击我们的灵魂，我们真的不知道能够做点什么为他们送去关怀，以温暖他们幼小的心灵，文字的真实拥有了回荡的力量，一波又一波地冲击着我们。

---

1 [法]加斯东·巴什拉：《空间诗学》，龚卓军、王静慧译，北京：世界图书出版公司，2017年，第24页。

第九章：
电影及电影剧本

力量对比变化引发的世界格局的演变赤裸裸地以战争的方式呈现出来，两次世界大战与战后紧张的冷战局势使资本主义世界的制度优越感丧失殆尽。资本主义制度和其所代表的民主、自由、平等、博爱等观念，在十七八世纪的启蒙运动中被论证为人性的要求、自然的目的，具有了崇高甚至神圣的地位。资本主义制度被认为是世界上最完美的制度，甚至是人类历史的尽头。不同宗教信仰和文化背景的国家也纷纷借鉴和学习，并以此开始了国家现代化的征程。但是奉行所谓完美制度的国家集团竟然在不到半个世纪的时间里发动了两次世界规模的战争，差点将人类带向灭亡！这使得资本主义制度优越感一扫而空。

第一次世界大战之后的反思还没有完成，新的世界大战就又一次赤裸裸地摧毁了西方社会所秉持的价值观。人的存在问题成为摆在人类面前的严峻问题，被前所未有地从哲学高度进行反思，形而上学的问题成为最尖锐的生存问题。存在主义是20世纪哲学中最引人关注的流派，因为它直面人的生存，对人类存在的各种不幸状况进行了全面审视。由于它非常坦率而直接地道出了人生存在的本质状态即荒谬与无意义，而获得了很多人的认同，成为20世纪影响极为广泛的哲学思想。

存在主义不仅非常深刻地表现在文学中，而且在绘画、心理学、教育学、神学等诸多领域都有相当影响。文学家、艺术家、心理学家、神学家、科学家等都以自己的方式，从不同的角度论述存在问题，存在已经不仅仅是哲学问题，更是生存问题。荒诞和无意义引导着西方社会走向虚无，人类所持有的生活态度、心理情感、价值观和人生观突然在这里转了弯。

周期性的经济危机也会因为公共产品的缺失导致矛盾上升，使得资本主义的经济优越感严重受挫，西方世界认识到了资本主义冰冷和非理性的一面。经济危机的发生让西方人开始质疑理性的存在：自由的市场经济能否把我们带向幸福的生活？西方人抛弃了对资本主义的盲目自信，开始学习共产主义。

理性主义的恶果导致资本主义的文化优越感的破产。理性和建立在其基础上的资本主义文化一直是西方世界为之自豪的根本，近代史由西方开启，它的根就是理性主义。理性为欧洲带来了近代科学以及以此为基础的工业革命与巨大的生产力；理性也使欧洲人开始疏远自己以前的文化载体——基督教，并尝试建立新的理性神学和理性的认识论哲学。但是随着科学的昌明和生产力的发展，生态破坏和环境污染却越来越严重，随着"上帝之死"和黑格尔哲学的僵化，人越来越失去精神依靠和理想，生长在理性之根上的现代人陷入无尽的迷茫和焦虑。

二战结束之后西方社会的全面反思可谓空前，这种反思迅速地从存在主义哲学转向其他学科。新思想、新观念、新流派即将在不同领域以不同的话语体系和叙事方式呈现出来。那是一个荒诞的时代，一个人生没有意义的时代，却以丰富多彩的形式呈现在我们面前。

中国著名学者周国平在他的《诗人哲学家》的前言中就说："以哲学为暂时栖身之地的学科都已经或终将从哲学中分离出去，从而证明哲学终究是对人生的形而上学沉思。"如同加缪在《西西弗神话》中所言："真正严肃的哲学问题只有一个，那便是自杀。判断人生值不值得活，等于回答哲学的根本问题。至于世界是否有三维，精神是否分三六九等，全不在话下，都是儿戏罢了。"[1] 在内容丰富的现代文学作品中，人们所关注的问题又是什么呢？回答还是存在主义哲学范畴的东西，像荒谬、孤独、陌生、异化、恐惧、恶心、失落、虚无、死亡、焦虑、流放、无家可归、绝望，等等。

存在主义的基石就是死亡与人生的各种各样的痛苦意识。雅斯贝尔斯的生存哲学的核心思想可概括为：以自身为起源，以超越为根据。他认为哲学是"源于自身的信仰"。雅斯贝尔斯把这种内心体验描述为"对存在的脆弱性的意识"，或对犯罪或死亡的"边缘状态"的体验；海德格尔则描述为"向死亡运动的体验"以及"在世界上无家可归"的感觉；胡塞尔认为它是"在我们死亡的最后时刻的眩晕"，是"生命的极化"；萨特认为是对存在的厌恶，"恶心"成为人的生理和心理反应。厌恶自身的存在，因为它已经成为人无法忍受的负担，人感受到自己在充满敌意的世界中备受折磨，备感孤独，身躯不知所归，灵魂无处安放，海德格尔用"无家可归"来表示。

1958年的法国，安德烈·巴赞（Andre Bazin）主编的《电影手册》聚集了一批青年编辑人员，如克洛德·夏布罗尔、特吕弗、戈达尔等五十余人。他们深受萨特的存在主义哲学思想影响，提出"主观的现实主义"口号，反对过去影片中的"僵化状态"，强调拍摄具有导演"个人风格"的影片，又被称为"电影手册派"或"作者电影"，因为他们处在巴黎塞纳河的左岸，所以也被称为"左岸派"或者新浪潮电影运动。他们所拍的影片刻意描绘现代都市人的处境、心理、爱情与性关系，与传统影片不同之处在于充满了主观性与抒情性。这类影片较强调生活气息，采用实景拍摄，主张即兴创作；影片大多没有

---

[1] [法] 阿尔贝·加缪：《西西弗神话》，沈志明译，上海：上海译文出版社，2013年，第4页。

完整的故事情节，表现手法上也比较多变。

法国新浪潮电影运动是继欧洲先锋派电影运动、意大利新现实主义电影运动以后的第三次具有世界影响的电影运动，它没有固定的组织、统一的宣言、完整的艺术纲领。这一运动的本质是一次要求以现代主义精神来彻底改造电影艺术的运动，它的出现将西欧的现代主义电影运动推向了高潮。

新浪潮电影诞生的背景是历史传统的崩溃，主导基本认识的缺乏，对不确定的茫茫将来的彷徨苦闷。这个背景与二战以后人的状态相关联，所以在新浪潮的作品当中有相当一部分是对二战的反思。同时也与后现代思潮紧密相关。后现代主义是对现代主义的解构，是对现代主义的怀疑，是基于迷茫困惑后的发泄，在某种意义上来讲是解放。

"新浪潮"的产生有着特定的历史背景，这就是第二次世界大战之后，长期僵化的社会造成了青年一代的理想幻灭。首先法西斯的垮台，历史性的审判，使得国际上的右派势力受到严重打击。其后，斯大林的去世，对他的重新评价，又使得左派势力陷入茫然。而不光彩的阿尔及利亚战争和越南战争，再次使中间派感到失望。于是整整一代青年人视政治为"滑稽的把戏"。当时的文艺作品开始注意这些年轻人，描写这些年轻人，成为这一时期文学艺术的特殊现象：在美国被称作"垮掉的一代"，在英国被称作"愤怒的青年"，在法国则被称为"世纪的痛苦"或"新浪潮"。因此，在"新浪潮"的影片中，从主题到情节，从风格到表现手法都带有这种时代的印痕。

"新浪潮"也有着思想根源，这就是唯意志论、精神分析、存在主义为代表的哲学和文艺理论思潮。美国学者达德利·安德鲁在《经典电影理论导论》中指出："巴赞对于那些规定电影形式应当是什么样的美学非常厌恶。作为一个存在主义者，他始终坚信'电影的存在先于本质'（《电影是什么？》第 71 页）。"[1] "他认为大部分电影应该服从而非排斥自身的素材。"[2]

非政治性的电影。人物似乎是随风来到人间，随风在世上漂泊，又随风离开人世。戈达尔的《筋疲力尽》、杜拉斯的《卡车》是最能说明这一点的，是否定传统道德观念的电影。这种电影的功绩之一在于战胜了某种禁锢，力图真诚地描写男女和爱情，暴露虚伪。他们感兴趣的是真实发生的事情，而不是受制于善恶的观念。即时的话语表现着即时的场景和人物对话，文字和场景的真实通过影像和话语展现出来，影像和话语随着人物和场景流动，空间里布满飘荡的影像和声音，影像和话语交相呼应，创造出独特的诗意空间。

偏爱回忆、遗忘、记忆、杜撰、想象、潜意识活动，试图把人的这种精神过程、心智过程搬上银幕。描写人的责任心和负罪心，记忆总与历史事件相联系。作品大多把人的内心现实与外部现实结合，表现人的内心与现实的差距和矛盾。例如《广岛之恋》《长离别》《卡车》等。

在剪辑上采用跳剪，循环剪辑等手法，破坏影片的时空，重视自然音效、台词和音乐。采用舞台职业演员，摄影讲究构图与布光。电影带有强烈文学、戏剧色彩。

"新浪潮"不仅促进了法国电影表现手法的多样化，也引发了现代主义电影思潮在欧美各国的第二次兴起。像瑞典导演英格玛·伯格曼，意大利电影大师安东尼奥尼、费里尼等都受到了一定的影响。

1958 年是"新浪潮"的诞生年，有两部处女作问世：特吕弗的

---

[1] [美] 达德利·安德鲁：《经典电影导论》，李伟峰译，北京：世界图书出版公司，2013 年，第 121 页。
[2] [美] 达德利·安德鲁：《经典电影导论》，李伟峰译，北京：世界图书出版公司，2013 年，第 120 页。

《淘气鬼》与夏布罗尔的《漂亮的塞尔其》。1959年是"新浪潮"的幸福年：特吕弗凭《四百下》在当年获戛纳电影节最佳导演奖。他用现代主义手法叙述了他童年时代的悲惨遭遇。他信奉所谓"非连续性哲学"，认为生活是散漫而没有连续性的事件的组合，在电影创作上否定传统的完整情节结构，以琐碎的生活情节代替戏剧性情节。

戈达尔是以蔑视传统电影技法闻名的"破坏美学"的代表人物，他的影片在破坏传统结构方面比特吕弗走得更远，1960年，戈达尔拍摄的第一部电影《筋疲力尽》标志着他影评人身份的结束，导演生涯的开启。这不是一部简单意义上的电影，是电影艺术史上划时代的标志，是先锋，是"新浪潮"。杜拉斯的《卡车》也一样，完全无视情节和故事，彻底颠覆了观众的审美传统，新浪潮电影试图借此建立导演与观众之间新的规约。观众往往是滞后的，能够真正欣赏艺术上的先锋派的人毕竟是少数，艺术的探索依然在进行之中，它以自己的方式表现着生活。

阿伦·雷乃执导、玛格丽特·杜拉斯编剧的《广岛之恋》于1959年5月在戛纳电影节放映。法国、意大利联合制片，亨利·柯比执导，玛格丽特·杜拉斯编剧，阿莉达·瓦莉、乔治·威尔森等主演的《长别离》于1961年5月17日在法国戛纳电影节上映，足以看出杜拉斯与新浪潮之间的密切关系。

杜拉斯身处巴黎左岸的圣日耳曼大道附近的圣伯努瓦大街的花神咖啡馆旁，目睹了"左岸派"在巴黎的兴起，她不仅以编剧的身份参与到新浪潮之中，甚至以导演的身份实践了新浪潮的表现与叙事手法。即便如此，杜拉斯从来也没有被看作新浪潮导演。

电影和电影剧本是杜拉斯创作的重要组成部分，不谈她的电影和电影剧本，便不足以理解和欣赏杜拉斯风格时有所缺失。多米尼克·诺盖兹在她的杜拉斯访谈录《词语的色彩》中这样写道：

  艺术常常被那些非专业人士所挽救。没有他们，没有音乐家、画家、诗人异想天开的尝试，电影早就不复存在。[1]

  文中所说的那些挽救艺术的非专业人士就包括杜拉斯这样的艺术家。我们津津乐道于杜拉斯的小说、散文时，常常会忽视杜拉斯对电影的贡献。她不但会写出让导演成名的脍炙人口的电影剧本，而且还时常亲自指挥，过一把导演瘾。
  对杜拉斯而言，电影其实是另一种文字形式，另一种表达自己艺术审美观和独特视角的形式。由于有了影像，有了色彩，有了音乐，有了声音，文字便演变成一首五味杂陈的歌。杜拉斯用她那双神奇的手，把文字、影像、色彩、音乐和声音捏合在一起。

  她拍的电影并非是完全抽象的，她也让电影去叙说"大量经历过的事情"和关于另一种真实的回忆，这种实事已经消失、深埋，突然，不知道发生了什么奇迹，又从寂静和遗忘中出现了。[2]

一、构建历史与记忆空间的《广岛之恋》

  1955年和1958年的两部小说《街心花园》和《如歌的中板》为玛格丽特·杜拉斯带来了巨大声誉，也让她更加坚定了自己的创作风格和道路。紧接着发表的《广岛之恋》是杜拉斯爱情题材的继续，尽管其形式为电影剧本，但是内涵和深度完全不在《如歌的中板》和

---

1 Marguerite Duras, *La Couleur des mots. Entretiens avec Dominique Noguez autour de huit films*, Editions critique, Benoît Jacob, 2001, p. 17.
2 [法] 阿兰·维尔贡德莱：《玛格丽特·杜拉斯：真相与传奇》，胡小跃译，北京：作家出版社，2007年，第159页。

《街心花园》之下，甚至影响更大。

《广岛之恋》的写作背景

1954年至1958年间，著名电影导演阿伦·雷乃在其电影《夜与雾》取得巨大成功之后，就有了与一位女性作家合作的想法。他希望能拍摄一部关于广岛的电影。最初他考虑的合作伙伴是女性作家萨冈或波伏娃，但是旋即打消这一念头，转而把目光投向杜拉斯。

"弗朗索瓦丝·萨冈？"有人向他建议。"还可以再想想……"雷乃反驳说。可是萨冈，甚至根本就不屑于赴约。"西蒙娜·德·波伏娃，"他们说，"那是第二性，太聪明了……"那就杜拉斯？说到底，她更女性一些……[1]

其间，杜拉斯完成的作品中只有《街心花园》得以发表。生活和创作的双重需要，使杜拉斯具有强烈的发表欲望，当阿伦·雷乃找到她，要求她写一部关于广岛的电影剧本时，她欣然答应。这次不经意的约稿给两个人带来巨大成功和声誉。两个人的合作开始也非常愉快，1962年杜拉斯在《法兰西观察家》上发表题为《塞纳-瓦兹省，我的祖国》的文章谈到了自己与阿伦·雷乃的合作："与邻居相同，这里[2]到处都是丁香和苹果树，周围尽是美景。阿伦·雷乃曾经想在这里拍摄《广岛之恋》中有关纳维尔的场景。"[3] 一家电影公司的老板

---

[1] [法] 阿兰·维尔贡德莱：《玛格丽特·杜拉斯：真相与传奇》，胡小跃译，北京：作家出版社，2007年，第111页。
[2] 杜拉斯在诺弗勒的住所。
[3] Marguerite Duras, *Outside*, Paris, P. O. L, 1984, p. 105.

决定出资由阿伦·雷乃导演把《广岛之恋》拍成电影，他们买下《广岛之恋》的版权。

杜拉斯从未去过拍摄现场，而是根据拍摄的进度从巴黎寄对话过去。她每天都写，好像在写作的过程中发现了故事，好像那是一种仪式性的、自发的游戏，是自己从黑夜中出来的。她所有的主题都上场了，回忆与遗忘之间的冲突、人类为了战胜时间而进行的斗争、爱情的背叛，尤其是发现了遗忘破坏记忆，使其面目全非，甚至以此来肯定自己的巨大的创造力。[1]

阿伦·雷乃很快就完成了电影的拍摄，电影的所有细节均符合杜拉斯的剧本。杜拉斯出色的文字才能加上阿伦·雷乃的导演天才，电影一经公映就引起了观众的阵阵喝彩和评论界如潮的好评。该片参加了当年的戛纳电影节，获国际影评家协会大奖，还荣获了第14届英国电影学院奖。

让杜拉斯难以接受、无法忍受的是，无论电影界、评论界的专家，还是普通观众，一提起《广岛之恋》就会说：阿伦·雷乃的《广岛之恋》如何引人注目，如何感人。《广岛之恋》剩下的唯一标签就是电影和导演，没有人提起，甚至也没有人想到杜拉斯。《广岛之恋》在电影界的影响远远超越了在文学界的影响，只有在文学界人们才把《广岛之恋》与杜拉斯联系起来。这时，杜拉斯有了被人欺骗的感觉，十几年后她在一次接受记者采访时，终于说出了压在自己心头的愤怒：

---

[1] [法] 阿兰·维尔贡德莱：《玛格丽特·杜拉斯：真相与传奇》，胡小跃译，北京：作家出版社，2007年，第112页。

那是我第一次涉足电影，我当然不知道还有按比例提成的条款，因为在此之前，我从来没有签署过这样的合同。那时我没有钱，全部工作都由我一个人完成，无论是剧本，还是其中的对话，可是仅仅得到了一百万，一百万旧法郎。十年后，雷乃告诉我，十年时间我大概损失了上千万，好像是二千二百万。那时，我确实没有钱，我们不能去度假，钱太少了。现在，我认为我要不是女人的话，人家也不会这样来……抢，对，就是抢，没有其他词可以形容，我的钱。……这简直可以说就是个谜；为什么没有人，包括雷乃，我必须这样说，为什么没有一个人给我这样说："别忘了要求按比例提成。"[1]

1966 年 1 月 26 日，杜拉斯在接受索尼娅·雷斯科采访时这样说：

我受够了写剧本。雷乃的话让我震惊，但他说得没错：为什么要向作家要剧本，却不问问他们的世界观（意见）呢？[2]

杜拉斯在《广岛之恋》的前言中特意写道：

我力求尽可能最忠实地陈述我为阿伦·雷乃导演的《广岛之恋》所做的工作。但愿读者不要对阿伦·雷乃设计的画面在这项工作中没有被如实描绘出来而感到惊讶。[3]

---

[1] Marguerite Duras, Xavière Gauthier, *Les Parleuses*, Paris, Les Editions de Minuit, 1974, pp. 81–82.

[2] [法] 玛格丽特·杜拉斯：《1962—1991 私人文学史：杜拉斯访谈录》，黄荭、唐洋洋、张亦舒译，北京：中信出版集团，2018 年，第 52 页。

[3] [法] 玛格丽特·杜拉斯：《广岛之恋》，谭立德译，上海：上海译文出版社，2005 年，第 13 页。

七十三岁时,她又一次在《物质生活》中提及此事:

> 我么,我也曾经在电视听到说起《广岛之恋》,阿兰·勒内和雅克琳·迪瓦尔的著名影片。[1]

劳拉·阿德莱尔在《杜拉斯传》中也提到了《广岛之恋》:

> 然而玛格丽特需要钱。为了购置诺夫勒城堡,她向蒂诺德·洛朗蒂借了不少钱,日子很拮据,到了月底往往入不敷出。加斯东·伽利玛建议她将《广岛之恋》的电影脚本放到出版社来出。尽管非常尴尬,她还是在一九五九年十二月二十二日写信答复了他:"如果我和阿伦·雷乃商量妥当后决定出版《广岛之恋》的话,这本书当然应该是您的。但是问题在于,应该怎么跟您说呢? 问题在于我们觉得这样做有点厚颜无耻,不知该如何战胜这种心理:脚本只是为了自己而写的,雷乃,演员和我。把它公之于众似乎有点让人尴尬,尤其是因为电影这么成功。这就像是泄漏了一个秘密,或是爱情故事才结束就把它告诉了别人。"最终,因为经济上的原因,她还是出版了《广岛之恋》。[2]

由此可见,杜拉斯一直在强调她的《广岛之恋》,而不是阿伦·雷乃的电影,我们也尊重杜拉斯的意愿,来分析这部电影剧本。

---

[1] [法] 玛格丽特·杜拉斯:《物质生活》,王道乾译,上海:上海译文出版社,2007年,第157页。
[2] [法] 劳拉·阿德莱尔:《杜拉斯传》,袁筱一译,沈阳:春风文艺出版社,2000年,第432页。

剧本简介

1960年由伽利玛出版社出版的电影剧本《广岛之恋》分为五个部分。

1957年8月，一位法国女演员在广岛邂逅了一位日本建筑师，她来广岛是拍摄一部关于世界和平的电影，在电影中扮演一名护士。故事开始时，女主人公的电影已经拍摄完毕，将在三天后返回法国，这时她在一家咖啡馆偶遇一位日本建筑师。他们年龄相仿，都有家室。随后，这位日本人尾随着她来到旅馆，《广岛之恋》的故事就这样开始了。他们来到了女演员的房间，故事开始时观众看见他们两个人正在做爱。

第二部分是这样开始的：第二天早晨起床后，他们一边吃饭，一边聊天，谈话间他们向对方诉说各自生活中的秘密。"她"暗示对方，她年轻时曾经在法国一座叫纳维尔的城市里有过一段难忘的经历，她也承认，直至今日，她依然时时怀念起这段经历。她告诉日本人她第二天就要回巴黎，同时也拒绝了日本人再次见面的建议。

剧本的第三部分发生在当天下午，地点在广岛和平广场，剧组刚刚拍摄完那部有关和平电影的最后一组镜头，工作人员开始拆卸道具。"她"穿着女护士的服装躺在一边睡着了。日本人又出现了，他认出了"她"，向她走去。这时她睁开双眼，醒来了，他们又开始交谈了。其他人在继续拆卸道具，周围有一群示威游行者举着牌子高喊要求停止核竞赛。她最后还是同意陪"他"回家，他正好在那段时间一人独居，他妻子到乡下暂住一段时间，他们俩又一次做爱。他又一次问起了她的过去，她在纳维尔的那段经历。电影里，纳维尔的那段经历加插在他们的叙述之中。

剧本的第四和第五部分就是对纳维尔那段生活的叙述，对过去的叙述在一定程度扰乱并隔开了现在的叙述。

对历史与集体记忆的构建

《广岛之恋》好像平行并列着两个毫不相干的事件，第一个便是发生在广岛的爆炸事件，明显地带有集体性和历史性的特点，整个故事围绕着广岛那场举世震惊的灾难构建。在被原子弹爆炸毁灭殆尽的广岛，人们用回忆维系着战争年代的经历，然而在美丽的花环中，人们正在渐渐淡忘那场战争，因此日本人一开始就对法国女郎说："你在广岛什么都没有看见。"除了博物馆还在播放着原子弹爆炸的纪录片和里边所陈列的被战争毁灭的人证与物证，在广岛所能看到的是那些渐渐在废墟上建立起来的高楼大厦，劫后的余生已经渐渐远去，呈现在法国女郎眼前的是重新开始的新生活。

历史依然存在，记忆却已不再。对于博物馆播放的纪录片和陈列的各种实物，人们早已熟视无睹。这里，能够唤醒的并非人们的记忆，而只是当时的历史。"你没有看到广岛的医院，你在广岛什么都没有看见"的名句以深刻厚实的内涵从遥远的历史深处呼出，犹如一声长长的叹息，把历史与集体记忆紧密地连在一起。

皮埃尔·诺拉在《值得记忆的地方》写道：

> 记忆，历史：远非同义词，我们意识到，一切事物都使它们互相对立。记忆是生活，始终被活的社会团体所承担，以此推理，记忆永远处在前进之中，时刻面对辩证的回忆与遗忘，意识不到接二连三的变故，容易受到所有利用和操纵的伤害，记忆既可以长期潜伏，也可以突然复苏。历史始终是对那些已经不复存在的事物的重建，而这种重建既不完整又令人生疑。记忆是一种始终处在现实之中的现象，是被人体验过的与现实的永恒联系；历史

是对过去的再现。因为它富有情感和魔力，而记忆则是由支撑着它的细枝末叶组成；它被模糊不清、混杂一起或飘浮不定、特别或象征性的回忆所充斥，它对任何变化，各式各样的场景，审查或放映都很敏感。[1]

当历史渐渐地被归档在博物馆、历史著作和教科书中，《广岛之恋》对集体记忆的构建显得异常吃力，也有些支离破碎：

> 经战火焚烧的钢筋，被炸断了的钢筋。……那是一张张飘飘荡荡、残存的人皮，还带着清晰的蒙难的痕迹。我看见一些石块，被烈火烧焦的石块，被炸裂的石块。还有一些不知是谁的一缕缕发丝，那是广岛的妇女们清晨醒来时发现已全部掉落下来的头发。[2]

记忆中的广岛仅仅剩下了原子弹爆炸的镜头和人工修造的实物模型："博物馆的玻璃框里展出一具具烧伤的人体的模型。一组日本人拍的广岛原子弹爆炸的（复原）镜头。"法国女演员所看到的只有"一组组照片、一件件复制品，除此之外，别无他物"。一开始，对话就从被摧毁的广岛展开，而且很快就呈现出尖锐的矛盾与对立："你在广岛什么都没有看见。什么都没有。"——"我看到了一切，一切。"这种矛盾与对立在法国女演员构建历史与集体记忆的过程中反复出现。每当她努力构建起自己脑海中的广岛时：

---

[1] Pierre Nora, *Les lieux de mémoire*, Paris, Gallimard, 1997, pp. 24–25.
[2] [法] 玛格丽特·杜拉斯：《广岛之恋》，谭立德译，上海：上海译文出版社，2005年，第20页。

我看了纪录片。

我没有杜撰，历史告诉我们，第二天，就在第二天，一些能叫得上名字的动物就从地层深处和灰烬里重新钻了出来。

日本建筑师那句"你在广岛什么都没有看见。什么都没有"的名言就轻而易举地把她的一切努力化为泡影。她对广岛历史与记忆的反复构建就这样反复地被日本建筑师摧毁。对原子弹爆炸后的广岛的构建以失败告终，但是，法国女演员要在广岛构建的不仅是历史与集体记忆，也是属于自己，与广岛息息相关的个人记忆。

对个人记忆的重建

广岛，集体记忆成为一面巨大的网覆盖着个人记忆，读者很难穿越厚重的历史和集体记忆，触及沉淀其中的个人记忆。对历史和集体记忆构建的失败，突然间显露出个人记忆的无穷魅力和难以遮掩的光辉。当法国女演员反复构建广岛的历史和集体记忆未果时，个人记忆被逐渐点燃，随后形成了自身独立，却产生于过去某个点上的运行轨道。法国女演员与日本建筑师之间的恋情在广岛被毁坏的空间里滋生起来，这便是有别于集体性、历史性的个人事件。这一相遇的激情尽管急促，闪电般开始，又倏忽间结束。但在这也许就很短促的时间段里，日本男人与法国女人之间的性爱关系却显得十分频繁。他好像已经对她产生了恋恋不舍的感情，但是两人都明白他们之间的激情遭遇难有结果。就在他们度过了一个不眠之夜，即将最后分手，并无可能再次相见时，女主人公进一步加重他们之间爱情的悲剧色彩，她甚至告诉自己的日本性伙伴，说她此时此地已经与他分离了。她这样宣称：

瞧我把你忘得一干二净……

——瞧我把你忘得一干二净。

看着我吧。[1]

初读剧本时，读者也许会这样想，他们两人之间的爱情故事不过是异性间强烈而又难以抑制的肉体关系，属于作者强烈要求发泄某种性爱欲望的范畴。我们甚至可以这样假定，《广岛之恋》所以能够成功，正是剧本这一浪漫而又性感十足的内容与导演才华完美结合的结果。从杜拉斯浪漫情调浓郁、性欲十足的文字叙述，从阿兰·雷乃把那些如裸体男女般的文字转化成的形象中，读者和观众都找到了某种满足，他们心灵深处的琴弦微微地颤抖起来。和着法国女郎和日本男人的爱情节奏，一起一伏，伴着他们相拥的赤身裸体，如痴如醉。他们潜意识中的神经觉醒了，在别人的拥抱欢悦之中完成了自我的一次陶醉。成功的叙述和电影语言成就了《广岛之恋》，造就了它的非同寻常。以此类推，假如我们只能把广岛的艳遇，把对过去悲剧的回忆作为剧本的次要部分和背景，至多只能为剧本提供一个异国情调的背景，并用过去的悲剧为男女主人公的爱情做些铺垫和衬托而已。杜拉斯也在一次采访中承认，她当时也确实为广岛的原子弹爆炸而震惊，但同时她又强调，选择这样的主题并不一定跟广岛原子弹爆炸有必然联系。两位主人公的爱情故事并不一定和广岛悲剧密切相连。

假如短暂的激情遭遇中，没有突然出现另外一个故事——女主人公的一段旧情，也许《广岛之恋》就只是一次普通的艳遇，剧本的价

---

[1] [法] 玛格丽特·杜拉斯:《广岛之恋》，谭立德译，上海：上海译文出版社，2005年，第151页。

值也会打折扣。然而在女主人公与日本人的肉体贪欢与交往之中,那段遥远岁月的记忆如同阻挡不住的流水,一次又一次地展现在读者的面前。在对过去已经没有了记忆,过去岁月一片空白时,那片空白开始闪现出火光,那是爱的火焰,在遥远的地方,又与现在的激情交替闪现。此时此刻,她,那位曾经深爱过德国士兵的法国女郎,在原子弹爆炸的广岛和一位日本建筑师发生了短暂的过程性的激情遭遇。她承认对过去的遥远爱情已经不再有意识地去回忆,尽管有时她还会去幻想,但那段爱情已经渐渐从记忆中消逝。

当她和日本人肉体交欢时,过去的阴影却顽强地闯进了她的记忆,她渐渐恢复了对那段往事的回忆。对过去的记忆突然间在现在复活,偶然中隐含着必然。"当你在地下室时,我已经死啦?"[1]日本人不自觉地把自己比作了德国人,也把他与法国女演员的故事演绎成后者记忆中的绝唱。"当你被关在地窖时,我已经死啦?"犹如一道闪电在法国演员的脑海中划过,促使她回归过去。支撑着过去的细枝末节也开始在这种喃喃细语中逐一显现,围绕着突然闪现的记忆火花,模糊不清、混杂一起或飘浮不定的过去也渐渐有了轮廓。为了驱走现在,让零散的过去浮出水面,法国女演员甚至多次请求日本建筑师:

"吞噬我吧。"

"把我弄得变形,甚至丑陋不堪。"

"你为什么不这样?……我求求你。"[2]

---

[1] [法]玛格丽特·杜拉斯:《广岛之恋》,谭立德译,上海:上海译文出版社,2005年,第114页。

[2] [法]玛格丽特·杜拉斯:《广岛之恋》,谭立德译,上海:上海译文出版社,2005年,第37页。

"让我变形""毁了我"就是要让我与现在的形象不同,就是能让我顺利地与现在割裂,与过去重合。这是法国女演员潜意识中的不自觉的愿望。

促成她恢复记忆的可能有多层原因,然而细节的回忆也是在相同的境遇中逐渐完成的。剧本中许多偶然的巧合有助于她恢复记忆。(1)时间的巧合:她离开纳维尔去巴黎时,那一天发生了广岛的原子弹爆炸,那出震惊世界的历史悲剧发生时就是她个人在纳维尔的悲剧结束时。因此,在广岛与日本建筑师的激情遭遇和她在广岛的所见所闻,甚至广岛本身必然会勾起她对人类历史悲剧的回忆,这一历史悲剧又恰好与她的个人悲剧有着某种时间上的巧合。因此,在历史悲剧发生的地方,个人悲剧也渐渐在她的记忆中闪现。(2)人物的巧合:日本人和德国人在二战期间正好都是盟国的敌人,在这一点上,日本人和她过去曾经爱过的德国人有着惊人的相似。这种巧合使她在与现在的日本人的交欢之中很容易转向她与那位德国人的如胶似漆的爱情,为了加重这种巧合以及两人之间的相似性,杜拉斯特别在剧本的附记中指出:扮演日本建筑师的男演员(日本人)在长相上必须像西方人。(3)地理环境的相似:促成她恢复记忆的还有地理环境上的相似。我们前文已经说过,纳维尔的卢瓦尔河流向不定,造成了河床宽阔,到处都是沙洲。她与德国人的爱情就发生在那里。广岛也有一条流向太平洋的河流,她和日本人就在那里相遇。(4)故事发展过程的巧合:在广岛短短的三天时间里,她和他曾经有过一个不眠之夜,为了躲开他的纠缠离开旅馆,漫步在广岛的大街小巷,他则远远地尾随着她,直至她同意与他度过夜晚余下的时间。这一细节和她在纳维尔时与德国士兵的交往非常相似,所不同的是那时德国士兵尾随了她好几个月,而广岛的日本男子只有一夜的机会。这一细节上的相似也会使她把现在发生的某些事情等同为过去的某些情节,过去所发生的细枝末节也渐渐地在记忆中恢复。

地貌的相似，时间的巧合，发生关系的对象的相似和故事情节上的重叠都足以唤起她过去那段尘封在遥远的岁月里的回忆。历史在现时的情景面前，在活生生地与她相拥相抱的他面前开始逐渐复活。开始于广岛的爱情故事，又从纳维尔找到了源头。那段空白的记忆，开始闪现出纳维尔那个天真的姑娘，她没有任何邪恶目的地爱上了敌国士兵。

卢瓦尔河边的枪声使她的爱永远地消逝在如血的残阳之中，德国士兵的血染红了河水，与那片夕阳交映成一片，把少女时代的美好记忆染成了一片红色，最后凝固在遥远的天空。此时此刻，已经凝固的红色又开始流动，时间又恢复了它固有的特色。今日的激情遭遇终于点燃了已经失去光泽的岁月，在时间的长河里，现时的一举一动，一情一爱都渐次演化成那时的一幅幅活生生的画面。她不但在臆想和实践着纳维尔那位少女的一切爱情活动，而且干脆回到历史中，夺下那位少女的位置，与她重合成一个涉足现在和过去，跨越历史和现时的若虚似实、似实却虚的人物。而她对面的那位日本人，由于他与西方人的相像，也被她渐渐地演化成自己当年的旧情人。她极力地使现时的日本人能与彼时的德国人合二为一，在潜意识和巧合事件的共同作用下，现时中的每一个细节都随着时间的倒退而褪色，彼时躺卧在记忆中被遗忘掉的情节开始活跃。

现时与旧时在广岛的上空重叠成超越了时间和空间的虚无而又真实的美丽画面，广岛与纳维尔在现时中又交叉成相互融合的想象空间。"你中有我，我中有你"成了此时与彼时、纳维尔与广岛、日本建筑师与德国士兵、纳维尔的少女与广岛的女演员之间关系的写照。记忆与现实的混淆使每一对互不相干的时空人物之间产生了非常美妙的重合，历史与现时相拥相抱，广岛与纳维尔相结合。诚如剧本的结尾所描写的那样："广岛，这是你的名字。是的，这是我的名字，你的名字就是内韦尔，法国的内韦尔。"[1] 个人记忆迅速向集体记忆蔓延，抽象的集体记忆中的含糊不清通过具体的个体形象表现出来，扩散成无穷的想象。

对诗意空间的构建

扭曲、错位、模糊不清的记忆与爱情空间并非常规的、符合语法和句法规范、合乎逻辑思维的语言所能表达。扭曲、错位和非常规构成杜拉斯语言风格的主要内涵，但是这种语言风格所产生的美常常会超乎读者的想象。《广岛之恋》更把这种杜拉斯式的语言全方位地表现出来。

1. 重复的诗意

语言的重复及通过重复所产生的诗意是杜拉斯经常用到的方法，但是在不同的语言背景中所产生的效果并不完全相同。运用不同的动词，运用动词的重复，杜拉斯在《广岛之恋》中的诗意搅拌着痛苦与快乐，诗意的空间布满了今日的光芒和昨日的余晖。

> 我开始看见东西了。
> 我记得从前曾看见过的东西——从前——就是我们相爱的时候，在我们幸福的时候。
> 我记得。
> 我看见墨水。

---

[1] [法]玛格丽特·杜拉斯：《广岛之恋》，谭立德译，上海：上海译文出版社，2005年，第173—174页。

我看见白天。

我那在继续的生命,你那在继续的死亡。[1]

从"我记得"到"我看见",我记得的内容在反复扩充,越来越具象化,最后成为具有语言节奏与韵律、反复强调的今日生命中的形象。诗意在这种反复、在这种词义的不断延伸中充分地体现出来,延续下去。韵味十足的诗歌语言就这样冲击着读者的心。"带有一种永难忘记的韵律,这就是诗呀。"王小波先生如是说。永难忘记的韵律隐藏在延续的生命中,隐藏在已经逝去但依然延续着的死亡中。诗意也这样悠悠地延续着,读者只需顺着延绵想象和感情延伸,就可以体会到无穷的韵味和优美。

2. 错位的语言

文学据说是语言的艺术,然而搞文学的人,不一定都肯在语言上下功夫。我曾经用锣声比过语言。可以用它通知开饭开会,或集合出发。那样只要敲得响亮就成。然而作为交响乐中的打击乐器来使用时,则忽而是闷哑的轰鸣,有如远处的雷声;忽而轻碎凄厉,烘托如麻的心境;忽而又淋漓激越得穿云裂石,把听众引向高潮。[2]

《广岛之恋》中的语言就像交响乐中的锣声,"忽而是闷哑的轰鸣,有如远处的雷声;忽而轻碎凄厉,烘托如麻的心境;忽而又淋

---

[1] [法]玛格丽特·杜拉斯:《广岛之恋》,谭立德译,上海:上海译文出版社,2005年,第132页。
[2] 萧乾:《关于死的反思》,西安:陕西人民出版社,1995年,第204页。

漓激越得穿云裂石……带味儿，带翅膀，带拐弯。还时而意在不言中"[1]。扭曲、错位使语言的艺术在杜拉斯笔下升华。法国女演员和日本建筑师在广岛的恋情渐渐地被演绎成纳维尔的少女与德国士兵之间的山盟海誓。语言的跳动和错位成全了这种演绎："你在广岛什么都没有看见。什么都没有。"——"我看到了一切。一切。"对话产生了错位，错位打开了不同的记忆空间，日本建筑师强调广岛的集体记忆时，法国女演员却在暗示纳维尔的个人记忆。"当你被关在地窖时，我已经死啦？"此时的法国女演员和日本建筑师已经带着翅膀，拐了弯，穿越了时空，演变成纳维尔地窖中的少女，卢瓦尔河畔已经断气的德国士兵。"我会忘掉你的。我已经忘掉了你！你瞧，我真的忘掉了你，看着我。""你"不复存在，广岛不复存在，而"他"（德国人）却复活了。纳维尔伴随着交响乐中的锣声"忽而是闷哑的轰鸣，有如远处的雷声；忽而轻碎凄厉，烘托如麻的心境；忽而又淋漓激越得穿云裂石……""广岛，就是你的名字。是的，是我的名字，而你呢，你的名字就是纳维尔，法国的纳维尔"。言已尽，而意未穷。广岛、纳维尔就这样在杜拉斯的笔下搅拌着，交叉着，混合成一个你中有我，我中有你的整体。

岁月不再，记忆却不会因此而褪色。杜拉斯就这样用生命铸成的文字敲击着读者的记忆。"她在倾听大海"，杜拉斯墓碑上的留言犹如记忆中永远点亮的火把，引领着人们对文学的追求，对生命的理解。

自从和雷乃合作之后，杜拉斯一直希望拍摄一部自己的电影，脱离了物质，也就是说不用有质感的故事去支撑的电影，1966年她在接受采访时就说出了自己的渴望。

---

[1] 萧乾：《关于死的反思》，西安：陕西人民出版社，1995年，第204页。

> 我对电影中物质的一面感到厌倦。我害怕这个,对物的迷恋。我想拍一部戏剧电影。如果您愿意,也可以说是电影戏剧。比《广岛》走得更远。《广岛》的反面,朴素,空无一物。一部以对白为主的影片……人们还不敢拍以对白为主的影片。[1]

《纳塔丽·格朗热》《恒河女子》《卡车》《音乐》就是杜拉斯在电影方面的探索。个性化、非故事化的特点让杜拉斯体验制作电影、电影化写作,在剪辑上采用跳剪、循环剪辑等手法,破坏影片的时空;重视自然音效、台词和音乐。电影带有强烈的文学、戏剧色彩。朴素,空无一物,高度概括的对白让读者无所适从,作者读者之间的规约得到彻底重建。

二、《恒河女子》——双重解构后的阅读规约重建

1972年伽利玛出版社出版了杜拉斯的两部电影剧本:《纳塔丽·格朗热》和《恒河女子》。同年11月,杜拉斯在特鲁维尔的住所黑色岩石大楼迎来了许多人,其中有著名电影演员卡特琳·塞莱、尼科尔·伊丝、热拉尔·德帕迪厄等,还有杜拉斯的朋友迪奥尼·马斯科罗和儿子让·马斯科罗等。杜拉斯要借着秋天特鲁维尔游客较少的季节拍摄《恒河女子》,把劳儿·瓦·施泰因的故事搬上银幕。秋末的特鲁维尔海滩已经空空荡荡,这夏日繁华之后的空荡与沙塔拉城市那年夏天举行的盛大舞会之后的杯盘狼藉多么相似。杜拉斯一行人就是要在这空荡的海滩上再现劳儿·瓦·施泰因痛苦的爱情经历和漫长

---

[1] [法]玛格丽特·杜拉斯:《1962—1991私人文学史:杜拉斯访谈录》,黄荭、唐洋洋、张亦舒译,北京:中信出版集团,2018年,第52页。

的复苏过程。黑色岩石大楼成了沙塔拉的市政府娱乐厅，演员们时而仰望着黑色岩石大楼，时而漫步在特鲁维尔的沙滩上，用晃动的身影、游荡的脚步表现着劳儿·瓦·施泰因沉睡的爱情。这就是影像的电影，这些影像是杜拉斯借以叙述故事的语言："影像的电影是预先设计好的，有计划的，整个结构都记录在剧本中。影像的电影如期拍摄，如期合成完毕。"[1]

除了影像，还有话语，用话语或者声音讲述故事，"说话的电影，意即声音的电影并非预设好的。在影像的电影剪辑完成后，才有了这部声音的电影"[2]。影像的电影中声音很少，只有人物的动作和他们之间断断续续的对话，这种同期录制的对话与影像构成了电影的一部分。与此同时，声音的电影也在录制中，这是一部独立于影像的电影，构筑出电影的另一个空间，把观众带向了看似与电影无关，实则密不可分的空间中。声音与影像最后融合在一起，共同完成了对劳儿·瓦·施泰因爱情的复活与再现。这部由影像和声音合成的电影就是《恒河女子》。

从20世纪50年代末杜拉斯发表《如歌的中板》开始，她就对因欲望而绝望的爱情故事产生了无法摆脱的依赖，看似相同的故事需要用不同的方式叙述，以释放杜拉斯对爱情的情结，许多人物或者故事情节会反复地出现在不同的作品中，它们既独立地存在于某一部作品中，又在更宽广的空间交织在一起，遥相呼应，所以读者才产生了情节与人物反复循环的感觉。

在杜拉斯的这些作品中，《恒河女子》并不是一部读者会特别关

---

1 [法]玛格丽特·杜拉斯：《纳塔丽·格朗热》，户思译，上海：上海译文出版社，2014年，第163页。
2 [法]玛格丽特·杜拉斯：《纳塔丽·格朗热》，户思译，上海：上海译文出版社，2014年，第163页。

注的作品，但是因为这部作品不仅重现了《劳儿之劫》中的某些情节，还依稀可以看到《副领事》中唱着"蓝色的月亮"的女疯子，更是《爱》的剧本形式，这些复杂的互文关系让《恒河女子》完全向其他作品开放，作品中的影像、情节成为一系列的能指符号，可以指向具体的人物或者故事。

所以，阅读《恒河女子》是件让人纠结但又充满诱惑的事情，纠结是因为作品的时空交错，人物的思维倒置，读者的阅读视野被颠覆，但也恰恰因为如此，也才让读者无法抵御作品的魅力，产生了破解谜团的冲动。杜拉斯文字的魅力，忧伤的《蓝色月亮》，让读者魂系梦牵、绝望到沉醉的爱情故事让读者不忍放手，试图厘清飘落在文字间的碎片。有时，读者需要把故事和人物放置在更多的作品中才能更好地解读其中的意义。

文学家常常以超常的捕捉能力和敏锐的感知能力奉献出让读者瞠目的作品，作品的超前性或者认知的滞后性都会使作品常读常新，永不过时，《恒河女子》就属于这样的作品，独特而又超前，给读者带来很多认知困难，反复冲击作者—读者之间所形成的传统阅读习惯，尝试新型的作者—读者阅读规约，杜拉斯通过把属于自己的权利让位于读者的方式让自己的作品更加开放和自由，给读者留下了更多的选择和想象。

《恒河女子》是《爱》的剧本形式，杜拉斯在小说完成之后，希望自己把这个爱情故事拍摄成电影，所以特鲁维尔的住所里，来了这样一批人，他们打算用影像和声音的方法再现当年发生在小说《爱》中的故事。小说和剧本描写的是发生在沙塔拉的一个催人泪下的爱情故事。与小说不同，剧本以其特有的魅力叙述这样的故事，故事中的主人公在若干年之后又回到了沙塔拉，物是人非，沙塔拉已成为一座空空荡荡的城市。

这是一座城市，空空荡荡。……这里或那里，这座城市有一个名字：沙塔拉。[1]

"空空荡荡"好像是这座城市的外壳或者能指，所指被岁月消解，能够让人有所指向的东西不复存在，只有繁华之后的落败，是岁月久远的自然败落？还是因为城市中发生的故事的毁灭而产生的败落？空白孕育着想象，毁灭后的重构愈发让读者期望，犹如被洪水毁灭的世界，新生命的诞生最让人期望。

兰波的诗歌《洪水之后》就曾经描述过这样的景象：

正当洪水的意念趋于平静，一只野兔停在黄芪与飘忽不定的铃铛花间，向着彩虹致敬。[2]

新的世界由此诞生，那是诗人的世界。在这个仅仅存留着城市名称的地方，作者开始了对沙塔拉的重构。空荡的城市犹如无限的能指，想象和记忆的虚构可以随意交织在城市的时空之中，预示着新生或者开始，现时的在场凸显了场景的真实性，也表现出现时的本质。

首先出现在这座城市的是一位男子，他就像城市的碎片，从中穿过，赋予城市以活力和生命：

一位男子来到广场，穿着雨衣，手里提着一只黑色小箱子。他迈着舒缓、整齐的脚步，一直到电影结束始终如此。[3]

---

[1] [法]玛格丽特·杜拉斯：《纳塔丽·格朗热》，户思社译，上海：上海译文出版社，2014年，第167页。
[2] [法]阿尔图·兰波：《兰波作品全集》，王以培译，北京：作家出版社，2011年，第209页。
[3] [法]玛格丽特·杜拉斯：《纳塔丽·格朗热》，户思社译，上海：上海译文出版社，2014年，第167页。

现时的在场强化不断前行和永恒折叠的现时性，它会和现时的再现如同现实和虚构的场景在这里交替展现出来，"舒缓、整齐的脚步"以动态的形式展示了某种引领和召唤能力，形态唤起了声响，男人的脚步唤醒了海鸥的叫声，大海的波涛声，在场的现时空间被放大，强化在场的真实性，它既能召唤在场的现时的空间，也能召唤再现的现时的空间，读者常常沉醉在现实与记忆所创造出的真实与虚构空间中，模糊现实与记忆的界限，现时的在场与现时的再现完美地展示着两者的区别与统一，展示着杜拉斯式的叙事魅力。现时的在场通过男人的脚步，不断扩展自己的空间，男人经过的地方，突然传来了女人的歌唱声，声响打破了沉寂，为这座城市增加了新活力：

> 远处有人在低声哼着一首歌，是女人的声音。"蓝色的月亮"，一九三一年的布鲁斯。[1]

"远处有人在低声哼着一首歌"现时的在场即刻被现时的再现所取代："'蓝色的月亮'，一九三一年的布鲁斯。"共时性随即转换为历时性，时空通过在场和再现得到极大的拓展，划分出现在与过去，女人的声音提示着现时的在场，"蓝色的月亮"现时的再现强化着过去的记忆。杜拉斯用镜头语言，以召唤的方式给读者呈现出这些景象：男人、海鸥、大海、女人。这些活的形象渐渐唤醒城市记忆，为之注入生命的动力和情感。杜拉斯以时空转换的形式把现实与虚构融合在一起，"女人的声音。'蓝色的月亮'"以阴柔凄美的方式开启文本的另一种形式，把读者的思绪带进另一段同样让人纠结的、那位与恒河

---

[1] [法]玛格丽特·杜拉斯：《纳塔丽·格朗热》，户思社译，上海：上海译文出版社，2014年，第168页。

有关的女人的故事之中。

  影像与男人的目光产生了某种程度的重合，影像借用男人的目光展示着现时的在场，男人首先以视觉形象进入现时的空间，随后转换成听觉形象，用行进的脚步表达自己的存在，这种看似简单的叙事方式却呈现出散发性特征，微弱简单的生命符号隐藏着敲击人心的故事，随着叙述的不断深入，空荡的城市渐渐丰满。男人的脚步与影像中的其他声音糅合在一起，或者说男人的脚步召唤起其他现时空间，他也与此同时成为影像中的场景。

  男人的脚步声，海鸥的叫声、大海的波涛声和女人的歌声作为影像的一部分被他人关注到了，唤起了他人的目光，他们开始追随男人的行走：

>   目光追寻着旅行者走进沙滩，追寻着他的到来，伴随着他的到来。是一个女人的目光，穿着黑衣服，深黑的衣服。是一个眼睛明亮、头发金黄的男人的目光，目光完整、视线直接，未曾见过。是第二个女人呆滞的目光。她看着地面，没有看到旅行者。[1]

  影像中的男人这时在两个女人和另一个男人的眼中成为进入城市的旅行者，以城市为背景的场景就这样被勾画出来，在这座空荡的城市中，因为旅行者的突然介入，寂静的现时空间开始被激活，回应旅行者行进的脚步，同时沉睡在这座城市的记忆和生命也被激活。旅行者的脚步，女人的歌声，男人和女人的目光随着脚步声而有了生命和活力。这些相互回应和召唤的形态和声音以影像的形式表现出来，这

---

[1] [法]玛格丽特·杜拉斯：《纳塔丽·格朗热》，户思社译，上海：上海译文出版社，2014年，第168—169页。

就是杜拉斯所说的影像的电影,假如在影像的电影中没有加进声音的话,这部电影的时间和空间就会受到极大的限制。紧随着这些出现在城市舞台上的形象,声音及时地补充了影像的不足。

  声音:另外一部电影。女性的声音。……
  年轻的女声,如同姐妹,一个充满渴望,一个充满活力。它们混在一起,非常相像。……它们遍寻形象,浸润着它,渲染着它,展示着它,沾上了它那碘的咸味。它们恢复形象,看着它,看到了它,忘记了它,又回想起它。它们变成了影像。……
  它们走向影像,又向四周白色的地方走去。它们在那里死亡,消失得无影无踪。女性的声音不停地穿越、流动,在电影的身躯里缓缓流淌,与它融合,把它溺进自己的躯体,好遮住它,并因此而消亡。[1]

  声音并非影像中的同期声,它是独立存在的,是另外一部电影,但是它却与影像缠绕在一起,为影像注入活力和生命,影像中由此产生了流动的气息,轻轻地由声音吹出,褪色的城市鲜活起来,沉睡的记忆开始苏醒,过去的岁月在现在的空间复活,声音在影像中延伸,在现时的空间里划分出被封存的记忆。声音因为影像而复活,而逐渐强大,慢慢成为现时空间里再现记忆的主要力量。
  沙塔拉是一个保留着许多回忆的空间,是一个被人遗弃、忘记的地方。然而就在这个地方,记忆中残留的碎片开始活动,它们来自遥远的过去。当现在的沙塔拉被影像、被声音渐渐燃起时,原本冷清的

---

[1] [法] 玛格丽特·杜拉斯:《纳塔丽·格朗热》,户思社译,上海:上海译文出版社,2014年,第165—166页。

城市突然流动起生命的真情，燃起对生命、对爱情的渴望。男人的脚步搅乱了沉寂的城市，那些已经面目全非的人和事在故事人物的回忆中，在不同的影像和声音的叙述中渐渐地被勾画出来，过去的记忆逐渐填充了现时的城市空间，渐渐丰满的现时空间因为这些双重角色人物的出现使得时间概念模糊起来。现时空间中的旅行者、L.V.S.、疯子、女人都是历时空间中故事的经历人和见证者。他们的过去和现在交汇在沙塔拉的上空，在具有共时性特点的沙塔拉，每个人的故事呈现出历时性的特点。他们都试图在已经被岁月尘封的沙塔拉的时空寻求依稀可辨的记忆，并使之复原。

旅行者、L.V.S.、疯子、女人的躯体停留在沙塔拉，思绪开始慢慢地逝去，离开了眼前的沙塔拉，进入充满青春热情和爱情悲剧的沙塔拉，因此在今日冷冷清清、空空荡荡的沙塔拉，昨日痛苦的爱情故事开始逐渐上演。今日的沙塔拉因为昨日的回忆而开始丰满、充实并有了实际内容。因此现在裹挟着过去走向未来，今日的空间与昨日的空间开始重合，合二为一，构建起游离于现实与想象、过去与现在之外的沙塔拉。声音和影像相互召唤回应，交叉渗透，交织成真实与虚构的复式网状的立体结构。

影像和同期传来的声音构建起今日的沙塔拉，旅行者所经之处，断断续续、并不连贯的沙塔拉展现在了读者眼前，有人，有物，有景色：

> 沙滩上，那条石板路旁，穿着已经褪色，积满灰尘，阳光下非常引人注目的黑睡衣，脸上涂脂抹粉，粉白粉白的，是一个女人。[1]

---

[1] [法] 玛格丽特·杜拉斯：《纳塔丽·格朗热》，户思社译，上海：上海译文出版社，2014年，第171页。

> 沙滩、大海,尽管还有颜色,但已开始暗淡:蓝色的海面已经变暗,天边的落日已经开始褪色。苍穹四合。
> 黄色的阳光。风。他们身旁,绿色的大海拍打着。沙滩上空无一人。大海的声音很大,很清新。[1]

女人的睡衣已经"褪色,积满灰尘",影像着力向读者描述一座现时的败落的城市,如同过去故事的结局映入眼帘,今日的沙塔拉就这样通过自然和人文景观,以影像的形式在读者面前开始展现,既美丽又凄凉,岁月的痕迹不时在这里显露,成为促使主人公回归过去的最佳因素。这些影像就如同一幅幅白描画,客观地再现着今日的沙塔拉,杜拉斯以空间影像表现现时性,看似属于对空间的描述反而弱化了空间感,实则强化了现时性:

> 白昼。灰暗,忧郁。
> 大海很平静。紧贴着海面,是刚刚露出不久的沙滩。正是退潮时间。远处的海面上出现了黑色的木柱子,构成了很有规律的图形:战争期间被轰炸的市立娱乐厅的残骸。[2]

语言如何在现时沉寂的空间展开叙述,影像的语言不仅展示现时空间的变化,而且在强化现时性的同时,通过空间引进了时间概念,通过旅行者的目光和漫步,通过疯子、女人、L.V.S.和男人的目光和走动,一个已经没落、毁掉的沙塔拉展现在读者面前。"战争期间被

---

1 [法] 玛格丽特·杜拉斯:《纳塔丽·格朗热》,户思社译,上海:上海译文出版社,2014年,第180、182页。
2 [法] 玛格丽特·杜拉斯:《纳塔丽·格朗热》,户思社译,上海:上海译文出版社,2014年,第253—254页。

轰炸的市立娱乐厅的残骸"暗示了集体记忆与个人记忆之间的紧密联系，个人记忆的碎片隐藏在娱乐厅的残骸中。现实中的城市给人以梦幻的感觉，这种梦境般的印象进一步缩短了现实与梦想之间的距离，也容易使读者忘记现在与过去的区别，杜拉斯以此实现了对时间感的模糊化，对现时性的突出和强调。所以，当现实的城市出现在读者面前时，因为作者对她笔下人物的活动空间的虚幻描述，现实中的人物就已经在某种程度上进入了另一个空间，它只是因为人物的活动范围和视角的不同而产生的有别于现实的空间：

> 一家旅馆。面向大海。非常大，过去那种豪华大酒店，现在已经没有人光顾。窗户紧闭，像空洞的碉堡。[1]

杜拉斯似乎在不经意间透露了过去与现在的对立，过去对现在的入侵，记忆在不知不觉间进入现时，属于对空间感的叙述表现的却是时间感，描述中的错位，让现时进入过去，让现实成为虚幻，现时性成为唯一具有时间感的概念，德里达特别指出：

> 这里，"现时的本质"（qualité essentielle de présent）被正确地译为"presentness"（现时性），这能使读者更加重视本体论差异，本质、单纯的现时和现时在场之间的差异。[2]

沙塔拉因此成了一个混合体，即使对其进行白描时，也会因为有

---

[1] [法]玛格丽特·杜拉斯：《纳塔丽·格朗热》，户思社译，上海：上海译文出版社，2014年，第171页。
[2] [法]雅克.德里达：《多亿的记忆——为保罗·德曼而作》，蒋梓骅译，北京：中央编译出版社，1999年，第70—71页。

幽灵般的人物穿梭其中而显得像是一座幽灵般虚幻的城市。

杜拉斯并没有打算叙述现时空间的故事，而是希望挖掘已经成为废墟的现时空间中曾经的繁华，逝去的时间和正在流动的时间以错位的方式在看似不变实则不同的空间交替，诚如赫拉克利特的名言所说："人不能两次踏入同一条河流，因为无论是这条河还是这个人都已经不同。"对现时性的反复强调让读者更渴望阅读再现过去的故事，已经成为废墟的现时空间难以弥补缺陷，因此作者把叙述的重点放在了想象追述过去可能的故事上，当年在沙塔拉发生了什么，不同的人物会有各自的叙述。

对过去的构建使沙塔拉更有了远离现实的感觉。生活在现时空间的人物反复地强化着空间的现时感，疯子、女人、L.V.S.和男人的目光和走动，以及他们所呈现给读者的影像，使这种现时感更加强烈，与此形成强烈反差的是声音所构建的沙塔拉，在现时感强烈的冷清和空旷的城市中没有那么突出，然而随着影像和声音的电影的反复交替，再现的沙塔拉在声音的电影里渐渐显露出来，开始占据叙述的中心地位。声音时不时切断影像登上叙述的舞台：

> 舞会之前？舞会之后？一直是舞会之前？依然是舞会之后？那次舞会，旋涡中心的欲望之火仅仅持续了一个晚上。声音断断续续地提到了那次已经相距久远的舞会，重新构建那里的废墟。[1]

这里所说的声音就是声音一和声音二，它们用另外的方式构建沙塔拉，声音和影像中的沙塔拉完全不同。杜拉斯在剧本的前言对声音

---

1 [法] 玛格丽特·杜拉斯：《纳塔丽·格朗热》，户思社译，上海：上海译文出版社，2014年，第196页。

一和声音二是这样定义的：

> 声音：另外一部电影。女性的声音。
> 年轻的女声，如同姐妹，一个充满渴望，一个充满活力。它们混在一起，非常相像。它们来自夜空，好像从一座飘荡在虚空之上、一切之上的阳台升起。[1]

与影像不同，声音一和声音二叙述的是影像中的人物，是影像中人物和声音希望捕捉到的、属于已经逝去的现时的故事，是对不同层次空间的叙述，现时在场和现时再现的空间在影像的反复割裂中前行，形成了属于声音自己的叙述：

> 声音一
> 有人看见他了吗？
> 声音二
> 是的。沙滩上那些男人。[2]

声音的叙述以出现在沙滩上的男人在场的方式强化现时性，然而声音对现在的沙塔拉的构建是为了弥补影像的不足，空间的沙塔拉由影像构建，人物的沙塔拉由声音构建，声音的真正任务并不是构建人物，而是以再现的形式构建过去的空间，曾经在沙塔拉发生的故事渐渐地在声音一和声音二的对话中浮出水面，空间性中的历时性开始显现：

---

[1] [法] 玛格丽特·杜拉斯：《纳塔丽·格朗热》，户思社译，上海：上海译文出版社，2014年，第165页。
[2] [法] 玛格丽特·杜拉斯：《纳塔丽·格朗热》，户思社译，上海：上海译文出版社，2014年，第169页。

声音二

他为什么要回到沙塔拉？你认为是要再看看他们相爱过的地方吗？

声音一

可是……为什么还要再看看这个地方呢？已经这么多年了……他当时在旅馆是不是还有一间房子……[1]

声音对空间的构建更多地强调了时间感，"回到"和"相爱过"明确地表现了不同的时间感，历时性特质显露无遗，影像对空间的构建更多地强调了现时性，反复受到声音对时间故意模糊的冲击。影像也一样，通过反复强调现时性割裂声音、打断声音。当声音再次回来时，声音一和声音二完全无视影像的存在，自顾自地继续着叙述，在看似相同的空间，开始再现沙塔拉曾经发生的故事，那是"旋涡中心的欲望之火"，点燃了黑暗空间的灯光：

声音二

我忘记啦……他们是在什么地方相遇的？

声音一

一天早晨，就在这里，沙塔拉的网球场。姑娘当时十八岁。他是大地主的儿子，无所事事。婚礼本该在秋季举行。

声音二

对啦，就是这样……然后就有了那场舞会。就是那场沙塔拉娱乐厅举办的盛大的秋季舞会……

---

[1] [法]玛格丽特·杜拉斯：《纳塔丽·格朗热》，户思社译，上海：上海译文出版社，2014年，第172页。

声音一

正是。

    沉默

那场舞会……

那是多深的爱呀……

多么强烈的欲望……[1]

  读者似乎在绝望和界限模糊的时空中抓到了电影的主要情节，希望以线性的方式解读这个充满各种可能的符号。然而"网球场""秋季舞会""强烈的欲望"却冲破了文本的局限，让读者联想到杜拉斯的其他作品和人物，联想到副领事的疯狂、劳儿的劫持与沉醉，与其他作品和故事形成的互文关系增加了阅读的难度，也使这部电影剧本具有了复调结构，与其他作品形成无限延伸的网络，在不同的叙事中心继续着各自的叙述。现时空间中的声音，不仅摆脱了现时的限制，深深地陷入过去的沙塔拉之中，而且通过对现时的再现不断强化现时性，扩展记忆空间，因此在现时的沙塔拉，过去爱情产生的时间、地点和缘由开始显现，已经贫瘠的地方突然有了生机，点燃了读者探寻的欲望，声音紧紧抓住记忆中沙塔拉的爱情故事，强化着对现时沙塔拉的入侵，因为此时沙塔拉显露出让人绝望的爱情。欲望的火焰已经在属于历时性的舞会点燃，声音对沙塔拉的构建还在继续：

声音二

她来得很晚……已经半夜了……

---

[1] ［法］玛格丽特·杜拉斯：《纳塔丽·格朗热》，户思社译，上海：上海译文出版社，2014年，第178—179页。

声音一

另外一个女人……

声音二

是的。

穿着黑衣服。

她几乎已经人老珠黄，又丑又瘦。[1]

声音在断断续续的叙述中渐渐展现出那年秋天的故事，过去逐渐进入今日的沙塔拉，被今日的空间吸收，今日的沙塔拉在声音和其他人物的叙述中丰满起来，在时间的流动中发生变化。声音的电影由此以自己的方式构筑着沙塔拉，其最后目的，就是要让过去的沙塔拉消失或者重生在今日的沙塔拉中，被人们忘记。重生使得现时的再现以现时的在场出现，声音也因此消失在影像之中，与影像合二为一，L.V.S. 成为劳儿·瓦·施泰因。此时沙塔拉将既非今日的影像，也非昨日的声音，它将会是影像中的声音，也会是声音中的影像。两者由不同的中心点出发，一个向前寻觅，一个向后追忆，它们在一个既非沙塔拉，又是沙塔拉的地方相遇、碰撞，最后消亡。

在从前 L.V.S. 被遗弃的地方和广场，渴望的声音不复存在。

和声音一块逝去的是静止的星状舞厅，沙塔拉的舞厅。凝固在欲望关系中的生死离别被摧毁了、消失了，L.V.S. 在渴望的声音中逝去。这一切该结束了。

这样的死亡与结局与 L.V.S. 跟随旅行者的情景相吻合。还有

---

[1] [法] 玛格丽特·杜拉斯：《纳塔丽·格朗热》，户思社译，上海：上海译文出版社，2014年，第196—197页。

其他的镜头,表达了 L.V.S. 对自己未来生活的沉醉,同时又是让人心烦的镜头,因为它证明了最初的虚无:她和疯子一样没有任何缘由地跟随着旅行者。希望的根源已经找到:她将永远不会再爱。[1]

  L.V.S. 和疯子对过去的追寻在现时中转换为对未来的沉醉,"没有任何缘由地跟随着旅行者",是追寻也是希望,爱不再是记忆,更是憧憬。已经被解构了的虚构空间,在声音和其他人试图从各自的时间和记忆空间进行构建的过程中并没有呈现出像读者所期望的完整性和统一性特点,建构的过程其实是一次再解构的过程,声音、L.V.S.、旅行者等试图构建的被摧毁的沙塔拉以及发生在那个空间的爱情故事依然是文字碎片,仅仅余下了让人心醉和叹息的绝望:"那是多深的爱呀……多么强烈的欲望……"这寥寥的文字碎片犹如语言迷宫中的阿里阿德涅线团暴露了藏在作者内心的意图,也让读者瞬间领悟到了双重解构后作者留给读者的巨大空间,作者—读者之间的阅读规约好像得到了重建,作者反复地解构时间和空间给读者造成的限制,强化时间的现时性和空间的当下性,仅仅以文字碎片引诱读者,使之产生重构的冲动,读者此时就像剧本中的各式人物,随着他们建构起属于自己的时间和空间,以及时空中的爱情故事。

  波尔特在采访杜拉斯时说:"这个疯子、这个女人,就是作家,不是吗?"杜拉斯的回答是:

  是的,也像是截留下来的东西。像一种失去自主的功能,把外界的东西截留下来,但是再一次,它沉落在内心的黑影里,埋

---

[1] [法]玛格丽特·杜拉斯:《纳塔丽·格朗热》,户思社译,上海:上海译文出版社,2014年,第316—317页。

在那里，在记忆清楚时死去，然后有一天，它又从里面钻了出来，出现在我们面前，显然已经难以辨认了，去盖满白纸。[1]

出现在我们面前的是零零碎碎的记忆碎片，是每一个人对记忆的想象，疯子把它想象成抽象的爱，女人想象成感性的欲望，这样的想象是一个痛苦的过程，因为他们必须用具象的存在物表达沉落在内心黑影里的记忆，穿越时空隧道，戳破记忆黑影，破碎而又强烈的闪光点零零散散地布满了记忆的时空，面对这些飘浮不定的符号，读者会无所适从，不知道如何捕捉。

因此呈现在读者面前的沙塔拉就有了不同的时间和空间特点，就有了不同的个性特点。同时，它是一个整体，一个集过去与现在、集不同空间特点于一身、具有复调特点的混合体。而且，每个人对它的构建都首先是对它的解构，都打上了各自的性格特征。疯子的沙塔拉和与之密不可分的绝望、女人的沙塔拉，爱情、L.V.S. 和旅行者的沙塔拉，以及由此产生的欲望、声音一和声音二的沙塔拉及其绝唱都在某种程度上为读者提供了构建沙塔拉的材料和视角，这些分散的、被切割和解构了的时间和空间成为读者以自己的方式构建沙塔拉的素材，读者拥有充分的权利和自由构建起自己心中的独特空间和故事，其实这正是杜拉斯所特有的构建空间的方式和叙事风格。

只有这种错位和中断才需要深渊和晕眩，这种错位和晕眩会让观众坠入陌生的深渊，坠入这个使杜拉斯神秘地迷狂的深渊。《恒河的女人》《纳塔丽·格朗热》，尤其是《印度之歌》最终完善

---

[1] [法] 玛格丽特·杜拉斯：《卡车》，马振骋译，上海：上海译文出版社，2009年，第120页。

了这种技巧和这种对世界如此奇特的理解。[1]

读者在陌生的深渊里，努力地辨认作者试图传递的一抹亮色，读者—作者因为与"盖满白纸"的文字息息相关，无法分离。

杜拉斯的每一部作品都会有与书中人物和背景吻合的语言，语言是我们不得不提及的特点——杜拉斯以语言奇特、想象丰富而深受读者喜爱——《恒河女子》也不例外。白描舒缓的文字始终牵引着读者前行，让人无法放弃，不由自主地陷入了迷宫，欢快地追寻着未知的景色。

林斤澜这样说："散文最要真情，最要个性。损失这两者，都不值当。"真情和个性在杜拉斯这部剧本里都表现得淋漓尽致。

连续的名词排列在词与词之间，在词与词所指的意象之间留下了无数的空白，不但展现出沙塔拉那宽阔的空间，展现出它的空旷，而且也展示出映在空间上、映在词语间及其所留下的空白之间的诗意和真情："黄色的阳光。风。""沙滩。黄昏。沙滩，水洼，天空，重叠着金色和蓝色。空荡的场景。""码头。大海。夜晚。""灰沉沉的天空。棉絮般的雾。不确定的地方。""塑像，齿形装饰，镶嵌瓷砖，阳台，柱子，五彩缤纷。"一连串的名词如同一幅幅独立的画面，画面间的跳动是空白，空白之间又流动着许多想象、作者的感受和精神，空白为语言留下了无限的诗意和个性。

连续排列的动词又让读者想象到某种流动："他就是旅行者。从广场穿过，穿过了广场。……旅行者过去了。""她从印度来……从大使馆来……她来了……穿过舞场……心不在焉……""她又出发了。

---

[1] [法] 阿兰·维尔德贡莱:《玛格丽特·杜拉斯：真相与传奇》，胡小跃译，北京：作家出版社，2007年，第159页。

走廊里又变得空空荡荡。"等等。动词的流动划出了一片空间，即使在不断流动的词语间，空白的反复出现割断了这种流动的真实感，让读者感受到这种流动的飘逸，飘逸的文字依附在无处不在，却难以企及的幽灵般的人物身上，它们为这些人物勾画出不太规则的运动轨迹。不太连贯、断断续续的空白中流动着诗意，流动着个性和真情；流动中所创造的空白、所留下的想象如诗如画，让人流连，让人沉醉。

《摧毁吧，她说》中的那种漫长的毁灭，《长相思》中的那种漫长的等待还在继续。事物不见了，现实消失了，参照物被破坏了，《恒河女子》在这些方面要走得更远。杜拉斯从此之后将使用的画外音就是在这个时候发明出来的，成了声像分离和异步的重要工具。她说：

"这里，影像的电影触及了声音的电影，有一句话的工夫。然而这样的接触却引发了死亡，声音的电影也同样被摧毁。"[1] 还是寻找矿层与井，那里虽然让人昏眩，但必须下去，杜拉斯深谙其中的道理。还是同样的办法：要懂得留住"浮现出来的东西……也许全都是经历过的东西，但这种经历过的东西没有经过清点，没有经过理性处理，处于原始的混乱状态。"[2]

杜拉斯懂得如何从作品人物的视角将"浮现出来的东西"交给读者，让读者享用自己的权利。此时"作者和读者之间存在着一种并非默契的协议，根据这种协议，前者自称病人，接受后者的看护"[3]。作

---

[1] [法] 玛格丽特·杜拉斯：《纳塔丽·格朗热》，户思社译，上海：上海译文出版社，2014年，第315页。
[2] [法] 玛格丽特·杜拉斯：《恒河女子》，许钧主编，户思社译，长春：春风文艺出版社，2000年，第156页。
[3] [法] 洛特雷阿蒙：《马尔多罗之歌》，车槿山译，上海：上海人民出版社，2008年，第220—221页。

者和读者的角色被任意颠倒了,关系发生反转,难以定义,这是痛苦的分娩,也会在痛苦之后享受发现的快乐,至于接下来会发生什么,就看读者如何去构建自己的文字和故事了,读者诸君突然间感觉到成为自己的主宰。

曾经的故事又一次在杜拉斯的笔下演绎,似曾相识的感觉却挥不去影像和声音相互追逐、相互交叉带给读者的破碎感和空洞感。掩卷长思,所有的恐惧、不安和无所适从都留给了读者。

三、驱赶了男性存在的女性住所——关于《纳塔丽·格朗热》的解读

《纳塔丽·格朗热》在杜拉斯的电影中与众不同,因为它没有延续杜拉斯一贯的关于绝望爱情的主题,没有延续那些人物的故事。从构思和拍摄的角度看却是一部奇异的电影,是她对自己在诺夫勒的城堡考察与思考的结果,她把自己思考的问题及思考的触角通过电影表现出来。换句话说这部电影希望表现另一种爱,移民家庭的女性对孩子们的爱,一种有别于男女爱情的爱,同时她又把自己所观察到的社会主题通过这部电影表现出来,电影中那几个微不足道的小人物的形象给读者留下了非常深刻的印象,她们所面临的社会困境,身上所表现出来的矛盾心理,在这里产生了巨大的冲击力,让人难以接受,同时又明确地认识到其实这就是现实存在,读者只能无可奈何地忍受这样的现实,看似符合丛林法则,实则违背人的意愿,丛林法则和人文精神在这里产生了很大的冲突,人类不知如何面对,这一次杜拉斯摒弃了言语的话语模式,而是用影像的模式表现她始终关注而又无力解决的社会问题,以表达她内心的一份情愫,杜拉斯把如此尖锐的问题抛给了读者,面对影像和文字,读者只能选择分担作者的担忧,分享作者的快乐。

多米尼克·诺盖在关于八部电影的访谈录中，首先提到了这个问题：

玛格丽特·杜拉斯：可以说，我是由这座居所，这座让我愉悦的居所拍摄《纳塔丽·格朗热》的。我现在有点遗弃它，房子开始变脏，过去非常干净。我从来没有完全在那里生活过。……

多米尼克·诺盖：正是，《纳塔丽·格朗热》有点奇怪。一九六九年的《毁灭吧，她说》，一九七一年的《黄色的，太阳》，一九七三年的《恒河女子》，这三部电影都由您原来的作品改编拍摄。《纳塔丽·格朗热》则不同，完全是从电影的角度构思的。

玛格丽特·杜拉斯：不管拍摄的电影是从一本书而来，还是从一座居所而来，其实并无本质区别。《纳塔丽·格朗热》是在一座居所拍摄的。同时，又属于《毁灭吧，她说》的一部分。《纳塔丽·格朗热》中有一种深深的质疑，是对居所之外的所有一切的控诉。[1]

质疑其实是无声无息的，是通过剧本中不同人物的行为展示出来的，与杜拉斯的其他作品有异曲同工之处，只是这里杜拉斯非常确切地聚焦在移民家庭的子女问题上，质疑带来的是控诉，只不过它是沉默的、无声的。政治化的主题用感性的叙述模式进行处理，这也许就是杜拉斯一贯的风格，只不过这一次被放在摄像头下面的是几位女性，她们的言行举止呈现出女性的细腻、犹豫不决，甚至心不在焉，可能更能打动读者，这也是这部作品最有力量的地方。

1　Marguerite Duras, *La Couleur des mots. Entretiens avec Dominique Noguez*, Edition critique Benooît Jacob, 2001, Paris, pp. 25–26.

杜拉斯所说的居所就是她用《抵挡太平洋的堤坝》的稿酬所买的房子，居所所在的"村庄离凡尔赛十四公里，存留的皇家森林围绕着村庄"。这就是杜拉斯在诺夫勒的居所，她经常在那里度过春天和夏天。拍摄《纳塔丽·格朗热》时，杜拉斯"把场景放在了她家里，她的房子里，这让人们大吃一惊"[1]。这个居所：

> 房屋很长，横梁很长，与花园平行。房门开着。天气依然较冷，巴黎地区的春天天气多变，刺骨般寒冷。阵雨，寒风。例如现在是一九七二年四月十日。
> 一九七二年四月十日：电影另外一个可能的名字。日子中的日子，却被打上了无法替代的日期戳记，在整体中流逝，被带走，被烧尽。……
> 电影就从现在开始。现在，对那两个女人的住所的所有其他房间进行挖掘，镜头一会对准她们，一会离开她们，又对准她们，再一次离开她们，直到电影里命中注定的九十分钟逝去为止。[2]

拍摄的结果，是形式和内容都很奇特的电影：

> 故事没有主干，情节消逝了，人物没有名字，也没有实际身份，甚至语言也很生僻，文字写得像咒诗，抒情非常严肃。[3]

---

1 Marguerite Duras, *La Couleur des mots. Entretiens avec Dominique Noguez*, Edition critique Benooît Jacob, 2001, Paris, p. 18.
2 [法] 玛格丽特·杜拉斯：《纳塔丽·格朗热》，户思社译，上海：上海译文出版社，2014年，第145—146页。
3 [法] 阿兰·维尔德贡莱：《玛格丽特·杜拉斯：真相与传奇》，胡小跃译，北京：作家出版社，2007年，第144页。

没有主干、没有情节，声音很少，人物被四分五裂，身体不知所往，心灵无处安放，所有的情感通过动作表现出来，宁静的影像为画面增添了沉重和压抑，摆脱成为难以名状的渴望，如何解读影像中被杜拉斯解构了的人物、故事、语言和文字，其实是一种冒险，其中的风险就是摧毁杜拉斯所精心解构的人物、情节和语言，试图在支离破碎的人物、情节和语言之中，收集起有用的碎片，小心翼翼地再把它们拼凑起来。杜拉斯说到了电影的主题：伊夫林省的少年犯、推销员和音乐，少年犯和推销员是其中的代表人物，音乐与他人相关。其实不只如此，还有那些美丽动人的画面。对于这些主题，杜拉斯采取了怎样的叙事手法，影像和声音在这里又是如何巧妙地服务主题，在不经意间被读者接受的？

影像和声音平行的叙事方法展示了复杂多重的立体结构，在看似有限的范围表达着不同人物的关切，也让读者看到了不同空间人物的境遇，它们之间的联系与互动。影像、声音和人物之间的应和如同围城，影像叙述了相对封闭的住所，里面的人希望排除与外界的一切联系，同时又希望冲破封闭，走向更加广阔的由声音引起的空间。从一开始，这样的基调就被确定下来，镜头和声音就各司其职从不同的角度叙述进入自己视线的人物和事件。

镜头会遇到两种类型的事件。视觉的事件。声音的事件。视觉的事件这里是指两个相遇的女人。声音的事件，是指那个讲述事件的声音，在距拍摄地点大约五十公里的德勒森林，两个少年杀人犯遭到围捕，将要被捉拿归案。[1]

---

1 [法] 玛格丽特·杜拉斯：《纳塔丽·格朗热》，户思社译，上海：上海译文出版社，2014年，第147页。

其实还有女人的声音,只不过存在于镜头之中,从一开始它们就相互交错,又好像各说各话:

> 花园的篱笆墙后面远远站着一个小姑娘,她推着一辆玩具车。……传来一个女人的声音,在谈论一个小姑娘。[1]

镜头和里面女人的声音成为片头景色,镜头继续推进,遇到了声音的事件,其实未必与镜头有直接关系,却瞬间成为焦点。声音的事件就是收音机里播放的新闻,声音即刻主宰了画面。所以,镜头、女人的声音和收音机里的声音以不同的叙事模式开启了电影。镜头在表达视觉:"白色大理石平台。花园。夏天的折叠椅。零零散散的玩具:滑板车,皮球。"也在表达声音,收音机的声音:"他们作案三次,枪杀四人。……鉴于杀人犯的年龄,这一场与时间的赛跑特别令人痛苦。"[2] 视觉里的小姑娘、声音中的少年犯自然而然地成为电影的主题。

主题之一:纳塔丽·格朗热和伊夫林省的罪犯

按照杜拉斯的说法,这个在女人居住的房子里面发生的故事不同寻常,首先进入镜头的是"花园的篱笆墙后面远远站着的"小姑娘,镜头中的女性的声音谈论的就是她,这就是杜拉斯所说的镜头里的一个事件,镜头里的另外一个事件就是声音,收音机里的声音具有召唤

---

[1] [法] 玛格丽特·杜拉斯:《纳塔丽·格朗热》,户思社译,上海:上海译文出版社,2014年,第5页。
[2] [法] 玛格丽特·杜拉斯:《纳塔丽·格朗热》,户思社译,上海:上海译文出版社,2014年,第7—9页。

功能，很快在镜头里引起了三个人的注意：男人（父亲）、女友、母亲，这种镜头随即转变成他们之间关于少年犯的对话："父亲：他们的年纪一定很小。女友（停顿片刻）：他们在枪杀了停车场老板后被发现了。"[1] 对话中透露出他们对这些少年的担忧，家长的立场，母性的立场占据上风，让读者不是痛恨这些少年犯，而是担忧他们，这样的担忧其实就是杜拉斯的担忧。

一个面临被学校除名的小姑娘，两个少年杀人犯，一开始就让读者放心不下。重要的不是读者的担忧，而是杜拉斯的叙事形式，视觉的形式包含了影像中的对话，在把声音的形式转换成视觉的形式，这样的转换让镜头和声音事件的天平发生了倾斜，开始由外向里倾斜，镜头开始接受来自声音的信息。

《纳塔丽·格朗热》叙述的是一位性格孤僻却酷爱音乐的小女孩的故事。剧本的焦点放在两条消息上，一条来自家庭之外，通过收音机传到了这所住房：警察正在德勒森林搜捕两个少年杀人犯；另一条是关于纳塔丽·格朗热的，由于在学校表现不佳，有暴力倾向，她将被送往达特肯寄宿学校。这两条毫不相干的消息在这所由纳塔丽姐妹、母亲及其女友居住的地方引起了某种莫名其妙、难以化解的犹豫和不安。不经意间从收音机里听到的一条消息，开始在住所里蔓延："他们的年纪一定很轻。（停顿片刻）他们去打靶……（停顿片刻）枪走了火，是这样的……""他们在枪杀了停车场老板后被发现了……（停顿片刻）就在德勒附近……"[2]

杜拉斯总是喜欢用简短的文字表现深刻的情感，这里也不例外，

---

1 [法] 玛格丽特·杜拉斯：《纳塔丽·格朗热》，户思社译，上海：上海译文出版社，2014年，第11页。

2 [法] 玛格丽特·杜拉斯：《纳塔丽·格朗热》，户思社译，上海：上海译文出版社，2014年，第11页。

"花园的篱笆墙后面远远站着的"小姑娘,孤单、无助,不知所归的小姑娘的形象跃然纸上,收音机里传来的少年杀人犯的消息更是寥寥几笔就让读者无法放下。

> 也许正是从她们开始注意声音起,镜头就预感到这里正在上演一场悲剧。可能就是日常悲剧,是的,然而女人们的目光却因此而呆滞,她们的脚步却因此而凝重、缓慢,围墙对封闭的空间的压力也因此增大。[1]

那个被社会抛弃的男性推销商的拜访更加重了读者的担忧和不安。也许这三个没有关联、独自存在的小人物才是真正打动读者的地方,一个处在封闭的家庭空间里,等待着自己的命运被裁决,一个由声音传递进来的少年犯也让读者不忍放弃,还有一个误打误撞的推销员,误入这个封闭空间。他们全部是悬空的人物,脚下没有坚实的土地可以依靠。

这三重空间重叠在住所之后才产生了无数的碰撞与变化,收音机里的声音使得住所里的母亲和女友把她们的关注点由纳塔丽·格朗热身上转向外面的少年犯,内部和外部产生了互动,这种互动其实是被动的,被强加的,难以拒绝的。内部和外部的空间突然间具有了某种相似性和关联性:被抛弃的小姑娘,被追捕的少年犯,他们一样无处躲藏。这里,驱除了男性(唯一的男性父亲出门后没有再出现)的居所生出了无数的想象,飞出这里,演变成无限的空间,"停车场""德勒森林"随着居所里女人的想象具象化,这样随着想象变化的外边的

---

[1] [法]玛格丽特·杜拉斯:《纳塔丽·格朗热》,户思社译,上海:上海译文出版社,2014年,第149页。

空间也都出现在女人所在的居所里，两者如影随形，任意变换，里面的世界渐渐被外部空间充斥，两者好像融为一体，外面的故事在居所里上演。因此，德勒森林里的浓雾与女人住所花园中的烟雾之间产生了关联，相似性使得两者之间难以区分，德勒森林里的浓雾好像花园中的烟雾，烟雾之中又若隐若现地露出了德勒森林。空间的相似性让读者模糊了内部和外部，混淆了家庭和社会，随后这种蔓延的感觉不断在住所里加重，女主人的幻觉里不断显现出德勒森林：

  一望无际的麦田里，高压线从上面穿过。远处，在麦田的边缘，是一堆黑乎乎如大石块般的东西：那就是（伊莎贝尔·格朗热想象中的）德勒森林，少年杀人犯就隐藏其中。麦田与森林里轻雾缭绕，好像是烟雾。[1]

这种想象渐渐在这个只有女人的住所里显现，占据这里的空间，也给这个空间增加了某种无法测定的神秘力量，使之成为虚拟的真实：

  一种浓浓的雾笼罩了整个画面。是德勒森林的画面？不是。一阵风吹散了浓雾，露出了火苗：是女友在花园里点燃的火。她置身烟雾中，在那儿看着火燃烧。[2]

  对真实空间的虚拟化又在有意无意之间与声音中的事件密切相

---

1 [法]玛格丽特·杜拉斯：《纳塔丽·格朗热》，户思社译，上海：上海译文出版社，2014年，第43—44页。
2 [法]玛格丽特·杜拉斯：《纳塔丽·格朗热》，户思社译，上海：上海译文出版社，2014年，第46页。

关，虚拟又似乎建立在真实之上，真实的空间看似虚拟，实则源于真实，反之亦然。对女人住所的描述越来越接近对德勒森林的描述，女人住所里的浓雾在收音机里又成了德勒森林的画面：

> 厄尔峡谷升起的雾越来越浓，鉴于警察们从早晨七点钟起就一步一步地搜寻伊夫林省那两个疯子的最后藏身之地，他们此时已经非常疲惫，他们在德勒森林的行动已经停止……[1]

真实住所里的虚构空间在声音事件中神奇地成为事实，让读者彻底混淆了真实与虚构之间的界限，真实的住所渐渐被虚幻，增添了莫名的魔力。收音机传来的声音引发的事件逐渐转换成住所里女性的想象，想象空间里少年犯引发的暴力和担忧也一并在住所里发酵，住所里的女人开始手足无措，不知如何应对德勒森林传来的压力："这所房子也变成了某种德勒森林。"这条消息带给女人住所的冲击和不安也逐渐显现并在这里延伸着：

> 还是伊莎贝尔·格朗热。她看着自己的四周。房子越来越不正常，它扰乱了房间的秩序，扰乱了这个封闭的空间、这里的宁静。她像个吃惊不小的观众，看着这座自己的住所（好像要寻找产生这一切的根源，她已经给搞糊涂了）。[2]

外部环境的延伸渐渐感染了居住在这里的人，外部暴力在这个

---

[1] [法] 玛格丽特·杜拉斯：《纳塔丽·格朗热》，户思社译，上海：上海译文出版社，2014年，第49—50页。
[2] [法] 玛格丽特·杜拉斯：《纳塔丽·格朗热》，户思社译，上海：上海译文出版社，2014年，第47页。

住所的表现首先从那个叫纳塔丽·格朗热的小女孩身上开始,她在学校、在家里的行为都表现出的狂暴。杜拉斯通过他人对小女孩的叙述表现她身上隐藏的暴力:

> 这个小女孩身上的那种狂暴……她在课堂上撕自己的作业本,到处都涂着黑点……那些笔头作业……(停顿)但是话又说回来了……哪儿都有好学生和坏学生……对此我们都很清楚……可是其他的……如此小小年龄的女孩就这样狂暴……[1]

作者对小女孩行为的直接描写更能表达她内心的愤怒:

> 突然,格朗热使出全身力气把她的小推车摔向一块巨石,撒手不管。小推车被掀翻在地,轮子空转着。[2]

这样的狂暴在杜拉斯的其他作品中也能看到,杜拉斯1943年发表的《厚颜无耻的人》中,女主人公莫德就因为哥哥雅克给家人造成的痛苦而疯狂,因为雅克到处借债,家人忍受了痛苦和不幸,雅克的妻子米丽尔因他命断黄泉,莫德也因此产生了仇恨与冷漠。这种暴力就这样为杜拉斯的创作定下了基调,某种与众不同的暴力隐藏在作品的人物中。《抵挡太平洋的堤坝》中的约瑟夫和苏珊面对诺先生时所表现出来的冷暴力不仅让人不寒而栗,而且也从叙事学的角度冲击着优雅美学,展示出暴力美学的力量和冷峻。《如歌的中板》的安娜目

---

[1] [法] 玛格丽特·杜拉斯:《纳塔丽·格朗热》,户思社译,上海:上海译文出版社,2014年,第45页。
[2] [法] 玛格丽特·杜拉斯:《纳塔丽·格朗热》,户思社译,上海:上海译文出版社,2014年,第103页。

睹了咖啡馆里面的暴力场景:一位男人杀死了自己爱着的女人,然后又发了疯似的亲吻着满身血迹的女子,这样的场景不但触动了女主人公安娜,也让读者无法忘怀这因为绝望而产生的暴力美学。《广岛之恋》中被枪杀的德国士兵和被剃光头的法国少女,浪漫爱情之中的断裂,增添了暴力:集体暴力在不知不觉之间毁掉了个人的自由和向往,血淋淋的现实冷酷无情,摆在人们面前。杜拉斯会经常在作品中表达这种具有暴力特质的美,杜拉斯把它们作为美的一部分展示出来,以此建立独具特色的审美。

马塞尔·马里尼在谈到杜拉斯作品中的这种暴力时说道:"我每次读玛格丽特·杜拉斯的作品,就会感到这种令人心碎的暴力,当你接受指南针失常这一事实时,它就会抓住你的心。"[1]

暴力在这部电影里更加突出,成为某种标识。压抑的暴力更隐藏着某种危险,它就在房间的某个角落。在男性被驱赶的女性空间里,安静温柔的视角之外,突然产生了暴力,这样的暴力从外面通过声音的事件传递进来,开始传染给其他人,因此少年犯身上所隐藏的暴力与纳塔丽身上的暴力相遇,外面的暴力完成了向这个封闭的空间的转变,它们聚集在一起,产生了难以抑制的力量。

所以当收音机传来"夜间的搜寻已经结束,德勒森林的两个杀人狂已经被捕"时,森林里的暴力不复存在,产生的震撼放大了女性住所里的暴力,摧毁了存在于森林与住所之间的平衡:

> 起居室里,她在那里。半躺在转角沙发上,身旁是收音机。她刚刚收听完简讯。她的休息好像突然发生了意外;好像她被某

---

[1] [法]克里斯蒂安娜·布洛-拉巴雷尔:《杜拉斯传》,徐和瑾译,桂林:漓江出版社,1997年,第3—4页。

种死神击中。[1]

因此，伊莎贝尔·格朗热的担心开始扩大，她变得束手无策，心神不宁，然而始终无法化解心头的忧愁和无奈。终于，她的种种担忧化作了对德勒森林的少年犯的担忧，对纳塔丽·格朗热的担忧。这里产生了一种莫名其妙的巨大排斥力和无形的、令人惧怕的魔力。住所里的女性好似魔鬼附身，开始变得狰狞可怕，任何进入住所的人都有可能被这种力量击中，被驱赶出属于女性的住所。外部传递在这里的无名暴力依附在住所里的女性身上，发泄在来这里推销洗衣机的男人身上。她们对男人的推销表示怀疑，置之不理，身上表现出来的冷暴力致使男人最终招架不住，产生恐惧，匆匆离开了这个女人的住所：

背对镜头的男人消沉了：突然害怕起来。他来到了某个他不应该侵犯的边界，不许侵犯的地方：他走开了，离开池塘。……他朝自己那辆小卡车跑去，登上卡车，发动机器，把车开走了。[2]

这里展现的是阴柔的冷峻之美，而对面则是阳刚十足的力量之美上所产生的惧怕，这是男人独有的，阳刚的力量无法抵御阴柔的魔力，男人不知道被什么样力量击中，无法在女人的住所停留下来，男人被排除在女人的住所之外。关于这一点，杜拉斯这样解释：

丈夫、父亲被排除在外，最初并不是这样设想的。也许他离家

---

[1] [法] 玛格丽特·杜拉斯：《纳塔丽·格朗热》，户思社译，上海：上海译文出版社，2014年，第216页。

[2] [法] 玛格丽特·杜拉斯：《纳塔丽·格朗热》，户思社译，上海：上海译文出版社，2014年，第137—138页。

出走了，但是并没有被排除。电影拍摄完毕后，当我在放映厅观看时——在摄制组成员和其他人的陪同下——我发现了这种排除。[1]

这样的排除在后面的场景里表现出作品的精妙之处，读者在不知不觉中进入了单纯的女性空间，虽然这个独属女性的空间两次受到入侵，但是都被它在无形中化解，它反而因为入侵而更强大，积累起来的力量足以驱赶任何入侵，男人无法在这样的空间生存。

紧接着，杜拉斯进一步解释了排除男人的理由：

首先那些场面对男人而言无论如何都不会存在，因为它们要求房子里居住的人有一种最基本的沉默——这样称之吧：身体的沉默——这种活动的延伸（例如她们点火时）与活动所在的时间的延伸相吻合。很难想象男人，两个男人像那些女人一样久久地待在那里，没有缘由，一言不发地在那里点火。[2]

按照杜拉斯的设想："男人的身体就可能成为女人在房间、花园浇铸的障碍。"[3]所以，"这个封闭的空间应该是摆脱了自由的——清除过——所有意识形态中——从词汇的历史意义上讲——压迫性的存在"[4]。在这个封闭的女性空间里，男性必须被排除，丈夫被排除

---

1 [法] 玛格丽特·杜拉斯：《纳塔丽·格朗热》，户思社译，上海：上海译文出版社，2014年，第141页。
2 [法] 玛格丽特·杜拉斯：《纳塔丽·格朗热》，户思社译，上海：上海译文出版社，2014年，第142页。
3 [法] 玛格丽特·杜拉斯：《纳塔丽·格朗热》，户思社译，上海：上海译文出版社，2014年，第143页。
4 [法] 玛格丽特·杜拉斯：《纳塔丽·格朗热》，户思社译，上海：上海译文出版社，2014年，第143—144页。

了，父亲被排除了，推销员被排除了，甚至外边经过这里的男人也感到了排斥力，在住所的魔力面前，他们无法探究里面的秘密，只有逃之夭夭：

> 一个男人用绳子牵着一只守门犬从那里经过。男人和那只狗向我们走过来，从女人的住所门前经过，突然间狗十分恐惧地直起身子，不愿意往前走。它扯着绳子拼命要逃走。牵着狗的男人不明白，看看那座房子，发现大门后面的镜头，试图把狗牵走，没有成功，只好掉头和狗逃走了，就像几分钟前那个推销员一样逃走了，这个女人的住所突然让他害怕。[1]

剧本确实实现了杜拉斯所说的"是对住所之外的所有一切的控诉"。

主题之二：音乐

关于音乐杜拉斯曾经这样说过："我认为音乐中隐藏着完成，隐藏着现在无法接收到的时间。音乐可以让人听到时间，宣告即将来临的时间。音乐让我，怎么说呢？让我震撼，我不敢听音乐，而我年轻的时候敢听。我还是无知少女时，天真无邪，那时就敢听音乐。"[2]

杜拉斯对音乐的偏爱几乎在她所有的作品中都有所表现，无论小说，还是散文或戏剧，杜拉斯对音乐在作品中的作用都会反复斟酌，

---

1 [法] 玛格丽特·杜拉斯：《纳塔丽·格朗热》，户思社译，上海：上海译文出版社，2014年，第139页。
2 Marguerite Duras, Michelle Porte, *Les Lieux de Marguerite Duras*, Les Editions de Minuit, 1977, p. 29.

毫不马虎。她选择的音乐与作品形成了完整的统一体，它们会因为主人公的不同心境而有差异。

《如歌的中板》中，杜拉斯借用了音乐家的作品作为自己小说的标题，通过作品中的爱情主题进一步阐释了自己的爱情观和小说观，音乐和爱情之间的关系如影随形，成为和谐的统一体。爱情如歌，如泣如诉，恰如男女主人公的情感经历，绝望所呈现出的打动人心的琴弦，让人无法忘怀。《纳塔丽·格朗热》也不例外，音乐成为孤独的小姑娘的心灵栖息地，带给她憧憬和希望，任何以世俗的观念去衡量她的人都无法理解音乐在她生命中的位置。音乐的世界里，她如鱼得水，尽情地展示自己被压抑的天性。

> 这一学校的音乐，同时也是车尔尼练习曲，具有双重用途；不但是整部电影的伴奏音乐，而且也是纳塔丽钢琴课后弹奏的乐曲。[1]

纳塔丽与音乐的关系就这样被确定下来，音乐不但是她生命的陪伴，也成为她对这个世界的不公平表示愤怒的工具；音乐始终与狂怒相联系，成为纳塔丽克服狂怒的工具："我，纳塔丽的母亲，我知道只有音乐才能把她从狂暴中解救出来。"[2]

唯一的出路，因为离开学校、离开音乐而被堵死，母亲绝望地为自己的女儿寻找着出路："她喜欢这样：弹奏。她完全沉浸在自己的弹奏中，那七个弹奏不好的音符就是纳塔丽。"[3] 通过弹奏出来的音符，

---

[1] [法] 玛格丽特·杜拉斯：《纳塔丽·格朗热》，户思社译，上海：上海译文出版社，2014年，第32页。
[2] [法] 玛格丽特·杜拉斯：《纳塔丽·格朗热》，户思社译，上海：上海译文出版社，2014年，第35页。
[3] [法] 玛格丽特·杜拉斯：《纳塔丽·格朗热》，户思社译，上海：上海译文出版社，2014年，第115页。

纳塔丽完全忘记了现实世界的不公，也忘记了自己的存在，音乐就这样在短时间里拯救了纳塔丽。

  音乐就是狂暴本身——那种实施在孩子身上的狂暴——它使所有那些互不相干的狂暴最终都互相沟通——以便成为狂暴的全部，高度概括的狂暴。[1]

杜拉斯在1972年年底写给《战斗报》的话中这样说。所以，狂暴的音乐和狂暴的纳塔丽就这样融为一体，无法区分，音乐与电影的关系已经比较清楚地叙述出来，但是，音乐的表现形式却是复杂多变的，它因此呈现给观众的美也是多变的：欢快、狂暴、悠扬、骚动不安、充满力量。

与现实平行的事实

  《纳塔丽·格朗热》表现了这样的事实，纳塔丽·格朗热和伊夫林省的罪犯就是某种现实，杜拉斯沉浸在创作中时，始终没有忘记自己所关注到的现实，也希望表达自己感受到的现实。她对现实的描述绝非直截了当。她写的是一种感觉，一种感受，一种感情，在隐而不发之中传递出一种气息，生活、现实被传递到笔端，传递到字里行间。

  杜拉斯在《纳塔丽·格朗热》里用女性的视角传递这种情感，更加细腻地表现出现实与情感之间的距离，真实的外部世界和内心世界如同作者展示给读者的矛盾心理总也落不到地上，这一点在孩子的母

---

[1] [法] 玛格丽特·杜拉斯：《纳塔丽·格朗热》，户思社译，上海：上海译文出版社，2014年，第149—150页。

亲伊莎贝尔身上表现得特别明显："镜头很近，照着伊莎贝尔的上半身，她盯着德勒森林，始终不忧愁，也不欢快。心系森林。"[1]

身处女性的住所，心中牵挂的却是森林里逃窜的少年犯，因为同样被社会抛弃的纳塔丽和少年犯，住所和森林之间产生了关联性和相似性。母亲的牵挂就自然而然地落在他们身上，德勒森林也因此让她魂系梦牵，无法放下。

伊莎贝尔这种无所事事、心不在焉的情绪在她的每一个动作里体现出来，但是常常会在不经意间流露出母亲对女儿的深情，她内心的痛苦也恰恰体现了对女儿的关爱，这种交织着爱与痛苦的扭曲心理通过她的行为和表情传递出来：

> 伊莎贝尔·格朗热把罩衫放在自己脸上，眼睛里充满了对孩子的爱，十分可怕，同样也因为生养出这样的孩子而感到痛苦，痛苦的样子也很可怕。[2]

只有女性才能细腻地表达内心的这种矛盾，没有话语，只有影像，寂静之中的情感流露深深地刺中了每一个人心里的痛点，此时此刻，我们真不知道如何去表达自己内心的声音。伊莎贝尔·格朗热对女儿的担心和深情成为电影里最感人的场面：

> 纳塔丽靠在墙边，背对镜头看着那场面。她一动不动，完全被吸引，看着她被排除在外的游戏。镜头又后退了两米，发现纳

---

[1] [法]玛格丽特·杜拉斯：《纳塔丽·格朗热》，户思社译，上海：上海译文出版社，2014年，第44页。

[2] [法]玛格丽特·杜拉斯：《纳塔丽·格朗热》，户思社译，上海：上海译文出版社，2014年，第62页。

塔丽的背后，同样背对我们的是母亲。她看着自己的孩子。[1]

女友和另外一个女儿洛朗斯欢快地泛舟在池塘的水面上，享受着沉静的愉悦，纳塔丽则习惯性地甘愿被排除在这种快乐之外，母亲不知道如何去拯救自己的女儿，既不想伤害到她，也不想打断这种沉静，只能在身后默默地看着女儿，心与女儿在一起，分担她的痛苦。

杜拉斯在谈到这部电影时这样说：

> 电影中我喜欢的场面如下：影像淹没在覆盖池塘的废弃物和枯叶上。……有两个人在割池塘里的水草，纳塔丽在看他们，而母亲则在看纳塔丽看着佳娜和姐姐在割池塘里的水草。母亲看自己的孩子纳塔丽，她可以看，因为池塘里的景象使纳塔丽沉醉。我认为，从词语、从电影的所有意义上讲，这都是最深刻的设计。[2]

只有身为女性的母亲才会从内心深处散发出这种情绪，也才会产生强大的召唤能力，在女友身上，在女性的住所，甚至在住所之外焕发出深厚的内力。

> 我们看到整个房间，漂亮，舒适。一切都好像凝固了，女人们定在那里，没有悲哀，也没有欢乐。两个女人中的一个好像正在分娩着某种东西，某种策动不和的东西，她们被动地观看着……[3]

---

[1] [法]玛格丽特·杜拉斯：《纳塔丽·格朗热》，户思社译，上海：上海译文出版社，2014年，第107页。

[2] Marguerite Duras, *La Couleur des mots. Entretiens avec Dominique Noguez*, Edition critique Benooît Jacob, 2001, Paris, p. 38.

[3] [法]玛格丽特·杜拉斯：《纳塔丽·格朗热》，户思社译，上海：上海译文出版社，2014年，第118页。

女人在女性的住所里分娩出无法用悲哀和欢乐定义的东西，家庭与社会的不和，家庭面对社会时的无奈，母亲内心深处的唯一呐喊就是用自己的母语喊出"Non posso vedere mia figlia"（我不能见我的女儿），这是多么绝望的呐喊，骨肉分离的苦楚从内心深处发出。深藏在人物中间的悄然无声的行为和微妙的心理变化不但在伊莎贝尔·格朗热身上体现出来，而且也通过女友的感受从侧面反映出来。这种感觉在不同的人物之间反复穿梭，在不同的空间反复传递，然而却无法爆发出来：

> 女友不再缝补，把活计放在膝盖上，头仰靠着扶手椅背，听着街上的脚步声，好像在倾听另一个女人伊莎贝尔·格朗热的痛苦。把这里所感受到的同一件事情传过去，那边就接收到了。大街上的脚步声把房屋的两端连接起来。随着脚步声，女友好像捕捉到了整座房屋的呼吸，她就像溺水的女人在寻求氧气，睁大双眼倾听着。[1]

《孩子们》《夏雨》中的母亲也一样，她们如同溺水的女人在寻求氧气，渴望得到救助。那些被排除在社会之外的孩子的命运如出一辙，让读者放心不下，他们的身影始终萦绕在脑海，无法驱赶。

因此，读者需要静下心来，寻找那散落在字里行间而又始终不散、始终凝聚的精神。那股精神在封闭的空间里不愿散去，它时而随着伊莎贝尔·格朗热漫步在花园的浓雾中，时而随着女友泛舟在池塘的水面，时而随着钢琴曲奏响。它始终犹如杜拉斯的幽灵一般缠绕在

---

[1] [法] 玛格丽特·杜拉斯：《纳塔丽·格朗热》，户思社译，上海：上海译文出版社，2014年，第62—63页。

文字之间，缠绕在作品之中，又通过文字和作品反射在读者的心灵中。诚如杜拉斯所说：

> 伊莎贝尔·格朗热的担忧，就是我们的担忧。当她谈起孩子的痛苦时，我们也能感知在相同情况下我们所说的话。我们知道在我们发明生活的同时，也发明了死亡。因为我们发明了会死亡的事物，所以也就发明了痛苦。[1]

一叶可以知秋，一种感觉可以领会一部作品。社会的、个人的，搅拌着痛苦与艰辛、愉悦与轻松的生命体验皆经过森林中的落叶、池塘的浮草，母亲悄然无声的脚步、哀怨的眼神和无助的举止透着弹奏者狂暴的音乐，皆化作了杜拉斯饱蘸着情感的文字。即便是在语言的丛林里，文字的空隙处也缭绕着杜拉斯感情的薄雾。行走其中，会有一股清新、一股空洞沁人心脾。既不能伸手触摸，也不能张眼去看，只能凭借心灵深处涌出的生命之情去感受、拥抱，也许才可以捕捉到某些珍贵的文字符号及其所承载的丰富情感。

四、影像与话语重叠交错的叙述承载体《卡车》——电影剧本《卡车》的解读

《卡车》是玛格丽特·杜拉斯自编自导的、一开始就让人难以适应的电影，观众无法适应，评论界也无所适从。在谈到这部电影时，多米尼克·诺盖曾经这样问杜拉斯：

---

[1] Marguerite Duras, *La Couleur des mots. Entretiens avec Dominique Noguez*, Edition critique Benooît Jacob, 2001, Paris, p. 48.

"1976年,你拍摄了《她的名字叫威尼斯》,1977年拍摄了《卡车》。从某种程度上讲,这部电影确实与众不同。你拍摄这部电影,是故意要与其他电影作对吗?"

"不是,我是冒着遭受失败的危险,在不断前行的幸福中拍摄这部电影的。"[1]

不断前行的幸福和不断前行的卡车是这部电影的主题,让杜拉斯感动幸福的恰恰就是这反复出现的卡车,时间和空间就这样被演绎着。

作者(导演)、叙述者、主人公

这是一部叙述的电影,叙述人是德帕迪约和杜拉斯,他们在叙述一位搭乘卡车的女人的故事,卡车司机和搭乘卡车的女人分别由德帕迪约和杜拉斯扮演,让人惊奇的是杜拉斯自己终于以叙述者和演员的身份进入了电影,叙述者、作者和主人公之间的关系好像被确立下来。

导演和作者的叙述确立了这样的格式,也确定了这部电影的基调:

从十二号国家公路前往(伊夫林省)蓬查特兰。到达一座广场,卡车在那里。萨维姆牌三十二吨货车。蓝色。带拖车。停着。……

卡车停在那里。发动机正对着我们。卡车发动了。向我们开

---

[1] Marguerite Duras, *La Couleur des mots. Entretiens avec Dominique Noguez*, Edition critique Benooît Jacob, 2001, Paris, p. 133.

过来,然后转弯。轮子驶过银幕。卡车消逝。又在圆形广场出现。消失。空广场。

  影片开始。[1]

  杜拉斯没有延续前面几部电影的叙述方式,明确地区分影像与声音,试图把两者混在一起,给人以真正的电影的印象。影像以非常简单的形式出现,这种单调的叙述方式让观众非常不适,他们期待能够从声音中获得有意义的情节,声音的叙述者,在这部电影里就是德帕迪约和杜拉斯,影像和声音以这种方式组合,连他们自己都不敢确定这就是电影,这样的疑问也出现在电影里,成为电影的一部分。

  德帕迪约:
  这是一部电影?
  杜拉斯:
  这原本是一部电影。
  (停顿)
  不错,这是一部电影。[2]

  作者用条件式营造出虚构的想象,产生了独特的效果,现实和电影突然之间被混为一谈,在迷茫的虚境中,坐在黑色房间的杜拉斯和德帕迪约是电影的主人公,像游戏中的小孩一样扮演起某种角色,成为电影的一部分,德帕迪约扮演卡车司机,杜拉斯扮演搭乘卡车的女人,他们真的进入角色。同时他们还是电影的叙述者,他们在叙述那

---

1 [法]玛格丽特·杜拉斯:《卡车》,马振骋译,上海:上海译文出版社,2009年,第3—4页。
2 [法]玛格丽特·杜拉斯:《卡车》,马振骋译,上海:上海译文出版社,2009年,第6页。

个卡车司机以及搭乘卡车的女人的故事,电影的空间就这样被打开。在这个封闭的叙述文本之中,电影的语言和影像反复地冲击和割裂着这个空间,使之支离破碎,难以为继。叙述者告诉观众说卡车又出现了,然后又消逝了,这样的反复,不是简单的重复。电影语言重现时,卡车好像穿越了观众看不见的空间,但是叙述者已经预先宣布了这样的穿越,因此,影像的电影在话语之间继续,既为影像留出合理的空间,又延续着话语的电影,这时的叙述者又转换成剧本的作者或者导演:

> 音乐(迪亚贝利主题)。
> 横移镜头。
> 连绵不断的仓库、大型超市、广告牌。近景中有卡车交错而过。[1]

卡车成为影像电影中的符号,反复出现、穿越、消失,作者以此确立并强化时间概念。影像也因此成为一种循环,在文字的叙述上也非常有趣:

> 横移镜头,第一次横移镜头的继续。连绵不断的仓库、大型超市、广告牌。近景中有卡车交错而过。
> 音乐。[2]

镜头的横移和反复不但强化了空间概念,更增加了时间概念,是"第一次横移镜头的继续"的重复,音乐好像也被镜头穿越了,时间

---

[1] [法]玛格丽特·杜拉斯:《卡车》,马振骋译,上海:上海译文出版社,2009年,第7页。
[2] [法]玛格丽特·杜拉斯:《卡车》,马振骋译,上海:上海译文出版社,2009年,第12页。

概念非常明显。影像的电影在重复之中延伸着话语的空间和能指，也延伸着时间。影像第三次出现的时候，已经夜幕降临，这时观众看到的是：

> 远处是用于移民规划的空地。没有一棵树。一片荒地。荒地中央是铺面占好几公顷、灯火通明的欧尚超市。
> 音乐。[1]

影像的电影在这里仅仅作为电影里最微不足道的场景，用来表达时间流逝，空间转换，是话语电影的背景。既然电影包括话语也包括影像，那么杜拉斯为什么不用影像同期声的方法叙述电影，而要通过影像和话语叙述的形式表现出来，其中既有客观原因，也有主观追求创新的努力。杜拉斯在与米歇尔·波尔特的访谈录中谈到了其中的原因：

> 第一阶段有一个女演员，我想到了两位大演员，西蒙娜·西尼奥雷和苏珊·弗隆。她们那时候没空。这倒给了我重新思考的时间。……最初我觉得我出现在影片中是不可能的。她们能演的东西我演不了，因为我是写本子的人，不是演员。第二阶段，我想既然苏珊·弗隆和西蒙娜·西尼奥雷她们没有空，那就由我来演这部影片吧。[2]

杜拉斯在影片中出现的想法让她彻底改变了最初的拍摄计划，要拍摄的电影也随之发生变化。因为演员档期和天气寒冷等客观因素，

---

[1] [法] 玛格丽特·杜拉斯：《卡车》，马振骋译，上海：上海译文出版社，2009年，第15页。
[2] [法] 玛格丽特·杜拉斯：《卡车》，马振骋译，上海：上海译文出版社，2009年，第87—88页。

原本打算的影视同期声变为影像和话语叙述。话语的电影在摄影棚进行，德帕迪约和杜拉斯开始在摄影棚录制话语的电影，他们的对话与影像中的卡车司机和搭车的女人有关，影像的电影与话语的电影产生了交集，影像中的卡车司机和搭车的女人摇身一变成为话语电影中的叙述者，影像中的主角和话语中的叙述者的边界模糊了，复式结构从叙事的视角清晰地呈现出来。作者—叙述者—主人公这一看似是同一个人却扮演不同角色的普鲁斯特式的叙事模式被杜拉斯移植到电影里，话语的叙述者和影像中主人公的扮演者都是德帕迪约和杜拉斯，这样的安排不仅有偶发的客观原因，也有杜拉斯变革叙事模式所做的努力，彻底改变了电影的固有模式，打破了人们的思维习惯，也使杜拉斯如释重负，感觉到从未有过的轻松：

> 这都是夜里发生的，有一天晚上我睡不着，我对自己说：这部影片我不拍了，我去念——想到这个主意时我完全解放了——这就是说一部原本要拍的影片改由我来念。幸运的是我对德帕迪约说起时，他一下子就懂了。[1]

杜拉斯和德帕迪约在话语电影里成了叙述者，但是这样的叙述者好像在电影里还扮演着角色，既是叙述者，也是演员，这种看似不是表演的电影才让杜拉斯放下包袱，真正进入完全放松的状态。德帕迪约开着卡车出现了，杜拉斯所扮演的搭车女人也出现了，她要搭乘卡车去看自己的女儿，因此电影的革命完成了。影像和话语交织在一起，演员和叙述者被混淆。叙述者成为电影的主角，他们叙述的故事

---

[1] [法] 玛格丽特·杜拉斯：《卡车》，马振骋译，上海：上海译文出版社，2009年，第88—89页。

穿插在影像之中，与影像一起完成这部独特的电影。

但是这种叙述是随心所欲、漫无目的的，所到之处尽是词语与生活的契合，没有枯燥无味的词语，尽是鲜活的、即席的来自生活或者来自感觉的词语。与她合作的演员德帕迪约对此赞不绝口，他对她写道：

> 你有着既痛苦又确切的调子，使用准确的词语，即你用自己的情绪使其变得生气勃勃的词语。一个知识分子会说出自己的想法，而你则凭自己的感觉行事。你同知识分子恰恰相反。你曾是一个爱恋的女人，一个笑过、享乐过和痛苦过的冒险家。[1]

"爱恋的女人""笑过、享乐过和痛苦过的冒险家"既是杜拉斯在生活的角色，也是她在电影和话语中的角色，"冒险家"体验的是突破叙事边界的新奇所带来的快乐，话语和影像在神奇的探险中交替呈现着难以言状的快感，让杜拉斯不忍放弃。

影像里的女人、故事的叙述者和作为导演的杜拉斯完美对接，她们之间有了许多相似之处，杜拉斯认为自己没有身份，没有国籍，没有面孔，她在电影里扮演的这个女人也一样，不知道自己身处何方，也不知道自己的身份。

杜拉斯曾被说服，同意亲自担任《卡车》中的女主角。她描述的这位女流浪者，"矮小，头发灰白，平庸，但气质中却有一种不引人注目的高贵"。那就是她自己。在她所有的作品中，这是第

---

[1] [法] 克里斯蒂安娜·布洛–拉巴雷尔：《杜拉斯传》，徐和瑾译，桂林：漓江出版社，1997年，第3页。

一次也是唯一的一次，主人公是她自己的写照。"这个妇女，原型也许就是我，我希望当这种人。"她说。[1]

这种渴望应该是发自内心，却绝不是她对过一把表演瘾的渴望，而是希望通过这样的设计使导演、叙述者和表演者的身份产生重叠，让他们之间的界限变得模糊。杜拉斯一直渴望用文字表达生活的真实，换句话说，她希望能够同时表达生活的真实、文字的真实和影像的真实，这些真实被完美地结合在电影里这两个最具象征意义的人身上。文学史上曾经有过的仿照古人还是表现生活的争论轻而易举地被杜拉斯绕过，文字、影像就是生活，与生活一样真实，活生生的来自生活的真实就这样即席地被杜拉斯呈现出来，偶发的影像、情绪化的话语表达着即时的真实生活。

她本人成了影片中的女演员，《卡车》的小妇女，另一个模样的女乞丐，"既不知道自己在哪里，也不知道自己是谁"。[2]

影像里的演员身份并不重要，它其实就是客观存在，以影像的形式表现出来，叙述者用话语的方式反复解读影像里演员的身份。因此，影像和话语之间产生了默契，形成了契合：

这时她开始谈论自己。
她说她开始认出来了……她认出了看到的东西……

---

[1] [法] 弗莱德里克·勒贝莱：《杜拉斯生前的岁月》，方仁杰译，深圳：海天出版社，1999年，第321页。
[2] [法] 阿兰·维尔德贡莱：《玛格丽特·杜拉斯：真相与传奇》，胡小跃译，北京：作家出版社，2007年，第169页。

这条公路……

　　这个地区……

　　这些房屋……

　　这些人……

　　这个存在……

　　这个色彩……

　　这份寒冷……[1]

叙述者用话语叙述出演员看到的一切。话语以画外音的方式表现了影像的内容，话语和影像之间有了一种融合，这种融合自然到不留任何痕迹。演员和叙述者的身份再次重叠和被确认，同时关于电影的疑问也被暗示出来，影像和话语互相侵入对方领地，是取长补短抑或是一起毁灭？影像和话语均无法给出确切答案。

现实与虚构的碰撞和交融

　　她想让电影重新恢复说话的功能，在她之前，电影一直是图像的囚徒。她把这种语言和"流动的图像，伊夫林人的图像"搬上舞台。摄影机经过"语言大道"时抓住了路边看到的一切。不再表演故事，她根据情况创造电影。[2]

　　摄影机不再是影像的追逐者，而成为话语的捕捉者，杜拉斯曾经用"话语的高速公路"形容作者与话语的关系，写作是只知道起点，

---

[1] [法] 玛格丽特·杜拉斯：《卡车》，马振骋译，上海：上海译文出版社，2009年，第25页。
[2] [法] 阿兰·维尔德贡莱：《玛格丽特·杜拉斯：真相与传奇》，胡小跃译，北京：作家出版社，2007年，第169页。

不知道终点的工作，话语有自己独立的轨道，一旦出发就会自动前行，作者根本无法控制它的前进方向，也无法预知终点在何处。

> 走上高速公路，话语的大道，任何特殊的地点我都不停留。不同方向，也无所往，不是从所知或不知的既定出发点出发，在纷纭嘈杂的话语中，全凭偶然，走到哪里算哪里。[1]

偶发让话语具备了十足的现代性，所到之处，展现的都是偶遇的事件，事件与话语发生重叠。如同超现实主义领袖布勒东强调的自动写作，话语其实是作者本能的驱使，它就像书写一样表现的是最为真实的超越现实的内心活动。恰恰因为作品的无法预知性，才会让读者的期待无法固定，偶发性和随意性凸显了美学的现代性。

杜拉斯在《卡车》中做出了大胆的尝试，摄影机在捕捉话语符号，话语在寻觅影像符号，两者之间的交错创造了影像和话语的独特真实，呈现在我们面前。其实让人吃惊的不仅仅是导演（作者）、叙述者和主人公之间的混淆，而是导演（作者）通过各种手法使之颠倒、混淆和模糊，不是"表演电影"，而是"根据情况创造电影"。一开始，就通过两位叙述者的对话确定现实与想象之间的模糊不清的界限。

德帕迪约：
这是一部电影？
杜拉斯：
这原本是一部电影。

---

1 [法] 玛格丽特·杜拉斯：《物质生活》，王道乾译，上海：上海译文出版社，2007年，第9页。

（停顿）

不错，这是一部电影。[1]

话语的电影以两位叙述者问答的对话形式展开，这样的对话以事实而非虚构的场景为依据，叙述者德帕迪约以疑问句开始，表示了对电影概念本身的怀疑，这样的怀疑其实就是德帕迪约的疑问，因为他确实不知道这是否是电影。"这原本是一部电影"，杜拉斯的回答看似确定，却不完全肯定，有点犹豫，但是这种犹豫马上就被纠正。"不错，这是一部电影。"从怀疑（用疑问句的形式表现出来）到不完全确定（用条件式表现出来），到最后确定（用直陈式现在时表现出来）。杜拉斯在这里好像对此爱不释手，从疑问开始，然后以假设给予肯定答复，最后确定事实，表达真实，必然落脚在真实之上：

她可以谈到许多东西……她谈到火星。她说：您看见了吗？月球上什么也没有。火星上，什么也没有。[2]

虚构就这样渐渐地过渡到现实上，这样的过渡完全让观众察觉不到概念和时态的变化，也完全让虚构融入了现实。杜拉斯以这样的方式创造电影，虚构并不虚，真实也不完全实，虚和实之间的边际异常模糊，为读者提高了无垠的想象空间。这种形式不论是夸张，抑或是作者的故意为之，杜拉斯对此自有说法。她在《卡车》的题记里使用著名语法学家莫里斯·格雷维斯关于条件式的论述，特意提到条件式和直陈式的关系。

---

1 [法] 玛格丽特·杜拉斯：《卡车》，马振骋译，上海：上海译文出版社，2009年，第6页。
2 [法] 玛格丽特·杜拉斯：《卡车》，马振骋译，上海：上海译文出版社，2009年，第17—18页。

传统上，把条件式看成一种语式。也可以认为条件式实际上是直陈式的一种（假设性将来）时态。

条件式，就其本意而言，表示一件或然的或不真实的事，这事的实现乃是某个假设、某个条件形成的结果。

（条件式也用来）表示一种单纯的想象，似乎把事件转移至虚构领域（尤其是儿童在玩游戏编故事时使用的先导性条件式）[1]

想象和虚构通过语式的反复转换表现出来，让读者置身于真实与虚构之间，《卡车》通过条件式与直陈式的转化，反复强调和预示想象与现实之间的等同关系。想象的世界和现实的世界完全在影像和叙述中等同了，杜拉斯反复地强调这种等同关系：

就这样，通过我自身的努力，我在电影里得到了自信。之前，我与我的书一起在书中表现出了这种自信，但是还没有在电影里表现出来。《卡车》里，我完全得到了这种自信。我与我的书是平等的。我是说：与我写作时的节奏是统一的。[2]

《卡车》的影像和文字表达的是现实的真实，同时，它们也是独立存在的真实，与写作一样，保持着捕捉真实、表达情感的自信，无论叙述者或者人物是杜拉斯还是其他人，他们均是他者，既符合虚构的需要，也符合叙事的需要，德帕迪约和杜拉斯一样，以这样的形象出现在书中，与写作和文字保持着相同的节奏。读者和作者之间最大的矛盾就是区分和混淆的矛盾，读者极力区分不同人物和角色，作者

---

[1] [法]玛格丽特·杜拉斯：《卡车》，马振骋译，上海：上海译文出版社，2009年，第1页。
[2] Marguerite Duras, *La Couleur des mots. Entretiens avec Dominique Noguez,* Edition critique Benooît Jacob, 2001, Paris, p. 134.

试图把他们统一在同一个人身上。

当多米尼克·诺盖问到叙述者德帕迪约是否就是卡车司机时，杜拉斯的回答依然是模糊和充满想象的：

> 多·诺：德帕迪约应该是卡车司机吗？
> 玛·杜：是的，但是在电影里更是我托付故事的人。想象的故事毕竟是通过德帕迪约表现的。我说我所看到的。然后我叙述出来，我再转述给德帕迪约。我没有通过屏幕转述，而是转述给一个男人。转述给那个人，他就在那里。这个人就是德帕迪约。这个人有可能是卡车司机，但实际上完全是假卡车司机。而且，这一点在他身上，在电影里的所有细节中都表现出来。[1]

德帕迪约，这个真实的电影演员在这里被虚构成卡车司机，同时他也和杜拉斯一样成为故事的叙述者，在他叙述的故事中德帕迪约却是真实人物，与杜拉斯一起表现叙述内容，现实与虚构之间的等同关系就这样被确定下来。杜拉斯所使用的条件式现在时、直陈式现在时、直接和间接引语不断把读者、把观众引入虚构的故事中，又通过叙述把他们拉回现实，虚构与现实之间的界限越来越模糊，越来越等同为同样的人物和节奏，影像、人物和叙述之间的交融让杜拉斯心花怒放，让读者和观众无所适从。不同的阅读规约让不同的人对这样的作品产生了截然相反的结论，其实这样的理解完全属于阅读习惯的差异，欣赏也好，误解也罢，杜拉斯对此有着自己的解读和看法。戛纳电影节上的争议让杜拉斯愤愤不平，她甚至尖刻

---

1 Marguerite Duras, *La Couleur des mots. Entretiens avec Dominique Noguez*, Edition critique Benooît Jacob, 2001, Paris, p. 137.

地批评起那些离场的观众。

《卡车》也对观众做出区分。我从中发现了哪些人愚蠢，哪些人聪明，太明显了。一些人，怒气冲冲的人离开了夏纳电影节的放映厅，另外一些人则过来拥抱我。[1]

观众的态度和反应恰好说明电影既有让人争议的地方，也有让人欣赏的地方，创新还是守旧，杜拉斯毫不犹豫地选择了前者，但是这种她最为自鸣得意的地方却无人喝彩，她觉得无法接受。

电影的主题之一：政治

杜拉斯很少在自己的作品中直接谈论政治，但是她的许多重要作品与政治相关，用她自己的话讲，《副领事》是一部关于政治的作品。"这是一部始终能使我心动的小说。是一部政治小说。是本世纪最伟大的小说之一。人们不愿意理解它，其实他们也无法理解。"[2]

这样一部关于政治的小说在杜拉斯的心里占据着重要地位，杜拉斯与政治的关系也难以剥离，所以她常常按捺不住内心的情绪，写出关于政治的作品。

殖民主义带给人的心灵扭曲、文化冲突和文化悬空，让副领事、恒河女子和大使夫人等走向了毁灭，他们在《副领事》中以杜拉斯式的方式，给读者留下了悲怆形象，产生了毁灭美学的巨大冲击，让人

---

1 Marguerite Duras, *La Couleur des mots. Entretiens avec Dominique Noguez*, Edition critique Benooît Jacob, 2001, Paris, p. 134.
2 [法] 玛格丽特·杜拉斯：《写作》，曹德明译，沈阳：春风文艺出版社，2000年，第8页。

无法释怀。人们对物质的唯一渴望和追求让自己成为自我的掘墓人，表达这样的主题成了杜拉斯最大的牵挂，也成了最大的政治。这样的叙述其实并不直接，而是通过几个典型人物形象，间接地表达了最大的政治：社会不公所造成的最大伤害在杜拉斯看来就是最大的政治，所以她才会三番五次地直接间接地表现这样的主题。《卡车》就赤裸裸地谈论起政治。

> 她利用电影来回忆她的革命经历。首先是共产主义，正如她所说的那样，由于她在叙述方面的要求，反资本主义，希望有代表性，所以她想区分于商业电影。[1]

杜拉斯深知资本的魅力，也亲身经历了资本给她和母亲造成的伤害，对资本的痛恨常常会在文字中表现出来。当人们生活在20世纪70年代这样的悲观时期，对幸福的追求和绝望成了人们心里的普遍情绪，所以《卡车》就成了她实现自己政治理想和抱负的重要舞台，毁灭与重建依然是她心中最大的心愿和理想，也让她多多少少触及心中最大的苦痛，因此叙述者反复转述的句子就是："让世界走向毁灭，这是唯一的政治。"[2]

"唯一的政治"杜拉斯曾经说到过，那就是《副领事》，杜拉斯极力回避政治，却又三番五次地涉及政治，表达自己的态度和希望，走向毁灭，这个世界才公平，所幸的是她没有使用纯粹的政治语言，而是运用文学的语言诉说自己的渴望，虚构中的现实魅力无穷。电影中这个上了年纪的搭车女人的话继续被叙述者转述着：

---

[1] [法] 阿兰·维尔贡德莱：《玛格丽特·杜拉斯：真相与传奇》，胡小跃译，北京：作家出版社，2007年，第159页。
[2] [法] 玛格丽特·杜拉斯：《卡车》，马振骋译，上海：上海译文出版社，2009年，第20页。

> 她说这些词：无产者……工人阶级……
>
> 她说：现在他们会说出谁是剥削他们的人……压迫他们的人……他们会读书……会写字……
>
> ……
>
> 是的，他们对自己有了广泛的了解……她说：多大的进步……[1]

在两位叙述者转述的主人公的对话之中，读者或者观众隐隐约约地窥视到这类人物的命运：卡车司机和上了年纪的搭车女人。绝望中的人物在无奈和枯燥的旅途中寻求着对自身命运的突破，也许想象中的爱情会带给他们希望。杜拉斯在她与米歇尔·波尔特的访谈中特意提到了她对政治的渴望：

> 我相信政治乌托邦……这是乌托邦在推动左派思想，即使它失败。六八年失败了，但它使左派思想跨前了神奇的一步，我们很长时间以来把这种理念称之为共产主义的要求，然而它在与现实的融合中没有任何实际含义。只有去进行尝试，即使尝试是为失败而进行的。即使失败了，也唯有它们推动着革命思想。好像诗推动爱情。一切相互依存。诗，真正的诗，没有不革命的。[2]

所以《卡车》中的男女希冀世界走向毁灭，毁灭之后才能重建，他们希望重建是对自己乌托邦的重建，曾经属于自己的爱情，革命是唯一的手段和途径，那个已经逝去但是又在广岛复活的爱情飘然而

---

1 [法] 玛格丽特·杜拉斯：《卡车》，马振骋译，上海：上海译文出版社，2009年，第26页。
2 [法] 玛格丽特·杜拉斯：《卡车》，马振骋译，上海：上海译文出版社，2009年，第113页。

至，来到了这两个被相对密封在卡车中的男女之间，话语的过渡是那么自然，没有留下任何不适，在话语的过度和空白处，物质的贫瘠变成了精神的绝望，政治转向爱情，真正的诗如期而至，在爱情乐园滋生成长。

电影的主题之二：爱情

爱情是那么无声无息，难以捕捉，却飘荡着挥之不去的灵魂，穿插在杜拉斯的作品之中，过渡和空白处，依稀窥视到了杜拉斯所特有的希冀和绝望。卡车的反复出现以及出现之后所呈现的背景变化，其实就是在强调话语的过渡和空白，反复之中所嵌入的话语补充着影像无法完成的任务，间接引语的使用又产生了某种间离效果，使读者重新产生了进入书写世界的感觉。

> 她说：无产者应该消失，他们又拒绝消失。
> 杜拉斯：
> 啊，我以前年轻的时候……
> 德帕迪约：
> 广岛……广岛……
> 杜拉斯：
> 是的，她那时愿意为爱情而死。
> 德帕迪约：
> 她确是为爱情而死的。
> 杜拉斯：
> 是的。
> 然后，她的一生过完了。
> 她等待了十年，二十年，三十年。

一百年。

她的一生过完了。[1]

政治转入了爱情，广岛为读者打开了其他空间，提供了其他文本，互文性增加了解读的难度，《广岛之恋》与这里提及的女子之间是否有关联，年轻时的爱情是否延续至今？那个曾经轰轰烈烈的爱情故事，曾经在纳维尔逝去、在广岛复活了的爱情是否就是他们叙述的主题？错觉产生，时空错位，这种无意间的故意让读者陷入幻影的现实之中，迷茫而又沉醉。卡车里的男女，作者？叙述者？主人公也许就是叫杜拉斯和德帕迪约的人，他们对广岛的故事了如指掌。广岛为读者、为处在困境中的卡车里的女人打开了想象之门。但是广岛的故事是否就是这位上了年纪的女人的故事，甚至说就是杜拉斯的故事，叙述中留下了无垠的想象，互文之间的空间必须依靠对杜拉斯作品的阅读才可能完成。

"重要的不是强调言语的过渡，而是接受言语和过渡——在言语中理解过渡，以便同它们表现的真实切近。"[2] 这里叙述的是谁的爱情故事，抽象的人物如同能指一样彰显着无限可能，广岛、恒河、湄公河的爱情故事均有可能，它们拥有相同的名字：绝望。他，卡车司机，她，搭车的女人在讲述着相同的故事，不同的故事？绝望的爱情在这里继续着，没有人知道最后的结局。

德帕迪约：

她是谁？

杜拉斯：

---

1 [法] 玛格丽特·杜拉斯：《卡车》，马振骋译，上海：上海译文出版社，2009 年，第 27 页。
2 [法] 克里斯蒂安娜·布洛-拉巴雷尔：《杜拉斯传》，徐和瑾译，桂林：漓江出版社，1997 年，第 1 页。

谁?

德帕迪约:

那位女士,搭车的女士。

杜拉斯:

落魄的人。

知道的只有这点。

静默

德帕迪约:

她为什么哭了?

杜拉斯:

这段爱情故事。她可能有过的爱情故事。

她的身体也是他的身体,日日夜夜不分离——跟自己的身体。

德帕迪约:

与谁?

杜拉斯:

二十亿男人。[1]

杜拉斯作品中所有关于爱的故事在这里具象化为搭车女人的故事,曾经的爱情在杜拉斯的笔下继续,这一次通过银幕上的画面,通过穿越画面的对话向时空中拓展,影像和话语成为这里的主宰,影像和话语也重叠交错在一起,无法区分,她的身体和他的身体此时此刻也融合在搭车女人的身上。她和他可以是《副领事》中的大使夫人和副领事,可以是《劳儿之劫》中的劳儿和离她而去的男人,也可以是《广岛之恋》中的法国少女和德国士兵,他们无法归类,成为这部作

---

[1] [法] 玛格丽特·杜拉斯:《卡车》,马振骋译,上海:上海译文出版社,2009年,第28页。

品中唯一的一个,成为暗室里闪现出来的一缕亮光,照射在白纸上。

　　这是一个穿插在影像和话语上的点,这个点上辐射到的是文本和话语,也捕捉到了话语间的绝望和无奈。这种绝望和无奈不但有对爱情的绝望,也有对生活的无奈。《抵挡太平洋的堤坝》《伊甸园影院》中的母亲是多么无助,最后只好离开那个绝望之地。不但《广岛之恋》的不朽爱情在对话中闪现,《长相思》中的女主人公的绝望,《副领事》中的副领事在荒漠之中的尖叫所带来的震撼也在延续。躯体的融合呼唤着灵魂的默契,拒绝任何形式的分离,爱因此让人哭泣,无果而终的爱情因此让人感受到某种疼痛。

　　　　她说:我可以爱。
　　　　爱上您。
　　　　爱。
　　　　任何时刻。
　　　　叫喊。
　　　　爱。
　　　　亚伯拉罕。或者您。
　　　　一切。
　　　　或者什么都不爱。
　　　　(停顿)
　　　　都不爱
　　　　……
　　　　杜拉斯:
　　　　在这里她要求下车。[1]

---

[1] [法] 玛格丽特·杜拉斯:《卡车》,马振骋译,上海:上海译文出版社,2009年,第63—64页。

爱到这里无疾而终，留在心中的疼痛却没有随着这位绝望的女人的离去而消逝。爱的对象可以是任意他者，如同兰波所说的他者一样，读者无法确定这个人会是谁？您，对面的这位男子，亚伯拉罕可以是任何人，想象在无限延伸，女人突然间失去了目标，下车走向远方，未知的地平线有悲伤和无奈，也有憧憬和希望，一切就终止在这里。每个人都可以为她想象难以确定的未来，惋惜感叹萦绕周围。

《卡车》之所以能受人称道，在于杜拉斯的创新，形式和语言的创新被推向了极致。杜拉斯故意要摧毁现存的一切："让世界走向毁灭。"走向毁灭才能获得新生，《毁灭吧，她说》诉说着杜拉斯的某种需求，暴力让人不敢企及，《卡车》远去了，留下了终于可以缓口气的观众，无所适从的他们只能向逝去的《卡车》挥挥手，道声珍重和再见。同时心里却偷偷地希冀着一个美好的结果，魁梧的卡车司机和小脚板的搭车女人一高一低地消逝在远方的地平线。

五、从《音乐之一》到《音乐之二》

只要爱还存在，只要爱还没有泯灭，杜拉斯就会创造出激情四射的文字，杜拉斯就会焕发青春的热情，杜拉斯是爱的源泉，杜拉斯心里明白如何去寻回失去的读者，只要她笔下的激情依旧，她就依然还是那个杜拉斯。请看她在《解放报》上为纪念那个英年早逝的女演员巴斯卡儿·奥日尔所发表的公开信："二十四岁的永恒，巴斯卡儿依旧生活在我们心中。我们每天都会更深刻地体会到死亡是怎样去寻求自己的猎物。"

自从和雷乃合作之后，杜拉斯一直希望拍摄一部自己的电影，脱离了物质，也就是说不用质感的故事去支撑，1966年她在接受采访时就说出了自己的渴望。

我对电影中物质的一面感到厌倦。我害怕这个，对物的迷恋。我想拍一部戏剧电影。如果您愿意，也可以说是电影戏剧。比《广岛》走得更远。《广岛》的反面，朴素，空无一物。一部以对白为主的影片……人们还不敢拍以对白为主的影片。[1]

尽管人们还在津津乐道地谈论着《情人》，还在怀疑其最后的结尾是否真实，杜拉斯的中国情人是否在几十年后来到巴黎，打电话告诉杜拉斯他依然爱着她。总之那幻想和现实交汇着的书本已经成为杜拉斯永远的过去。尽管子夜出版社在1985年4月在《世界报》上用一整版的篇幅发表了《情人》从开始到杜拉斯上"顿"节目后，以及获得龚古尔文学奖后的销售曲线图，然而这一切似乎都与杜拉斯没有太大的关系了。她累了，需要一个人静静地休息一下，理清自己的思路，与过去一样，以文学的形式生活。

正在杜拉斯寻求新的文学之路时，圆点剧院成了她的一个目标。她希望自己能够在舞台的天地中找到自己的艺术灵感，因此，她把契诃夫的《海鸥》搬上舞台。从过分狂热的声誉中逃离出来的杜拉斯，以更大的热情，以年轻的心投入她全方位的文学创作中去。在她完成了那部大部分没有电影镜头的电影后，她的文学创作和活动开始集中在文字和戏剧表演上，她开始把自己的文学创作搬上舞台。杜拉斯特意为过去一直扮演自己母亲的女演员玛德莱娜创作了一个剧本《萨瓦纳湾》。

首演是1983年9月，她坚持要自己当导演，什么都想管，什

---

[1] [法] 玛格丽特·杜拉斯：《1962—1991私人文学史：杜拉斯访谈录》，黄荭、唐洋洋、张亦舒译，北京：中信出版集团，2018年，第52页。

么都想抓在手里。她的剧本就是她的生命,她的活力,其他人谁都别想觊觎,谁都别想碰。她曾经有过不愉快的经历,所以她说,她不愿意让任何人来导演她的作品。……杜拉斯心里对玛德莱娜·雷诺非常欣赏,甚至有一种深深的妒忌,但对她仍然很粗暴甚至刻薄。[1]

可是演惯了杜拉斯母亲的玛德莱娜有时就把母亲的脾气带到了表演中,她不听杜拉斯的指挥,经常自以为是。两个性格同样倔强的女人,经常会发生冲突。也许这种冲突是杜拉斯和自己的母亲生前冲突的继续,杜拉斯最不能理解和接受的就是这种不听指挥的人。

尽管如此,"玛德莱娜·雷诺明白,在杜拉斯专制的背后,有些不可战胜的东西,杜拉斯透过剧本搬上舞台的,是一种絮叨,它能战胜时间、弄懂感情、爱情、岁月和死亡"[2]。

两个女人以她们各自的才华使《萨瓦纳湾》取得了巨大成功。杜拉斯以她的导演才能,玛德莱娜以她的表演才能,把文学与形象,把演员与剧中人物融为一体。玛德莱娜完全理解了剧中对白的含义,她把杜拉斯的文字完全融进自我,有时观众已经忘记了到底是别人为她写的东西,还是说那根本就是她自己的事。她就是剧中人物,她所说的一切均出自剧中人物之口,她们在玛德莱娜的身上融为一体,合二为一。杜拉斯追求了一生的愿望,此时此刻由玛德莱娜实现了。听着她字斟句酌的表白,看着她出色的表演,观众泪流满面,他们也和杜拉斯一样完全沉浸在那种气氛中。玛德莱娜已经八十多岁了,她好像

---

[1] [法] 阿兰·维尔贡德莱:《玛格丽特·杜拉斯:真相与传奇》,胡小跃译,北京:作家出版社,2007年,第188页。
[2] [法] 阿兰·维尔贡德莱:《玛格丽特·杜拉斯:真相与传奇》,胡小跃译,北京:作家出版社,2007年,第188页。

对这一切早已习惯，她淡淡地，甚至忘记了自己的生活中还有这么一回事。正如杜拉斯在《序言》中所写的那样："你忘记了你是谁，你曾经是谁，你知道你表演过，却想不起来表演过什么，如今在演什么。"而玛德莱娜在接受采访时对曾经演过杜拉斯的母亲这一角色表示记不起来了，但当被问及对《萨瓦纳湾》的看法时，她还是表达了自己对这一角色的热爱。

无论如何，两个女人的才能，造就了她们各自的成功，这一点既是文坛佳话，也成了她们永远无法忘怀的记忆。当有人问玛德莱娜"关于你们一起工作的那段时间，你还记得什么"时，她回答道："全部。我记住了所有的事情。"总之，这两位女人之间的故事成了文学史上永远谈论的话题。

在排练完《萨瓦纳湾》之后，让·路易·巴浩建议杜拉斯把自己定名为《音乐》的剧本搬上舞台。杜拉斯曾经这样说：

> 我始终认为《音乐之一》过于短小；五十分钟，跟电视节目一样长。五十分钟，不太正常。要么太短，要么太长。说到底，还是太短。得知有机会把剧本搬上圆点剧院的舞台时，我请米欧·米欧和萨米出演里面的角色。两个人很快便答应了。因此，我对着大海，开始在特鲁维尔写剧本。[1]（《与杜拉斯一起排练》）

原先那个剧本太简单了，她就开始重新写这个剧本，写成之后，1966 年的剧本便改为《音乐之一》，现在写的剧本起名为《音乐之二》。杜拉斯决定挑选两位著名演员扮演《音乐之二》中的男女主人公，她选定的男演员为萨米·弗莱，女演员为米欧·米欧。米欧·米

---

1 Marie-Pierre Fernandes, *Travailler avec Duras – La Musica Deuxième*, Gallimard, 1986, p. 14.

欧之所以乐意出任女主角，是因为她喜欢杜拉斯的说话和办事风格。杜拉斯是这样想的：她非常希望米欧·米欧能在《音乐之二》中担任女主角。

> 我想与米欧·米欧合作已经有好几年了，我认为她是一个非常现代的女演员，她是傲慢、清新的泉水，她自己本人就是某种角色。[1]

米欧·米欧也非常喜欢杜拉斯的问话形式，她喜欢杜拉斯那种直截了当的性格。下面是她们初次见面时的一段对话：

> 玛·杜：你想演戏吗？
> 米欧·米欧：是的。
> 玛·杜：读一下《音乐》的剧本吧。[2]

杜拉斯所选定的男演员是萨米·弗莱。他曾经在杜拉斯1970年拍摄过的一部名叫《黄色的，太阳》的电影中出演男主角。关于《音乐之二》，萨米·弗莱这样说过：这是对我演员生活震动最大的角色，是对他震动最大的人物。杜拉斯对萨米·弗莱在《音乐之二》中的表演是这样评价的：

> 我认为，他完全被激情吞没，摧毁，完全在那对情人，在那个爱情故事中燃烧起来了。[3]

---

[1] Marie-Pierre Fernandes, *Travailler avec Duras – La Musica Deuxième*, Gallimard, 1986, p. 16.
[2] Marie-Pierre Fernandes, *Travailler avec Duras – La Musica Deuxième*, Gallimard, 1986, p. 20.
[3] Marie-Pierre Fernandes, *Travailler avec Duras – La Musica Deuxième*, Gallimard, 1986, p. 21.

《音乐之二》的故事发生在诺曼底的埃弗勒一家旅馆的大厅里，下榻旅馆的米歇尔·诺莱和安娜·玛丽·罗什在那里偶遇，他们开始攀谈。从对话中得知，他们原来是夫妻，曾经在埃弗勒居住过好几年。他们最初就住在这家旅馆，然后住在自己的房子里，现在房子卖了。他们已经分开两年了，其间没有相遇。两个人都有了新欢，安娜·玛丽·罗什告诉前夫她即将再婚，很快会去美国定居。他们在这里相遇，是因为他们的离婚申请下午刚刚判决。

两个人谈到了他们现在各自的生活，他们之间的对抗和敌意随着时间的推移已经消逝，现在他们可以谈谈他们之间曾经发生的不快。他们谈到了各自的艳遇，质询让他们走向地狱般生活的真正原因，随着他们的谈话不断深入，他们之间的互相信任又开始建立。安娜告诉前夫，她对他在他们结婚之后与那些搅乱他生活的女人之间的交往一无所知，她也谈到了自己有一天没有打招呼就去了巴黎并在那里认识了一个陌生男人，成了他的情妇。在她回来的车站，丈夫手里拿着枪，差点就把她杀了。她告诉丈夫，分居后她差点自杀。现在静心思考，他们都无法理解当时的暴力行为以及给对方造成的伤害，他们在一起的生活怎么会成为那个样子。但是随着对话的不断深入，除了回忆，可以明显地感觉到他们之间的旧情和好感有所恢复。米歇尔甚至幻想与安娜重归于好，他请求安娜不要去美国了。这时，安娜接到了未婚夫的电话，他来这里接她，马上就到。但是，他们在告别前，好像却留下了这样的想象和可能：假如他们有朝一日能够重逢，不排除重归于好的可能。

《音乐之二》是在《音乐之一》的基础上进行改编的，杜拉斯根据演员的建议和自己的设想开始改编。她每天在特鲁维尔的黑色岩石的大楼里对着大海开始对音乐的主题进行修改，剧本中人物的命运在经历十几年之后重新跳跃于杜拉斯的笔下，那对在《音乐之一》中已经离婚的男女，在《音乐之二》的夜色之中谈起了他们以前的爱情、婚姻。夜色带给他们越来越多的恐惧，也带给他们无穷的希望。在他们两个人均被爱情耗尽精力的躯体中，过去岁月的爱情之火却时不时在空洞的身躯中回荡、燃烧。杜拉斯把自己修改的剧本每天都在演员排练的过程中讲出来，有时甚至现场修改男女主人公之间的对话，剧本就这样在排练的过程中不断修改和完善。

《音乐之一》就这样在《音乐之二》中延伸：

他：您还是不喜欢南方？
她：一直都不喜欢。(《音乐之一》)
她：您知道……我一直都想告诉您……我不是不喜欢南方……而是我无法在那里生活。
他：这么严重……一点办法都没有？
她：一点办法都没有。[1]

她：我们分别了。
他：死了就分开了……
她：即便如此。什么也不要做。创造它吧。(《音乐之一》)
她：现在我才知道我会永远爱你，就像我知道你会永远爱我一样。这一点，我知道我们两人都一样。
他：我，我不清楚……
她：不。你在试图明白。但是你却不知道。[2] (《音乐之二》)

这种延伸似乎正好是他们过去生活的继续，充满感情和回味，读

---

1 Marie-Pierre Fernandes, *Travailler avec Duras – La Musica Deuxième*, Gallimard, 1986, p. 97.
2 Marie-Pierre Fernandes, *Travailler avec Duras – La Musica Deuxième*, Gallimard, 1986, pp. 103–104.

者和观众也会为他们的分手遗憾，对过去生活中那些空间和经历的回忆伴随着感情的抒发。

我当时那么频繁地出入旅馆的酒吧，并不是想惹您不高兴。完全是我自己的喜好，那里让我愉悦，您听到了吗？我是如此愉悦，有时候仿佛身处别处，好像在海边的岩穴中，在北方影院的空洞大厅里光临过这些地方。[1]

岁月里泛起的是某种感情和回味，回味让主人公抹不去岁月的温馨，抹不去与她分享岁月的那个男人。当然啦，她的这种感觉在米歇尔身上也很强烈和直接，他对前妻的爱至今无法忘怀，前妻带给他的所有回忆，点点滴滴都像再现的昨天那样，让他希冀不止，回味中的爱和前妻那野性和温柔的目光搅拌起他内心难以忘怀的情怀，他也希望把这种感情传递给她。

他：您知道……我是那么爱您……
他：您没有变……目光……您的目光还和原来一样……那么温柔。冷酷。冷酷而又非常温柔……是自信和慌乱的目光……充满矛盾……唤起了所有岁月……既有幸福的时光，也有其他时光。[2]

杜拉斯在谈到他们之间的爱时特别强调：

是的，爱……我们所看到的……

---

[1] Marie-Pierre Fernandes, *Travailler avec Duras – La Musica Deuxième*, Gallimard, 1986, p. 98.
[2] Marie-Pierre Fernandes, *Travailler avec Duras – La Musica Deuxième*, Gallimard, 1986, p. 99.

这段他的有关她目光的独白，突然间就像非常暴力的躯体降临一般。这是剧本的重要水岭。[1]

观众所看到的目光，所看到的肢体语言必须通过演员的话语表现出来，舞台上的肢体叙述并表现着叙述的语言。叙述的文本和叙述的肢体在现实的舞台和想象的舞台上尽情地表现和融合在一起。关于目光的这段独白，杜拉斯在排练时在前边加上了这样的对话：

她：怎么啦？
他：我在看您。[2]

肢体在表现语言，现在的目光和语言之间的等同关系延伸为过去的肢体和语言之间的对等，肢体和语言均实现了穿越。他的目光对她的占有是那么贪婪，那么充满欲望。肢体语言"看"被话语大大地强化了。杜拉斯说：

他哪，他看着她，然后告诉她他在看她。我非常喜欢通过说来强化事物。[3]

在对话展开的过程中，过去生活的一切就这样搅拌着今天的回味，这种展开是那么缓慢，岁月的流逝和舞台的节奏一起起舞，一起

---

[1] Marie-Pierre Fernandes, *Travailler avec Duras – La Musica Deuxième*, Gallimard, 1986, pp. 99–100.

[2] Marie-Pierre Fernandes, *Travailler avec Duras – La Musica Deuxième*, Gallimard, 1986, p. 100.

[3] Marie-Pierre Fernandes, *Travailler avec Duras – La Musica Deuxième*, Gallimard, 1986, pp. 101–102.

建构，话语的空间不停地冲击现实的空间。

　　他：失望始终在那里，就在您一直希望和准备丢掉的地方。您还记得吗？
　　她：记得。
　　人们给您解释说那样生活不可能，说那让人厌烦，您应该改变……人们这样说：应该变得更强大，更自由。[1]

　　舞台上除了男女主人公的移动，除了男女主人公之间时续时断的对话，还有布景，音乐，还有演员之间的位置变化所产生的空间变化，所有这一切都在为回忆和叙述服务。杜拉斯希望舞台上的布景有很浓的生活气息：两张桌子周围加上几把椅子，萨米·弗莱和米欧·米欧的表演就在桌椅旁展开。杜拉斯指挥着人们搬桌子，弄椅子，大声要求着萨米·弗莱和米欧·米欧：

　　说话时不要走动。
　　我希望你们有时念台词时吞吞吐吐。
　　应该扩展空间，说话时声音大点，有时甚至要喊叫。
　　不要害怕沉默。[2]

　　杜拉斯一遍又一遍地重复着，甚至说每句话的神情、语调，她都要求演员表现得非常到位。她的眼前只有圆点剧院的大厅，希望通过

1　Marie-Pierre Fernandes, *Travailler avec Duras – La Musica Deuxième*, Gallimard, 1986, p. 102.
2　Marie-Pierre Fernandes, *Travailler avec Duras – La Musica Deuxième*, Gallimard, 1986, p. 37.

这巨大的空间把自己的文字以表演的形式表现出来。她希望大厅也是剧本的一部分，演员的每一句话，每一个动作都要与大厅融为一体，都要说给整个大厅。演员应该忘记自我，与观众、与这里的空间融为一体。

除了布景、表演技巧等，剩下的事情就是为剧本找到合适的配乐。杜拉斯和米欧·米欧在对配乐的选择上各执己见，无法达成共识。杜拉斯认为黑人音乐家杜克·埃林顿的爵士音乐中那种低音黑管，加弱音器的小号和长号所发出的独特音响与整个剧本非常吻合，与剧本中人物感情起伏变化相吻合。而米欧·米欧则从她对人物感情的体验出发，认为贝多芬的音乐更能表达人物的心理变化，更能与剧中人物的感情相吻合。最后舞台总监也加入了争论，他支持杜拉斯的观点，他们几个人各执一词，谁也难以说服对方，最后只好通过具体实践来选定配音。他们决定首先用贝多芬的音乐排练。排练开始了，贝多芬的小夜曲听起来并不舒服，杜拉斯和舞台总监马蒂斯握了握手，以示英雄所见略同。因此，他们决定再次用杜克·埃林顿的音乐排练。可是埃林顿的爵士音乐也不像杜拉斯想象的那样与整个剧本吻合。杜拉斯把这个音乐形容为：如同轰鸣的火车飞驰而过。他们经过再三比较，还是觉得贝多芬的音乐在这个剧本中更为合适。

《音乐之二》和《萨凡纳湾》一样经过杜拉斯和演员们的共同努力取得了巨大成功，那个由杜拉斯和玛德莱娜造就的成就与辉煌今日又被杜拉斯和米欧·米欧续演着。

舞台，使杜拉斯重新找回了自我，重新找回了那个追求完美的杜拉斯。

参考书目

杜拉斯的法文作品：

Les Impudents, Plon, 1943.
La Vie tranquille, Gallimard, 1944.
Un barrage contre le Pacifique, Gallimard, 1950.
Le Marin de Gibraltar, Gallimard, 1952.
Les Petits chevaux de Tarquinia, Gallimard, 1953.
Des journées entières dans les arbres, suivi de *Le Boa — Madame Dodin — Les Chantiers*, Gallimard, 1954.
Le Square, Gallimard, 1955.
Modérato cantabile, Editions de Minuit, 1958.
Les Viaducs de la Seine-et-Oise, Gallimard, 1959.
Dix heures et demie du soir en été, Gallimard, 1960.
Hiroshima mon amour, Gallimard, 1960.
Une aussi longue absence, en collaboration avec Gérard Jarlot, Gallimard, 1961.
L'Après-midi de monsieur Andesmas, Gallimard, 1962.
Le Ravissement de Lol. V. Stein, Gallimard, 1964.
Théâtre I : Les Eaux et Forêts — Le Square — La Musica, Gallimard, 1965.
Le Vice-consul, Gallimard, 1965.

L'Amante anglaise, Gallimard, 1967.

Détruire, dit-elle, Editions de Minuit, 1969.

Abahn, Sabana, David, Gallimard, 1970.

L'Amour, Gallimard, 1971.

Jaune le soleil, distri. Films Molière.

India Song, Gallimard, 1973.

Nathalie Granger suivi de *La Femme du Gange*, Gallimard, 1973.

Les Parleuses, Editions de minuit, 1974.

Le Camion suivi de Entretiens avec Michelle Porte, Editions de Minuit, 1977.

Les Lieux de Marguerite Duras, en collaboration avec Michelle Porte, Editions de Minuit, 1977.

L'Eden Cinéma, Mercure de France, 1977.

Véra Baxter ou les plages de l'Atlantique, Albatros, 1980.

L'Homme assis dans le couloir, Edtions de Minuit, 1980.

L'Eté 80, Editions de Minuit, 1980.

Les Yeux verts, Cahiers du Cinéma, 1980.

Agatha, Editions de Minuit, 1981.

Outside, Albin Michel, 1981, rééd. P. O. L, 1984.

L'Homme atlantique, Edtions de Minuit, 1982.

Savannah Bay, Editions de Minuit, 1982.

La Maladie de la mort, Editions de Minuit, 1982.

L'Amant, Editions de Minuit, 1984.

La Douleur, P.O.L., 1985.

La Musica Deuxième, Gallimard, 1985.

La Mouette de Tchékov, Gallimard, 1985.

Les Yeux bleus cheveux noirs, Editions de Minuit, 1986.

La Pute de la côté normande, Editions de Minuit, 1986.

La Vie matérielle, P. O. L, 1987.

Emily L., Editions de Minuit, 1987.

La Pluie d'été, P. O. L, 1990.

L'Amant de la Chine du Nord, Gallimard, 1991.

Le Théâtre de l'Amante anglaise, Gallimard, 1991.

Yann Andréa Steiner, P. O. L., 1992.

Ecrire, Gallimard, 1993.

La Mer écrite, Marval, 1996.

Oeuvres complètes I, Gallimard, Bibliothèque de la Pléïade, 2011.

Oeuvres complètes II, Gallimard, Bibliothèque de la Pléïade, 2011.

Oeuvres complètes III, Gallimard, Bibliothèque de la Pléïade, 2014.

Oeuvres complètes IV, Gallimard, Bibliothèque de la Pléïade, 2014.

杜拉斯作品的中文译本：

"杜拉斯全集"，上海译文出版社，2020年

第一卷《堤坝》：《无耻之徒》《平静的生活》《抵挡太平洋的堤坝》

第二卷《夏夜》：《直布罗陀水手》《塔尔奎尼亚的小马》《夏夜十点半钟》

第三卷《午后》：《成天上树的日子》《广场》《昂代斯玛先生的午后》

第四卷《广岛》：《琴声如诉》《广岛之恋》《长别离》

第五卷《爱》：《劳儿之劫》《爱》《副领事》

第六卷《情人》：《情人》《中国北方的情人》

第七卷《印度》：《印度之歌》《纳塔丽·格朗热》《恒河女子》《卡车》

第八卷《痛苦》：《英国情妇》《阿巴恩，萨巴娜，大卫》《痛苦》《某先生，化名皮埃尔·拉比耶》《首府的阿尔贝保安队员泰尔》《折

断的荨麻》《奥蕾莉娅·巴黎》

第九卷《伊甸园》：《毁灭，她说》《伊甸园影院》《阿加塔》《萨瓦纳湾》《黑夜号轮船》

第十卷《扬》：《坐在走廊里的男人》《大西洋人》《夏雨》

《1962—1991私人文学史：杜拉斯访谈录》，黄荭、唐洋洋、张亦舒译，北京，中信出版集团，2018年

许钧主编，"杜拉斯文集"，春风文艺出版社，2000年
《厚颜无耻的人》，王士元译，春风文艺出版社，2000年
《平静的生活》，俞佳乐译，春风文艺出版社，2000年
《抵挡太平洋的堤坝》，张容译，春风文艺出版社，2000年
《直布罗陀水手》，边芹译，春风文艺出版社，2000年
《街心花园》，刘和平、韩琳译，春风文艺出版社，2000年
《夏日夜晚十点半》，苏影、胡小力译，春风文艺出版社，2000年
《广岛之恋》，户思社等译，春风文艺出版社，2000年
《劳儿的劫持》，王东亮译，春风文艺出版社，2000年
《副领事》，宋学智、王殿忠译，春风文艺出版社，2000年
《英国情人》，周国强、谭成春译，春风文艺出版社，2000年
《爱》，边芹、户思社译，春风文艺出版社，2000年
《来自中国北方的情人》，周国强译，春风文艺出版社，2000年
《写作》，曹德明译，春风文艺出版社，2000年

《物质生活》，萧乾译，上海译文出版社，2007年
《情人》，萧乾译，上海译文出版社，2004年
《中国北方的情人》，施康强译，上海译文出版社，2006年

《悠悠此情》，李玉民译，漓江出版社，1986年

《就这样》，黄荭译，中信出版集团，2023年
《外面的世界Ⅰ》，袁筱一译，中信出版集团，2023年
《外面的世界Ⅱ》，黄荭译，中信出版集团，2023年
《战时笔记和其他》，谭立德译，中信出版集团，2023年

杜拉斯的相关作品：

雷蒂西娅·塞纳克，《爱、谎言与写作——杜拉斯画传》，黄荭译，中信出版集团，2023年

让·瓦里尔著，《这就是杜拉斯》，户思社、王长明、黄传根译，作家出版社，2010年

阿兰·维尔德贡莱著，《玛格丽特·杜拉斯：真相与传奇》，胡小跃译，作家出版社，2007年

劳拉·阿德莱尔著，《杜拉斯传》，袁筱一译，春风文艺出版社，2000年

米歇尔·芒索著，《杀吧，她说》，方颂华译，春风文艺出版社，2000年

塞西尔·瓦斯布罗特著，《写吧，她说》，刘云虹译，春风文艺出版社，2000年

克里斯蒂安娜·布洛-拉巴雷尔著，《写作，爱恋，或是美妙的不幸》，于红译，春风文艺出版社，2000年

弗莱德里克·勒贝莱著，《杜拉斯生前的岁月》，方仁杰译，海天出版社，1999年

Alain Vircondelet主编，《杜拉斯、上帝和写作》，Rocher出版社，1998年

克里斯蒂安娜·布洛-拉巴雷尔著，徐和瑾译，《杜拉斯传》，漓江出版社，1997 年

高概演讲，王东亮编译，《话语符号学》，北京大学出版社，1997 年

《文学杂志》，1990 年 6 月，第 278 期

玛格丽特·杜拉斯、雅克·拉康等，《玛格丽特·杜拉斯》，巴黎：Albatros 出版社，1979 年

R. M. Alberes，《今日小说》，Albin Michel 出版社，1971 年

Jean Pierrot，《玛格丽特·杜拉斯》，José Corti 书局，1989 年

玛格丽特·杜拉斯、皮埃尔·杜玛叶，《关于〈劳儿之劫〉》，巴黎：E.P.E.L. 工作室

Lia van de Brezenbos，《玛格丽特·杜拉斯作品中的物质幻想——杜拉斯与弗罗伊德的对话》，阿姆斯特丹-亚特兰大，1995 年

苏冰，《漂移的灯塔》，西北大学出版社，1999 年

让·米歇尔·莫勒波瓦，《法国二十世纪文学》，Hatier，1991 年

特伦斯·霍克斯著，《结构主义和符号学》，瞿铁鹏译，刘峰校，上海译文出版社，1987 年

黑格尔著，朱光潜译，《美学》，第三卷，上册，北京：商务印书馆，1984 年

谢文利，《诗歌美学》，中国青年出版社，1989 年

陈振尧，《新编法语语法》，外语教学与研究出版社，1992 年

林斤澜，《随缘随笔》，群众出版社，1993 年

Maurice grevisse, *Le Bon Usage,* J. Duculot, 1996

伍蠡甫（主编），《西方文论选》，上海译文出版社，1979 年

后记

2021年初夏的北京，天气已经开始闷热，夏天的雨时不时地突然降临，影响着人们的出行。天安门附近的闹市中，静静地坐在台基厂大街1号院子里神奇的10号楼办公室，开始了重读修改这本关于杜拉斯的书。

写一部关于杜拉斯的著作并不容易，因为杜拉斯作品的多样性、复杂性、深度和广度，还因为杜拉斯作品中反复穿越的跨文化内涵。这一切都会妨碍我们进行理性的梳理和研究，但是她作品的魅力让人无法拒绝，研究她也会产生前所未有的愉悦和美好心情。杜拉斯带给读者的不仅仅是文学的，还有非文学的。这种文学和非文学的魅力同时存在，杜拉斯文学作品的魅力恰好在于，她在很多地方用文学呼唤自己的信仰和良知。带血带泪的童年展现出来时，历史的、社会的淤泥和纯洁都依附在那些文字上，文字这时就是历史和社会，就像杜拉斯的作品，向一切罪恶开放。

与杜拉斯的结缘纯属偶然。人总需要选择，1986年，笔者考入了武汉大学中法合办的博士预备班，一年后要去法国普罗旺斯大学埃克斯·马赛一大文学院攻读博士学位，笔者不知道选择哪一方面的研究课题，经法方任课教师的推荐，笔者选择了杜拉斯作为自己的研究方向，笔者的学术研究从此就与杜拉斯联系在一起。

20世纪90年代末，北方妇女儿童出版社决定出版一套世界女性作家传记，经中国社会科学院外国文学研究所的一位研究法国文学研究的专家的推荐，编辑决定让我来写玛格丽特·杜拉斯传，笔者也欣然应允，从此开始写这部传记。

按照最初的想法，希望写成一部有一定学术性的著作。其间，由于这样那样的原因，出版社原计划的传记十种迟迟无法完成，后决定由中国文联出版社继续出版这套传记。经过跟文联出版社编辑的反复沟通和联系，这套传记终于在2002年与读者见面。但是，出版社的要求和笔者的想法还是有一定的差距，笔者所希望的某种程度的学术性还是有所淡化，同时，当时对杜拉斯的研究还无法让笔者满意，书就这样先出版了，笔者的遗憾一直延续。

总希望出版一部研究杜拉斯的专著，把自己多年的研究成果与学术界共享，但是每每到要出版时又感觉到有许多不满意，希望下一次能给我更多时间，给大家一个比较满意的答卷。

2007年，在西安外国语大学的支持下，笔者在复旦大学出版社出版了《玛格丽特·杜拉斯研究》，关于杜拉斯的研究总算有点模样，但是还有许多地方难以让人满意，过度强调学术性会破坏对杜拉斯研究的可读性，所以对学术的追求反而会破坏对杜拉斯研究的传播。

十几年时间过去了，人生发生了很多变化，在纷繁复杂的时代，面对熙熙攘攘的人来人往，隐藏在茫茫人海之中，东交民巷这个有特殊意义的老使馆区的院子里，我们不但肩负起对外交往的责任，也断断续续延续着与杜拉斯的联系，反复感悟杜拉斯的精神世界，越来越多挖掘到深入灵魂的文字。它们给人以感动，给人以力量，从不同的角度打动人的灵魂。研究的每一个不同阶段，杜拉斯带给人的感受都会有变化。就是在这种相互理解、相互凝视之中，我们也远远地关注着外边的世界，消解着自己的人生，寻求着生命的方式，诗意地栖息在属于自己的世界。那里不仅有杜拉斯，还有波德莱尔、兰波、魏尔伦、马拉美、洛特雷阿蒙、瓦莱里、克洛岱尔、艾略特、叶芝、里尔克等。文化绝对不会停留在诗意之上，还有诗意带给我们的思想，它们的碰撞必然让我们去探究遥远的源头,柏拉图、亚里士多德、尼采、黑格尔、拉康、福柯、德里达等,思想的延伸一直在进行之中。

阅读始终让人沉浸在愉悦之中,尤其是对杜拉斯作品的阅读让人获得了某种莫名的愉悦感,她的语言不一定是那么激扬,但是激情中的欲望始终让人无法摆脱,娓娓道来的故事镶嵌在人生的风景之中,声音恰似遥远的记忆,构建起诗意的空间。

杜拉斯就这样一直陪伴左右,我们与她一起经历人生的苦难和忧伤。文字就是生命,生命即是文字,陪伴之中的苦难被消解,快乐被分享。人生就这样在文字中前行,始终不孤单。杜拉斯如同生命的慰藉,她是那么丰富,给读者提供着各种产品:文字的、声音的、影像的呈现每一次都会打动读者,给予异样的感受。

在只有起点,没有终点的追寻之中,我们不知道会在哪里停下脚步?体验、品味、感动于杜拉斯的情感波纹。我们不知道在什么地方,她会突然使你潸然泪下?"一本打开的书也是漫漫长夜。我不知道为什么刚才说的话会让我流出了眼泪。尽管绝望还要写作。"[1]绝望也许迫使杜拉斯畏缩在自己的世界里,在黑色的夜晚绝望前行,多少个绝望的夜晚成就了杜拉斯,让她完成了让人称道的书写。她以绝对纯净的形式一次又一次地突破对世界的认知,对自我的认知。生命已逝,灵魂长存,文字独立地支撑起杜拉斯绚丽多彩、妩媚真实的情感世界。那些在时空中飘荡的文字符号以事物的立场呈现给世界,歌颂着不灭的灵魂。

我们也会像杜拉斯那样感到悲伤,品味悲伤的力量和厚度,悲伤让人生醇厚浓郁,意味无穷,须更广阔的空间,更长久的时间才能散

---

[1] [法]玛格丽特·杜拉斯:《写作》,曹德明译,沈阳:春风文艺出版社,2000年,第14—15页。

去,犹如《布列瑟农》的歌声那样忧伤。"月亮升起/星空被我抛在后面/那些星星装饰着你的星空/你会缓缓松手/我必须走了/尽管火车会带着我离开/我的心依然属于这里。"我们的人生和杜拉斯产生了重叠,她占据了我们的生活,我们希望把她作品中的思想、艺术、语言、文字、情感、感悟等转换成有意义、有价值的生命内容和生活感悟,与人交流,与人分享。

因为研究是多少年积累的过程,有时注释和参考书目因为时间的久远难寻其痕迹,所以有很多不准确、不满意的地方,也许在今后的研究过程中,这些注释和参考书目又会出现,到时再逐渐补充其中的缺憾。

研究是一个艰苦而漫长的过程,常常会被其他事情打断,要在中断处继续自己的研究付出的代价会更大。对杜拉斯作品的热爱和兴趣让人无法放下,所以,尽管这样的研究如杜拉斯的作品那样断断续续,修补的痕迹依然很重,还是舍不得放弃。继续成了唯一的选择,继续之中的欢快也被这样延续下去,这是存续在心底之中无法忘怀的梦想,就这样留住梦想吧。关于杜拉斯的研究是否会继续,这是一个没有答案的问题,但是我们心里明白,有许多值得关注的课题依然吸引着我们,也许在未来的某个时刻,我们会再次重读杜拉斯的作品,重读我们关于杜拉斯的研究,内心的期望依然存在。然而,是时候对已经延续了很长时间的研究和重读做出了结了。

这本书的付梓印刷得到了中信出版大方的大力支持,在此要特别感谢蔡欣总经理、张引弘编辑为此付出的巨大努力,感谢南京大学法语系黄荭教授的支持和帮助,同时也要感谢一直以来支持我的家人,感谢我的学生们不间断地催促。

我们努力地试图留住杜拉斯创造的话语体系的魅力,展现其中的诗意景观,书写出有温度有思想的文字,因此就会如杜拉斯所说"既走回头路,又从头开始,再动身出发,像任何一个人,像所有的书一样",在反复与重叠之中寻找事件的真相,难度不言而喻,我们常常感到力所不及,不妥和谬误之处在所难免,希望读者诸君能够多多包涵,不吝赐教!

以为后记。

户思社

2023年5月于中国人民对外友好协会10号楼